KB132080

月光斬

달빛을
베다

月光斬
by Mo Yan

月光斬 ⓒ 2006 Mo Yan
Korean Translation Copyright ⓒ 2008 Munhakdongne Publishing Corp.

This translation is published by arrangement with
Mo Yan through Imprima Korea.
All rights reserved.

이 책의 한국어판 저작권은 Imprima Korea를 통해
Mo Yan과 독점 계약한 (주)문학동네에 있습니다.
저작권법에 의해 한국 내에서 보호를 받는 저작물이므로
무단 전재 및 무단 복제를 금합니다.

이 도서의 국립중앙도서관 출판시도서목록(CIP)은
e-CIP 홈페이지(http://www.nl.go.kr/cip.php)에서 이용하실 수 있습니다.
(CIP제어번호: CIP2008002699)

月光斬

달빛을 베다

모옌 소설 ─ 임홍빈 옮김

문학동네

공포와 희망

어린 시절 내 삶에 가장 깊은 인상을 새겨준 것은 굶주림과 외로움을 빼놓으면 바로 공포, 그것이었다.

나는 어느 폐쇄되고 낙후한 시골 마을에서 태어나 줄곧 거기서 자라다 스물한 살이 되어서야 그곳을 떠났다. 그곳은 지난 세기 80년대에 접어들어 겨우 전깃불이 들어갔기 때문에, 전기가 없던 시절에는 석유등잔과 촛불로 어둠을 밝혀야 했다. 초는 사치품이라 설날처럼 큰 명절에만 켜고 평상시에는 석유등잔으로 불을 밝힌다. 아주 오랜 세월 동안 석유는 배급표에 따라 공급받는 데다 또 값이 비싸 석유등잔 역시 아무 때나 마음대로 켜지 못했다. 나는 저녁밥을 먹을 때만이라도 등잔을 켜자고 요구했으나, 그럴 때마다 어머니는 성내며 꾸짖으셨다.

"등잔불을 켜지 않으면 밥이 콧구멍으로 들어간다던?"

옳은 말씀이다. 등잔불을 켜지 않아도 우리는 여느 때나 다름없이 밥숟가락을 콧구멍이 아니라 정확히 입속으로 들여보낼 수 있었으니까.

그런 세월 동안 날마다 밤이 되면 마을은 칠흑 같은 암흑 세상이 되어 손을 눈앞에 내밀어도 다섯 손가락이 보이지 않을 정도로 캄캄했다. 길고 지루한 밤을 보내기 위해 노인네들은 어린것들에게 요괴나 귀신, 도깨비가 나오는 옛날이야기를 곧잘 해주셨다. 이런 옛날이야기들 속에서 거의 모든 식물과 동물은 사람으로 탈바꿈하거나 인간의 의지를 통제할 수 있는 능력을 갖추고 등장했다. 노인네들이 정말인 것처럼 아주 그럴듯하게 꾸며내곤 했기 때문에 우리들 역시 진짜 그런 일이 있는 것으로 믿었다. 이런 옛날이야기들은 우리에게 공포를 느끼게 해줄 뿐만 아니라 흥분시키기도 했다. 들을수록 두렵고 두려울수록 더 듣고 싶어졌다. 수많은 작가들이 모두 할아버지나 할머니들의 옛날이야기 중에서 문학적 영감을 얻었고, 물론 나 역시 예외는 아니었다. 지금 와서 돌이켜보면 노인들이 귀신이나 도깨비 괴담을 들려주던 그 캄캄한 밤이야말로 내게 있어 최초의 문학교실이었다고 생각된다. 덴마크가 안데르센과 같은 위대한 동화작가를 배출할 수 있었던 까닭도 바로 그 시대에 전기가 없었고, 또 덴마크 역시 하룻밤 길이가 유별나게 길고 지루한 나라였기 때문이리라 생각한다. 전등 불빛이 대낮처럼 환하게 켜진 방에서는 아름다운 동화도 태어나지 않을뿐더러 사람을 두렵게 만드는 괴담이나 무서운 귀신과 도깨비가 등장하는 옛날이야기도 나올 수 없다.

최근에 나는 고향에 돌아간 적이 있었다. 그리고 시골 아이들이 도시 아이들처럼 전깃불이 환하게 밝혀진 방 안에서 텔레비전을 마주하고 앉아 그들 나름대로 밤을 보내고 있는 것을 보았다. 나는 안다. 귀신과 도깨비가 등장하는 괴담이나 옛날이야기, 동화가 만들어지던 밤은 이제 마무리 지어졌음을, 그리고 내 어릴 적 체험했던 그런 종류의 공포감을 지금 이 시대 아이들은 다시 체험하지 못하게 되었음을. 어쩌면 그 아이들의 마음속에도 똑같은 공포감이 조성될 수 있겠지만, 그들이 느낀 공포감은 우리들의 시대에 내가 체험했던 공포감과는 분명히 크게 다를 것이다.

우리 할아버지와 할머니가 들려주신 옛날이야기 속에서, 여우는 언제나 그렇듯이 가난뱅이 사내와 결혼하여 가정을 꾸리기도 하고, 해묵은 고목은 늙은이로 둔갑해서 길거리를 한가로이 거니는가 하면, 강물 속 늙은 자라는 몸집 다부진 장정으로 둔갑해서 마을 장터에 나타나 술 마시고 고기를 먹었으며, 수탉은 영특하게 잘생긴 젊은이로 둔갑하여 주인댁 따님과 연애를 하기도 했다. 수탉이 준수한 청년으로 둔갑한 이야기는 할머니가 들려주신 옛날이야기 중에서 가장 아름답고도 가장 두려운 괴담이었다. 할머니의 이야기는 이러했다.

어느 부잣집에 무남독녀 외동딸을 하나 두었는데 아주 예쁘게 생겼다고 했다. 시집갈 나이가 되어 부모는 중매쟁이를 놓아 혼처를 물색했는데, 신랑 댁에 아무리 돈이 많아도, 또 신랑이 아무리 잘생기고 똑똑해도 그녀는 모두 거절하고 받아들이지 않았더란다. 어머니는 의심을 품고 남몰래 눈여겨보았다. 아니나 다를까, 깊은 밤 인적이 고요해지자 딸의 방 안에서 남녀가 사랑을 즐기는 기척이 들려왔다. 어머니는 딸을 모질게 닦달했고, 딸은 어쩔 수 없이 바른대로 불고 말았다. 딸의 얘기로는, 날마다 한밤중에 온 세상이 고요해지면 으레 영특하게 잘생긴 청년 하나가 찾아와서 그녀와 밀회를 했다는 것이다. 그 젊은이가 입은 옷은 아주 심상치 않은 것이어서 화려한 광채가 번쩍번쩍 빛날 뿐 아니라 비단보다 매끄러웠다. 어머니는 딸에게 넌지시 계책을 하나 귀띔해주었다. 그 영준한 젊은이가 밤중에 다시 찾아왔을 때, 딸은 어머니의 분부대로 그가 벗어놓은 옷을 반닫이에 감추었다. 날이 밝아 잠자리에서 깨어난 청년은 떠나려고 옷을 찾았으나 보이지 않자 딸에게 옷을 내달라고 애걸했다. 딸은 옷을 내어주지 않았다. 사내는 할 수 없이 낙담한 기색으로 그녀를 원망하며 떠나갔다. 그날 밤 큰 눈이 펄펄 내리고 높새바람이 세차게 휘몰아쳤다. 다음 날 이른 아침 닭장을 열어보았더니 털 빠진 수탉 한 마리가 알몸뚱이로 툭 뛰쳐나왔다. 어머니는 딸더러 옷 궤짝을 열어보게 했다. 그리고 옷 궤짝이 온통 닭털로 가득 찬 것을 발견했더란다……

지금 와서 생각해보면, 이 옛날이야기는 결혼의 자유를 부모에게서 쟁취하려는 청춘남녀의 희극으로 고쳐 만들 수 있을 만큼 아름다운 줄거리가 되겠지만, 내 어린 시절 그 이야기를 다 듣고 났을 때의 심정은 닭장 속에 갇힌 수탉에 대한 공포감이 전부였다. 어쩌다 길거리에서 준수하게 잘생긴 청년과 마주쳤을 때 그 역시 수탉이 둔갑한 것은 아닐까 하는 막연한 의심까지 품었다.

할머니는 또 이런 이야기를 들려주시기도 했다. 사람의 목소리를 곧잘 흉내 내는 작은 동물이 있는데, 모양새가 족제비를 닮았다고 했다. 이놈은 달빛이 아주 밝은 날 밤만 되면 앙증맞은 붉은 가죽 저고리를 입고 담장머리에서 뛰어다니며 노래를 부른다고 했다. 이게 바로 내가 달 밝은 밤중에 고개를 쳐들고 담장머리를 올려다보지 못하게 만드는 이유였다.

할아버지는 더구나 우리 마을 뒤쪽 작은 돌다리에 '헤헤헤!' 웃는 귀신이 하나 있다고 말씀하셨다. 그리고 한밤중에 누구든지 돌다리를 건너가면 등 뒤에서 어깨를 툭 치고 '헤헤헤!' 하고 비웃는 소리를 듣게 된다고 하셨다. 이 귀신의 구체적인 형상을 본 사람은 아무도 없었으나, 내게는 이 세상에서 가장 두려운 귀신으로 자리매김을 했다. 지난 세기 70년대에, 나는 어느 면화 가공(棉花加工) 공장에서 품앗이를 했는데, 야간작업을 끝내고 집에 돌아갈 때는 반드시 그 작은 돌다리를 지나쳐야만 했다. 달이 밝은 때라면 그래도 괜찮았으나 달빛이 없는 어두운 밤중이면 나는 돌다리가 가까워질 때부터 어김없이 목청껏 노래를 부르고 나서 쏜살같이 치달려 그 돌다리를 건너뛰곤 했다. 집에 돌아왔을 때는 숨이 턱에 차서 헐떡거리고 식은땀에 옷이 흠뻑 젖어들기가 십상이었다. 그 돌다리는 우리 집에서 사 킬로미터 남짓 떨어졌으나, 어머니는 내가 마을에 들어서기도 전에 벌써 내 목소리를 알아듣고 계셨다. 당시 나는 변성기에 접어들 때라 목이 쉬고 갈라져, 노래를 부른다는 것이 귀곡성(鬼哭聲)이나 늑대 울부짖는 소리와 별다를 바 없었다. 어머니는 내게 물으셨다. 어째서 한밤중에 집에 돌아올 때마다 들짐승처럼 울부짖느냐고. 나는 무서워서 그렇다고 대답했다. 어머니는 무엇이 그리 무서우냐고 물으셨고, 나는 '헤헤

혜 귀신'이라고 대답했다. 그러자 어머니는 "세상에서 제일 무서운 것은 귀신이 아니라 사람"이라고 말씀하셨다. 어머니의 말씀에 일리가 있음을 인정하면서도, 아무튼 나는 그 돌다리를 건널 때마다 나도 모르게 뜀박질을 하게 되고 목청껏 악을 써야만 직성이 풀렸다.

이렇듯 귀신과 요괴를 두려워하면서도 나는 이날 이때껏 귀신이나 요괴를 만나본 적이 없거니와 또 어떤 귀신이나 요괴도 내게 상해를 끼친 적이 없었다. 청소년 시절 귀신과 요괴에 대한 공포감 속에서도 실상 내 마음속 한구석에는 그런 귀신이나 요괴를 만나보고 싶은 기대감이 조금은 없지 않았다. 이를테면 아리따운 여인으로 둔갑한 여우를 만나보고 싶은 바람이 있었다든가, 달밤에 담장머리에서 인간의 목소리로 노래를 부르는 작은 동물을 그저 한 번이라도 만나보고 싶다는 희망 같은 것 말이다.

수십 년 이래 내게 진정으로 해를 끼친 것은 역시 인간이었으며 진정으로 내게 공포감을 느끼게 한 것도 역시 인간이었다. 지난 세기 80년대 이전의 중국은 '계급투쟁'으로 가득 찬 국가였다. 도시와 시골 농촌을 막론하고 사람이 살아가는 곳이라면 어디서나 몇몇 일부 사람들이 온갖 황당한 이유로 자기네와 다른 소수의 사람들에게 압박과 통제를 받아야 했다. 몇몇 일부 아이들은 조상님이 남보다 부유하게 살아왔다는 이유로 교육받을 수 있는 권리를 박탈당했다. 도시에 들어가 편안하고 쾌적하게 살아갈 수 있는 권리도 물론 없었다. 또 다른 몇몇 소수의 아이들은 자기네 조상이 가난뱅이였다는 이유로 이런 모든 권리를 가질 수 있었다. 만약 그 정도뿐이었다면 공포를 조성하지 못했을 것이다. 조성된 공포는, 바로 이런 권리를 장악한 가난뱅이와 그 아이들이 자기네들 손에 타도당한 부유층 사람들과 그 아이들에 대한 감시와 압박이었다. 나의 조상님들도 한때는 부유하게 살아오셨기 때문에—부유해봤자 기껏해야 토지 십여 묘(畝, 약 삼사백 평)에 논밭갈이 황소 한 마리가 전부였지만—아무튼 나는 소학교(초등학교) 5학년 때 학교에서 쫓겨났다. 그 이후 나는 길고 지루한 세월 동안 매사에 조심하고 말과 행동에 신중함을 잃지 않았다. 말 한마디 잘못했다가 부모님께 재앙을 초래할까봐 전전긍긍 살아왔던 것이다.

나는 마을 안 관공서에서 마을 당 간부들의 사나운 호통 소리, 그들에게 손발이 묶인 채 고문당하는 이른바 '나쁜 사람들'이 터뜨리는 처참한 신음 소리와 비명을 숱하게 들어왔다. 그런 소리를 들을 때마다 극도로 큰 공포감에 휩싸이곤 했다. 이런 공포감이야말로 모든 귀신과 요괴 따위가 조성하는 공포감보다 훨씬 더 심각하고 엄중한 것이었다. 이때에야 나는 어머니가 하셨던 말씀의 진정한 의미를 이해할 수 있었다. 애당초 나는 어머니가 말씀하신 대로 "이 세상에 들짐승이나 귀신, 요괴보다 더 무서운 것은 사람"이라고 단순히 알아들었으나, 지금에 와서야 나는 분명히 알 수 있게 되었다. 이 세상에 제아무리 사나운 맹수나 귀신, 요괴라 하더라도 이성과 지혜를 상실하고 양심을 저버린 인간보다는 더 무섭지 않으리라고. 이 세상에는 호랑이, 늑대, 이리 같은 맹수에게 다치거나 목숨을 잃는 사람이 분명 있고, 또 사람에게 해를 끼치는 귀신이나 요괴에 관한 전설도 분명 있기는 있다. 그러나 수

천수만의 인간을 비명에 죽게 만드는 것도 인간이며, 수천수만의 인간을 학대받게 만드는 것도 역시 인간이다. 그리고 이런 잔혹한 행위를 합법화시키는 것이 암흑 정치요, 이런 잔혹한 행위를 포상하고 권장하는 것이야말로 병든 사회다.

비록 '문화대혁명'이 이십여 년 전에 마무리되고 이른바 '계급 투쟁'이란 것도 폐지되었다고는 하지만, 나처럼 그 시대를 겪어온 사람들에게는 아직도 가슴이 두근거린다는 것이 솔직한 심정이다. 나는 고향에 돌아갈 때마다 저 옛날에 세도를 빙자하고 제멋대로 날뛰며 잔학무도한 짓을 저지르던 사람들과 마주친다. 저들은 이제 얼굴 가득 아첨 띤 미소를 머금고 내게 인사를 건네지만, 아무리 그래도 나는 저들 앞에 고개가 절로 숙여지고 나 자신도 모르는 사이에 공손히 허리 굽혀 답례하지 않고는 배겨낼 수가 없다. 가슴속 그득히 공포심을 품은 채로. 가는 길에 당시 저들이 '나쁜 사람'을 고문하던 몇 칸짜리 집을 지나칠 때마다, 비록 그 건물이 오래전에 손댈 수 없으리만치 낡아빠지고 당장에라도 무너져 내릴 것처럼 폐허로 변했지만, 나는 여전히 소름이 돋고 진땀을 흘려야 했다. 마치 그 작은 돌다리에 애당초 '헤헤헤 귀신' 따위가 없음을 뻔히 알면서도 죽어라고 뜀박질하고 목청껏 고래고래 악을 쓰지 않고서는 지나갈 수 없었던 것처럼 말이다.

지난날을 돌이켜보면, 나는 확실히 굶주림과 외로움, 그리고 공포 속에서 자라난 아이였다. 숱한 고난을 겪고 참고 견뎌야 했으나, 마지막에 가서는 미치광이가 되지도 않았거니와 타락하지도 않고 어엿한 작가로 성장했다. 도대체 무엇이 나로 하여금 그토록 길고 지루한 암흑의 세월을 보낼 수 있게 지탱해주었을까? 그것은 바로 희망이었다.

배불리 먹지도 못하고 따뜻하게 입지도 못하는 세월 속에서, 나는 어떻게 하면 먹을 것과 입을 것을 얻을까 희망하며 살아왔다. 사방천지 어디를 둘러봐도 온통 붉은 조류(潮流)로 가득 찬 시대에서, 나는 어떻게 하면 사람들에게 우의와 인간애와 관심을 얻을 수 있을까 희망하며 살아왔다. 공포는 내가 목청껏 노래 부르면서 돌다리 위를 뜀박질하게 만들었으며, 공포는 내가 온갖 방법을 다 써서 봉건으로 낙후된 시골 마을에서 도망쳐 나갈 역량을 만들어주었다. 우리는 인류가 공포에서 영원히 헤어 나오기를 희망하지만, 공포란 것은 역시 거의 불가능할 정도로 떨쳐버리기가 어렵다. 공포 속에서 희망은 마치 암흑천지 속의 불빛처럼 우리가 앞으로 나아갈 길을 비춰주고, 아울러 우리에게 공포와 싸워 이겨낼 수 있도록 용기를 북돋워준다. 나는 장차 닥쳐올 미래의 시대에는 악한 사람이 빚어내는 공포는 갈수록 줄어들기를 희망하지만, 귀신과 요괴들이 등장하는 옛날이야기나 괴담, 동화가 빚어내는 공포만큼은 사라져서는 안 된다고 생각한다. 왜냐하면 귀신과 요괴가 등장하는 옛날이야기와 동화야말로 미지의 세계에 대한 인간의 경외심과 아름다운 생활에 대한 지향을 가득 품은 것이며, 또한 문학과 예술의 씨앗을 품고 있는 것이기 때문이다.

차례

달빛을 베다

月光斬

현(縣) 문화국에서 일하는 사촌 아우가 편지 한 통을 보내왔다.

형님, 요즈음 우리 현에서 발생한 큰 사건을 첨부해 보내드리니 읽어보시기 바랍니다.

8월 7일, 오전 여덟시에 일어난 일이었습니다. 현 사무처 건물 5층 보안실의 기밀 담당요원 샤오펑(小馮)은 형님의 동창생 펑궈칭(馮國慶)의 둘째딸입니다. 샤오펑은 그날 출근하자마자 보온병에 끓인 물을 담으려다 까마귀들이 시끄럽게 우는 소리를 듣고서 창밖으로 머리를 내밀어 두리번거리다가 소나무 맨 꼭대기 높다란 나뭇가지 초리에 희끄무레한 물건이 하나 매달려 있는 것을 발견했답니다. 처음에는 까마귀 녀석들이 거기에 둥지를 트는가 싶어 다소 시큰둥한 기분이 들었으나, 곧이어 까마귀들이 마치 생사를 두려워하지 않는 투사들처럼 번갈아가며 그 시커먼 물체를 공격하는 것을 보고 의아한 느낌이 들어 다시 한 번 두 눈을 똑바로 뜨고 자세히 바라보았다고 합니다.

그것은 사람의 머리통이었습니다. 샤오펑은 날카로운 외마디 소리를 지르면서 들고 있던 보온병을 바닥에 떨어뜨렸습니다. 그나마 보온병이 깨지지 않은 것만도 기적이었습니다.

때마침 문건 서류를 정리하던 샤오쉬(小許)—그 처녀 역시 형님이 아시는 옛 전우의 셋째딸입니다—마저 창틀 앞으로 달려가서 내다보다가 더욱 새된 목소리로 날카롭게 비명을 질러댔습니다. 워낙 엄살 많고 지나치게 수선스러운 처녀였으니까요. 몇 분 후, 현 위원회 건물 남쪽으로 트인 창문들이 모조리 활짝 열리고 현 위원회 너르디너른 마당에는 일대 소란이 벌어졌습니다. 말벌집에 불이 났더라도 그런 대소동은 일어나지 않았을 겁니다.

사람의 머리통이 비록 만신창이로 까마귀들에게 쪼여 구멍이 뻥뻥 뚫렸으나, 사람들은 그것이 현 위원회 부서기 류푸(劉福)의 얼굴임을 알아볼 수 있었습니다. 참담할 정도로 창백해진 낯빛이 평소 그가 정성 들여 옻칠 먹이듯 새까맣게 염색한 머리카락의 검은빛을 한결 돋보이게 했습니다. 두 눈알은 벌써 까마귀란 놈들이 쪼아 먹어 눈빛이 어땠는지는 알 수 없었습니다. 따라서 그가 숨이 끊기던 임종의 순간에 공포와 두려움에 질렸는지 분노하고 있었는지 상상할 길이 없을 뿐 아니라, 전혀 무감각한 상태였는지 아니면 죽음에 대한 준비를 미리 하고 있었는지도 알 도리가 없었지요.

누군가 한마디 했습니다. "어쩌면 까마귀들이 눈알을 쪼아 먹은 게 아닌지도 몰라. 범인의 소행일 가능성도 있거든. 왜냐하면 서양에는 특수한 기술을 써서 죽은 자의 망막에 담긴 정보를 꺼내어 컴퓨터에 입력해 범행의 이미지를 드러낼 수 있다는 소문도 있으니까. 그런 점으로 미루어보자면, 이 범행은 범죄학에 상당한 조예를 지니고 고도의 지능을 보유한 자가 저지른 짓이지, 절대로 일반적인 악당은 아니라고 판단되네."

또 한 사람이 의견을 내놓았습니다. "'닭 잡은 피로 원숭이를 겁먹게 한다(殺鷄儆猴)'는 속담 못 들어봤나? 사람의 머리통을 베어다 현 위원회 안마당에 걸어놓았다는 것은 일벌백계로 남한테 경고한다는 뜻이 있네. 그런 만큼 정치적인 의도를 띤 것이 분명해. 따라서 일반적인 치정 살인이나 재물을 탐낸 살인 사건일 가능성은 배제할 수 있을 듯싶네."

류 부서기는 조직부장이 천거해서 들어온 인물입니다. 간부들의 발탁과 임용을 주관해온 지난 여러 해 동안 과묵할 정도로 말수가 적고 사람 됨됨이도 신중해 평판도 좋고 입소문도 나쁘지 않은 사람인데, 도대체 어떤 자가 이렇듯 훌륭한 간부를 잔인하게 죽였단 말인가요?

소문을 듣고 우리 현 공안국 소속 경찰차들이 거의 총출동하여 고막이 찢어지도록 시끄럽게 울리는 경적과 호루라기 소리에 사람들의 목소리가 온통 파묻혀 들리지 않았습니다. 현 소방중대 소속 소방차 한 대가 안마당으로 굴러 들어오더니 히말라야산 소나무 줄기에 사다리를 걸쳐 세웠고 황색 소방복을 입은 소방대원 하나가 기어 올라가 붉은빛 실크 보자기를 펼쳐서 사람의 머리통을 떼어가지고 엄숙한 기색으로 조심스레 싸기 시작했습니다. 먹잇 감을 잃게 된 까마귀들이 분노한 나머지 소방대원을 향해 돌격을 개시했으나, 그는 팔뚝 하나로 자신의 얼굴을 가려 보호한 채, 나 머지 한 팔로 머리통을 안아 끼고 재빠르게 사다리 밑으로 내려왔 습니다.

그 머리통은 법의학 의사에게 넘겨졌습니다. 흰 가운을 헐렁헐 렁하게 걸친 의사가 그것을 조심스럽게 떠받들고 경찰차 안으로 들어가자, 경찰차는 사이렌을 울리고 경광등을 번쩍번쩍 돌리면 서 출발했습니다. 시 소속 경찰차와 시 위원회 지도급 간부들이 탄 차들마저 뒤따라 들이닥치는 통에, 그 널따란 앞마당에조차 차 량을 세울 데가 없어 곧바로 건물 앞 융안 대로(永安大路)에 줄줄 이 주차시켰습니다. 현에 소속된 테러 방지 경찰과 무장경찰 중대 병력들이 벌써부터 큰길에 인의 장막을 펼치고 도로를 봉쇄했습 니다. 도로봉쇄망에 가로막혀 오도 가도 못하게 된 행인들과 자전 거 행렬이 길거리 양편 바리케이드 끄트머리에서 참새 떼처럼 우 글우글 들끓으며 구경하느라 너나 할 것 없이 머리통을 들이밀랴 고함을 지르랴 백중사리 때를 만난 듯이 시끄러워졌습니다. 경찰 이 메가폰을 들고 행인들에게 길을 돌아가라고 외쳐댔으나, 인파 는 기를 쓰고 자꾸만 앞으로 밀려들었습니다. 그러다가 마씨(馬 氏) 성을 가진 공안국 정치부위원장이 권총을 꺼내 하늘에다 대고 공포를 몇 발 경고 사격하고 나서야 사람들은 아쉬운 기색으로 마 지못해 뿔뿔이 흩어졌습니다.

사이렌 소리는 그쳤으나 차량 지붕에 얹힌 경광등이 감시자의 눈초리가 휘둘러보듯 가슴속까지 써늘하게 만드는 빛줄기를 번쩍번쩍 돌아가며 계속 비췄습니다. 현 위원회 건물의 모든 창문은 경찰의 명령에 따라 빠짐없이 닫혔습니다. 하지만 사람들의 눈빛은 여전히 자기네도 모르게 바깥쪽을 향해 기울어졌습니다. 설사 저들의 시선이 사팔뜨기처럼 바깥쪽을 곁눈질하지 않고 책상 위의 책이나 서류 또는 유리판 아래 끼워놓은 사진을 보고 있다 해도, 그 머릿속에는 역시…… 그래요, 좋습니다, 형님. 난 솔직히 말해서 형님에게 류 부서기가 피살된 직후 현 위원회 건물 안에서 일어난 일을 묘사하고 싶지는 않습니다. 그래도 이것만큼은 얘기하지 않을 수가 없군요. 표면적으로 봐선 아무런 이상이 없었습니다. 상임위원들은 5층 소회의실에 숨듯이 몰려 앉아 긴급회의를 열고, 각 사무실 사람들은 여느 때보다 더 엄숙한 태도로 집무에 열중했습니다. 편협하고 좀스런 상사들이 하찮은 일로 꼬투리 잡아 부하를 매섭게 질책하는가 하면, 부하들은 살고 싶지 않을 정도로 고통스러운 표정을 지어가며 자기네들의 잘못을 시인했습니다. 당연히 사람들은 저마다 가슴앓이만 할 뿐 말로 전할 수 없는 불만을 품고 있었지요.

소문은 빠르게 퍼졌습니다. 현성(縣城) 안에 유일한 별 셋짜리 호텔의 호사스런 객실에서 류 부서기의 시체가 발견되었다는 소식 말입니다. 시신은 짙은 쪽빛 양복 차림에 자줏빛 넥타이를 맨 채 단정한 자세로 소파에 앉아 있었다고 합니다. 어깨 위에 머리통만 얹으면 곧바로 보고서도 작성할 것처럼 말입니다. 객실 청소를 맡은 종업원이 반나절 동안이나 영문을 모른 채 멍하니 있다가 손님의 머리통이 없다는 사실을 비로소 발견했답니다. 해괴한 노릇은, 목이 떨어졌는데도 핏자국이 한 방울도 없었다는 사실입니다. 누르스름한 미색 화학섬유 양탄자를 강력한 진공청소기로 빨아내어 먼지 한 톨도 없는 것처럼 말입니다. 목이 끊긴 부위는 마치 인두로 지진 것처럼 매끈했습니다. 어떤 사람은 고속냉동기술로 처리한 것이 아닌가 싶을 만큼 매끄러웠다고도 합니다. 객실 안에는 그 어떤 격투 흔적도 보이지 않았고 범인이 남겨놓았을 법한 단서 역시 하나도 없었습니다. 이런 해괴한 범죄현장에 현과 시에서 파견 나온 형사들의 골머리가 푹푹 썩었습니다. 오후가 되자 상급 성(省) 공안청 소속 사건 해결 전문가들이 차를 몰고 총알같이 날아왔습니다. 현장을 본 그들 역시 두 토막 난 시체를 놓고 연구했으나 의혹을 풀 도리가 없었습니다. 문제의 초점은 두 가지에 집중되었습니다. 도대체 류 부서기의 피가 어디로 흘러갔을까? 범인은 어떤 흉기를 썼기에 이렇듯 깔끔하게 처리했을까?

성, 시, 현의 사건 해결 전문가들이 머리통을 쥐어짜며 생각에 잠겼을 무렵, 하나의 전설이 현성의 골목 모퉁이 구석구석을 바람처럼 휩쓸기 시작했습니다. 하다못해 융안 대로상의 주민들이 가장 애용하는 건물 두 군데, 외벽에 초록빛 모자이크 타일을 붙이고 안쪽은 백색 모자이크 타일을 붙인 공동변소까지 빠뜨리지 않고—소변기 위쪽 백색 모자이크 타일 벽에 누군가가—어쩌면 귀신일지도 모르는 자가 그림 그리는 붓으로 큼지막하게 이렇게 써놓았다고 합니다.

달빛을 베다(月光斬)

이 한마디에 담긴 전설은 당연히 우리 현성에서 향(鄕), 촌(村)으로 파급되었고, 심지어는 바깥 현, 바깥 성, 외국에까지 번져나갔습니다. 이 글자들은 하나같이 축구공만큼이나 커다랗고 필적은 치졸하기 짝이 없어 얼핏 보기엔 장난꾸러기 개구쟁이의 낙서처럼 보였습니다. 그러나 자세히 뜯어보고 연구해보면 또 서법의 기초를 착실히 닦은 사람이 필체를 속이고 일부러 서투르게 쓴 것처럼 보이기도 했습니다.

어째서 '달빛을 베다'라고 했을까? 사람들은 곧바로 홍콩에서 촬영된 텔레비전 연속극 제목을 연상해냈습니다. 극중 인물 가운데 한 사람이 시퍼런 서슬이 번쩍거리는 보도(寶刀)를 손에 잡고 전적으로 달 밝은 보름날 밤만 골라서 살인을 저지른다는 내용입니다. 하지만 이 전설 속의 '달빛 베기'는 홍콩 텔레비전 드라마와 전혀 상관이 없습니다.

전설 속의 얘기는 이렇습니다.

1958년, '대련강철(大煉鋼鐵)' 운동 시기*에 도심 외곽 몇몇 기

---

* 1958년 이른바 '대약진 운동' 시대. 마오쩌둥이 강철과 기타 주요 공산품의 생산량을 십오 년 이내에 영국의 생산수준을 뛰어넘도록 지시한 목표를 추진하던 시기. 마오쩌둥은 이 목표를 달성하기 위해 모든 행정 수단을 총동원하여 재래식과 현대식이 혼합된 방식으로 추진했으나, 결과적으로 인민의 노동력과 재산만 허비한 채

관의 공사(公司) 간부들이 갑작스레 기발한 착상을 내놓았습니다. 새로 지은 화장장을 적극적으로 활용하여, 신설된 시체 소각로를 강철 제련에 이용하자는 얘기였습니다. 화장터 기술요원은 이 사람들에게 해명했습니다. 시체 소각로와 강철을 제련하는 용광로는 근본적으로 같은 구조가 아니라는 것이었습니다. 하지만 이들 고집불통의 간부들은 화장터 기술요원이 혀가 닳아빠지도록 설득했으나 끄떡도 하지 않았습니다. 너는 떠들어라, 우리는 반드시 해내고야 말 테다. 한마디로 요지부동이었습니다. 그들은 톈허와(天河洼) 국영농장에 가서 우파분자 두 사람을 초빙해 시체 소각로를 용광로로 개조하는 데 거들게 하겠다는 얘기였습니다. 두 사람의 우파분자 가운데 한 사람은 이름이 '런니싱(任你行)', 다른 한 명은 '링후퉤이(令狐退)'**라고 불렸답니다. 런니싱은 원래 강철공장의 부수석 기사(技士) 출신으로 소련에 유학해서 준박사(準博士) 학위까지 획득한 정규 엔지니어였습니다. 그리고 링후퉤이는 성(省) 단위 야금학교 교감 출신으로 독일 유학에서 돌아온 재료학(材料學) 전문가였습니다. 이들 두 진정한 전문가의 수준은 당시 재래식 방법으로 용광로를 세워 제련하던 사람들과는

참담한 손실을 초래하고 중단되었다.
** 홍콩 작가 김용의 무협소설 『소오강호(笑傲江湖)』에 등장하는 두 주인공의 이름을 패러디한 것. 소설에서 '마교'로 지탄받는 일월신교 교주 임아행(任我行)의 이름을 풀이하면 '내 멋대로 한다'는 뜻인데, 이것을 뒤집어 런니싱(任你行), 곧 '네 멋대로 해라'의 뜻으로 바꿔 썼다. 아울러 또 다른 주인공인 영호충(令狐沖)의 이름자 '돌격하다, 들이받다'란 뜻의 '충(沖)'자를 뒤집어 '퇴각하다, 물러서다'라는 뜻의 '퇴(退)'로 바꿔놓아 풍자적인 의미를 띠게 만들었다.

천양지차로 달랐습니다. 만약 저들이 우파분자로 분리되지 않았던들 우리처럼 보잘것없이 작은 현성(縣城)에선 여덟 명이 떼메는 커다란 가마를 동원한다 해도 초빙해올 수 없었겠지만, 우파분자로 낙인찍히고 나자 단 한 번 초빙에 저들을 거뜬히 모셔왔습니다. 이들 두 사람은 시체 소각로를 제련 용광로로 개조할 수 있었던 것은 물론이려니와 놋쇠 요강 따위를 던져주었다 해도 황금을 녹이는 도가니로 개조할 수 있었을 겁니다. 드디어 시체 소각로를 개조한 용광로에서 쪽빛이 나도록 순수한 강철 한 덩어리가 제련되어 나왔습니다. 그 강철 덩어리는 마치 임금님의 왕비가 구리 기둥을 부여안고 산고를 치른 끝에 낳은 왕자처럼 신기하고도 현묘했습니다. 그들이 용광로에 던져 넣은 것은 다 녹슬어빠진 일본군 철모 백여 개, 무쇠 가마솥 오십여 개, 무덤을 파헤쳐 죽은 이들의 관에서 뽑아낸 못 만여 개, 거기에 또 뤄한첸(羅漢錢)이란 이름으로 쓰이던 옛날 엽전 만여 닢이었습니다. 그러나 용광로에서 흘러나온 것은 한 국자도 채우지 못할 만큼 작은 양의 쇳물이었습니다.

하지만 이것이야말로 진정한 금속의 정화(精華)로서, 일곱 가닥 매서운 쪽빛 광채가 곧바로 하늘 끝을 찌르고, 일곱 개의 북두칠성이 쪽빛 광채에 따라 쇳물 담긴 국자에 떨어져 내렸습니다. 그것들이 강림했을 때 금빛 광채와 쪽빛 광채가 극렬하게 마찰을 일으키고 눈부시도록 강렬한 광선을 쏘아냈으며, 아울러 얼음이 탈 때처럼 사람을 혼미 상태에 빠뜨리는 짙은 향기를 발산했습니다─얼음을 숯불에 태우다니, 그것은 우리같이 못된 개구쟁이들이 곧잘 하던 장난질이었지요. 아무튼 제가 이렇게 묘사하는 것이 물리학 원리에 어긋난다는 사실을 압니다만, 어차피 이것은 전설이니까 우선 터무니없는 얘기라도 적당히 들어두시면 됩니다. 북두칠성이 쇳물 담긴 국자에 떨어져 들어간 직후, 표면장력을 일으켰던 쇳물이 국자 테두리에 딱 알맞게 가지런히 수평 상태를 이루었습니다. 우파분자 가운데 한 사람, 링후퉤이가 했을 수도 있고 런닝싱이 했을 가능성도 있습니다만 좌우간에 손수 쇳물 담긴 국자를 받들어다 미리 준비해둔 장방형의 거푸집에 쏟아 부었습니다. 그들은 거푸집을 백여 개나 준비했으나, 실제로 쓰인 것은 딱 한 개, 그것도 거푸집 용량의 절반 정도만 채웠을 뿐이었습니다. 이 강철 덩어리―우선 급한 대로 강철이라고 부르지요―는 거푸집 속에서 천천히 식어갔습니다. 강철을 제련하던 용광로의 불길도 꺼졌습니다. 단지 인근에 화장장을 갖춘 인민병원의 재래식 소각로 불씨만이 모락모락 피어났을 따름입니다. 얼마 안 있어 인민병원의 재래식 소각로 불씨마저 꺼졌습니다. 그 무렵 하늘에는 밝은 보름달이 덩그러니 떠올라 옅디옅은 코발트 빛 광휘를 온 세상에 쏘아 비추고, 문제의 강철 덩어리는 거푸집 속에서 어스름한 코발트 빛 광채를 발산하여, 현장에 있던 사람들의 가슴속에 뭐라 형언하기 어려운 장엄하고도 신성한 감회를 자아냈습니다.

코발트 빛깔을 지닌 문제의 강철 덩어리의 행방에 대해서는 아주 여러 가지 설, 여러 가지 견해가 있습니다만, 어느 설, 어느 견해든 도무지 조사할 길이 없었습니다. 왜냐하면 강철 제련에 참여했던 사람들 태반이 작고하고, 생존해 있는 사람들이 제공한 증언 모두가 술에 물탄 듯 물에 술탄 듯 애매모호하여, 그 증언들을 토대로 조사에 나섰다가는 마치 태양 광선이 온 세상천지 사면팔방에 흩뿌려지는 것처럼, 어떤 것은 식물로 바뀌고 어떤 것은 기체로 화하고 또 어떤 것은 인류가 도저히 인식할 길이 없는 물질로 바뀌었을 것입니다.

그런데 아주 빠르게, 또 사람을 흥분시키는 전설 하나가 나타났습니다.

우리 현성 동문 밖에 원래 둥관춘(東關村)이 있었는데, 그 마을에 리씨(李氏) 성을 가진 대장장이가 살았답니다. 대장장이 리씨는 나이 육십에 상처를 하였고, 성년이 된 아들 셋을 두었으나, 이들은 모두 아내를 맞아들이지 않고 부친을 따라서 대장장이로 생업을 삼았습니다. 네 부자가 하나같이 까막눈의 문맹이라, 설날이 되자 마을에서 개인적으로 서당 훈장 노릇을 한 적이 있는 선비한테 문기둥에 붙일 춘련(春聯) 대구(對句) 한 벌을 써달라고 청했습니다. 한데 이 선비란 작자가 해학을 즐기는 익살꾼이라, 붓을 들어 이렇게 휘갈겨 썼다고 합니다.

한 집안에 홀아비 노총각만 넷이니(一門四光棍),
부자 넷에 굵다란 망치가 여덟 자루일세(父子八大錘).

그리고 상인방(上引枋)에 가로 붙일 시구는 규격에 맞지 않게 딱 세 글자만 써주었답니다.

뚝심에는 뚝심으로(硬碰硬)

점잖게 쌍소리를 섞어 쓴 익살맞은 이 춘련 대구는 아주 유명해
져서 우리 현성 안의 사람들 치고 모르는 이가 없었습니다. 새로
운 전설은 바로 이 대장장이 부자와 연관이 있습니다.

문화대혁명의 대소동이 벌어지던 시기였다고 합니다. 어느 날
저녁, 대장간 화덕 불을 재로 덮어두고 나서 옥수수를 가루로 빻
아 끓인 향기로운 강냉이죽 냄새가 온 집 안을 가득 채우기 시작
했습니다. 대장장이는 엄청난 대식가들이라 버들가지로 짠 알곡
바구니보다 더 큰 두 귀 달린 무쇠 솥을 화덕 위에 걸어놓고, 솥에
황금빛 강냉이죽을 무려 한 초롱이나 족히 되게 쏟아 부었습니다.
삼형제는 무쇠 솥 주변에 빙 둘러서서, 제각기 큼지막한 뚝배기
사발에 강냉이죽을 담아 하나씩 손에 받쳐 들고 후룩후룩 쩝쩝 소
리가 나도록 아주 맛있게 들이마셨습니다. 집 안이 온통 죽 끓는
소리였지만 이따금 늙은 대장장이 아비의 끙끙 앓는 소리가 섞여
나왔습니다. 늙은 대장장이는 병이 들어 흙벽 한 귀퉁이에 거적자
리를 깔고 다 낡아빠진 양가죽 이불 한 장을 덮어쓴 채 웅크려 앉
아 있었습니다. 화덕에 정처 없이 살랑살랑 피어오르는 쪽빛 불씨
가 어쩌다 늙은 대장장이의 구릿빛 깡마른 얼굴을 비추고 나서 이
내 스러지고, 방 안은 또다시 깊은 어둠 속에 잠겼습니다.

형들보다 마음씨가 세심한 막내아들 라오싼(老三)이 입 안 가
득히 강냉이죽을 머금은 채 흐리멍덩한 말투로 늙은 아버지에게
한마디 건넸습니다. "아버지, 그래도 죽 한 사발 드셔보세요. 사람

30

은 무쇠요, 밥은 강철이라고 하지 않았어요? 한 끼니라도 먹지 않으면 배가 고파 견디지 못한다니까요!"

늙은 대장장이가 쿨럭쿨럭 잔기침을 한바탕 쏟아내더니 헐떡헐떡 숨 가쁘게 물었습니다. "장터에서 양식거리로 사온 강냉이 값이 한 근에 몇 전이나 올랐느냐?"

맏아들 라오다(老大)가 걸쭉한 목소리로 퉁명스레 대꾸했습니다. "한 근 값이 얼마든 그게 무슨 상관입니까? 오르면 오르라고 하죠! 강물이 불어나면 배가 뜨고, 양식 값이 오르면 우리네 공임도 따라서 올리는 거 아닌가요?"

둘째아들 라오얼(老二)도 한마디 거들었습니다. "올해 또 얼마나 큰 소동이 날지 모르는데, 양식 값이 몇 푼 오르든 말든 그게 무슨 상관입니까? 그저 오늘 먹고 살면 됐지, 내일 걱정일랑 개나 물어가라고 하죠!"

늙은 대장장이가 가쁜 숨을 헐떡거리며 세 아들에게 당부했습니다. "오늘 밤에 잔업을 좀 해야겠다. 징강산(井岡山) 홍위병 녀석들이 주문한 쇠꼬챙이를 무더기로 만들어야 할 텐데, 돈 몇 푼이라도 더 벌어 준비해두었다가 세상이 어지러워지거든 아예 관외(關外)로 도망치자꾸나."

막내가 반박하고 나섰습니다. "아버지, 관외라고 혼란스럽지 않을 듯싶습니까? 홍위병들이 불어대는 나팔 소리도 듣지 못했어요? '사해 오호(四海五湖)가 온통 빨갱이 세상'이란 말이에요!"

대장장이 네 부자는 이래저래 떠들고 마셔대면서 현성 안쪽에서 한번씩 울려오는 기관차의 처량한 기적 소리를 듣고, 열차가

역으로 진입할 때마다 구르는 바퀴에 지표면이 들썩거리는 진동을 느끼느라 사람의 그림자 하나가 살그머니 대장간 안으로 스며드는 것도 보지 못했습니다. 그것은 마치 돈점박이 표범처럼 날랜 몸놀림으로 집 안에 번뜩 들어서고 있었습니다. 때마침 양귀비 꽃 떨기만 한 쪽빛 불씨가 덮어두었던 화덕 잿더미 속에서 피어올라 허공에 떠돌면서 오래도록 스러지지 않은 채 이제 막 들어선 불청객의 모습을 비췄습니다.

손님은 나이가 어림잡아 열대여섯쯤 들어 보이는 아가씨였습니다. 초록으로 물들인 모조품 군복을 걸치고, 허리께에 유별나게 폭이 넓은 쇠가죽 허리띠를 맨 것이 그녀의 몸매를 한결 영특하고도 용맹스러운 기품으로 돋보이게 해주었습니다. 머리는 두 갈래로 땋아 자그만 댕기를 드리우고, 짙은 두 눈썹에 부리부리하게 커다란 두 눈망울 하며 통마늘 코에 길게 째진 입과 두툼한 입술이 어딘가 모르게 어수룩한 기질을 드러냈습니다. 당연히 그녀의 팔뚝에는 붉은 완장이 둘려 있었고요. 제일 중요한 것은, 그녀가 가슴에 품어 안고 있는 검정 보따리였는데, 얼핏 봐도 엄청나게 무거운 듯싶은 그 안에 어떤 물건이 들어 있는지 알 수 없었습니다.

대장장이 삼형제는 하나같이 한창 혈기 방장한 노총각 건달 녀석들인 데다, 불쑥 찾아든 손님이 어린 계집아이이기는 해도 여자는 여자인지라, 모두들 화끈 달아오른 열정적인 눈빛으로 그녀의 위아래를 훑어보았습니다. 아가씨가 품고 있던 보따리를 땅바닥에 내던졌습니다. '덜커덕!' 둔탁할 정도로 묵직한 소리가 나면서 땅바닥마저 흔들렸습니다.

"여봐, 아가씨, 징강산 소속이여?" 셋째 막내가 물었습니다. "당신네들이 쓸 창 꼬챙이는 내일에나 두드려 만들 수 있어!"

곧이어 둘째도 한마디 던졌습니다. "돌아가서 당신네 우두머리한테 전해! 맞돈 내면 물건을 넘겨주겠노라고 말이야!"

맏이 역시 빠지지 않았습니다. "강냉이 가격도 올랐겠다, 석탄 값도 올랐겠다, 그러니 우리가 만드는 쇠꼬챙이 값도 올랐어. 한 대에 이 위안씩 내야 할 거야!"

아가씨는 허리를 곧추세우고 양손 엄지와 식지를 허리띠에 꾹 질러 겉저고리 옷깃을 팽팽하게 가다듬더니 다시 허리띠 밑의 옷깃마저 아래로 잡아당겨 편 다음, 앞가슴을 불쑥 내밀고 쌀쌀맞게 응대했습니다. "난 징강산 소속도 아니고 둥팡훙(東方紅) 소속도 아니에요! 나는 독립부대 소속이에요!"

막내는 이 소리를 듣고 웃었습니다. "하하, 누굴 속이려고? 우리 현성에는 애당초 그런 홍위병 조직이 없다니까."

아가씨가 내처 대꾸했습니다. "난 당신들하고 쓸데없는 얘기는 하고 싶지 않아요. 나한테 좋은 강철이 한 덩어리 있는데, 칼 한 자루 만들어 쓰게 당신네들이 도와주세요."

"좋은 강철이라니, 어디 한번 꺼내 보여줘." 막내의 요구에, 아가씨는 땅바닥에 쭈그려 앉더니 보따리 매듭을 끄르기 시작했습니다. 우선 검정 보자기 한 겹, 이어서 쪽빛 보자기 한 겹, 그러고 나서는 붉은 보자기 한 겹, 마지막으로 흰 보자기 한 겹이었습니다. 마지막 흰 보자기를 끌렀을 때 화덕 위에 떠돌던 불씨가 겁을 먹은 듯 담보 작은 생쥐처럼 석탄 무더기 속으로 홀짝 파고 들어갔습니다. 연기에 쏘이고 불티에 찌들어 시커멓게 빛바랜 대장간 바닥이 갑작스레 어스름한 코발트 빛깔의 빛에 쐬여 사면 벽과 집 안까지 온통 밝게 빛나는 유약으로 채색된 것처럼 가슴이 설레도록 환한 빛을 발산했습니다. 대장장이 형제들은 강냉이죽을 게걸스럽게 마시던 것도 잊었는지, 하나같이 죽사발을 손에 들고 그 커다란 입을 딱 벌린 채 두 눈으로 멍청하니 그 강철 덩어리만 노려보았습니다.

신비스런 강철 덩어리는 흰 보자기 위에 누워 있습니다. 마치 아득히 머나먼 상고시대 물고기 화석처럼. 계집아이가 손가락을 내밀어 그 강철 덩어리를 가볍게 건드리더니 재빨리 움츠렸습니다. 기막히도록 차가운 감촉이었는지, 아니면 뜨거운 불덩어리를 만졌던 것처럼 말입니다. 그녀가 도발적인 말투로 충동질했습니다. "당신들, 다 보았죠? 바로 이런 강철 덩어리예요. 난 당신네들이 이 쇳덩어리로 칼 한 자루를 만들어주었으면 해요. 모양새의 도면도 가져왔어요. 하지만 당신네들한테 그대로 만들어낼 솜씨가 있는지 모르겠군요."

종알종알 지껄이면서, 그녀는 안주머니에서 아이들이 장난삼아 터뜨리는 종이 폭죽 형태로 차곡차곡 접힌 종잇장을 꺼냈습니다. 그리고 종잇장을 활짝 펼쳐서 제일 가까이 있는 막내에게 넘겨주었습니다. "이 모양으로 만들어줘요."

종잇장을 받아든 막내가 강철 덩어리의 빛에 비춰가며 거기에 그려진 도형을 훑어보았습니다. 그것은 아주 낡아빠진 옛날 양식의 단도(單刀)였습니다. 칼자루는 손잡이 전체가 둥글둥글한 형태였고, 매끄럽게 반원형으로 구부러진 칼등은 완연히 묘령의 처녀의 등허리 뼈를 연상시켰습니다. 칼끝과 칼등이 맞닿은 접합 부분은 둔각을 이루고, 칼날이 뻗어나간 윤곽선은 영락없이 물고기의 배였습니다.

"이런 칼이라면 두드려 만들기가 별로 어려운 것도 아니지." 막내가 혼잣말하듯 중얼거리면서 종잇장을 둘째한테 건네주었습니다. 둘째가 보고 나서 또 맏이에게 넘겼습니다. 종잇장을 받아든 맏이가 물었습니다. "아가씨, 공전을 낼 수 있는지 모르겠군. 우리 품삯이 얼만지 알아?"

아가씨가 차갑게 코웃음 쳤습니다. "흥! 당신네가 이 강철 덩어리를 불려가지고 이런 모양새로 칼 한 자루 만들 수만 있다면 가공비 따위야 얼마든지 달라는 대로 내죠."

"꼬마 아가씨, 큰소리치지 말라고! 네 아버지가 은행장도 아닐 텐데, 허풍이 너무 센 거 아냐? 설사 은행장이라 해도 그만한 돈은 너희 집에 있을 리 없을 텐데, 안 그래? 분명히 말해두겠는데, 나는 쇳덩어리 다듬기만 삼십 년을 해온 사람이야. 우리 아버님은 대장장이 생활 육십 년이고. 그동안 세상천지 어떤 강철이든 못 보았을 듯싶어? 세상천지 어떤 쇳덩어리인들 깨부수지 못한 게 있는 줄 알아? 어디 이따위 형광 가루 칠한 쇳덩어리를 가져와서 얼렁뚱땅 우리를 속여 넘길 작정이야?"

아가씨가 또 한 번 차갑게 코웃음 치면서 앞으로 몸을 숙이기 무섭게 맏이가 들고 있던 종잇장을 덥석 빼앗아 호주머니에 집어넣고 나서, 쭈그린 자세로 문제의 강철 덩어리를 보자기에 도로 싸기 시작했습니다.

이때였습니다. 줄곧 벽면 한 귀퉁이에 웅크려 앉아 있던 늙은 대장장이가 헐떡헐떡 숨 가쁜 소리로 외쳤습니다. "어이, 아가씨. 잠깐만, 그거 보자기에 싸지 말고 기다려줘. 얘, 셋째야. 날 좀 부축해다오. 내가 좀 보아야겠다."

라오싼이 다가가서 늙은 아버지를 부축해 일으켰습니다. 늙은 대장장이는 부들부들 떨리는 걸음걸이로 위태롭게 다가오더니 머리 한 번 숙여 보고서 이내 두 눈 속에 광채가 번쩍 돋아났습니다. 그리고 얼굴 근육이 급작스레 팽팽히 당겨졌습니다. 병든 행색이 삽시간에 전혀 다른 사람으로 바뀐 것입니다. 그는 땅바닥에 쭈그려 앉았습니다. 그리고 머리를 쳐들어 아가씨를 바라보다 다시 고개 숙여 강철 덩어리를 굽어보았습니다. 머리를 쳐들었다가 숙이고, 또 쳐들었다가 숙이고…… 그러고 나서 손길을 내밀어 코발트 빛깔의 강철 덩어리를 툭 건드려봅니다. 한 번 또 한 번…… 손끝으로 건드릴 때마다 흡사 잠자리란 놈이 수면을 찍듯 아주 가볍게 말입니다. 그런 뒤에 슬금슬금 일어서더니 두 손 모아 주먹을 맞쥐고 아주 공손히 허리 굽혀 인사를 했습니다. 정중한 예를 갖추고 나자, 그는 무척이나 경건하고 조심스런 말씨로 그녀에게 사과의 말을 건넸습니다. "아가씨, 내 아들 녀석들이 불손하게 거친 말을 내뱉어 여러모로 실례가 많았소이다. 우리 같은 재래식 대장장이들은 그저 넉가래, 곡괭이, 낫, 호미 따위 농사꾼 연장이나 두드려 만들어주고 그렁저렁 옥수수죽으로 입에 풀칠이나 하며 살아왔소. 이런 보물일랑 아무래도 달리 고명한 분을 찾아가서 맡기는 게 좋을 듯싶소."

아가씨의 입에서 청승맞은 한숨이 흘러나왔습니다. "모두들 대장장이 리씨 집안의 조상은 청나라 때 강희대제(康熙大帝)를 위해 도룡보도(屠龍寶刀)를 주조한 궁궐의 어용철장(御用鐵匠)이었다던데, 이제 보니 변변치 못하게 고작 이 정도밖에 안 되는군요."

말을 마치자, 그녀는 비할 데 없이 실망스런 눈빛으로 대장장이네 부자를 쳐다보더니, 문제의 강철 덩어리를 보자기에 도로 쌌습니다. 그러고는 아주 힘겹게 안아들고 일어나 휘청거리는 비틀걸음으로 바깥쪽을 향해 걸어 나갔습니다. 집 안은 삽시간에 또다시 깜깜절벽 어둠 속으로 잠겨들었습니다. 화덕 잿더미에 숨어들었던 쪽빛 불씨가 떠오르면서 대장장이 부자 네 사람의 얼굴을 비추었습니다. 그들의 표정은 마치 진흙으로 빚어놓은 절간 사천왕 신상의 얄궂은 표정들이었습니다. 아가씨의 뒷모습이 마치 돈점박이 표범처럼 문턱 바깥으로 번뜩 사라지는 찰나, 늙은 대장장이가 비통하고도 애처로운 목소리로 물었습니다. "아가씨! 어딜 가려는 게요?"

"이 강철 덩어리를 난완(南灣) 물굽이에 던져버릴 거예요. 이게 강물 밑바닥 수렁 속에 깊숙이 잠겨서 영영 하늘의 해를 보지 못하게 만들 거예요."

"돌아와요, 아가씨!" 늙은 대장장이가 소리쳤습니다. "이게 내 운명이라면, 도망친다고 해서 도망칠 수도 없겠구려."

"이걸 정복하기로 결정하셨나요?" 돌아선 아가씨의 몸놀림이 마치 돈점박이 표범처럼 날래게 대장간 화덕 곁에 와 섰습니다.

그 눈빛에 놀라움과 희열이 반짝거렸습니다. "어르신이 이것을 놓치지 않을 줄 내 진작 알고 있었죠. 훌륭한 대장장이라면 이런 강철 덩어리가 세상에 나타나기를 간절히 바랐을 거예요. 그래서 기묘하고도 특별한 방식으로 그것을 자기 의지대로 다뤄 세상에 둘도 없는 명검으로 바꿔놓고야 말 테죠."

늙은 대장장이는 웃통에 걸쳤던 다 낡아빠진 홑적삼을 벗어던지고 앙상하게 뼈만 남은 앞가슴을 드러냈습니다. 그리고 물통에서 냉수 한 바가지를 떠가지고 꿀꺽꿀꺽 소리가 나도록 시원스레 목구멍으로 쏟아 넣더니 입술 언저리를 쓰윽 문지르고 나서 허리를 곧게 폈습니다. 삽시간에 늙은 대장장이의 모습이 마치 스무 살쯤 젊어 보였습니다. 아니 스무 살이라기보다 서른 살쯤 되었다고 해야 옳겠지요. 아무튼 그는 갑자기 용맹스런 수사자라도 된 것처럼 병자답지 않게 씩씩하고도 우렁찬 목소리로 세 아들에게 외쳤습니다. "얘들아, 불을 지펴라! 어서 화덕 불을 살리라고! 불길이 활활 솟구치도록 불을 지펴라! 불을 지피라니까!"

늙은 대장장이의 둘째아들이 부집게로 잿더미에 덮인 조개탄을 이곳저곳 들쑤셔대더니 풀무 손잡이를 쥐고 힘차게 당겼다 밀었다 하기를 계속했습니다. 씨익 펄떡, 씨익 펄떡, 풀무질하는 소리가 요란해지면서 하얀 연기가 허공으로 솟구쳐 대장간 천장까지 치솟기 시작했습니다. 불티가 사면팔방으로 어지러이 튀어 날고 이어서 조개탄 더미 속에 불씨가 나타났습니다. 늙은 대장장이는 아가씨의 품에서 문제의 보따리를 넘겨받아 집 안 북쪽 정면 벽에 안치된 조상님들의 위패 앞에 내려놓고 무릎 꿇어 이른바 삼궤 구고(三跪九叩)의 대례를 올렸습니다. 무릎 한 번 꿇을 때마다 땅바닥에 이마를 세 차례 조아리고…… 이것은 세 차례 무릎 꿇고 이마 조아리기를 아홉 번 하는 임금님에 대한 큰절이었습니다. 대례를 마치자 그는 보따리를 끄르면서 애처롭고도 간절하게 축원을 드렸습니다. "역대 조상님들이시여, 보우하소서!"

축원을 마친 그는 오른손 가운뎃손가락을 입에 넣고 깨물어 터뜨렸습니다. 코발트의 강철 빛깔에 비춰져 그의 손가락에서 흘러나온 피마저 쪽빛이 되었습니다. 핏방울이 강철 덩어리 위에 떨어질 때마다 딸그랑딸그랑 소리가 났습니다. 마치 투명하도록 맑디맑은 얼음 덩어리에 진주가 떨어지는 소리 같았습니다. 그러고 나서 또 왼손 가운뎃손가락을 깨물어 핏방울을 떨어뜨렸습니다. 이번에는 치지직, 치익 하는 소리가 났습니다. 마치 그 강철 덩어리가 뜨겁게 달궈지는 소리 같았습니다.

대장장이 아들 셋은 괴상야릇한 냄새를 맡았습니다. 그것은 마치 사람의 피를 섞어 빚은 만두를 연잎에 싸서 부뚜막 아궁이에 구웠을 때 맡은 냄새와 비슷한 것이었습니다. 혈제(血祭)를 다 끝내자, 강철의 코발트 빛깔이 옅어지고 담담해졌습니다. 처음 꺼내놓았을 때의 굳세고 맹렬한 기세는 어디로 갔는지 이제는 따사롭고 부드러운 기운이 늘어나 흡사 깊은 가을날 해맑은 보름달의 광휘와 닮은 느낌을 주었습니다. 그러고 나서 늙은 대장장이는 터진 손가락 상처를 헝겊으로 싸매지도 않은 채 그 강철 덩어리를 옮겨다 이글이글 타오르는 화덕의 불길 속에 집어넣었습니다. 제단에서 화덕으로 옮겨가는 태도가 마치 오 대째 외아들로 이어내린 종손의 갓난아기를 안아 모시듯 조심스럽고도 근엄했습니다.

　일반 강철을 불릴 때보다 십여 곱절이나 더 많은 시간을 허비하고 나서야 코발트 빛깔의 강철이 완전히 달궈졌습니다. 늙은이와 젊은이들 셋이 특수한 경우에만 쓰는 대형 부집게로 코발트 빛깔의 강철 덩어리를 모루 위에 집어다 놓았을 때는 대장간 건물 안이 온통 얼음처럼 투명한 세계로 바뀌고, 집 안의 사람과 물체들 모두가 마치 아득히 머나먼 상고시대 유물이 옅은 쪽빛 호박(琥珀) 안에 응고되어 있는 것처럼 보였습니다. 이때쯤 되어 사람들은 두 눈을 크게 뜨고 관찰해야만 물고기 형태의 강철 덩어리가 모루 위에 누워 살아 있는 생선처럼 펄떡펄떡 뛰고 그칠 새 없이 온 몸뚱이를 부들부들 떠는 형상을 알아볼 수 있었지요. 그 몸부림이 고통에서 나온 것인지 아니면 흥분 상태였기 때문인지 알 수는 없지만 말입니다.

　늙은 대장장이가 작은 쇠망치를 손에 잡고 다루기 시작했습니다. 불려놓은 코발트 빛깔의 강철 덩어리를 두드린다기보다 어루만진다고 얘기하는 것이 맞겠습니다. 늑대, 호랑이같이 사나운 세 아들이 저마다 팔 킬로그램이 넘는 큼지막한 쇠망치를 한 자루씩 잡고 번갈아가며 한 차례씩 두들겼습니다. 이어서 늙은 대장장이의 자그만 쇠망치가 닭 모이 쪼듯 잽싼 동작으로 두들기기 시작했습니다. 두들기는 사이사이로 세 아들의 커다란 쇠망치가 신속하고도 절도 있게 번차례로 돌아가며 아주 정확하게 내리쳤습니다. 해괴한 것은, 무거운 쇠망치로 쇳덩이를 내리치는데도 전혀 소리가 나지 않는다는 점이었습니다. 여느 때 같았으면 부자 넷이서 커다란 쇠망치를 휘둘러 치는 쇳소리가 대문 밖 큰길의 멀리 지나가는 행인들에게도 들리고 열차의 기적 소리마저 덮을 정도로 크게 울려 나갔을 것입니다. 그런데 지금은 그렇듯 힘차게 두들기고 힘겨운 육체노동이 극렬하기 짝이 없는데, 담장 모퉁이의 귀뚜라미 우는 소리조차 귓속에 담겨 뭇사람들에게 깊은 가을의 서글픔과 처량함을 느끼게 만들고 잠시 피었다가 스러지는 생명의 짧음을 한탄하게 만들다니 이상한 노릇 아니겠습니까.

손님으로 찾아온 어린 아가씨는 어쩌고 있었을까요? 그 처녀는 벽 한 귀퉁이에 쪼그려 앉은 채 양손으로 턱을 괴고, 마치 사냥감을 포식한 뒤 큰 나무 가장귀에 뛰어올라 웅크린 자세로 휴식을 취하는 돈점박이 표범처럼 실눈을 가늘게 뜨고 있었습니다. 더욱 이상야릇한 것은, 이렇듯 무지막지한 힘줄기로 맹렬하게 강철 덩어리를 두들기는데 모루 위에서 불티라곤 반점도 튕겨 나오거나 흩뿌려지지 않는다는 점입니다. 여느 때 이들 대장장이 부자 넷이 쇳덩어리를 두들기면 불티가 사방으로 흩뿌려져 사면 벽에 부딪혔다가 도로 튕겨 나오기 일쑤요, 게다가 후드득후드득 쏟아져 나오는 소리까지, 멀리서 보고 들으면 영락없이 경축행사를 거행할 때 쏘아 올리는 폭죽 꽃불처럼 아름다웠습니다.

이렇듯 지속적으로 단조(鍛造)하기를 꼬박 한 시간 남짓, 세 아들의 몸뚱이에서 뜨거운 김이 무럭무럭 피어났습니다. 땀투성이 몸뚱이가 마치 끓는 기름 가마솥에서 갓 끄집어낸 세 가닥 꽈배기처럼 매끄러웠습니다. 그러나 늙은 대장장이만큼은 땀을 한 방울도 흘리지 않았습니다. 늙은 대장장이의 손에서 작은 쇠망치 동작이 차츰 느려졌습니다. 세 아들의 큰 쇠망치질도 덩달아 완만해졌습니다. 작은 쇠망치질이 더욱 느려졌습니다. 여기 한 번 땡그랑, 저기 한 번 땡그랑, 마치 모이를 포식한 닭 한 마리가 쌀 무더기를 헤치고 그 속에서 쌀벌레만 골라 쪼아 먹는 형국이 완연했습니다. 고개를 외로 꼰 채 가늘게 뜬 실눈으로 흘겨보는 늙은 대장장이의 표정과 자태마저 영락없는 검정 수탉을 닮았습니다. 크고 작은 망치질이 갈수록 점점 더 느려집니다. 땡그랑, 땡그랑, 작은 쇠망치 소리입니다. 땅! 땅! 땅! 커다란 쇠망치로 왈살스레 두드리는 소리입니다. 땡그랑, 땅! 땡그랑, 땅! 이윽고 작은 쇠망치가 땅바닥에 내던져지고 오뚝 선 망치 자루가 몇 번 좌우로 흔들리다가 끝내 정지했습니다. 아들 셋도 마찬가지, 썩은 고목 세 그루처럼 땅바닥에 무너지듯 주저앉았습니다. 오로지 늙은 대장장이만 여전히 서 있을 뿐입니다.

화덕 속의 불꽃이 절반쯤 밝아졌다 어두워졌다. 쪽빛 불씨가 마치 미풍에 나부끼는 비단 실처럼 부드럽고 여리게 무기력함을 드러내고 있습니다. 늙은 대장장이의 정수리가 벗겨진 대머리처럼 머리카락 한 올 보이지 않습니다. 양쪽으로 축 늘어뜨린 입술하며, 쭈글쭈글한 목덜미의 주름살이 그를 단번에 스무 살이나 도로 늙어 보이게 만들었습니다. 아니, 서른 살쯤 늙었는지도 모릅니다. 그는 억지로 버텨선 채 눈빛만으로 그 어린 아가씨를 불렀습니다. 어린 아가씨가 쭈뼛쭈뼛 모루 앞으로 걸어왔습니다. 그러고는 우선 늙은 대장장이에게 눈길을 한 차례 던지고 나서 고개 숙여 모루 위를 굽어보았습니다. 그녀가 또다시 머리를 쳐들고 늙은 대장장이를 쳐다보았습니다. 얼굴이 온통 의혹에 찬 기색이었습니다. 그녀가 의혹을 품었다고 탓하는 것도 무리는 아닙니다. 왜냐하면 모루 위에는 아무것도 없었으니까요. 우선은 없는 것처럼 보였습니다. 마치 그 기이한 코발트 빛깔의 강철 덩어리가 대장장이 부자들이 휘두르는 망치질에 공기로 바뀌었거나, 아니면 빛줄기로 화해 이 대장간 집 안의 모든 물체에 칠갑을 했는지, 하다못해 인간의 피부, 머리카락, 눈썹마저 모조리 칠갑해서 지워버렸는지 모를 일입니다. 늙은 대장장이의 두 눈이 절반쯤 감기고 절반쯤 뜨인 품이, 지칠 대로 지쳐 눈꺼풀조차 쳐들 힘이 없음을 알아볼 만합니다. 목소리도 미세하고 나약한 것이, 한여름 앵앵 날아다니는 모기 소리나 다를 바 없어 숨을 멈추고 귀를 기울이지 않고서는 알아듣기 어려울 지경입니다. 그러나 아가씨는 분명히 들었습니다. 그녀는 오른손 가운뎃손가락을 입술 틈으로 쑤셔 넣고 한입에 깨물어 터뜨렸습니다. 핏방울이 똑똑 떨어지는 손가락 끝을 모루 위에 옮겨다 쳐들었습니다. 핏방울이 닿는 순간, 벽록 빛깔의 안개 연기 한 줄기가 풀썩 일더니, 집 안에는 부뚜막 아궁이에 연잎으로 싸서 사람의 피를 섞어 빚은 만두 굽는 냄새가 물결치듯 일렁일렁 번져나갔습니다. 그와 때를 같이해서 칼의 형태가 모루 위에 차츰차츰 윤곽을 드러내기 시작했습니다. 대략 일 미터 길이에 가장 폭 너른 부위가 어림잡아 이십 센티, 종잇장에 그려진 도면의 형상과 완전히 부합되는 것이었습니다. 그녀가 또다시 왼손 가운뎃손가락을 깨물었습니다. 똑똑 떨어지는 핏방울이 칼날 위에 떨어져 내렸습니다. 땡똥, 땡똥! 마치 진주알이 얼음 위에 떨어지는 소리가 났습니다. 그와 동시에 칼의 형태가 또다시 흐리멍덩해졌습니다. 마치 안개 속에 꽃을 내다보듯, 물속의 달을 보듯, 유리창을 사이에 두고 목욕하는 미녀를 훔쳐보듯……

"아가씨, 그걸 가져가시오." 이 말을 끝낸 늙은 대장장이가 뒤로 벌렁 넘어가더니 이내 호흡이 끊겼습니다.

"아가씨, 그걸 가져가시오." 이 말을 끝낸 늙은 대장장이의 맏아들이 이내 호흡이 끊겼습니다.

"아가씨, 그걸 가져가시오." 이 말을 끝낸 늙은 대장장이의 둘째아들도 이내 호흡이 끊겼습니다.

"아가씨, 그걸 가져가시오." 늙은 대장장이의 막내아들이 말했습니다.

아가씨는 그 칼을 집어 들었습니다. 그리고 달빛 한 토막을 도려내듯 대장장이의 막내아들에게 말했습니다. "당신은 나하고 같이 떠나요."

이들 두 젊은이, 여인은 칼을 들고, 남자는 빈손으로 털레털레 대장간 바깥으로 걸어 나갔습니다. 큰길을 따라 둥관춘 마을 바깥으로 걸어 나가 휑하니 트인 벌판에 접어들었습니다. 그리고 어스름한 코발트 빛 달빛 속으로 사라졌습니다.

이 칼 이름을 '월광참도(月光斬刀)'라고 합니다.

오로지 '월광참도'를 써야만 사람의 머리를 베어도 핏방울이 나오지 않을 수 있고, 다림질을 한 테크론 옷감처럼 끊긴 자리가 매끄러워질 수 있는 것입니다.

하지만 얼마 안 있어 또 하나의 전설이 생겨났습니다. 전설의 내용인즉 이렇습니다.

몸통과 머리통이 따로 분리된 류 부서기의 시신은 실상 플라스틱 재질로 만든 정교한 마네킹이었노라고. 어느 못된 장난꾸러기 녀석이거나 아니면 류 부서기에게 따귀 한 대 얻어맞은 어느 잡놈이 그따위 저속한 코미디극을 연출했는지 모른다는 것입니다.

앙갚음이든 저속한 코미디이든, 이 소동은 극도로 열악한 정치적 영향을 빚어내고, 류 부서기의 명예에도 궤멸적인 상처를 안겨주었으며, 그리고 또 계산하기 어려울 정도로 많은 경제적 손실을 가져왔습니다. 그토록 많은 경찰차, 그토록 많은 테러 방지 경찰 병력과 무장경찰대원, 그토록 많은 지방정부 관리들이 사건 해결에 몽땅 투입되었으니, 마모된 차량 손실, 오락가락하느라 소비한 휘발유 값, 공임과 출장비…… 그 숱한 비용과 인력 소모를 어쩌면 좋겠습니까? 허어, 그것 참!

험악해진 민심을 도로 만회하기 위해서 현 위원회, 현 정부는 인민광장에 모닥불을 피워놓고 야회(夜會)를 개최하였습니다. 중추가절을 경축하는 행사가 텔레비전 방송국에서 생방송되었습니다. 사람들은 텔레비전을 통해 류 부서기가 제일 먼저 담화하는 장면을 보았으며, 이어서 경극(京劇)의 창(唱)을 구성지게 불러 넘기는 노랫가락을 들었습니다. 그리고 또 젊은 청년여맹 단원들과 어우러져 신바람 나게 춤추는 모습도 보았습니다. 담화든 구성진 노랫가락이든, 신바람 나게 춤을 추든, 아무튼 간에 그의 얼굴은 시종 미소를 띠고 있었습니다. 여느 때와 달리 친화력도 있고 비상하리만치 평온하고 침착한 기색이었습니다. 마치 아무런 일도 일어나지 않았던 것처럼 말입니다.

덧붙여온 문건을 다 보고 나서, 나는 사촌 아우에게 답신을 써 부쳤다.

사촌 아우님께,

오래도록 서신 왕래가 없어 무척이나 그리웠네. 고모님은 평안하신가? 고모부님도 평안하신지? 젠궈(建國) 사촌 형님도 편히 잘 계시겠지? 칭칭(靑靑) 사촌 누이도 잘 있겠고? 자네가 현성 시내에서 근무하고 있으니 틈나는 대로 고향집에 돌아가 안부를 전해주어야겠네. 고모님 내외분 모두 연세가 많으시니 부디 건강에 주의하시기 바라네. 고향에 돌아가거든 나 대신에 메이젠츠(眉間尺)의 무덤에 지전(紙錢) 이백 장만 살라주게. 그리고 웨이샤오바오(韋小保)의 후손을 만나거든 아무쪼록 예의범절을 깍듯이 차려 대하게나. 차라리 군자에게 노염을 살지언정 소인배에게는 미움을 사서 안 된다는 것이 옛사람의 교훈이니, 어김없어야 하네. 이제 곧 자네도 서른 살이 될 텐데 혼인을 서둘러 해결해야 하네. 세상천지 어디에 훌륭한 규수감이 없겠는가? 죽을 둥 살 둥 샤오룽뉘(小龍女)에게만 달라붙어 놓치지 않으려 할 필요는 없네. 내가 보기에는 그 처녀 환주거거(還珠格格)*도 괜찮을 듯싶으이. 좀 상

---

* 저자 모옌은 역시 무협소설이나 무협 드라마에 탐닉했던 모양이다. 이 단편 내용 곳곳에서 그런 기미를 보이고 있으니 말이다. 우선 '도룡보도'는 김용의 무협소설 『의천도룡기(倚天屠龍記)』에 등장하는 전설적인 칼 이름. 웨이샤오바오는 『녹정기

스럽고 버릇없기는 하네만 그래도 금지옥엽 귀한 따님 아닌가?
그녀와 혼사를 맺으면 자네 벼슬길에 아주 크게 이로울 것이니,
하루속히 결정하고 절대로 이래저래 두 마음을 품지 않기 바라네.
신신당부하는 말일세.

(鹿鼎記)』의 남주인공, 샤오룽뉘는『신조협려(神雕俠侶)』의 여주인공이다. 그리고
환주거거는 홍콩 텔레비전 무협 드라마 〈황제의 딸〉에 나오는 공주의 이름이다. 실
상 '환주(還珠)'란, 중국 근대 역사무협소설의 원조로서 '무협의 황제'라고 일컫던
리서우민(李壽民)의 필명 '환주루주(還珠樓主)'에서 따온 것이고, '거거(格格)'는
청나라 황족에 대한 존칭으로서 공주마마의 '마마'란 뜻을 지닌 만주족 언어다.

위대한 예술가와의 만남

······ 與大師約會

1

　지난번 시내 전체를 뒤흔들었던 미술 전람회 현장에서, 우리는
무척 오래도록 사람들이 들끓는 인파를 헤치고 들어간 끝에 드디
어 위대한 예술가이신 큰 스승의 면전에까지 다가들 수 있었다.
불안감으로 격심하게 설레는 심정을 품고서, 우리는 앞뒤 말이 전
혀 조리에 맞지 않게 허둥거리며 위대한 예술가 어르신께 마음속
에서 우러나오는 숭배와 오체투지(五體投地)할 정도로 깊은 흠모
와 존경의 뜻을 표했다. 위대한 스승은 땀이 끈적끈적하게 밴 자
그만 손바닥으로, 긴장과 격한 감동 탓에 땀으로 축축이 젖은 우
리들의 손을 부여잡고 일일이 악수해주었다. 위대한 예술가의 손
길은 우리에게 잊기 어려운 인상을 남겼다. 물론 우리에게 더욱
잊기 어려웠던 것은 큰 스승의 얼굴에 띤 미소, 누구든지 쉽사리

접근하게 만드는 웃음기였다. 우리가 떨리는 목소리로 위대한 예술가에게 전화번호를 조심스레 물었을 때, 위대한 스승은 인심도 후하게 명함 몇 장을 아낌없이 꺼내 우리한테 하나씩 나눠주었다. 우리 등 뒤에 아직도 많은 숭배자들이 앞으로 밀어붙이고 있었던 것이다. 위대한 예술가는 우리에게 사근사근한 말씨로 이렇게 말했다.

"좋아, 친구들! 여기는 너무 시끌벅적 소란스러우니까, 훗날 어디 조용한 곳에서 재미있는 얘기를 나눕시다."

갑자기 우리는 이 위대한 예술가와 우리가 어느덧 친밀한 벗으로 맺어졌다는 느낌이 들었다. 위대한 예술가의 의도는 우리더러 잠시 앞쪽에서 비켜나게 해서 뒤편 사람들을 맞아들이려는 방편이었다. 이렇게 하는 것은 그로서도 진정 원치 않는 일이었으나 현지 사정으로 보아 어쩔 도리가 없었으리라. 아무튼 위대한 예술가는 무척 미안한 기색으로 고갯짓을 두어 차례 끄덕여 보였고, 우리 역시 충분히 이해한다는 듯이 뒤편으로 물러났다. 사실 우리가 자진해서 후퇴할 필요도 애당초 없었다. 떠밀리지 않으려고 등줄기에 잔뜩 준 힘을 풀기가 무섭게 뒤편 사람들이 곧바로 밀어닥쳤으니까. 결국 눈 깜짝할 사이에 우리는 군중들의 인파 제일 바깥쪽 변두리로 떠밀려 있었다.

전람회를 둘러본 지 이틀째 되던 날 저녁, 우리는 명함에 적힌 전화번호대로 그에게 전화를 걸었다. 수화기를 통해 들려온 것은 뜻밖에도 예의 바른 컴퓨터 응답이었다. "미안합니다. 그런 전화번호는 없습니다." 우리는 실망감을 느꼈으나 그렇다고 희망을 버린 것은 아니었다. 그래서 이번에는 명함에 적힌 위대한 예술가의 휴대전화 번호를 눌렀다. 어찌 된 노릇인지 수화기를 통해 들려온 것은 여전히 예의 바른 컴퓨터 응답 소리였다. "미안합니다. 당신이 찾는 가입자는 서비스 구역에 있지 않습니다." 다시 걸었더니 컴퓨터가 우리에게 일러주었다. "미안합니다. 당신이 찾는 가입자께서 전화를 꺼놓았습니다." '서비스 구역에 없다'든가 아니면 '전화를 꺼놓았다'든가, 아무튼 우리에게는 하나같이 위안의 말이었다. 그것은 위대한 스승께서 우리에게 준 휴대전화 번호가 진짜라는 사실을 설명해주고 있으니까. 아니, 적어도 그 전화번호가 확실히 존재한다고는 말할 수 있으니까. 휴대전화가 불통이니 이번에는 위대한 스승의 호출기를 연결했다. 교환대 아가씨는 게을러빠진 목소리, 그러나 꿀처럼 달콤한 음성으로 우리더러 전할 말씀을 남겨달라고 요구했다. 우리는 눈짓 한 번을 교환하고 나서 약속이나 한 것처럼 이구동성으로 말했다.

"위대한 스승님, 우리들은 스승님의 숭배자입니다. 스승님을 모시고 커피 한 잔 나누고 싶습니다. 내친 김에 스승님의 작품 전람회를 보고 느낀 점을 놓고 대화를 나누고자 하오니 아무쪼록 응답하셔서 스승님을 깊이깊이 사랑하는 젊은이들의 소망을 채워주시기 바랍니다."

우리는 수화기를 통해 교환대 아가씨의 손길 아래 자판이 딸까닥딸까닥 울리는 소리를 들으면서, 우리가 일편단심 지극 정성으로 초청하는 뜻이 바야흐로 부호로 바뀌어 위대한 예술가의 허리에 매달린 호출기를 향해 날아가고 있음을 깨달았다. 만약 호출기가 위대한 예술가의 허리춤에 매달려 있다면 말이다. 교환대 아가씨가 우리에게 전화번호를 물어서, 우리는 술집 전화번호를 일러준 다음, 희망을 가득 품은 채 기다리기로 했다.

우리가 기다리는 곳은 위대한 스승이 거처하는 곳에서 아주 가까운, 가게 이름이 '푸른 모자'라는 서양식 술집이었다. 위대한 예술가의 거처는 물론 그가 우리한테 건네준 명함에서 알아낸 것이다. 그 주소가 위대한 예술가와 선녀를 능가할 만큼 아리따운 그의 아내가 거주하는 곳이 아니었음을 우리야 도무지 알 턱이 없었다. 위대한 예술가가 이 도시에 대관절 몇 군데나 가옥을 소유하고 있는지 우리로서는 당연히 알 턱도 없으려니와 또한 알아서도 안 될 일이었다. 그러나 위대한 예술가의 명함에 적힌 주소가 그 거처 중에 하나인 것만큼은 누가 뭐래도 분명한 사실이었다. 그것을 확인하기 위해서 우리는 벌써 사전정찰을 실시했으니까 말이다. 경계가 삼엄한 아파트의 수위는 비록 우리에게 털끝만치도 양보하지 않고 딱 한마디로 문전 축객을 했으나, 그 역시 우리 꼼수에 빠져 위대한 예술가의 정보를 누설하고 말았다. 애당초 우리는 명함에 적힌 위대한 예술가의 이름자를 가리키면서 엄숙한 수위에게 '그분이 진짜 이 아파트에 살고 계시냐'고 따져 물었다. 수위는 얼음보다 더 차가운 낯빛으로, 그리고 외교가다운 냉담한 말투를 흉내 내어 이렇게 대꾸했다.

"미안하지만, 일러드릴 수 없네!"

그럴 줄 예상하고 있던 우리는 한 걸음 더 나아가 미리 계획한 대로 현관 대문 앞에서 오락가락 서성거리며 우리와는 전혀 아무 상관없다는 듯이 너스레를 떨기 시작했다.

"그 양반 정말 대단한 분이지 뭐야. 그토록 아리따운 아내가 딴 사내와 잠자리를 같이했는데도 어째서 단칼에 푹 찔러 죽이지 않았을까? 소문에 듣자니 그분 장모님이 범 같은 장정 열 명쯤 데리고 와서 그 양반을 한바탕 호되게 두들겨 팼다던데……"

우리는 위대한 예술가의 이미지에 손상을 입힐 유언비어를 퍼뜨리는 한편으로 남몰래 아파트 수위의 얼굴 표정이 어떻게 바뀌는지 살펴보았다. 우리 생각으로는, 만일 수위의 얼굴 표정이 바뀌지 않는다면 그것은 위대한 예술가의 명함에 적힌 주소가 십중팔구 거짓이요, 그 얼굴이 격한 감정을 드러내거나 아니면 우리에게 경멸하는 표정을 드러낼 경우, 그것은 위대한 스승께서 확실히 이 호화로운 아파트 건물 안에 거주한다는 의미라고 단정할 수 있었다. 결과는 우리가 예상했던 것보다 훨씬 좋게 나왔다. 우리가 터무니없는 유언비어를 절반도 채 지껄이지 않았을 때, 한창 젊은 아파트 수위 녀석이 윗입술을 코끝까지 들춰 올리는 것을 본 것이다. 그러고 나서 우리는 그가 목소리를 나지막이 깔고 투덜거리는 소리를 들었다.

"터무니없는 헛소리……"

이래서 우리는 잠꼬대하는 몽유병자를 상대하듯 두 눈 딱 부릅뜨고 그 충성스런 수위 녀석을 노려보면서 목청껏 고함을 질러댔다.

"당신, 뭘 믿고 우리더러 터무니없이 헛소리한다는 거요? 우리 얘기가 헛소리인지 아닌지, 당신이 어떻게 알아? 우리 소식통은 하나같이 공개적으로 발행된 신문에 난 사실인데, 어떻게 해서 터무니없는 헛소리라는 거야?"

"내가 오늘 아침에도 그들 내외분이 정원에서 개를 데리고 산책하는 걸 보았는데 무슨 소리야!"

우리들의 반말 짓거리에 노기등등한 수위가 끝내 바른대로 불고 말았다.

"당신, 잘못 보지 않았다고 장담할 수 있겠어?"

원하던 정보를 얻어내 미칠 듯이 기쁜 마음을 억누르면서, 우리는 일부러 수위 녀석과 힘겨루기에 들어갔다.

"어쩌면 당신이 사람을 잘못 볼 수도 있겠지. 안 그렇소?"

"흥!"

수위 녀석이 소리가 나도록 세차게 코웃음 쳐 우리 일행에게 경멸의 뜻을 보이고 나서 얼굴을 한쪽으로 뒤틀었다. 그의 눈길이 못 박힌 곳은 나무 한 그루, 어쩌면 아직도 새끼줄로 친친 동여맨 은행나무 줄기였는지도 모르겠으나, 아무튼 우리를 더이상 거들떠보지 않았다.

이렇게 해서 우리는 약속 장소를 '푸른 모자' 술집으로 정하게 되었다. 여느 때 우리 같았으면 세심하지 못하고 데면데면하게 구는 덜렁이들이요, 하나같이 사리사욕만 챙길 줄 아는 이기적인 패거리였으나, 평소 하던 짓거리와는 전혀 딴판으로 우리 자신을 희생해가며 위대한 예술가의 귀중한 시간을 배려해서, 그의 신변 안전을 고려해서, 또 그의 건강까지 고려한 끝에 만날 장소를 정했던 것이다.

'푸른 모자'는 위대한 예술가의 거처에서 고작 마중물을 끌어들이는 관개수로로 한 블록을 사이에 두고 떨어져 있을 뿐이었다. 관개수로에는 철근을 써서 널판으로 엮은 자그만 교량이 가설되어 있었다. 널판 다리라곤 하지만 아주 단단해서 백여 명이 그 위에 올라가 널뛰기를 한다 해도 결코 무너질 염려가 없을 뿐 아니라, 다리 양편에 강철 파이프로 난간을 설치했기 때문에 일부러 강물에 뛰어들어 자살하고 싶지 않은 이상 안전만큼은 절대적으로 보장되었다. 위대한 스승께서 우리들과 만날 의사만 있다면 그의 거처에서 걸어 나와 십 분을 허비할 것도 없이 우리 일행과 한자리에 앉을 수 있게 되는 것이다.

호출 신호를 보내고 나서 우리는 참을성 있게 회답을 기다렸다. 우리는 마음속으로 위대한 예술가의 정겨운 얼굴과 친절하게 던져준 면담 허락을 떠올리면서 가슴 뿌듯한 희망으로 가득 차 있었다. 술집 탁자에 놓인 전화기가 울릴 때마다 우리는 마치 영양을 덮치는 표범처럼 날쌘 동작으로 달려가 받았으나, 결과는 번번이 실망으로 끝났다. 한 시간이 지났을 때, 우리는 배짱을 내밀어 뻔뻔하게 다시 한 차례 호출 신호를 보내기로 결정했다. 그리고 이번만큼은 교환대 아가씨에게 긴급 호출 명령을 세 차례나 연거푸 내리도록 지시했다. 하기야 그 아가씨가 우리 명령을 에누리 없이 집행할 것인지 말 것인지에 대해선 알 수 없었다. 또 위대한 예술가께서 그런 호출 방식에 불쾌감을 느낄 것인지의 여부에 대해서도 걱정이 없지 않았으나, 아무튼 그분을 만나고 싶은 다급하고 절박한 심정이 우리에게 그런 따위의 하찮은 지엽적인 문제는 돌아보지 않게 만들었다.

긴급 호출 신호를 세 차례 보내고 나서 우리는 또 한 시간을 기다렸다. 하지만 위대한 스승께선 여전히 응답이 없었다.

술집에 청춘 남녀 한 패거리가 우르르 쏟아져 들어왔다. 어깨까지 덮이도록 길게 머리카락을 늘어뜨린 장발족이 있는가 하면 새파랗게 윤이 나도록 박박 밀어버린 대머리 족속도 있었다. 그런가 하면 긴 머리카락을 가지각색의 물감으로 염색하여 얼핏 보면 그림물감 팔레트를 정수리에 뒤집어씌운 것처럼 얼룩덜룩한 족속도 있었다. 우리는 이내 근처에 유명한 예술대학이 한 군데 있음을 떠올렸다. 그리고 이들이 그 대학의 학생들이라고 단정했다. 그들이 들어서기 무섭게 고요하고도 한가하던 술집이 순식간에 시끌벅적한 장터로 바뀌고 말았다. 그들은 애당초 술집 주인에게 동의를 얻지도 않은 채 테이블 네 자리를 통째로 차지했다. 보아하니 다수의 세력으로 주인을 얕잡아보겠다는 게 아니라 이 술집의 단골손님으로 늘 제집 드나들듯 해왔던 것이 분명했다. 한바탕 시끄러운 소리가 지나고 나서 학생들이 테이블에 둘러앉았다. 테이블 한복판에 놓인 촛불이 타오르면서 저들의 얼굴을 발갛게 비쳐주었다.

우리 일행은 저들보다 못한 꾀죄죄한 행색에 부끄러움을 느끼면서 벽 한 귀퉁이에 놓인 테이블 주변에 웅크려 앉았다. 그리고 숨을 죽여 침묵을 유지했다. 얘기를 나눠야 할 때도 우리 일행에 대한 저들의 혐오감을 유발하지나 않을까 싶어 될 수 있는 대로 목소리를 최대한 낮췄다. 이 도시 안에서 우리처럼 문화적 소양을 기르지 못한 인간 부류가 예술을 열렬히 사랑하고 싶으면 모름지기 매사 행동거지와 말투에 실수가 없도록 조심하는 데 소홀하면 안 된다. 그렇지 않았다가는 남들에게 웃음거리나 되고 심지어는 재앙을 불러일으키기 십상이니 말이다.

우리는 참을성 있게 위대한 예술가의 회답을 기다렸다. 실망감으로 기분이 갈수록 무거워졌으나, 그래도 여전히 기적이 나타날 것이라는 소망을 버리지 않았다. 생각해보자. 만약 위대한 예술가께서 이 작은 술집에 나타나 우리들과 함께 둘러앉는다면 과연 어떤 효과가 생길까! 우리는 믿었다. 지금 우리 눈앞의 저 예술대학생들은 보리 싹과 부추 이파리를 구분하지 못하고 나귀가 어떻게 생겼으며 털북숭이 노새란 놈은 어떻게 생겨먹었는지 분별도 못할 철부지 녀석들이지만, 제아무리 우글대는 인파 속이라 할지라도 저 위대한 예술가의 존재만큼은 한눈에 알아볼 수 있으리라고 말이다.

저들이 주고받는 대화 몇 마디를 통해서, 우리 일행은 아주 빠르게 저들의 회합 목적이 무엇인지 알아챘다. 학생들이 여기에 모인 것은, 머리카락은 불꽃처럼 빨갛고 누르스름하게 타다 남은 흙빛 얼굴에, 눈초리는 고양이, 입술은 은박지처럼 얄팍한 스무 살짜리 계집아이의 생일을 축하해주기 위해서였다. 술집에서 일하는 아가씨가 붉은빛 작은 초를 가득 꽂은 큼지막한 케이크를 쟁반에 떠받쳐 들고 나오자, 그들은 일제히 일어나서 큰 소리로 동네 강아지조차 부를 줄 아는 생일축하 노래를 합창하기 시작했다. 그러고 나서 주인공 아가씨가 입술을 뾰족하게 내밀더니 숨을 길게 내쉬어 스무 개나 되는 촛불을 단번에 껐다. 학생들이 한바탕 환호성을 질렀고, 또 그 소리에 섞여 날카로운 휘파람 소리가 몇 차례 들렸다.

의례적인 생일축하 행사가 끝나자 저들은 케이크를 먹기 시작했다. 이 학생들 패거리는 당초 우리 일행하고 아무 상관이 없었으나, 케이크를 다 먹고 나서부터 주고받는 얘기의 화제가 뜻하지 않게 저들을 우리 일행과 하나로 연계시켜놓았다.

"진스량(金十兩), 그 잡놈 말이야."

대머리 남학생이 뜻밖에도 위대한 예술가의 함자를 '잡놈'과 연계시켜 우리 마음속에 불쾌감을 불러일으켰다. 맥주 한 모금을 마신 그는 입술에 맥주 거품을 매단 채 아주 불경스럽게 또 한마디 했다.

"정말 대단한 색골 아닌가!"

"뭐라고?

고슴도치 머리를 한 여학생이 애교가 똑똑 떨어지는 코맹맹이 소리로 물었다.

"진스량이 주최한 '행복생활 전람회' 말이야, 안 가봤어?"

"그거, 인육시장 아냐? 구역질 나. 정말 흥미 없어!"

"아니지, 아냐! 메이메이(美眉), 그건 네가 너무 고상하고 점잖아서 하는 소리야."

작달막한 남학생이 코끝까지 미끄러져 내린 커다란 잠자리 안경을 추어올리면서 엄숙하게 반박했다.

"그건 하나의 예술혁명이라고 할 수 있어. 한번 볼 값어치가 있고말고. 보지 않았다가는 죽을 때까지 후회하게 될 거야!"

"과장이 너무 심하지 않아?"

"그렇게 심각해?"

"포스트모더니즘 아닌가!"

"행위예술 자체가 실상은 연출된 쇼니까."

"대비적으로 본다면 아주 딱 알맞다고 해야겠지. 구역질나게 만들고, 바라보기만 해도 몸서리치게 만드는 쇼, 그 연출이야말로 저항과 배반의 상징 아닌가!"

"그 사람은 신성과 범속, 고귀함과 비천, 애정과 육욕을 하나로 접목시키는 데 성공했어."

"개인의 공간과 대중적인 공간에 마지막 남은 장벽을 무너뜨렸으니 그야말로 진정한 예술의 선봉이라 할 수 있지."

"내가 보기엔 성적 표현을 예술과 하나로 뭉뚱그린 듯싶더군."

"섹스를 합법화시킨 거지."

"매춘 행위를 합법화시킨 거야!"

"말이 너무 심하네, 동지들!"

"홍등가를 미술관에 들여보냈어."

"아니지, 미술관을 사우나탕으로 바꿔놓은 거야!"

"안마시술소."

"머리 감는 이발소, 미용실."

"발 씻겨주는 족욕탕은 어때?"

"자네들이 뭐라고 해도 이건 우리가 사는 세기에 선봉적인 예술의 가장 해괴망측하고도 경탄을 자아내는 연출이라고 할 수 있네."

"슈퍼급 쇼지!"

"너희들 생각이야 어떻든, 진스량 그 작자는 이번 전람회로 단번에 명성을 얻게 된 셈 아닌가."

"명성과 이익, 일거양득이라! 돈과 명성이 데굴데굴 한꺼번에 굴러들었지."

"염치없는 것!"

"염치없는 사람은 부끄러운 게 뭔지도 모르거든!"

"수단 방법 가리지 않고."

"자고로 성공하는 사람은 수단 방법을 가리지 않는 법이야. 진시황이 천하를 통일했을 때, 만리장성 벽돌 밑에는 백골이 첩첩으로 쌓였으니까."

"너무 심각한 거 아냐? 이건 내 생일 파티지 내 장례식이 아니라고!"

2

우리는 세기말에 이렇듯 다채롭고 정교하며, 이렇듯 비범하고, 이렇듯 조마조마하게 심금을 울리고, 이렇듯 온갖 감회가 엇갈리게 만드는 전람회를 보게 될 줄은 꿈에도 상상하지 못했다.

원래 우리 일행 셋은 미술관 앞의 비스듬히 뻗어나간 길거리에서 하릴없이 빈둥대며 서성이고 있었다. 그런데 미술관 매표소 창구 앞에 밀치락달치락 우글거리는 인파와 이른바 '은백색 강철

용'이란 별명을 가진 경찰백차 두 대가 우리 주목을 잡아끌었다. 우리는 비록 문화적 소양은 없지만 셋 다 하나같이 열렬한 예술 애호가였다. 아울러 시시때때로 일거에 명성을 드날린 다음, 호주머니에 돈이 술술 굴러든 다음, 아리따운 미녀들의 치마폭에 휩싸인 다음, 매일매일 주지육림에 빠져 허랑방탕한 세월을 보내는 중산계급이 되기를 꿈꾸는 실업자였다. 우리가 이런 몽상가들이 된 까닭은 이렇다. 우리 처지와 별로 다를 바 없는 사람이 우리 대신 광채가 휘황찬란한 모범이 되고 귀감이 되었기 때문이며, 또 그런 포부와 이상을 지녀야만 우리처럼 날마다 하릴없이 이곳저곳 빈둥거리며 돌아다니는 건달 생활에 제법 그럴듯한 의미를 부여할 수 있기 때문이다. 현재 우리는 생활을 체험하고 있고, 유식하게 말해서 인스피레이션, 곧 영감을 찾고 있다.

미술관 앞에서 날이면 날마다 오후만 되면 예외 없이 나타나 노래로 품앗이하는 자오이(趙一), 타향에서 굴러들어온 이 길거리 민요 가수는 우리와 음악으로 사귄 지기지우(知己之友)다. 우리 역시 그 친구의 좋은 벗이고 말이다. 그는 항상 노래 품앗이를 해서 번 돈으로 우리 셋을 큰길가에 있는 허름한 음식점에 초대해 라면 한 그릇씩 사주었고 이따금 벌이가 좋은 날이면 맥주 몇 병에 안줏거리 서너 가지를 곁들여 내놓을 때도 있었다. 맥주 몇 잔이 뱃속으로 내려가고 나면 자오이의 감정은 격심하게 흔들려 이야기를 하면서 노래를 부르곤 했다. 만일 음식점에 다른 손님이 없을 때에는 주인도 떠들썩한 우리 분위기를 간섭하지 않았다. 달리 손님이 있을 경우에만 주인장은 매우 친절하게 우리더러 목소리를 좀 낮춰달라고 요청했을 뿐이다. 작은 소리로 속닥속닥 나누는 비밀스런 우리 대화도 완전히 예술적인 내용을 중심으로 하는 것들이었다. 대화를 주고받는 가운데 우리는 실상 우리가 조국의 예술 현황에 대해 아주 해박하다는 사실을 발견했다. 모든 미술, 음악, 문학, 영화 등 각계각층의 원로 명사와 권위자들, 그리고 새로 나타난 우수한 신인 스타들까지 통틀어 우리가 모르는 이가 거의 없었다. 우리는 우리 자신의 박학다식함에 펄쩍 뛰다시피 놀랐다. 그동안 우리가 어떻게 해서 이렇듯 많은 지식을 장악하고 있었는지는 그야말로 귀신이나 알 일이었다. 만일 우리가 겸허하지 않았던들, 완전히 문화 예술계의 인텔리로 자처할 수도 있었으리라. 하지만 우리는 역시 남들보다 겸허한 위인들이었기에, 남들 보는 앞에서나 뒤에서나 말과 행동이 표리부동하지 않았으며, 단지 예술을 배워 익히려고 애쓰는 청년의 학구적인 면모를 드러내왔던 것이다.

우리 셋이 매표소 창구 앞까지 떠밀려 들어가 도대체 무슨 일인지 두리번거리고 있을 때, 자오이가 온통 땀으로 뒤범벅이 된 얼굴로 인파 속을 비집고 뛰쳐나왔다. 높지거니 쳐들린 그의 손에는 입장권 몇 장이, 마치 훨훨 날아다니다 붙잡힌 나비처럼 팔락거렸다. 우리가 그를 발견했을 때 그 역시 우리를 발견했다. 도대체 누구의 전람회이기에 이렇듯 많은 사람들이 찜통 같은 무더위를 무릅쓰고 입장권을 사느라 아귀다툼을 벌인단 말인가? 우리 셋이 마음속 의문을 미처 드러낼 때까지 기다려주지 않고 자오이가 노기등등한 기색으로 으르렁댔다.

"너희 이 세 잡놈들, 어딜 가서 처박혀 있다 이제 오는 거야?"

"무슨 일이 생겼어?"

우리가 묻기도 전에, 자오이는 미술관 정문 한쪽 벽에 붙인 핑크 빛 포스터 한 장을 손가락질하면서 의문을 풀어주었다.

"위대한 예술가의 그림 전시회야. 오늘이 첫날인데, 아무래도 마지막 날이 될 듯싶어."

그래도 더 물어보려는데, 자오이는 벌써 입장권을 우리 손에 나눠주었다. 그는 우리 셋을 데리고 총총걸음으로 황급히 전시회장을 향해 뛰어갔다.

위대한 예술가의 그림 전시회는 광장만큼이나 너르디너른 지하 전시장에 배치되어 있었다. 우리가 축축한 계단을 따라 깊숙이 내려갔을 때의 기분은 마치 아득한 해저 세계에 들어온 것이 아닌가 싶은 느낌이었다.

전시장에 들어서자마자 제일 먼저 우리 시야에 들이닥친 것은 탁구대만큼이나 커다랗게 확대 복사한 결혼증명서 패널이었다. 위대한 예술가의 이름 석 자와 그가 사랑하는 아내의 이름이 글자마다 농구공만 하여 눈길 한번 스치고 지나갔는데도 좀처럼 잊기 어려웠다. 결혼증명서를 감돌아 나가면 바로 위대한 예술가와 그 아내의 결혼사진 패널이 나타났다. 사진 크기는 결혼증명서보다 조금 작았으나, 그래도 우리가 제자리에서 개구리 뜀박질을 해야만 그들의 정수리를 만질 수 있을 정도로 컸다. 사진에는 예복을 입고 앞가슴에 꽃을 꽂은 위대한 예술가와, 순결을 상징하는 백색 웨딩드레스에 머리를 온통 꽃 장식으로 꾸민 그의 사랑하는 아내가 다정한 포즈로 찰싹 달라붙듯이 의지한 채 서 있었다. 너무나 행복한 표정이라서 오히려 진실해 보이지 않았다. 마치 밀랍으로 곱게 빚어 색칠한 사과처럼 요염한 분위기만 느꼈을 뿐이다.

이 사진이 우리 마음속에 이루 말할 수 없는 허탈감과 탄식을 자아냈다. 허어, 참……! 그러고 보니 위대한 예술가도 속물 티를 벗지 못하고 끝내 이런 결혼사진을 찍었구나. 게다가 남부끄러운 줄도 모르고 이 너르디너른 홀에 전시까지 하다니…… 우리 일행들이야 들개 떼나 다를 바 없는 독신자들이다. 결혼하고 싶지 않아서가 아니라 속된 인간들처럼 결혼하기를 바라지 않기 때문에 아직껏 노총각으로 지내온 것이다. 우리들 마음속에 있는 모든 예술가들이 위대한 스승의 부류에 들려면 결혼과 여자 문제에서 평범한 사람들처럼 되어서는 안 되었다. 그렇지 않고서야 어떻게 위대한 예술가요 스승 노릇을 할 수 있단 말인가? 어느 누구든지 반 고흐를 생각하거나 피카소, 괴테를 상상한다면, 우리가 위대한 예술가와 그의 사랑하는 아내의 결혼사진을 목격하는 순간처럼, 마음속에 실망과 좌절감이 가득 찰 것이라는 사실을 인정하지 않을 수 없으리라. 심지어 우리는 매표소 창구 앞에서 입장권을 사려고 줄지어 늘어선 사람들이 과연 우리가 본 것과 똑같은 전시 작품을 보러 온 것일까 하는 의혹마저 품기에 이르렀다. 우리가 의문에 찬 눈빛을 민요 가수 자오이에게 던졌을 때, 자오이는 의외로 이미 그럴 줄 알았다는 듯이 확신에 찬 기색으로 우리를 이끌고 결혼사진 패널 뒤쪽으로 돌아 나갔다.

이렇게 해서 참신하기 이를 데 없는 별천지 세계가 돌연히 우리 눈앞에 나타났다. 우리 일행의 피는 삽시간에 응고되었다가 이내 들끓어 올랐다. 우리는 심장이 절간의 북을 두드리듯 무섭게 뛰는 것을 느꼈고 들숨날숨 호흡이 대장간 화덕에 풀무질하듯 헐떡거리는 것을 느꼈으며, 두 다리가 마치 가죽만 덮인 원숭이의 근육처럼 나른하게 풀려 일행들끼리 서로 의지하고 부축해주고서야 겨우 까무러쳐 쓰러지지 않을 수 있었다. 그것이야말로 인간의 넋을 통째로 뒤흔들어놓을 만큼 경이로운 조형물이었다. 위대한 예술가와 그의 사랑하는 아내가 벌거숭이 알몸뚱이로 거기에 서 있는 것이다. 프랑스 파리의 저 유명한 밀랍인형 전시관에 세워진 밀랍인형보다 더 실물과 흡사하여 그들 두 남녀가 호흡하는 숨결마저 들을 수 있고 체온마저 느낄 수 있을 것 같았다. 위대한 예술가의 체구가 우람하다는 형용사로 대략 표현할 수 있다고 치자. 그런데 그보다 더한 것은 그의 생식기관이 바야흐로 최고도의 팽창 상태에 도달하여 어딘가 모르게 꿈틀꿈틀 움직이는 듯한 생동감을 주고 있다는 데 문제가 있었다. 하지만 우리 일행의 시선이 그의 몸을 일별하고 지나갔다면, 그다음 위대한 예술가의 사랑하는 아내 몸으로 옮겨간 뒤로는, 아주 오래도록 멈춰 있었다. 그녀의 나체 조형물에 비록 '건드리지 마시오'라는 촉수 금지(觸手禁止) 팻말이 내걸리지 않았다 하더라도 감히 손길을 내뻗어 만져보려는 사람은 없었다. 우리네 더러운 들개의 발톱을 언감생심 내밀지 못하는 것은 둘째 치고, 설사 위대한 예술가 자신이 우리더러 만져보라고 윤허를 내렸다 해도 우리는 감히 그럴 수 없었으리라. 누가 뭐래도 우리는 예술을 열렬히 사랑하는 애호가들인 만큼, 아름다운 물체를 대했을 때 마치 연못 한복판에 흐드러지게 피어난 연꽃을 바라보듯 멀리서 감상이나 할 뿐 외설스러운 감정을 품는다든가 장난질 쳐서는 안 된다는 것을 분명히 알고 있었다.

처음 그것을 마주 보았을 때는 그나마 수줍고 부끄러웠지만, 한편으로는 우리네 음탕한 시선이 오히려 그녀를 더럽히지나 않았을까 두려운 생각이 들었다. 하지만 몇 분이 지나자 우리는 자신을 억제할 수 없었다. 우리는 그녀의 머리에서 발끝까지, 그러고 나서 다시 발끝에서 머리끝까지 오르락내리락 훑어보고 또 훑어보았다. 우거진 초목처럼 흐드러진 머리타래하며 미끈하게 뻗어오른 목덜미의 윤곽, 움푹 패어 들어간 어깨우물 따위는 더 말할 나위도 없거니와 아리따운 조형미가 돋보이는 풍만한 젖무덤까지 그렁저렁 세 치 혓바닥으로 형언할 수 있다고 치자. 그러나 우리는 꼴값도 못하는 닳아빠진 언어로 그것들을 묘사하기를 바라지 않는다. 또 그것들을 여실히 묘사할 참신한 언어도 생각나지 않는다. 그래서 더 얘기할 필요마저 느끼지 않는다. 만약 그것들이 얼마나 아름다운지 알고 싶다면, 오직 직접 가서 두 눈으로 확인해 보는 수밖에 없으리라. 하지만 아쉽게도 이미 그럴 안복(眼福)은 없게 되었다. 그림 전시회가 이미 금지되었으니 말이다. 그녀의 허리 윤곽미가 얼마나 아리따운지 실제로 그것을 형용할 적절한 언어가 떠오르지 않는다. 그녀의 아랫배, 작은 북처럼 도톰하게 나온 뱃살 한복판의 배꼽 위쪽에 입힌 금빛 조그만 테두리는 무척 생동감 있을뿐더러 익살스러울 만큼 얄궂은 매력이 있었다. 거기서 더 아래로 내려갈수록, 우리는 뭐라고 형언해야 좋을지 할 말을 잃고 말았다……

　우리는 계속 앞으로 나가면서 보았다. 눈앞에 펼쳐진 광경들은 그저 넋이 뒤흔들릴 만큼 경이롭다는 말로밖에 달리 표현할 길이 없었다. 위대한 예술가는 회화, 사진, 조소(彫塑) 따위의 온갖 수단을 총동원하여 그 자신과 사랑하는 아내 사이에 벌어졌던 일들을 남김없이 펼쳐 보였다. 이번 전람회는 명색이 그림 전시회였으나 실제로는 딱 꼬집어서 어느 장르에 속한다고 말하기 어려운 면이 있었다. 위대한 예술가는 사진 작품을 회화처럼 꾸며내고 회화를 사진처럼 꾸며냈으며, 산 사람을 조각상처럼 꾸며 만들고 조각상을 마치 살아 움직이는 사람처럼 꾸며 만들었다. 위대한 예술가와 그의 사랑하는 아내가 연출한 온갖 종류의 애정 표현 자세가 위대한 예술가의 손으로 마치 관람객들의 눈앞에서 실연하듯 활기차고 생동감 있게 표출되어 있는 것이다. 어느 세트는 위대한 예술가와 그의 사랑하는 아내가 마주한 채 여러 가지 체위로 성행위를 하는 조각군(彫刻群)이었다. 그것들은 살아 있는 것처럼 움직이기도 했고 소리도 내었다. 위대한 예술가와 그의 사랑하는 아내가 희열에 차서 헐떡거리는 신음 소리가 번차례로 끊임없이 일었다가 가라앉는가 하면 이따금 뒤죽박죽으로 한데 어우러져 들리기도 했다. 위대한 예술가의 몸뚱이는 마치 유전(油田)에서 작동시킨 채유(採油) 펌프처럼 지칠 줄도 모르고 피곤한 줄도 모른 채 끊임없이 움직여 온통 땀방울로 뒤덮였다. 만약 위대한 예술가의 동작이 지나칠 정도로 경직되지만 않았던들, 우리는 누가 때려죽인다 해도 그것이 조각상이란 사실을 믿지 않았으리라……

나중에야 우리는 기억해냈다. 위대한 예술가와 그의 사랑하는 아내가 환희에 찬 애정을 연출하는 첫번째 조각 세트를 보고 있을 때, 우리네 귓가에 또 다른 관람객들이 쏟아내는 비평과 의견이 들려왔다는 사실을. 심지어 듣기가 아주 거북한 품평들도 있었으나 우리가 그 뒤편에 전시된 대담하고도 솔직한 작품들, 방약무인한 도판과 회화, 조각상 세트까지 다 보고 났을 때, 우리 등 뒤에서 들리는 것이라곤 긴장에 휩싸여 숨 가쁘게 헐떡거리는 탄식이 전부였다. 여태껏 거침없이 주절대던 그 숱한 사람들의 구변은 이제 와서 이러니저러니 남의 말을 할 계제가 못 되었던 것이다.

한마디 보탤 필요가 있다면, 이번 위대한 예술가께서 들고 나온 전시회 작품들 모두 하나같이 대형 화폭이었다는 점, 가장 작은 것이 진짜 사람의 등신대와 크기가 별로 다르지 않았다는 점이다. 그리고 또 한 가지, 우리는 위대한 예술가께서 조소 방식을 썼든 회화 방식을 썼든, 아무튼 자기 자신과 사랑하는 아내의 생식기를 표현한 것이 어딘가 모르게 '연산에 내린 눈꽃은 멍석만큼이나 크다(燕山雪花大如席)'는 속담처럼 과장된 면이 없지 않다는 점이다. 다시 점잖게 말해서, 그는 자신의 생식기와 아내의 생식기를 적절한 크기로 확대해 표현했다는 얘기다. 하기야 자오이는, 위대한 인물이라면 당연히 보통 사람과 다른 면모가 있어야 한다고 했다. 물론 위대한 예술가와 그 사모님의 생식기가 어쩌면 태어날 적부터 그 정도 크기였을지도 모르겠지만 말이다.

3

 밤은 점점 깊어가는데, 위대한 예술가는 여전히 그림자도 비치지 않았다. 동급생의 생일 파티를 하던 예술대학생들 역시 하나같이 말이 없다. 어떤 녀석은 머리통을 테이블에 얹은 채 뺨따귀를 질펀하게 흐르는 술바닥에 처박았다. 어떤 녀석은 머리통을 창문 유리면에 갖다 댄 채 자꾸만 아래쪽으로 끄덕끄덕 박치기를 하면서 내려가고 있었다. 창문 바깥쪽 그리 멀지 않은 곳에, 시내로 마중물을 끌어들이는 관개수로가 내다보이고, 멀리 떨어진 빌딩 위에 높다랗게 내걸린 아치형 전광판에서 번쩍이는 눈부시도록 아름다운 오색 광선이 관개수로에 흐르는 물과 수로 변에 늘어진 수양버들을 비추어 사뭇 로맨틱한 분위기를 자아냈다. 위대한 예술가의 아파트로 통하는 자그만 다리가 이렇듯 밤늦은 시각이 되니 무척이나 정겹게 보였다. 남자 하나와 여자 하나가 그 자그만 다리 위에 나란히 선 채, 상반신을 다리 난간 위에 구부린 자세로 다리 아래 흘러가는 물을 내려다보고 있다.
 "주인장, 주인장!"
 느닷없이 대머리 남학생이 버럭 큰 소리를 지른다.
 자그만 쪽빛 모자를 쓴 종업원이 와서 물었다.
 "손님, 주문하실 게 있습니까?"
 "음악, 음악을 바꿔. 저런 구닥다리 타령 말고 바흐로 바꾸란 말이야!"
 이때 테이블에 엎드렸던 머리통 하나가 번쩍 쳐들리더니 냅다 욕설을 퍼부었다.

"제밀할 것, 네 방귀 냄새나 바꿔라!"

대머리가 맥주병을 덥석 움켜잡더니 자신에게 욕설을 퍼부은 녀석의 머리통을 내리쳤다. 그러나 겨냥이 빗나가 맥주병은 벽에 부딪고 튕겨 나와 바닥에 떨어져 박살이 나고 말았다.

"너희들 싸우지 마!"

생일 파티의 주인공 여학생이 째지게 소리쳤다.

장발을 길게 늘어뜨리고 인상이 험상궂은 남자 하나가 어슬렁어슬렁 다가오더니 착 가라앉은 목소리로 물었다.

"무슨 일이야?"

"당신은 또 뭐요?"

대머리가 눈을 딱 부릅뜨고 되물었다. 장발의 사내는 그 앞으로 바짝 달려들기 무섭게 대머리의 멱살을 움켜쥐고 말없이 술집 바깥으로 끌고 나갔다. 대머리는 몸부림치면서 고함을 질러댔다.

"이 어르신은 예술가야! 예술가란 말이야!"

장발의 사내가 그를 문밖으로 떠밀어 보내고 궁둥이를 툭 걷어차면서 한마디 보냈다.

"꺼져라, 예술가 녀석아!"

그러고는 동료 학생들에게 돌아와서 물었다.

"자네들, 누가 계산서 책임질 거야?"

"계산서라니, 그게 뭐요?"

남학생 하나가 어리둥절해서 되묻는다.

"쩨쩨한 녀석, 괜히 어수룩한 척하지 말라고! 계산은 누가 할 거야?"

"우린 대 예술가 어른이 초대해서 온 손님들이에요!"

생일을 맞은 여학생이 대답했다.

"대 예술가라니, 어떤 누구?"

"진스량, 대 예술가 진스량 선생 아니면 누구겠어요?"

"호오, 진스량이라……"

장발의 사내가 경멸조로 맞받았다.

"난 또 어느 위대하신 스승님인가 했더니, 그 멋없이 커다란 ×
대가리만 자랑하는 작자였구먼. 내 집에서 술 처먹고 갚지 않은
외상값이 얼마인지나 알아?"

"당신이 감히 진스량 선생한테 욕을 해?"

머리통으로 유리창에 박치기하던 남학생이 고개를 돌리고 악을
쓴다.

"어떤 작자든 우리 진스량 선생을 욕했단 봐라, 우리가 그냥 둘
줄 알아?"

"그 작자한테 욕한다고 어쩔 테야? 욕이나 들으면 다행이지! 나
한테 붙잡히기만 해봐라. 무릎 꿇려 내 바짓가랑이 사이로 강아지
처럼 네 발로 기어 다니게 해줄 테니까."

장발의 사내가 노기등등해서 으르렁거린다.

"그놈은 제 육신만 팔아먹을 뿐 아니라 영혼까지 팔아먹는 인간
쓰레기야. 제 여편네를 채찍질해서 미술경시대회 평가위원회에다
선물로 보낸 녀석이니까. 무슨 선물? 뻔하지, 그년의 ×! 이렇게
되면 더 밑바닥까지 내려갈 수밖에. 온 시내 인민들이 그놈의 마

누라 몸뚱이에 그렇고 그런 장난질 쳐서 견문을 넓히지 않았나? 제밀할 것, 정말 염치라곤 아예 없는 놈이야!"

떠들어댈수록 화가 치밀었는지, 그는 학생들의 술판에서 절반쯤 남은 맥주병을 덥석 움켜잡더니 목젖이 드러나도록 머리통을 제치고 벌컥벌컥 입 안에 쏟아 부었다.

"자네들 생각은 어때, 그러고도 인간이라고 할 수 있겠나?"

"물론 사람이라고 할 수 없죠."

고슴도치 머리를 한 여학생이 그 말을 받았다.

"그런 작자는 그저 짐승이라고 해야 옳아요!"

"짐승만도 못하지!"

장발의 사내가 말했다.

"자네들도 『동물의 세계』란 책을 읽어봤겠지. 그 숱한 동물들이 실상은 정절과 염치를 무엇보다 더 소중하게 챙긴다니까."

"예를 들면 원앙 같은 새!"

여학생 하나가 외쳤다.

"예를 들면 백조!"

남학생 하나도 맞장구쳤다.

술집 바깥으로 내쫓겼던 대머리 남학생이 창문 근처로 돌아와 주먹으로 유리창을 두드렸다. 뺨따귀가 불룩불룩하는 걸 보면 무슨 소린가 악을 쓰는 모양인데, 우리 일행이 있는 안쪽에서는 그 목소리가 들리지 않았다.

장발의 사내가 창문 바깥쪽을 향해 주먹을 휘둘러 보이자, 대머리 녀석은 후다닥 몸을 돌려 어둠 속으로 사라졌다.

맥주병을 손에 든 장발의 사내가 우리 테이블 앞으로 다가와 물었다.

"자네들, 여기서 뭘 하고 있는가?"

"우린 지금 진스량 선생을 기다리고 있습니다."

"자네들도 그 작자를 기다린다고?"

장발의 사내가 우리 테이블에 놓인 것들을 쓰윽 훑어보았다. 아직 마개를 따지 않은 맥주 서너 병, 그리고 아예 건드리지도 않은 술안주 요리 몇 접시를 내려다보면서 차갑게 비웃었다.

"설마 이것도 그 작자가 자네들 대신 계산해준다는 건 아니겠지?"

"아니요."

자오이가 허리에 찬 제 돈주머니를 툭툭 치면서 대꾸했다.

"우리 것은 우리가 계산할 거요."

"혹시 자네들도 예술을 하는 패거리인가?"

"물론이죠. 나는 대중 민요 가수인데, 매주 월요일, 수요일, 금요일 미술관 앞에서 노래를 부릅니다."

자오이가 나머지 우리 일행을 가리키면서 덧붙여 설명했다.

"여기 있는 사람들은 시를 쓰거나 소설을 씁니다. 그림을 그리는 화가도 있으니까, 요컨대 모두 예술 청년들인 셈이죠."

"흥!"

장발의 사내가 경멸조로 콧방귀를 뀌었다.

"정말 이놈의 세상, 한심하기 짝이 없군. 제멋대로 괴발개발 그어대고 고양이 '야옹' 소리만 내면 다들 예술가 축에 드는 줄 알고 있으니 말이야. 위대한 예술가랴, 스스로 예술가 딱지를 붙인 것들이 강물에 올챙이보다 더 많다니까! 하지만 자네들 이건 똑똑히 알아둬야 해. 강물 속에 우글거리는 올챙이들 가운데 청개구리로 자랄 놈은 가뭄에 콩 나기로 몇몇 안 된다는 사실을 말이야!"

"그런 말씀을 하시는 걸 보니……"

우리 일행 가운데, 어쩌면 나였을지도 모르고 자오이였을지도 모르지만, 아무튼 하나가 조심스럽게 물었다.

"그러고 보면 아저씨도 예술 하는 분 아니신가요?"

"옳거니, 눈썰미 하나만큼은 제법 괜찮구먼."

장발 사내가 칭찬하는 눈빛으로 우리를 바라보았다.

"예술이란 걸 놓고 말하자면 나도 부끄럼 없이 큰소리칠 만하지. 진스량, 그런 놈은 내 신발짝을 들고 다니겠다고 해도 소용없네. 내 만일 그런 방식을 쓰기로 했다면 나도 진작 유명해졌을 거야."

"좀 묻겠습니다만, 아저씨는 어떤 예술을 하십니까?"

"뭘 하느냐고? 나도 자네들한테 어떻게 대답해야 좋을지 모르겠구먼."

그는 다소 난처한 기색으로 말을 이었다.

"위안밍위안(圓明園), 거기 화가들의 마을을 알고 있겠지? 첫번째 마을 주민이 바로 나야. 지금 온 세상천지를 휘젓고 설쳐대는 녀석들이 모두 다 내 손자뻘이지. 시를 쓰는 녀석은 그보다 좀 일찍 입주했지만 말이야. 낫으로 제 마누라를 찍어 죽인 시인을 알고들 있겠지? 그가 내 어린 형제야. 진스량, 그 손자 녀석도 아주 오래전에 시 나부랭이를 긁적거리던 놈팡이였어. 몇 년 전에 자기 친구의 여자 친구를 꼬여 배가 맞았다가, 술집 황가이쯔(黃蓋子) 바에서 우리 손으로 대들보에 매달아놓고 고춧가루 듬뿍 먹인 가죽 채찍으로 흠씬 두들겨 팼지. 그 자식, 그때부터 시단(詩壇)에서 굴러먹을 길이 없게 되니까, 기상천외하게 행위예술인지 뭔지 들고 나와서 까불기 시작했거든. 그놈의 마누라가 누군지 아나? 본래 경성 바닥에서 4대 갈보로 이름난 계집이었어. 예술계 내부의 공동변소라는 소문이 파다하지. 그러니까 진스량이란 놈과 그따위 너절한 전시회를 열었던 거야. 자네들도 생각해보게. 참한 요조숙녀였다면 누가 그런 짓을 하려 들겠나? 그런 작자를 숭배한다니, 자네들도 품위가 얼마나 저질인지 알 만하이. 젊은이들이 한때 이름 날리고 일가를 이루겠단 욕심에 잘못이야 왜 없겠는가만, 자네들이 올바른 길을 걷고 싶거든 아무쪼록 진스량 같은 인간 쓰레기와 어울리면 안 되네."

"아! 그 작자가 그런 파렴치한이었구나!"

머리통으로 유리창을 들이받던 남학생이 한숨 섞어 중얼거렸다.

"내 진작부터 그놈이 그런 무뢰한인 줄 알고 있었죠!"

머리카락을 오색 팔레트처럼 알록달록 물들인 여학생이 거들고 나섰다.

"이것 봐라, 피해자가 여기 또 하나 있네그려!"

장발의 사내가 짐짓 놀란 표정으로 그녀를 손짓해 불렀다.

"자, 아가씨, 이리 와서 요 철부지 녀석들한테 부처님 설법 좀 해주게. 정신 못 차리고 파렴치한 인간 쓰레기를 무슨 위대한 예술가나 된답시고 쫓아다니는 이 얼빠진 숭배자 녀석들, 정신 번쩍 들게 말이야."

머리카락을 물들인 여학생이 우리에게 오더니, 우리 앞에 놓인 맥주병을 가리켰다.

"난 맥주 마실래요."

장발의 사내가 우리 양해를 구하지도 않고 맥주 한 병을 집어들더니 이빨로 병마개를 따서 한 잔 그득 따라 건네주었다.

"아가씨, 난 다 알고 있어. 그 작자가 보나마나 아가씨한테 혁명가 집안 역사를 한바탕 줄줄이 늘어놓았을 거야. 그런 다음에는 아가씨 손금을 보아준답시고 손바닥을 주물럭댔겠지. 그 뒤에는 팔목을 더듬다가 또 그다음에는……"

"당신 그 말, 처음부터 틀렸어요!"

아가씨가 발칵 성을 냈다.

"그 사람은 집안 내력을 얘기하지도 않았고, 내 손금을 봐주지도 않았어요. 다만 자기 옷자락을 들춰서 깊은 삼림지대에서 사나운 호랑이하고 맨손으로 싸웠을 때 얻은 상처 자국만 보여주었을 뿐이에요."

"허어, 그것 참 갈수록 점점 더 밉살스러워지는군."

의분에 못 이긴 장발의 사내가 기가 막힌다는 듯이 목소리가 사나워졌다.

"그놈의 상처는 인민공사 생산대대(生産大隊)에서 당나귀한테 물린 자국이야!"

그러고는 말투가 의미심장하게 바뀌었다.

"이봐, 젊은이들. 예술을 배우려거든 무엇보다 먼저 사람 노릇부터 배워야 해. 속담에 '주사(朱砂)를 가까이하면 손이 붉어지고, 먹을 가까이하면 손이 시커멓게 물든다'고 하지 않았나? 진스량 같은 작자를 쫓아다니다가는 영영 좋은 꼴은 배우지 못할 줄 알라고!"

계집아이가 맥주잔을 넘겨받더니 단숨에 들이켜고 나서 장발의 사내를 똑바로 쳐다보았다. 두 눈망울에서 눈물이 왈칵 쏟아져 나왔다.

그것은 아마 지난해 가을철이었지.
당신은 정향나무 꽃으로 엮은 화환을 머리에 쓰고,
흰 구름장으로 마름질한 원피스를 입고,
우리 집 문전 오솔길을 비틀비틀,
비틀비틀 다시 비틀비틀,
해바라기 금빛 꽃가루에,
당신의 두 눈이 가려졌네.

장발의 사내가 차분히 가라앉은 목소리로 낭송하면서 번뜩이는 눈빛으로 머리카락 물들인 계집아이를 똑바로 쳐다보았다. 계집아이의 눈초리도 그에게 못 박혔다.

"이게 누구 시인 줄 아나?"

계집아이는 절레절레 도리질했다.

"내 거야. 내가 쓴 시지."

장발의 사내가 손톱 끝으로 제 가슴을 쿡쿡 찔렀다. 그러고는 슬프고 가슴 아프게 말을 이었다.

"이건 이십 년 전 내가 아직 젊었을 적에 내 첫사랑에게 준 시였
어. 하지만 나중에 그녀는 입 안에 온통 의치를 해 박은 늙은이한
테 가버리고 말았어. 왜, 왜 그랬을까? 설마 나 같은 서정 시인이
한낱 늙다리 영감보다 못했단 말인가?"

장발의 사내가 맥주병을 입술 사이에 꽂아 넣고 한바탕 벌컥벌
컥 들이켜더니, 목이 쉬도록 기력을 다 쏟아 고함을 지르기 시작
했다.

"어째서 나이팅게일은 그토록 아름답게 지저귈까? 그렇다, 날
카로운 가시에 심장을 꿰뚫렸기 때문에……"

또 한 모금 맥주를 입에 쏟아 부었다.

"나, 나 같은 사람도 언제든지 귀 한 쪽 베어내 사랑하는 여인에
게 바칠 수 있는 대 화가요, 코피를 터뜨려 시 한 수 쓸 수 있는 대
시인이야. 그런 내가 애인을 한낱 늙다리 영감에게 빼앗기고 말았
다니, 세상천지에 이보다 더 큰 치욕이 어디 있단 말인가? 아무럼
일생일대에 다시없을 치욕이고말고! 자네들, 저명한 평론가 류무
차(柳木叉)란 놈을 알겠지? 고놈의 손자 녀석, 이날 이때껏 남자
한테는 평론을 써주는 법이 없지만, 파격적으로 나한테는 시평을
써주었지. 그놈이, '타오무줴(桃木橛)야말로 진정한 시인이다, 푸
쉬킨에 필적할 만한 대 스승이다'라고 했지. 하지만 나는 의치를
낀 늙다리 영감의 수완에 패했어. 저명한 서정 시인, 위대한 예술
가의 한 사람, 푸쉬킨에 필적할 만한 위대한 스승인 내가 결국 늙
다리의 손에 참패를 당했단 말씀이야. 내 머리에 정향나무 꽃 화
환을 씌워준 그 애인이, 입에서 온통 구린내 풍기는 늙다리 영감

의 몸뚱어리 밑에 깔려 신음하고 있으리라 상상할 때마다, 내 심장은 울컥울컥 피를 토한다고! 울컥울컥 피를 토해라, 울컥울컥 피를 흘리려무나! 내 뜨거운 피가 한 방울도 남기지 않고 모조리 흘러나와 말라붙어, 껍질만 남은 내 몸뚱이 하얀 연기로 화해, 그대 주위에서 모락모락 감돌게 하려무나. 아아⋯⋯!"

위대한 시인이 빈 맥주병을 바닥에 내던졌다. 병 깨지는 소리가 상큼하게 울렸다.

"내 마음도 저 술병처럼 깨지기나 하려무나."

머리를 알록달록 물들인 계집아이가 위대한 시인의 머리카락을 어루만지다가 와아 하고 울음보를 터뜨렸다. 눈물이 방울져 위대한 시인의 머리 위에 후드득후드득 떨어져 내렸다.

우리 마음도 너무나 서글프고 괴로웠다. 그를 위안해주고 싶어도 적당한 말을 금방 찾아낼 수가 없었다. 입만 열었다 하면 문장을 이루는 위대한 시인의 면전에서 우리 언어 따위는 실로 너무나 초라하고 보잘것없었다. 술집 바깥으로 쫓겨났던 대머리 남학생이 또 창문 유리를 두드렸다. 생일을 맞이한 계집아이가 손짓을 하자, 그 남학생은 도둑고양이처럼 살금살금 미끄러져 들어왔다.

위대한 시인의 이마가 딱딱한 테이블에 부딪쳐 깨지는 것을 방지하기 위해서, 우리는 퍼뜩 떠오른 영감에 따라, 그가 머리통을 치켜드는 아주 짤막한 순간을 틈타 창틀 위 화병에 꽂힌 플라스틱 조화 다발을 뽑아내 테이블 위에 깔았다. 위대한 시인의 이마가 플라스틱 조화 다발에 부딪치자, 쿵쿵거리는 소리 대신 부스럭대는 소리가 났다. 위대한 시인은 플라스틱 조화 묶음을 집어 코끝에 대고 냄새를 맡더니 이번에는 자기 앞에 내려놓고 자세히, 아주 자세히 들여다보았다. 그의 벌어진 입에서 시구가 걷잡을 수 없이 분출하는 탁류처럼 도도히 흘러나오기 시작했다.

그대가 제아무리 꽃처럼 아리땁고 요염하다 한들,
그대에게는 꽃의 향기로움이 없다.
내 마음속 그대는 꽃떨기의 위협을 빚어내지만,
그대에게는 생명의 즙이 없다.
그대, 이미 생명의 즙이 없다 하나,
침상 위에 누운 나는 그대 생각 날 때마다 벌떡벌떡 일어선다.
마치 구경이 큰 대포처럼,
텅 빈 하늘을 겨누어 경고를 발한다.
나는 바라본다, 두 마리의 빈대를,
싱싱한 피를 빨아 포식하고서,
고깃덩어리로 뭉쳐진 기둥 따라
위를 향하여 높이 기어오른다.
뒤쫓아 기어오르면서,
그것들은 제일 높은 고지가 어디인지 모른다.
그놈들이 기다리는 곳은
아주 깊숙이 갈라진 계곡,
거기서 그것들은 멸망의 구렁텅이, 익사의 경지에 빠져들리
니……

위대한 시인은 조화 묶음의 냄새를 한 번 맡고 나서 즉흥시를 계속 읊어 내렸다.

마치 돈점박이 표범처럼,
가시 돋친 장미꽃 향기를 맡으면서,
애정은 환락을 주고받음으로 바뀌고,
시와 노래는 통행증으로 바뀐다네.
미처 개간되지 않은 처녀지로 통하는 길의 통행증……

여기까지 읊조리던 위대한 시인은 제 감정에 겨워 꺼이꺼이 소리 내어 통곡하기 시작했다. 들고 있던 플라스틱 조화를 땅바닥에 내던지고 활짝 펼친 손바닥으로 테이블을 두드릴 때마다, 질펀한 맥주 거품이 별똥별 흐르듯 이리저리 듬성듬성 흩뿌려져 날아갔다. 우리는 위대한 시인의 순정에 깊은 감동을 받았고 동시에 분노의 불길이 가슴속 그득히 타오르기 시작했다. 끝내 우리는 위대한 시인을 위안해줄 적당한 말을 생각해냈다.

"선생님, 그 의치를 박은 늙다리 영감의 이름과 주소를 우리한테 일러주세요. 우리가 비록 예술적인 면에서는 개방귀만도 못한 먹통들이지만, 싸움에는 모두들 전문가다운 솜씨를 갖고 있으니까, 어떻게 해서든지 선생님의 분풀이를 해드릴 수 있을 겁니다. 말씀해보세요. 그 늙다리 영감의 팔뚝 하나를 부러뜨릴까요, 아니면 다리 한 짝을 끊어놓을까요?"

"아니, 안 돼……"

위대한 시인이 머리통을 번쩍 치켜들었다. 눈물로 흠뻑 젖은 두 눈동자 속에 찬란한 빛이 번쩍번쩍 빛나고 있었다.

"나는 시인이니까, 시인다운 방식으로 그 문제를 해결하겠어."

"어떤 방식입니까, 선생님?"

"그 늙은이하고 결투를 할 테다!"

"옳습니다, 그 늙은이와 결투하셔야죠!"

방금 도둑고양이처럼 슬그머니 기어 들어온 대머리 남학생이 손뼉을 쳤다.

"바로 푸쉬킨이 젊은 장교와 결투했던 것처럼 말입니다."

"난 총을 쓰지 않겠어."

위대한 시인이 딱 부러지게 말했다.

"칼을 쓸 테야!"

"맞습니다, 칼을 써야죠. 반드시 칼로 승부를 내야 합니다!"

우리가 이구동성으로 일제히 함성을 질렀다.

"칼로 그 늙은이의 심장을 꿰찌르고 나서 정향나무 화환을 머리에 쓴 여인을 도로 빼앗아 와야 합니다."

"아니, 아니야. 난 그 여인이 필요 없어. 그녀의 육체 솜털 구멍 구석구석까지 미욱하고 어리석은 냄새가 풍길 테니까. 그날 이후부터 그녀는 바뀌었어. 낯빛이 병원 담장에 회칠한 것처럼 창백하게 질렸단 말이야……"

위대한 시인이 고통스럽게 말했다.

"그럼 어쩌죠?"

"그 늙다리 영감을 단칼에 푹 찔러 죽이고 나서, 그 여인이 보는 앞에서 나도 칼로 내 심장을 꿰뚫어버릴 거야."

"그럴 값어치도 없습니다. 선생님, 그럴 만한 것이 못 된다니까요!"

우리는 물론이고, 이 위대한 시인의 기막힌 불행에 깊이 감동받은 학생들까지 한꺼번에 고함을 지르기 시작했다. 우리들의 눈에는 하나같이 글썽글썽 눈물로 가득했다.

"난 이 보잘것없는 생명을 바쳐, 그녀의 양심을 불러일으키겠어!"

위대한 시인이 비장한 말투로 단언했다.

"사실 말이지, 선생님, 이 세상에는 아직도 훌륭한 여인이 많다니까요."

알록달록 염색머리 계집아이가 자신 있게 말했다.

"그래요, 속담에 '인간도처, 가는 곳마다 청산(人間到處有靑山)'이라 했는데 세상천지 어딜 간들 짝이 없겠어요?"

"신선 사는 곳에 약수(弱水) 삼천리가 흐른다 한들, 내겐 표주박 물 한 모금이면 그만이야."

위대한 시인이 염색머리의 말을 받아들이지 않았다.

"하지만 선생님, 선생님의 표주박 물은 이미 오염되어서 마실 수가 없잖아요."

"너같이 연약한 여인이라면……" 위대한 시인은 이루 헤아릴 수 없을 만큼 고통스러운 기색으로 말을 이어갔다. "아무리 네가 밉더라도, 만약 내세란 것이 과연 존재한다면, 거기선 내 기필코 널 사랑하리."

우리는 눈짓을 교환했다. 도무지 구제할 약이 없는 이 위대한 시인에게 감탄해마지 않을 따름이었다. 그렇지 않은가? 위대한 예술가는 모두들 이렇듯 치정에 얽매여 있는 것이다. 그렇다, 치정에 얽매일 줄 모른다면, 위대한 예술가라고 할 수도 없으니까.

북극의 북쪽,
남극의 남쪽,
동해의 동쪽,
티베트의 서쪽,
구천(九天) 하늘 위에서,
구천지하(九泉地下) 저승에서,
얼음 바다 속에서,
낙타의 귓속, 눈동자 속에서,
가자미의 항문 속에서,
가능한 모든 곳에서,
불가능한 모든 곳에서,
그대를 사랑하리라.
그대를 사랑하기 때문에,
내 육신을 한 덩어리 밀가루 반죽으로 국숫발 썰어 내어,
무쇠 솥 끓는 물속에서라도 구불텅구불텅,
'사랑 애(愛)' 한 글자로 익어가리……

위대한 시인은 가슴을 두드리며 울부짖었다. 눈물이 철철 흘러

내리고 또 콧물까지 섞여 흘러내렸다.

우리 눈동자에도 너나 할 것 없이 또 한 차례 글썽글썽 눈물로 가득 찼다.

"누가 날 호출했나?"

그때 문짝 열리는 소리에 뒤따라 어느새 나타났는지 위대한 예술가 진스량 선생이 우리네 면전에 우뚝 서더니, 눈초리를 반짝 빛내면서 멸시하는 말투로 엄히 따져 물었다.

"복사나무로 깎아 만든 몽당말뚝, 너 요 잡놈의 건달 녀석! 또 순진한 소녀를 꼬셔대고 있었구나. 그리고 자네들……!"

위대한 예술가 진스량 어른이 검지 하나로 둥그러미를 그려 우리 일행과 예술대학 남녀 학생들을 도매금으로 몽땅 가둬 넣었다. 그러고는 의미심장한 말투로 이렇게 훈계했다.

"자네들, 그놈의 수작에 절대로 넘어가면 안 돼. 저놈이 방금 읊어댄 시는 모두 내가 왕년에 지은 습작이었다는 걸 알아야 해."

위대한 예술가 진스량 어른이 술 한 잔을 집어 들더니, 타오무 쉐, 즉 '복사나무 몽당말뚝' 선생의 얼굴을 겨누고 확 끼얹었다. 혼탁한 맥주가 '몽당말뚝' 선생의 얼굴 윤곽을 따라서 마치 오줌 줄기가 공중 화장실 소변기 벽면을 타고 아래로 흘러내리듯, 줄줄 흘러내리고 또 흘러내리는데……

문둥병 걸린 여인의 애인

......

麻風女的情人

1

껑다리 춘산(春山)은 뚝심이 무척 세어, 남들과 내기를 해서 삼백여 근이나 되는 육중한 발동기를 떠메고 동네 바깥 둘레를 한 바퀴 돌아 담배 한 갑을 따내기도 했다. 이긴 턱으로 딴 담뱃갑 역시 제 호주머니로 들어가는 게 아니라, 즉석에서 포장지를 뜯어 인심 좋게 나누어주기 일쑤였다. 그 자리에 있던 사람들은 모두 담배 한 개비씩을 나눠 받았다. 어린 녀석들조차 담배를 피울 줄 아는 터라 분배 대상에서 예외가 아니었다. 통상 뚝심이 센 사람이면 으레 난폭한 기질의 소유자이기 마련이지만, 춘산만큼은 그렇지 않았다. 누구에게나 사근사근할 정도로 선량하고 어른은 말할 나위도 없거니와 하다못해 철부지 어린아이를 볼 때에도 얼굴에 무던한 웃음기를 띠어 보였다. 실눈을 가늘게 뜨고 단단한 이빨을 가지런히 드러낸 채 '헤헤헤!' 웃음소리를 내는 그 미소란 게, 어찌 보면 백치 같은 기운을 띠기도 했고 어딘가 모르게 바보 멍텅구리에 미련하달만큼 어수룩해 보이기까지 했다.

"헤헤헤, 진주얼(金柱兒), 어때, 등에 떠메지도 못하겠지?"

호미를 어깨걸이로 메고 목화밭에서 걸어 나와 큰길에 오르던 춘산이, 맞은편 길가에 싱싱한 풀을 한 짐 가득 엮어가지고 등짐을 지지 못한 채 걱정스러운 기색으로 쪼그려 앉은 어린애를 보고 싱긋 웃으며 또 한마디 건넸다.

"그러니까 조금 덜 베어야지. 들판에 널린 풀을 한 번에 다 베어 나를 작정이었냐? 네 아빠가 마중 나오지도 않을 텐데, 그 녀석, 참 한심하기는……."

이런 말을 하면서 그는 어깨걸이 호미를 진주얼에게 넘겨주더니 쓰고 있던 삿갓마저 벗어 진주얼의 머리에 푹 씌워주었다.

"누가 날더러 네 엄마를 좋아하게 하랬니? 내가 대신 져다주마, 애야."

이어서 그는 큼지막한 풀 더미를 번쩍 들어 휘두르듯이 제 등에 떠멨다.

"가자, 애야. 다음엘랑 좀 덜 베어라. 어린것이 너무 힘들면 안 되지. 앞으로 세월이 쇠털처럼 많은데, 허리가 꼿꼿이 펴지지 않으면 농사짓는 땅에서 살아가기 어렵지 않겠니?"

진주얼은 호미를 떠메고 춘산의 뒤를 따랐다. 번쩍거리는 햇볕 아래 번들번들 빛나는 머리통, 그리고 마치 나무줄기를 꼬아 만든 것처럼 울퉁불퉁한 근육으로 뭉쳐진 장딴지를 바라보면서, 그는 마음속으로 감동을 느꼈다.

제집 대문 가까이 다다랐을 때, 춘산은 풀 더미를 진주얼의 등에 옮겨 싣고서 귀엣말로 속삭였다.

"내가 거들어줬다고 네 엄마한테 얘기하면 안 돼. 네가 떠메고 왔다고 말하는 거야. 그럼 네 엄마가 수고했다고 달걀을 삶아주실 게 아니냐? 알아들었지?"

무거운 풀 더미를 떠멘 진주얼이 힘겹게 고개를 쳐들고 춘산의 얼굴을 마주 바라보았다.

"춘산 아저씨, 날 아저씨 제자로 받아줘요."

"제자로 받아달라니?"

춘산이 웃으면서 물었다.

"내가 널 무슨 제자로 받아들인단 말이냐?"

"난 다 알아요, 아저씨. 권법하실 줄 알죠? 그러니까 주먹 쓰는 방법을 가르쳐달란 말이에요."

"주먹 쓰기라? 난 두 다리 웅크리고 잠만 잘 줄 아는 걸."

춘산이 다시 웃었다.

"집에나 들어가렴, 애야."

춘산은 진주얼의 머리에서 삿갓을 뚝 벗겨 제 머리에 얹은 다음, 호미를 어깨에 메고 휘파람을 불면서 휘적휘적 걸어갔다. 그 뒷모습을 바라보면서, 흰 윗옷에 풀물이 들어 초록빛으로 더럽혀진 것을 바라보면서, 진주얼은 가슴 한구석이 왠지 모르게 찡하도록 시려지는 느낌이 들었다.

2

춘산이 권법을 할 줄 모른다고 부인했는데도, 진주얼은 그가 할 줄 안다고 굳게 믿었다. 춘산의 마누라는 이웃 마을 대장장이 왕씨(王氏)의 둘째딸이다. 대장장이 왕씨의 조부 왕톄산(王鐵衫)은 일찍이 베이징 성내 후이유 표국(會友鏢局)에서 남의 귀중한 화물을 위탁 받아 호송하는 표객(鏢客)으로, 십팔반무예 가운데 어느 것에나 정통하여 전국 각처를 떠돌아다니며 온갖 간난고초와 위험을 겪어온 사람이라고 했다. 대장장이 왕씨는 깡마른 꺽다리에 대머리였으나 눈동자가 매우 번쩍거리고 얼핏 보면 예리한 칼끝을 연상시킬 만큼 날카로운 무사의 면모를 띠고 있었다. 그가 왼손에 부집게를 들고 화덕 불에 달궈진 쇳덩어리를 뒤채가며 오른손에 들린 자루 짧은 쇠망치로 아주 침착하고 정확하게 두드릴 때면 얼음같이 차가운 눈빛, 쇳덩이처럼 시꺼먼 낯빛, 쇠망치 소리가 땡그랑땡그랑 울리고 불티가 사면팔방으로 흩뿌려지는데, 그것을 보는 사람들은 마음속으로 뭐라고 형언하기 어려운 기품과 위엄 같은 것을 느끼곤 한다. 이러니 그가 아무리 권법을 할 줄 모른다고 잡아떼도 어느 누가 그 말을 믿어주겠는가?

대장장이 왕씨의 어린 막내딸은 진주얼과 같은 학교에 다녔는데, 그보다 3학년 위의 상급생이다. 진주얼은 틈만 나면 대장장이 댁으로 쪼르르 달려가곤 했다. 말인즉 대장간 일을 구경한다지만, 그건 핑계였고 실상은 그 어린 계집아이를 보러 가는 것이다. 계집아이의 이름은 슈슈(秀秀), 자그만 입술을 앙증맞게 오물거리고 언제나 눈웃음치는 얼굴 모습이 생기발랄할뿐더러 남에게 귀여움을 살 만한 용모를 지녔다. 슈슈의 둘째 언니는 이름이 슈란(秀蘭), 바로 춘산의 아내이기도 하다. 슈란은 동생인 슈슈처럼 귀여움성 있고 아리땁게 생기지는 않았으나 그래도 주변 몇몇 마을 안에서 손꼽히는 미인이다. 진주얼이 대장간에서 구경하노라면 이따금 친정에 돌아온 슈란과 마주칠 때가 있다. 그럴 때면 으레 슈란이 알은체 말을 걸곤 했다.

"진주얼, 너 여기 와 있는 줄 내 진즉 알았지. 지금 네 엄마가 길거리를 온통 헤집고 다니면서 널 찾느라 고래고래 소리치고 있어."

그럼 진주얼도 으레 이렇게 대꾸한다.

"소리치면 치는 거지 뭐. 난 상관없다고요!"

한번은 길거리에서 둘이 마주쳤는데, 슈란이 그 앞을 가로막고 웃음 섞어 물었다.

"진주얼아, 넌 걸핏하면 우리 집에 달려가는데, 무슨 생각으로 그러니?"

진주얼은 얼굴이 금세 빨개져 씩씩대면서도 우물쭈물 핑계거리를 찾아 내밀었다.

"아저씨한테 주먹 쓰는 법을 배우고 싶어서 가는 거예요."

"주먹 쓰기를 배우고 싶어서는 아니겠지?"

슈란이 그 속을 훤히 들여다본 것처럼 타일렀다.

"슈슈는 널 마음에 두고 있지 않아. 게다가 나이도 걸맞지 않고. 넌 아무래도 그애보다 좀 더 어린 아가씨를 점찍어야 할 거야."

진주얼이 다급하게 변명했다.

"나한텐 그럴 뜻이 없단 말이에요."

"정말 그럴 생각이 없어?"

슈란이 피식 웃더니 방금 자기가 한 말을 증명이라도 하듯이 양 입술을 추어올렸다. 진주얼이 슈란에게 다시 부탁했다.

"아줌마, 남들 하는 얘기를 들었는데, 친정 할아버지네 권술(拳術)은 꼭 그 댁 사위한테만 전해준다면서요? 아줌마가 인정을 베푸셔서, 춘산 아저씨더러 날 제자로 받아들여달라고 말씀 좀 잘해 주세요."

"우리 친정에는 너한테 색싯감으로 줄 딸이 없는걸."

슈란이 또 짓궂게 웃음 섞어 말했다.

"난 색시 필요 없어요. 난 주먹 쓰기를 배우고 싶다고요."

진주얼은 꿋꿋하게 대꾸했다. 슈란의 얼굴에서 웃음기가 스러지더니, 고개를 쳐들고 하늘 위에 유유히 떠도는 흰 구름장을 바라보다가 돌아서서 가버렸다. 그녀의 가녀린 뒷모습을 바라보던 진주얼은 갑자기 서글픈 생각이 들었다. 왠지 그 뒷모습에서 비애 같은 것을 느꼈기 때문이다. 그는 잘 안다. 슈란과 춘산이 결혼한 지 벌써 다섯 해가 지났는데 아직도 아이가 없다는 사실, 그리고 마을 사람들이 그 일을 놓고 뒤에서 쑥덕공론을 한다는 사실을 말이다.

3

마을 안에 딱 하나밖에 없는 연자방앗간이 하필이면 문둥병 걸린 황바오(黃寶)네 집 대문 앞에 자리 잡았다. 연자 맷돌 곁에는 아주 오래 해묵은 느티나무 한 그루가 서 있고, 나무 가장귀에 녹슨 무쇠 종이 하나 매달려 있다. 느티나무 앞은 마을이 공동으로 쓰던 탈곡장으로, 너비가 자그마치 이 묘(畝), 그러니까 육백육십 평방미터 크기의 공터가 자리 잡았다. 평탄하고도 매끄러운 것이, 송아지 같은 아이들이 즐겨 뛰노는 놀이터이기도 하고, 동네 사람들이 자전거 타기를 배우는 학습장인가 하면, 동네 안에서 힘이 펄펄 남아도는 젊은 녀석들이 권법수련을 하거나 씨름 겨루기로 소일하는 곳이기도 하다. 다시 바깥으로 한 줄기 토담이 둘러치고, 토담 바깥은 도랑이 흐른다. 도랑 바깥이 바로 한눈에 다 잡히지 않을 만큼 끝없이 펼쳐진 논밭 푸른 들판이다.

마을 촌장이 무쇠 종을 두드리면 동네 사람들은 잽싸게 느티나무 아래 모여든다. 일찍 온 바지런한 사람들은 맷돌 위에 올라앉고 늦게 온 사람들은 맷돌 주변에 둘러앉거나 느티나무 등걸에 기대서고, 그보다 더 늦은 게으름뱅이는 나무 아래 이리저리 제멋대로 널린 둥근 탈곡기둥 위에 웅기중기 올라앉게 마련이다.

마을 집회가 열릴 때마다, 황바오의 마누라는 으레 자기 집 대문의 문턱에 나와 앉아 품에 안은 아이에게 젖을 먹이면서 연자방아 곁 느티나무 아래 모인 사람들을 내다보곤 했다. 그녀 역시 문둥병 환자라서 눈썹과 속눈썹이 없을 뿐 아니라, 눈이 헐고 입과 코가 제 형태를 잃어 비뚤어졌는가 하면, 열 손가락 모두가 닭발처럼 구부러졌다.

여러 해 전 기계방아가 없었을 적에, 마을 사람들은 연자 맷돌로 곡물을 빻아 양식거리를 장만했다. 한 집이 미처 다 빻기도 전에 다음 번호를 가진 사람이 들이닥쳐 성급하게 재촉하노라면 이내 큰 소리로 말다툼이 벌어지고 차례대로 하랴 마랴, 빨리 해라 늦게 해라, 장날처럼 시끌벅적 소란해지기 일쑤였다.

황바오의 마누라는 문턱에 앉아 연자 맷돌을 에워싼 동네 사람들한테 끊일 새 없이 신세 한탄과 원망을 늘어놓곤 했다.

"어느 대 조상님이 천리를 어기고 황소를 잡아 죽였기에, 내가 이런 몹쓸 병에 걸렸나? 아이고 하느님 맙소사……"

푸념은 언제 들으나 똑같은 내용이라, 동네 사람들도 이제 그녀의 넋두리에 맞장구치는 이가 없었다. 그녀의 원망 섞인 푸념과 청승맞은 넋두리는 '덜커덩덜커덩' 연자방아 돌아가는 소리에 뒤섞인 채 허공으로 스러져 잠깐 뒤엔 어디로 훨훨 날아갔는지 몰랐다.

'주이(主義)'라는 이름의 젖먹이 계집아이는 엄마의 품에 안긴 채 배부르게 젖을 먹었는지 방앗간 주변에 모인 사람들을 향해 키득키득 웃어대고 있다. 그녀의 큰아이, '서후이(社會)'라고 이름 붙인 사내아이는 무엇이 그리도 불만스러운지 이를 악물고 아직도 꼬리가 길게 매달린 배추를 움켜다 동네 사람들을 향해 마구잡이로 던지고 있다. 그 집 대문 양편에는 남들이 쓰다 버린 배추 포기가 무더기로 두 군데나 쌓였다. 보나마나 서후이란 녀석이 전부 모아다 쌓아놓은 것이다. 녀석은 배추 한 포기를 손에 들고 관성이라도 붙은 것처럼 몇 바퀴 맴돌더니 입으로 씽씽 휘파람 소리를 내면서 연자방앗간에 몰린 사람들에게 던져 보냈다. 그것과 동시에 그는 펄펄 뛰는 생선처럼 땅바닥에 누워 팔딱거리다가는 잠시

후 한 바퀴 뒹굴고 나서 엉금엉금 기어 일어나기 무섭게 배추를 움켜잡더니 또다시 사람들에게 던졌다.

진주얼은 동네에서 '쭉정이 번데기가 예쁜 누에나방을 낳았다' 고 쑥덕공론하는 소리를 들어본 적이 있다. 바꿔 말하면 '시궁창에서 용 난다' 더니, 문둥병 걸린 부부에게 이렇듯 예쁘장하고 튼튼한 아이들이 태어날 줄이야 몰랐다. 그렇다면 춘산과 슈란처럼 금실 좋은 부부도 마땅히 예쁜 아들딸을 낳아야 옳은 일 아니겠는가. 한데 이들 부부는 튼튼한 아이는커녕 째보에 언청이조차 낳지 못한 것이다.

언젠가 한번은 동네 사람 중 하나가 마을 회합에서 '연자방아를 딴 데로 옮기자' 고 요구한 적이 있었다. 그 제의가 나오자, 황바오는 맷돌 위에 올라서서 버럭 고함을 질렀다.

"누구든지 맷돌만 옮겨만 봐라, 내 그놈의 집 우물 속에 풍덩 뛰어들고야 말 테니까!"

얼마 안 있어 마을에 기계방아가 설치되고, 연자방아를 옮겨봤자 아무짝에도 쓸모가 없게 되었다.

또 어떤 이는 마을 회합 장소를 다른 곳으로 바꾸자고 건의했으나, 촌장은 지금 장소보다 더 적합한 곳을 찾아내지 못하겠다고 말했다. 마을 안팎을 통틀어 이곳에만 유서 깊은 느티나무 고목이 서 있고, 또 황바오가 나병에 걸리지 않았을 때부터 사람들은 여기서 집회를 여는 것이 관례로 되어왔던 것이다. 게다가 황바오는 나환자병원에서 삼 년 동안 치료를 받았기 때문에 이제는 병균을 옮기지 않았다. 그 마누라도 나환자병원에서 찾아낸 여인이다. 걸

모습은 사람을 놀라게 할 정도로 추악하게 생겼으나 두 사람 모두 보균자들이 아닌 것이다. 생각해보자, 이들 부부가 계속 전염성을 띠고 있다면, 국가에서 이들의 결혼을 허락했을 턱이 없고 전염병 환자들을 퇴원시켰을 리 만무한 것이다. 집회 장소를 옮기자는 얘기가 나왔을 때, 촌장은 딱 부러지게 말했다.

"다들 잘 보라고! 황바오 네 부부가 낳은 아이들이 얼마나 미끈하게 잘생겼어? 흠집이나 얽은 구석이 한 군데라도 있어? 당신네들처럼 문둥병 한 번 걸려본 일이 없는 작자들도 이렇게 예쁘고 귀여운 아이는 못 낳았잖아!"

4

어느 겨울철 한낮에 햇볕이 유난히 따사로웠다. 느티나무 고목 아래 동네 사람들이 숱하게 모여들었다. 모두들 팔짱 낀 자세로 하나같이 얼굴에 흥분된 기색을 띤 채 지켜서 있는 것이다.

느티나무 등걸 아래 나귀가 끄는 바퀴 둘 달린 수레가 한 대 멈춰 있었다. 수레 위에는 거무튀튀한 기름통이 하나 실리고, 싯누런 콩깻묵 열 몇 덩어리와 또 마대자루 열 몇 장이 얹혀 있었다. 얼굴에 온통 분칠을 하고 대추나무로 깎아 만든 딱따기를 딱딱 치는 젊은 녀석, 바로 장린(張林)이다. 장린은 이름난 씨름 고수인데, 소문에 듣자니 주변의 십여 개 마을에 돌아가며 씨름판을 차려놓고 도전했으나, 아직껏 그 앞에 맞설 만한 적수를 만나지 못했단다.

"자네가 진짜 장린인가?"

마을에서 누구보다 충동질을 잘하고 남한테 시비 걸기 좋아하는 귀청(郭成)이 큰 소리로 물었다.

"자네 모양새를 보아하니 한가락 하는 전문가는 못 될 듯싶은 걸?"

도발적인 언사를 듣고도 장린은 수레 곁에 서서 리드미컬하게 딱따기를 치고만 있다. 둔탁하게 울리는 딱따기 소리가 마치 상대방이 방금 던진 문제에 응답이라도 되듯 답답하리만큼 침착하다.

그와 함께 온 늙은 영감이 수레바퀴 곁에 쭈그려 앉았다. 노인네는 누르스름하게 들뜬 낯빛으로 입에 곰방대를 물고 뻐끔뻐끔 담배를 피웠다.

"자네, 다른 마을에서는 패왕으로 일컬을 수 있겠지만, 우리 동네에 와서는 그게 잘 먹혀들지 않을 거야!"

귀청이 난폭하게 소리쳤다.

"우리 마을은 무술가(武術家) 촌이야. 무림고수 대장장이 왕씨는 알고 있겠지? 옳거니, 지붕 위로 날아다니고 담장을 평지 걷듯 기어오르던 왕톄산의 손자 되는 사람이야. 팔뚝 하나에 오백 근짜리 쇳덩어리를 드는 뚝심을 지녔지. 우리 동네 젊은것들이 모두 그 사람의 제자란 말씀이야. 손길 나가는 대로 황소 한 마리를 메다꽂는 장사거든! 여보게들, 어떤가? 내 말이 틀렸나?"

귀청이 주변에 몰려 있는 젊은 녀석들을 돌아보며 물었다. 젊은것들도 하나같이 장린과 한판 붙어보고 싶은지 술렁댔다.

그러나 장린은 차갑게 코웃음 섞어 딱따기나 계속 칠 뿐 아무런 낌새도 보이지 않았다.

"마오류(毛六), 자네 손발이 근질거리지? 그렇게 뒤로 움츠리지 말고 앞으로 썩 나서라고! 장린한테 점잖게 인사하고, 이리 나와서 한판 겨루자고 청해야 할 게 아닌가?"

귀청이 부추긴 것은 마을 안에서 으뜸가는 씨름꾼이다. 그리고 마오류는 확실히 멋들어진 씨름 솜씨를 지니고 있기도 했다.

지명을 받은 마오류가 '헤헤헤' 멋쩍게 웃으면서 목덜미만 긁적거렸다. 뒤에서 누군가 그의 등을 확 떠밀어 콩기름 수레 앞에 내세웠다. 장린과 정면으로 마주 서게 만든 것이다. 할 수 없이 마오류는 두 주먹을 맞잡아 장린에게 읍례를 건넸다.

"친구, 한 수 가르쳐주시구려."

장린이 고개를 쳐들고 흘낏 마오류의 위아래를 훑어보더니 아무 대꾸 없이 계속 딱따기만 쳤다. 상대방에게 무시를 당한 마오류가 군색해진 기색으로 슬그머니 뒷걸음질해 물러났다.

"남이 씨름을 하지 않겠다는 데야 어쩌겠나, 그만둬야지."

"어떻게 그만둘 수가 있단 말이야?"

마오류에게 한마디 던진 귀청이 다시 장린 쪽을 돌아보고 압력을 가했다.

"이봐, 장린. 한 두어 판 놀아보지그래. 우리 마을 젊은 녀석들이 자네한테 사정을 두어줄 거야. 만일 자칫 잘못 메다꽂아서 불상사라도 나면 우리가 자넬 떠메다 병원으로 데려갈 걸세. 병원도 예서 아주 가깝지. 작은 강 하나만 건너면 바로 거기니까."

장린은 딱따기 치던 손을 멈추고 담배 피우는 늙은이에게 눈길을 던졌다. 늙은이가 '어흠' 하고 헛기침을 하더니 곰방대 담뱃재를 신발바닥에 툭툭 털고는 슬며시 일어났다.

"여러 동네분들, 콩기름을 바꾸시려거든 댁에 돌아가서 콩이나 가져오시구려. 바꾸실 분이 없으면 우린 이대로 떠나리다."

귀청이 껄껄 웃으면서 조건을 내걸었다.

"영감님, 우리 씨름부터 한판 겨루고 나서 콩과 기름을 바꿉시다. 이게 우리 동네 규칙이외다."

"그런 동네 규칙도 다 있나?"

늙은이가 입술을 삐죽거리며 차갑게 그 말을 받았다.

"그럼, 이리 나서라고 하시오. 이 늙은 뼈다귀라도 내걸고 여러 호걸 되시는 분들께 한 수 가르침을 받아볼 테니까."

이렇게 말하고 나서 늙은이는 곰방대와 담배쌈지를 한데 둘둘 감아 허리춤에 꾹 찔러 넣더니 힘겹게 일어서서 잔기침을 두어 번 뱉어내며 숨 가쁘게 헐떡거렸다. 겉으로 노쇠한 모양새를 드러내긴 했으나, 두 눈초리가 얕잡아보지 못할 날카로운 광채를 쏘아내고 있다.

"누가 먼저 나설 거요?"

늙은이가 묻는다. 마오류는 주변 사람들을 한 바퀴 둘러보더니, 슬며시 몸을 빼 뒤로 물러났다.

"난 영감하고 씨름하지 않겠소. 그렇게 연세가 높으신데, 불상사라도 났다가는 날더러 그 감당을 어떻게 하란 말이오? 난 장린하고 겨루겠소."

"여봐, 젊은이."

늙은이가 말했다.

"난 장린의 제자야. 자네가 날 쓰러뜨리지 못하고서 어떻게 내 사부 되는 장린과 씨름판을 벌일 수 있겠나?"

"마오류, 덤벼! 저렇게 망발을 떨게 내버려둘 수야 없는 일 아닌가!"

동네 사람들이 이구동성으로 부추겼다. 그래도 마오류는 여전히 망설였다.

"만일 저 영감을 잘못 메다꽂아서 다치기라도 한다면 어쩌려고?"

"젊은이, 무예를 겨루는 마당에 일단 나서면 생사는 각자 운명에 맡겨야 하는 법이야. 이게 얼마나 오랜 강호 규칙인 줄 아나? 쓸데없는 걱정 말고 이리 나서기나 하게."

"그럼 노인장도 손찌검에 사정을 두어주세요."

상대방에게 다짐을 받아놓은 마오류가 한마디 겸사를 던지고 나서 허리띠를 질끈 동여맨 다음, 양 손바닥에 침을 몇 번 뱉어 쓱쓱 비벼대면서 늙은이 앞으로 걸어 나왔다.

"그럼 노인장, 실례하겠소!"

말끝이 미처 다 떨어지기도 전에 몸뚱이를 사납게 낮추더니 양손으로 늙은이의 한쪽 다리를 와락 부여안아 치켜들었다. 늙은이는 당황하는 기색 하나 없이 양손을 마오류의 어깻죽지에 털썩 얹어놓았다. 마오류의 손에 쳐들린 다리가 그 틈에 재빨리 상대방의 가랑이 사이로 쓰윽 끼어 들어갔다. 이어서 아주 오랜 시간 동안,

마오류는 늙은이의 다리를 부여잡은 채 앞으로 떠밀고 뒤로 끌어 내고, 죽기 살기로 엎치락뒤치락 온갖 수법을 다 동원해가며 안간 힘을 썼다. 다리 한 짝을 붙잡힌 늙은이는 외다리로 겅정겅정 뛰 면서 위태롭게 비틀거렸다. 그러나 전후좌우로 재빠르게 바뀌어 가는 동작 하나만큼은 날렵하기 이를 데 없어 좀처럼 균형을 잃지 않고, 마치 상대방의 몸에 들러붙기나 한 것처럼 아무리 마오류가 흔들어대고 잡아당겨도 넘어뜨릴 도리가 없었다. 시간이 얼마나 지났을까. 벌써 마오류는 숨이 턱에 차서 쉴 새 없이 헐떡헐떡, 그 러나 늙은이는 들숨날숨이 고르게 안정되고 얼굴에 발그레하니 윤기가 감도는 품이, 조금 전 수레 곁에 앉아서 곰방대를 뻐끔거 릴 때보다 오히려 더 침착한 태도를 보였다. 관전자들은 늙은이의 솜씨가 나이를 몇 배 더 뛰어넘는다는 사실을 내다보고, 마오류 쪽이 불리하게 될까봐 소리를 질러댔다.

"마오류, 그만둬!"

그러자 늙은이가 얼른 막았다.

"젊은이, 승부는 가려야지!"

두어 마디 이죽거리면서 그는 별로 큰 동작을 보이지도 않았는 데, 어느새 마오류를 땅바닥에 길게 누여놓고 있었다.

관전자들 가운데 의혹에 찬 탄성이 흘러나오다가 이내 침묵으 로 바뀌었다. 마오류가 낭패스런 몰골로 엉금엉금 기어 일어서더 니 머쓱한 기색으로 엉거주춤 뒷걸음쳐 동네 사람들 틈새로 들어 갔다.

장린이 일어섰다. 얼굴에 희색이 가득한 채 딱따기를 치면서 목청 높여 외치기 시작했다.

"콩기름 바꾸시오! 콩기름 바꾸시오! 당신네들 분명히 그랬지? 씨름 한판 겨루고 나서 댁에 돌아가 콩 몇 됫박 퍼내다 콩기름과 맞바꾸기로 했잖소?"

한데 사람들 가운데 움직이려는 이가 하나도 없다. 그것을 본 늙은이가 동료에게 말했다.

"이만 가세, 장린. 이 동네 사람들은 큰소리만 칠 줄 아는 구두쇠야. 돈 한 푼에 벌벌 떠는 사람들한테 무슨 신용 지키기를 바라겠나?"

귀청이 별소릴 다 듣겠다는 듯이 억지를 쓴다.

"이봐, 영감. 듣기 거북한 소리 마시구려. 마오류 한 녀석쯤 메다꽂았다고 해서 그게 뭐 대수로운 일이오? 만일 노인장이 우리 동네 춘산과 씨름해서 넘어뜨릴 수 있다면, 우리 동네가 당신네 콩기름 한 통을 몽땅 바꾸겠소. 동네 사람들이 원치 않겠다면 나 혼자 책임지고 통째로 바꾸리다. 어떻소?"

그러나 늙은이는 귀청을 거들떠보지도 않고 수레 끄는 나귀의 목덜미에 걸쳐놓았던 굴레를 거두어 잡으면서 장린을 재촉했다.

"떠나자니까, 장린. 자네 이런 동네서 뭘 더 바랄 게 있다고 미적대나? 설마 이 사람들이 자기 한 말에 책임지리라고 기대하는 건 아니겠지?"

장린이 딱따기를 수레 위에 얹더니 동네 사람들을 향해 고개를 끄덕끄덕해 보였다. 얼굴이 온통 조롱기로 가득하다.

떠돌이 행상에게 무시당한 귀청은 다급한 나머지 수레 앞으로 다가들어 나귀란 놈의 굴레를 부여잡았다.

"노인장, 그게 무슨 소리요? 당신, 우리 동네 사람들을 안중에도 두지 않겠다는 거요? 이렇게 합시다. 당신이 예서 기다리고 있으면, 내 담보로 우리 집에 돌아가서 올해 일 년 열두 달 농사지은 대두 콩 일천 근을 몽땅 퍼내 가지고 오리다. 하지만 당신 아니면 장린, 누구든지 반드시 우리 동네 춘산과 겨뤄야 하오. 어느 쪽이 이기든 지든 간에 이 통에 담긴 기름 전부하고 당신네가 가져온 콩깻묵 열 몇 덩어리까지 도매금으로 몽땅 바꾸겠소."

"형씨, 정말 대단한 말씀이오. 당신이 그렇게까지 얘기하는데 우리가 자꾸 애를 먹이면 형씨의 지극한 성의에 미안스러운 노릇이겠구려."

늙은이가 나귀의 굴레를 도로 풀어주면서 젊은 장린에게 한마디 건넸다.

"사부님, 당신이 나서서 저 사람들하고 한두 판 겨뤄보시지요."

그때서야 장린도 마지못한 듯 허리띠를 단단히 동여서 허리춤에 꾹 찔러 넣더니, 두 발을 번갈아 수레 굴대에 올려놓고 신발 끈을 하나씩 질끈 조여 맸다. 그러고 나서 뭇사람들에게 해명부터 했다.

"여러분, 여러분도 다들 보셔서 알다시피, 사실은 이분이 내 사부요, 나는 제자올시다."

"아니, 아니지, 아냐! 이 사람이 내 사부고, 내가 제자요."

늙은이가 얼굴까지 붉혀가며 아주 진솔하게 반박한다.

"여러분, 나이만 보고 판단하는 게 아니오. 속담에 뭐라 했소?

'나이가 많아야 뜻이 있는 것은 아니다' 했듯이, 사부라고 해서 반드시 제자보다 늙어야 하는 법은 없소이다."

"사부님, 아무리 그런 말씀을 하셔도 이 사람들은 믿어주지 않을 겁니다."

장린이 또 늙은이의 말을 뒤집는다. 그러고 나서 딴 소리가 나오지 않게 얼른 동네 사람들을 둘러보며 소리쳤다.

"여러분, 내 사부님께선 이제 한판 겨룰 준비가 다 되셨는데, 여러분 중에 어느 분이 먼저 나설 겁니까?"

그 말이 신호가 되었는지, 늙은이가 방금까지 보였던 음침한 기색이 언제 그랬느냐는 듯 싹 바뀌더니 성미가 조급한 젊은이처럼 기합 소리를 내가며 사람들 면전에 오락가락 설쳐대기 시작했다.

귀청도 그 꼬락서니를 아니꼽게 보았는지 버럭 고함을 질렀다.

"춘산, 춘산 이리 나서라고! 우리 마을 전체 낯을 보아서라도, 자네 솜씨를 한 수 보여줘야 할 게 아닌가?"

그런데 사람들 중에 응답하는 이가 없다. 모두들 여기저기 돌아보았으나, 춘산은 어디 있는지 그림자도 보이지 않는다.

"방금까지 여기 있었는데, 어떻게 눈 깜짝할 사이에 안 보이는 거야?"

귀청이 몇몇을 지목했다.

"자네들 냉큼 가서 찾아오게. 오지 않으려 하거든 새끼줄로 꽁꽁 묶어서라도 이리 끌고 와!"

"형씨, 아무래도 댁에 돌아가서 대두 콩이나 퍼오는 게 빠르시겠소."

108

늙은이가 이죽이죽 웃어가며 귀청의 약을 올리더니 다시 고개를 돌려 장린에게 한마디 던졌다.

"사부님, 이 동네분들 정말 재미있군요!"

"그래요, 사부님. 정말 재미있는 사람들이에요."

늙은이의 말에 맞장구를 친 장린이 동네 사람들을 향해 계속 도발적인 언사를 늘어놓았다.

"사실 말이지, 나도 뚝심깨나 쓸 줄 알긴 하오만, 내 사부님에 비하면 아주 한참 뒤떨어지는 하수이외다."

이윽고 몇몇 젊은 녀석들이 밀치락달치락 반강제로 춘산을 데려왔다. 연자방앗간 너른 터전까지 떠밀리고 끌려오는 동안에도 춘산은 버럭버럭 고함을 질렀다.

"어이쿠, 야야! 이봐 자네들, 이게 무슨 짓들이야? 우리 집에는 바로 얼마 전에 콩기름을 바꿔놓았다니까! 콩깻묵도 필요 없고 말이야"

"자네더러 콩기름 바꾸라는 게 아닐세."

귀청이 기다렸다는 듯이 한마디 했다.

"자넨 그저 우리 마을 체통만 좀 세워주면 되네."

"아이고 맙소사, 당신네들, 이거야 말로 죽은 고양이더러 나무 위에 기어오르라는 격일세그려!"

춘산이 울상을 지으면서 손사래를 쳤다.

"내 언제 무술 따위를 할 줄 안다고나 했소? 지난 몇 해 동안 내가 남하고 주먹다짐이나 싸우는 걸 누가 본 적이라도 있느냔 말이오!"

"됐네, 겸손할 것 없어."

귀청이 말을 잇는다.

"자네들처럼 무술을 하는 사람은 에누리 없이 내숭 떠는 줄 다 아니까. 하지만 오늘은 우리 마을 전체의 체면에 관계되는 특수한 상황이니만치 형편이 달라. 이크, 저길 보라고. 촌장님도 오시네. 촌장님, 말씀 좀 해보십쇼. 이 일은 누가 뭐래도 춘산이 솜씨를 드러내야 할 게 아닙니까?"

"일이라니, 무슨 일?"

실눈을 게슴츠레 뜨고 묻는 촌장의 입에서 감 썩는 냄새가 풀풀 풍겨 나왔다. 어디선가 술을 진탕 마셔댄 모양이었다.

누군가 재빨리 다가서더니 방금 예서 벌어진 일들을 미주알고 주알 낱낱이 까바쳤다.

"옳거니, 그런 일이 있었군!"

촌장이 다시 큰 소리로 나그네들에게 외쳐 물었다.

"장린이 누구야? 자네가 바로 장린인가? 감히 우리 동네에 인물 없다고 얕잡아보다니! 이봐, 춘산. 내가 촌장으로서 명령하는데, 냉큼 나서서 저 장린이란 풋내기 녀석을 단번에 보기 좋게 메다꽂으라고! 땅바닥을 오줌똥 싸면서 벌벌 기도록 말이야. 그렇게 해서 우리 평안촌(平安村) 마을에도 솜씨 좋은 고수가 계시다는 것을 알게 만들어줘야지."

"촌장님, 난 정말 아무것도 할 줄 모릅니다!"

춘산이 우거지상을 짓고서 입이 닳도록 통사정을 했다.

"누굴 속이려고?"

촌장은 눈을 허옇게 뜨고 흘겨보면서 다그치기 시작했다.

"자네 장인 영감의 조부님은 무림의 고수야. 앉은자리에서 파를 뽑다가도 몸뚱이가 번쩍 솟구쳤다 하면 나무 꼭대기 초리에 앉은 참새를 단숨에 움켜잡은 채 그 자리에 도로 내려앉는 재주꾼이지. 자네 장인 영감도 마찬가지, 어릴 적부터 할아버님을 따라 무예를 연마해서 이빨로 벌겋게 달궈진 쇳덩이를 깨물 줄도 알고 손바닥으로 큼지막한 돌멩이를 쪼갤 줄도 안단 말씀이야. 그런데 주먹질 발길질 서너 수도 할 줄 모르는 자네가 어떻게 그 댁 사위 노릇을 할 수 있겠어?"

"아이고, 촌장님, 저는 진짜 아무것도 할 줄 모른다니까요."

"턱도 없는 소리! 뭐가 진짜고 가짜야?"

촌장은 춘산의 변명 따위는 받아줄 여지도 없이 냅다 엉덩이부터 걷어찼다.

"빨리 나서! 안 그랬단 봐라, 내 당장 네놈의 집에 배당시킨 논밭*을 회수해버릴 테니까!"

몇몇 나이 지긋한 촌로가 또 나서서 권유했다.

"춘산, 몇 수만 겨뤄보지그래. 싸움 끝에 친구 사귄다는 말도 있

---

* 원문에는 '책임전(責任田)'으로 표기되었다. 농가가 일정한 책임을 진 논밭. 즉 청부제에 의거해 각 농가의 생산책임제, 이른바 '포산도호제(包産到戶制)'에 따라 농가가 국가나 인민공사에게 일정한 생산량을 책임진 경작지로서, 국가에 일정한 농업세를 납부하고 남은 수확량을 가족 수에 따라 생산 농가의 소유로 인정하는 '구량전(口糧田)'과는 별도로 농가의 노동력에 비례하여 청부 맡은 농지. 생산된 수확물 가운데 국가와 인민공사에 책임량을 납부한 나머지를 농가의 소유로 인정받게 된다.

잖은가!"

"아저씨들, 이건 아예 수탉더러 달걀 낳으라고 윽박지르는 거 아닙니까?"

춘산이 앙탈했으나 소용없는 일, 엉덩이에 촌장의 발길질이 또 한 차례 날아들었을 뿐이다.

"제밀할 놈의 궁둥이! 오늘 누가 뭐래도 그놈의 궁둥이로 달걀을 낳아줘야겠다. 장린, 어서 이 녀석한테 덤벼봐라!"

춘산은 가련하기 짝이 없는 기색으로 장린 앞에 엉거주춤 나가 섰다. 그리고 양손을 활짝 펼쳐 보였다.

"형씨, 보다시피 이건 장난으로 하는 거요. 장난으로 한번 해보는 것이지, 내가 당신하고 아무 원한도 없고 원수 맺은 일도 없는데, 우리 둘이서 주먹다짐은 해서 뭘 하겠소?"

"하하! 당신 말씀을 들어보니 진짜 한가락 할 줄 아는 고수이시군그래."

껄껄대고 웃는 장린에게, 춘산은 그저 쓴웃음이나 건넬밖에 없다.

"난 정말 아무것도 못하오."

"너무 겸손 떨 것 없소이다. 씨름 경기는 체육 운동 아니오? 국가운동회에서도 채택된 경기 종목인데, 못할 사람이 어디 있다는 거요? 당신, 날 정말 면목 없게 추태 부리는 사람으로 만들지 마시구려."

"형씨도 보아서 알 것 아닙니까. 이건 장난으로 시작된 일이에요. 내가 보기엔 아무래도 우리가 이쯤해서 그만두는 게 좋겠소.

한겨울에 땅바닥이 꽝꽝 얼어붙었는데, 공연히 근육에 상처 생기고 뼈마디가 다쳐서야 안 될 노릇이지요."

춘산이 주절주절 군소리를 늘어놓으며 화해를 구걸했으나, 장린은 못 들은 척 무시해버리고 두 손 모아 정중히 읍례를 건네면서 크게 외쳤다.

"자, 친구! 한 수 가르침을 청하겠소!"

그러고 나서 몸을 비스듬히 뒤틀기 무섭게 달려들더니, '옌칭카오(燕靑薹)'* 들배지기 한 수로 춘산을 보기 좋게 땅바닥에 메다꽂았다.

동네 사람들은 춘산의 육중한 몸뚱이가 땅바닥에 닿는 순간 울리는 둔탁한 굉음을 똑똑히 들었다. 그것은 잔뜩 흐린 날씨처럼 답답하고 찌무룩한 소리였다.

춘산은 사지 팔다리를 활짝 벌린 채 땅바닥에 큰대자로 벌렁 누웠다. 그리고 반나절은 좋이 지나서야 엉금엉금 기어서 일어났다. 입에서는 끙끙 앓는 소리, 얼굴 반쪽은 진흙으로 범벅이 되었다.

흠칫 놀란 장린이 의아스레 묻는다.

"노형, 정말 아무것도 할 줄 모르는 거요?"

"내가 할 줄 알았으면 당신이 날 죽은 개 메다꽂듯 태질쳐버릴 수 있었겠소?"

춘산이 울상을 지으며 되물었다.

---

*『수호전』에 등장하는 양산박 108두령 가운데 하나인 주먹질과 씨름의 명수 낭자(浪子) 연청(燕靑)이 잘 쓴다는 배지기 씨름 동작을 말한다.

"그것 정말 미안하게 됐구려."

장린이 사뭇 미안한 기색으로 사과했다. 촌장님은 화가 머리끝까지 뻗쳐 씨근벌떡 소리를 지른다.

"이런 망신살이 어디 있나! 춘산, 네놈이 우리 동네 체면을 몽땅 깎아내렸어!"

5

저녁 무렵, 마실 나온 사람들이 느티나무 고목 아래 모여들었다. 나뭇가지에 둥지를 튼 까마귀가 까악까악 우짖는다. 오늘 화제의 대상은 보나마나 춘산, 이제 그는 동네 사람 누구에게나 놀림감이 되고 말았다.

"여보게 춘산, 담벼락이 넘어가더라도 자네 쓰러질 때처럼 큰소리는 나지 않을 거야."

"춘산, 자네 그 뚝심은 어디다 뒀나? 설마 슈란의 몸뚱이에 몽땅 쏟아 부은 것은 아니겠지? 허우대만 멀쩡하게 커가지고 남의 손에 붙잡히자마자 죽은 수퇘지 팽개치듯 꽈당 널브러지다니……"

사람들의 조롱을 정면으로 받고서도, 춘산은 연자 맷돌 위에 올라앉은 채 그저 '헤헤' 대고 웃음기나 흘릴까, 성난 기색이라곤 조금도 없다.

"속담에 '진짜 실력자는 여간해서 본모습을 드러내지 않는 법'이라고 하지 않았나? 춘산, 그래도 솜씨를 보여야 할 때는 보여줘

114

야 하는 것 아닌가? 너무 깊숙이 감춰두는 것도 좋지 않아."

영감 하나가 곰방대를 뻐끔대면서 평가를 내렸다.

"아저씨, 난 아무것도 할 줄 모르는데, 어떻게 무슨 솜씨를 보인단 말입니까?"

춘산으로선 어쩔 도리가 없이 변명했다.

"난 미처 반응할 겨를도 없었는데, 어느새 남의 손에 붙잡혀 패대기를 쳤지 뭡니까?"

사람들이 와르르 웃음보를 터뜨렸다.

이때 황바오가 절뚝거리는 걸음걸이로 허겁지겁 달려 나왔다. 온몸이 저녁 햇살을 받아 황금빛으로 물들고 자그만 두 눈알마저 반짝반짝 빛을 발하는데, 눈두덩의 눈썹은 머리가죽에서 옮겨다 심은 것으로, 무성하기가 마치 일본제 은단 상표에 그려진 할아버지 수염을 닮았다. 무슨 일인지 그는 소리 내어 울면서 떠듬거리는 목소리로 사람들에게 애걸했다.

"여러 어르신네들, 내 마누라가 병이 났어요. 복통이 나서 아픔을 견디지 못하고 침대 위에서 떼굴떼굴 구르고 있단 말입니다. 제발 좀 도와주십쇼. 내 마누라를 병원에 데려가야 하는데, 제발 도와주세요!"

사람들이 끔찍하게 일그러진 황바오의 얼굴을 쳐다보았다. 그리고 남편보다 더 흉물스레 일그러진 그 마누라의 면상을 떠올리고 하나같이 겁을 집어먹었다. 어느새 간다는 말 한마디 없이 슬그머니 일어서서 그 자리를 뜨는 사람이 하나 둘씩 늘어났다.

다급해진 황바오가 춘산을 마주 바라보았다. 구부정하게 휜 등

허리, 안짱다리 걸음으로 비실비실 다가서는 자세가 언제라도 무릎을 꿇을 것만 같았다. 이어서 애처롭게 간구하는 목소리가 흘러나왔다.

"춘산, 여보게 춘산, 자네가 앞장서서 내 마누라 목숨 좀 구해주게."

"자네가 병원으로 가서 의사를 데려오지그래?"

춘산이 말했다.

"의사가 어떻게 우리 집에 올 수 있겠나? 그 사람들이 올 리가 없지."

황바오는 다시 춘산에게 애걸했다.

"춘산, 여러 형제분들, 제발 부탁하오. 우리네 두 식구는 모두 엄격한 화학실험을 거치고 나서야 퇴원한 사람들이외다. 하늘에 맹세코 우리는 이제 아무한테도 병을 옮기지 않는단 말이오!"

춘산이 주변 사람들을 한 바퀴 둘러보았다. 남몰래 뺑소니치지 않은 사람이 아직 몇몇 있었으나, 모두들 고개를 숙이고 쳐들지 않았다.

"어르신네들, 이렇게 빌고 빌겠습니다. 제발……"

황바오가 한쪽 다리로 땅바닥에 무릎을 꿇었다. 이윽고 춘산이 동네 청년들을 향해 입을 열었다.

"여보게들, 황바오 말에도 일리가 있네. 이들 부부가 아직도 보균자라면 나환자병원에서 우선 이 사람들을 퇴원시킬 리가 없었을 테고, 또 두 사람이 결혼하도록 허가했을 턱이 없지 않겠는가. 너나 할 것 없이 같은 고향, 같은 동네 사람이니 우리가 손을 써서

도와주도록 하세."

"난 얼마 전에 허리를 삐어서 용을 못 쓰겠는걸."

누군가 궁둥이를 툭툭 털고 일어섰다.

"난 집에 일이 좀 있어서……"

또 한 사람이 어물어물 말끝을 흐리는데, 아예 찍소리도 없이 휑하니 일어서서 느티나무 뒤편으로 돌아가는 사람도 있다.

동료들이 모두들 사라지고, 결국 춘산 하나만 남았다.

"황바오, 일어나게. 내가 자넬 돕겠네."

춘산은 집으로 돌아가 외바퀴 수레를 떠밀고 나오더니 연자방 앗간 맷돌 곁에 놓았다. 그러고 나서 서슴지 않고 황바오를 따라 문둥병자의 집 안으로 들어갔다.

진주얼이 호기심에 못 이겨 숨을 멎고 살금살금 뒤따라 들어갔다. 그는 문둥병 환자들이 사는 집 안뜰을 둘러보았다. 땅바닥에는 온통 닭똥과 잡초가 어지러이 널렸고, 나지막한 앉은뱅이 가옥 처마 끝에는 박쥐가 틀어놓은 둥지 하나가 매달려 있었다.

춘산이 머리를 숙이고 방 안에 들어섰다. 뒤에서 황바오가 따라 들어갔다. 두 자녀, '사회주의(社會主義)'란 정치 슬로건에서 절 반씩 이름을 따서 붙인 서후이와 주이는 방문턱을 타고 앉았다. 주이는 두 눈을 감은 채 무엇이 불만스러운지 칭얼대고, 서후이는 눈알을 데굴데굴 영악스럽게 굴리면서 손에 들린 호루라기를 이 따금씩 입에 물고 삐리릭삐리릭 불어댔다.

"엄마야…… 나 아파 죽겠어……. 하늘의 신령님, 날 좀 구해 줘요!"

문둥병 걸린 여인의 울부짖는 소리에, 황바오가 고함쳐 꾸짖는 소리가 한데 어우러져 어두컴컴한 방 안에서 들려왔다.

"엄살 부리지 말고 그만 울어! 춘산이 도와주러 왔으니까……"

뭐라고 말로 형언하기 어려운 역한 냄새가 방 안에서 확 풍겼다. 진주얼은 코를 얼른 틀어막은 채 바깥으로 뛰쳐나갔다. 느티나무 고목 뒤에 도깨비들처럼 웅기중기 몰려선 동네 사람 몇몇이 무슨 음모라도 꾸미듯 살그머니 머리통을 내밀었다 움츠렸다 집 안을 엿보면서 쑥덕공론을 벌였다.

이윽고 춘산이 문둥병 걸린 여인을 업고 안뜰을 가로질러 대문 바깥으로 휘적휘적 걸어 나왔다.

문둥병 걸린 여인은 온몸에 짙은 자줏빛 옷을 걸쳤다. 머리통을 누른빛 수건으로 감싼 탓에 그녀의 얼굴은 볼 수가 없었다. 한쪽 발에는 어디서 구했는지 스페인 바스크족 선수들이 하이알라이 시합을 할 때 신는 큼지막한 신발이 신겼고, 다른 발에는 회백색 양말 한 짝이 금세라도 벗겨질 것처럼 길게 늘어져 땅바닥에 질질 끌렸다. 춘산의 펑퍼짐한 등판에 업힌 채 문둥병 걸린 여인이 잠시도 그치지 않고 신음하는 소리가 사람들에게 오싹 소름이 돋게 만들었다.

이불 한 채를 껴안은 황바오가 한쪽 다리를 절름거리면서 이리 비틀 저리 비틀 외바퀴 수레 앞으로 달려가더니, 이부자리를 수레 위에 펼쳤다. 춘산이 문둥병 걸린 여인을 외바퀴 수레 한쪽에 내려놓고 다리로 그녀의 몸뚱이를 쑤셔 박듯 밀어붙여 공간을 만들었다. 그러고 나서 황바오에게 지시했다.

"자넨 이쪽에 앉게."

황바오가 일그러진 입술 틈으로 이빨을 드러내고 악물었다. 춘산에게 무슨 말인가 하고 싶은 모양이지만 그저 힘겹게 더듬거리기나 할 뿐 이야기를 못했다.

"자네, 어서 이쪽에 올라앉아 균형을 잡게. 쓰러지지 않도록 자네 손으로 마누라를 부축해줘야 하네. 외바퀴 수레가 한쪽으로 기울면 넘어가니까."

황바오가 수레 한편에 올라앉았다. 그리고 한쪽 팔로 마누라의 목덜미를 감아쥐었다. 이윽고 손잡이를 잡은 춘산이 외바퀴 수레를 부축해 똑바로 일으켰다.

"자리 잘 잡았나? 됐어, 그럼 가세!"

그리고 나서 양 팔뚝에 힘주어 쭉 펴자, 외바퀴 수레가 덜커덕덜커덕 앞으로 밀려 나가기 시작했다.

"춘산, 당신 정말 좋은 사람이야. 내 평생 잊지 않을게……"

문둥병 걸린 여인이 들릴락 말락 미약한 목소리로 말했다.

"춘산, 며칠 있다가 자네한테 술 몇 잔 대접함세."

황바오가 머리통을 외로 꼬아 뒤돌아보면서 한마디 했다.

"춘산, 저 바보 같은 녀석, 정말 대단해!"

느티나무 뒤에서 진주얼은 누군가 중얼거리는 소리를 들었다. 뒤미처 한 여인이 종알댔다.

"내가 슈란이라면, 저 사내 침대 위에 올라오지도 못하게 할 거야."

6

이듬해 어느 봄날 저녁, 훈풍이 끝도 모르게 너른 논밭 들판에서 불어오고, 밀 보리는 이제 곧 익을 무렵이다. 연자방아 맷돌 곁 커다란 느티나무에는 가장귀마다 온통 희끗희끗 누른 꽃이 만발하여 숨이 막힐 듯 짙은 향기를 풍기는데, 무수한 꿀벌들이 붕붕 소리를 내며 꽃송이 틈으로 오락가락 쉴 새 없이 날아다닌다. 탈곡장 너른 터전에는 송아지 두 마리가 서로 쫓고 쫓기면서 겅정겅정 뛰놀고 있다. 유행을 따르는 신세대 청년 둘이 자줏빛 오토바이를 타고 신바람 나게 탈곡장 변두리를 벌써 몇 바퀴나 맴도는데, 오토바이 배기통에서 쏟아져 나오는 시끄러운 굉음 하며, 파란 매연이 풀풀 풍겨 나올 때마다 곁들인 휘발유 냄새가 공기 중에 뿌옇게 흩어져 오른다.

저녁때만 되면 하릴없는 동네 사람들이 심심파적으로 여기 모여든다. 황바오는 국수가 가득 담긴 뚝배기 대접을 하나 들고 맷돌 위에 쭈그려 앉아 열심히 젓가락질을 하고 있다. 뻣뻣하게 굳어진 손가락으로 서투르게 젓가락질을 하려니 목덜미를 외로 꼰 채 기다란 국수 가락을 젓가락 사이에 끼워 높다랗게 치켜든 다음, 머리통을 뒤로 젖히고 커다란 상처 자국처럼 입을 딱 벌렸을 때에야, 구불텅구불텅한 국수 가락이 한 겨울철 사시나무 흔들리듯 부들부들 떨어가며 살아 있는 동물처럼 입을 통해 목구멍으로 쑤시고 들어간다.

그 마누라는 손으로 대문간 문설주를 잡고 서서 상반신을 구부린 채 고래고래 악을 써가며 아들을 부른다.

"서후이야…… 서후이야…… 집에 와서 밥 먹어라!"

멀리 찾을 것도 없이 서후이란 녀석은 느티나무 위에서 훌쩍 뛰어내렸다. 그놈이 언제 나무 위에 기어 올라갔는지 아무도 모르지만, 아무튼 경공신법(輕功身法)을 오래 단련한 무술고수처럼 착지 동작이 똑바르고 인기척마저 거의 들리지 않았다.

귀청은 나무 아래 서서 익숙한 솜씨로 얇은 종잇장에 썬 담배를 말고 있다.

"황바오, 자네가 아무리 입 터지게 얘기해도 난 믿지 못하겠어. 뭐라고, 춘산이 자네 마누라한테 그렇고 그런 짓을 했다니, 턱도 없는 소리 아닌가!"

"믿지 못하겠다고?"

귀청의 충동질에 넘어간 황바오가 국수 대접을 맷돌 위에 덜컥 내려놓더니 손에 들린 젓가락을 춤추듯 휘둘러가며 사태를 설명하기 시작했다.

"미덥지 않다고 얘기하지 말게. 사실 나도 처음에는 믿지 않았으니까. 내 마누라 얘기가, '서후이 아빠, 춘산이 어젯밤에 또 우리 집에 놀러 왔어' 그래서 나는 '놀러 왔으면 놀러 온 거지 뭐' 했지. 그 친구가 내 마누라를 병원에 데려다준 뒤부터 틈만 나면 우리 집에 놀러 왔으니까. 우리 집 구들 침대 위에 걸터앉아서 나하고 잡담도 나누고, 우리 아들딸과 놀아주기도 했거든. 며칠 지나서 내 마누라가 또 얘기하는 거야. '서후이 아빠, 춘산이 또 놀러 와서 내 젖통을 만졌어.' 난 그 말을 듣고 요 녀석이 내 마누라한테 음심이 동했구나 싶었지. 제밀할 것, 내가 그 녀석 체면을 보아주지만 않았더라면, 그놈은 내가 얼마나 무서운 사람인지 몰랐을 거야. 그래서 당시 나는 마누라하고 한 가지 계략을 짜냈거든…… 아니나 다를까, 그놈이 내 마누라 몸뚱이에 올라탈 때까지 기다렸다가, 나는 고리짝 안에서 와락 뛰쳐나와 손길 나가는 대로 문짝 뒤에 미리 감춰두었던 몽둥이를 집어 들고 그놈의 뒤통수를 냅다 후려갈겼지. 몽둥이질 한 번에 피가 터지고 두번째 몽둥이찜질에 핏줄기가 바깥으로 확 쏟아졌지 뭔가. 그런데 이 밥통 같은 녀석은 달아날 생각은 않고 양손으로 머리통을 감싸 안은 채 꺼이꺼이 울음보를 터뜨리는 거야. 나 원 참, 기가 막혀서…… 내가 몽둥이를 번쩍 치켜들고 또 한 차례 두들겨 패려고 하는데, 마누라가 구들 침상에 무릎을 꿇고 애걸하지 뭔가. '애 아빠, 저 사람이 날 병원에 데려다준 덕을 생각해서라도 이번만큼은 용서해줘요……' 그래서 나는 몽둥이로 그놈을 툭툭 치면서 말했지. '바보 천치 같은 녀석, 냉큼 달아나지 않고 뭘 하는 거야? 제밀할 놈!' 그때서야 이놈이 구들 침대에서 훌쩍 뛰어내리더니 신발짝도 못 찾아 신고 맨발로 도망쳤지 뭔가. 바보 멍텅구리 녀석이……"

7

"그 당시 나는 마누라하고 계략을 하나 짜냈지…… 그놈이 내 마누라 몸뚱이에 올라탈 때까지 기다렸다가, 나는 고리짝 안에서 와락 뛰쳐나와 손길 나가는 대로 문짝 뒤에 미리 감춰두었던 몽둥이를 집어 들고 그놈의 뒤통수를 냅다 후려갈겼지. 몽둥이질 한번에 피가 터지고, 두번째 몽둥이찜질에 핏줄기가 바깥으로 확 쏟아졌지 뭔가. 그런데도 이 밥통 같은 녀석은 달아날 생각은 않고 양손으로 머리통을 감싸 안은 채 꺼이꺼이 울음보를 터뜨리는 거야. 나 원 참, 기가 막혀서…… 내가 몽둥이를 번쩍 치켜들고 또 한 차례 두들겨 패려고 하는데, 마누라가 구들 침상에 무릎 꿇고 애걸하지 뭔가. '애 아빠, 저 사람이 날 병원에 데려다준 덕을 생각해서라도 이번만큼은 용서해줘요……' 그래서 나는 몽둥이로 그놈을 툭툭 치면서 말했지. '바보 천치 같은 녀석, 냉큼 달아나지 않고 뭘 하는 거야? 제밀할 놈!' 그때서야 이놈이 구들 침대에서 훌쩍 뛰어내리더니 신발짝도 못 찾아 신고 맨발로 도망쳤지 뭔가. 바보 멍텅구리 녀석이……"

황바오는 마치 자기가 이름난 소리꾼에게 장단 박자를 맞춰주는 고수(鼓手)라도 된 것처럼 흥겹게 젓가락으로 국수 대접 가장자리를 두드려가며 아주 그럴듯하게 생생히 설명을 거듭했다. 여느 때만 하더라도 말더듬이처럼 뚝뚝 끊기던 말씨가 지금은 단 한 군데도 더듬거리지 않는다. 주위에 둘러앉은 사람들 가운데 그 말을 듣고 웃음보를 터뜨리는 이가 있는가 하면 욕설을 퍼붓는 이도 있다.

"황바오, 자네 손찌검이 너무 모질었던 거 아냐? 정말 그렇게 몽둥이찜질을 퍼붓다가 때려죽이기라도 했으면, 네 녀석은 꼼짝없이 감옥에 처박혔을 거야!"

"감옥에 처박히다니, 내가?"

가뜩이나 울긋불긋 흉터투성이의 얼굴이 당장 시뻘겋게 바뀌면서, 황바오가 성에 못 이겨 씨근벌떡 악을 쓴다.

"감옥에 처박힐 놈은 그놈이라야 옳지!"

"황바오, 자네도 이제 보니 용기 있고 꾀가 말짱한 녀석일세그려."

이 말에 황바오가 깔깔대며 웃었다.

춘산의 아내 슈란이 제집 대문 밖으로 나서더니 동네 사람들을 향해 걸어왔다.

"슈란이 오는군……"

"오면 어쩔 테야?" 황바오가 눈을 흘기면서 쏘아붙인다. "설마 내가 무서워할 줄 알고?"

"황바오, 당신 이리 돌아와요!" 문둥병 걸린 여인이 문설주를 부여잡은 채 남편에게 소리쳤다.

슈란은 검정 바지에 흰 적삼을 걸쳤다. 머리를 말끔하게 빗어 넘겼으나, 무슨 까닭인지 얼굴이 온통 새빨갛다. 그녀는 날렵한 걸음걸이로 연자방앗간 맷돌 앞까지 다가오더니 가슴을 불룩 내밀고 우뚝 섰다. 거리는 맷돌 위에 쭈그려 앉은 황바오에게서 어림잡아 다섯 보쯤 떨어지고, 문설주를 부여잡은 채 서 있는 황바오의 마누라에게서도 역시 다섯 보쯤 떨어진 거다.

"뭘 어쩌려고?" 황바오가 물었다. "춘산이 내 마누라를 겁탈했어. 내가 그놈을 때려죽이지 않은 것만 해도 당신네 체면을 보아준 셈이야!"

"네 십팔 대 조상하고나 붙어먹어라……!"

황바오네 마누라가 대뜸 입에 담지 못할 욕지거리를 퍼부었다.

"뭐라고? 다시 말해봐. 우리 춘산이 네 여편네를 강간했다고?" 슈란이 팔뚝을 걷어붙이면서 집게손가락으로 황바오를 지목했다. 그리고 다시 방향을 바꿔 이번에는 황바오의 마누라를 똑바로 가리키더니, '흥!' 하고 세차게 코웃음을 치고는 목청을 드높여 떠들어대기 시작했다.

"동네 여러분, 당신네도 두 눈 똑바로 뜨고 한 번 자세히 보세요! 저 계집의 썩어문드러진 몸뚱이가 쳐다보기만 해도 구역질 나지 않아요? 우리 집 춘산이 워낙 마음씨 착해서 동정심으로 저 계집년을 병원까지 데려다줬어요! 그러고는 집에 돌아오자마자 입고 있던 옷가지를 몽땅 벗어 불살라버렸단 말이에요. 그리고 또 목욕하면서 비누로 온 몸뚱이를 세 번씩이나 닦아냈죠. 어디 그뿐인 줄 아세요? 독한 소주를 수건에 적셔 세 차례나 싹싹 문질러대고도 얼마나 심하게 토했는지 몰라요…… 그런데 이 배은망덕한 두 연놈들이 터무니없는 수법으로 올가미를 씌워 우리 집 춘산에게 해코지를 하다니! 너 이 계집년아, 네 눈으로 그 더러운 몸뚱어리를 좀 봐라! 네년이 햇볕 아래 그 가랑이를 쫙 벌려보려무나. 우리 집 춘산이 거들떠보기나 할 줄 알아? 어림도 없지! 네 벌거벗은 몸뚱어리에 만 위안짜리 지폐 한 장 거꾸로 붙여놓고 꼬여보려무나. 우리 집 춘산은 손가락 하나 까딱하지 않을 게다. 너희 두 연놈의 썩어문드러진 고깃덩어릴랑 죽어서 공동묘지에 내던진다 해도 들개조차 뜯어먹으려 하지 않을 게다……"

"아이고, 하느님 맙소사! 하느님, 당신 두 눈 똑바로 뜨시고 굽어 살펴주십쇼……!" 황바오의 마누라가 문턱에 털썩 주저앉으면서 닭발처럼 구부러진 손가락으로 땅바닥을 마구 후벼 긁어대기 시작했다. 땅바닥에 길고 짧은 생채기가 죽죽 그어졌다. 소름 끼치도록 괴상야릇한 통곡성이 오르락내리락 줄기차게 터져 나왔다. "아이고 하느님, 우리 집 어느 대 조상님이 천리를 어기고 황소를 잡아 죽였기에, 그 업보가 내 몸뚱이에 들러붙어 이런 몹쓸 병을 얻게 되었단 말입니까…… 내게 닥친 고통은 정말 받을 만큼 다 받았으니, 이젠 차라리 날 죽여주시오, 하느님……!"

"죽고 싶거든 죽으려무나. 아마 지옥에 계신 염라대왕도 네년을 받아주실 엄두조차 내지 못할 게다." 슈란이 원한에 가득 찬 목소리로 저주했다. "너희 연놈같이 착한 사람을 모함하는 것들은, 그 업보가 아들딸한테까지 미쳐서 그 새끼들마저 이제 곧 문둥병에 걸릴 테니 두고 보라고!"

이때 거무죽죽한 물체 하나가 느티나무 꼭대기에서 휙 날아오더니, 우선 슈란의 정수리를 후려치고 나서 그녀의 눈앞에 떨어져 내렸다. 그것도 잠깐뿐, 곧이어 똑같은 물체가 떨어져 내리더니 앞서 땅 위에 떨어진 물체와 나란히 놓였다. 큼지막한 신발 한 켤레였다. 사람들은 그것이 춘산의 신발임을 이내 알아볼 수 있었다. 슈란은 그 신발짝에 얻어맞고 충격을 받은 듯 몸뚱이가 휘청거렸다. 뜻밖의 타격에 중심을 잃은 게 분명했다. 그 순간, 이번에는 더 크고 시꺼먼 물체 하나가 느티나무 위에서 떨어져 내리더니 슈란의 눈앞에 우뚝 섰다.

황바오의 아들 서후이가 느티나무 고목 위에서 비행 동작으로 슈란의 눈앞에 내려설 때의 자세는 영락없이 거대한 박쥐를 닮았다. 제아무리 키가 커봤자 겨우 슈란의 가슴 높이에 닿을 정도라, 그는 제자리높이뛰기로 훌쩍 도약해서야 슈란의 뺨따귀를 한 대 후려칠 수 있었다. 뒤이어 두번째 높이뛰기를 했을 때는 슈란의 입을 움켜 찢어놓고 있었다. 사람들은 제일 먼저 해쓱하게 질린 슈란의 낯빛과 위아래 입술 사이로 흘러나오는 검은 피를 보았고, 그다음으로 문둥병 걸린 부부의 아들 서후이가 고개를 반짝 쳐든 채 가슴을 쩍 벌리고 연자 맷돌 앞으로 지나쳐 가는 것을 보았다. 그 낯빛은 마치 사람의 몸뚱이를 그슬릴 만큼 뜨거운 온도로 벌겋게 달궈진 무쇠 덩어리를 연상시켰다. 그렇듯 나이 어린 꼬마 녀석이, 그렇듯 의젓한 자세로 걸어가고 얼굴에 그렇듯 단호한 표정을 짓다니, 지켜보는 사람들에게 가슴살이 떨리도록 놀랍고 두려운 느낌마저 안겨주었다. 그들은 하나같이 입을 다물고 아무 소리도 못한 채 그저 눈길로 이제 자기 집 문턱에 다다른 그가 제 어미 곁을 돌아서 집 안으로 사라지는 뒷모습만을 멀거니 지켜볼 따름이었다. 곧이어 대문이 사납게 꽈당 닫히는 소리…… 그 소리가 자신을 지켜보던 모든 이들의 시선을 대문 밖 허공에 가둬놓았다.

이때 오랫동안 모습을 드러내지 않았던 춘산이 자기 집 안뜰 담장에서 상반신을 내밀고 이쪽을 두리번거렸다. 머리에는 거친 무명으로 짠 헝겊이 둘둘 감긴 듯싶은데, 낯빛은 또렷이 보이지 않았다.

누군가 목소리를 나지막이 억누르고 속삭였다.

"저길 보게, 춘산이야."

"제밀할 자식, 이 어르신이 오늘 네놈과 끝장을 보고야 말 테다!"

황바오가 맷돌 위에서 후딱 뛰어내리더니 곁에 있는 사람의 손에 들린 낫 한 자루를 빼앗아 번쩍 쳐들고 냅다 고함을 질렀다.

"이리 나와, 잡놈의 자식! 배짱이 있거든 냉큼 이리 건너오란 말이다!"

흘깃 고개 돌려 남편을 바라보던 슈란이 갑자기 땅바닥에 털썩 주저앉더니 비단 폭이 찢기듯 날카로운 소리로 울부짖기 시작했다.

들판에 일렁일렁 물결치는 보리밭, 훈훈한 바람결에 하느작거리는 보리이삭이 석양 아래 금빛으로 번쩍였다. 두 여인의 통곡 소리가 한데 엇갈려 뭐라고 형언하기 어려운 음성의 교직물(交織物)을 짜내고 있다.

탄식하는 이, 한편으로 탄식하면서 절레절레 도리질을 하는 이도 있다. 누군가 좋은 말로 타일렀다.

"됐네, 됐어. 이제 그만들 두게나. 담장 하나 사이에 둔 이웃들인데 모두들 참아야지…… 이제 얼마 안 있으면 낫을 갈아 보리 베기 할 때 아닌가. 저것 보게, 올해 보리 농사가 아주 대풍년일세. 보리이삭이 무럭무럭 잘도 자랐네그려……"

진주얼은 갑작스레 눈이 화끈 달아오르면서 까닭 모를 눈물이 두 뺨을 타고 줄줄이 흘러내리는 것을 느꼈다. 뭐라고 형언 못할 눈물이었다.

춘산이 훌떡 몸을 솟구치더니 담장을 뛰어넘었다. 담장 위로 거뜬히 뒤채는 동작이 그렇게 날렵하고 다부질 수가 없다. 얼핏 보기에도 그것은 분명 한가락 할 줄 아는 전문가의 솜씨였다. 처음에는 서너 걸음 투지만만하게 다가오는 듯싶더니 몇 걸음 떼고 났을 때는 어딘가 모르게 몸놀림이 휘청거렸다. 점점 가까워질수록 그의 머리통과 얼굴 모습이 또렷하게 보였다. 머리에는 확실히 무명으로 짠 붕대가 친친 감기고, 백색 붕대에는 핏자국이 시꺼멓게 배어났다. 그 얼굴, 어딘가 모르게 다소 부어오른 듯도 싶다.

"됐네, 됐어. 춘산……"

연장자가 타이르면서 그 앞으로 마주 걸어 나가 춘산을 가로막았다.

춘산이 가볍게 뿌리치자, 그 사람은 이내 비틀거리면서 몇 발짝이나 뒷걸음쳤다. 또다시 두세 명이 달려 나가 그 앞을 가로막았으나, 팔뚝 두세 번 휘두르는 춘산의 힘에 도리어 한 옆으로 모조리 밀려나고 말았다.

이윽고 춘산이 황바오 앞에 우뚝 섰다. 시커먼 철탑처럼 우뚝 선 채 말없이 침묵에 잠겼다.

두 여인의 통곡 소리가 거의 동시에 뚝 그쳤다.

오토바이를 타던 두 젊은이가 줄지어 나란히 뚫고 들어오더니 춘산의 등 뒤에 끼익 멈춰 섰다. 달리던 오토바이의 관성이 그들 두 사람의 몸뚱이를 앞으로 기우뚱하게 만들었다.

꼬리를 기다랗게 매단 배추가 황바오의 집 안뜰에서 바깥쪽으로 한 포기에 이어 또 한 포기씩 허공으로 날아서 튀어나오기 시작했다.

"제밀할 것, 오냐 좋다! 이리 오너라…… 이리 오라니까……!"

황바오가 낫을 번쩍 치켜든 채 뒷걸음치면서 더듬거리는 말투로 고함을 질렀다. 두 다리가 마치 근육과 뼈마디를 잃어버린 것처럼 연약하게 비틀거렸다.

춘산이 머리통을 툭 떨어뜨리더니 뒷덜미를 드러내고 말했다.

"황바오, 자네 그 낫으로 날 찍어 죽이게. 나 같은 놈은 이 세상에 도무지 얼굴을 쳐들고 살아갈 수가 없네."

설
날
족
자
걸
기

·······

掛
像

1

　가오미 현(高密縣)의 전통 민간 예술에 '삼절(三絶)'이 있다고
했다. 진흙으로 조각 빚기 '니소(泥塑)', 종이 오리기 '전지(剪
紙)', 그리고 가오미 현 고유 풍습인 '푸후이녠화(撲灰年畵)'를
두고 하는 말이다. 진흙으로 조각 빚기와 종이 오리기는 누구나
다 아는 것이지만, 푸후이녠화만큼은 설명을 좀 덧붙일 필요가 있
다. '푸후이'란 것은 버드나무를 태워 만든 숯 도막으로 종이에
초벌 그림을 한 폭 그린다는 뜻이다. 그런 다음, 원화(原畵) 형태
가 된 종잇장 위에 백지를 덮어씌우고 손바닥으로 꾹꾹 누르거나
두드려서 원고지에 숯으로 그은 그림의 까만 선이 백지에 찍혀 나
오게 하는 것이다. 원화 한 장을 그리면 탁본을 십여 장 뜰 수 있
다. 그리고 나서 원화의 선이 흐려지면 다시 숯 도막으로 모호하

게 흐려진 선을 따라 그어놓고 또 탁본을 뜬다. 이것은 사실 간단한 복제 방법의 하나로 비석에 탁본을 뜨는 것과 같은 원리라고 할 수 있다. 복제가 잘되고 나면 애당초 그림을 못 그리는 사람도 원화의 선을 따라 그릴 수 있거니와, 원판에 칠해진 대로 윤곽을 따라 색칠할 수도 있다.

　문화대혁명 이전에만 해도 해마다 겨울철 농한기를 맞이할 때면, 가오미 현 둥베이 향(東北鄕)의 주자좡(朱家莊)과 쑹자좡(宋家莊), 그리고 '시어미 사당 마을'이란 뜻의 궁포먀오 촌(公婆廟村), 이렇게 푸후이녠화로 명성을 떨치던 세 마을에서는 거의 집집마다 작업장으로 바뀌어 할머니에서부터 어린아이까지 한꺼번에 들어앉아 그림을 본떠 만드는데, 초상화 얼굴에 분칠하랴, 눈썹 그리랴, 색칠 입히랴, 배접해서 족자(簇子)로 표구하랴, 모든 작업 과정이 청산유수로 진행되어 대량생산을 할 수 있었다.

　설날 전야, 섣달 그믐날 저녁이면 관둥(關東) 지방에서 오는 장돌뱅이 그림 장사꾼들이 이곳 몇몇 마을에 구름처럼 몰려들어, 푸후이녠화가 도거리로 나올 때까지 기다린다. 이때 집에 작업장이 없는 사람들도 암거래나 중개상으로 나서서 중간이득을 챙길 수 있다. 마을 안에서 주택 규모가 남보다 너른 집은 거의 모두 임시 여관으로 바뀌어 그림을 사러 온 나그네들이 득시글하게 붐비곤 한다.

　푸후이녠화의 품종은 비교적 단조롭다. 이를테면, 해마다 수확이 풍족해지라는 뜻으로 '연년유여(連年有餘)'라든가, 자식 귀한 집에 아들 태어나라고 '기린송자(麒麟送子)', 올케 시누이 간에 의 좋으라고 '고수한담(姑嫂閑談)'이라든가, 그 집안에 재산 많이 늘어나라는 '금옥만당(金玉滿堂)' 따위의 통상 복을 비는 글월에서 벗어나지 않는다.

그때만 해도 살아가기가 무척 어려워서 새해 첫날 벽에 붙이는 족자나 그림의 판매량이 매우 적었기 때문에 그렇게 많은 식구들이 밤낮으로 생산해낼 필요가 별로 없었다. 푸후이녠화 시장을 지탱한 것은 집안 사당이나 대청에 걸어놓을 두루마리 족자로 만든 종류였다. 그런 품종을 '자탕저우쯔(家堂軸子)'라고 부른다. 자탕저우쯔로 말하자면 실상 아주 커다란 푸후이녠화 그림이다. 화폭 하반부에는 으레 깊숙이 자리 잡은 광대한 저택을 한 채 그려 넣는데, 저택 문턱에 금관조복(金冠朝服)을 걸치고 머리에 오사모(烏紗帽)를 쓴 고귀한 사람들과 또 아이들 몇몇이 모여 불꽃놀이를 하거나 폭죽을 터뜨리는 모습이 그려지게 마련이다. 그림의 상반부에는 으레 모로 세운 격자가 여럿 나뉘고 격자 안에 세상을 떠난 선친들의 이름자를 써 넣을 수 있게 만들어진다. 조상들의 이름자는 일반적으로 오 대까지 거슬러 올라간다. 자탕저우쯔 그림족자는 우리 고향 가오미 현 둥베이 향의 경우, 설날 전야부터 봄철 내내 사당 안이나 대청마루 정북 방향 벽에 내걸리고 집안사람들의 큰절을 받는다. 그러나 일반적으로는 섣달 그믐날 오후부터 내걸려 새해 초이튿날 밤에 이른바 '마쯔(馬子)'란 행사를 마치고 나서 거두어들이고, 소중히 간직해두었다가 이듬해 설날에 다시 꺼내 걸어놓는다. 하지만 관둥 지방에서는 새해맞이 행사가 끝나고 나면 그것을 불살라 없애고 이듬해 설날 전에 다시 새로운 것을 '모셔다' 놓는다. 새로운 자탕저우쯔를 '모셔 들일' 때에는 절대로 '돈을 주고 사들인다'는 말을 할 수가 없다. 그러나 관둥 지방에서 해마다 자탕저우쯔를 불살라 없애는 풍습이 있기 때문에, 우리네 가오미 현 둥베이 향의 푸후이녠화 판매시장을 지탱해 주는 밑천이 되어온 것이다.

자탕저우쯔를 대청에 걸어놓고 나서는, 그해 집안 식구들 간의 분위기가 사뭇 달라진다. 그때는 옛날 습속에 따라 외성(外姓)을 쓰는 사람은 그 댁 문턱을 함부로 넘나들 수 없다. 시집간 딸조차 친정집에 돌아오지 못한다. 자탕저우쯔가 내걸린 바로 아래 탁자에는 산뜻하게 새로 깎아 붉은빛으로 칠한 젓가락 열 쌍이 세워 꽂히고 큼지막한 대접 여덟 개를 늘어놓는다. 대접에는 잘게 다진 배추를 담고, 그 위를 달걀 지짐이, 살찐 고기 따위로 덮으며, 대접 한복판에 초록빛 싱싱한 시금치를 얹는다. 탁자 한편에는 큼지막한 백설기 떡 다섯 덩이를 진설하고 반대편에는 붉은 대추를 박은 황금빛 설 떡이 놓인다. 그리고 맨 앞쪽에는 갈색 향로와 진홍색 초를 꽂은 촛대 한 쌍이 세워진다. 제사를 지낼 탁자 전체가 울긋불긋 온갖 색채로 가득한 것이 여간 푸짐해 보이는 게 아니다. 그날 해가 지고 밤이 되면 향과 초에 불이 당겨지는데, 촛불이 일렁거리고 향 연기가 가물가물 감돌아 피어오르면 족자에 그려진 금관조복에 오사모를 쓴 인물들이 하나같이 기이한 광채를 번쩍거리고 향 연기 속에 아련히 들여다보이는 품이, 마치 별천지 세계에서 좋은 소식을 가져오기라도 하는 것처럼 무척이나 신비스럽게 보인다. 자탕저우쯔, 그리고 탁자에 진설한 여러 가지 제물,

향 연기와 촛불, 이런 따위가 바로 내 어린 시절 기억 속에 남은 설날 행사의 거의 전부였고, 신비스러운 분위기, 장엄한 감각 모두 거기에서부터 우러나왔던 것이다.

2

문화대혁명이 시작되고 나서 첫번째로 맞이한 섣달 그믐날, 대대 혁명위원회(大隊革命委員會)를 담당하신 내 아버지 피파훙(皮發紅)은 대대 사무실에서 큼지막한 스피커를 통해 온 마을에 방송을 했다. 방송 내용은 이랬다.

"공사(公社) 혁명위원회의 통지에 따라 온 마을 가가호호 어느 집에서나 자탕저우쯔를 다시 내거는 행위를 허락하지 않는다. 모든 집안에 간직한 자탕저우쯔는 대대 본부에 모아들여 한꺼번에 불사를 것이다."

자탕저우쯔를 걸지 않으면 어쩌란 말인가? 내 아버지 피파훙 말은 이렇다. 공사 혁명위원회 지시로 집집마다 무료로 마오쩌둥(毛澤東) 주석의 고귀하신 초상화를 한 장씩 발부할 계획이니, 자탕저우쯔를 내걸었던 자리에 그것을 걸어놓으라는 것이다. 제물은 당연히 진설해야 한다. 진설할 뿐 아니라 지난해보다 더 풍성하게 마련해야 한다. 왜냐하면 마오 주석이 안 계셨다면 빈농과 하층 중농들에게 이렇듯 좋은 날이 없었을 테니까. 지주, 부호, 반동, 파괴, 우파 등 악질분자들의 집에는 마오 주석의 고귀한 초상을 걸어놓을 수 없으며, 그들이 자탕저우쯔를 걸어놓는 행위도 허락하지 않는다. 왜냐하면 그 자탕저우쯔에 그려진 초상화의 주인공들은 하나같이 빈농과 하층 중농의 피땀을 빨아 포식한 기생충들이니까. 그럼 이런 성분을 가진 사람들 집에는 무엇을 걸어놓아야 하는가? 여기에 대해서 내 아버지 피파훙은 아무 말이 없었다.

섣달 그믐날 정오, 대대본부 앞마당에는 집집마다 들고 나온 자탕저우쯔 족자가 한 무더기 쌓이기 시작했다. 내 아버지 피파훙은 팔뚝에 홍위병 완장을 둘러찬 민병 두 사람을 지휘해서 동네 안에 폐기된 염색공장에서 큼지막한 가마솥을 떼어내다 임시로 쌓아올린 화덕 위에 올려놓았다. 그리고 아궁이에 장작을 가득 쑤셔 넣고 가마솥에는 석유를 반 통이나 쏟아 부었다. 황소 한 마리를 통째로 삶으려는가, 이런 소동은 어딘가 모르게 황당해 보였다. 자탕저우쯔를 넘겨주고 마오 주석의 고귀하신 초상화를 한 장씩 수령하고도 차마 그 자리를 떠나지 못한 채 가마솥 주변에 서성거리는 마을 사람들을 향해, 내 아버지는 이렇게 선언했다.

"자탕저우쯔는 '낡아빠진 4대 악'*이다! 4대 악을 타파하려면 끓는 기름불에 태워서 결연히 끊겠다는 태도를 보여야 하는 거야."

---

* 1966년 10월 문화대혁명 초기, 중국공산당 중앙위원회 '프롤레타리아계급 문화대혁명에 관한 결정'에 따라 타파해야 할 대상으로 지목된 네 가지 목표. 낡은 사상, 낡은 옛 문화, 낡은 옛 풍속, 낡은 옛 습관을 말한다. 그로부터 십 년간 홍위병은 이 '4대 악'을 타파한다는 구실로 전국 각처에서 개인의 사유재산을 몰수하고 역사 문물을 철저히 파괴했으며, 대도시 각계각층의 권위 있는 학자, 전문가, 명사 수십만 명을 체포하여 비판투쟁, 체벌, 고문, 조리돌리는 과정을 거쳐 모두 지방으로 몰아냈다.

아버지가 이렇게 말했을 때, 나는 가슴이 두근두근 마구 뛰었다. 왜냐? 사람들의 얼굴에서 아주 여러 가지 형태를 보았기 때문이다. 저들 마음속에 자탕저우쯔는 모독을 용납 못할 절대적으로 신성한 것이었다. 그것은 조상의 존재를 대표했으며, 역대 조상들이 후손에게 내려주는 가호와 복택(福澤)의 상징이기도 했다. 아무리 절박한 형세에 몰려 부득불 내오기는 했어도, 그들은 역시 무겁고 송구스런 심정을 금할 길이 없는 것이다. 저들이 비록 말은 하지 않아도, 나는 다 안다. 저들 모두가 마음속으로 남몰래 저주를 퍼붓고 있다는 사실을. 그렇다, 천만인의 온갖 저주가 고스란히 내 아버지 한 사람의 머리 위에 떨어져 내리고 있는데, 가련하게도 내 아버지 피파홍은 혁명의 열정에 불타올라 얼굴 전체가 붉게 상기된 채 한 손으로 허리를 떡 짚고 나머지 한 손을 춤추듯 휘둘러가며 부하 민병들에게 시행령을 내리느라 여념이 없는 것이다.

"빨리빨리! 어서 그놈의 자탕저우쯔를 가마솥에 던져 넣으라니까!"

이윽고 민병대원 몇몇이 자탕저우쯔 꾸러미를 가마솥에 던져넣기 시작했다. 포목에 물감을 들이던 가마솥은 작고 얕은데 족자들은 길이가 제멋대로 들쭉날쭉, 솥에 처박히지 않으려고 뻗대기라도 하듯 이리 삐져나오고 저리 삐져나와 영락없는 무덤 꼬락서니가 되고 말았다.

"기름을 끼얹어!" 내 아버지가 호통 쳐 명령했다.

어느 민병대원이 국자로 석유를 떠서 족자 무더기에 뿌렸다.

내 아버지는 담배 한 개비를 꺼내 입에 물더니 성냥불을 붙이고 나서, 불붙은 성냥개비를 그대로 가마솥에 던지고는 유머러스하게 이죽거렸다.

"혼령이 있거든 승천하실 테고, 혼령이 없으면 불꽃 연기로 변할 테지!"

갑자기 '확!' 하는 소리가 나더니 검붉은 불길이 삽시간에 반 미터 높이나 솟구쳐 올랐다. 가마솥에 담긴 석유에도 불이 당겨지면서 불길은 더욱 높고 거세져 대대본부 건물 지붕 높이와 똑같이 수평을 이루었다. 혁명의 뜨거운 불길이 활활 타오르면서 안마당에 축축 늘어진 몇 그루 수양버들의 가늘고 여린 나뭇가지들마저 뜨거운 열기에 휩쓸려 부들부들 떨리는가 하면, 급작스레 수분을 잃어버리고 바싹바싹 말라붙는 소리를 냈다. 겨울바람에 굳어버린 매미 서너 마리가 나뭇가지에서 후드득 떨어져 내렸다. 이글이글 타오르는 불길의 뜨거운 열기가 주변에 둘러섰던 사람들을 몰아내어 연거푸 뒷걸음치게 만들었다. 계속 밀려나간 군중들은 담장에 닿을 때까지 물러나서야 멈춰 섰다. 맨 앞줄 사람들은 겨드랑이에 끼고 있던 마오 주석의 초상화를 펼쳐 손에 들고 계속 덮쳐드는 시꺼먼 석유 불 연기를 부채질해 쫓느라 바빴다. 그것을 본 내 아버지 피파훙이 노성을 터뜨렸다.

"이런 고약한 것들! 주석님의 고귀하신 초상화로 감히 부채질을 해?"

생각 없이 부채질을 하던 사람들은 그제야 깨달았는지 수중의 초상화를 다시 둘둘 말아 조금 전처럼 옆구리에 끼었다.

검은 연기 속에서 매캐한 석유 냄새가 짙게 풍겼다. 그리고 여

러 해 묵은 종잇장과 막대가 불길에 타들어가면서 풍기는 특유의
먼지 냄새도 섞여 나왔다.

열성 혁명당원인 내 아버지 피파훙 어른께서도 그 뜨거운 열기
에는 배길 수 없는지 두어 발짝 뒷걸음치더니 머리에 쓰고 있던
모자마저 뒤로 홀떡 젖혔다. 하지만 이내 모자챙을 더 밑으로 잡
아당겼다. 치열하게 타오르는 불길이 초조와 불안감을 구워내기
라도 하는 듯, 심란해진 그의 표정이 마치 약이 올라 미쳐 날뛰는
원숭이 같았다. 민병대원들도 허둥지둥 뒷걸음쳐 물러났다. 하지
만 내 아버지의 욕설 섞인 질타가 떨어지자, 하는 수 없이 또 가마
솥 앞으로 달려가 자탕저우쯔를 한 아름 들어다 불구덩이 속에 던
져 넣고 나서 쫓기다시피 겅정겅정 뛰어 후퇴했다. 민병대원들은
뒤편으로 물러나서도 손으로 입을 가리고 기침을 해댔다.

가마솥 안의 족자들이 엄청난 불길 속에 터지고 찢기고 오그라
들면서, 배접을 붙여 두툼해진 화폭에 그려진 인물들, 금관조복에
오사모를 쓴 초상화가 한 사람 한 사람씩 불빛 가운데 번쩍 빛났
다가는 이내 사그라졌다. 우리 집 조상님들을 포함해서 가가호호
모든 후손들이 정성껏 모셨던 선조들도 활활 타오르는 화염 속에
한줌 재로 바뀌고 말았다. 연소되는 속도를 높이기 위해서 내 아
버지 피파훙은 또다시 민병대원들에게 명령을 하달했다. 아직 불
구덩이에 던져 넣지 않은 자탕저우쯔를 모조리 펼쳐서 위아래 양
끄트머리에 달려 있는 막대걸개를 뜯어내라는 것이었다. 주민들
가운데 대다수가 종잇장으로 그려진 화폭에 비단으로 배접을 붙
이고 방부제 효과가 있는 동백기름을 칠해놓은 탓으로, 화폭이 무

척 질겨져 밑으로 뜯어내기가 좀처럼 쉽지 않았다. 내 아버지는 민병들을 대대본부 건물에서 제일 가까운 이웃집으로 보내 낫 두 자루를 가져오게 했다. 그리고 손수 낫을 들고 족자 폭을 위에서 아래로 길게 찢어 내리기 시작했다. 그때서야 비단 폭 찢기는 소리가 진짜 동물의 비명처럼 날카롭게 울려 나왔다. 장엄한 화폭의 인물들이 관중의 눈앞에 드러나고 민병대원들의 발길 아래 마구 짓밟혔다. 내 아버지, 이 훌륭하신 혁명가 어른께선 부하 민병대원들의 신념을 굳혀놓아 그들 마음속에 움트기 시작한 죄의식이랄까 범죄 감각이랄까 아무튼 그런 감정 따위를 제거하기 위해서 느닷없이 앞으로 다가들어 무릎까지 차오르는 가죽 장화를 신은 구둣발로 화폭을 번갈아 짓밟으면서 사납게 고함을 질러댔다.

"죽어라, 이 봉건주의 악질반동 녀석들! 온갖 잡귀신들! 봉건주의에 물들 대로 물든 소대가리 말대가리 귀신들……!"

아버지가 화폭을 짓밟을 때마다 내 가슴도 그만큼 저리고 움츠러들었다. 아버지가 악담과 저주를 퍼부을 때마다 내 죄책감도 그만큼 가중되었다. 물론 이런 것뿐 아니라 자부심이라든가 긍지 같은, 평소 지니고 있던 자랑스러운 감정들도 뒤죽박죽 섞였다. 왜냐하면 우리처럼 집단으로 면양을 기르는 몐양툰(綿羊屯) 대대에 속한 이백 하고도 한 가호, 인구 천백여덟 명에 혁명위원회는 고작 하나뿐이었으며, 그 혁명위원회의 주임 역시 한 명뿐이었는데, 그가 바로 나의 아버지 피파홍이었으니까.

내 아버지 피파홍은 애당초 주정뱅이 술 귀신, 게으름뱅이에 신용 없는 농땡이, 칠칠치 못하고 지저분하기 짝이 없는 백수건달

중에서도 상건달이라, 내 어머니의 욕설과 구박 속에 하루하루를 힘겹게 살아왔다. 새 구두 한 켤레를 사준다 해도 사흘이 못 가서 뒤꿈치를 찌그러뜨려 신는 바람에 결국 슬리퍼나 질질 끌고 다니는 격이 되곤 했다. 문화대혁명이 일어나던 초기에, 내 아버지 피 파훙은 과감히 '조반(造反)'*의 기치를 드높이 올려 기존의 당권을 장악하고 있던 선배 간부들을 모조리 타도한 다음 혁명위원회 주임의 보좌에 올라앉았다. 주임이 되신 후 내 아버지가 첫번째로 한 일은 이미지 바꾸기, 즉 초록빛 군복 차림에 앞가슴에는 대접만큼이나 커다란 마오쩌둥 주석의 흉상이 그려진 배지를 하나 단 것이었다. 그리고 털가죽을 안감으로 뒤집어 만든, 앞에서 누가 떠밀어도 뒤로 자빠뜨리지 못할 정도로 굽이 높은 황색 가죽 장화를 한 켤레 사서 신었다. 혁명 전까지만 해도 그가 길을 걸어가면 슬리퍼 질질 끄는 소리가 아무리 먼 데서라도 에누리 없이 들렸는데, 혁명 후에는 가죽 장화를 신고 저벅저벅 길 걷는 소리로 바뀌었다. 물론 그 가죽 장화 소리도 먼 데서 들을 수 있었지만 말이다. 하지만 걷는 소리와 기세가 전혀 딴판으로 바뀐 것이 달랐다.

---

* 중국사회주의 용어로, 기존 질서에 대한 반역을 뜻한다. 1966년 8월 마오쩌둥의 사주를 받은 홍위병이 폭도로 출현하여 문화대혁명을 일으키게 된 정치적 구호로 등장했다. 1939년 옌안(延安) 시기 마오쩌둥이 스탈린 탄생 육십 주년 축하 기념대회 석상에서 "반역에도 일리가 있다"고 제기한 폭력혁명 구호를 삼십 년 만에 다시 끌어내어 홍위병의 폭력행위를 정당화시키는 데 이용했다. 홍위병은 이를 근거로 "우리는 과거에도 반역했고, 현재에도 반역하고 있으며, 미래에도 반역할 것이다. 혁명적 반역 정신은 백 년, 천 년, 억만 년 후에도 필요하다!"는 슬로건을 내세우고 십 년 동안 중국대륙 전체를 난장판으로 뒤엎는 이른바 문화대혁명을 지속적으로 전개해나갔으며, 홍위병과 그 배후를 통틀어 '조반파(造反派)'라고 불렀다.

내 아버지 피파홍 같은 사람은 하늘에서 타고난 혁명분자였다. 혁명을 전후해서 천양지차로 싹 달라진 그의 모습에, 세상 물정을 알 만큼 겪어본 우리 마을 촌로들은 감탄을 금치 못했다. 혁명에 성공한 직후부터 아버지는 우리 가족에게 아주 좋은 것들을 가져오기 시작했다. 당시만 해도 물자가 태부족한 상태라, 거의 모든 생활용품을 예외 없이 배급표에 의존해서 사야 했다. 공사에서 각 촌락마다 자전거 배급표 한 장을 나눠주었을 때, 내 아버지는 중간에서 배급표를 가로채 자전거 한 대를 집에 끌고 돌아왔다. 그것은 당시만 해도 보기 드문 황금빛 사슴 딱지를 큼지막하게 붙인 최신형에 새것이었다. 크롬 도금을 입혀 번쩍번쩍 광채가 나는 부속품이 거울처럼 내 얼굴까지 비쳤으니, 내 아버지와 어머니의 모습도 비쳐 볼 수 있었던 것은 당연한 노릇이다. 자전거 살 돈이 없는 터라, 우선 대대본부에서 차용했다. 국가에서 경영하는 공급판매합작사*에서 면포를 살 수 있는 배급표 두 장을 나눠주었을 때, 아버지는 내 어머니에게 한 장을 남겨주어 모슬린 천 바지 한 벌을 지어 입혔다. 돈이 없으니까 또 우선 대대본부에서 빌려 썼다. 내 어머니는 그래도 이 점이 걱정스러워 내 아버지한테 말했다. "이러다가는 인민 군중들이 반발하지 않을까요?" 그러자 내 아버지가 말했다. "혁명이란 누가 뭐래도 좋은 점이 있어야지. 좋은 점이 없다면 누가 혁명 따위를 하겠어? 마오 주석께서도 전에 이런

---

* 국영으로 생산도구와 소모품을 공급하고, 제품을 판매하는 구판(購販) 협동조합. 처음에는 농민을 상대로 매입과 매출 업무만 취급했으나, 점차 국가에서 운영하는 상업기관의 위탁을 받아 구입 판매 업무도 취급하게 되었다.

말씀을 하셨지. 절대평등주의에 반대하려면 장교가 말을 탈 때 사병도 말을 타야 하는데, 타고 다닐 마필이 어디 그렇게나 많겠는가? 누구나 평등하게 말 한 필을 탄다 하더라도 역시 장교가 타는 게 좋을 것이다……"

치열한 불길이 자탕저우쯔를 무더기로 태워버리는 가운데, 나는 혁명 후 내 아버지에게 일어난 사건들을 떠올리면서 마음속 한 귀퉁이에 여러모로 위안을 느낄 수 있었다. 나는 내 아버지가 하려던 모든 조치가 역시 정당하고 확실한 것이었다고 생각한다. 왜냐하면 그분은 혁명위원회 주임이니까. 나는 사람들의 얼굴 표정을 훔쳐보았다. 연기와 불꽃이 뒤섞여 어지러이 피어오르는 가운데, 군중들의 얼굴은 하나같이 남몰래 못된 짓을 꾸미기라도 하는 것처럼 음산하게 그늘져 보였다. 다만 내 아버지 피파훙과 몇몇 민병대원들의 얼굴만큼은 격한 열정이 흘러 넘쳐 불콰한 빛으로 번뜩였다. 내 아버지 피파훙과 몇몇 민병대원들의 불콰하게 번뜩이는 얼굴에 땀이 흘러내렸다. 다만, 그들의 얼굴에 비지땀이 흘러내렸을 때, 나는 비로소 그들의 얼굴이 한 겹 베일에 가려지듯 그을음으로 뒤덮여 있다는 사실을 발견했다. 자탕저우쯔 족자들이 모두 예외 없이 불구덩이 속에 던져지고 가마솥 밑바닥의 장작더미에도 불길이 당겨져, 화염의 기세는 무쇠 가마솥을 언제라도 녹여버릴 수 있을 정도로 사납게 치솟았다. 상황이 이렇게 된 바에야 제아무리 뛰어난 솜씨를 지닌 무림고수라 해도, 그 불구덩이 속에서 자탕저우쯔 족자 한 벌도 온전한 형태로 구해내기란 아예 불가능했다.

이제 혁명은 실질적으로 승리했다. 내 아버지 피파훙 주임이 군중들에게 해산을 명령했다. 그래도 군중들은 혹시나 하는 기대감으로 그 자리를 떠나지 않았다. 내 아버지는 차갑게 코웃음을 한번 치고 나서 먼저 그 자리를 떠났다. 흥청거리는 행사를 구경하던 사람들이 그제야 천천히 흩어졌다.

3

내 아버지가 대대본부 방송실로 들어간 직후 스피커에서 그의 목소리가 울려 퍼졌다. 목소리가 다소 쉰 듯 갈라진 것은 불길에 그슬린 탓이었다. 방송 스피커 속에서 벌컥벌컥 물 마시는 소리가 들려왔다. 마치 목마른 황소가 냇물을 들이켜는 소리 같았다. 내 아버지는 말했다. 각자 집으로 돌아가 빨리 마오 주석의 고귀하신 초상화를 걸어놓으라고, 저녁때쯤 그가 집집마다 검사하러 다닐 것이라고. 그리고 또 이런 말도 했다. 집집마다 제일 맛좋은 음식물을 꺼내다 제단 위에 진설하라고. 설령 마오 주석께서 우리 제물을 잡숫지 않으신다 해도 우리네 충성심을 표시해야 한다고 말이다.

나는 방송실로 숨어들었다. 그리고 내 아버지 피파훙이 의자에 앉아서 추이주(翠竹)란 여성에게 이발을 시키고 있는 광경을 보았다. 내 아버지는 목덜미에 자줏빛 스카프를 두르고 있었는데 스카프에는 가위질에 잘린 머리카락이 잔뜩 떨어져 있었다. 이런 빛깔의 스카프는 추이주의 소유물이다. 추이주는 대대본부에 소속된 초급 의료 기술자, 이른바 '맨발의 의사'라는 별명을 가진 '츠자오이성(赤脚醫生)'*으로서 중국 전통의 한의(漢醫)와 양의(洋醫) 어느 부문에나 매우 통달했다. 추이주는 환자의 엉덩이에 놓는 주사는 물론이고 정맥주사도 놓아줄 수 있다. 그뿐이랴. 사람에게만 주사를 놓아주는 게 아니라 병든 돼지에게도 주사를 놓아줄 수가 있다. 혁명 전날 저녁, 우리 집에서 키우던 돼지가 이백 근 가까이 자랐을 때 급작스레 병이 나서 열도 나고 기침도 하고 도통 먹이를 먹지 않았다. 이 정도로 자란 돼지라면 백 위안쯤 받고 팔 수 있었다. 그 시절의 백 위안이면 제법 큰돈이어서 황금빛 사슴 딱지를 붙인 최신형 자전거 한 대 값도 백 위안이 되지 못하던 때였다. 대대본부에는 수의사가 없기 때문에 돼지의 병을 고치려면 누가 뭐래도 이십여 리 길을 치달려 상급기관인 공사(公社) 가축진료소까지 가서 수의사를 모셔 와야 했다. 여느 때 같으면 일을 미적미적 끌던 내 아버지였으나 이때만큼은 태도가 확 바뀌어 단걸음에 그 머나먼 길을 쏜살같이 달려갔다. 그러나 수의사란 작자들의 거드름이 이만저만한 게 아니어서 건방지게도 왕진하러 올 생각은 않고 우리더러 병든 돼지를 보내면 치료해주겠다는 것이었다. 그때만 해도 내 아버지는 혁명위원회 주임 자리에 오르지

---

* '맨발의 의사'란 뜻. 중국 농촌인민공사에 소속되어 농업에 종사하면서 의료, 위생 업무를 담당하는 초급 의료 기술자. 주로 농촌의 젊은 여성 가운데 지원자를 모집하여 도시 병원에서 한 달 정도의 속성 교육을 거쳐 간호법이나 간단한 외상치료 등을 익힌다.

않았기 때문에 내세울 만한 감투가 없었다. 만약 그 엄청난 몸집의 큰 돼지를 밧줄로 묶어 공사까지 보냈다가는 병으로 죽지 않더라도 왕복 사십여 리 길에 엎치락뒤치락 시달려 죽기 십상이었다. 사정이 다급해지자 내 어머니는 염치불구하고 헐레벌떡 추이주를 찾아갔다. 그리고 된 소리 안 된 소리 다 늘어놓으며 통사정했다. 추이주는 약상자를 등에 메고 두말없이 우리 집으로 달려왔다. 그리고 돼지의 귀에서 굵다란 혈관을 한 군데 찾아내더니 주삿바늘로 찔러 피가 나오기 무섭게 주사기 하나에 가득 담긴 항균소염제 약물을 몽땅 쏟아 넣었다. 돼지란 놈은 끙끙 신음 소리도 내지 못했다. 한데 신통하게도 그놈은 이튿날부터 먹이를 찾더니 사흘째 되는 날 병이 완전히 나았다. 후에 와서, 그 돼지는 이백오십여 근이 넘게 자라 공사 소속 도축조(屠畜組)에 팔아넘겨 잡았을 때는 특등으로 판정받아, 한 근당 오 각(角) 삼 푼(分) 팔 리(厘) 가격에 도합 백삼십여 위안의 거액을 챙길 수 있었다. 내 아버지와 어머니는 항상 그 일을 입에 달고 살아, 추이주가 베풀어준 은덕을 고마워했다. 내 아버지는 혁명위원회 주임이 된 후, 추이주를 각별히 돌봐주어 해마다 그녀에게 '궁펀(工分)'이란 노동 점수*를 계산할 때는 오백 점을 가산해주고 또 매달 보조금으로 오 위안을 더 지급해주었다. 이런 혜택을 받았기 때문에 그녀는 자신이 사용

---

* 노동량 또는 노동 보수의 계산 단위. 인민공사 생산대 소속 대원과 농민의 하루 노동량, 연간 노동량을 따져 보수를 계산하는 데 적용하는 단위로서 통상 하루 노동을 하면 십 점으로 산정한다. 노동 점수 일 점당 가치는 인민공사 총수입 중 분배 몫을 총 노동 점수로 나눈 값에 따라 결정된다.

하는 스카프를 내 아버지의 목덜미에 두르고 깎은 머리카락이 옷 속에 들어가지 않게 막아주었을 것이다.

나를 발견하고 나서, 피화흥은 추이주의 엉덩이에 닿았던 손길을 거두었다. 그리고 이렇게 말했다.

"피첸(皮錢), 너 마침 잘 왔구나. 새해가 왔으니까, 추이주 아줌마더러 네 머리도 좀 깎아달라고 해라."

머리를 깎아야 한다는 말에, 나는 어마 뜨거워라 싶어 잽싸게 돌아서서 그곳을 빠져나왔다. 나는 등 뒤에서 피파홍이 추이주에게 하는 말을 들었다.

"낡아빠진 봉건사회 가난뱅이 집안 자식들은 설날이 되어도 새 옷 한 벌 입지 못하고 머리나 깎는 게 설빔이었지."

집에 돌아왔더니 어머니는 만두를 빚고 계셨다. 안채 가운데 방 북쪽 정면 탁자 위에 놓였던 잡동사니들은 벌써 딴 데로 옮겨가고 일 년 내내 켜켜이 쌓였던 먼지도 말끔히 치워졌다. 어머니가 말했다.

"피첸, 가서 아빠 좀 찾아오려무나. 아빠가 돌아오셔야지 제물도 진설하고 풀을 쒀서 대련(對聯)을 붙이는데, 그걸 다 언제 하려고 아직도 안 돌아온단 말이냐."

"아빠는 지금 방송실에서 머리를 깎고 계세요." 내가 말했다.

"누가 머리를 깎아주더냐?" 어머니가 물었다.

"추이주 아줌마요."

"뭐야, 추이주?" 어머니가 노기등등해서 악을 썼다.

"냉큼 가서 얘기해라, 내가 병났다고."

큰길로 나온 나는 내 또래 아이들 십여 명이 골목 담장 앞에 기대서서 노는 걸을 보았다. 이른바 '맏아들 밀어내서 밥 빌어먹는 거지 만들기(擠出大兒討飯吃)'라는 놀이였다. 놀이방식은 아주 간단하다. 모두들 담장에 찰싹 달라붙어 한 줄로 늘어섰다가, 신호가 떨어지면 양쪽으로 패를 나눈 아이들이 죽을힘을 다해 가운데로 밀어붙인다. 누구든지 중앙에서 밀려나면 '맏아들'이 되는데, 일단 밀려난 아이는 자기네 편 대열의 제일 끄트머리로 돌아가서 또다시 안쪽으로 밀어붙이기를 계속한다. 양편이 마지막까지 밀어붙이다보면 결국은 무더기로 뒤죽박죽 와르르 무너져, 수십 명의 아이들이 네 편 내 편 가릴 것 없이 위에서 찍어 누르거나 밑에 깔려 난장판을 이루고 땅바닥에서 떼굴떼굴 뒹굴다 모조리 흙강아지가 되는 것이다. 뉘 댁 집안 어른이든 길을 가다 자기네 집 아이가 이런 놀이를 하는 걸 보면 가차 없이 달려와서 귀뿌리를 비틀어 대열에서 끌어내기 일쑤였다. 그도 그럴 것이, 이런 흙강아지 놀이는 옷을 버리기 딱 알맞기 때문이다. 한동안 옷가지가 닳아빠지거나 찢겨나가지 않는다 하더라도 몸뚱이가 온통 흙투성이가 되기 십상이니, 옷감 비싸고 물 귀한 시절에 어느 집안 어른이 그냥 내버려두겠는가? 주인에게 얻어맞아 땅바닥에 뒹구는 당나귀 꼬락서니 같은 놀이를 나 역시 좋아한다. 동네 친구들이 이렇듯 재미있게 노는 판에 내가 피파훙이란 사람을 찾아서 뭘 어쩌겠다는 거냐? 이리하여 나는 바지 허리띠를 단단히 졸라매고 뛰어들어 담장 벽에 등을 붙인 채 죽을힘을 다해 밀어붙이기 시작했다. 아이 하나가 중간에서 밀려났다. 또 한 아이가 밀려나 대열에서 빠졌다. 또 하나. 또 하나…… 아주 빠른 속도로 나는 중간 지대 한복판에 도달할 수 있었다. 아이들이 이구동성으로 고함을 질러댔다.

"밀어붙여라, 밀어붙여! 큰아드님 밀어내어 밥 빌어먹는 거지 만들자……!"

나는 두 다리로 땅바닥에 버텨 섰다. 등줄기 뼈를 담장 벽에 찰싹 붙인 채로 굳세게 버텼다. 밀려났다가는 영락없이 '맏아들'이 되어 밥 빌어먹는 거지 노릇을 해야 하니까. 양쪽에서 두 패거리가 밀어붙이는 힘이 내 여린 뼈마디에서 우두둑우두둑 소리가 나게 만들었다. 밀려나지 않으려고 용을 쓰다 보니 오줌보까지 터져 나갈 판이다. 이제 밀려나지 않았다가는 바짓가랑이에 오줌을 싸지 않을까 두렵다. 정말 더 이상 버틸 기력이 없어 내 의지가 풀리기 무섭게 몸뚱이는 그 즉시 밀려 나왔다.

이때 나는 피파홍과 추이주가 어깨를 정답게 서로 기댄 채 큰길을 따라 걸어오는 모습을 발견했다. 내 뒤에서 아이 하나가 속삭였다.

"저것 봐, 네 아빠 피파홍이 추이주하고 같이 온다."

아이들이 더욱 흥분해서 하늘과 땅이 들썩이도록 고함을 지르기 시작했다.

"밀어붙여라, 밀어붙여라! 찰싹 달라붙게 밀어붙여라! 큰아드님 밀어내어 밥 빌어먹는 거지 만들자!"

피파홍과 추이주가 옆구리에 마오 주석의 고귀하신 초상화를 낀 채 가까이 다가오더니 나를 발견하고 우뚝 멈춰 섰다. 피파홍이 내게 물었다.

"피첸, 네 엄마가 만두 다 빚었냐?"

"빨리 집에 가보세요. 엄마 얘기가 병났대요." 내가 말했다.

"점심때까지도 멀쩡하더니 갑자기 웬 병이 났다는 거야?"

피파훙이 답답한지 눈살을 찌푸리고 투덜댔다.

"추이주 아줌마가 아빠 머리를 깎아준다고 얘기했더니, 병이 났
다는 거예요."

추이주가 떨떠름한 기색으로 웃는다.

"피 주임님, 어서 댁에 들어가세요."

"내친 김에 자네도 같이 가서 봐주지그래. 진짜 병이 났으면 어
쩐다? 이제 곧 설을 쇠야 할 텐데……"

추이주를 향해 이렇게 말한 다음, 피파훙은 고개 돌려서 내게
말했다.

"나하고 같이 집에 가자. 여기서 웬 소란이냐?"

말이 나온 김에 피파훙은 다른 아이들에게도 으름장을 놓았다.

"요런 잡놈의 자식들, 너희들도 어서 집에 돌아가거라! 집에 가
서 아빠 엄마 일을 거들어드려야지. 네놈들이 저 담벼락을 무너뜨
렸단 봐라. 내 당장 네놈들 아비를 처벌할 테다! 정월 초하룻날 담
장을 무너뜨리면 무슨 죄가 되는지 알아?"

4

    나는 피파훙과 추이주를 따라서 우리 집 대문에 들어섰다. 어머니는 양손에 온통 밀가루 칠을 한 채 나오더니 아버지를 마주하고 대뜸 시비조로 잔소리부터 늘어놓았다.

    "당신, 이 집 살림살이 할 거야 말 거야?"

    "이런 사람 봤나, 무슨 말을 그렇게 해?" 피파훙이 사뭇 언짢은 기색으로 투덜거렸다. "대대본부 사업이 바쁜데, 내가 참견하지 않을 수 있나?"

    "뭐가 바빠요? 내가 보기엔, 당신이 괜한 소동을 부리는 거야. 누가 맘대로 자탕저우쯔 족자를 불태우라고 했어? 아무나 불살라 버려도 되는 건 줄 알아?" 어머니는 몹시 못마땅한지 이맛살을 찌푸린 채 귓속말로 속삭였다. "당신, 얼마나 많은 사람들이 뒤에서 악담과 저주를 퍼붓는지 모를 거야. 두고 보라고! 당신, 이제 곧 업보를 받게 될 테니까!"

    "그건 내가 만들어낸 게 아니라, 공사 혁명위원회 지시야."

    "바람이 불어야 비가 내린다는 얘기도 못 들어봤어요?" 어머니가 쏘아붙였다. "뉘 집인들 조상이 없나요? 하긴 손오공은 바윗돌을 쪼개고 태어났으니까 조상이 없겠지만, 그 밖의 사람은 하나같이 부모가 낳고 길러주었단 말이에요."

    "계속 주저리주저리 읊어대니 정말 시끄러워 죽겠군!" 피파훙이 귀찮아 못 견디겠다는 듯이 소리쳤다. "천하 대사를 자네 같은 여편네들이 어떻게 다 이해할 수 있겠어!"

"자탕저우쯔 족자를 불살라버렸으니 대청에는 뭘 걸 거예요?"
내 어머니는 그 말을 귓등으로도 듣지 않고 따져 물었다.

피파훙은 옆구리에 끼고 있던 마오 주석의 고귀하신 초상화를
활짝 펼쳐 보였다.

"보라고! 내가 마오 주석 어른을 모셔 왔어."

나는 분명히 보았다. 집집마다 자탕저우쯔를 넘겨주고 대신 바
꾼 마오 주석의 초상화들은 하나같이 머리를 올백으로 빗어 넘긴
큼지막한 표준화였다. 그러나 피파훙이 펼쳐 보인 것은 마오 주석
께서 안위안(安源)*에 가셨을 때 찍은 사진이었다. 당시만 해도
마오 주석은 무척 젊은 나이라, 중국 고유의 두루마기 차림에 머
리를 가르마 타고 어깨에 보따리를 하나 멘 채 기름 먹인 종이우
산을 들고 계신 모습이다.

"어때?" 피파훙이 의기양양하게 과시했다.

"그 사진의 마오 주석이 훨씬 멋있네요." 내가 말했다.

"요 녀석, 마오 주석님을 그렇게 말하면 안 되지!" 피파훙이 아
들을 꾸짖었다.

"주임님, 별일 없으면 나 먼저 돌아가겠어요." 추이주가 말했다.

"당신, 병난 거 아냐?" 피파훙이 내 어머니께 물었다.

내 어머니는 무척 언짢은 기색으로 쏘아붙인다. "내게 악담을

---

* 장시 성(江西省) 평샹 현(萍鄕縣) 동남부에 있는 이름난 석탄 생산지. 중국 노동
운동의 발원지 가운데 하나. 1921년부터 1927년에 이르기까지 마오쩌둥이 수차 방
문하여 혁명 활동을 전개했으며, 1922년 노천탄광 노동자 파업을 주도하고 1927년
농민을 선동하여 추수 폭동을 일으킨 곳이다.

해서 뭘 어쩌려고? 흥, 내가 병들었다고 누가 그랬어?"

"피첸이란 녀석이 그러더군. 당신 병났다고. 그렇지 않고서야 내가 당신 병을 보아달라고 추이주까지 데려왔겠나?" 피파훙이 대답했다.

"난 병나지 않았어요." 내 어머니가 그 말을 받았다. "뻔뻔스런 당신 낯짝을 보니까 없는 병도 생기겠어요. 그것도 중병 말이에요."

"내 보기엔 당신은 신경질병을 앓고 있어." 툭 쏘아붙인 내 아버지가 추이주를 향해 돌아섰다.

"추이주, 자네도 집에 돌아가야지. 정리할 일도 많을 텐데."

피파훙이 말했을 때, 추이주는 벌써 대문까지 걸어 나가고 있었다. 내 어머니는 그녀의 등 쪽을 향해 '퉤!' 하는 소리가 나도록 침을 뱉더니 나지막한 목소리로, 그러나 모두 다 알아듣도록 또렷하게 말했다.

"혁명이라 혁명! 윗자리에 앉은 놈은 염치없고, 아랫자리에 앉은 년은 엉덩이 감출 줄 모르고, 잘들 하는 짓이다!"

피파훙의 낯빛이 시퍼렇게 질려 노기등등한 기색으로 호통을 쳤다.

"왕구이화(王桂花), 말조심하라고!"

"내가 말조심 않으면 당신이 어쩔 테야?" 내 어머니는 조금도 꺾이지 않았다. "주임이 된 지 며칠이나 됐다고? 그런데 어느 년이 벌써 가랑이 벌려 바람둥이 대빗자루를 거꾸로 쑤셔 박고 흔들어대는 거야! 그렇게 논다니로 굴었다가는, 내 보기에 당신 그 쥐

꼬리만큼이나 알량한 감투도 길게 못 갈 거야. 내 얘기는 이쯤 해 두지. 분수 모르고 딴 짓거리 해봤자 그게 얼마나 갈지 한번 두고 보자고!"

"사내대장부는 계집하고 다투지 않는 법, 자네하고 노닥거릴 시간 없어!"

피파홍이 한마디 툭 던지더니 날 돌아보고 불렀다.

"피첸, 이리 오너라, 우리 둘이서 초상화를 걸자."

"어떻게 걸어요?" 내가 물었다.

"벌써 준비가 다 되어 있지." 피파홍이 호주머니에서 압핀 한 갑을 꺼내 의기양양하게 흔들어 보였다.

"이 압핀으로 잘 고정시킬 수 있거든."

피파홍은 사개가 물러나 기우뚱거리는 걸상 위에 위태롭게 올라서서 탁자 뒤편 벽면에 마오 주석의 초상화를 펼쳐 고정시켰다. 내가 주의를 주었다.

"아빠, 중심 잡고 잘 서세요. 굴러 떨어지면 큰일 나요."

"요런 녀석 봤나. 설날 앞두고 그게 할 소리냐?" 피파홍이 언짢은 기색으로 꾸짖는다.

"설 쇠는 것도 그렇죠. '낡아빠진 4대 악'은 혁명으로 타파해야 하는 거 아닌가요? 설날도 구시대 유물이니까 없애버려야죠!" 내가 단호하게 말했다.

"아이고 맙소사, 요 아들 녀석, 정말 얕볼 놈이 아니로구나!" 피파홍이 놀랍고도 의아스런 기색으로 감탄했다. "네 말에 진짜 일리가 있다. 하지만 공사 혁명위원회에선 그런 지시가 없었으니까,

올해 '설날'은 우리 그대로 지내자꾸나."

피파훙은 압핀 네 개로 마오 주석의 고귀하신 초상화를 벽에 단단히 눌러놓았다. 그러고 나서 그는 나하고 같이 구들 침대 머리에 선 채 어머니가 마련해놓은 여덟 가지 제물을 탁자 위에 늘어놓았다. 붉은 젓가락 열 쌍을 꽂아야 할 때, 나는 또 피파훙에게 물었다.

"아빠, 마오 주석은 한 사람뿐인데, 젓가락을 그렇게 많이 꽂아서 뭘 해요?"

"마오 주석님의 일가족 중 친척 여섯 분이 혁명을 위해 희생되셨단다. 그러니까 그분들도 모두 오셔서 잡숴야지."

피파훙이 대답했다.

"자탕저우쯔를 태워버릴 때, 아빠가 그렇게 말씀하지 않으셨어요? 죽은 사람은 영혼이 없다고. 혼령이 없는데 그 사람들이 어떻게 와서 먹을 수가 있어요?"

"모르는 소리! 마오 주석님의 일가친척은 달라."

"마오 주석님의 일가친척은 사람이 아닌가요?"

내 물음에 피파훙은 일순 멍청해졌다. 혀가 얼어붙었는지 입을 딱 벌린 채 아무 말도 못하던 그가 느닷없이 화를 벌컥 냈다. 목소리부터 얼굴 표정까지 사납게 바뀌더니 날 향해 으르렁댔다.

"주둥이 닥쳐! 뭣 때문에 그리 묻는 게 많아?"

"내 보기엔 피쳰이 제대로 물었네요." 집 안에서 내 어머니의 심드렁한 목소리가 흘러나왔다. "철딱서니 없는 아이 녀석이 묻는 말에도 대답을 못하다니, 당신네 그놈의 혁명은 아무래도 개돼지

똥 싸놓듯 이놈저놈 되는 대로 저질러놓고 보는 모양이야."

"어린애 말 가지고 뭘 그래? 철없는 녀석이 묻는 말에는 대꾸하기가 제일 어려운 법이야. 오죽하면 공자님조차 세 살 먹은 항탁(項橐)*이 묻는 말에 제대로 대꾸를 못하고 말문이 막혔다는데, 나 같은 사람이야 더 얘기할 게 있나?"

"아이고 맙소사!" 내 어머니가 드디어 말꼬리를 잡았다. "위대하신 피 주임 나리, 당신 조심해야겠어. 공부자(孔夫子)가 누구야? 당신네들한테 비판받았다는 사실을 알아야지!"

"허어, 내 그 말을 깜빡 잊고 있었군! 그러고 보니 대대로 전해 내려오는 봉건사회의 독소를 말끔히 숙청해버리기가 얼마나 어려운지 알 만해!" 피파훙이 뒤통수를 긁적거리다가 이내 반격에 나섰다. "여편네한테 이 얘기는 해야겠군. 난 당신이 고급 초등학교 졸업생이란 걸 알아. 고작 일천여 개밖에 안 되는 글자만 배워가지고 좁쌀에 비타민이 들어 있다는 둥, 달걀에 단백질이 얼마 포함되었다는 둥, 그따위 지식 나부랭이 가지고 나하고 힘겨루기 할 생각일랑 아예 말라고. 혁명이라, 그야말로 진짜 멋있는 거 아냐?"

피파훙은 안뜰 한구석 투명한 빛깔로 번쩍거리는 황금 사슴 딱지 자전거를 가리키면서 의기양양하게 외쳤다.

"혁명이 없었다면 저런 황금 사슴 딱지가 생겨날 수 있었겠어?"

---

* 춘추시대 진(秦)나라의 신동. 일곱 살 어린 나이에 공자를 스승으로 모셨는데, 공자도 그의 말에 귀를 기울일 때가 있을 만큼 총명했다고 한다.

그리고 또 내 어머니가 입은 바지를 가리켰다. "혁명이 없었다면 당신이 그렇게 좋은 모슬린 천 바지를 입어보기나 했겠느냐고!" 그런 다음 이번에는 내게 물었다. "피첸, 어디 말 좀 해봐라. 혁명이 좋은 거냐, 나쁜 거냐?"

"좋지요, 아주 좋고말고요!" 내가 대답했다. "혁명은 시끌벅적 흥청망청, 혁명은 부랑자, 건달, 프롤레타리아, 혁명이 없었다면 아빠가 어떻게 추이주 아줌마의 엉덩이를 만지작거릴 수 있겠어요?"

"잘한다, 잘해! 피파흥, 이 불한당 건달 녀석! 혁명하고 또 혁명해서 계집년 엉덩이나 벗겨먹어라!" 내 어머니가 손에 들고 있던 밀방망이를 휘두르면서 달려들더니, 피파흥의 머리통을 겨누고 냅다 후려갈겼다. '딱!' 하는 소리—당황한 피파흥이 엉겁결에 손을 들어 가로막았다. '딱!' 하는 소리—이번에는 밀대 방망이가 피파흥의 손목뼈에 호되게 들어맞았다.

"제밀할 년, 정말 때리는 거야?"

"내 이 발정한 색골 녀석을 아예 때려죽이고 말 테다!"

피파흥 주임께서 머리통을 감아쥐고 안뜰로 도망치면서 고함을 지른다.

"왕구이화, 너하고 이혼할 테다!"

"오냐 그래, 이혼을 못한다면, 네놈은 사람이 아냐!" 내 어머니가 암범처럼 노성을 터뜨렸다.

"우리 집 혁명이다, 혁명이야!" 나도 신바람 나게 고함을 질러 댔다.

'따악!' 하는 소리…… 나는 내 머리통에서 둔탁한 소리가 나는 것을 들었다. 눈앞에 별이 번쩍번쩍 떠돌아다니고, 이어서 내 어머니 왕구이화의 시뻘건 낯빛과 똥그랗게 부릅뜬 고리눈을 보았으며, 이어서 그녀가 외쳐대는 소리를 들었다.

"요놈의 새끼, 너도 좋은 놈 되긴 다 틀렸어!"

'따악!' 이번 몽둥이찜질 역시 머리통을 가로막은 내 손목뼈에 들어맞았다. 나도 양손으로 머리통을 감싸 안고서 안뜰로 도망쳤다. 그러고는 피파훙과 함께 나란히 섰다.

왕구이화가 밀방망이를 두 손으로 잡고 휘두르면서 뒤쫓아 나오는 바람에, 나는 피파훙을 따라 앞마당을 가로지른 다음, 휭하니 골목으로 도망쳐서 큰길로 나갔다.

5

벌써 저녁 무렵, 길거리는 텅 비어 썰렁한데 사람이라곤 그림자도 보이지 않는다. 피파훙은 뒤통수에 불룩 튀어나온 혹을 어루만지며 내게 으르렁으르렁 화풀이를 했다.

"요 잡놈의 자식, 내가 언제 추이주의 궁둥이를 만졌어?"

"머리 깎을 때 아빠 손이 그 아줌마 엉덩이에 가 있었잖아요? 내가 들어서자마자 손을 움츠렸죠."

"요 녀석아, 네가 헛것을 본 거야." 피파훙이 의미심장하게 말을 잇는다. "얘야, 눈썰미가 그렇게 날카로워선 못 쓰는 거다. 보아선 안 될 것은 보지 말아야지. 또 보았다 해도 남한테 얘기해선 안 되고. 그래봤자 너한테 이로울 게 뭐 있냐? 봐라, 이 아비가 네 엄마한테 밀방망이로 두 대나 얻어맞지 않았냐? 너도 두 대 맞았고. 안 그러냐?"

"엄마가 그렇게 지독할 줄은 몰랐어요." 나도 머리에 불룩 돋아 나온 혹을 어루만지면서 대답했다.

"독하고말고. 엄마가 지독스러운 줄 이제 알았냐?" 피파훙이 말했다. "하지만 제아무리 지독하다 해도 네 엄마는 엄마야."

"설날이 코앞에 닥쳤는데 우린 어쩌죠?"

"그저 날 따라오려무나. 나하고 같이 몇 집 검사를 다니자꾸나. 길거리에서 왔다 갔다 하며 시간 좀 죽이다보면 네 엄마 기분도 다소 풀릴 거야. 그때 가서 우리 집으로 돌아가자. 어떠냐?"

"좋아요." 내가 대답했다.

나는 피파훙을 뒤쫓아 나섰다. 큰길을 따라 뉘엿뉘엿 해 떨어지는 석양을 마주 바라보며 앞으로 나아갔다. 저벅저벅, 내 아버지가 신은 큼지막한 가죽 장화가 꽝꽝 얼어붙은 땅바닥을 디딜 때마다 요란한 소리를 냈다. 길거리에 면한 집은 거의 대문이 굳게 닫히고, 문설주 좌우 양편에 새로 써 붙인 춘련만이 울긋불긋할 뿐, 경사스런 설날을 맞이하는 분위기라곤 한 점도 내비치지 않았다. 그중에는 백지 대련을 내다 붙인 집들도 몇 채 있었다. 나는 잘 안다. 백지 대련을 붙인 집은 요즈음 집안 식구 중에 누군가 죽어 나간 초상집이라는 사실을. 여느 해 이맘때 같았으면 벌써 이곳저곳에서 요란하게 폭죽을 터뜨리면서 불꽃놀이가 한창일 테고 집집마다 대문이 활짝 열려 있었을 것이다. 왜냐? 옛날 촌로들의 말씀에 따르자면 지금쯤 조상님들이 고향집에 돌아와 설을 쇠는 때니까. 그 조상님들이 탄 마차는 우리네 이승 사람들이 듣지 못할 바퀴 소리를 내면서 황량한 교외 들판이나 혹은 별천지 번화한 세상에서 마을 동구 밖에 몰려들었다가 제각기 흩어져서 생전에 살던 집으로 돌아온다고 했다. 집집마다 앞뜰에 뿌려놓은 짚단과 검정콩은 바로 그분들의 마차를 끌고 온 당나귀와 말들이 먹을 수 있게 미리 준비해둔 것이라고 했다. 그런데 지금 와서 대문을 닫아걸었다면, 생각해보나마나 조상님들을 대문 밖에 내버려두겠다는 얘기 아닌가? 그럼 마을 안의 길거리와 골목마다 저승에서 모처럼 달려온 마차들로 붐비고, 동네방네 문전박대를 당하여 분노한 조상님들이 주먹으로 후손들의 집 대문을 두드려가며 노성을 터뜨리고 있을 터였다. 불효한 자손들아, 문 열어라! 문 열어……! 그렇다, 어쩌면 그분들도 인간세상의 변화를 이해하고 올해는 돌아오시지 않았을지도 모른다. 어쩌면 그분들이 사시는 저승에서도 한창 대혁명소동이 벌어져 돌아오고 싶어도 올 수 없는지 모른다. 생각하면 할수록 뒤죽박죽 갈피를 잡을 수 없어, 나는 아예 그 문제를 생각하지 않기로 했다. 내 아버지 피파훙은 적막을 못 느낄 정도로 무감각한지, 아니면 직무에 충실해서 그런지 모르겠으나 아무튼 저벅저벅 길거리를 걷는 동안에도 그칠 새 없이 고래고래 악을 썼다.

"경각심을 높여라! 파괴분자의 책동을 엄중히 방비하라! 고귀하신 주석님의 초상화를 내걸어 모셔놓고 새해맞이를 준비하라!"

나 역시 무료함을 느끼고 덩달아 고함을 지르기 시작했다.

"경각심을 높여라! 파괴분자의 책동을 엄중히 방비하라! 고귀하신 주석님의 초상화를 내걸어 모셔놓고 새해맞이를 준비하라!"

우리 행진이 마을 가장 서쪽 변두리 막다른 골목에 도달했을 때, 갑자기 으스스하고 써늘한 바람이 골목 안에서 불어왔다. 나는 나도 모르게 몸서리를 쳤다. 골목 이름은 '대를 이을 자손이 끊겼다'고 해서 절호(絕戶) 골목이란다.

"아빠, 저 막다른 골목에 귀신이 산다고들 그래요."

"허튼소리, 이 세상에 귀신이란 것은 없어." 피파훙이 한마디로 잘랐다. "설사 있다고 한들 귀신 따위 무서울 게 뭐냐? 프롤레타리아 우리 무산계급은 귀신들과 전문적으로 투쟁하는 거다."

날 한층 더 위안해줄 요량인 듯, 피파훙은 자기 팔뚝에 두른 홍위병 완장을 가리키면서 목청을 드높였다.

"이게 바로 사악한 귀신을 막아주는 부적이다. 우리는 마오 주석의 홍위병이니, 마오 주석께서 우리를 보호해주실 거야. 어디 말 좀 해보려무나, 어떤 잡귀신이 마오 주석을 두려워하지 않겠느냐?"

"다른 사람 이야기를 들으니까, 한밤중에 이 골목 안에서 검정나귀 새끼 한 마리가 툭 뛰쳐나와 오락가락 마구 날뛴대요. 미쳐 날뛰는 동안 목덜미에 달린 방울이 딸랑딸랑 울리고요. 또 이런 얘기도 들었어요. 젊은 방물장수가 등짐을 지고 이 골목 안에서 오락가락 돌아다니는데, 사람 눈에 방물장수의 아랫도리 장딴지 두 개만 보이고 웃통하며 양팔은 보이지 않는다는 거예요."

"그거야말로 완전히 터무니없는 헛소리다." 피파훙이 말했다. "누가 그런 얘길 퍼뜨렸는지 말해라. 설날만 지나면 내 그놈을 비판투쟁대회에 올려 세울 테니까."

바로 이때, 시꺼먼 그림자 하나가 길 곁 쥐똥나무 숲 속에서 '휙!' 소리를 내며 뛰쳐나왔다.

'억!' 하고 외마디 소리를 지른 나는 피파훙의 가슴으로 뛰어들었다. 피파훙은 내 등줄기를 툭툭 치면서 위안해주었다.

"아들아, 무서워할 것 없다. 내가 있잖아."

하지만 나는 피파훙의 손길 역시 떨리는 감촉을 느꼈다.

"그 사람들 얘기가 저 쥐똥나무에도 귀신이 산대요."

"귀신은 무슨 귀신? 고양이겠지."

우리가 얘기를 나누고 있는데, 갑자기 등 뒤에서 늙수그레한 목소리가 들려왔다. 숨차게 헐떡헐떡 떨려나오는 목소리였다.

"주임이시오?"

나는 또 한 차례 '헉!' 하고 외마디 소리를 냈다. 피파훙이 후딱 돌아서면서 큰 소리로 외쳐 물었다.

"누구야?"

"나요, 피 주임." 늙수그레한 목소리가 대꾸했다. "나, 완씨(萬氏) 가문의 과부 장씨(張氏) 할망구외다."

"그러고 보니 당신이었군." 피파훙이 말했다. "이런 젠장, 깜짝 놀랐잖아. 집에서 차분히 앉아 기다리지 않고 뭣 하러 기어 나온 거요? 혹시 파괴 공작을 꾸미려는 건 아니겠지?"

"이것 보시오, 피 주임. 무슨 말씀이 그렇소? 이렇듯 나이 먹어

오늘까지 살고 내일 없어질지 모르는 내가 무슨 놈의 파괴 공작을 꾸민단 말이오?"

"파괴 공작을 꾸미는 게 아니라면 뭘 찾아먹으러 나왔소?" 피파훙이 물었다.

"난 지금 당신을 찾아가려던 길이었소." 완씨 댁 과부 장씨 노파가 말했다. "당신한테 지시를 받아볼까 해서 말이오."

"얘기해보구려, 무슨 일이오?"

"분명히 말씀해주시오. 우리 집 족자는 어떻게 거는 거요?"

"뭐라고, 할멈 집에 아직도 무슨 족자 같은 게 있단 말인가?" 피파훙이 더는 참지 못하고 버럭 고함을 질러댔다. "당신네 집안은 지주 성분 아닌가! 두 아들 놈이 국민당 군에 입대했다가 우리 해방군에게 붙잡혀 총살당했는데, 그런 놈의 집안에 걸어놓을 게 뭐 있다는 거야?"

"하지만 내 둘째아들하고 막내아들은 해방군이 되었다가 국민당 군에 산 채로 맞아 죽었소." 완씨 댁 과부 장씨 노파가 노기등등하게 반박했다.

"할멈 댁 두 아들이 해방군에 입대했다고? 둘씩이나 더 있었단 말인가?" 피파훙이 어정쩡한 기색으로 다시 물었다. "그럼 어째서 내가 못 들었지?"

완씨 댁 과부 장씨 노파는 품속에서 보따리를 하나 끄집어내더니 겹겹으로 싼 것을 풀어 이미 누렇게 바랜 종이 두 장을 꺼냈다.

"이건 1950년 당시, 구장(區長) 한씨(韓氏)가 손수 내게 발급해준 열사증(烈士證)이오."

종잇장 두 쪽을 받아든 피파훙이 눈앞에 바짝 갖다 대고 건성건성 훑어보고 나서 아무렇게나 땅바닥에 던져버렸다.

"이따위 장난질은 누군들 못해? 설사 이게 진짜라 해도 지금 와서 어쩔 테야? 할망구네 큰아들과 셋째아들 녀석은 국민당 소속 병사 노릇 하다가 해방군에게 총살당했어. 당신 둘째아들과 막내아들이 해방군 전사였다가 국민당 군에게 맞아 죽었다면, 그것 참 잘됐군. 이 대 이, 두 아들이 세운 공으로 두 아들이 지은 죄를 갚은 셈 치면 되니까. 하지만 당신네 완씨 영감 집안은 지주계급 아닌가. 그리고 당신은 지주 마누라였으니까 아직도 죄가 남은 셈이야. 류구이산(劉桂山)이 지부 서기 노릇할 때, 할멈을 의무 노력 동원에 참가시키지 않았던 것은 그 작자가 당신을 편파적으로 감싸준 비호 행위였고, 또 그런 조치는 틀려먹은 것이었어. 따라서 할멈 집이 설을 쇠는 것은 좋으나, 대청 벽에 마오 주석의 고귀하신 초상화를 걸어놓을 자격은 없어. 그리고 또 한 가지, 내일 아침부터 할멈은 반드시 의무 노력 동원에 참가해야 해. 할멈이 날 찾지 않았으면 나도 깜빡 잊어버릴 뻔했군."

또 한바탕 요사스런 음풍이 막다른 골목 안에서 으스스하게 불어왔다. 바람결에는 도살당한 짐승의 피비린내가 섞여 나오고, 게다가 머리카락 태운 누린내마저 곁들여 풍겼다. 마치 이 골목 어딘가에 도축장이 자리 잡은 것만 같았다. 나는 뒷덜미에 음습하고도 써늘한 기운이 물결치듯 계속 와 닿는 느낌에 머리가죽이 바싹바싹 타들어갔다. 사람들 얘길 들으면 이것은 귀신을 보고 났을 때의 생리적 반응이라고 했다. 나는 피파훙의 손을 단단히 부여잡았으나, 그는 계속해서 내 손길을 뿌리쳤다. 마치 내가 그렇게 부여잡는 것이 무척이나 못마땅한 것처럼 말이다. 나는 어쩔 수 없이 그의 옷자락 한 귀퉁이를 휘어잡았다. 그러나 옷자락마저 내가 못마땅한지 휘어잡히지 않았다. 내가 잡을 때마다 피파훙은 사나운 기세로 몸을 뒤틀어 내 손길을 떨쳐버리려 했던 것이다. 하지만 공포에 질린 내 손길에 무척이나 커다란 힘이 생겨난 탓으로 그는 시종 나를 떨쳐버릴 도리가 없었다. 이렇게 해서 나는 그의 뒷몸에 웅크려 숨고 나서야 다소 안전한 감각을 얻을 수 있었다.

나는 음습하고도 요사스런 바람이 불어 닥칠 때마다 눈앞의 모든 사물과 경관이 두드러지게 변화하는 것을 분명히 보았다. 애당초 맑은 날씨였는데 어두컴컴해지고 원래 익숙했던 환경이 순식간에 아주 낯설게 바뀌었던 것이다. 더구나 제자리에 중심을 잡고 서 있지 못할 만큼 노쇠한 완씨 댁 미망인 장씨 할멈이 씩씩하고 다부진 몸매로 돌변했다. 피파훙이 열사증을 땅바닥에 던져버렸을 때부터 음습하고 요사스런 바람은 그 열사증을 빨아들여 마치 짓궂은 새끼 요괴 정령이 가지고 노는 것처럼 자꾸만 앞으로 밀어붙이기 시작했다. 팔랑팔랑 나부꼈다가는 멈춰 쉬고, 멈춰 쉬었다가는 또다시 팔랑팔랑 뛰고…… 완씨 댁 미망인 장씨 노파가 봉건시대 전족을 한 자그만 두 발로 위태롭게 아장아장 걸으면서 아들의 열사증을 뒤쫓았다. 종잇장 두 조각을 쫓아가며 입에서는 처참하고도 고통스런 신음 소리가 그치지 않았다.

"내 아들아! 너희들이 개죽음을 했구나……!"

완씨 댁 과부 장씨 노파는 열사증을 뒤쫓아 골목 깊숙한 곳으로 들어갔다. 이제야말로 뺑소니칠 절호의 기회다. 그런데 피파홍은 어쩔 셈인지 완씨 댁 과부 장씨 노파를 뒤따라 골목 안으로 들어섰다. 마치 그의 몸뚱이 어딘가에 귀신이라도 들러붙은 것처럼 정신없이 말이다. 나는 애처롭게 빌었다.

"아빠, 우리 그만 집에 돌아가요. 설을 쇠어야죠!"

피파홍이 사납게 고개를 홱 돌리더니 이글이글 불타는 눈초리로 날 쏘아보았다. 나는 분명히 보았다. 그의 눈동자에서 뿜어 나오는 초록빛 인광(燐光), 그 초록빛 인광 아래 비쳐 보이는 내 아버지의 표정이 갑작스레 아주 낯설게 바뀌었다. 나는 놀라 죽을 지경이었다. 그 낯선 사람의 옷깃을 놓기가 무섭게 나는 발길을 돌려 걸음아 나 살려라 냅다 도망쳤다. 집으로 달아나 어머니부터 찾을 생각이었다. 하지만 이상하게도 방금 직전까지 온갖 수단과 방법을 다 써가며 내가 부여잡지 못하게 막았던 그의 손길이 돌연 얼음보다 더 차가운 맹금의 발톱으로 바뀌어 도망치는 내 뒤를 따라 길게 뻗어오더니 단숨에 내 손을 단단히 움켜잡고 놓지 않았다. 이제 나는 그의 손길을 뿌리치기 위해 안간힘을 다 써야 했다. 그러나 그 손길은 집게처럼 나를 꽉 움킨 채 놓아주지 않았다. 나는 할 수 없이 그가 잡아당기는 대로 이끌려 막다른 골목 안으로 들어갔다.

어째서 이 골목은 '대를 이을 자손이 끊겼다'는 이름으로 불려왔을까? 그도 그럴 것이, 이 막다른 골목 안 사람들은 과부 아니면 홀아비, 부부가 함께 온전히 살아 있더라도 대를 이을 자식이 없는 사람들뿐이기 때문이다. 우리는 여느 때 섣불리 이 골목 근처에 와보지 못했다. 그러나 오늘만큼은 이렇듯 특별한 시각에 귀신이나 저승사자에게 홀린 것처럼 들어서고 말았다. 완씨 댁 과부 장씨 노파가 두 아들의 열사증을 뒤쫓고, 열사증은 그녀와 술래잡기 장난질을 치듯 팔랑팔랑 나부껴 하염없이 달아났다. 아들아…… 내 아들아…… 완씨 댁 과부 장씨 노파는 그 열사증을 자기 아들로 삼고 있는 것이다.

이때 맞은편에서 또 한 사람이 나타났다. 손에 들린 것은 종이 풀로 붙여 만든 붉은빛 등롱이었다. 붉은 등롱이 나타나던 그 시각부터 하늘은 완전히 어두워졌다.

등롱을 치켜든 사람이 왼발로 열사증 한 장을 짓밟았다. 오른발마저 앞으로 내딛었을 때, 나머지 한 장은 도망치려다 결국 마저 밟히고 말았다. 이때서야 '두 아들'을 뒤쫓던 완씨 댁 과부 장씨 노파가 그의 눈앞에 당도했다.

"피파칭(皮發靑), 너 이 잡놈! 그 더러운 발로 내 두 아들을 짓밟아 뭉개다니…… 으와아……"

완씨 댁 과부 장씨 노파가 울음보를 터뜨리면서 우리한테 하소연했다. 섣달그믐 제야에 붉은 등롱을 들고 마중 나온 사람은 바로 내 아버지 피파훙의 사촌 아우 피파칭이었다. 그 당시 '친척이든 친척이 아니든 모두들 계급 성분으로 나뉘'던 시절에, 사리대로 따지자면 내 아버지는 의당 피파칭과 외척(外戚)으로 가까이 지냈어야 옳았다. 그러나 피파칭은 우리 본가인 데다 위로 삼대를 거슬러 조상 모두가 찢어지게 가난한 분들이라 정말 집 한채, 방 한 칸 없을뿐더러, 밭뙈기 한 조각 없었다. 그런데도 피파칭과 내 아버지 피파훙은 태어날 적부터 앙숙이라, 우리 마을 안에서 내 아버지 피 주임을 가장 멸시하고 안중에 두지 않은 사람이 바로 피파칭이었던 것이다.

피파칭은 허리를 굽혀 발끝으로 밟았던 열사증 두 장을 집어 완씨 댁 과부 장씨 노파에게 넘겨주었다.

"마나님, 댁에 돌아가세요. 열사증을 주워드렸으니, 다 된 것 아닙니까."

완씨 댁 과부 장씨 노파는 두 아들의 열사증을 받아들고 비척비척 위태로운 걸음걸이로 다 무너져가는 두 칸짜리 자기 집 야트막한 처마 아래 널문을 열고 들어갔다. 그런 집은 나처럼 작은 아이도 허리를 구부려 비집고 들어가야 했다.

"피파칭, 자네 집에는 초상화를 잘 걸어뒀나?" 내 아버지 피파훙이 잔뜩 성난 목소리로 사납게 물었다.

피파칭은 수중의 붉은 등롱을 높지거니 쳐들어 내 아버지의 얼굴을 비춰보았다.

"걸어두었소. 들어가 보실 거요?"

"그래, 들어가 봐야겠어."

"그럼, 이리 오시구려." 피파칭이 돌아서서 앞길을 인도했다. 골목 안을 한참이나 들어가더니 다시 어두컴컴한 샛골목으로 접어들었다. 손에 들린 등롱에서 쏟아져 나오는 광망이 고작 주인의 몸뚱이 주변만을 희미하게 밝혀줄 뿐, 그 둥그런 황색 권역(圈域) 이외에는 온통 칠흑 같은 어둠 천지다. 그 칠흑 같은 어둠 속에서 우리 부자의 머리 위에 반짝이는 별 무리 가운데 한 줄기 유성이 기다란 꼬리를 끌고 사라져갔다. 키 높이의 나지막한 사립문 앞에서, 내 아버지 피파훙이 갑작스레 발걸음을 멈추었다.

"피파칭, 내 한 가지 묻겠는데, 그놈의 등롱은 뭐 하러 들고 다니는 거냐?"

"비뚜로 잘못 찍힌 발자국을 찾으려고."

"뭐라고?"

"잘못 찍힌 발자국을 찾는단 말이오. 해마다 섣달그믐 밤이면 나는 등롱을 켜들고 내가 일 년 내내 이 마을 구석구석 잘못 걸어 다니며 여기저기 남겨두었던 발자국을 되찾아서 오지항아리에 간직해두려는 거요."

"도깨비 같은 소리!" 내 아버지 피파훙이 고함쳤다. "아무래도 네가 급살 맞은 모양이로구나."

"귀신 도깨비는 발자국을 남기지 않소. 인간이라야 발자국을 남기는 법이지." 피파칭이 사립문을 열고 앞장서 들어가더니 우리한테 물었다.

"들어오시구려. 안 들어올 거요?"

"흥, 내가 너 따위를 무서워할 줄 아느냐?" 내 아버지 피파훙이 버럭 악을 썼다. "네놈의 집구석이 용담호혈(龍潭虎穴)이래도 난 뛰어들고 말 테다!"

나와 피파훙은 피파칭을 따라서 그 집 안뜰에 들어섰다. 그리고 안뜰 양측에 종이인형이 수두룩하게 서 있는 광경을 목격했다. 등신대 종이인형들은 놀랍게도 하나같이 문화대혁명 초기 당시 마을 안에서 유행하던 조리돌림의 대상으로 처형된 유명한 '악질반동' 들을 상징하는 꼭두각시 인형이었다. 이런 꼭두각시들이 여기에 집중적으로 보관되어 있을 줄은 상상조차 못했다. 피파칭이 등롱 불빛을 높이 쳐들어 우리 부자에게 똑똑히 볼 수 있게 비쳐주면서 히죽히죽 웃었다.

"저 사람들, 지금 회의를 열고 있소."

대청마루에 들어서자, 그는 또다시 등롱을 쳐들어 정면 벽에 높지거니 걸린 자탕저우쯔 족자를 비췄다. 족자 윗면에 금관조복을 걸치고 오사모를 쓴 사람들이 원한에 가득 찬 눈초리로 우리 부자를 무섭게 노려보고 있다.

"잘한다, 정말 잘하는 짓이야." 내 아버지 피파홍이 분노에 찬 목소리로 으르렁댔다. "피파칭, 네놈이 감히 공사 혁명위원회의 지시에 항거하다니! 사사로이 자탕저우쯔를 감춘 것만도 반역 행위인데, 간덩이 크게 어엿이 걸어놓기까지 하다니! 냉큼 떼어버리고 마오 주석의 고귀하신 초상화로 바꿔 달지 못하겠어?"

"당최 나 역시 마오 주석님의 고귀하신 초상화를 내걸려고 했었소." 피파칭이 말했다. "하지만 내 어젯밤에 꿈을 꿨는데, 꿈속에 마오 주석께서 내게 이런 말을 합디다. '피파칭아, 너희들이 내 초상화를 거는 것도 괜찮기는 하다만, 사실 내 초상화는 너희 집에서 자탕저우쯔로 떠받들리지 않았으면 좋겠다. 너희들이 모시는 자탕저우쯔의 초상화는 모두가 죽은 사람들 아니냐? 또 너희들이 내 초상화를 자탕저우쯔 족자가 내걸리던 자리에 붙여놓고 제물을 진설한다면, 날더러 죽으라고 저주하는 게 아니고 뭐란 말이냐? 어서 내게 말해다오. 도대체 이 궁리는 어떤 작자가 해낸

172

거냐? 그놈이 무슨 짓을 하려는 거냐?' 이러지 않겠소?"

피파칭이 엄숙한 기색으로 피파훙을 바라보더니 고개를 두어 번 끄덕이고 나서 제 할 말을 이어갔다. "나도 딴은 생각 좀 해보니 과연 그렇습디다. 마오 주석님의 초상화를 우리 집안 자탕저우쯔로 삼아 걸어놓는다면 그거야말로 마오 주석님을 죽은 사람으로 여기라는 뜻이 아니고 뭐겠소? 이것이 어떤 성격을 띤 문제요? 형님처럼 위대하신 주임 어른께서 판단을 좀 해주셔야겠소!"

이때 써늘하고도 축축하게 습기가 도는 밤바람이 또 한바탕 불어 닥쳤다. 바람결에 휩쓸려 안뜰 양편에 줄줄이 늘어세운 유명 인사의 종이 꼭두각시들이 우수수, 우수수 나뭇잎 떨어지는 소리를 냈다. 환청일까, 풀로 붙인 종잇장 부스럭거리는 소리 가운데 피식 비웃는 소리가 곁들여진 듯싶었다. 나는 당장 머리카락이 곤두서고 등줄기에 찌르르하니 소름이 끼쳤다. 역시 종이로 만든 붉은빛 등롱마저 갑작스레 종이에 촛불이 옮겨 붙었는지 등롱 격자 안에서 화르르 타오르더니 삽시간에 불덩어리로 바뀌어 주변을 환히 비치다가는 이내 꺼져버리고, 집 안은 곧바로 캄캄절벽이 되고 말았다. 불빛이 가장 밝게 타오르던 그 순간에, 나는 분명히 보았다. 대청마루 벽에 걸어놓은 자탕저우쯔 족자 화면에 그려진 사람들이 하나같이 두 눈썹을 곤두세우고 아래턱에 길게 늘어뜨린 아름다운 수염마저 고슴도치 가시처럼 뻗어 나온 것을 본 것이다.

'우왓!' 하고 나도 모르게 외마디 괴성을 지른 나는 돌아서기가 무섭게 달음박질치기 시작했다. 그러나 야트막한 문틀에 이마를 들이받고 눈앞이 어찔어찔 현기증을 일으키는 바람에 그만 땅바닥에 털썩 주저앉고 말았다. 엉덩방아를 찧던 그 찰나, 어둠 속에서 맑고도 상큼하게 울리는 소리를 들었다. '철썩!' 하는 소리, 그것은 분명 어떤 이의 뺨따귀가 또 다른 사람의 손바닥에 얻어맞는 소리였다. 아주 호되게. 그렇다면 피파홍의 뺨따귀가 피파칭의 손바닥에 얻어맞았을 가능성이 높았다. 아니나 다를까, 나는 피파홍이 외쳐대는 고함 소리를 들었다.

"네놈이 감히 날 때렸어?"

곧 이어서 또 한 차례 해말간 소리, 피파칭도 마주 고함을 지르기 시작했다.

"네놈이 감히 날 때렸어?"

"난 때리지 않았어!"

"나도 진짜 안 때렸어!"

피파홍이 성냥을 한 개비 그었다. 불빛 속에 내비친 자탕저우쯔 화면 인물들이 언제든지 뛰어내릴 것처럼 생생하게 보였다. 피파칭의 코에서 흘러나온 것은 두 가닥 초록 핏줄기, 두 눈동자 역시 초록빛 인광으로 번뜩거리는 것이, 마치 막다른 구석에 몰린 고양이가 발악적으로 쏟아내는 빛과도 같았다.

피파홍이 내 손을 잡고 피파칭의 집에서 도망치듯 뛰쳐나갔다. 그러나 안뜰에 줄지어 늘어선 꼭두각시 종이인형들이 온 몸뚱이로 푸르르푸르르, 문풍지 떨리는 소리를 내면서 금세라도 펄쩍 뛰어 우리 앞을 가로막고 다가들 듯싶었다. 문턱 너머 급히 뛰쳐나갔을 때 우리 등 뒤에서 버석버석 종잇장으로 붙여 만든 꼭두각시 인형들이 따라붙는 소리가 들려왔다.

'자손 대를 끊어놓는다'는 이 막다른 골목에서, 완씨 댁 과부 장씨 노파가 붉은빛 등롱불을 켜든 채 오락가락 서성대고 있었다. 방향도 가리지 못하고 걸으면서 목소리를 잔뜩 낮춰 누군가를 속 삭이듯 부르고 있는 것이다.

"얘들아, 내 아들아…… 어서 집에 돌아오렴. 설을 쇠러 와야 지……"

6

정월 한 달 내내, 우리 마을에는 아주 신비로운 전설이 하나 떠 돌았는데, 그 전설은 역시 우리 집과 연관이 있었다. 얘기인즉, 날 이면 날마다 한밤중이 되면 대대본부 방송실에서 〈동방홍(東方 紅)〉*의 행진곡이 울려 퍼지고 나서 모든 마을 사람에게 송구영신 (送舊迎新)의 새해를 맞이할 시각이 왔음을 알렸을 때, 혁명위원 회 피파훙 주임 댁 안마당에 큼지막한 군용 외투 차림에 마스크를 쓴 사람들이 떼를 지어 나타난다는 것이다. 또 그중 한 사람은 키 가 훤칠하게 크고 몸집이 우람한데, 비록 팔각모를 깊숙이 눌러쓰

---

* 마오쩌둥 찬가. 원래 산시(陝西) 지방의 전통 민요가락에 농민 가수 리유위안(李 有源)이 마오쩌둥을 찬양하는 가사를 붙였다. 가사 내용은 다음과 같다.
"동녘에 밝았네, 태양이 떠오른다. 중국에 마오쩌둥이란 분이 태어났으니, 인민의 행복을 도모하는 분이라네. 얼씨구나 좋을시고, 그이는 인민을 구원할 큰 별이라네 (東方紅, 太陽昇, 中國出了一個毛澤東, 他爲人民謀幸福, 胡兒海呀, 他是人民大救星)."

긴 했어도 탁 트인 그 지혜로운 이마를 가리지 못한다고 했다. 이 사람은 무척 신중하고도 침착한 걸음걸이로 성큼성큼 피파훙네 집 안마당에 들어서더니, 대청마루 벽면 자탕저우쯔 족자가 걸려 있던 자리에 압핀으로 눌러놓은 마오쩌둥 주석의 초상화, 그리고 탁자 위에 늘어놓은 제물 그릇 따위를 보고는 차갑게 코웃음 치면서 입을 가렸던 마스크를 떼어냈다는 것이다. 그리고 전국 방방곡곡 모든 인민들에게 널리 알려진 저 유명한 복덩어리 사마귀를 과시하며 짙은 후난(湖南) 지방 사투리로 이렇게 호통 쳤다는 얘기였다.

"피파훙, 난 아직 죽지 않았어. 그런데 너희들이 나한테 제물을 바치다니!"

그래서 내 아버지 피파훙이 그 자리에 털썩 무릎 꿇고, 마치 수탉 모이 쪼듯 쉴 새 없이 땅바닥에 이마를 조아렸다는 얘긴데……

메기 아가리

……

大嘴

1

　동네에서 마오챵 극단을 모시러 현성으로 떠나는 마차 세 대가 채찍질 소리를 기세 좋게 울리며 큰길을 통과했을 때는, 수탉이 두번째 홰를 치고 날이 밝으려면 아직 한참 남았으나, 메기 아가리는 벌써부터 잠들어 있을 수가 없었다. 메기 아가리는 아홉 살 난 사내아이 녀석으로, 예샤오챵(葉小昌)이란 성과 이름을 버젓이 가지고 있는데도, 우리 동네 사람들은 하나같이 그를 '메기 아가리'라고 부른다.

　메기 아가리는 시끌벅적한 구경거리를 무척이나 좋아하는 아이라, 말 채찍질하는 소리를 듣기가 무섭게 이부자리를 걷어차고 일어나 바깥으로 뛰어나갈 생각부터 났다. 그리고 마차 뒤를 따라 현성까지 달려가서 마오챵 극단 소속 공작대원들이 어떻게 등짐

보따리를 떠멨는지, 또 어떤 모습으로 마차에 올라타고 노랫가락을 흥얼거리면서 누런 모래를 새로 깔아놓은 큰길을 따라 우리 동네에 오는지 보고 싶었다. 메기 아가리와 그 형은 한 침대 한 이부자리를 덮고 누웠다. 아빠와 엄마, 그리고 어린 여동생은 따로 놓인 구들 침대에 누워 잠들었다. 그는 아빠 엄마도 깨어난 기척을 들었다. 아빠는 청승맞게 한숨 또 한숨을 연달아 내쉬고, 엄마는 그 소리에 견디지 못하고 푸념을 늘어놓았다.

"쓸데없이 남의 일에 참견하지 않으면, 귀신이 대문을 두드려도 무섭지 않답디다. 잠이나 더 자요!"

여동생이 칭얼대기 시작한다. 구들바닥에 오줌을 싼 모양이다. 엄마가 버럭 악을 쓴다.

"또 울어! 오줌을 이렇게 펑 싸질러놓고도 울음이 나와? 뚝 그치지 못해!"

여동생의 울음소리가 점점 수그러들었다. 아빠와 엄마는 기척이 없다. 형은 구들 침대 한옆에서 몸을 뒤채더니 입맛을 몇 번 쩝쩝 다셔가며 알아듣지 못할 소리로 잠꼬대를 두어 마디 내뱉고는 또 고양이처럼 가르랑가르랑 코를 골기 시작한다. 낡아빠진 이불 한 채는 대부분 형이 휘말아가고 그는 겨우 한 귀퉁이만 부여잡았으나, 이불자락은 좀처럼 끌려오지 않았다. 그는 커다란 두 눈을 멀뚱멀뚱 뜬 채 어두컴컴한 천장이나 올려다보았다. 종이 풀로 바른 천장 위에서 쥐새끼 몇 마리가 오락가락 뛰어다니는 소리가 퉁퉁퉁퉁 울렸다. 쥐 떼의 뜀박질에 흔들린 천장 먼지가 입술 언저리에 푸수수 떨어져 내려, 몸뚱이를 모로 누이고 잿빛 창호지를 바른 창틀 쪽으로 얼굴을 마주 대했다.

비몽사몽간에 그는 자신이 엉금엉금 기어 일어나는 것을 어렴풋이 느꼈다. 얼음같이 차가워진 솜옷을 꿰어 입고 목덜미를 움츠린 채 방문 틈서리로 빠져나왔다. 발꿈치를 쳐들고 도둑고양이 걸음걸이로 살금살금 복도를 지나가면서 그는 아빠 엄마가 놀라서 깰까봐 겁이 났다. 들숨날숨은 딱 멎고 닭 둥지 앞을 지나쳐 가면서는 성질 못된 수탉이 놀라 깰까봐 겁이 났다. 몸뚱이를 모로 세워 안마당 대문 틈서리로 빠져나와 골목길에 다다랐을 때는 매서운 겨울철 된바람이 정면으로 불어 닥쳤다. 그는 옷소매로 바람이 안 들어가게 입을 가리고 강둑 위로 달음박질쳐 올라가 돌다리를 뛰어넘었다. 머리 위에 무수한 별 떨기가 점점이 반짝이고, 다리 밑에 얼어붙은 강물이 잿빛 섞인 백색 빛살을 번쩍거렸다.

다리를 건너면 곧바로 현성으로 통하는 대로가 나온다. 그는 대로상을 힘차게 달리기 시작했다. 자기가 얼마나 날렵하게 달음박질치는지 흡사 두 발끝만이 땅바닥에 닿는 느낌이었다. 도로는 창백한 빛깔로 길게 뻗어나가는데, 발밑에선 물보라가 흩뿌려지듯 모래흙이 창백하게 흩날렸다. 무척 눈썰미가 좋은 그는 바다 위에 미끄러져가는 배처럼 쏜살같이 달리는 마차 석 대를 재빨리 발견했다. 마차 한옆에 매달린 방풍용 등갓을 씌운 등잔불이 희부연 빛줄기를 번들번들 쏟아내는 것이, 영락없는 신비로운 괴물의 눈알이다. 그러고 나서 마차 끄는 짐승이 콧김을 확확 뿜어내는 소리, 말발굽이 딸카닥딸카닥 치닫는 소리를 들을 수 있었다. 그는 속도를 내어 뒤쫓았다. 발끝에 마치 용수철을 단 것처럼 띔뛰기를 할 때마다 엄청나게 큰 힘을 얻었으며, 걸음 폭마저 헤아릴 수 없으리만치 컸다. 공중에 뜬 몸뚱어리가 연거푸 도약해 마차까지 접근했을 때, 다시 한 번 힘껏 뛰어오른 그의 몸뚱어리는 마차 화물칸에 날렵한 동작으로 거뜬히 떨어져 내리고 있었다.

마차꾼 양류(楊六)는 털이 듬성듬성 빠져 헐렁헐렁한 양가죽 외투를 입고 말채찍을 감아쥔 채 외투자락에 자라목을 깊숙이 움츠리고 마부석에 앉아 끄덕끄덕 졸고 있다. 마차를 끄는 말은 눈먼 소경이라, 순전히 오랜 나날 똑같은 길을 달리던 경험에 의존해서 마차를 이끌고 간다. 짐승이나 사람이나 모두 기척 하나 없이 찍소리도 않는데, 짐승의 목덜미에 매달린 구리방울 소리만이 귓결에 맑고도 상큼하게 울린다. 마차는 거의 흔들림 없이 평온하게 전진했다.

이른 새벽녘 써늘한 기운이 엄습하는데도 어떻게 가리거나 막아낼 도리가 없다. 메기 아가리는 두 다리가 마치 고양이한테 물린 것처럼 아파오는 것을 느꼈다. 이때에서야 그는 자신이 너무 바삐 길을 서두르느라 신발을 신는 것조차 잊어버렸음을 깨달았다. 이상했다. 신발 신기만 잊은 게 아니라, 솜저고리 솜바지마저 입지 못했다. 비로소 그는 벌거숭이 알몸뚱이로 마차 위에 올라앉은 자신을 발견했다. 그는 어둔 밤을 틈타 마차에서 뛰어내려 얼른 집에 돌아가 옷부터 찾아 입어야겠다고 생각했다. 그러나 마차가 치달리는 속도가 점점 갈수록 빨라진 데다 급작스레 평온을 잃고 이리 기우뚱 저리 기우뚱 사납게 흔들리기 시작했다. 한동안은 왼쪽 바퀴 하나만이 땅바닥에 닿고, 한동안은 오른쪽 바퀴 하나만이 땅바닥에 닿은 채 치닫는 품이, 마치 세찬 비바람 속에 산더미같이 오르락내리락하는 파도의 물마루에서 심연의 골짜기로 정신없이 곤두박질치며 쏜살같이 미끄러지는 조각배나 다를 바 없었다. 이제 그는 양손으로 마차의 난간을 죽어라고 부여잡아야 했다. 그래야만 화물칸에서 튕겨나가 길바닥에 내동댕이쳐지지 않을 수 있었다. 하늘빛은 갈수록 밝아오고, 아침 햇빛은 바싹 말린 붉은빛 가루처럼 대지에 두루 흩뿌려지면서 나무숲, 메마른 수풀과 천지간의 일체를 붉게 물들이기 시작했다.

무서운 속도로 쏜살같이 달리던 마차가 별안간 우뚝 멈춰 섰다. 멈춰 기대선 곳은 아주 높다랗고 커다란 공연무대 앞이다. 그가 미처 화물칸에서 뛰어내리기도 전에, 숱한 사람들이 사면팔방에서 한꺼번에 밀어닥치더니 마차를 빙 둘러싸고 손에 손을 맞잡은 채 거대한 원둘레를 형성했다. 그는 마차와 함께 꼼짝없이 포위망에 갇혀버린 꼴이 되고 말았다. 맨 앞쪽에 서 있는 사람들은 하나같이 용모가 빼어나게 깔끔한데, 얼굴에 짙은 무대 분장용 분을 두툼하게 바르고 몸에 걸친 것은 알록달록한 채색 무늬 옷이다. 메기 아가리는 재빨리 알아차렸다. 이들이 바로 마오챵 극단 배우들이었어…… 화단(花旦) 역을 맡은 쑹핑핑(宋萍萍), 청의(青衣) 역을 맡은 덩란란(鄧蘭蘭), 노단(老旦) 역을 연출하는 우리리(吳莉莉), 그리고 또 노생(老生) 역의 가오런쯔(高仁滋), 화검(花臉) 역의 가이주(盖九), 무생(武生)* 역을 맡은 장펀(張奮)은 별명을 '원

---

* 중국 전통극인 경극(京劇)의 4대 주인공. 이른바 '검보(臉譜)' 화장법에 따라 분

숭이 장씨(猴子張)'라고 불릴 만큼 공중에서 스물여덟 바퀴나 재주넘기를 하는 '쿵신건터우(空心跟頭)'의 명수라고 했지…… 마오챵 극단의 연기자들이 전부 나타나서 웃는데, 남자 배우들은 그 커다란 입을 딱 벌리고 껄껄대고, 여배우들은 자그만 앵두 같은 입술을 가린 채 미소 짓는다. 이제 그는 부끄러워 도무지 견딜 수가 없다. 용을 써서 벌거벗은 알몸뚱이를 잔뜩 움츠려 화물칸에 그득 실린 말먹이 포대자루 밑으로 쑤시고 들어갔다. 몸뚱어리가 포대자루에 덮여 절반쯤 가려지는 순간, 느닷없이 솥뚜껑만큼이나 커다란 손바닥 하나가 포대자루를 덥석 움키더니 벌거벗은 몸뚱어리 위로 번쩍 들어 올리는 것이 아닌가? 이어서 마차꾼 양류가 채찍 손잡이 끝에 붉은 속곳 한 벌을 꿰어서 눈앞에 흔들어댔다. 그는 황급히 손을 내뻗어 붉은 속곳을 잡으려 했다. 그러나 매정하게도 채찍 손잡이가 휙 움츠러드는 것과 동시에 그는 마차꾼 양류의 비웃음 소리나 들어야 했다. 그러고 나서 또 수많은 남녀

류되는데, 출연 배우 본래의 얼굴을 유지하는 소면(素面)과 얼굴에 짙은 채색 무늬를 그리는 '도면(塗面)'의 두 가지 분장법으로 나뉜다. 또한 배역에 따라 여성은 '단(旦)'이라 이름 붙이고, 남성은 '생(生)'이란 호칭을 붙인다. 따라서 화단은 젊고 재기발랄한 여성 배역으로 노래보다는 교태를 부리는 연기에 치중하고, 노단은 늙고 중후한 어머니나 과부 배역으로 가창력을 중시한다. 얼굴을 분장하지 않은 소면이기 때문에 머리 색으로 나이 든 정도를 구분한다. 노생은 중년 이상의 강직하고 긍정적인 남성 배역으로서 제왕, 학자, 관리, 장군 역을 연기하며, 무생은 출중한 무예 실력을 갖춘 중장년층의 무장이나 영웅호걸을 연기한다. 연령에 관계없이 무술만을 중시한다. 화검은 여러 가지 물감으로 얼굴에 무늬를 그리므로 '화면(花面)'이라고도 부른다. 청의는 일명 '청단(靑旦)'이라 부르는데, 주로 점잖은 중년 여성, 현숙한 아내, 효성스런 딸 등 모범적인 여성상으로 단아하고도 우아한 자태를 보인다.

들의 웃음소리도 들을 수 있었다. 말채찍 끝에 꿰였던 붉은 속곳이 또다시 그의 눈앞에 펄럭펄럭 나부꼈다. 그러나 손을 내뻗기가 무섭게 그것은 또 움츠러들었다. 그러고 나서 또 한 차례 웃음소리…… 그는 분노에 겨운 나머지 수치심도 잊은 채 벌떡 일어서서 마차 난간 위로 뛰어내렸다. 그리고 밉살맞은 양류를 향해 욕설을 퍼부었다. 양류의 거대한 주먹이 눈앞에 들이닥쳤다. 머리통을 쥐어박을 작정이다. 하지만 그는 피하지 않았다. 오히려 느닷없이 아가리를 딱 벌리더니 마치 구렁이가 쥐를 삼키듯 쇳덩어리보다 더 단단한 양류의 주먹을 덥석 물고 나서 조금씩 삼키고 또 조금씩 삼켜 들이기 시작했다. 누군가 귀엣말로 속삭이는 소리를 그는 들었다. 이 아이 좀 봐라! 정말 엄청나게 커다란 입을 가졌어! 세상에 아무리 큰 것이라도 먹어치울 수 있다니, 이 녀석은 필시 복을 타고난 아이야. 또 다른 목소리가 우렁차게 들려왔다. 어서 빨리 저놈의 목 줄기를 움켜잡아! 과연 얼음같이 차가운 커다란 손이 양 손아귀로 그의 목덜미를 움켜 비틀기 시작했다. 그는 몸부림치려고 무진 애를 썼다. 숨이 막혀 캑캑 몸부림을 치는 와중에 그는 제 콧구멍에서 날카롭게 터져 나오는 비명을 들었다. 마치 이른 새벽녘 홰치는 수탉의 울음 같은 소리를……

수탉이 세번째로 홰를 치고 났을 때 가위에 눌렸던 메기 아가리는 급작스레 놀라 잠에서 깨어났다. 그는 온 몸뚱이가 얼음같이 차가워지고, 양손과 두 다리의 감각이 마비된 느낌을 받았다. 뻣뻣하게 굳어진 목조차 마치 강철 테두리에 단단히 조여들기나 한 것처럼 뜻대로 움직여주지 않았다. 형이 잠결에 번뜻 몸을 뒤채더니 또 이부자리를 전부 휘말아갔다. 그는 어쩔 수 없이 솜저고리를 덮고 구들 침대 머리맡에 몸뚱이를 잔뜩 웅크렸다. 삐약삐약 울어대는 수평아리의 가냘픈 울음소리를 듣고 있으려니 어딘가 모르게 고양이가 야옹대는 소리와 비슷하다. 이제 마을 간부가 마오챵 극단 연기자들을 우리 집으로 보내 식사 대접이라도 하게 된다면, 엄마는 보나마나 아빠더러 수탉을 잡게 해서 융숭히 대접하겠지. 엄마는 밥 짓고 반찬 만드는 솜씨가 좋기 때문에 상급 기관의 간부들이 내려와 동네에서 식사 대접을 해야 할 때마다 으레 우리 집으로 보내곤 했다. 비록 그 간부들이 식사를 마치고 기껏해야 한 근짜리 식량배급표 한 장과 현금 삼 마오쳰(毛錢)을 놓고 간다 해도, 엄마는 우리 집에서 가장 좋은 것을 내다가 그들을 먹인다. 푼돈과 식량배급표 한 장만으로는 턱없이 모자라는데도 말이다. 만면에 희색을 띤 엄마와 아빠의 표정에서 메기 아가리는 똑똑히 알 수가 있다. 비록 밑천을 까먹기는 했어도 그것이 영예로운 일이라는 사실을 말이다. 우리 집안의 출신성분이 좋지 않다면 설사 용간봉수(龍肝鳳髓)에 산해진미를 차려낸다 해도 간부 어르신들은 와서 잡숫지 않을 테니까. 얼마 전에 계급분자 숙청운동이 벌어졌을 때 당시 환향단(還鄕團)*으로 몰린 다섯째 곰보 우마쯔(五麻子)가 무지막지하게 내려치는 곤봉세례에 견디다 못해 결국 우리 아빠를 물고 늘어졌다고 했다. 민병대장 싼셰(三邪)가 이

---

* 1946년에서 1949년 사이에 공산당의 숙청을 피해 도망한 지주들이 조직했던 지방의 친 국민당 계열의 무장 조직.

소식을 남몰래 내 형에게 귀띔해주었고, 형이 또 그 소식을 집에 돌아와서 얘기한 이후부터, 아빠와 엄마의 얼굴에는 두 번 다시 웃음기가 피어나지 않았다.

2

그것은 어느 날 이른 아침 일이었다. 아빠가 구들 침대에 앉아 시꺼먼 사발을 떠받들고 돌려가며 후룩후룩 뜨거운 죽을 마셨다. 메기 아가리도 큼지막한 사발을 하나 껴안아 들고 아빠가 대접을 요리조리 돌려가며 마시는 대로 똑같이 흉내 내면서 죽을 마셨다. 후룩후룩 소리가 예서제서 오르락내리락 번차례로 들렸다. 부자 둘이서 죽 마시기 경쟁이라도 하는 것처럼 말이다. 어린 여동생은 까마귀 둥지처럼 흐트러진 귀신머리 꼴을 하고 구들 침대 머리맡에 웅크린 채 고개를 갸우뚱하니 귀 기울여 방 안의 동정을 엿든는다. 부리부리하게 크기는 해도 초점을 잃어버린 두 눈동자가 하염없이 허공을 헤매고 있다. 여동생은 태어날 때부터 아예 장님이다. 엄마가 옥수수가루로 빚은 떡 한 덩어리를 동생 손에 쥐여준다. 여동생은 옥수수떡을 받아들면서 칭얼대기 시작했다.

"나 빨강 사탕 먹고 싶어……"

"뭐가 빨강 사탕이고 흑사탕이야? 자꾸만 그랬단 봐라, 죽 한 그릇도 얻어먹지 못할 테니까."

엄마가 이맛살을 찌푸리고 속상한 말투로 윽박질렀다.

여동생은 두어 번 칭얼거리다가 효과를 보지 못하자 더는 어쩌지 못하고 옥수수떡을 입술 언저리에 갖다 대고 야금야금 씹어 삼키기 시작했다.

형은 아직껏 안마당에 서서 칫솔질을 썩썩 하고 있다.

"큰애야, 밥 먹어라!"

형은 입술 언저리에 치약 가루를 묻힌 채 법랑 컵을 궤짝 위에 깨뜨리기라도 할 것처럼 딸그랑 소리가 나도록 거칠게 던져놓더니 무엇 때문에 화가 났는지 식식거리면서 말대꾸를 했다.

"뭘 그리 재촉하는 거예요!"

"무슨 놈의 이빨을 그렇게 오래 닦는 거야? 아무리 칫솔질해도 싯누런 이빨인 걸." 엄마가 나지막하게 투덜거렸다.

"형이 개똥을 씹었다나봐요!" 메기 아가리가 핥아먹던 죽 그릇 변두리를 입에서 떼고 성난 형의 말투를 흉내 내어 거칠게 말했다.

"죽이나 마저 처먹지 못해!" 엄마가 메기 아가리한테 눈을 흘기고 다시 한마디 엄포를 덧붙였다. "너, 또다시 남의 말참견하고 쓸데없는 소리를 지껄였단 봐라! 이후에 그런 소리가 내 귀에 한 마디라도 들려오는 날이면, 내 그놈의 주둥아리를 삼노끈으로 꿰매버리고야 말 테다!"

"삼노끈 아니라 철사로 꿰매보시죠, 그놈의 주둥이가 늘어놓는 허튼소리는 막아내지 못할 거예요." 형이 입술 언저리에 묻힌 치약 가루를 손등으로 쓱쓱 문질러 닦으면서 한마디 던졌다. "엊저녁 목장 외양간에서 무슨 일이 있었는지 알기나 하세요? 여러 사람들 보는 앞에서 저놈이 당치도 않게 수다를 떨었단 말예요. 뭐

랬더라, '사회주의가 좋구나, 사회주의가 좋아. 사회주의 국가 인민들은 배불리 먹지 못하는데······' 이러지 않겠어요? 만일 그때 우리 마을 간부님이 그 소리를 들었더라면······"

"들었으면 또 어쩔 테야?" 엄마가 걱정스러운 기색을 띠면서도 툭 쏘아붙인다. "코흘리개 아이 녀석이 떠든 소린데, 반혁명 일으켰다고 철부지 아이를 잡아가기라도 하겠니?"

"저놈은 어머니 아버지가 버릇을 잘못 들였어요!" 형이 상큼한 치약 가루 냄새를 풍기면서 투덜거렸다. "계급분자 숙청 공작대가 이제 곧 우리 마을에 들이닥칠 거예요. 상황이 아주 긴박하다니까요."

"너 이 녀석, 또 바깥에 나가서 허튼소릴 지껄였단 봐라, 내 그놈의 다리를 부러뜨릴 테니까." 아빠가 죽 사발 변두리에서 고개를 쳐들고 메기 아가리에게 엄숙히 말했다. "누가 너한테 꼬치꼬치 따져 묻거든, 되는 대로 아무개가 꾸며낸 얘기라고 몇 마디 대꾸해. 알아들었지? 어쩔 테냐?"

"저 사람이 꾸며낸 얘기라고 말하죠, 뭐······" 메기 아가리가 형 쪽으로 입술을 비죽거렸다. "난 저 사람이 나한테 그렇게 말하라고 시켰다고 할 거야."

"내 이 잡놈을 때려죽이고 말 테다!" 형이 침대 바닥 쓰는 빗자루를 집어 들더니 메기 아가리의 머리통을 겨누고 냅다 후려갈겼다. "너 이 자식, 날 감옥에 처넣고 싶어?"

"됐다, 그만 해라." 엄마가 말렸다. "두 녀석 모두 입 닥치고 밥이나 먹어라. 먹기 싫거든 꼴도 보기 싫으니까 썩 나가버려!"

형이 빗자루를 침대 머리맡에 툭 내던지더니, 씨근벌떡 가쁜 숨을 몰아쉰다. "어머니가 저 자식을 너무 감싸고돌아요. 그러다가는 언젠가 저놈 때문에 우리 집안이 멸문지화를 당하고 말 거야. 그때는 후회해도 늦죠."

"어린것이 뭘 안다고?" 엄마가 말했다. "너도 생각해보려무나, 무슨 사회주의가 이러니? 배불리 먹지 못하는 건 분명한데, 거기다 말까지 못하게 하다니……"

"바로 그거야! 분명 배부르게 먹지 못하잖아!" 엄마의 지지를 얻은 메기 아가리가 기염을 토해냈다.

"너도 입 닥쳐!" 엄마가 말했다. "오늘 이후부턴 어딜 가서든지 너같이 어린 녀석은 어른 말씀을 귀에 담아두기만 하면 돼. 중뿔나게 말참견하지 말고. 너, 알아들었어?"

"알아들었어요." 메기 아가리가 대답했다.

"만약 누가 널더러 또 '메기 아가리'라고 부르거든 냅다 욕설이나 퍼부어줘. 알아들었어?" 엄마가 말했다.

"알아들었어요." 메기 아가리가 대답했다.

"남들이 보는 앞에서 주먹을 아가리에 쑤셔 박아서는 안 된다. 개새끼나 제 발톱을 깨물어 삼키는 법이니까." 엄마는 메기 아가리의 시커멓게 튼 손등을 흘겨보면서 다그쳤다. "알아들었어, 못알아들었어?"

"알아들었다니까." 메기 아가리가 대답했다.

"알아듣긴 개방귀나 알아들었겠다. 똥 핥아먹는 개 버릇 남 주나? 차라리 고양이더러 나무에 올라가지 말라고 하시죠!" 형은 아직도 분이 덜 풀렸는지 식식대며 한마디 했다. "이제 곧 우리 집에 엄청난 화가 들이닥칠 거야!"

"이른 아침부터 그따위 불길한 소리를 지껄이다니, 운수 사나운 일이라도 생기면 어쩌려고? 우리가 남의 물건을 훔치거나 빼앗은 적도 없고, 떳떳하게 사람 노릇하고 착실히 살아왔는데 무슨 놈의 엄청난 화가 들이닥친다는 거야? 나 원 참, 별소릴 다 듣겠구나." 엄마가 불만스럽게 말했다.

"다섯째 곰보 우마쯔가 아빠를 물고 늘어졌어요." 형이 말했다.

"그놈 주제에 날 물고 늘어져?" 아빠가 죽을 마시면서 일고의 가치도 없다는 듯이 중얼거렸다. "내 그놈하고 아무런 갈등도 일으킨 적이 없는데, 그놈이 무슨 재주로 나를 물고 늘어질 수가 있 겠어?"

"그 사람 얘기가, 아버지가 환향단에 참가했다는 거예요!" 형의 목소리가 분노에 들떠 나왔다.

"너, 지금 뭐라고 했어?" 아빠는 사납게 호통 치다가 마시던 죽한 모금에 사레가 들렸는지 격심하게 기침을 해댔다. 아빠는 죽그릇을 침대 곁탁자에 아무렇게나 내려놓고 몹시 초조한 기색으로 따져 물었다. "그래, 그놈이 뭐라더냐?"

"아빠더러 환향단에 가담한 적이 있다는 거예요!"

"저런 잡놈의 자식 봤나! 그 잡놈의 새끼가 터무니없이……!" 아빠가 침대머리에서 땅바닥으로 펄쩍 뛰어내리더니 맨발로 침대 앞에 놓아둔 신발짝을 찾기 시작했다. 엄마가 발끝으로 신발 두 짝을 툭 걷어차 아빠 앞에 밀어주면서 싸느랗게 말했다.

"어딜 가려는 거예요?"

"내 당장 그 못된 잡놈을 찾아가야겠어." 신발을 신으면서 아빠는 두 눈을 딱 부릅떴다. "새빨간 거짓말이야! 그놈이 어떻게 입에 침도 바르지 않고 제멋대로 허튼소리를 지껄일 수가 있어?"

"문제는 아빠가 정말 환향단에 가담했었느냐 안 하셨느냐 하는 점이에요." 형이 안절부절 정신을 못 차리고 허둥대며 아빠를 다그쳤다. "아버지가 진짜 환향단에 가담한 적이 있었다면 우리 집안은 철두철미하게 끝장날 거예요. 전도양양한 내 앞날도 철저하게 결딴날 테고요."

"내가 어딜 가담했다고? 환향단……?" 아빠의 얼굴이 비참하고도 고통스럽게 일그러졌다. 이마에 주름살이 칼자국처럼 깊숙이 새겨졌다. "1947년, 내 나이 고작 열네 살 때였어. 겨우 열네 살 먹은 철부지 아이가 환향단에 가담할 수 있었겠냐? 게다가 우리 집안은 지주계급도 아니고 부농(富農)도 아니었어. 그런 집 아이가 빈농단(貧農團)과 아무 원한도 맺을 것이 없었는데, 환향단에는 가담해서 뭘 했겠느냐?"

"아니 땐 굴뚝에 연기 날 리 없죠." 형이 말했다. "그 작자가 어째서 딴 사람은 놓아두고 유독 아버지만 물고 늘어졌겠어요?"

"난 가서 양고기 만두 두 개 얻어먹은 죄밖에 없다." 아빠가 항변했다. "그날 저녁, 큰달이 훤히 떠올랐을 때 길거리에서 놀고 있었는데, 어디론가 총총걸음으로 달려가는 다섯째 곰보 우마쯔와 맞닥뜨렸어. 내가 물었지. 뭘 하러 급히 가느냐고. 그 작자 얘기가, 지금 왕 나팔 집에서 사람들이 모여 단합대회 술 마시기를 하고 있다는 거야. 양 한 마리를 통째로 잡아 고기만두를 두 솥이나 쪄서 대접한다는 얘기였어. 난 그 당시만 해도 한창 어린애였으니까 걸신이 들 때였지. 우마쯔가 날더러 고기만두를 먹으러 가자는데 안 따라갈 수 있겠니. 그래서 가봤더니 사람들이 술에 얼큰히 취해 눈자위마저 시뻘겋게 핏발이 섰더구나. 솥에는 아직도 양고기 만두가 많이 남아 뜨거운 김을 모락모락 피어올리고 맛있는 냄새가 풀풀 나는 거야. 난 무턱대고 한 개 집어 먹었지. 왕 나팔이 곁눈질로 내 꼴을 보더니, '샤오산쯔(小山子)야, 너 우리 만두를 먹으면 어떻게 되는 줄 알아? 우리 환향단 조직에 가입하는 거란다.' 그런데 왕 나팔의 마누라가 핀잔을 주더군. '저런 어린애가 뭘 안다고?' 그러고는 솥에서 만두 한 개를 꺼내주면서 내 등을 떠밀었단 말이다. '샤오산쯔야, 어서 네 집으로 돌아가렴, 여긴 네가 할 일이 없으니까.' 일은 바로 그렇게 된 거다. 난 그저 어수룩하게 만두만 두 개 얻어먹고 쫓겨나왔을 뿐인데……"

"그까짓 만두는 어쩌자고 두 개씩이나 얻어먹었어요?" 형이 분노에 겨워 으르렁댔다. "만두를 얻어먹지 않으면 설마 굶어 죽기라도 했단 말이에요?"

"아비한테 무슨 말을 그따위로 하는 거냐?" 엄마가 밥그릇을 식탁 위에 거칠게 내려놓으며 형에게 역정을 냈다.

"내가 보기엔 아빠는 황하 강물에 뛰어들어도 그 죄를 씻어버리지 못할 거예요!" 엄마에게 야단을 맞고서도 형은 고집불통으로 가차 없이 아빠를 몰아세웠다. "난 올해 입대 신청을 할까 했는데, 이렇게 되면 끝장났지 뭐예요……"

"내 이 길로 나가서 죽어버리마!" 아빠가 무섭게 소리쳤다. "너희들한테 연루되지 않게 나 혼자 죽어버리면 그만 아니냐? 내가 한 일이니까, 내 한 몸으로 감당하마……"

"죽는다고 다 해결되는 줄 아세요? 죄받기가 무서워 자살했다고 할 겁니다!" 형이 나약한 면모를 보이지 않으려는 듯이 마주 고함을 지른다.

"그래 좋다, 어디 너희들 하고 싶은 대로 마구 지껄여봐라!" 아빠는 침대 앞 걸상에 맥없이 털썩 주저앉더니 양손으로 머리통을 감싸고 비통하게 말했다. "그저 쥐약 한 봉지 입에 툭 털어 넣고 두 눈 질끈 감아버리면 그만이겠지. 두 다리 꼿꼿이 내뻗고 눈에 아무것도 보이지 않으면 세상천지에 걱정 근심할 것 하나도 없겠지. 그렇게 되고 나면 너희들 하고 싶은 대로 뭐든지 다 할 수 있을 게야……"

"그런 맥 빠진 소리는 듣고 싶지 않아요." 엄마가 사탕그릇에 딱 한 알 남아 있던 붉은 사탕을 접시에 쏟아 여동생 손에 넘겨주더니, 고개를 돌려 아빠를 노려보았다. 축축이 젖은 눈동자가 물기 탓인지 반짝거린다. "그건 벌써 오래전 일이 아닌가요? 그런 일 따위에 당신이 죽을 값어치가 있다고 생각하세요? 설사 당신이 환향단에 가담했다고 쳐요. 그게 또 어쨌단 말이에요? 장날 큰길에서 조리돌림이라도 시키겠다는 것은 아니겠죠?"

"이건 조리돌림을 시킨다고 해결될 일이 아니에요!" 형이 말했다.

"주둥이 닥쳐, 이놈아!" 엄마가 호통을 쳤다.

"이런 아버지를 내버려두었다간 우리 집안은 두고두고 재수 옴 붙을 거예요!" 형의 말투에는 용서가 없다.

"이놈, 닥치지 못해!" 엄마가 다시 한 번 호통을 쳤다. 목소리는 앞서보다 한결 수그러들었으나, 차갑기는 사람을 주눅 들게 하고도 남음이 있었다.

형이 흘끗 엄마 쪽을 쳐다보았다. 그 기세에 눌렸는지 송구스런 기색으로 고개를 툭 떨어뜨린 채 감히 더는 찍소리도 못한다.

"그건 다 옛날 옛적 얘기야. 과거지사를 들춰가지고 남한테 똥칠할 수는 없지." 엄마가 조용히 말했다. "너희들 바깥에 나가서 해야 할 말은 하고 웃고 싶으면 마음대로 웃어도 좋아. 하지만 가슴속에 묻어둔 일일랑 남한테 드러내 보이면 안 되는 거야. 사람이란, 아무 일도 없을 때에는 담보가 커선 안 되지만, 일단 무슨 일이 눈앞에 닥쳤을 때에는 겁쟁이가 되어서도 안 돼. 남들이 아직 널더러 뭐라고 하지 않는데 자기부터 지레짐작으로 먼저 오그라들고 맥이 빠져서야 되겠니. 너희들, 모두 허리 쭉 펴고 떳떳이 다녀야 해. 속담에 '적이 쳐들어오면 장수를 내보내 막고, 홍수가 나면 흙더미로 막아야 한다'고 했어. 이런 세상에서는 넘어가지 못할 산도 있고 건너지 못할 강물도 있지만, 하루하루 살아가지 못할 세월은 없는 법이야!"

3

"너, 다리 위에 올라가면 안 돼. 알아들었어, 못 알아들었어?"
엄마가 무척 엄하게 당부했다.

메기 아가리는 응답하면서 뒷걸음질로 안마당을 나섰다. 그는
닭 둥지 철망 문짝이 아직도 열리지 않은 것을 보았다. 암탉 한 마
리가 둥지 안에서 초조하게 구구대고 있다. 철망 그물눈을 통해
수평아리가 자그만 대가리를 비죽 내밀었다. 닭대가리가 그물눈
에 걸렸는지 알량한 볏이 온통 새빨개졌다. 아빠는 안마당에서 녹
슨 도끼를 찾아들고 껍질이 썩어문드러진 홰나무 뿌리를 쪼개고
있다. 잘게 쪼개진 불쏘시개와 장작이 토막토막 주변에 산만하게
흩어졌다.

대문을 나선 메기 아가리는 동네 골목을 몇 바퀴 돌았다. 이웃
집 아이 둘이 찐 고구마를 손에 들고 한 입씩 베어 먹으면서 깡충
깡충 뛰어 그의 곁으로 지나쳐갔다. 메기 아가리는 그 아이들이
강둑으로 기어 올라가 다리 쪽을 향해 쏜살같이 달려가는 것을 보
았다. 다리 쪽에서는 징을 두드리고 북 치는 소리가 하늘이 진동
하도록 시끄럽게 울려오는데, 아마 무척이나 흥겨운 일이 생긴 모
양이다. 뎅뎅뎅, 퉁탕퉁탕, 징을 치고 북 두드리는 소리가, 메기
아가리를 다리 어귀 쪽으로 빨아들이듯 이끌어갔다. 처음에는 그
래도 엄마의 당부 말이 기억났으나, 다리 어귀에 우글우글 몰려
있는 사람들의 흥분으로 상기된 표정을 보는 순간, 엄마의 당부
말씀 따위는 철두철미하게 깡그리 잊고 말았다.

인파를 비집고 맨 앞으로 들어섰을 때, 메기 아가리는 동네에서 유일한 악대 한 패와 맞닥뜨렸다. 북 치는 사람은 역시 형이었다. 형은 마을에서 가장 솜씨 좋은 고수(鼓手)다. 그것이 메기 아가리에게 있어서 더할 나위 없는 자랑거리요 큰 자부심을 느끼게 해주었다. 형은 초록빛 물감으로 염색한 가짜 해방군 복장을 하고 있었다. 머리에는 비록 낡아빠지고 빛 바랜 것이기는 해도 진짜 정식 군모를 쓰고 있었다. 지금 형의 머리 위에 얹힌 이 군모는 집안에 조상 대대로 전해 내려오던 청동제 칼 한 자루를 이웃 마을의 제대한 예비군 병사에게 넘겨주고 바꾼 것이다. 그 청동제 칼은 오래전부터 대들보 위에 감춰둔 가보였는데, 형이 훔쳐내 낡아빠진 모자 한 개와 맞바꾼 것이다. 이 어리석기 짝이 없는 거래를 뒤늦게 알아차린 아빠가 형더러 도로 물러오라고 야단쳤을 때, 엄마는 한마디로 반대했다. 아무리 손해나는 짓을 했더라도 남아 대장부가 바꿨으면 바꾼 것이지 도로 물릴 것까지 뭐 있느냐…… 그러나 엄마 역시 형에게 이런 말을 덧붙였다. 넌 아주 쓸모없는 바보 멍텅구리야, 이 녀석아!

형은 머리에 진짜 정식 군인의 모자를 쓰고 초록색으로 물들인 가짜 군복을 걸쳤다. 뿐만 아니라 군인들처럼 두 발에는 백색 비닐 천으로 만든 훈련용 운동화를 신었다. 메기 아가리는 분명히 알고 있다. 지금의 옷차림과 모자, 신발 차림새는 형이 마을에서 제일 성대하고 장중한 행사에 나설 때가 아니면 절대로 착용하지 않는다는 사실을 말이다. 형은 낯빛이 벌겋게 상기되고 눈빛이 번들번들 광채를 쏟아내며 북틀 앞에 서서 끄트머리가 둥글둥글한 북채 두 개를 양손에 갈라 잡고서 쇠가죽으로 덮어씌운 북을 힘차게 두드렸다.

"둥둥둥, 둥둥둥! 두두두두, 둥둥둥……!"

일련의 북소리가 리드미컬하고 정확하게 박자를 맞춰 끊일 새 없이 메기 아가리의 고막을 뒤흔들었다. 힘차게 울려대는 북소리 장단에 홀린 그는 비록 거칠기는 해도 민첩하고 교묘하게 움직이는 형의 양손, 그리고 팽팽하게 당겨진 북의 거죽 면 위아래로 정신없이 뒤채가며 두드려대는 북채 두 개를 똑바로 노려보면서, 몸뚱이가 저도 모르게 북장단에 맞춰 움찔움찔 춤추기 시작했다. 형의 왼편에는 징을 치는 쑨바오(孫寶), 그리고 오른편에는 바라 두 짝을 마주쳐 울리는 황구이(黃貴)가 자리 잡았다. 두 사람 역시 얼굴이 시뻘겋게 상기된 채 전심전력으로 재간을 뽐내고 있다. 징 소리와 바라 소리가 뒤섞였으나 북소리는 어딘가 모르게 한결 만만한 여유를 드러내고 있다.

타악기 연주 패거리 주변에는 우리 마을 사람 거의 전부가 몰려섰다. 무관심하게 썰렁한 기색을 띤 사람도 있고, 즐거움에 들뜬 기색으로 싱글벙글 웃는 사람도 있다. 이름이 슈차오(秀巧)란 아가씨는 왼손으로 춘란(春蘭)이란 아가씨의 손을 부여잡은 채, 오른손으로 앞가슴에 길게 드리워진 댕기초리를 만지작거리면서 웃음기가 찰찰 넘치는 눈빛으로 내 형을 응시하고 있다. 얼마나 관심을 쏟고 있는지 딴 데로 눈동자 한 번 돌리는 법이 없다. 너부죽한 얼굴 윤곽에 불꽃처럼 빨갛게 달아오른 두 뺨, 귀밑 부분 아랫볼이 약간 자줏빛을 띤 것은 동상에 걸렸기 때문이다.

형도 누군가 자신을 주시하고 있음을 알아차렸는지 열정이 갈수록 부풀어 북채를 잡고 휘둘러 춤추는 양 팔뚝이 갈수록 빨라지고, 북소리가 마치 소나기 퍼붓듯 그치지 않았다. 형의 얼굴에는 이미 땀방울이 송글송글 배어나고 입술 사이로 분출하는 뜨거운 김이 마치 활화산의 용암처럼 끊임없이 무럭무럭 솟구쳐 올랐다. 징을 치는 쑨바오, 바라 치는 황구이 역시 모자를 뒷머리 쪽으로 훌러덩 젖혔다. 이마에 끈적끈적한 진땀이 축축이 들러붙고 손발을 허둥대는 품이, 보나마나 내 형의 북장단 가락을 따라잡지 못하는 게 분명했다. 징 소리, 바라 소리는 더욱 엉망진창으로 뒤섞여 도무지 장단 박자를 맞출 도리가 없다.

신형 자전거 한 대가 산뜻한 모습으로 경적을 폭죽 터뜨리듯 연거푸 울리며 다리 어귀로 득달같이 달려오더니 군중들 외곽에 우뚝 멈춰 섰다. 곧 이어 자전거 안장 위에서 한 사람이 날렵한 동작으로 훌쩍 뛰어내렸다. 메기 아가리는 누군가 나지막이 수군대는 소리를 들었다. "두 주임(杜主任)이 왔네그려."

두 주임은 잿빛 제복 차림에 역시 회색 홑겹 모자를 쓰고 두 발에는 털가죽을 뒤집어 만든 누른빛 구두를 신었다. 목덜미에 길게 둘러 치렁치렁 늘어뜨린 것은 갈색 머플러다. 메기 아가리는 잘 안다. 촌 단위의 마을 혁명위원회 주임 어른과 공사 간부들은 예외 없이 모두 이런 차림새를 하고 있다는 사실 말이다. 두 주임은 반짝반짝 광채가 나는 신형 자전거 손잡이를 비스듬히 부여잡고, 네모 번듯한 자줏빛 얼굴에 의기양양한 표정을 띤 채 군중들을 여유 있게 돌아보았다. 그는 우선 마을 사람들에게 고갯짓을 끄덕끄덕해 보인 다음, 높다랗게 세운 삼나무 장대 두 개 사이에 걸쳐 가로 내걸린 붉은빛 플래카드 쪽으로 시선을 옮겼다. 플래카드에는 '마오창 극단의 방문을 열렬히 환영합니다'란 표어가 쓰어 있었다.

고개를 쳐들고 플래카드를 바라보던 두 주임의 기색이 돌연 엄숙해졌다. 그가 자전거의 벨을 두세 차례 울렸으나, 격렬하게 두드리는 징과 북소리에 파묻혀 아무도 듣지 못했다. 두 주임이 이번에는 목청을 드높여 고함을 질렀다.

"정지! 그만 두드려!"

징 소리와 북소리가 호통 한마디에 뚝 그쳤다.

두 주임은 자전거를 다리 난간에 세워놓고 손가락으로 플래카드 표어를 가리키면서 경멸스런 말투로 물었다.

"저거, 누가 쓴 거야?"

우리 향촌 소학교 장(章) 선생님이 군중 틈을 비집고 걸어 나와 두 주임 앞에 섰다. 그리고 새우처럼 허리를 구부린 자세로 얼굴 가득 웃음기를 띠면서 자랑스레 대답했다.

"주임, 제가 쓴 겁니다."

"누가 당신더러 이렇게 쓰라고 했어?" 두 주임이 매섭게 다그쳐 물었다.

칭찬받을 줄 알았던 장 선생님은 뜻밖의 힐문을 받고 머쓱한 나머지 한 손으로 목덜미를 긁으면서 다른 손으로는 옷깃을 만지작거렸다. 혀가 굳어졌는지 입만 벌린 채 대꾸를 못한다.

"이거야말로 완전 개판이로군. 어서 뜯어 내리고 다시 써!" 두 주임이 높다란 비탈에 올라서서 뭇사람들에게 군림하듯 거만한 태도로 아래쪽을 굽어보며 사태를 설명했다. "오늘 방문할 그 사람들이 누군지 알아? 현(縣) 단위에서는 물론 연극단원들이지만, 우리 마을에 왔을 때는 공작대원의 신분이라는 걸 알아야 해! 계급분자 숙청을 위해 특별 방문하는 공작대원들이란 말이야!"

장 선생님이 어마 뜨거라 싶어 황급히 학생 둘을 지명해 삼나무 장대 위로 기어 올라가서 플래카드를 뜯어 내리게 했다.

비탈진 둔덕에 높다랗게 올라섰던 두 주임이 가죽 구두 소리를 삐걱삐걱 내면서 둔덕 아래로 내려와 군중들을 헤치고 안으로 들어서더니 북틀 앞에 우뚝 섰다. 그러고는 내 형의 위아래를 쓰윽 훑어보고 나서 이도 저도 아닌 애매모호한 말투로 한마디 던졌다.

"어이, 예(葉) 형. 자네 수고 많군그래!"

형의 입이 떡 벌어지면서 얄궂은 웃음기를 흘렸다. 두 주임은 입술을 비죽 내밀고 코웃음을 쳤다. 형은 들고 있던 방망이를 북 위에 내려놓고 양손으로 옷가지를 이리저리 뒤져 담배 한 갑을 꺼냈다. 그러고 나서 쭈그러진 싸구려 담뱃갑 포장지를 벗겨내고 손톱 끝으로 담배 한 개비를 끄집어내 두 주임이 보는 앞에 건네주었다. 그러나 두 주임은 '흥!' 소리가 나도록 세차게 콧방귀를 뀌더니 자기 저고리 호주머니에 든 담뱃갑을 두 손가락만 써서 맵시 있게 꺼내 들었다. 아직 포장지도 뜯지 않은 새 갑이었다. 그는 새끼손톱으로 은박지를 뜯어낸 다음 엄지손가락으로 담뱃갑 밑바닥을 툭 쳐서 한 개비를 멋들어진 솜씨로 퉁겨 올리더니, 이것 보라는 듯이 거만하게 치켜들어 입술에 갖다 물었다. 그러고 나서는 하얀 라이터를 꺼내 담뱃불을 붙였다. 두 주임은 손에 들린 담뱃갑을 뭇사람들에게 돌려 보이면서 큰 소리로 물었다.

"누가 피우겠어?"

모두들 담뱃갑에만 눈길을 꽂은 채 찍소리도 않는다.

두 주임이 담뱃갑을 호주머니에 도로 넣었다. 그리고 시선이 안절부절 못하는 형의 위아래를 훑어보던 끝에 다시 얼굴을 똑바로 쳐다보았다. 자못 안쓰럽다는 기색이 역력하다.

"예 형, 자네 북 치는 솜씨 하나만큼 확실히 일품이더군. 한데 앞으로 자네가 더 칠 필요는 없겠어."

무슨 말을 하려는 듯 형의 입이 벌어졌다. 하지만 아무 말도 나오지 않고 그저 입술만 위아래로 열렸다 닫혔다, 파르르 떨리기나 할 따름이다. 낯빛만 원숭이 궁둥이처럼 시뻘겋게 상기되었다. 아니 낯빛보다, 귓불까지 늦가을 서리 맞은 감나무 잎사귀처럼 시뻘겋게 변했다. 어느새 구부정하니 휘어버린 두 무릎하며, 양손을 축 늘어뜨린 자세가 가뜩이나 작은 몸집을 한결 더 왜소하게 만들었다.

나무틀 위에 가로 누인 북 한 틀, 그 위에 두 자루 북채가 힘차게 두드릴 주인의 손길을 기다리면서 조용히 누워 있다.

"곰보, 자네 이리 나와서 한번 쳐봐!" 주임이 형 뒤편에 서 있던 팡(方) 곰보를 가리켰다.

지명을 받은 팡 곰보가 기다렸다는 듯이 냉큼 북틀 앞으로 나서더니 탐욕스럽게 북채를 움켜잡았다.

형은 사뭇 얄궂은 몸짓으로 한옆에 물러나 동생 메기 아가리와 나란히 섰다.

갑자기 메기 아가리는 뱃속에서 뜨거운 불덩어리 같은 것이 타오르는 것을 느꼈다. 얼음 박힌 귓불 역시 갑작스레 견디기 힘들 정도로 가려워졌다. 뱃속에 치미는 불덩어리를 토해내기라도 할 것처럼, 동상 걸린 귓불의 가려움증을 가라앉히기라도 할 것처럼, 메기 주둥이보다 더 크다는 입이 저도 모르게 딱 벌어지면서 큰 소리로 고함을 지르기 시작했다.

"주임 어른, 당신 공평치 못해요! 내 아빠는 환향단에 참가하지 않았어! 내 아빠는 그때 아직 어린애였다니까! 어린애 치고 누군들 배고프지 않겠어요? 배고프지 않다면 그게 무슨 어린애야? 어른도 배고플 때가 있는데, 당신은 양고기 만두를 보고도 군침이 흘러나오지 않을 수 있어? 내 아빠는 가서 양고기 만두를 딱 두 개만 먹었다니까. 당신이 내 아빠였다 해도 거기 가서 얻어먹었을 거야. 어쩌면 당신은 먹성이 좋으니까, 두 개 아니라 세 개, 네 개, 다섯 개, 여섯 개쯤 더 먹었을지도 모르잖아? 당신은 양고기 만두를 여섯 개씩이나 얻어먹고도 환향단원이 아닌데, 겨우 두 개만 얻어먹은 내 아빠가 어떻게 환향단원이 될 수가 있겠어?"

곁에 있던 형이 기겁을 해가지고 손바닥으로 동생의 입부터 틀어막았다. 메기 아가리는 몸부림치면서 형의 손가락을 깨물었다. 형이 손을 풀었다. 메기 아가리는 높다란 언덕 비탈로 뛰어올라가 목청껏 고함을 지르기 시작했다.

"내 아빠는 환향단원이 아냐! 내 아빠는 그저 만두 두 개를 얻어먹었을 뿐인데, 당신들이 뭣 때문에 내 형더러 북을 못 치게 막는 거야? 당신네들이 뭣 때문에 연극단원들이 우리 집에 와서 밥 먹지 못하게 막는 거야? 내 아빠는 장작 패고 내 엄마는 수탉 잡아서, 우리가 연극단원들을 집에 모셔다 밥을 먹게 할 거야. 우리는 환향단에 가담하지 않았으니까……"

주임은 한순간 어리둥절한 기색이더니 돌연 껄껄대며 웃음보를 터뜨렸다. 한바탕 허리가 빠지게 웃고 나서는 메기 아가리의 커다란 입을 손가락질하면서 탄성을 터뜨렸다.

"요 꼬마 녀석 봐라, 어쩌면 입이 그렇게 클 수가 있냐?"

누군가 소리 내어 웃고, 또 누구는 입 벌려 웃는 표정만 지을 뿐 소리를 내지는 않았다.

"메기 아가리, 소문에 듣자니까 네놈은 자기 주먹을 입에 집어넣고 삼킬 줄 안다면서? 너 진짜 그런 재주를 지녔다면, 네 아비한테 말해서 널 잡기반(雜技班)에 보내 어릿광대 노릇을 시켜주마."

형이 언덕 비탈 위로 뛰어올라와 손바닥으로 메기 아가리를 또 틀어막았다.

메기 아가리는 형의 장딴지를 걷어차면서 버둥버둥 몸부림쳐 손바닥 위로 머리통을 내밀고 다시 한 차례 큰 소리로 고함을 지르기 시작했다. 형이 부채같이 커다란 손바닥으로 메기 아가리의 따귀를 한 대 올려붙이고 소리쳤다.

"입 다물어!"

메기 아가리는 높다란 언덕 비탈에서 굴러 떨어졌다. 한참이 지나서 그가 어렵사리 기어서 일어나보니, 형은 어느새 두 주임 면전에 서서 목소리를 잔뜩 낮추고 무엇인가 귀엣말로 속삭이고 있었다. 그는 귓속에서 윙윙 울리는 이명을 느꼈다. 그것은 마치 귓속에서 파리가 날아다니는 소리처럼 크게 들렸다. 그는 정오 한낮의 눈부신 햇빛이 눈을 찔러 따가워지는 느낌이 들었다. 뭇사람의 눈초리가 모두 자기 한 몸에 못 박히듯 쏠려 있다. 그는 여전히 고함을 지르고 싶었다. 그러나 목구멍에서는 소리가 나오지 않았다. 이미 소리를 낼 수가 없게 된 것이다. 그는 입을 딱 벌리고 자기 주먹을 있는 힘껏 입속에 쑤셔 넣었다. 그의 가슴속은 분노의 불덩어리로 가득 차, 주먹이라도 입속에 쑤셔 넣어야만 거의 미쳐 날뛸 지경에 다다른 격렬한 정서를 누그러뜨릴 수 있을 것 같았다. 그래, 쑤셔 넣자……! 그는 주먹에 들어 막힌 입술 언저리가 천천히 찢겨 벌어지고 불뚝불뚝 돋아나온 주먹 뼈마디에 들이받힌 입천장이 부풀어 오르다 못해 갈라지는가 하면, 날카로운 앞니 송곳니에 동상 걸린 손등이 긁히고 찢기는 아픔들을 한꺼번에 느꼈다. 이제 메기 아가리의 입속은 온통 피비린내로 가득 찼다. 그래도 쑤셔 넣자, 쑤셔 넣어! 마침내 주먹 하나가 통째로 입 안에 틀어박혔다. 이때가 되어서야 그는 보았다. 뭇사람들의 얼굴에 떠오른 경악스런 표정을, 그리고 어딘지 모르게 당황한 기색을 띤 두 주임이 망연자실한 표정을 띤 형에게 뭐라고 한마디 하는 것을 보았다. 그는 장 선생님이 학생들을 손짓발짓 지휘해가며 이제 막 새로 쓴 플래카드를 삼나무 장대 위에 바꿔 다는 것을 보았다. 그리고 두 주임이 자전거에 올라타고 마을 쪽 깊숙하게 들어앉은 어느 곳을 향해 질풍같이 치달려 사라지는 뒷모습을 보았다. 그는 팡 곰보의 손아귀에서 북채를 빼앗아 힘차게 두드리고 있는 형을 보았다. 북채를 두드릴 때마다 팽팽한 쇠가죽 면에서 뒤흔들려 나오는 웅장한 북소리가 황금빛 찬란한 햇빛과 충돌하여 한데 어우러지는 것을 보았다. 그는 마오챵 극단 연기자 일행을 태운 마차 석 대가 큰길을 따라 쏜살같이 달려오는 것을 보았으며, 치닫는 마차 바퀴 뒤편에서 뭉게뭉게 피어오르는 붉은빛 먼지구름을 보았다. 그는 말채찍 후리는 소리, 말발굽 소리가 붉은빛 먼지구름 속에서 솟구쳐 올라, 마치 한밤중에 밝디밝은 불화살을 한 대 한 대 잇달아 쏘아 올리듯 기나긴 꼬리를 이끌고 아득히 높디높은 하늘 위에 곧바로 꿰뚫고 들어가는 것을 보았다.

목수와 개

......

木匠和狗

굴렁쇠 할아버지는 목수, 굴렁쇠 아빠도 역시 목수다. 굴렁쇠는 세 칸짜리 땅바닥에 톱밥과 대팻밥이 가득 널린 곁방에서 자랐다. 그곳은 할아버지와 아빠가 목수 일을 하는 작업실이다. 동네에서 하릴없이 놀고먹는 건달 관씨(管氏) 나리가 늘 이곳에 놀러와 서 있다. 벽 모퉁이 후미진 구석에 우두커니 선 채, 두 발끝이 바깥쪽 으로 향하게 엉거주춤 벌린 밭장다리 자세를 하고 있으면 영락없 이 둥그런 고리 형태를 이루게 마련이다. 양손을 소맷부리에 엇갈 리게 찔러 넣으면 양 팔뚝마저 영락없이 둥그러미 고리 형태를 이 루고 말이다.

관씨 나리는 얼굴에 웃음기를 띤 채로 굴렁쇠 할아버지와 굴렁 쇠 아빠가 바쁘게 일하는 모습을 지켜보면서도 언제나 그렇듯이 두 눈만큼은 쉴 새 없이 깜빡거린다. 작업실 바깥에는 매서운 겨 울 찬바람이 살을 에는데, 처마 끝에는 고드름이 주렁주렁 매달렸다. 고드름 한 개가 뚝 부러져 처마 끝 양철통에 떨어질 때마다 철꺼덩 상큼한 소리를 낸다. 굴렁쇠 할아버지와 굴렁쇠 아빠는 힘을 너무 많이 쓰는지 오뉴월 삼복 무더위라도 만난 듯이 땀방울을 뚝뚝 흘리며 반소매 홑저고리 한 벌만 걸치고 대패질하느라 여념이 없다. 쏴악 쏵, 쏴악 쏵, 대팻날이 한 번 밀고 지나갈 때마다 나무토막에서 맑고도 향긋한 냄새를 풍기는 대팻밥이 도르르 말려서 날아오르다가 땅바닥에 떨어져서도 여전히 하나씩 돌돌 말린 채 역시 동그란 고리로 바뀐다. 대팻날이 어쩌다 옹이에 부닥치기라도 하면 순조롭던 대패질의 동작이 그렇게 매끄럽지 못하게 마련이다. 이럴 때는 언제나 그렇듯 옹이 부분에서 일단 멈칫하고 대팻날이 날카롭게 이가 시리도록 지겨운 소리를 내게 된다. 그런 다음에는 혼신의 기력을 양 팔뚝으로 옮겨놓고 잠깐 대패를 뒤로 물렸다가 맹렬한 기세로 밀어붙이면 제아무리 단단한 옹이라도 쏴악 쓸려나간다. 이때는 완전히 둥근 고리 형태가 아니라 반 토막짜리 대팻밥과 나무 부스러기가 훌훌 날아오른다. 또 그럴 때면 으레 관씨 나리가 탄성을 터뜨리게 마련이다.

"허어, '미장이는 진흙 반죽에 모래 섞일까 두려워하고, 목수는 나무토막에 옹이 박혔을까 두려워한다' 더니, 안 그런가? 하아!"

굴렁쇠 아빠가 머리를 쳐들고 흘낏 바라보았으나, 할아버지는 고개조차 들지 않는다. 굴렁쇠는 할아버지와 아빠 둘이 모두 관씨 나리를 반기지 않는다는 느낌이 들었다. 하지만 그는 하루도 빼놓지 않고 날마다 찾아와서 벽 한 귀퉁이 후미진 곳에 서 있다가, 서 있기에 지치면 쭈그려 앉고, 한동안 쭈그려 앉기에 지치면 으레 다시 일어서곤 했다. 굴렁쇠 같은 어린애조차 할아버지와 아빠가 그를 냉랭하게 대하는 것을 느낌으로 알아차리는데, 당사자는 전혀 낌새를 채지 못할 만큼 무감각한 사람인 모양이다. 그는 말이 무척 많은 요설가다. 굴렁쇠는 어쩌면 그가 말이 많기 때문에 할아버지와 아빠가 좋아하지 않으리라고 짐작해본 적도 있었으나 꼭 그것만이 싫어하는 까닭은 아니라고 생각했다. 왜냐하면 굴렁쇠의 기억으로, 관씨 나리가 한동안 그 자리에 지켜 서서 구경하지 않았을 때가 있었는데, 그 당시 할아버지와 아빠의 얼굴에 어딘가 모르게 실망한 듯 쓸쓸한 표정이 떠올랐기 때문이다. 그리고 나중에 관씨 나리가 또 나타나 벽 한구석 후미진 곳에 지켜 섰을 때 할아버지는 밀짚으로 엮은 깔개 하나를 그 앞에 툭 걷어차주면서 입으로는 아무 말 없이 외마디 콧방귀만 뀌었던 것이다. 게다가 아빠는 "오셨소?" 하고 묻기까지 했다. "안 오신 지 한참 되셨더군요, 나리." 쭈그려 앉았던 관씨 나리가 대뜸 밀짚 깔개를 끌어다가 엉덩이 밑에 깔았고, 역시 입으로는 아무 말 없었으나 얼굴만큼은 무척 감격스런 표정을 띠었다. 그는 할아버지가 베풀어주신 은혜로운 하사품에 고마움이라도 표하려는 듯 굴렁쇠를 돌아보고 이렇게 말했다. "이보게, 어린 조카. 내가 자네한테 목수와 개 이야기를 하나 들려줌세."

옛날이야기 속에 나오는 목수와 그 집에서 기르던 개는 이리 두 마리와 목숨 걸고 싸운 끝에 이리도 죽고 개도 죽고, 목수는 죽지 않았으나 중상을 입었다고 했다. 섬뜩하도록 날카롭고 새하얀 이리의 송곳니, 도깨비불처럼 인광이 번뜩거리는 이리의 눈알, 목덜미에 곤두선 이리의 갈기털, 목구멍으로 나지막하게 토해내는 이리의 포효, 백색 달빛, 기분 나쁠 정도로 음침한 소나무 숲, 어둠 속에서 초록빛으로 번들번들 흐르는 핏물…… 이렇듯 여러 가지 끔찍스런 인상이 굴렁쇠의 뇌리에 깊숙이 박힌 채 평생토록 사라지지 않았다.

관씨 나리의 몸집은 키다리에 속했어도 등허리 곧기만큼은 그리 매끄러운 편이 못 되었다. 세모꼴의 눈매, 뾰족한 아래턱, 그 대신 목이 무척 길어서 어딘가 모르게 황새를 닮았다. 목에 돋아나온 결후(結喉) 연골이 유별나게 커서 말을 할 때마다 덩달아 위아래로 미끄러지듯 오르락내리락 움직였다. 그는 항상 머리에 '싼 펜와(三片瓦)'란 중절모를 쓰고 있었다. 이름 그대로 기왓장 세 조각을 이어붙인 것처럼 모자의 테두리 챙을 접어 올리는 모양새가 무척 우스꽝스럽게 보였다. 관씨 나리 얘기를 언급하자면, 굴렁쇠는 무엇보다 먼저 이 우스꽝스레 모자챙을 접어 올리는 중절모부터 기억하고 나서야 그 밖의 다른 것을 떠올리곤 했다. 그런 양식의 모자는 현재 볼 수가 없다. 관씨 나리가 작고한 지도 여러 해가되었다. 굴렁쇠의 할아버지가 세상을 떠난 지도 물론 여러 해가 지났다. 굴렁쇠의 아빠는 벌써 팔십 세다. 굴렁쇠 역시 두 뺨 귀밑 머리가 희끗희끗한 반백을 넘겼다. 아빠가 아직 건재하시는 만큼 굴렁쇠는 언감생심 늙었다고 말하지 못한다. 그러나 자신이 이미 늙었음을 감각으로 알고 있다. 이제 굴렁쇠는 숱한 일들을 거의 다 망각했지만, 관씨 나리가 생진에 들려주었던 옛날이야기들과 머리에 늘 쓰고 있던 중절모에 대한 기억만큼은 아직도 가슴속에 아로새겨 있었다.

관씨 나리가 눈앞에 어지러이 널린 톱밥과 대팻밥 무더기를 거치적거리지 않게 멀찌감치 발치 끝으로 밀어내더니, 허리춤에서 담배쌈지와 곰방대를 꺼내 썬 담배를 차곡차곡 채우고 나서 대팻밥 한 조각을 주워들었다. 그러고는 돌돌 말린 대팻밥을 곧게 펴고 상반신을 앞으로 내밀어 아교를 녹이던 냄비 솥 밑바닥에서 불을 댕겨가지고 곰방대에 옮겨 붙여 물었다. 두어 모금 뻐끔거리고 나서 두툼한 엄지로 곰방대의 타들어간 담뱃재를 꾹꾹 눌러주더니 다시 두어 모금을 깊숙이 빨아들였다. 두 가닥 짙디짙은 담배 연기가 콧구멍에서 모락모락 뿜어져 나왔다. 그는 헛기침으로 목을 가다듬고 일부러 목청을 드높여 굴렁쇠를 불렀다. 굴렁쇠를 똑바로 쳐다보는 두 눈알이 생쥐 눈처럼 옹색한데, 유달리 반짝거리는 품이 사뭇 흥분한 기색이다.

"이봐, 큰조카님. 자네도 그동안 무척 장성했구먼. 아마 자네도 반드시 훌륭한 목수가 될 거야. 속담에 '용왕의 자식이면 헤엄칠 줄 안다' 하지 않았는가!"

굴렁쇠는 할아버지의 헛기침 소리를 들었다. 그는 할아버지가 변변치 못한 아빠의 목공 솜씨에 불만을 품은 줄 잘 안다. 더구나 굴렁쇠 자신에 대해서 별로 희망 같은 것을 품지 않고 계시다는 것도 알고 있다. 그래서 할아버지는 헛기침으로 관씨 나리의 추켜세우는 말에 반감을 보인 것이다.

할아버지의 반감을 못 들은 척 무시해버리고 관씨 나리가 말을 계속했다. "세상에 온갖 직업 중에서 제일 뛰어난 것이 바로 목공

일이지. 목수라면 누구나 영리한 데다 손재주도 있는 사람 아닌가. 자네도 생각해보게. 나무 한 그루 한 그루가 목수의 손을 거쳐 탁자도 되고, 걸상, 풀무, 대문짝, 창틀, 상자, 찬장, 옷 궤짝으로 바뀌니 말일세…… 아니 그것들 말고 관(棺)도 있군. 이 세상에 어느 누군들 죽지 않겠나? 사람이 죽으면 어느 누군들 관 속에 들어가 눕지 않겠느냔 말일세. 그러니까 세상 사람 누구든지 목공의 수중에서 떠날 수가 없다는 게야."

할아버지가 싸느랗게 대거리를 한다. "널짝은커녕 짚단이나 멍석말이로 떠메고 나가는 송장들도 적지 않다네. 그 송장들은 거의 전부 들개 뱃속이나 채우기 십상이지."

"아무렴, 그렇고 말고요!" 관씨 나리가 할아버지의 반박에 일단 원칙적으로 순응하고 나서 다시 할 말을 이어갔다. "내 말은 대략적으로 그렇다는 겁니다. 사람들 가운데 대다수는 역시 관재(棺材)를 필요로 하거든요. 물론 관재라고 해서 다 똑같지는 않겠지만 말입니다. 널감으로 잣나무도 있을 테고, 버드나무도 있을 테고, 또 두께가 다섯 치에서 반 치 두께도 있겠지. 내 장차 죽거든 우리 둘째 아저씨와 큰 아우님 두 분이서 하급 목재를 써가지고 얄팍한 널짝 하나 못질해 만들어주시면, 나 죽어서도 발 뻗고 편히 누울 수 있겠소."

"아니, 그게 무슨 말씀이십니까?" 굴렁쇠 아빠가 말했다. "훗날 형님이 돈을 많이 벌어 부자가 되셔서 다섯 치 두께 잣나무 널판으로 관을 짜게 되는 날이면, 우리같이 솜씨 변변치 못한 목수 따위는 거들떠보지 않으시고 딴 데서 고명한 장인(匠人)을 모셔 들일 텐데요. 안 그렇습니까?"

"내 만약 부자가 되면 말일세." 관씨 나리의 눈빛이 갑자기 번 들번들 빛나기 시작했다. "제일 먼저 할 일은 관둥(關東) 지방으로 달려가서 붉은 해송 널판 두 짝을 사들여다 큰 아우님과 둘째 아저씨더러 관을 하나 근사하게 짜달라고 부탁하겠네. 관을 짜는 동안 하루 삼시 세끼 푸짐히 차려낼 것일세. 아침에는 한 분마다 허바오단(荷包蛋)*을 한 그릇씩, 좋은 기름에 튀긴 샹유궈쯔(香油 餜子) 꽈배기를 마음껏 드시게 할 테고. 점심과 저녁때는 아무리 못해도 냉채 요리 네 접시하고 익힌 요리 여덟 그릇쯤은 대접해드리겠네. 우리가 낙타발굽이나 곰발바닥 같은 진수성찬을 차려내지는 못할망정 닭, 오리, 생선, 돼지고기, 쇠고기 정도는 있을 테고, 신선들이 마신다는 옥액경장(玉液瓊漿) 같은 술이야 없지만, 그래도 소줏고리에서 두 번 내려 해묵힌 황주(黃酒)쯤은 얼마든지 대령할 수 있을 걸세. 그리고 둘째 아저씨, 아저씨도 직접 손쓰실 것 없이 거들어줄 만한 조수 몇 사람을 찾아서 큰 아우님한테 도목수 일을 맡기고, 당신은 곁에서 이것저것 눈치로 부리기만 하시면 되는 거지요. 관을 다 짜고 나면, 나는 그 머리맡에 서서 경극에 나오는 창을 한 마당 부를 거야. 제목은 '필마단기(匹馬單 騎)로 서량계(西涼界) 떠난다네.' 이 얼마나 통쾌한 노랫가락인가? 아무튼 그러고 나서 폭죽 팔백 개 터뜨리는 불꽃놀이를 하고 또 손님들을 두루 초청해서 축하잔치 한판 크게 벌일 걸세. 둘째

---

* 껍데기를 깨어 풀지 않은 채로 끓은 물이나 기름에 익힌 달걀 요리.

아저씨하고 큰 아우님은 당연히 윗자리에 모셔 앉힐 테고…… 하지만 나처럼 턱이 뾰족하고 원숭이 낮짝을 한 상판으로 살아생전에 부자가 될 수 있겠는가?"

"어째서 부자가 못 됩니까? 어떻게 그처럼 자기 자신을 얕잡아보실 수 있단 말인가요?" 아빠가 말했다. "혹시 길거리를 걷다가 벽돌 짝처럼 생긴 황금 덩어리가 하늘에서 뚝 떨어져 내릴지 누가 압니까? '펑!' 하고 형님 머리통에 부딪치는 날이면 그야말로 날벼락부자가 될 텐데요."

"여보게, 큰 아우님, 자넨 아예 날더러 죽으라고 저주를 안기는 구먼!" 관씨 나리가 말했다. "쇳덩이는 크기만큼 무게가 나가는 법이라, 벽돌 크기 금덩이라면 무게만도 줄잡아 백 근이 넘을 텐데, 그 무거운 것이 내 머리통에 떨어졌다가는 수박 통 터져 나가듯 박살나지 않고 배기겠나? 설령 운수가 좋아 살아난다 해도 평생 폐인이 되어 불구자 신세를 면치 못하게 될 걸세. 그런 재물은 내 아무래도 얻지 않는 것이 좋으니까, 지금처럼 요 모양 요 꼴, 가난뱅이로 살아가게 내버려두게나."

"사실 말이지, 그렇다고 형님더러 가난뱅이라곤 할 수 없겠지요." 아빠가 말했다. "사람은 밥 빌어먹을 지경에 다다르지 않으면 가난뱅이라고 말할 수 없으니까요. 형님 자신을 한 번 둘러보세요. 몸에 두툼한 솜저고리를 입었겠다, 머리에 쓴 것은 새로 만든 중절모 아닙니까? 우리는 등뼈가 휘도록 엎드려 힘겹게 일하지만, 형님은 담배 피우면서 한가롭게 잡담이나 늘어놓고 계십니다. 우리 같은 사람도 섣불리 가난뱅이란 말을 입에 담지 않는데,

형님더러 어떻게 가난뱅이라고 할 수 있단 말입니까?"

할아버지가 부릅뜬 눈으로 아빠를 흘기더니 딱 한마디 했다.

"일이나 해!"

할아버지의 말씀 한마디에 아빠는 즉시 입을 다물었다. 분위기가 자못 어색해졌다. 굴렁쇠는 처마 끝에 줄줄이 매달린 채 수정처럼 반짝거리는 고드름을 내다보다 저도 모르게 한숨을 내쉬었다.

"어린것이 청승맞게 한숨을 쉬다니, 세상 참 말세로군." 관씨 나리가 굴렁쇠에게 훈계를 한다. "이봐, 조카님. 자네 함부로 한숨을 쉬는 게 아니야. 내 다시 한 번 목수와 개에 얽힌 얘기를 들려줌세. 이 얘기를 다 듣고 나면 자네 기분이 금방 좋아질 거야. 차오터우춘(橋頭村)에 성이 리씨(李氏)란 목수가 살았는데, 워낙 키가 커서 마을 사람들이 '꺽다리 목수'라고 불렀지. 물론 둘째 아저씨하고 큰 아우님도 그 사람을 아는지 모르겠으나, 아무튼 그 사람 역시 이름난 소목장이었어. 비록 둘째 아저씨와 견줄 솜씨는 못 되더라도 둘째 아저씨를 제외하면 그 목수와 견줄 만한 솜씨를 가진 사람이 없었지. 내가 이렇게 말한다고 해서 큰 아우님 언짢게 여기지는 말게나."

"난 장작이나 뻐개는 목수니까, 그저 뚝심만으로 거칠고 조잡한 일이나 할 줄 안답니다." 아빠가 웃음 섞어 말했다. "언짢게 여기지 않을 테니, 형님 마음대로 얘기하셔도 좋습니다."

"그럼 됐네." 관씨 나리는 이렇게 말하고 나서 이야기의 운을 떼었다. "아무튼 '꺽다리 목수'는 여러 해 전에 아내를 잃고 나서, 다시는 후처를 얻지 않았다네. 그동안 중매쟁이가 숱하게 찾아와서 혼담을 꺼냈으나, 그럴 때마다 번번이 한마디로 거절당하곤 했지. 모두들 그 사람의 속마음을 꿰뚫어볼 수가 없었어. 껑다리 목수는 집에 개 한 마리를 기르고 있었네. 검둥이였지. 얼마나 시꺼먼지 먹물을 채워놓은 못에서 건져낸 것처럼 털 빛깔이 정말 새카만 놈이었어. 옛날부터 검둥이는 사악한 귀신을 물리칠 줄 아는 액막이 짐승이라고 했지만, 이 검둥이만큼은 그 행위 자체가 사위스런 짐승이었네. 작년 겨울 내가 보청 현(栢城縣)에서 큰 장이 서던 날 장터에 일 보러 나갔을 때 내 눈으로 그 개란 놈을 직접 목격한 적이 있었지. 그놈은 껑다리 목수 뒤편에 쭈그려 앉았었는데, 싯누런 두 눈동자를 데굴데굴 굴리고 있는 품이, 영락없이 뭔가 셈을 하는 것처럼 보였어. 그날은 그해 들어 제일 추운 날이라 엄청난 폭풍한설이 휘몰아치면서 전봇대 위의 전깃줄이 윙윙 울어대고, 나무 가장귀들조차 금세 부러져나갈 것처럼 우지직우지직 소리를 냈는가 하면, 개천에 꽝꽝 얼어붙은 얼음장이 쩍쩍 갈라지는 소리를 냈지 뭔가. 얼마나 많은 새들이 날다날다 못해 떨어졌는지 모를 거야. 땅바닥에 떨어지는 족족 그 자리에서 얼음 덩어리가 되고 말았지."

"그 새들이 혹시 형님 머리통에 떨어지지는 않습디까?" 굴렁쇠 아빠가 고개 숙인 채 부지런히 일손을 놀리면서 묻는다.

"여보게 큰 아우님." 관씨 나리가 어처구니없어 웃으면서 핀잔을 주었다. "자네가 날 아예 놀려먹기로 작심한 모양이네그려. 내 얘기가 거짓말인 줄 아는가? 작년 겨울 가장 추웠던 날이 바로 섣달 스무 이튿날이고, 부뚜막 귀신에게 제사 지내 이사할 때 손 없는 날로 그해에 으뜸가는 길일 전날이었네. 보청 현 방송국 예보가 영하 삼십이 도, 백 년 이래 최저 온도를 기록했다고 했으니 오죽했겠나? 사실 말이지, 그 사람들도 소경 막대 휘두르는 격으로 얼렁뚱땅 예보했지만, 사실 기상예보는 공산당 시대가 오고 나서야 생긴 일이지. 백 년 이래 처음이라, 그렇다면 백 년 세월 거슬러서 청나라 시대로 되돌아가야 하는 거 아닌가? 그 시절에는 섭씨 온도계가 발명되지도 않았을 텐데……"

"옛날 사람이라고 얕보지 말게!" 할아버지가 싸느랗게 말했다. "흠천감(欽天監)은 공밥 먹고 노는 곳이 아닐세. 그 사람들은 책력(冊曆)을 계산해낼 줄도 알았고 나라의 흥망성쇠까지 점쳐 알아냈는데 그까짓 온도 하나 계산하지 못했겠어?"

"둘째 아저씨 말씀이 옳습니다." 관씨 나리가 일단 수긍을 했다. "흠천감 소속 관리들은 모두 장천사(張天師)*처럼 반신반인(半神半人)들이라 앞으로 오백 년, 뒤로 오백 년을 점쳐 알아내는데, 기상 온도 산출하는 것쯤이야 더 말할 나위가 없겠지요. 아무튼 그날은 말도 못하게 춥습디다. 우리 마을에서 보청 현 장터까지 겨우 십리 길밖에 안 되는데, 나는 길바닥에 얼어 죽은 새를 이십여 마리나 주웠거든요. 참새도 있고, 종다리, 비둘기도 있었고, 또 산비둘기 두 마리도 주웠지 뭡니까. 산비둘기를 어째서 산비둘기라고 부르냐 하면, 그놈의 무게가 오전에는 반 근이다가 오후만

---

* 동한 시대 오두미교(五斗米敎)의 창시자 장도릉(張道陵)을 높여 부르는 이름. 부적과 주술로 백성의 병을 고쳐주었다고 한다.

되면 아홉 냥쭝 무게밖에 안 되거든요. 유식하게 '반주(斑鳩)'라고 부르는 것도 반 근짜리가 아홉 냥이 된다는 뜻의 '반주(半九)'와 음이 통하기 때문입니다. 나는 그 작은 새들을 줍는 대로 품속에 쑤셔 넣었습니다. 체온으로 열기를 좀 보태줘서 살려볼까 해서였지요. 내 부친께서는 살아생전에 새잡이 노릇을 하셨습니다. 그건 둘째 아저씨도 익히 아는 일이고 큰 아우님도 물론 아는 사실이지요. 새잡이 그물은 아직도 우리 집 들보 위에 걸쳐놓은 채 그대로 있답니다. 내가 마음먹고 난다황(南大荒)*으로 달려가 새그물을 펼쳐놓기만 한다면, 하루에 팔십여 마리쯤 잡지 못할 까닭이 어디 있겠습니까? 잡은 새들을 장터에 가져가서 팔았다면 십 위안이나 팔 위안쯤 받지 못할 까닭이 어디 있겠습니까? 부자가 되기로 말씀드리자면, 그저 내 선친이 생업으로 하셨던 새잡이 노릇만 계속했어도 땅 짚고 헤엄치기로 부자가 될 수 있었을 겁니다. 하지만 생물의 목숨을 해친다는 것은 천리에 어긋나는 행위라, 선친이 작고하신 이후로 두 번 다시 하지 않았지요. 인과응보의 윤회사상을 믿지 않을 수 있습니까. 나는 골백번 믿고 또 믿습니다. 아버님의 비참한 말로가 내 간담을 써늘하게 만들었으니까요. 내아버님이 한평생 재앙을 끼쳐 죽인 새가 얼마나 되었을까? 오만 마리? 십만 마리? 그만두죠, 어차피 그보다 모자라지는 않을 테니까요."

---

* 중국 랴오둥 성(遼東省) 랴오허(遼河) 삼각주가 개발되기 전의 하구 일대가 바로 둥베이(東北)의 난다황이었다. 이곳은 아시의 최대 갈대밭 습지로, 남북을 왕래하는 철새 도래지이자 민물고기, 새우, 게 등의 서식지였다.

관씨 나리가 목청을 가다듬는다.

"그분은 어릴 적부터 새하고 앙숙이었습니다. 일고여덟 살 때부터 새총 잘 쏘기로 평판이 자자해서 동네 사람들이 '신탄자(神彈子)' 관샤오류(管小六)란 별명을 붙여주었습니다. 내 아버님은 그 또래에서 항렬이 여섯째였거든요. 노인장의 말씀을 듣자면, 아버님은 새 날아가는 소리만 듣고도 정확히 쏘아 맞췄답니다. 애당초 겨냥이란 걸 모르고 그저 나뭇가지에서 새 우짖는 소리가 나면 품속에서 고무줄 새총과 진흙으로 빚은 탄알을 꺼내 팔뚝 한 번 뻗었다 하면 '씽!' 하는 소리 한 번에 새 우짖는 소리가 뚝 끊기고 나뭇가지 초리에 앉았던 새가 팔짝 떨어졌다는 겁니다. 새총 놀이는 열세 살 때까지 했다는데, 새잡이에 인이 박히니까, 구식 엽총을 가지고 놀기 시작했습니다. 내 조부님께선 워낙 무골호인이라 하루 온종일 아편이나 피우고 집안 살림살이는 전혀 간여하지 않으셨답니다. 그 덕분에 아버님만 죽을 고생을 하셨지요. 내 할머님은 아들의 엽총 놀이에 무작정 반대하셨습니다. 그래서 몇 번이나 엽총을 아궁이에 집어넣고 불살라버렸답니다. 하지만 불타버린 것은 낡아빠진 총이고, 그분은 이내 새것으로 바꿨습니다. 그분은 스승 없이 혼자 통달한 재주로 수제엽총을 만들어내기까지 했습니다. 만들어도 아주 멋들어지게 만들었지요. 화약도 당신 손으로 직접 배합했습니다. 할머님은 어떻게 단속할 길이 없게 되자 아드님께 악담을 퍼부었습니다. '샤오류, 이 몹쓸 놈아! 자꾸만 그런 짓을 해봐라, 언젠가는 네 손에 잡혀 죽은 무고한 새 떼들이 네놈의 살점을 낱낱이 쪼아 먹고야 말 게다!' 그러나 아버님은 귓등으로도 듣지 않았습니다."

관씨 나리는 여기서 말을 끊고 숨을 돌리더니 잠시 후 얘기를 이어나갔다.

"엽총을 가지고 몇 해 놀다보니 그 짓도 싫증이 나던지, 이번에는 귀신 곡하게 새그물 엮는 법을 배우기 시작했습니다. 주야를 가리지 않고 그물 짜기에 매달렸던 것입니다. 그물이 완성되면 즉시 떠메고 나가서 작은 숲에 펼쳐놓았는데, 그물코에 우선 똑같은 새 한 마리를 잡아서 미끼로 매달아 새 떼를 유인했습니다. 미끼 새가 짹짹 지저귀면 그 속임수에 넘어간 새들이 떼를 지어 날아들었다가 그물에 걸려들어 붙잡히게 되는 겁니다. 인간 부류에 매국노가 있듯이 새 떼 중에도 제 동족을 팔아먹는 매국노가 있는 모양입니다. 미끼 새가 바로 날짐승의 매국노인 셈이지요. 생각 좀 해보십쇼. 새들끼리도 서로 통하는 언어가 있을 텐데, 만약 미끼 새가 하늘 높이 맴도는 제 동족들더러 '아래쪽에 관류(管六)란 새 잡이 명수가 그물을 쳐놓았으니 절대로 내려오지 말거라, 내려왔다가는 목숨을 잃는다' 하고 일러주었다면 그 새들이 어딜 감히 내려오겠습니까? 그런데 미끼 새는 기어코 제 동족을 속였습니다. '얘들아 어서 날아오렴, 어서 내려와. 이 아래에 맛있는 먹이가 있고 놀기도 아주 좋단다……' 이런 속임수로 동족 새들을 그물 쪽으로 내려앉게 만들었던 것입니다. 결국 인심에 미루어 새란 놈의 심보까지 알아볼 수 있게 된 셈이지요. 인간 세상에는 진짜 몹쓸 놈도 많습니다. 길거리 맞은편에 사는 쑨청량(孫成良) 같은 작자가 바로 그렇습니다. 그 녀석은 내 사촌 동생 아닙니까. 아주

222

가까운 친척이지요. 몇 년 전에 내가 그 녀석하고 보청 현 장터엘 간 적이 있었는데, 새벽녘 일찌감치 떠난 탓에 길을 잘 알아볼 수가 없었습니다. 앞장은 그 녀석이 섰는데 어쩌다 발을 잘못 디뎌 똥 무더기를 밟고 미끄러졌지 뭡니까. 아시다시피 그럴 때는 나한테 주의를 환기시켜줘야 마땅한 노릇이지요. 그런데 어떻게 생겨 먹은 심보인지, 그 작자는 찍소리도 않고 슬그머니 일어나더니 천연덕스레 계속 앞으로 걸어가는 것이었습니다. 뒤따르던 나 역시 덩달아 똥을 밟고 미끄러졌습니다. 사촌 아우더러 '기왕지사 똥을 밟고 미끄러졌으면 나한테 일러줘야 도리가 아니겠느냐, 어쩌자고 미리 귀띔해주지 않았느냐?' 하고 따져 물었습니다. 그랬더니 그 녀석 말이, '내가 왜 형한테 귀띔해줘야 하느냐? 만약 형한테 일깨워줘서 비켜가게 한다면, 나만 생기는 것 없이 공짜로 똥을 밟은 셈이 되지 않느냐? 미끄러진 것도 그렇지, 나만 재수 없이 공짜로 미끄러져서야 불공평하지 않느냐……?' 둘째 아저씨, 말씀 좀 해보십쇼. 그 인간의 심보가 어쩌면 그럴 수 있습니까?"

하지만 굴렁쇠 할아버지는 묵묵부답 아무 반응이 없다.

"내 아버님은 타고난 새들의 천적이라, 새를 잡아 죽일 때도 그 손에 인정사정을 두어본 적이 결코 없었지요. 그물코에 걸린 새들을 떼어낼 때도 손길 나가는 대로 모가지를 똑 부러뜨려 허리춤에 매단 포대자루에 던져 넣곤 했습니다. 포대자루가 그 엉덩이 밑으로 불룩하게 축 늘어지면 그분의 얼굴에 뭐랄까 시뻘건 햇볕 한 겹이 덮어씌운 것처럼 황홀해졌습니다. 나는 아버님이 새를 잡을 때의 모습을 직접 본 적이 없었지만, 아무튼 내 머릿속에는 아버님이 새를 잡고 환희에 들떴을 때의 광경이 두 눈으로 본 것처럼 확연히 떠올랐습니다. 내 아버님은 새를 잡을 때마다 처음에는 당신 혼자 구워 먹었습니다. 어릴 적에는 새를 잡으면 가지고 놀다가 구워 먹었는데, 소문에 듣자니까 거지한테 배운 솜씨로 진흙을 새의 몸뚱이에 발라서 가마솥 밑바닥 아궁이 잔불에 넣어두면 이내 먹음직스럽게 익는다고 했습니다. 그런 다음 진흙을 벗겨내면 털까지 홀라당 빠지고 맛있는 냄새가 풀풀 나게 마련이지요. 이런 구수한 냄새는 할머니마저 군침이 돌게 만들었습니다만, 그분은 평생 부처님을 받들어 모셔왔기 때문에 육식을 하지 않고 채식만 하셨습니다. 부처님을 믿고 채식만 해오신 할머니가 결국 새들에게 있어 흉악무도한 살성(殺星)을 낳아 기르셨던 셈입니다. 만일 그 죽은 새들의 넋이 하늘에 올라 옥황상제님께 고발장이라도 냈다면, 할머니도 연루되어 그 죄에서 벗어나기 어려웠을 겁니다.

내 아버님은 훗날 아예 밥벌이로 새를 잡아 살아가는 전문적인 새잡이가 되었습니다. 새고기가 제아무리 맛있다 해도 날이면 날마다 먹을 수야 없겠지요. 사람은 잡식동물이라 오곡(五穀)에 다른 양식거리를 곁들여 먹어야 살아갈 수 있습니다. 아버님은 달리 써먹을 만한 장기가 없는 분인 데다 또 다른 일을 해볼 생각도 하지 않았습니다. 시골에 살면서 농사일 따위는 할 줄도 모르거니와 또 절대로 하려고 들지도 않았으니까요. 새를 다루는 일 하나만이 그분의 직업이요 그분의 특기였으며 또 그분이 무엇보다 즐기는 취미였습니다. 말하자면 아버님은 한평생 두고두고 당신이 바라던 일, 하고 싶은 일만 해올 수 있었으니, 참으로 조물주의 배려가 보통 적은 게 아닌 셈입니다."

관씨 나리는 어느덧 소년 시절로 돌아가 꿈꾸듯 말을 이어갔다.

"할아버님이 돌아가신 후, 아버지가 집안 식구들을 먹여 살려야 했습니다. 그분은 호구지책으로 새를 잡아 장터에 내다 팔기 시작했습니다. 보청 현 장터에 나가서 허리춤에 묵직하게 매달린 포대자루를 끌러 땅바닥에 쏟아놓으면, 수백 마리나 되는 새들이 무더기를 이루었습니다. 어떤 새든지 울긋불긋 없는 종류가 없었습니다. 죽은 새들 가운데는 자그만 혓바닥을 날름 빼어 문 것도 있습니다. 그 깜찍스런 몰골이야말로 목매달아 죽은 귀신과 맞닥뜨렸을 때처럼 보는 사람에게 두려움을 안겨주고 불쌍하다는 느낌을 주기도 했습니다. 장보러 나온 사람들이 아버지 앞을 지나가다가 발길을 멈추고 무더기로 쌓인 새들의 주검에 눈길을 몇 차례 던지곤 했습니다. 어떤 이는 절레절레 도리질하며 탄식을 하고 또 어떤 이는 아버지에게 맞대놓고 욕설을 퍼붓기도 했답니다. 관류, 이 몹쓸 놈아! 어쩌자고 이런 업보 받을 짓을 저질렀느냐……? 새한테 가장 흥미를 느끼는 것은 역시 철부지 어린애들이었습니다. 아버지가 새를 땅바닥에 늘어놓을 때면 으레 몇몇 사내아이 녀석들이 둘러서서 구경을 하게 마련입니다. 처음에는 서서 구경하다가 차츰 쭈그려 앉기 시작합니다. 처음에는 섣불리 건드려볼 엄두를 내지 못하다가 차츰 손이 근질거려 때가 덕지덕지 묻어 새까매진 손가락을 갈고리처럼 구부려 새 무더기에 뻗쳐서 쿡쿡 찔러봅니다. 한두 번 찌르다보면 대담해져서 새의 주검을 뒤채기 시작합니다. 마치 무더기 밑에 깔려 있는지도 모를 산 놈이라도 찾아낼 것처럼 말입니다. 그러면 아버지는 팔짱을 끼고 서서 이들 코흘리개 녀석들을 굽어봅니다. 얼굴 표정에는 어딘가 모르게 서글프고 가슴 아린 기색이 묻어나 있습니다. 아버지의 마음속에 무슨 생각이 감춰져 있는지 아무도 짐작 못할 겁니다. 그분은 일신에 절기(絶技)를 품었으니 말입니다. 과거로 몇백 년을 거슬러 오르면 그 시대에는 아직 서양식 총포가 발명되지 않았을 때니까, 아버지는 새총 다루는 솜씨 하나만으로도 입신(入神)의 경지에 오른 분이라, 황제 폐하의 초빙을 받아 측근 어전시위(御前侍衛)가 되었을 가능성마저 있었지요. 설령 운수가 고르지 못해 황제 폐하의 측근 시위로 등용될 수는 없다 해도 조정의 고관대작들의 호위로 발탁되는 것쯤은 절대로 문제가 되지 않았을 겁니다. 이를테면 송나라 포청천(包靑天)*만큼이나 큰 벼슬아치에게 왕조(王朝), 마한(馬漢), 맹량(孟良), 초찬(焦贊) 등등, 기라성 같은 호위무사들이 따라붙은 것처럼 말입니다. 가령 왕조나 마한, 맹량, 초찬 같은 기라성들을 당해낼 재주도 못 된다 칩시다. 그럴 때는 어떻게 해야 좋을까? 듣기 거북스런 말씀이긴 하나, 녹림호걸이 되어 큼지막한 산을 한 군데 차지해놓고 산적대왕 노릇쯤은 할 수 있지 않을까요?"

---

* 북송 인종 때의 감찰어사 포증(包拯)의 별명. 청백리로 명성을 떨쳤으며, 감찰어사가 되어 국법을 집행하는 데 세도가와 귀족들조차 떨게 만들 정도로 엄격했다고 한다. 왕조, 마한, 맹량, 초찬 등은 모두 포청천의 심복들로서, 이들의 일화를 엮은 『삼협오의(三俠五義)』를 바탕으로 중국 텔레비전 인기 드라마 〈판관 포청천〉이 제작되었다.

굴렁쇠 할아버지와 아빠가 시큰둥한 기미를 보이자, 그는 일단 화제를 새잡이 솜씨에 집중시켰다.

　"두 분도 생각 좀 해보세요. 그토록 자그만 새가 아버지의 손길 한번 번쩍 들리는 순간에 툭 소리를 내면서 에누리 없이 떨어지다니, 만일 그가 새총 탄알로 사람을 쏘았다면 어찌 되었을까요? 오른쪽 눈을 때려 맞추기로 작정했다면 절대로 왼눈을 맞추는 법이 없었을 겁니다. 사람의 눈은 신체 부위 중에서 으뜸가는 급소니까, 제아무리 하늘 같은 재주꾼이라 해도, 일신에 무공을 지니고 황소보다 더 센 뚝심의 소유자라 해도 눈알을 얻어맞아 소경이 되어버린다면, 그것으로 끝장나지 않겠습니까? 아버지는 정말 때를 잘못 만났지요. 때를 잘못 타고난 사람은 역시 권력과 세도 있는 부류들을 백안시하게 마련입니다. 권력 있고 세도 있는 사람이라면, 그것은 운수가 좋았기 때문이지 진짜 실력에 의존해서 얻은 것이 아니기 때문이지요. 아버지는 그런 부류의 인간들을 가장 멸시합니다. 권세를 가졌다면 아무도 그런 사람에게 섣불리 접근하려 들지 않습니다. 하지만 때를 못 만난 사람은 어린아이를 제일 좋아합니다. 그래서 일신에 절기를 품은 사람은 모두 천진난만한 애티를 띠고 어린애와 유별나게 친합니다. 아버지 주변에는 언제나 어린 사내아이들이 몇몇 따라다녔습니다. 숱한 개구쟁이 녀석들이 속으로 날 부러워했습니다. 나한테 그렇듯 일신에 절기를 품은 아버지가 있다는 사실이 부러웠고, 덤으로 이 세상에서 제일 맛있는 사냥감을 날마다 먹을 수 있는 행운이 부러웠던 것입니다. 네 발 달린 길짐승 맛은 물고기보다 못하고, 물고기 맛은 날짐승보다 못하다고 하지 않습니까. 아버지 앞에 널린 새들은 모두가 날짐승이었습니다. 참새, 꾀꼬리, 잣새, 동박새, 알락할미새, 보기 드문 휘파람새, 그리고 이름 모를 작은 새들이 수두룩합니다. 물론 아버지는 이 새들의 종류를 입에 달달 꿰고 있지만 말입니다. 새 무더기 앞에 쪼그려 앉은 아이들이 앙증맞은 손길로 새의 깃이나 다리를 조심스레 들출 때마다 내 아버지의 얼굴을 올려다봅니다. 아저씨, 이건 무슨 새예요? 섬참새란 거야. 그러고 나서는 또 한 마리를 쳐들고, 이건 무슨 새죠? 피리새. 이것은요? 호랑이 가죽처럼 얼룩덜룩한 되새. 이것은 밀화부리, 이것은 알락할미새, 이것은 찌르레기, 이것은 잿빛할미새, 이건 다람쥐새, 이것은 물떼새…… 아이들은 워낙 궁금한 것이 많은 법입니다. 그래도 아버지는 참을성 있게 대답해주었습니다. 웬일인지 아예 거들떠보지 않을 때도 있었지만 말입니다. 아버지 앞에는 늘 수많은 아이들이 둘러싸고 있었으나, 사실 죽은 새를 남한테 돈 받고 팔기란 무척 어려운 일이었습니다. 사람들은 그 작은 새를 어떻게 맛있는 먹을거리로 조리할 것인지 아예 그 방법부터 몰랐으니까요. 새는 팔리지 않고 시간이 지날수록 이내 썩는 냄새를 풍겼습니다. 새가 썩은 내를 풍기기 전만 해도 아버지는 그것들이 팔릴 것이라는 희망을 가득 품었습니다. 그리고 새 무더기를 등에 짊어진 채 장터로 달려가곤 했습니다. 하지만 일단 그것들이 썩은 내를 풍긴 후에는 땅속에 파묻을 수밖에 없었습니다.

새의 무덤은 우리 집 뒤꼍 대추나무 아래였습니다. 대추나무는 원래 키 작은 관목입니다. 그러나 죽은 새들의 영양분을 흡수하고 나서부터 키가 지붕의 용마루보다 높을 만치 큰 나무로 자랐습니다. 깊은 가을철이 오면 주렁주렁 열린 대추열매가 온통 자줏빛으로 바뀌어 무척 보기 좋았습니다. 약재를 수집하러 다니는 천싼(陳三)이 기다란 장대로 대추나무 가장귀를 두드려 한 번에 몇 자루씩이나 모아가지고 토산품공사에 가서 내다 팔았습니다. 소문에 듣기로는 적지 않은 돈을 받았다고 합니다. 그래도 양심이 있는 사람이라, 해마다 봄철만 되면 좋은 술 한 병을 아버지한테 보내왔습니다. 술 한 병 보낼 때마다 하는 말이, '류 아저씨, 이건 아저씨네 죽은 새들한테 고마운 뜻으로 보내는 거예요……'

대추나무 숲에는 산토끼 소굴이 무척 많았습니다. 그중 늙은 토끼 한 마리는 교활하기 짝이 없는 놈이었습니다. 속담에 '사람이 늙으면 간사해지고 나귀란 놈은 늙으면 길바닥에 미끄러지나, 토끼가 늙으면 새매도 잡아먹기 어렵다' 더니, 과연 그 말이 맞더군요. 이 늙은 토끼는 새매한테 잡아먹히기는커녕 오히려 새매를 몇 마리나 좋이 잡았습니다. 새매가 어떻게 골탕 먹는지 아십니까? 이 늙은 토끼의 소굴 앞에는 키가 작달막한 대추나무 두 그루가 있었는데, 새매가 덮쳐 내리는 기미를 보이면 이 늙은 토끼는 앞발로 대추나무 가장귀를 부여잡고 있다가 새매가 곤두박질쳐 눈앞까지 다가드는 순간에 당황하는 기색도 없이 아주 침착하게 부여잡고 있던 대추나무 가장귀를 탁 놓아 흔들었습니다. 그렇게 하면 나뭇가지에 돋친 가시들이 곧바로 새매의 눈을 찔러 소경으로 만들어버리는 것이지요. 아버지도 새그물로 매를 옭아 잡는 일이 허다했습니다. 우리 지방에는 매 종류가 여럿입니다. 제일 큰놈은 씨암탉만큼이나 크죠. 새매 고기는 별로 먹을 것이 못 됩니다. 누린내 나고 질겨빠져서 말이지요. 하지만 새매의 뇌에 든 골수는, 민간에 떠도는 얘기에 따르면 아주 효력이 뛰어난 보약재지요. 그래서 아버지는 새매를 잡을 때마다 큰돈은 아니지만 제법 호주머니가 두둑해지곤 했습니다. 현성 동대문 근처에 사는 어떤 늙은 한의가 새매의 골수를 뽑아 뇌보환(腦補丸)이란 알약을 조제해서 자기 아들한테 먹였기 때문이지요. 그 아들은 높으신 간부라, 어딜 가든 출입할 때마다 수행원이 따른다고 하더군요. 나 좀 보게, 내 얘기가 어디로 가는 거야? 아무튼 아버지는 나중에 가서 분별 있는 사람들에게 얼마나 숱하게 야단을 맞았는지 모릅니다. 그 뒤로부터 장터에 죽은 새를 팔러 나가지 않았습니다. 그 대신 집에 들어앉아 죽은 새들을 말끔히 다듬어 양념을 발라 재운 다음, 다시 장터로 가져갔습니다. 그리고 화로에 숯불을 피워 즉석 구이로 팔았습니다. 새고기 굽는 냄새가 장터 길거리에 퍼져나가, 걸신들린 미식가들이 숱하게 모여들기 시작했습니다. 아버지한테 재물의 신령이 찾아들었는지, 감당 못할 정도로 돈복이 터졌습니다.

　그해 가을철 우리 향에 당서기 한 분이 새로 부임해왔습니다. 이름을 후창칭(胡長靑)이라고 하는데, '늘 푸르다'는 이름자에 어울리지 않게 갓 빚어낸 샤오주(小酒)*를 어지간히 즐겨서 언제 보나 새빨간 딸기코였습니다. 당서기 나리가 소주를 즐겨 마시는 거야 아주 정상이었습니다. 그 사람의 월급이 향 전체 간부들 중에

---

* 봄부터 가을에 걸쳐 빚어서 이내 파는 술.

서 최고 수준이었으니까요. 매달 구십 위안…… 구십 위안이라면 우리 집 한해벌이가 넘습니다. 둘째 아저씨, 그리고 큰 아우님, 두 분이서 진종일 온몸에 시큼한 땀내를 풍겨가며 수고스럽게 나무 토막에 톱질 대패질이나 해봤자 한 달에 구십 위안을 벌어들일 수 있습니까?"

"그거야말로 귀한 단향목을 버드나무하고 견주는 격이지." 할 아버지가 말했다.

이어서 굴렁쇠 아빠도 끼어들었다. "소문에 듣자니 그 서기는 원로 혁명가 출신으로 원래 현에서 부현장(副縣長) 노릇을 하던 사람이라더군요. 언젠가 홍수가 나던 해, 그는 농민들을 데리고 역으로 달려가 열차운행을 차단했습니다. 기관차가 진동하면 강 둑을 터뜨려 물꼬를 틀 수 있다는 얘기였지요. 그 소동에 자오지 철도(膠濟鐵道)* 노선 전체가 무려 열여덟 시간이나 끊겼답니다. 주요 철도간선의 운행이 중단되자 노발대발한 국무원 부총리 가 운데 한 분이 책상을 내리치면서 공식으로 지시문을 하달했습니다. '보잘것없는 일개 부 현장이 호랑이 간을 씹어 먹었는가, 사소 한 지방행정단위의 수재 때문에 우리 국가 철도노선을 끊다니! 산 둥 성(山東省) 정부 당국은 책임지고 반드시 엄중히 처리하라' 는 것이었지요. 이래서 후 서기는 몇 단계나 좌천되어, 결국 우리가 사는 향으로 쫓겨 내려와 하급서기 노릇을 하게 되었다는 겁니다. 만약 철직(撤職)을 당하지 않았던들, 그 사람은 매월 일백 몇십 위

---

* 산둥 성(山東省) 주요 도시 자오저우(膠州)와 지난(濟南)을 연결하는 철도 간선.

안쯤 받았을 겁니다."

할아버지가 감탄을 한다. "그렇게 많은 돈을 한 달에 어떻게 다 쓰나?"

"그러니까 내 말이, 내 아버지한테 재물의 신령이 찾아들어 감당 못할 지경으로 운수 대통했다는 거 아닙니까. 후 서기로 말하자면 늙은 홀아비 신세를 면치 못하고 있었지요. 남들 하는 얘길 들어보니, 결혼을 못하고 평생 독신으로 살아가는 까닭이, 바짓가랑이 속에 달린 물건이 포탄 파편에 얻어맞아 날아가버렸기 때문이라는 겁니다. 그렇지 않고서야 그토록 훌륭하신 원로 혁명가 출신 어른이, 현성 안에 하늘의 선녀처럼 어여쁘고 혁명 후계자를 한 무더기쯤 낳아줄 만큼 번식력이 왕성한 여학생들이 득시글한데, 그중에서 입맛대로 얼마든지 골라잡을 수 있지 않겠습니까? 한데 그렇게 되었다면, 내 짐작으로는 그 사람이 농민들을 이끌고 열차운행을 가로막으러 나서지도 않았을 겁니다. 후 서기란 사람은 성미가 사납고 조급한 면이 있긴 하지만, 평소 엄숙하고 단정한 태도를 잃지 않아 이날 이때껏 여성을 정면에서 똑바로 쳐다보지도 않았던 사람입니다. 이 한 가지만으로 단번에 그의 위신이 급속도로 와락 추켜세워졌지요. 그가 부임하기 전 우리 향촌의 몇몇 전임 서기들은 하나같이 호색꾼이어서, 여자 넓적다리만 보아도 그 자리에 딱 얼어붙을 지경이었습니다. 그런데 별안간 여색을 가까이하지 않는 서기가 부임하자 모두들 놀랍고 의아스러워하다가 나중에는 존경심으로 바뀌었던 겁니다."

관씨 나리는 얘기가 또 딴 데로 흐르는 것을 깨달았는지 이내 화제를 본론으로 되돌렸다.

"후 서기는 장터 구경을 무척 즐겼습니다. 일만 없으면 길거리 시장에 나타나 여기저기 돌아다녔으니까요. 그 시절은 어려운 '고난의 해'를 막 넘기고 난 뒤여서 장터에 나온 물건들이 점점 늘어날 때였습니다. 장터에서 아버지는 양념에 재운 새들을 쇠꼬챙이에 꿰어 한 줄 한 줄씩 숯불에 올려 구웠습니다. 꼬치구이는 지글지글 기름이 배어나면서 고소한 냄새를 풍겼습니다. 오죽하면 대낮에 그림자도 보기 힘든 도둑고양이마저 나타나 아버지의 등 뒤에서 어슬렁어슬렁 맴돌고, 하다못해 솔개까지 날아들어 아버지의 머리 위 상공을 선회했겠습니까. 그놈들은 잔뜩 기회를 엿보다가 번개같이 지상으로 곤두박질쳐 내려와 새 구이 한 꼬치를 움켜가지고 허공으로 날아 올라갔습니다. 하지만 얼마 높이 오르지도 못하고 꼬치구이 새를 통째로 던져버린 채 뒤도 안 돌아보고 사라졌습니다. 숯불에 달궈진 쇠꼬챙이가 너무 뜨거웠던 것입니다. 후 서기가 정말 냄새를 맡고 찾아온 게 아니라고 말하기는 뭣합니다. 하지만 아버지가 길바닥에 벌여놓은 노점 앞에 그 사람이 다가왔으니까 자연스럽게 냄새는 맡을 수 있었으리라고 생각합니다. 그것은 보통 아무 데서나 맡을 수 있는 냄새가 아니었습니다. 하늘에 날던 새고기가 구워지는 냄새였으니까요. 후 서기의 딸기코가 예민한 만치, 자연히 그 냄새를 맡지 않을 도리가 없었을 겁니다. 또 일단 냄새를 맡으면 사먹지 않으려고 해도 그게 보통 참기 어려운 일이 아니었을 겁니다. 이 세상에서 남자의 인성을 검증할 가장 좋은 사례는 두 가지가 있습니다. 하나는 미색(美色), 두번째가 바로 미식(美食)입니다. 미색에는 그래도 저항할 사람이 있겠지만 미식에만큼은 저항하기가 무척 어렵습니다. 사람은 몇 해 동안 여인을 건드리지 않을 수도 있습니다. 하지만 어떤 이를 사흘 남짓 굶긴 다음, 그 눈앞에 맛있는 과자를 두어 개쯤, 그리고 고깃국 한 대접을 놓고, 그더러 개 짖는 소리를 한 번 흉내 내야만 먹을 수 있다, 개 소리를 내지 않겠다면 못 먹는다고 조건을 달았을 때, 내가 보기에 배겨날 사람은 하나도 없다고 생각합니다."

"인간의 지조와 기백은 어떻고? 사람은 누가 뭐래도 개가 아닐세!" 굴렁쇠의 할아버지가 냉랭하게 쏘아붙였다. "내 손위 처남은 어렸을 적에 집안이 사완(沙灣)의 리 거인(李擧人)과 소송을 벌였다가 져서 패가망신을 했네. 처남은 할 수 없이 쇠뼈다귀를 두드리며 길거리에서 구걸하는 거지 신세가 되고 말았지. 어느 날인가 큰 장이 서던 날 우연히 장터 길가에서 만두를 먹고 있던 리 거인과 딱 마주치게 됐네. 처남은 집안의 원수인 리 거인이 어떻게 생겼는지 모르는 터라, 쇠뼈다귀를 두드리며 그 앞에 다가가서 장타령을 늘어놓고 구걸했다네. 처남은 어릴 적부터 총명하고 기억력이 뛰어난 데다 말재주 또한 아주 좋아서 임기응변으로 꾸며대는 솜씨도 일품이었네. 그러니까 구걸해야 할 상대를 하나 점찍으면 장타령에 그 사람의 생김새나 옷차림새를 보고 눈치껏 덕담을 보태서 기분 좋게 만들어 동정심을 유발하는 것이지. 장단가락에 맞춰 이것저것 닥치는 대로 읊어댄 덕담은 그야말로 청산유수라 상대방의 갈채를 받았네. 리 거인이 내 처남에게 물었지. '애야, 너 어느 시골에서 왔느냐? 어린것이 그토록 총명한데 왜 천덕꾸러기로 빌어먹으며 살아간단 말이냐?' 내 처남은 집안이 리 거인과 소송을 벌였다가 패소해서 쫄딱 망하게 된 사연을 낱낱이 들려주었네. 말하는 목소리가 울음에 떨려 나오고 눈물이 비 오듯 흘러내렸지. 그러자 리 거인은 얼굴에 무척 안쓰러운 기색을 띠면서 말했네. '얘야, 더 얘기하지 말렴. 내가 바로 리 거인이란다. 그 사건이란 게 꼭 네 말처럼 잘못된 것은 아니야. 네 아비는 염치없이 비열한 건달이었어. 그 뻔뻔한 자가 패소한 까닭은 내가 관가에 돈을 써서도 아니고, 또 관가에서 나를 벼슬아치라고 해서 편들어주었기 때문도 아니란다. 네 집안이 패소한 것은 정의가 내 편에 있었기 때문이지. 아무튼 우리 이렇게 하는 것이 어떻겠느냐? 얘야, 원수는 풀어야지 맺어서는 안 되는 법, 너도 이제 거지 노릇할 것 없이 나를 수양아버지로 여기고 우리 집에서 함께 살자꾸나. 오늘부터 내가 먹는 것이면 너도 먹을 수 있을 게다……' 당시 내 처남은 아홉 살이었네. 그 어린 나이에도 불구하고 단호하게 거절했다네. '사람이 숨 한 모금 붙어 있는 한 살아갈 것이요, 나무는 껍질 한 겹만 붙어 있어도 살아갈 수 있소! 내 차라리 쇠뼈다귀를 두드리며 밥 빌어먹는 한이 있더라도 리씨 가문의 아들 노릇은 하지 않을 거요!' 장터에 나와 있던 사람들은 내 처남의 말을 듣고 모두들 속으로 탄복을 금치 못했네. 이 어린아이가 죽지 않고 자라서 어른이 될 것은 알았으나, 종국에 가서 어떤 인물이 될 것인지는 아무도 몰랐던 것일세."

굴렁쇠가 주제넘게 물었다. "그 처남 할아버지는 나중에 어떤 인물이 되셨나요?"

"어떤 인물?" 굴렁쇠 할아버지가 손자에게 흘끗 눈길 한 번 던지더니, 한쪽 눈을 지그시 감고 먹실로 퉁겨 금 그은 널판의 가장자리에 대패질이 고르게 되었는지 외눈으로 가늠해본다. 그러고는 한마디 했다. "큰 인물이지!"

"둘째 아저씨, 방금 말씀한 사람이 혹시 왕자관장(王家官莊) 출신의 왕징쉬안(王敬萱) 아닙니까?" 관씨 나리가 고개를 끄덕이면서 단정적으로 말했다. "그 사람은 나중에 가서 중산 쑨원(孫文) 선생의 국민혁명당에 가담했었지요. 민국(民國) 초기 군대에서 장교가 되었는데, 쑨중산 선생이 그 사람에게 직접 내린 계급이 육군 소장이었을 겁니다. 그런 큰 인물이었으니까 얼어 죽어도 고개 숙이지 않고 굶어 죽는 한이 있어도 허리 굽히지 않을 수밖에요."

"흠!" 굴렁쇠 할아버지는 코웃음 한 번 치고 허리 굽혀 눈앞에 놓인 나무토막을 길이로 누여놓고 대패질을 계속했다. 돌돌 말린 대팻밥이 한 꺼풀 한 꺼풀씩 날아와 굴렁쇠 발치 앞에 떨어져 내린다.

관씨 나리가 말했다. "굴렁쇠 조카, 내 자네한테 목수와 개 얘기를 계속 들려줌세."

굴렁쇠가 말했다. "나리 아빠하고 새 이야기도 아직 끝내지 않았잖아요."

"내 아버지 얘기? 그건 더 얘기해봤자 별 재미가 없는 걸. 그래도 끝을 매듭짓는 게 좋을 듯싶군. 아무튼 후 서기는 장날만 되면 으레 내 아버지가 벌여놓은 노점 앞에 나타나 새고기 구이 두 꼬치를 사가지고 땅바닥에 쭈그려 앉아, 품속에서 납작한 술병을 꺼내들고 술을 마시면서 꼬치구이를 먹었네. 남들이 쳐다보든 말든 안하무인이었지. 그를 아는 사람들은 땅바닥에 체통 없이 쭈그려 앉아 꼬치구이를 먹는 이가 지체도 당당한 서기 어른임을 알아보았고, 그가 누군지 모르는 사람들은 웬 걸신들린 늙은이가 궁상맞게 대낮부터 술타령이나 하는 줄 알았지. 아무튼 나중에 가서 그 사람은 아버지와 단짝으로 어울려 아주 친한 사이가 되었네. 오죽하면 아버지가 그 사람과 의형제를 맺었다는 소문이 파다했겠나. 하지만 사실 그런 일은 없었네. 아버지는 고지식한 성격이라 관리의 비위를 맞출 줄 몰랐거든. 그렇지 않았던들, 나도 일찌감치 엄벙덤벙 잘 살아갈 수 있었을 게 아닌가."

"지금도 엄벙덤벙 괜찮게 살고 계시지 않습니까." 굴렁쇠 아빠가 말했다.

"그렁저렁 세월만 보내왔지 뭐." 관씨 나리가 감회 어린 말투로 대꾸했다. "후 서기는 아버지한테 한두 차례 말한 게 아니었네. 이것 봐, 관씨. 자네 아들더러 날 수양아버지로 모시라고 하게나. 그럼 내 아주 잘 기르고 가르쳐놓겠네. 하지만 아버지는 고집불통이라 그런 말이 나올 때마다 한사코 허락하지 않았네. 그렇게 좋은 일이 남한테 돌아가다니, 제아무리 비위 맞추고 아첨을 떤다 해도 될성부른 일이 아니지. 그런데 아버지는 끝끝내…… 됐네, 그만하세. 더 얘기하지 않겠네. 큰 아우님, 자네 말 좀 해보게, 내가 만약 후 서기를 수양아버지로 모셨다면 아무리 못 되어도 관청 밥은 얻어먹고 살 수 있었겠지?"

"그야 모르는 일이지요." 굴렁쇠 아빠가 말했다. "어쩌면 수양

아버지의 대를 이어 당당한 서기 어른이 되셨을지 누가 압니까."

"그러고 보니 자네 부친은 역시 지조와 기백이 있는 분이셨어!" 굴렁쇠 할아버지가 새삼스레 감탄을 금치 못한다. "관샤오류! 관샤오류! 세상에 그런 인물도 찾아보기 어렵지!"

"굴렁쇠 조카, 내 자네한테 목수와 개 얘기를 들려줌세." 관씨 나리가 끈덕지게 똑같은 말을 한다.

*

굴렁쇠도 이제 늙었다. 동네 개구쟁이 녀석들이 그를 빙 둘러싸고 떠들썩하니 졸라댄다.

"굴렁쇠 할아버지, 굴렁쇠 할아버지! 옛날이야기 해주세요!"

"날마다 어디 그렇게 많은 옛날이야기가 있다고?"

굴렁쇠가 담뱃대를 뻐끔뻐끔 피우면서 말했다.

코흘리개 어린 녀석이 칭얼댄다.

"굴렁쇠 할아버지, 목수하고 개 이야기 한 번만 더 해줘."

"이래도 그 얘기, 저래도 그 얘기, 날마다 해봤자 똑같은 얘긴데, 너희들 지겹지도 않니?"

"안 지겨워요, 안 지겨워!"

개구쟁이들이 입을 모아 시끌벅적 졸라댔다.

"좋아, 그럼 내 목수와 개 이야기를 해주마." 굴렁쇠가 말했다.

"오랜 옛날, 차오터우춘이란 마을에 리씨 성을 가진 목수가 하나 살고 있었지. 마을 사람들은 '꺽다리 목수'라고 불렀어. 꺽다리 목수는 집에 검둥개 한 마리를 기르고 있었는데, 온 몸뚱이에 잡털 한 오리 섞이지 않은 검둥이였지. 얼마나 시꺼먼지, 먹물을 채워놓은 못에서 금방 건져낸 것처럼 새카맸는데……"

*

그 코흘리개 어린아이가 삼십 년 후에 글 한 편을 써냈다. 제목은 〈목수와 개〉였다.

목수는 쇳덩이처럼 무거운 발걸음을 땅바닥에 질질 끌다시피 옮겨 떼었다. 머릿속에 끊임없이 떠오르는 것은 말단 세금 징수원의 눈썹을 곤두세운 밉살스런 상판대기하며 미치광이처럼 짖어대는 목소리였다. 그는 당장 쓰러질 것처럼 휘청거리는 몸뚱이를 가누고 자기 집 문턱에 들어섰다. 어깨를 짓누르던 멜대와 밧줄 무더기를 땅바닥에 내던지면서 큰 소리로 욕설부터 나왔다. 개잡놈! 그런 다음에 다시 고개 돌려 쪽빛으로 짙푸르게 물든 하늘, 흰 구름장이 유유히 떠도는 하늘을 마주 대하고 또 한마디 욕설을 퍼부었다. 개잡놈! 보름씩이나 허위단심으로 바삐 일한 끝에 오동나무 널판과 번쩍번쩍 빛나는 수탉 꽁지 털로 멋진 풀무를 네 틀 짜서 무려 백 위안에 팔았다가, 장터에서 눈초리가 음침한 세금 징수원에게 걸려 무허가영업을 했다는 죄목으로 벌금 구십 위안이나 뜯겼으니, 분하고 원통한 그 심사를 어떻게 말로 표현할 길이 없는 것이다. 벌금 내고 남은 돈 십 위안으로 고구마로 빚은 배갈 두

근, 돼지고기 두 근을 사고, 또 기름에 튀긴 참새 한 꼬치를 사고 났더니 빈털터리다. 먹어서 뱃속에 넣고, 마셔서 뱃속에 흘려 넣어 십 위안짜리 돈은 오줌으로 바뀌었다. 에라, 좋다! 네놈들도 벌이나 받아라! 이제 돈은 없지만 하루하루 살아갈 수는 있으리라. 돈은 늘 있다가도 없어지는 것이지만, 사람은 살게 마련이다. 사람이 하루하루 살아가면서 병들지 않고 손재주만 있으면 살아가니까, 큰 장이 섰을 때 눈치껏 살펴서 땅콩볶음 행상이 바구니 쳐들고 저울대 저울추를 질질 끌며 도망치거든 덩달아 내뛰자꾸나. 목공일 해서 만든 장사 밑천 보따리는 죄다 끌러놓지 말아야 한다. 일이 닥쳤을 때 도로 묶을 시간이 없으니까. 이렇게 하면 내 장담하거니와 그 몹쓸 놈의 세금 징수원에게 걸려들지 않을 수 있을 것이다. 내 풀무는 참 잘도 만들었지, 널판은 화덕 불에 바싹 말렸겠다, 닭털은 두툼하게 잘도 엮었겠다, 풍력 세겠다, 바람은 옆으로 새지 않겠다, 주변 둘레 백 리 안에서 내 풀무가 얼마나 훌륭한지 모를 작자는 없을 것이다. 풀무를 쓰겠다는 고객이 있는 한, 나 혼자 살아갈 일감은 충분히 있다. 일감만 있으면 돈벌이는 문제없으니까. 오늘은 뜻밖에 손재수를 보긴 했다만, 액땜한 셈 치면 그만 아닌가? 허어 참, 이 빌어먹을 놈의 세월이라니……

가슴속은 여전히 벌금으로 몰수당한 구십 위안 때문에 저리지만, 고통스런 감각이 두드러지게 둔화되고 마비되는 것은 분명했다. 낡아빠진 범포(帆布) 쪼가리에 둘둘 싸서 가져온 돼지고기와 술병을 꺼내 탁자 위에 내던지듯 거칠게 올려놓았다. 그러고는 막 앉아서 먹고 마셔댈 판인데 느닷없이 길거리 쪽에서 시끄러운 소리가 한바탕 들려왔다. 꺽다리 목수는 당최 나가보고 싶은 생각이 없었다. 이렇듯 다사다난한 시절에는 참견할 일이 많은 것보다 하나라도 줄이는 것이 상책이니까. 한데 고함치는 소리가 갈수록 다급해지니 끝내 좀이 쑤셔 앉아만 있을 수가 없다. 문밖에 나가보니, 이웃집 송아지 한 마리가 우물에 빠졌다고 젊은 새댁이 고래고래 악을 쓰는 소리였다. 꺽다리 목수 아저씨, 빨리 와서 날 좀 도와줘요! 송아지가 죽는 날이면 남편이 돌아와서 내 머리통을 박살내고 말 거예요. 그 사람 손찌검이 얼마나 무서운지 아저씨도 전에 봤잖아요. 한창 젊은 새댁이 봉두난발한 머리에 온통 지푸라기를 뒤집어쓰고 뺨따귀에 재를 묻힌 품이, 부뚜막 아궁이에서 불을 지피다 뛰쳐나온 모양이다. 바야흐로 정오 무렵, 그러고 보니 벌써 점심때가 되었는지 이 집 저 집 굴뚝에서 하얀 연기가 모락모락 피어오르고 있다. 꺽다리 목수의 머릿속에 퍼뜩 떠오른 것은, 이웃집 검둥이처럼 시꺼멓게 생긴 녀석이 양손으로 제 여편네 두 발목을 잡아끌면서 큰길을 사나운 호랑이처럼 어슬렁어슬렁 걸어가던 광경이었다. 여편네는 하늘이 무너져라 큰 소리로 목 놓아 울었으나, 남편이란 녀석은 히죽히죽 웃으며 무척 의기양양한 기색이었다. 누군가 그 앞에 다가가서 좋게 타일렀으나, 이 불한당 같은 사내는 느닷없이 그 얼굴에 가래침을 탁 뱉었다. 그 꼴을 본 적이 있는 터라, 꺽다리 목수는 이런 집안일에 참견하고 싶지 않았다. 공연히 애써 도와줬다가 그 무지막지한 사내한테 욕이나 얻어먹을까봐 겁이 났던 것이다. 사내는 의처증이 심했다. 누구든지 제 여편네하고 몇 마디 얘기라도 나눴다가는 당장 그놈의 의처증이 발작해서 질투와 원한의 덤터기를 뒤집어쓰기 십상이었으니까. 하지만 애걸복걸 도움을 바라는 아낙의 간청에 견디다 못해 껑다리 목수는 마침내 생각을 바꿔먹었다. 더구나 그 송아지의 비단결같이 고운 털가죽, 희고 보드라운 주둥이, 푸른 옥같이 윤기가 도는 앙증맞은 네 발굽, 골목에서 염치 좋게 꼬리를 쳐들고 오줌 줄기를 갈겨대던 모습이 그렇게나 귀엽고 사랑스러울 수 없었던 것이다. 그는 우선 집에 돌아가 밧줄 한 타래를 찾아 들고 우물가로 달려갔다. 가는 길에 몇 사람 불러 함께 우물가에 다다르자 밧줄로 올가미를 엮어 우물 속으로 길게 늘어뜨린 다음, 송아지 몸뚱이에 걸어놓고 여러 사람들과 함께 힘을 모아 영차영차 함성을 질러가며 끌어올렸다. 지상에 끌려 올라온 송아지란 놈은 땅바닥에서 한참이나 엎드린 채 버둥거리다가 재채기를 몇 번 하고 엉금엉금 기어 일어나 몸뚱이의 물기를 부르르 털어버리고 기운을 차리더니 아무 일도 없었던 것처럼 타작마당이 있는 쪽으로 껑정껑정 달려갔다.

송아지를 건져주고 집에 돌아와보니, 웬걸! 탁자 위에 놓았던 돼지고기가 덩어리째 없어졌다. 고기를 쌌던 신문지 조각만 탁자 변두리에 달라붙었을 뿐, 고깃덩어리는 감쪽같이 사라진 것이다. 검둥개란 놈은 탁자 곁에 쭈그려 앉은 채 주인을 마주 노려보고 있다. 두 눈알을 떼굴떼굴 굴리는 품이, 날 어쩔 테냐 하는 눈치다. 적지 않게 울화가 치민 껑다리 목수는 몽둥이를 하나 집어 들고 검둥개의 머리통을 겨누어 냅다 후려갈겼다. 검둥개는 몽둥이질을 피하지도 않고 정수리에 정통으로 얻어맞았다. 목수가 욕설을 퍼부었다. 너, 이 걸신들린 놈아. 가까스로 고기 값을 남겨 몇 점 사다가, 주인은 맛도 보지 않았는데 네놈이 먼저 먹어치우다니! 그러자 검둥이가 말했다. 난 먹지 않았소. 목수가 물었다. 네놈이 먹지 않았으면 누가 먹었느냐? 검둥이가 대꾸했다. 누가 먹었는지 나도 모르오. 어쨌든 나는 안 먹었으니까. 목수가 말했다. 그래도 네놈이 감히 나한테 뻗대다니, 내 이놈을 때려죽이고야 말테다! 목수는 몽둥이를 고쳐 잡기 무섭게 검둥이의 머리통을 호되게 후려갈겼다. 검둥이는 그 자리에서 까무러쳤다. 코에서 핏물이 줄줄 흘러나왔다. 껑다리 목수도 속으로 안됐다 싶어 몽둥이를 던져버리고 혼자서 술을 마셨다. 술에 취한 그는 탁자 위에 엎드려 잠이 들고 말았다. 잠결에 그는 검둥이가 힘겹게 기어 일어나 비틀거리면서 문밖을 향해 걸어 나가는 것을 어렴풋이 보았다. 목수는 말했다. 개잡놈, 네 발로 걸어 나갔으니 두 번 다시 돌아오지 마라! 그날부터 검둥이는 어디론가 사라져 보이지 않았다.

한 달쯤 지났을까, 어느 날 오후 껑다리 목수는 침대에 누워 낮잠이 들었는데, 비몽사몽간에 문짝이 슬그머니 열리는 기척을 들었다. 그는 검둥이가 돌아왔으리라 짐작했다. 오랫동안 보지 못했기에, 그는 정말 검둥이가 그리워지던 참이었다. 껑다리 목수는 일부러 잠든 척, 실눈을 가늘게 뜨고 검둥이의 행동거지를 엿보았다. 검둥이는 입에 문 옥수숫대 한 가닥을 끌어가며 껑다리 목수의 몸길이를 요모조모 재더니 살금살금 바깥으로 걸어 나갔다. 목수는 검둥이란 놈이 무슨 짓을 하는지 알 수가 없어 궁금증이 나기도 하려니와 무엇보다 마음이 답답해졌다. 며칠이 지나서도 아무런 동정이 없어, 꺽다리 목수는 그 일을 점차 흐리멍덩 잊어버리고 말았다.

어느 날 꺽다리 목수는 목재로 쓸 나무를 베러 외지에 나갔다가 돌아왔다. 등에는 톱 한 자루, 큼지막한 자귀를 한 자루 메었다. 독한 술을 한 근이나 마신 끝에 얼큰하게 취해 붉은빛 석양을 바라보면서 건들건들 하염없이 걸어오는 것이다. 잡초가 무성하게 웃자란 수풀에 다다랐을 때에는 주위에 사람의 그림자도 보이지 않았다. 수많은 새들이 시뻘겋게 불타오르는 하늘 위에서 시끄럽게 지저귀고 있을 따름이었다. 좁디좁은 오솔길이 잡초가 우거진 수풀 한복판을 가로질러 나 있었다. 꺽다리 목수는 그 오솔길로 접어들었다. 길 곁 양편 수풀 속 메뚜기 떼가 후드득후드득 뛰어나와 그의 몸뚱이에 부딪쳤다. 그는 눈길을 들어 먼 데를 내다보았다. 그리고 제법 멀리 떨어진 곳에 나무숲을 발견했다. 나무숲 언저리에 누군가 한 사람이 수풀 속에 납죽 엎드렸는데, 그 앞에서 멀지 않은 곳에 커다란 그물 한 채가 활짝 펼쳐지고 그물 속에는 새 한 마리가 재잘재잘 노래를 부르고 있었다. 그물에 걸려서도 무엇이 그리 즐거울까. 구성지게 감도는 새의 노랫가락이 무척이나 듣기 좋았다. 어디 그뿐이랴, 수십 마리나 되는 새 떼가 그물 위 상공에서 빙글빙글 선회하고 있었다. 꺽다리 목수는 이내 알아차렸다. 수풀 속에 몸을 감춘 녀석은 성이 관씨, 항렬은 여섯째, 마을 사람들이 '신탄자 샤오류'라고 부르는 새잡이 명수로 그 손에 잡혀 죽음을 당한 새만도 이루 헤아릴 수 없을 정도였다. 꺽다리 목수는 이제 곧 어떤 일이 벌어질 것인지 보나마나 알 수 있었다. 공중에서 빙글빙글 맴도는 새들이 그물에 갇힌 미끼 새의 유혹을 견디지 못하고 일제히 지상으로 곤두박질쳐 내린 다음에야 죽음의 올가미에 걸려들었다는 사실을 뒤미처 깨닫게 되리라고 말이다. 예상은 곧바로 현실로 바뀌었다. 샤오류란 녀석이 수풀 속에서 느릿느릿 일어나 그물 앞으로 다가서더니 익숙한 솜씨로 그물코에 걸린 새들을 한 마리씩 목을 분질러 거둬들이기 시작했다. 거리가 멀어 직접 두 눈으로 똑똑히 본 것은 아니었으나, 껑다리 목수는 짐작만으로도 가냘픈 목이 비틀려 죽은 새들의 참혹한 모습을 상상해낼 수 있었다. 갑자기 껑다리 목수는 처량한 심사가 되었다. 섬뜩한 느낌이 전신을 휩쓸고 마치 서늘한 미풍이 등골을 타고 훑어 내리는 듯한 착각마저 들었다. 세상이 바로 이런 꼴이다. 인간은 저마다 살아갈 방도를 강구하고 있는 것이다. 목을 비틀려 죽은 새들도 처참하지만 껑다리 목수 자신의 톱날에 베여 죽음을 당한 나무들도 있지 않은가? 나무뿌리가 도끼날에 찍혀 부러지고 나뭇가지는 톱날에 썰려 끊긴다. 껍질 바깥으로 찐득찐득하게 흘러내리는 수액이야말로 나무의 피가 아니고 무엇이란 말인가? 아아! 껑다리 목수는 외마디 탄식을 남긴 채 계속 앞으로 걸어 나갔다.

얼마 못 가서 그는 오솔길 오른편 수풀 깊숙한 곳에 오래전 말라 죽은 고사목을 한 그루 발견했다. 이런 곳에 이렇듯 외롭게 나무가 딱 한 그루만 자라고 있었다니 이상야릇한 노릇이다. 어디 그뿐이랴, 딱 한 그루 서 있던 나무가 말라 죽었다는 것도 이상한 일이었다. 하긴 세상만사 어느 것이든 곰곰이 따져보면 이상야릇하지 않은 것이 없으리라. 철두철미하게 따져보지 않으려거든 차라리 생각하지 않느니만 못하다. 꺽다리 목수는 나뭇등걸 아래 우거진 풀숲에서 무엇인가 꿈틀거리는 움직임을 보았다. 기름을 바른 것처럼 매끄럽게 윤기 도는 검은빛 그림자 하나가 수풀 속에서 벌떡 뛰어올랐다. 꺽다리 목수는 그것이 무엇인지 금세 알아차렸다. 집에서 기르던 검둥이란 놈이다. 다음 순간, 그는 어쩐지 재미적다는 느낌이 들었다. 그래도 나쁜 쪽으로 생각하고 싶지 않았다. 웃자란 수풀 속을 두세 차례 껑충껑충 뛰어올랐을 때 검둥이는 이미 주인의 눈앞에 달려들고 있었다. 그래도 꺽다리 목수는 검둥이란 놈이 주인의 환심을 사려고 살래살래 꼬리칠 것이라 생각했다. 하지만 검둥이의 움직임을 보고서야 일이 잘못되었음을 깨달았다. 검둥이는 적개심으로 가득 찬 송곳니를 허옇게 드러낸 채 나지막하게 으르렁대고, 누런빛 눈동자가 번쩍거리면서 흉포하고도 잔인한 빛을 쏟아내고 있는 것이다. 이런 적대적인 목소리와 사나운 표정이 꺽다리 목수를 찔끔 놀라게 만들었다. 그렇다, 지금 이 개는 이미 자기 집에서 기르던 그 검둥이가 아니다. 지난날 이 개는 자신에게 아주 친밀한 벗이었지만 지금은 주인이던 자기를 적대시하는 원수가 되어 있는 것이다. 검둥이가 한 걸음 한 걸음씩 다가들 때마다, 목수는 한 발 한 발씩 뒷걸음쳤다. 뒷걸음쳐 물러나면서 그는 개한테 말했다. 검둥이야, 그날 일은 내가 너무 지나쳤다. 너하고 나하고 여러 해 동안 집안 식구 살붙이처럼 같이 살아왔지 않느냐. 어쩌다 걸신이 들려 네놈이 고기 한 덩어리를 훔쳐 먹기는 했다만, 사실 따져보면 그리 큰 잘못이라고 할 수도 없는 것을, 내가 몽둥이로 널 두들겨 팼구나. 그래서는 안 되는데…… 검둥이가 코웃음 치며 대거리했다. 이제 와서야 그런 말을 하다니 너무 늦었네, 친구. 검둥이는 뒷다리로 땅바닥을 버티다가 펄쩍 뛰어오르면서 앞으로 덮쳐들었다. 시꺼먼 몸뚱이가 허공 높이 솟구쳐 오르다가 달려들었을 때는 딱 벌어진 아가리 안의 날카로운 송곳니가 허옇게 드러나면서 주인의 목덜미를 겨냥했다. 주인이 엉겁결에 뒤로 벌렁 나자빠지자, 검둥이는 그 위로 덮쳤다. 예리한 송곳니가 주인의 목덜미를 막 물어뜯으려는 순간, 목수는 팔뚝을 가로 내뻗었다. 짐승의 이빨에 걸린 소맷자락이 부욱 찢겨나갔다.

이렇듯 놀라운 일을 겪고 나자, 뱃속에 출렁거리던 술기운이 모조리 식은땀으로 바뀌어 빠져나왔다. 그나마 꺽다리 목수는 사십 대 장년의 나이라 몸놀림은 아직도 민첩했다. 그는 재빠르게 한 바퀴 뒹굴어 길 옆 수풀 속으로 굴러 들어갔다. 검둥이 역시 뒤따라 덮쳐왔다. 주인에게 일어설 기회를 주지 않을 속셈이 분명했다. 꺽다리 목수는 등 뒤에 메고 있던 톱날을 되돌려 앞으로 흩뿌리듯 튕겨냈다. 탄력을 띤 톱날이 '쨍!' 하는 소리와 함께 검둥이의 아래턱을 후려쳤다. 난데없는 타격에 놀란 검둥이가 뒤로 훌쩍 뛰어 물러났다. 그 기회를 틈타 목수가 벌떡 일어섰다. 때를 같이 해서 그의 손에는 어느덧 큼지막한 자귀가 들려 있었다. 수중에 연장이 있으니 꺽다리 목수의 놀란 가슴도 한결 진정되었다. 자귀는 목수에게 있어 제일 예리한 무기요, 또 목공일에 가장 쓰임새가 많은 도구다. 검둥이 역시 주인이 자귀를 쓰는 데 고수요 뚝심도 세고 겨냥 또한 정확한 줄 뻔히 아는 터라, 다소 꺼림칙스런 마음이 들었는지 방금처럼 광포하게 공격할 엄두를 내지 못했다. 이때부터 개와 사람은 대치 상태로 양보 없이 팽팽히 맞서기 시작했다. 개는 목덜미의 터럭을 곤두세우고 이빨을 허옇게 드러낸 채 나지막하게 으르렁댔다. 사람은 자귀를 움켜쥔 채 그나마 의리를 따져 개한테 욕설을 퍼부었다. 하늘의 붉은 해는 서녘으로 기울어 나무숲 가지 초리에 걸린 채로 대지에 붉은 태양빛을 골고루 흩뿌리고 있었다. 바야흐로 서글프도록 썰렁한 황혼 무렵이 된 것이다.

목수는 천천히 뒷걸음쳤다. 개 역시 사람이 뒷걸음치는 대로 따라붙었다. 이런 상태는 꺽다리 목수에게 불리했다. 생각을 고쳐먹은 목수가 자귀날을 번쩍 들고서 주도적으로 선제공격을 시작했다. 그러나 검둥이는 가볍게 뒤로 훌쩍 내뛰어 공격을 피했다. 목수가 재차 공격하자, 검둥이는 또다시 물러났다. 대치 상태는 여전히 계속되었다. 꺽다리 목수는 자신의 공세가 공연히 기력만 허비할 뿐 아무런 의미가 없다는 사실을 깨달았다. 그리고 단 한 순간이라도 손길을 늦추었다가는 검둥이란 놈에게 덮쳐들 기회가 주어진다는 사실을 깨달았다. 이제 현명한 처신은 오로지 수비뿐, 검둥이란 놈이 덤벼들 때까지 기다려 반격의 기회를 잡는 것이다. 하지만 검둥이도 참을성이 어지간해서, 한 걸음 한 걸음씩 후퇴하는 목수를 차근차근 따라붙을 따름이다.

얼마나 시간이 흘렀을까, 목수의 후퇴 동작은 어느새 우거진 나무숲 변두리까지 밀려왔다. 흘금흘금 두리번거리던 목수의 눈결에 얼핏 한 사람의 모습이 스쳐 지나갔다. '신탄자 샤오류' 그 녀석이다. 조력자를 발견한 목수는 큰 소리로 고함을 쳤다. 여섯째 형님, 날 좀 도와서 이 불효막심한 개잡놈을 없애줘! 그러나 샤오류는 귀머거리가 되었는지 목수의 고함에 털끝만치도 반응이 없다. 이제 목수는 분명히 깨달았다. 계속 이 상태로 끌다가는 이르나 늦으나 검둥이란 놈에게 당하고야 말리라는 것을. 이리하여 그는 위험천만한 수단을 쓰기로 했다. 마냥 뒷걸음치던 몸뚱이가 급작스레 휘청거리더니 발꿈치에 뭔가 걸린 것처럼 일부러 뒤로 벌렁 나자빠졌다. 뒤로 벌렁 나자빠지는 동작과 더불어 수중에 들린 자귀날이 위쪽을 향해 번뜩 휘둘렸다. 검둥이는 기회를 놓칠세라 번개같이 덮쳐왔다. 큼지막한 자귀의 너부죽하고도 예리한 날이 때맞춰 검둥이의 아래턱을 후벼파고 들어갔다. '쩍!' 하는 소리…… 검둥이의 몸뚱어리가 훌떡 공중제비를 한 바퀴 도는 순간, 자귀날에 찍혀 잘려나간 아래턱 반쪽이 땅바닥에 툭 떨어졌다. 껑다리 목수가 벌떡 일어섰다. 그러고는 커다란 자귀날을 휘둘러 고통을 안고 풀밭에 나뒹구는 검둥이의 머리통을 호되게 내리찍었다. '철썩!' 하는 외마디 소리, 짐승의 머리통이 수박 빠개지듯 쩍 갈라졌다.

껑다리 목수는 맥없이 땅바닥에 주저앉았다. 그리고 자기 눈앞에 죽어 널브러진 검둥이를 바라보았다. 갈라진 검둥이의 머리통, 불그죽죽한 뇌수와 죽어서도 눈을 감지 못하고 부릅뜬 짐승의 눈을 바라보고 있으려니 돌연 구역질이 치밀어 토하기 시작했다. 한바탕 구토를 끝내고 나서 두 손으로 땅바닥을 짚은 채 기어 일어났다. 혼신에 기력이라곤 터럭만치도 없는 것이, 자귀의 손잡이조차 들지 못할 만큼 극도로 피곤한 느낌이 들었다. 그는 '신탄자 샤오류'를 보았다. 자기 앞에서 겨우 다섯 걸음 떨어진 거리를 두고 우두커니 선 채 땅바닥에 널브러진 검둥이를 멀뚱멀뚱 바라보고 있는 것이다. 그가 말했다. 샤오류, 자네 이 개잡놈을 끌고 집에 돌아가서 삶아먹지그래. 하지만 샤오류는 말이 없다. 여전히 죽은 짐승에게서 눈을 떼지 못한 채 노려보고 있을 따름이다. 껑다리 목수는 샤오류의 허리띠에 매달린 채 묵직하게 늘어진 포대자루를 보았다. 보나마나 그 자루 속에 든 것 역시 죄다 새들의 주검이리라.

껑다리 목수가 연장을 수습했다. 집으로 돌아갈 작정이다. 흐느적흐느적 몇 발짝 옮겨 떼다가 다시 고개 돌려 말라 죽은 고사목이 누워 있는 곳을 향해 걷기 시작했다. 방금 이 몹된 검둥이는 바로 그 장소에서 뛰쳐나왔다. 무엇이 있을까? 나무 아래에는 장방형의 깊은 구덩이가 하나 파여 있었다. 구덩이 속에는 옥수숫대 한 도막이 놓여 있었다. 눈에 익은 옥수숫대, 그제야 목수는 알아차렸다. 검둥이란 놈이 그날 정오 무렵 잠든 주인의 몸길이를 재어가더니, 결국 자기를 장사 지낼 무덤을 파놓았다는 사실 말이다. 껑다리 목수는 검둥이의 시체 곁으로 돌아왔다. 그리고 여전히 넋을 잃은 기색으로 멍하니 서 있는 샤오류를 향해 말했다. 자네, 날 따라와보게. 저 몹쓸 놈이 무슨 짓을 저질러놓았는지 와서 보란 말일세. 목수는 검둥이의 뒷다리를 끌고 다시 나무 아래로 왔다. 그리고 뒤에 바짝 따라온 샤오류에게 말했다. 이 짐승은 내가 잠들었을 때 내 몸길이를 재어봤네. 그리고 나서 내 시신을 묻어줄 구덩이를 파놓았네. 그러자 샤오류가 의심스럽다는 듯이 절레절레 도리질을 했다. 꺽다리 목수는 갑작스레 격한 분노가 치밀어 올라 냅다 악을 썼다. 뭐야, 자네 믿지 못하겠다는 건가? 설마 이 개놈이 지닌 꾀에 의심을 품고 있는 건 아니겠지? 이 개잡놈은 내게 한바탕 얻어맞고 나더니, 주인인 나하고 원수를 맺었어. 내가 낮잠을 자는 틈에 몰래 기어 들어와서 옥수숫대로 내 몸길이를 재어갔단 말일세. 그런 연후에 여기다 구덩이를 파놓고 날 죽여 묻으려고 했단 말일세. 이놈은 내가 란춘(藍村)으로 나무를 베러 가는 줄 이미 알아차리고, 내가 꼭 지나쳐가지 않으면 안 될 바로 이 길목에서 기다렸던 거야. 그러나 샤오류는 여전히 고개를 내저었다. 꺽다리 목수는 더욱 분노가 치밀었다. 자네 왜 이래? 내가 거짓말로 자넬 속이는 줄 아나? 도대체 날 어떻게 보는 거야? 나 꺽다리 목수는 풀무를 짜서 팔아 목구멍에 풀칠하며 살아왔지만 평생토록 거짓말이라곤 해본 적이 없는 사람이야. 그래도 자네가 끝내 믿지 못하겠다면 내가 어떻게 해야만 자넬 믿게 할 수 있겠는지 말 좀 해보게. 이 개잡놈이 나하고 싸웠을 때 그 장면을 자네도 두 눈으로 똑똑히 보지 않았는가? 그러나 자네는 이 몹쓸 개놈이 포악하고 사나운 줄만 알았을 뿐, 이 교활한 짐승이 얼마나 지혜로운지 모르고 있는 거야. 정 미덥지 않다면 좋네, 그럼 내가 이 구덩이에 들어가 누워 자네한테 보여주겠네. 내 몸길이 치수가 구덩이 길이에 딱 맞아떨어지는지 안 맞는지 똑똑히 보게나. 꺽다리 목수는 이렇게 말하면서 등에 메고 있던 톱과 자귀를 땅바닥에 부려놓고 훌쩍 구덩이 속으로 뛰어들어 두 다리를 쭉 뻗고 누웠다.

과연! 구덩이 너비와 길이는 그의 몸집에 딱 들어맞았다. 구덩이에 누워 하늘을 우러른 채, 목수는 샤오류에게 말했다. 자네, 이래도 믿지 못하겠나? 샤오류는 낄낄대고 웃기나 할 뿐, 아무 말 없이 죽은 검둥개의 몸뚱이를 툭 걷어차 구덩이 속에 밀어 넣었다. 꺽다리 목수가 악을 썼다. 관샤오류, 자네 지금 무슨 짓을 하는 거야! 자네 지금 나하고 이 짐승을 한꺼번에 파묻어버릴 참이야? 관샤오류는 대뜸 목수의 톱을 잡았다. 톱날 가운데 부분이 배불뚝이처럼 둥근 톱이었다. 그는 한 손으로 톱자루를 쥐고 톱날을 아래로 향한 채 기세 사납게 박아 넣었다. 그러고 나서 앞으로 한 차례 밀고 뒤로 한 차례 당겼더니 단단히 다져진 흙더미가 푸수수 구덩이 속으로 굴러 떨어졌다. 샤오류! 꺽다리 목수가 고함을 질렀다. 자네 지금 날 생매장하는 거야? 꺽다리 목수는 몸부림치면서 일어나려고 했다. 그러나 몸뚱이가 죽은 검둥이의 육중한 주검에 짓눌려 빠져나올 수가 없었다. 관샤오류는 커다란 톱을 써서 구덩이에 흙더미를 계속 긁어 넣었다. 흙더미를 몇 번 긁어 넣은 끝에, 목수와 검둥개의 몸뚱이가 절반 남짓 파묻혔다. 꺽다리 목수는 숨을 헐떡거리면서 말했다. 샤오류, 됐네, 됐어. 아무래도 좋아. 내 이제 생각났구먼, 자네가 어째서 날 미워하는지 알 만하이.

꽃바구니 누각을 불사르다

......

火燒花藍閣

어느 적막한 도시 한복판에 들어앉은, 어느 아름다운 호수에 벽옥처럼 푸른 물결이 일렁이고 있다. 호수 한가운데에는 '꽃바구니'라고 이름 붙인 자그만 섬이 하나 있는데, 일 년 사시사철 두고두고 짙디짙거나 혹은 담박한 꽃향기를 발산하는 꽃 섬이다. 섬에는 일찍이 여섯 차례나 건축을 거듭한 누각 한 채가 덩그러니 세워졌는데, 기둥과 들보를 단청으로 아로새기고 채색 그림을 그려 넣은 아주 화려하고도 사치스런 건물이었다. 그런데 이상하게도 여섯 차례 모두 완공된 지 석 달 안에 예외 없이 불에 타 폐허로 바뀌곤 했다. 조사에 따르면 실화(失火)의 원인은 하나같이 자연적인 낙뢰 현상으로 벼락을 맞았거나 그게 아니면 경사스런 행사와 명절 때에 터뜨린 폭죽과 불꽃놀이 탓이었다. 물론 신비스런 색채를 띤 민간전설도 다소 가미되었지만 말이다.

꽃바구니 섬에 누각을 세우게 된 것은 이 도시에 부임하는 역대

시장들이 거의 병적으로 집착해 추구해왔기 때문이었다. 그러나 이들 역대 시장들의 노력이 불러들인 것은 결국 하룻밤 도시 전체 밤하늘을 환히 비쳐주는 엄청난 대화재였을 따름이었다. 꽃바구니처럼 아름답고 화려한 누각을 세우겠다는 저들의 희망은 결국 치열하게 타오르는 대화재의 불길 속에 무너졌으나, 이상하게도 그들의 관운만큼은 뜨거운 불길이 꺼져감에 따라 만사형통으로 순조롭게 올라갔다.

최근에 부임한 시장은 생김새가 남달리 괴상야릇한 건축학 박사 출신이었다. 이 도시에 시장으로 부임하기 전, 그는 성 소재 대도시에서 이른바 '8대 건축물'을 주도적으로 건설하여 그 명성을 원근 지역에 널리 퍼뜨린 명사였다. 그중 다섯 작품은 건축계의 최고 영예인 '노반 대상(魯班大賞)'*을 획득했다니, 한때 그 성가(聲價)와 명망이 한낮 중천에 뜬 태양과 맞먹을 정도로 안하무인 격이었음은 두말할 나위가 없을 것이다. 그런데 마지막에 와서 이 외지고 궁벽한 지역으로 좌천되어, 고작 사십만 인구밖에 안 되는 소도시의 시장 노릇을 하다니 그 역시 이상야릇한 일이 아닐 수 없는 것이다.

건축학 박사는 시장으로 부임한 첫날 저녁, 현지 정부 당국이 그에게 붙여준 비서—역시 대학 건축과를 졸업한 젊은 풋내기 총

---

* 노반은 중국 춘추시대 건축가 공수반(公輸班)의 별칭. 노나라 출신이어서 통상 '노반'이라 불렸다. 공성(攻城) 기구를 여러 가지로 창안하였으며 목제도구를 발명한 국보적인 존재다. 현대 중화인민공화국이 최고 건축 엔지니어에게 수여하는 대상(大賞)으로 '노반장(魯班獎)'을 제정했다.

각인데—한 사람만 데리고 아무도 모르게 시 정부 영빈관 숙소를 빠져나오더니 길거리를 따라 걷기 시작했다. 그 길거리를 오래전 부터 알고 있었던 것처럼 거침없이, 순전히 감각에만 의존해서 곧 바로 호숫가에 다다랐다. 도로 양편에 흐드러지게 핀 정향나무 꽃 떨기의 숨 막힐 듯 짙은 향내에 그는 현기증이 일었다. 너무 밝은 달빛마저 그의 눈에 어지럼증을 보탰다. 그렇기 때문에 그는 이 도시의 시장으로 부임한 첫날 쓴 일기 첫 장 첫마디를 이렇게 적 었다.

"달빛 꽃향기에 현기증을 일으키고 눈마저 어지럽다."

그런 다음 이렇게 잇대어 써내려갔다.

호숫가를 산책한 지 삼십 분, 느닷없이 섬에 건너가보고 싶은 충동이 싹텄다. 비서인 샤오우(小伍) 군에게 물었다. "지금 이 시 각에 꽃바구니 섬까지 태워다줄 배 한 척 찾아낼 수 있겠나?" 비 서의 얼굴에 알아차리기 어려운 낌새, 하지만 내 직감으로 알아챌 수 있는 웃음기가 떠올랐다. 그가 대답했다. "제가 저 앞쪽에 가서 찾아보지요." 나는 짐짓 발길을 되돌려 비켜서는 자세로 그에게 배를 '찾아낼' 기회를 주었다. 호숫가의 자그만 오솔길 양옆에는 여기저기 정향나무 숲이 우거지고 비단 폭을 펼쳐놓은 것처럼 꽃 떨기가 알록달록 흐드러지게 만발한 것이, 세상에 이렇듯 곱고 아 름다울 수가 없다. 짙디짙은 꽃향기에, 늦은 밤 달빛 아래 뽀얀 꽃 가루가 허공에 자욱하게 피어올랐다. 예상 외로 비서가 잰걸음으 로 달음박질쳐 돌아오더니, 흥분한 말투로 내게 보고했다. "시장님, 정말 너무 공교롭군요. 칭예(靑葉) 부두 쪽에 마침 작은 고깃배 한 척이 있는 걸 찾아냈습니다."

시키지도 않았는데 비서가 쓸데없이 날 부축해서 조각배에 올려 태웠다. 뱃머리에 선 고기잡이는 어깨 위에 도롱이를 걸치고 머리엔 삿갓을 썼다. 눈빛이 번들번들 빛나는데 아래턱 수염이 허옇게 센 것이, 얼핏 보아서는 연극배우 같은 인상을 준다. "아저씨, 번거롭게 수고를 좀 끼쳐야겠군요." 내가 말했다. 어부는 보일 듯 말듯 웃을 뿐 아무 말이 없다. 이윽고 그가 기다란 장대를 호숫가 진흙바닥에 버텨 찍고 배를 천천히 깊은 물 한복판으로 몰았다. 그런 다음, 어부는 뱃고물 쪽으로 옮겨와 서더니 기다란 노를 젓기 시작했다. 삐거덕삐거덕 노 젓는 소리가 고요한 달밤에 유별나게 두드러져 울린다. 나는 비서와 함께 뱃전 양편에 갈라 앉았다. 서로 할 말도 없었다. 우리 사이에는 대쪽으로 엮은 새우 바구니 몇 개, 그리고 또 그물코가 촘촘한 새우잡이 그물 한 벌이 마른 채로 널려 있다. 비서가 친절하게 설명해주었다. "시장님, 이 호수에서 흰새우가 많이 잡힌답니다. 그 백하(白蝦)는 우리 고장 특산물로 제법 이름났지요." 나는 가타부타 말없이 고개만 두어 번 끄덕였을 뿐, 내 눈길은 그 어깨 너머로 먼 데를 내다보았다. 보이는 것이라곤 그저 은빛으로 반짝이는 잔물결, 호수와 달빛은 녹아들 듯 이미 혼연일체로 어우러져 있었다. 어쩌다 흰 물새가 노 젓는 소리에 놀라 파닥파닥 활개 치고 날아오르더니 방금 직전까지 깃들었던 곳보다 훨씬 더 먼 곳, 은빛 물결이 출렁거리는 섬광 속 어디론가 떨어져 내렸다. 마치 그곳에 녹아들 듯 감쪽같이 사라진 것이다.

호반을 떠난 고깃배가 기슭에서 멀어질수록 노 젓는 소리, 물결치는 소리는 점점 더 크게 울렸다. 깊이 잠든 도시 한복판에 때 없이 콘크리트 반죽을 싣고 달리는 레미콘 트럭 엔진의 굉음이 요란하게 들려오는가 하면, 엄청나게 높고 커다란 크레인의 팔뚝 하나가 씻은 듯이 맑고 깨끗한 밤하늘 허공에서 천천히 돌아가고 있다. 밤이 깊게 가라앉을수록 달빛은 더욱 밝아져 손바닥을 펼치면 손금마저 또렷이 볼 수가 있다. 다시 눈길을 돌려 호반에 무성하게 흐드러진 정향나무 꽃 숲을 바라본다. 어느새 자욱한 물안개 속에 가려져 희부옇게 보였다. 그것들이 풍겨내는 꽃향기도 이젠 맡을 수가 없다. 지금 이 시각, 내가 맡을 수 있는 것이라곤 순수하게 맑고 서늘한 물 냄새뿐이다. 이따금 바람결에 실려 오는 정향나무 꽃향기를 맡았을 때, '꽃바구니'라고 이름 붙여진 호수 한복판의 작은 섬도 우리 눈앞에 가까이 다가왔다.

나는 비서를 따라서 배를 떠나 섬에 올랐다. 늙은 고기잡이에게 몇 마디 고맙다는 말을 건네고 싶어 고개를 돌렸을 때, 그는 벌써 뱃머리에 앉아서 마치 한밤중에 깃든 커다란 물새처럼 허름한 도롱이와 삿갓 속에 몸뚱이를 웅크리고 있었다. 자갈이 깔린 오솔길을 따라 섬 한가운데로 들어갔다. 오솔길 양편에 늘어선 정향나무 가장귀가 위로 아래로 뻗어 우리 두 사람의 앞길을 다정하게 가로막았다. 비서는 나뭇가지를 헤쳐 가며 길을 이끌었다. 축축 늘어진 꽃가지들이 비서의 손길에 흔들릴 때마다 짙디짙게 무르녹은 향내가 얼굴에 확 끼쳐왔다.

우리는 아주 빠르게 작은 섬 한복판의 사방을 두루 내다볼 수 있는 높은 곳에 도달했다. 바로 여섯 차례나 잇달아 '꽃바구니 누각', 즉 화람각(花籃閣)이 세워졌다가 불타 없어진 자리였다. 그곳은 농구장 두 개를 합친 너비로, 고도는 호수의 수면에서 어림잡아 육십 미터쯤 높아 보였다. 그 자리에 서서 사방을 둘러보았더니 과연 가슴이 탁 트이고 정신이 번쩍 들 만큼 훌륭한 명당이다. 만약 이 자리에 오십 미터 높이의 누각 한 채를 세우고 올라서서 멀리 바라본다면, 사면으로 에워싼 도시와 멀리 떨어진 산등성이 그림자까지 한꺼번에 시야에 담을 수 있으리라. 이곳은 확실히 누각 한 채가 있어야 할 명당자리임에 분명했다.

불타버린 누각의 폐허는 이미 깨끗하게 정리되고, 여기저기 무더기로 쌓인 기왓장과 석재만이 현장을 중심으로 사방에 가지런히 놓여 있었다. 석재 무더기 한옆에는 또 네모반듯하게 다듬은 목재들이 차곡차곡 쌓여 있었다. 하나같이 일등급 붉은 해송으로, 자극적일 만큼 짙은 송진 냄새를 풍겼다. 이렇듯 건조한 4월에 성냥개비 하나만 그어 던져도 이 목재 무더기는 삽시간에 불태울 수 있을 것이다. 목재 곁에는 또 반듯한 비계(飛階) 더미를 줄 세워 늘어놓았다. 비계 틀과 널판 곁에는 또 새끼줄로 묶은 공구 다발과 조립부품이 무더기로 쌓였다. 일꾼 다섯 사람만 건너오면 하루 만에 건축공사 노동자 오십여 명이 공동으로 거처할 간이 숙소 한 채쯤은 조립해낼 수 있는 장비들이다. 그렇다면 눈앞에 이 모든 것들은, 두 달 전에 불타 없어진 누각의 폐허와 잔해가 아니라, 언제든지 명령만 떨어지면 곧바로 착공할 수 있는 건설공사 현장이요, 건축재료들이라는 사실을 여실히 설명해주는 것이다.

나는 석재 한 덩어리에 걸터앉았다. 남들 눈에는 고개 숙인 채 무엇인가 깊이 생각하는 것처럼 보였겠지만, 사실 나는 아무것도 생각하지 않았다. 끊임없이 엄습해오는 꽃향기 때문에 현기증이 일었다. 비서가 나지막이 묻는다. "시장님, 담배 한 대 피우시겠습니까?" 나는 대답했다. "난 오래전에 담배를 끊었네. 한 대쯤 피우는 것도 괜찮겠지만, 남이 피우는 담배연기 냄새를 맡는 게 더 좋다네." 비서가 말했다. "저도 담배를 피우지 않습니다. 여태껏 담배를 피워본 적도 없지요." 나는 이해가 되는 것처럼 고개를 끄덕끄덕했다. "좋아, 그럼 어디 한 대 피워봄세." 비서가 부랴부랴 겨드랑이에 끼고 있던 자그만 가죽 가방을 열더니 새 '중화(中華)' 담배 한 갑을 꺼내 익숙한 솜씨로 겉봉을 뜯고 은박지 한 귀퉁이를 들춰 한 개비를 퉁겨내 내 눈앞에 담뱃갑째로 내밀었다. 내가 한 개비를 뽑아 물자, 비서는 어느새 켜들었는지 초록빛 불씨가 피어오르는 금빛 찬란한 라이터를 내 담배 끝에 가져다 댔다.

"자네, 뭐라고 말 좀 해보지." 라이터 불에 비춰 반짝거리는 그의 앞니를 바라보면서 한마디 건넸다.

비서는 소리 없이 웃더니 이렇게 말했다. "이것도 하나의 규정이 아닐까 생각됩니다. 해임되어서 승진하시는 시장님마다, 새로 오시는 후임 시장님을 위해 이곳 폐허를 말끔히 정리하고 새 건축자재를 마련해놓으셨거든요. 이런 관습이 어느새 규정처럼 되어버린 겁니다."

"어째서?" 내가 물었다. "설마 부임하는 시장마다 사고방식이 똑같았다는 것은 아니겠지? 가령 내 임기 안에 이 누각을 재건축하지 않겠다면 어쩔 텐가?" 나는 송진 냄새가 풍기는 목재 더미를 가리키면서 말했다. "만일 내 건축설계가 이런 석재나 목재 따위를 필요로 하지 않는다면?"

비서의 손길이 제 목덜미를 어색하게 긁는다. "저도 모르겠습니다……"

"내 밑에 있으면서, 자네 뭘 하려는가?"

"저는 사 년 전에 대학 건축과를 졸업했습니다. 그리고 시 건축위원회에서 일 년 동안 일하고 나서 후(胡) 부시장님을 따라왔지요. 하지만 저는 친(秦) 시장님의 비서로 있던 샤오쑨(小孫)과 좋은 친구로 사귀어왔습니다. 샤오쑨은 지금 친 시장님을 따라 성(省) 위생청(衛生廳)으로 옮겨갔지만 말입니다."

밤이 깊어지면서 써늘한 기운이 엄습해왔다. 나는 나도 모르게 몸서리를 쳤다. 비서가 황망히 가방을 양다리에 끼워 잡고서 바쁜 손길로 제 몸에 걸친 외투를 벗어 내 어깨에 덮어씌운다.

나는 손사래 쳐서 그 호의를 거절했다.

비서가 고개 들어 이미 서녘으로 기운 달을 바라보았다. "일단 돌아가시지요. 시장님, 벌써 밤이 깊었습니다."

"서두르지 말게, 샤오우 군." 나는 말했다. "우린 동행 아닌가. 자네 같은 인재가 내 밑에서 비서 노릇이나 한다면 너무 아까운 일 아니겠나?"

"아니, 아니올시다!" 비서의 목소리가 다급해졌다. "저는 시장님의 비서로 발령된다는 소문만 듣고서도, 이틀 동안 밤잠을 못

잘 정도로 흥분에 들떴습니다. 시장님으로 말씀드리자면 명성이 자자하신 건축 전문가이신데, 제가 그런 분을 따르게 되면 아주 많은 것을 배울 수 있지 않겠습니까? 제 여자 친구 말이, 절더러 시장님의 비서 노릇을 할 게 아니라, 시장님 밑에서 아예 연구원생이 되라고 했으니까요."

"자네, 이 꽃바구니 누각에 얽힌 얘기를 나한테 좀 해주게." 내가 말했다.

"최근에 일어난 화재 사건은 저도 비교적 소상히 알고 있습니다만, 지난 다섯 차례에 걸친 사건은 모두 남들이 하는 말을 듣고 알았을 뿐입니다." 비서가 말했다.

"상관없네, 그저 자네가 아는 만큼 편히 얘기하게. 기름간장에 초를 쳐서 과장해 부풀린 얘기라도 내 상관치 않을 테니까." 내가 말했다.

"저는 기름간장에 초를 치고 부풀려 얘기할 줄 모릅니다, 시장님." 비서가 말했다. "최근 여섯번째 화재는 한밤중에 일어난 것입니다. 당시 전체 시내가 폭죽놀이 행사를 벌이느라 큰길 좁은 골목 할 것 없이 온통 매캐한 화약연기에 휩싸였지요. 때마침 저는 시청 사무실에서 텔레비전 설날 오락 프로그램을 보고 있었습니다. 그런데 친 시장의 비서 샤오쑨이 베란다 복도에서 고함을 지르는 것이었습니다. '불이야! 불이야!' 모두들 사무실 바깥으로 뛰쳐나가 앞 다퉈 베란다 위로 올라갔습니다. 올라가보니, 이런 맙소사! 꽃바구니 섬에 불길이 하늘을 찌를 듯하지 뭡니까. 불길이 얼마나 거센지, 마치 거대한 촛불 하나가 하늘까지 꿰뚫고 들어가는 것 같았습니다. 꽃바구니 섬을 에워싼 호수의 수면은 불빛에 비쳐 아주 잘 닦은 거울처럼 번들거렸지요. 오죽하면 시내 전체를 훤히 밝히던 등불마저 황혼 때처럼 암울해졌으니까요. 새로 건축한 지 얼마 되지도 않은 꽃바구니 누각이 치열한 불길 속에서 기우뚱기우뚱 흔들리고 있었습니다. 그 광경은 마치 화형을 당하는 사람이 자신의 마지막 남은 존엄성을 잃지 않기 위해 쓰러지지 못하고 일 분 일 초라도 더 굳세게 버티려 애쓰는 모습을 닮았더군요. 저는 제 곁에 붙어선 채 꼼짝달싹 않는 샤오쑨이 길게 내쉬는 한숨 소리를 들었습니다. 그리고 혼잣말로 나지막이 중얼거리는 소리도 들었습니다. '불이 났구나, 기어코 불이 났어……' 저는 곁눈질로 흘낏 샤오쑨을 쳐다보았습니다. 그리고 온몸을 와들와들 떨고 있는 것을 발견했습니다. 하지만 그런 태도가 격한 감동에 겨운 탓인지, 아니면 너무 추운 탓인지는 알 수 없었습니다."

"화재가 난 때는 준공한 지 얼마나 오래되어서 였는가?" 내가 물었다.

"정확히 석 달, 거기서 하루도 많지 않고 모자라지도 않는 꼭 삼 개월이 지나서였습니다." 비서가 대답했다.

"당시 친 시장은?" 내가 물었다.

"친 시장님은 밍양 시(明陽市)로 휴가를 떠나셨습니다. 그분 가족들이 줄곧 이사를 오지 않고 거기 계셨으니까요." 비서가 이렇게 대답하고 나서 말을 이었다. "모두들 베란다에 올라서서 그 화재를 보았습니다. 불길 속에 타오르는 꽃바구니 누각을 마냥 바라보기만 했지요. 화염 속에서 점점 제 형태를 바꿔가는 누각 건물,

높다랗게 치솟은 처마와 들보 기둥을 지켜보면서, 건물 전체가 요란한 굉음을 내며 무너져 내릴 때가 되어서야 모두들 무거운 짐을 부려놓은 것처럼 베란다에서 천천히 아래층으로 내려왔습니다."

"그렇다면 설마 주민들이 불구경을 하러 나오지 않았다는 건 아니겠지?" 내가 물었다.

"주민들도 숱하게 쏟아져 나와 구경했습니다. 호숫가에 사람들이 가득 늘어섰을 뿐 아니라, 거의 모든 시민들이 건물 베란다, 지붕 위에 잔뜩 올라가 섰습니다." 비서가 대답했다.

"주민들의 반응은 어떻던가?"

"전 확실히 듣지 못했습니다, 시장님." 비서가 말했다. "하지만 사건 후에 제 여자 친구가 하는 말을 들었습니다. 주민들 얘기가, 꽃바구니 섬에 여우 소굴이 하나 있는데, 그 여우 떼가 누각에 불을 질러 태워버렸다는 겁니다."

"내가 묻는 것은 그게 아닐세. 나는 지금 주민들이 그 사건에 어떤 반응을 보였느냐고 묻는 거야."

비서는 몹시 난처한 기색으로 대답했다. "아무런 반응도 없었던 것 같습니다…… 아마도 주민들 모두 화재 사건에 익숙해져 습관이 되어버린 모양입니다. 아, 참 그렇군요. 제 여자 친구 아버님—그분은 소학교 교사직에서 은퇴하신 분으로 무척 근엄하고 단정하신 어른입니다만—이 하시는 말씀을 들었는데, 그분 말씀이 꽃바구니 누각을 불탄 자리에 세웠으면 화재가 나는 것이 정상이지, 불이 안 나는 게 오히려 비정상이라고 하셨습니다. 또 이런 말씀도 하셨지요. 우리 이 도시가 발전하려면 몇 년에 걸려 한 차례씩 그런 불이 나야 한다. 올해 화재는 전보다 더 치열하게 타올라서 좋다. 섣달 그믐밤에 불이 났으니, 일 년 내내 우리 도시가 불꽃처럼 왕성하게 발전할 것이다. 제 여자 친구 어머님—그분은 문화적이지 못한 가정에서 태어나 자란 부녀자로, 의식수준이 비교적 낮습니다만—도 아무튼 이런 말씀을 하셨답니다. 불 한 번 잘 일어났지, 아주 활활 다 타버려라. 건물이 세워지던 그날부터 불이 나기를 바라지 않았나? 이제 몽땅 다 타버렸으니, 앞으로 몇 해는 두 다리 쭉 뻗고 편안히 잘 수 있게 됐어."

나는 씁쓰레하니 짧게 웃었다.

비서가 조심스레 내 눈치를 본다. "시장님, 역정 내지 마세요. 저같은 사람은 뭐든지 곧이곧대로 말씀드려야 직성이 풀린답니다."

"상관없네, 하던 얘기나 계속하게."

"다섯번째 화재는 1999년 연말에 일어났습니다. 구체적인 날짜는 크리스마스 이브였던 것으로 기억납니다. 당시 저는 대학을 졸업한 지 반년이 채 못 되어 시 건축위원회 수습직원으로 근무하고 있었습니다. 불이 나던 그날 밤, 저는 감기가 들어 수면제 성분이 첨가된 약을 몇 알 먹은 탓에 아주 푹 곯아떨어졌습니다. 날이 밝고 나서야 어머님이 저한테 일러주셨지요. 준공된 지 겨우 두 달 반이 지난 꽃바구니 누각이 밤새 불타 무너졌다고 말입니다. 어머님은 이런 말씀도 하셨습니다. '누군가 또 승진하겠구나……' 제 어머님 역시 평범한 가정주부라서 문화적 수준이 낮은 분이셨습니다. 저는 털옷에 다운재킷을 걸쳐 입고 호숫가로 구경하러 나갔습니다. 호숫가로 통하는 길 내내 오락가락하는 사람들 모두가 불구경을 끝내고 돌아오거나 저처럼 뒤늦게 구경하러 달려가느라 북적거렸습니다. 날씨가 무척 추운 탓인지, 사람들 표정은 하나같이 삭막한 기색이었습니다. 호숫가에 막 도착했을 때, 마침 부두에 접안하는 유람선 한 척을 보았습니다. 선상 갑판에는 십여 명이 타고 있었는데, 그중에는 저희 건축위원회 주임, 그리고 마(馬) 시장이 계셨습니다. 보아하니 섬 화재현장에서 돌아오는 모양인지, 그들 몸에서 눌어붙은 단내가 물씬 풍겼습니다. 지도급 인사들이 알아보지 못하게 저는 얼른 정향나무 뒤에 숨어서 소맷자락으로 얼굴을 가렸습니다. 저는 시장님이 굳은 표정으로 배에서 내리는 것을 보았습니다. 뒤따라 수행한 관리들도 줄줄이 내렸습니다만, 무엇이 그리 흡족한지 모두들 유쾌한 기색을 띠고 있었습니다. 그날 저녁 중앙방송국 뉴스 보도가 있기 전에, 시장님이 텔레비전 방송을 통해 담화를 발표했습니다. 그분은 우선 시 전체 인민들에게 사과의 뜻을 밝혔습니다. 갓 준공되어 성대한 낙성식을 거행했던 아름다운 화람각, 시 전체 인민들에게 사랑받던 금빛 찬란한 꽃바구니 누각을 다시 볼 수 없게 된 데에 대한 자아비판을 했던 것입니다. 그러고 나서 자신에게 주어진 제한된 임기 안에 반드시 후임 시장이 꽃바구니 누각을 재건할 수 있도록 만반의 준비를 갖추겠다고 약속했습니다. 그런데 텔레비전에서 담화문을 발표한 지 얼마 안 되어, 마 시장님은 칭보 시(淸波市) 서기로 승진되어 떠나셨습니다."

"화재 원인은?" 내가 물었다.

"낙뢰였습니다." 비서가 한마디로 대답했다. "시 기상대장(氣象

臺長)이 텔레비전 방송에 출연해 어떻게 해서 추운 겨울철에 낙뢰 현상이 발생할 수 있었는지 그 과학적인 이치를 전문가답게 해설했습니다."

"주민들은 뭐라고 하던가?" 내가 물었다. "또 자네 여자 친구의 아버지와 어머니는 무슨 말을 했고?"

"전 그때 아직 여자 친구가 없었지요. 제 여자 친구는 작년 여름에야 사귀게 되었습니다. 그녀는 시장님을 무척 숭배한답니다." 비서가 쑥스럽게 말했다.

"네번째로 꽃바구니 누각을 불사른 화재는 1995년 7월 뇌우가 퍼붓던 어느 날 밤중에 일어났습니다. 천둥과 벼락이 요란했지만 비는 그리 많이 오지 않았다고 합니다." 비서가 말했다. "당시 시장은 팡훙모(方洪謨)였습니다. 화재가 나던 그 이튿날로 그는 교통청(交通廳) 부청장으로 자리를 옮기라는 승진 임명장을 받았습니다.

꽃바구니 누각을 세번째로 불태운 화재 사건은 1992년 3월, 봄빛이 무르익은 어느 맑고 아름다운 날 밤에 일어났습니다. 그 당시 시장은 자오징야오(趙敬堯)였는데, 불이 난 지 열흘 뒤에 그는 성 계획위원회 주임으로 승진되어 떠났습니다.

두번째로 꽃바구니 누각이 불타 무너진 화재 사건은 1989년 6월, 당시의 시장은 한중량(韓忠良)이었는데, 불이 난 지 한 달 후에 그는 임기를 다 채우지도 않고 성 정부 소재지가 있는 도시의 사범대학 당 위원회 서기로 승진하여 떠났습니다.

최초의 꽃바구니 누각 화재 사건은 1987년 7월, 당시 시장은 장

펑녠(蔣豊年)이었는데, 그 역시 건축학을 전공한 사람이라고 합니다. 재임기간에, 그는 낡아빠진 도시구역을 뜯어고치고 차도를 확장했으며, 호수 밑바닥에 백 년 넘게 쌓인 진흙을 말끔히 준설하고, 호수 한복판에 자리 잡은 섬 위에 꽃바구니 누각을 세우는 한편, 소규모 거주구역을 일곱 군데나 건설하여 시민들의 어려운 주거 문제를 크게 완화시켰습니다. 그 덕분에 시장직을 두 번이나 연임하고 위엄과 명망이 무척 높아졌습니다. 꽃바구니 누각을 완공하고 났을 때 그의 명망은 절정에 달했답니다. 꽃바구니 누각에 화재가 난 뒤에도 주민들이 견책한 적은 없었지만, 그 자신은 무척 고통스러워했습니다. 소문에 따르면, 그는 불타 폐허가 되어버린 화재현장에 서서 눈물을 흘리며 꽃바구니 누각을 재건하겠노라고 굳게 다짐했지요. 그런데 두 달 후에, 그는 성 건축설계원(建築設計院)의 원장으로 발탁되어 전근하고 말았습니다."

"나 역시 그 원로 동지를 알고 있네. 인품 좋고 업무에도 매우 충실했지." 내가 말했다.

*

곧 이어진 한 달 내내, 새로 부임한 시장은 홍보 담당 부서를 거쳐 보내온 일반 시민들의 편지를 끊임없이 받았다. 편지 내용은 죄다 꽃바구니 누각을 다시 세워달라는 요구였다. 편지에 쓴 서명은 '대중의 목소리' '군중의 마음' '민의' 등등, 척 보기만 해도 쉽사리 알 수 있는 가명이 대다수였고, '은퇴 간부 일곱 명'이라든가 '원로 당원 여덟 명', '다섯 어머니' 들과 같이 떳떳한 익명도 적지 않았다. 그리고 또 호숫가 부근의 소학교 학생과 교사 육백 명이 연명(連名)해서 보내온 공개서한도 있었다. 어린아이들의 치졸한 서명이 백지 두 장을 빼곡하게 메운 탄원서였다. 시장은 처음에는 진지하게 이들 편지를 꼼꼼히 읽어보았으나, 이내 염증을 느꼈다. 그는 비서를 시켜 홍보 담당 부서에 지시를 내렸다. 꽃바구니 누각 재건에 관한 서신을 더는 시장에게 올리지 말고 규정대로 처리하라는 것이다.

꽃바구니 누각 재건축 사업에 대하여, 시장은 줄곧 명확한 태도를 보이지 않았다. 하지만 그가 부임한 지 두 달째 되던 첫날, 그와 관련된 명령을 하달했다. 일주일 이내에 꽃바구니 섬에 비축되어온 석재와 목재 등 건축자재들을 전부 옮기고 구매한 가격의 절반 값으로 판매 측에 반품하라는 내용이었다. 담당자는 난색을 표명했으나, 시장이 코웃음으로 일관하는 바람에 무안을 당하고 어색하게 물러나야 했다.

시장이 부임한 지 석 달째 되던 첫날, 시 정부 소회의실에서는 시장이 처음으로 소집한 업무회의가 개최되었다. 회의석상에서 첫번째 주요 의제로 채택된 것은 꽃바구니 누각 재건사업이었다. 시장은 자기 손으로 직접 그린 설계도를 벽에 걸어놓고 접었다 폈다 하는 스테인리스 교편(敎鞭)으로 조목조목 짚으며 부하직원들에게 새로운 청사진과 예전 설계도의 차이점을 설명해주었다. 시장은 건축 전문가로서 진정한 권위를 보유한 사람이었다. 따라서 그의 입에서 나오는 말은 하나같이 건축 전문용어였다. 설명을 다 듣고 나서 그의 부하직원들은 열렬한 박수로 시장의 설계에 대해 찬성의 뜻을 표했다. 시장이 손을 들어 부하직원들의 박수를 그치게 한 다음 매우 중요한 담화를 발표했다. 새로 건축할 꽃바구니 누각은 예전에 지어졌다 번번이 불타버린 누각과 외견상으로는 사실 그리 큰 차이가 없다, 가장 큰 차이점은 바로 건축자재에 있다고 했다. 시장의 말은 계속되었다. 새로운 꽃바구니 누각에 사용될 벽돌은 내화벽돌, 지붕에 올릴 기와도 불에 견디는 내화기와, 대들보와 도리, 처마 끝을 떠받치는 공포(栱包), 문짝과 창틀에 이르기까지 모든 부분을 순전히 강철이나 청동으로 주조된 자재만으로 쓴다는 얘기였다. 시장은 말했다. 섭씨 삼천 도의 고온이 아니고서는 그 자재들을 녹이지 못한다, 그래야만 세워질 때마다 번번이 훼손당할 수밖에 없었던 꽃바구니 누각의 역사가 이제 거기서 마무리될 것이라고.

담화를 마친 시장이 부하직원들의 애매모호한 표정을 지켜보면서 의미심장하게 웃음 섞어 말했다. "설마 여러분 모두 꽃바구니 누각이 일곱번째 화재로 불타 무너지기를 바라는 것은 아니겠지요?"

이튿날, 시장이 설계한 새로운 꽃바구니 누각의 청사진과 여기에 사용될 건축자재 목록이 시 정부기관지와 일간신문에 지면을 대폭 할애하여 게재되고, 텔레비전 방송국에서도 이에 관련된 뉴스와 해설을 보도했다. 자신감에 넘친 시장은 판공실에 대중들의 반응과 여론을 수집하고 조사하라는 분부를─애당초 시장이 예상한 것처럼 대중 인민들의 전폭적인 지지와 찬미의 소리가 들려오기를 바라고 내린 지시였다—내렸다. 그러나 판공실이 수집해 들인 반응과 여론의 결과는 자신감으로 불덩이처럼 달아오른 그의 머리통에 차가운 얼음물 한 통을 뒤집어씌운 격이나 다름없는 것이었다. 판공실은 대중들의 여론을 분석해 설명했다. 대중의 절대다수가 새로운 꽃바구니 누각 설계 방안에 대해 반감을 드러내고 있다는 사실, 그중에서도 제일 반감을 품은 것은 뜨거운 불길에 견딜 만한 내화 건축자재를 쓴다는 점이었다. 이날 밤, 뜻밖의 여론 결과에 낙심천만으로 기가 꺾인 시장은 자기 집무실에서 부임 이래 예순두 편째 일기를 써내려갔는데, 그중에 이런 대목이 있었다. '혹시 대중 인민들이 화재 사건을 필요로 하고 있는 것은 아닐까……?'

손에 붓을 잡은 시장이 자신의 참담한 심사를 부지런히 옮겨 쓰고 있을 때, 집무실 문짝이 벌컥 열렸다. 문을 열고 들어선 이는 어쩌면 용모가 빼어나게 아리땁고 얼굴에 화장을 하지 않은 젊은 여인일 수도 있고, 어쩌면 진주 보석으로 휘황찬란하게 꾸미고 한창 젊었던 시절의 아름다움을 되새기며 야할 정도로 짙은 화장을 한 중년 아낙이었는지도 모른다. 또 어쩌면 버들잎처럼 고운 눈썹을 잔뜩 찌푸리고 눈물 흘린 자국이 두 뺨에 점점이 얼룩진 여인, 머리에 흰무늬 옥양목을 뒤집어쓴 청상과부였을 수도 있고, 어쩌면 닭 껍질처럼 쭈글쭈글한 살갗에 구부정한 지팡이를 짚은 백발 노파였을지도 모른다. 또 어쩌면 깔끔하게 세탁한 백색 인민복을 차려입고 테두리가 닳아빠진 낡은 가죽 가방을 겨드랑이에 낀 나이 지긋한 남자였을 수도 있고, 어쩌면 반들반들 윤기 나는 검정

가죽 재킷을 걸치고 불룩한 배를 내민 중년의 사내였을지도 모른다. 또 어쩌면 비굴하리만치 허리 굽히고 자라목을 움츠린 채 상사 앞에 쭈뼛거리는 말단 공무원일 수도 있는데……, 아무튼 시장의 면전에 나타난 사람의 정체에 관해서는 소문이 각양각색이었다. 그러나 시장 자신은 뒤미처 전해내릴 이야기가 무엇인지 분명히 알고 있었다. 그가 제아무리 상투적인 속물 티에서 벗어나기 위해 어떻게 애를 쓰고 얼마나 발버둥을 치든, 자신이 구상한 모든 것들이 때에 따라서 유행하는 삼류 소설의 졸렬한 모방 작품으로 바뀔 수도 있다는 사실을.

물구나무서기

....

倒立

1

대문을 나설 때가 되자 마누라는 억지로 내 목에 넥타이를 매어 주고, 양복 한 벌로 번듯하게 갈아입혔다. 자전거에 올라타 황혼이 깃든 길거리를 달리는 동안 마주치는 행인들마다 모두 유별난 눈빛으로 날 쳐다보는 느낌을 받아, 흡사 벌거벗은 몸뚱이에 가랑비를 맞는 듯 스멀거렸다. 넥타이 맨 양복 차림새로 자전거를 타고 달렸으니 그들의 눈에 영락없이 꼴불견으로 보였을 것이다. 시에서 운영하는 영빈관의 널따란 안마당에 들어서기 무섭게, 히말라야 산 소나무 그늘 밑으로 숨어 들어가 부리나케 목에 맨 넥타이를 끌러 호주머니에 쑤셔 넣은 다음, 양복저고리를 벗어 두세 군데를 손으로 비벼서 구겼다. 원래 생각은 흙을 한 줌 뿌려 낡은 옷처럼 보일까 했으나 집에 돌아가면 마누라가 보고 발광 떨 것을 생각하니 차마 그럴 수 없어 이런 모양새로나마 고쳐 입은 것이다. 옷차림이 격식에 맞지 않고 후줄근해졌으나 역시 딴 도리가 없었다.

불빛 아래 어두운 구석, 바람결에 일렁일렁 흔들리는 나무 그늘을 따라서, 하얀 대리석 파편을 쪼개 깔아놓은 오솔길만 골라가며, 나는 영빈관 깊숙한 곳 제일 호화스런 1호 건물 쪽으로 걸어갔다. 성 위원회 조직부 부부장(副部長) 쑨다청(孫大盛)이 오늘 저녁 1호 영빈관 레스토랑 5호 특실에 잔치를 열고 우리들—즉 중학교 동창들을 초대한다고 했다. 나 역시 초대받았다는 소식을 전해 들었을 때, 나는 영화관 앞 광장 구석에 있는 내 자전거 수리 가게, 가게라고 해봤자 길바닥에 좌판을 벌여놓은 노점상이지만, 아무튼 거기서 헐어빠진 구두를 꿰매는 뚱뚱보 신기료장수 친(秦)가 녀석과 장기를 두고 있었다. 내 마누라—십 년 전 폴리프로필렌 섬유공장에서 퇴직당해 쫓겨난 애물단지가 숨이 턱에 차도록 헐레벌떡 급히 달려왔다. 나는 장기판 왼쪽 눈금에 놓였던 포(包)를 적진 깊숙이 밀어 넣으면서 호기 만만하게 외마디 소리를 질렀다. "장 받아라!" 그러고 나서 고개를 쳐들어 이제 막 숨차게 뛰어오느라 온몸의 살갗마저 부들부들 떨고 있는 마누라를 올려다보며 물었다. "뭣 때문에 뜀박질을 하는 거야? 집에 불이라도 났나, 아니면 누구한테 강간을 당했나?" 마누라가 냅다 날 걷어차면서 욕설을 퍼붓는다. "이런 등신 같으니, 어쩌자고 사람답게 말 한마디 제대로 할 줄 몰라?" 친가 녀석이 눈을 딱 부릅뜨고 내게 따져 물었다. "이거 어떻게 된 거야? 자네 포가 언제 이리 넘어왔어?" "언제라니? 자네 방금 언제라고 했나? 내 포는 줄곧 이 자리에 버텨 있었어. 자네 마(馬)가 건너뛰어서 길을 양보할 때까지 기다렸단 말이야." "난 못 봤어, 못 봤다니까." "못 보았다니, 허어, 참! 이런 경우를 두고 눈치코치 없이 한눈팔다간 입에 파리나 들어가기 십상이란 거야. 장기 두는 작자가 장기판은 들여다보지 않고 뭘 보고 있었어?" "자네 마누라를 쳐다보고 있었다, 왜!" "내 마누라 볼품이 뭐 있다고?" "자네 마누라 볼품이야 많지. 평퍼짐한 엉덩이 두 짝, 투실투실한 비곗살에, 팔뚝은 피둥피둥하다 못해 내 넓적다리만큼이나 굵다랗고, 이런데도 볼품이 없다는 거야?" 내 마누라 발길질 한 번에 우리 장기판이 홀러덩 뒤엎어졌다. 그러고는 누구에게랄 것도 없이 냅다 욕설을 퍼붓는다. "이런, 동네 강아지도 안 처먹고 도둑고양이도 안 물어갈 옴두꺼비 저질 사내들! 어디 장기를 두고 싶거든 둬봐! 마음대로 둬보라니까!" 마누라가 장기 알을 걷어차 사면팔방 길바닥에 온통 뒹굴려놓으면서 입으로 악담을 퍼부었다. "자, 내가 판을 크게 벌여놓았으니까, 어디 실컷 장기를 두지그래, 이런 등신 같은 작자들아!"

나는 마누라가 진짜 성난 것을 보고 이것 큰일 나겠다 싶어 냉큼 일어나 그녀의 평퍼짐한 엉덩이를 철썩 두드려주었다. "여보, 마누라. 화내지 말라고. 내가 당신 놀려주려고 우스갯소리 좀 한 걸 가지고 성깔 부려서야 쓰나." 마누라가 내 기름때 찌든 손길을 사납게 뿌리치면서 악을 썼다. "꼴도 보기 싫으니까, 저리 꺼져요!" 나는 호주머니에서 액면 오십 위안짜리 빳빳한 지폐를 꺼내 그녀의 손아귀에 쑤셔 넣었다. "오늘 재수가 좋아서 산악용 자전거 한 대를 아주 크게 손을 봐줬지 뭐야. 배짱 좋게 수리비조로 오십 위안을 불렀더니, 그 바보 같은 녀석이 한 푼도 깎지 않고 그 지폐를 휙 던져주는 자전거에 올라타기 무섭게 횡하니 달려 가버리는 거야." 그러자 허리를 구부리고 땅바닥에 뒹구는 장기 알을 줍던 친가 녀석이 한마디 했다. "자네, 그놈이 누군지 알기나 해?" "누군데?" "바로 도끼방의 두목이라네." 친가 녀석이 목청을 잔뜩 억눌러 귀띔해준다. "사람 놀라 자빠지게 하지 말라고." 내가 말했다. "난 어릴 적부터 담보가 작으니까." 친가 녀석이 말했다. "내가 자넬 놀라게 했다면 내 자네 마누라가 낳아 기른 사생아일세." 내 마누라가 곁에서 악을 고래고래 질렀다. "주둥이 닥쳐, 이 제밀할 것, 네 어미한테나 가서 그런 소리 지껄여라! 내가 사생아를 낳아 길러도 너 같은 놈은 기르지 않을 게다!" 나 역시 덩달아 호기 있게 말했다. "그 작자가 도끼방의 두목이라면 또 어쩔 테야? 나처럼 한평생 두고두고 궁상맞게 자전거 수선이나 하면서 손재주 하나만 의지해 힘겹게 벌어먹고 살아가는데, 그 작자가 날 어떻게 할 거야? 다시 말해서, 난 그놈의 낡아빠진 고물 자전거 위아래를 손보느라 시간을 적지 않게 잡아먹었고 기름도 발라주었겠다, 헐거워진 나사도 조여줬겠다, 하다못해 바퀴살마저 반짝반짝 윤이 나게 닦아주었잖아? 그러고 오십 위안밖에 안 받았으니 많이 요구한 것도 아니지." 친가 녀석이 말했다. "아무렴, 많이 받은 것도 아니지. 한 오백 위안쯤 달라고 했어도 그 작자는 서슴지 않고 자네한테 주었을 거야." 나는 친가 녀석의 얼굴에 여우처럼 교활한 미소가 피어오르는 것을 발견하고 내처 물었다. "자네 그 말, 무슨 뜻으로 한 거야?" 친가 녀석이 대꾸했다. "아무 뜻도 없는 얘길세." 내가 따져 물었다. "말을 그렇게 해놓고도 아무런 뜻이 없다니, 될 법이나 한 소리야?" 그랬더니 친가 녀석은 무슨 음모라도 꾸미려는 것처럼 사방을 한 바퀴 둘러보고 나서 목소리를 잔뜩 낮춰 말했다. "자네, 그 지폐를 한 번 잘 살펴보게."

나는 대뜸 마누라의 손에서 그 지폐를 빼앗아 들고 햇빛에 비춰 보았다. 지폐 속에 감춰진 노동자 나리의 얼굴 모습만 흐리멍덩할 뿐 아니라, 주둥이를 중심으로 수염이 덩그렇게 자라났다. 이상하구나 싶어 이번에는 뚱뚱보 친가 녀석에게 진짜 지폐 한 장을 빌려 대조해보았더니, 이런 맙소사! 과연 위조지폐가 틀림없다. "제 미붙을 놈!" 냅다 고함 질러 욕설을 퍼붓자, 광장에 하릴없이 서성거리던 건달 녀석들이 모두들 고개를 돌리고 날 쳐다본다. 마누라가 내 손에서 문제의 지폐를 낚아채더니 이리 뒤집고 저리 뒤채고, 손끝으로 또 문질러보고 다시 햇볕에 비춰 보았다. 그리고 그녀 역시 끝내 의심할 것 없는 위조지폐라고 단정했다. 마누라는 투덜투덜 내게 화풀이를 했다. "흥! 남더러 눈치코치 없이 한눈팔다 제 아가리에 파리 날아드는 줄도 모른다고 핀잔을 주더니만, 당신이야말로 파리만 삼키는 게 아니라 남이 싸놓은 똥이라도 핥아먹을 위인이야!" 나는 마누라가 갱년기에 시달리고 있는 줄 뻔히 아는 만큼 섣부르게 그녀와 입씨름할 엄두가 나지 않아, 욕바가지를 뒤집어쓴 불만의 화살을 친가 녀석에게 돌렸다. "너 이 잡놈의 새끼, 그 작자가 위조지폐로 나한테 농간을 부리는 줄 뻔히 알면서도 어째서 미리 일깨워주지 않은 거야?" 친가 녀석이 나지막하게 속삭였다. "나도 자네한테 귀띔해주고는 싶었지. 한데 그럴 배짱이 나한테 어디 있겠어? 그 작자가 누구야? 방금 자네한테 얘기한 것처럼 도끼방의 두목일세. 생사람 잡는 데 전문가란 말이야. 그런데 오늘 자네한테 귀띔해주었다간 내일 이맘때쯤 그 무서운 도끼날에 내 팔뚝 한쪽 아니면 다리 한 짝 썽둥 찍혀 날아가버리기 십상이었을 걸세."

"제미하고나 붙어먹어라!" 나는 여전히 욕설을 그치지 않았다. 하지만 목소리만큼은 이미 낮아졌다. 친가 녀석도 미안한지 좋은 말로 달랬다. "자네 오늘 손재수 붙은 줄로나 치부해버리게. 자네가 힘도 좀 들었고, 기름도 좀 허비했고, 부속품 몇 가지도 갈아끼워주지 않았나? 다시 말해서, 그래봤자 꼭 손해를 본 것은 아닐세. 얼마나 많은 사람들이 그 도끼방의 두목 얼굴을 한 번 맞대보고 환심을 사지 못해 안달하는지 모른다니까."

"이 어르신은 그저 손재주 하나만 믿고 밥벌이나 하면 했지, 어느 누구와도 얼굴 맞대놓고 환심을 사려고 안달해본 적이 없는 사람이야." 남이 들을까 낮은 목소리로 투덜거리다보니, 들뜬 마음이 차분히 가라앉으면서 점차 평온해지기 시작했다. 그제야 나는 마누라에게 물었다. "아직 임자한테 묻지도 못했군. 도대체 무슨일이 났기에 그렇듯 헐레벌떡 급살 맞게 뛰어온 거야?"

친가 녀석이 끼어들었다. "일은 무슨 일? 급살 맞게 욕정이 동해서 낭군 보러 뛰어왔겠지 뭐……"

"뚱뚱보 친가 놈아, 가서 암캐 같은 네 어미한테나 그런 소리 지껄여라! 개 아가리에 상아가 돋칠 턱이 있나!" 뚱뚱보 친가 녀석한테 몇 마디 호된 욕설을 퍼부은 마누라가 다시 나한테 신바람 나게 지껄여댔다. "내 방금 달걀 값이 오른다는 소문을 듣고 야채 시장에 달걀 좀 사러 나갔다가, 우연치 않게 신화서점(新華書店)을 경영한다는 당신 동창생을 보았어요. 이름이 뭐라더라…… 아이 참 내 정신 좀 봐, 그 동창 이름이 샤오마오팡(肖茂方)이라고 했지! 별명은 '뒷간'이라 했고 말이야. 신화서점에서 부사장 노릇을 한다든가. 옳아, 맞아, 바로 그 뒷간이 지프차를 몰고 나타났지 뭐예요. 자가용이라곤 해도 금방 사개가 물러날 것 같은 고물 지프차를 운전하다 날 보았는데, 차에서 내리지도 않고 차창 바깥으로 웃통만 내민 채 소리쳐 부르지 않겠어요? 느닷없이 '형수씨!' 하고 부르는 바람에 내 얼마나 깜짝 놀랐는지…… 내가 말했죠. '그러고 보니 큰아주버니였군요. 어서 지나가기나 해요. 편히 쉬러 집에 돌아가는 길 아니에요?' 그랬더니 대뜸 묻는 말이, '도둑 발 웨이(魏)가 녀석, 지금 어디 있소?' 하기에, 도둑 발 웨이 동지는 꼭두새벽부터 영화관 앞 공터에 자전거 수선 좌판을 지키러 나갔다고 했죠." "이런 구린내 나는 여편네 주둥아리 봤나! 그따위 형편없는 떨거지 녀석한테 자기 남편 별명을 함부로 부르다니!" 내가 버럭 호통 쳐 꾸짖었다. "남들 부르는 대로 한 소린데 뭘 그래요?" 마누라가 면박을 줬다. "어쨌든 얘기나 마저 들어봐요. 내가 당신 동창생한테 이랬죠. '큰아주버니, 급한 일이라면 내 금방 찾아서 데려올게요.' 그랬더니 그 사람은 팔뚝을 쳐들고 손목시계를 보더니 이러는 거예요. '찾아올 것은 없고, 당신이 도둑 발한테 가서 일러주기나 해요.' '무슨 일인데요?' '우리 옛날 동창생 쑨다청 알죠? 그 친구가 성(省)에서 돌아왔는데, 오늘 저녁 일곱시 정각에, 시 정부 영빈관 1호 건물에 있는 레스토랑 5호 특실에 손님을 초대할 예정이랍디다. 초대할 손님이 죄다 우리 동창생들이고 말이오. 그러니까 도둑 발더러 일찌감치 좌판 걷어치우고 약속 장소에 모이라고 전하세요. 늦지 말라고 해요.' 나는 그 사람더러 집에 가서 차 한 잔 드시라고 했죠. 한데 그 사람 말이, 알려줘야 할 사람이 아직 여럿 남았다며 서둘러 가봐야 한다는 거예요. 그러고는 고물 지프차를 몰고 휭하니 떠나버리는 게 아니겠어요? 나는 그런 일이라면 미적거려선 안 된다고 생각했죠. 그래서 당신한테 일러주려고 내처 달려온 거예요. 당신, 그 쑨가 성을 가진 동창생이 어떤 지위에 올라 있는지 알아요?" "어떤 지위?" "뒷간 얘기로는 얼마 전에 무슨 부부장이라든가, 좌우간 무척 높은 자리에 올라서 성 전체 간부들의 태반이 그 사람 관할 아래 귀속되었다는 거예요."

'옳거니 쑨다청, 그 원숭이 녀석이었구나!' 나는 속으로 흥분에 들뜬 심사를 억누르면서 건방진 말투로 빈정거렸다. "그놈이 무슨 부부장이라고? 부부장 노릇은 둘째 치고 그보다 더 높은 관청 나리가 되었다 해도 오줌싸개는 역시 오줌싸개야. 그 녀석이 성 전체 간부들을 관할하는지 몰라도 나까지 관할하는 것은 아니잖아?"

"요 뻔뻔스런 낯짝 좀 봐, 얼굴이 뜨겁지도 않아요?" 마누라가 쏘아붙였다. "그놈의 알량한 낯짝 세운답시고 내 체면까지 깎아내리지 말라고요! 남들은 그렇게 높은 자리에 올랐어도 당신처럼 고물 자전거 수리나 하는 못난이를 잊지 않았는데, 당신이 뭐라고 오히려 젠체하면서 그런 고위 관리한테 버르장머리 없이 엿을 먹이는 거예요?"

난 정말 화가 좀 나서 마누라에게 따졌다. "고위 관리라니, 그건 누군들 못하겠어? 부부장은 둘째로 치고 성장(省長)을 시켜줘도 난 해낼 수 있단 말이야. 하지만 임자가 그 녀석들더러 자전거를 고치거나 헤진 구두를 한번 꿰매보라고 해. 안 그래, 친가야? 그런 너절한 녀석들이 해낼 수 있겠어?" "절대로 못하지!" 친가 녀석이 말했다. "도둑 발, 자네 입놀림이 너무 심하네. 지금은 그렇게 억지 부리고 우겨대지만, 자네 동창생인가 뭔가 하는 부장 동지를 만나보면 그 자리에서 뼈마디마저 녹신녹신하게 풀어질 걸세." "피이! 턱도 없는 소리 말라고. 만일 다른 높은 간부 나리를 본다면 나도 오금이 저려 벌벌 떨지 모르겠지만, 그 쑨다청이란 놈은 성 부부장 아니라 지구촌의 촌장이 된다 해도 난 무서울 게 없단 말이야. 그 오줌싸개 녀석은 열여섯 살 먹을 때까지 기저귀를 차고 다녔어. 우리 집 앵두를 훔쳐 먹으려고 담장을 뛰어넘다가 자칫 실족해서 우리 집 돼지 우릿간에 떨어지고 말았지. 그래도 우리 아버님이 마음씨가 착하셔서 발 두 개 달린 쇠스랑으로 그 녀석을 건져내주셨단 말씀이야. 그놈이 딴 사람 앞에서 거드름을 부려도 괜찮겠지만, 흥! 내 앞에서만큼은…… 에이, 우리 그런 얘기는 그만두자고. 내 앞에서 거드름을 부릴 엄두도 내지 못한다고 얘기하긴 뭣하니까, 차라리 쑥스러워 않는다고나 얘기하는 것이 낫겠네." "자네 여기서 된 소리 안 된 소리 허풍 떨지 말게." 친가 녀석이 핀잔을 준다. "옛날 성현께서 말씀 한번 잘하셨지. '차일시피일시(此一時彼一時)'라, 이것도 저것도 다 한때 일이라고 하지 않았는가? 남이 소싯적에 무슨 떳떳치 못한 일을 했다고 나쁘게 욕하지 말라고. 누가 뭐래도 그 사람은 지금 대 간부 어르신이 아닌가? 그런 높은 자리에 올라 있으면서도, 고물 자전거 수리나 하는 동창생을 잊지 않았다니, 그거야말로 자네한테는 커다란 행운일세." "행운이라고? 천만의 말씀을! 이 어르신한테는 별 볼 일 없네." "주둥아리는 그렇게 말해도 속마음은 어떻게 생각하고 계실꼬?" 친가 녀석이 조롱 섞인 말투로 비웃는다. "흰소리 그만 늘어놓고 어서 빨리 좌판이나 걷어치우게. 냉큼 집에 돌아가 면도하고 세수하고 잔치자리에 나갈 준비를 서둘러야지! 이것 봐 도둑발, 내 솔직히 말하겠네만, 나한테 자네처럼 존귀하신 동창생이 한 분 계시다면, 날 때려죽이는 한이 있더라도 이런 데 좌판 늘어놓고 쭈그려 앉아 고물딱지 자전거 수선쟁이 노릇일랑 하지 않겠네!" "자전거 수선이 뭐 어때서?" 내가 반문했다. "이 도시 안에 시장님이 안 계셔도 주민들은 어제나 오늘이나 다를 바 없이 예전처럼 살아갈 수 있지만, 고물 자전거 수선쟁이인 내가 없다면? 물론 신기료장수 자네까지 포함해서 하는 말이네만, 우리 인민 군중들은 무척이나 불편함을 느낄 걸세." "허어, 듣자 듣자 하니 갈수록 태산이로군! 남부끄러운 줄도 모르고 뻔뻔스런 낯짝으로 하는 그 소리, 내 차마 못 들어주겠네그려." "당신 그 궁상맞은 꼬락서니 좀 보라고요! 이거야말로 죽은 고양이더러 나무 위에 올라가라고 하는 게 낫지, 내 어쩌자고 당신 같은 사람한테 시집와 평생토록 죽을 고생하고 있으니, 정말 내 눈이 멀었지, 멀었어!" 잔뜩 화가 난 마누라가 식식대며 한바탕 포달을 부리더니 휙 돌아서서 가버린다. 나는 그 뒤를 쫓아가면서 이죽거렸다. "이것 봐, 모르는 소리 말라고! 임자 꼬락서니를 좀 둘러보고 그런 소릴 해야지. 그래도 나 같은 사람이 있으니까 임자가 시집올 수 있었던 거 아냐? 미국 대통령한테 시집가고 싶어? 하지만 저쪽에서 임자 같은 사람은 거들떠보지도 않으니 그게 안됐지 뭐야." "어이, 도둑 발 왜 이가야!" 등 뒤에서 뚱뚱보 친가 녀석이 사뭇 정중하게 조언을 한다. "쓸데없이 혓바닥만 너불대지 말라고. 이건 아주 좋은 기회니까 꼭 붙잡아야 해. 그렇게 훌륭한 옛날 동창생이 자넬 지명해서 초대했다는 것은, 그 사람 마음속에 아직도 자네가 자리 잡고 있다는 얘기 아닌가? 이번 기회를 틈타 관계를 맺으라고. 연줄만 잡아놓으면, 내 장담하네만 앞으로 자네한테 손해될 것은 없을 거야. 혹시 누가 아나, 이 형님께서도 자네 덕 좀 보게 되는지. 자네도 잘 생각해봐. 성 위원회 조직부 부부장이라면, 그 사람 수중에 권력이 엄청나게 크다니까……!"

2

영빈관 1호 건물 안의 등불 빛이 온통 대낮처럼 밝은데, 건물 앞 빈터에는 고급 승용차 십여 대가 줄지어 섰다. 차체 겉면이 왁스를 먹여 닦아 번지르르한 것이, 영락없이 등딱지를 드러내고 여덟 발을 오므린 채 가지런히 늘어놓은 바닷게들을 닮았다. 양복 차림의 젊은 녀석 하나가 건물 현관 앞에서 한가롭게 서성거리는데, 제법 으쓱대는 기세만 보아도 성 직속기관에서 내려온 녀석임을 첫눈에 알아볼 수 있었다. 나는 나무 그늘 아래 숨어서 그를 관찰했다. 허어 참, 그 녀석. 다른 이의 일거수일투족을 지켜보면서 그렇듯 천연덕스레 거침없어 보일 수가 없다. 양복 차림새도 몸에 걸친 게 아니라 태어날 때부터 몸뚱이에 붙어 입고 나온 것처럼 보였다. 젊은 녀석이 손목에 찬 시계를 흘낏 들여다본다. 나도 덩달아 시계를 보았다. 빛줄기가 너무 어두워 또렷이 보이지 않는다. 어림잡아 일곱시까지는 시간이 좀 남지 않았나 싶었다. 약속된 시간이 아직 남았는데 앞당겨 들어가고 싶지 않았다. 그렇지 않은가? 일곱시에 모이라고 했으면 일곱시에 와야 옳은 일, 남의 혐오감을 사지 않으려면 말이다. 나는 2층 커다란 객실, 눈보다 더 새하얀 커튼이 치렁치렁 걸린 방 안에 불빛이 휘황찬란한 가운데 흔들거리는 사람의 그림자가 불투명한 창문을 통해 비쳐 나오는 것을 보았다. 곧이어 그 안에서 숨이 차도록 호탕한 웃음소리가 들렸다. 나는 그 웃음소리를 낸 장본인이 바로 남의 집 앵두를 따먹으려다 돼지 우릿간에 처박혔던 말썽꾸러기 소년, 지금은 성 위원회 조직부 부부장이란 고위직에 오른 쑨다청이라는 사실을 알아차렸다. 그를 만나보지 못한 지도 벌써 이십여 년, 지금 이 시각 내 머릿속에 꿈틀꿈틀 움직이는 것은 죄다 그가 어렸을 적에 원숭이처럼 교활하고 영악스럽기 짝이 없는 생김새에다 괴상야릇한 도깨비짓만 골라 저지르던 개구쟁이의 모습이었다. 그때는 아무도 그가 이렇듯 큰 인물이 될 줄은 상상조차 못했던 것이다. 정말

'사람은 겉모습만 보아선 알 수 없고, 바닷물은 됫박으로 헤아릴 것이 아니라' 더니, 과연 틀림없는 얘기 아닌가! 나무 그늘 아래에서 빠져나와 대낮같이 밝은 건물 대청 쪽으로 걸어가는 동안, 나는 줄곧 마음속 깊이 감개무량함을 느꼈다. 풍격이 멋들어진 그 젊은 녀석의 날카로운 시선이 훑어보는 바람에, 나는 겁을 집어먹고 움찔했다. 발바닥이 접착제에 들러붙은 것처럼 꼼짝달싹하지 않았다. 천만다행히도 때마침 샤오마오광의 고물 지프차가 덜컹덜컹 요란하게 소리를 내며 안마당 주차장에 들어섰다. 나는 구원의 별이라도 본 것처럼 휑하니 그 앞으로 나갔다.

차에서 꾸역꾸역 쏟아져 나온 것은 식량국장 둥량칭(董良慶), 교통국 부국장 장파잔(張發展), 정치 법률위원회 부서기 쌍쯔란(桑子瀾), 그리고 또 물론 신화서점 부지배인 '뒷간'도 포함되었다. 이들 네 사람은 하나같이 관리들이다. 모두가 나보다 출세한 작자들이라, 나는 속으로 멋쩍고 언짢은 생각이 드는 걸 어찌할 수 없었다. 그러나 이내 자신을 위안했다. 이 녀석들이 내 앞에서 관리랍시고 으스대겠지. 그러나 쑨다청 앞에서야 결국 보잘것없는 새끼무당들 아닌가? 나는 누구의 면전에서든지 새끼무당은 아니다. 관리란 작자들은 우리 인민의 공복이다. 내가 인민이니만치, 요 잡녀석들은 하나같이 내 종노릇이나 할밖에 더 있으랴.

"여어, '도둑 발!' 너 요 녀석, 혼자서 먼저 달려왔구나. 그런 줄도 모르고 난 또 차를 돌려 널 데리러 갈 작정이었지 뭐야!"

'뒷간'이 내게 한마디 건네면서 지프차 이쪽으로 돌아오더니, 뒷문을 활짝 열고 말했다.

"부인, 내리시지요!"

나는 깜짝 놀랐다. '뒷간' 녀석 하는 짓거리가 외국 영화에 나오는 시종의 전형적인 동작으로, 허리를 약간 구부린 채 한 손을 차량 문틀 위에 얹어 호위 자세를 취하고 한쪽으로 비스듬히 선 채 주인 나리가 하차할 공간을 터주었던 것이다. 내가 두 눈을 휘둥그레 뜨고 바라보는 동안, 뒷좌석에서 얼굴 생김새가 은쟁반처럼 둥그런 여인이 빠져나왔다.

차에서 내린 여인은 뜻밖에 우리 동창생 셰란잉(謝蘭英)이었다. 지난날 그녀는 우리 학교에서 출신 성분이 가장 고귀하고 생김새 또한 가장 멋들어졌을 뿐 아니라, 동기동창들 가운데 누구보다 뛰어난 재능을 갖춘 '꽃 중의 꽃'이었다. 그런데 현재 그녀는 '뒷간'의 마누라가 되어, 신화서점에서 어린이용 전문도서를 판매하는 카운터 직원으로 일하고 있는 것이다. 그녀는 자줏빛 긴 스커트를 입고 목에는 알이 굵다란 진주목걸이를 걸었다. 그리고 귓불에도 무엇인지 모를 귀걸이 장식이 잘랑잘랑 매달렸다. 그녀의 허리 굵기와 몸집은 옛날 소녀 시절보다 훨씬 비대해졌으나, 워낙 키가 큰 탓으로 아직도 늘씬한 맛이 있어 보였다. 키가 왜소한 '뒷간' 녀석이 그녀 앞에 허리를 구부리고 서 있는 품이, 마치 큰 나무 곁에 키 작은 나무 같은가 하면, 어미 메뚜기 곁에 새끼 메뚜기가 매달린 것처럼 옹색해 보였다.

"둥량칭, 너 이 개새끼! 장파잔, 너 이 토끼 같은 녀석! 쌍쯔란, 너 이 잡놈의 후레자식!" 나는 일부러 목청을 돋우어 그들의 관리 직함을 부르지 않고 이름자에 옛날 했던 것처럼 욕설까지 덧붙여 불러댔다. 이름자 끝마디 역시 고의적으로 기다랗게 꼬리를 끌어 얕보는 기미를 띠었다.

쌍쯔란이 웃으면서 대거리를 한다. "동네 강아지 똥 먹는 버릇 못 고친다더니, 요놈의 자식 아가리는 여전히 더럽기 짝이 없구나."

하지만 나는 못 들은 척 무시해버리고 다음 사람에게 인사를 건 넸다. 셰란잉을 불렀을 때, 나는 목청을 억눌렀다.

"셰란잉, 잘 있었소? 만나본 지 무척 오래되었는데, 이 옛날 중학 동창생을 알아보시겠소?"

"못 알아보겠네요." 셰란잉이 보일 듯 말듯 웃어가며 대거리했 다. "하지만 당신 아드님만큼은 알아볼 수 있죠. 언제나 어린이 책을 사러 오거든요."

"내 어쩐지 했더니, 역시 그랬었군." 내가 말했다. "고 녀석, 내가 자전거 수리해서 번 돈을 거의 죄다 셰씨 아줌마한테 갖다 바쳤구나. 집 안에 쌓아놓은 어린이 책만 해도 천여 권이 넘을 텐데 말씀이야!"

이때 문전에서 하릴없이 서성거리던 청년이 말쑥한 걸음걸이로 휘적휘적 다가와 묻는다. "말씀 좀 여쭙겠습니다. 여러분이 쑨 부장의 손님이십니까?"

"그렇다네." '뒷간'이 대꾸했다. "모두들 쑨 부장의 동창생이지."

"쑨 부장님은 지금 천(陳) 서기와 선(沈) 현장님하고 담화를 하고 계십니다. 여러분은 식당에 먼저 가셔서 그분을 기다리도록 하시죠." 청년은 이렇게 말하더니 앞장서서 길을 안내했다. 우리는 그가 인도하는 대로 사람의 그림자가 비칠 만큼 매끄러운 바닥을 디뎌가며 엄청나게 너른 홀 안에 들어섰다. 안내 데스크에 아리따운 아가씨들 몇이서 얼굴 가득 미소를 띠고 하얀 이를 드러내며 우리 일행을 맞아들였다. 우리는 청년이 인도하는 가운데 모퉁이를 돌아서 두툼한 양탄자가 깔린 복도에 접어들었다. 복도 바깥쪽은 투명한 유리벽, 그리고 유리벽의 바깥 연못에는 분수가 물꽃을 뿜어 올리고 있었다. 오색 전등의 불빛이 분수대 위로 솟구치는 물보라에 스며들어 알록달록한 꽃잎처럼 반짝거리는데, 복도 안 벽에는 또 몇 미터 간격으로 등신대의 석고 미녀 상들이 줄지어 세워져 있었다. 미녀들의 자세는 각양각색으로 한결같지 않았으나 하나만은 똑같았다. 그것은 그녀들이 모두 의상을 걸치지 않았다는 점이다. 또 한 가지 닮은 것이 있다면 그녀들 모두 살아 있는 사람보다 훨씬 육감적이고 젖무덤 또한 비교적 크다는 점이었다. 우리들의 대오는 이렇게 배열되었다. 청년이 앞장서서 길을 인도하고 그 뒤에 빠짝 따라붙은 것은 '뒷간' 녀석, '뒷간' 뒤에는 둥량칭이고, 둥량칭 뒤에는 장파잔, 장파잔 뒤는 쌍쯔란, 쌍쯔란 뒤는 셰란잉, 그리고 셰란잉 뒤가 나였다. 내 뒤편에는 아무도 없었지만, 나는 아무래도 내 등 뒤에 누군가 한 사람쯤 따라붙은 느낌을 지울 수 없어, 나도 모르게 자꾸만 뒤돌아보았다. 뒤돌아볼 때마다 내 등 뒤에는 확실히 한 사람도 없었던 것은 분명했으나, 만약 아무도 없다고 얘기하지 않아도 된다면, 아주 없다고 할 필요까지 없는 것이 있긴 있다. 그것은 우리 등 뒤에 버림받은 여인들, 벌거벗은 엉덩이를 통째로 드러낸 채 복도 한옆에 보초들처럼 줄줄이 늘어선 여인들의 석고상이었다. 그때 나는 이 여인들이 대리석으로 깎아 만든 조각상일지도 모른다는 생각이 얼핏 들었으나, 가까이 들여다보니 모두가 석고상이라는 사실을 발견했다. 가령 돌덩어리를 깎아 만들었다면 빛깔이 조금씩 차이가 났겠지만, 그녀들의 몸 빛깔은 한 군데도 다른 구석 없이 천편일률적으로 눈처럼 새하얀 백색이었던 것이다. 나는 셰란잉의 등 뒤에서 어림잡아 일 미터쯤 떨어진 거리를 유지했다. 너무 가깝게 따라붙기에도 불편하거니와 그렇다고 너무 멀리 거리를 두고 따라붙는다면 내가 마치 범인을 미행하는 특무기관 형사나 된 것 같은 기분이 들까봐 그랬다. 그녀의 등 뒤 일 미터라면 그다지 멀지도 가깝지도 않게 비교적 적합한 거리였다. 내 소싯적 코는 유별나게 민감했다. 그래서 어머니는 날더러 '걸신들린 고양이 코'를 달고 다닌다고 핀잔을 주었다. 어른이 되고 나서부터 마셔대고 피워대기 시작한 술과 담배 탓에 예민하던 후각이 심각하게 퇴화되었기는 해도, 내 코는 여전히 앞쪽에서 옅디옅게 풍기는 향내만큼은 맡을 수 있었다. 달리 건강을 유지한 상태에서 감각이 좀 더 예민한 코였다면 그 향내를 기름처럼 더 짙게 맡을 수 있었을 것이다. 처음에는 종업원 아가씨들이 복도 양탄자에 뿌려둔 공기청정제 향내인 줄로 알았으나, 곧 그것이 아니라는 것을 깨달았다. 공기청정제라니, 그 냄새는 얼마나 천박한가? 그렇다면 지금 내 얼굴 앞에 모락모락 감도는 농도 짙은 향기야말로 셰란잉의 육체가 아니고는 딴 데서는 절대로 풍기지 못할 것이었다. 셰란잉의 몸에서만이 풍길 수 있는 향내라고 판단을 내린 그 즉시 내 머릿속에 엉뚱한 생각이 들었다. 만약에 말이다, 셰란잉이 실 한 오리 걸치지 않고 석고상의 여인들처럼 벌거숭이로 복도 한옆에 서 있다면 어떤 모양새일까? 그렇다, 이 여인의 살갗은 석고상의 여인들보다 분명코 가무잡잡한 빛깔을 띨 것이다. 하지만 이 여인의 육체는 생명을 지녔고 살아 움직이기 때문에, 다소 가무잡잡하더라도 생명 없는 석고상보다 역시 좋은 것이다. 그러고 나서 내 눈앞에 진짜 벌거벗은 세란잉의 나체상이 불쑥 나타나는 것 같은 착시현상이 생겼다. 나는 이렇듯 터무니없는 공상이 법도에 어긋나고 풍기를 어지럽히는 것인 줄 뻔히 알기에 서둘러 들뜬 마음을 거둬들이고 앞쪽을 바라보았다. 그녀는 여전히 내 눈앞에서 위세도 당당하게 거드름을 피우며 휘적휘적 걸어가고 있었다. 양팔을 휘두르는 폭이 무척 너르기도 하려니와 어딘가 모르게 두 발을 성큼성큼 내딛어 팔자걸음으로 걷는 품이, 마치 자신의 각선미를 외부에 과시하려는 것처럼 도발적으로 보였다. 중학 시절, 그녀는 두 다리를 일직선으로 곧게 펴서 땅에 대는 대벽차(大劈叉)*무술 동작, 공중제비돌기, 물구나무서서 걷기 동작을 하는 여협객 역할을 도맡아 무대 위에서 보여주었는데, 몇십 년이 지나고 나서 결국 이런 모양새의 오리걸음을 걷게 된 것이다. 이런 걸음걸이로 내 눈앞에서 걷는 그녀의 모습이 무척 실망스럽기는 했으나, 또 한편으로 친근하게 느껴지기도 했다. 복도를 다 걷고 났더니 또 한 차례 돌아가는 구비, 그러고 나서도 꺾어 도는 모퉁이, 이 복도는 방금 지나쳐온 낭하보다 치장이 호화스럽지 않아 양탄자도 얇고 표면에 더러운 오

---

* 체조나 무술 따위에서 두 다리를 일직선으로 곧게 펴서 쫙 벌려 땅에 대는 동작.

물 찌꺼기 자국이 여러 군데 보였다. 복도 한옆에 군대 보초들처럼 늘어세운 미녀의 석고상도 보이지 않았다. 그 대신에 진홍빛 비단 치파오를 입고 옷섶에 볼펜을 한 자루 꽂은 갸름한 모습의 아가씨가 얼굴에 온통 웃음기를 띤 채 마중하러 나왔다. 그녀가 친절하게 물었다.

"쑨 부장님의 손님들이신가요?"

청년이 보일 듯 말듯 고개를 끄덕이자, 아가씨의 얼굴에 웃음꽃이 한결 더 화사해졌다. 그녀가 객실 칸막이 문을 당겨 열자마자, 방 안에서 눈부신 불빛과 함께 너무 찌들어 부패하다 못해 곰팡이 냄새처럼 퀴퀴해진 술내가 한꺼번에 쏟아져 나왔다. 청년이 재빠른 동작으로 방문 곁에 비켜서더니 그 아리따운 아가씨와 문짝을 사이에 두고 마주 섰다. 그러고 보니 영락없는 한 쌍의 금동옥녀(金童玉女)들이다. 청년이나 아가씨나 둘이서 말은 없었지만, 자세가 우리 일행더러 그 안으로 들어가라고 청하는 시늉임에 분명했다.

'뒷간'의 인솔 아래 우리는 한 사람 한 사람씩 방 안에 들어섰다. 나는 방에 들어서기 무섭게 셰잉란의 코끝이 찡긋거리는 것을 보았다. 그녀가 이곳을 드나들며 출장입상(出將入相)의 거물들이 풍겨온 냄새에 대해 혐오감을 무언중으로 설명하고 있는 것이다. 그러나 짧은 시간 내에 그녀의 코끝은 정상을 회복했다. 하지만 내 코는 그런 역겨운 기운조차 냄새 맡지 못했다.

우리 일행을 안내하던 청년이 예의 바르게 말했다.

"여러분, 우선 여기 앉아 계십시오. 제가 쑨 부장님께 가서 보고 올리겠습니다."

아무도 앉지 않았다. 모두들 머리통을 이리저리 돌려가며 방 안의 설비와 장식품을 살펴볼 따름이었다. 애당초 나는 둥량칭, 장파잔처럼 국장, 부국장 노릇을 하는 관리들이야 으레 이런 장소에 대해 익숙한 줄 알았다. 그런데 가만 보아하니 이들 역시 처음 발길을 들여놓은 듯싶은 눈치들이다.

실내가 얼마나 크고 너른지, 정말 어마어마했다. 중앙에는 내 자전거 수선 좌판까지 늘어놓을 만한 데다 그 위에서 두 사람이 돌아가며 노래 부를 수 있을 정도로 커다란 원형 테이블이 놓였다. 어디 그뿐이랴, 창문 쪽에는 붉은색 양탄자가 깔린 소형 무대가 한 군데, 무대 위에는 노래를 부를 수 있는 가라오케가 한 세트, 그리고 또 바닥까지 닿는 스탠드형 마이크 두 대가 세워졌다.

원형 테이블 둘레에는 의자가 한 바퀴 빙 둘러 배치되고 또 의자 뒤에는 소파가 우리 일행을 포위하듯 빙 둘러 있었다. 소파는 하나같이 백색이었다. 첫눈에 보아도 최고급 양가죽을 써서 만든 것이 분명한데, 팽팽하게 부풀어 오른 북처럼 제자리에 기댄 품새가, 마치 한 곳에 몰아놓은 두꺼비 떼를 닮았다. 이렇게 푹신푹신한 소파를 두고 앉지 못하다니 너무 아까운 노릇이라, 기왕지사 그 젊은 녀석이 우리더러 우선 앉아 계시라고 했는데 사양할 게 뭐냐? 우선 자리 잡고 앉아 하루 종일 수고한 엉덩이나 좀 위로해 주기로 하자꾸나. 쑨다청이 오거든 벌떡 일어나면 그만 아닌가? 이런 생각을 하면서 나는 소파에 궁둥이를 붙였는데, 뭐랄까 그 감촉이야말로 어떻게 형언할 길이 없을 뿐 아니라, 무슨 말로 표현해야 할지 알 도리가 없다.

　대형 원형 테이블에는 백색 식탁보가 깔끔하게 깔려 있었다. 백색 테이블보 밑에는 또 진홍색 플란넬 천을 한 겹 받쳤는데, 그것이 벨벳 천이라는 사실, 그리고 창틀 위에서 바닥까지 치렁치렁 늘어뜨린 커튼과 똑같은 재료라는 사실을 나는 안다. 대형 원탁 한복판에는 다갈색의 원형 유리판이 빙글빙글 돌아갈 수 있게 장치되어 있었다. 그것의 역할쯤은 나도 알 만했다. 그렇지 않고서야 이처럼 거대한 식탁에 둘러앉아서 무슨 수로 요리를 떠다 제 접시에 옮겨놓을 수 있느냔 말이다. 나는 소파에 앉았으나, 저들은 못 본 척했다. 이 잡녀석들은 그저 속수무책으로 서성거리면서 눈알만 오락가락 굴리고 표정은 하나같이 얄궂은 기색으로 뒤틀린 품이, 심사가 몹시 긴장되었음을 여실히 드러내고 있었다. 지위가 높으나 낮으나 똑같은 벼슬아치라고 보지 말 것을, 사실 이쪽은 모두가 별 볼일 없는 토박이 말단관리들이라 무슨 으리으리한 장면을 본 적도 없을 테니, 결국 용감하게 소파에 걸터앉은 나보다 못한 셈이 아니고 뭐냔 말이다. 제법 위엄을 세운 사람은 역시 셰잉란 하나뿐이었다. 그녀가 어떤 자세로 서 있는지 정말로 볼만했다. 우아한 태도로 의자 등받이에 손을 얹고 아주 부드럽고, 침착하게 벽에 걸린 대형 그림 한 폭을 차근차근 감상하고 있는 것이다. 그림에는 여인들 한 떼가 그려져 있었다. 하나같이 등줄기를 드러냈는데 목덜미가 어쩌면 그렇게 길고 가늘 수 있는지 모르겠다. 그녀들 중에 어떤 이는 손으로 머리채를 휘어잡고, 어떤 이는 젖무덤을 가렸는가 하면, 또 어떤 이는 기지개를 켜는데,

보아하니 목욕을 하는 듯싶었다. 하지만 또 어떻게 보면 목욕하는 여인들의 모습을 그리 닮지도 않았다. 그도 그럴 것이, 여편네들이 냇가에서 멱을 감는데 어떻게 그리 노골적으로 방자한 태도를 보일 수 있느냔 말이다.

원형 테이블 위편 천장에는 등잔 마흔아홉 개로 장식한 호화스런 샹들리에가 매달리고, 또 인조 수정 유리알 꿰미를 줄줄이 늘어뜨려 에어컨 바람이 불 때마다 유리알 꿰미들끼리 부딪쳐 잘그랑잘그랑 소리를 내는 것이 가벼우면서도 무척 듣기 좋았다. 대형 원형 테이블 한복판에는 벌써 큼지막한 쟁반이 덩그러니 놓였다. 쟁반 속에는 무를 아로새겨 만든 공작 한 마리가 웅크려 앉았다. 물론 꼬리를 활짝 펼친 수놈이었다. 나는 잘 안다. 쟁반에 놓인 요리가 관상용이지 식용은 아니라고 말이다. 한데 눈요깃감으로 이렇듯 많은 시간을 허비해가며 새겨놓다니, 아무리 좋게 생각해주려 해도 그럴 만한 값어치가 없어 보였다. 하지만 이건 내 틀린 생각이었다. 사람의 눈은 사실 인간의 오관(五官) 중에서 가장 걸신들린 기관이라, 입은 쉽사리 만족시킬 수 있지만 두 눈을 만족시키기란 보통 어려운 노릇이 아니다. 공작이 웅크린 쟁반 둘레에는 이미 열두 가지 냉채요리 접시가 놓였다. 접시 안의 쇠고기 장육(醬肉)이라든가 누에번데기 튀김 따위는 먹을 수 있는 것이지만, 나는 이런 것들이 맛보기로 그쳐야 한다는 사실을 알고 있다. 이따위 요리로 배를 꽉 채우고 나면 그 뒤에 나올 산해진미를 얼마 먹지 못하게 되는 것이다. 이런 모양새로 보건대, 시정부 영빈관의 주방장 나리께서 비장한 솜씨를 아낌없이 구사한 게 분명했다.

주방장을 이렇듯 죽을힘을 다해 평생 닦아온 비전(秘傳) 절기를 구사하게 만들었다면, 그것은 보나마나 현 위원회 서기와 현장(縣長) 어르신께서 영빈관 우두머리에게 뭐라고 한마디 당부해두었을 테고, 영빈관 우두머리는 다시 주방장에게 죽도록 솜씨를 발휘하라는 명령을 내려두었기 때문일 것이다.

3

쑨다청은 당도하지도 않았는데 웃음소리가 먼저 들이닥쳤다. 숨이 턱에 차도록 호탕한 웃음소리를 듣기 무섭게 우리는 벌떡 일어섰다. 아니, 틀렸지, 틀렸어. 나를 빼놓고는 모두들 서 있었으니까. 아무튼 쑨다청의 웃음소리가 저들의 이완된 몸뚱이를 급작스레 긴장시켜놓은 것은 사실이다. 그들마저 나처럼 소파에서 용수철 튕기듯 벌떡 일어난 것 같은 느낌을 받았으니까. 하다못해 고인 물처럼 평온히 고요한 태도를 유지하던 셰란잉의 허리통조차 무엇에 찔린 것처럼 움찔하고, 의자 등받이 위에 부축하듯 얹었던 두 손까지 옮겨다 아랫배 앞에 공손하게 엇갈려 놓았으니 말이다. 진정 놀랍고 당황해서 부리나케 일어섰던 것은 실상 나였다. 애당초 그 푹신푹신한 소파에서 일어나고 싶은 생각이 없었는데, 내 몸뚱이가 주인의 뜻을 거스르고 제멋대로 발딱 일어선 것이다.

앞서 그 준수하게 잘생긴 청년이 문을 열고 나서 잽싼 동작으로 한옆에 비켜서더니, 허리를 굽힌 채 얼굴에 평소 훈련된 미소를 띠었다. 그리고 이름난 영화 스타가 무대에 등장할 때처럼 쑨다청의 눈부시도록 휘황찬란한 자태가 우리 앞에 나타났다. 그가 몸에 걸친 것은 황금빛 반팔 티셔츠, 아랫도리에는 검정 바지 한 벌이었다. 배가 불룩 나오기는 했으나 그리 크게 튀어나오지 않았고, 약간 벗어진 대머리를 한쪽 머리카락으로 덮어 가렸을 뿐이다. 보아하니 그의 두발은 한 가닥 한 가닥이 세상에 무엇보다 진귀한 것인 듯 소중히 가다듬어졌다. 불현듯 내 머릿속에 이십여 년 전 괴상야릇한 원숭이 꼬락서니를 하고 있던 쑨다청의 얼굴이 집요하게 뛰쳐나와 현재 눈앞에 나타난 대 간부 쑨다청과 겹쳐지면서 묘한 대비를 이루었다. 나는 아무리 애를 써도 지금 눈앞에 서 있는 이 작자가 오랜 옛날 우리 집 담장 너머 앵두를 따 먹으려다 돼지 우릿간에 처박힌 쑨다청의 성장한 모습이라고 생각되지 않았다. 그것은 다 늙어빠진 당나귀가 둔갑해서 잘빠진 송아지로 성장할 수 없다는 얘기나 마찬가지였다. 하지만 그는 확실히 독특한 구색을 갖추고 있었다. 아무도 그 유별나게 호탕한 웃음소리를 흉내 낼 수 없거니와 눈앞의 이 몸집 풍만하신 대 간부 나리께서 어릴 적에 남의 집 닭서리를 하고 개를 훔쳐 잡아먹던 개망나니 쑨다청이라고는 도저히 설명할 길이 없는 것이다.

"껄껄껄…… 끌끌…… 껄껄……" 쑨다청이 환하게 웃음보를 터뜨리며 우리 앞으로 걸어왔다. 두툼한 가죽을 덮어씌운 방문 두 짝이 등 뒤에서 소리 없이 닫히고 준수하게 잘생긴 청년은 연기처럼 사라졌다.

"껄껄…… 크크크…… 여어, 둥량칭!" 쑨다청이 둥량칭의 손을 잡으며 웃음 섞어 빈정댄다. "관가 창고에 사는 늙은 쥐가 됫박만큼이나 커져서, 곳간 문을 여는 사람을 보아도 달아나지 않는다던데…… 껄껄껄……!"

"껄껄…… 크크크…… 여어, 장파잔!" 쑨다청이 장파잔의 손을 잡으면서 웃음 섞어 말한다. "부자가 되려거든 길부터 먼저 닦아놓아야지."

"껄껄껄…… 크크크…… 여어, 쌍쯔란!" 쑨다청이 쌍쯔란의 손을 잡으며 웃음 섞어 말한다. "삼류급 인생이 법사위원회 큰 감투를 쓰니까, 원고 잡아먹고 나서는 피고마저 잡아먹는다지?"

"껄껄껄…… 크크…… 여어, 됫간!" 쑨다청이 '됫간'의 손을 잡으면서 웃음 섞어 말한다. "책 속에 황금 집 있고, 책 속에 옥같이 아리따운 미녀가 있는 법이라지?"

쑨다청이 미소 띤 얼굴에 실눈을 가늘게 뜨고 세란잉 앞에 옮겨 서더니, 그녀의 위아래를 몇 차례 훑어보고 나서 경단처럼 동글동글한 얼굴에 시선을 정지한 채 웃음 섞어 말했다. "허어, 이젠 한창 때를 넘긴 중년 부인이 다 되셨구려!"

세란잉의 낯빛이 확 붉어졌다.

쑨다청이 손을 내밀고 말했다. "여러 해 못 보았는데, 자, 우리 악수나 한번 해봅시다!"

세란잉은 쭈뼛쭈뼛 손을 내밀어 쑨다청과 악수를 했다. 얼굴 반쪽이 샐쭉 뒤틀린 채 수줍음을 타는 품이, 처녀 적이나 다를 바 없다.

"이것 봐, 됫간, 자네 우리 세란잉을 너무 심하게 닦달하는 거 아냐?"

쑨다청이 셰란잉의 손을 부여잡은 채로 고개만 삐딱하게 돌려 '뒷간'더러 묻는다.

"억울하네, 쑨 부장." '뒷간'이 과장된 말투로 항변했다. "내 꼬락서니 좀 보게. 이래 가지고 내 어떻게 마누라를 닦달할 수 있겠나?"

"뭐든지 억울한 게 있거든 나한테 얘기하게." 쑨다청이 셰란잉의 얼굴에 시선을 떼지 않은 채 말했다. "본관이 자넬 대신해서 잘 처리해줄 테니까!"

쑨다청이 마침내 셰란잉의 손을 놓고 빙그레 웃으며 내게 다가 왔다. 애당초 나는 그에게 한마디로 "여어, 필마온(弼馬溫)!*" 하고 부를 생각이었다.―이건 소학교 시절 내가 손수 이 녀석에게 붙여준 별명이다―그런데 어찌 된 노릇인지 그 말이 입술 언저리에 뱅뱅 맴돌다가 도로 쏙 들어가고 말았다. 이윽고 투실투실 살찐 그의 자그만 손바닥이 멀찌감치 떨어진 곳에서부터 내밀어왔다. 사태가 절박해지자 내 손도 주인의 뜻과는 정반대로 지체 없이 마주 뻗어나갔다. 자그맣고 오동통한 손바닥, 내 손에 닿은 감촉이라곤 이제 갓 알껍데기를 깨고 나온 병아리를 만지듯 여리고도 따사로운 느낌이었다.

---

*『서유기』의 주인공 손오공의 별명. 원래는 옥황상제가 손오공을 속여 천상의 마구간지기로 임명한 벼슬 이름이었으나, 손오공은 뒤늦게 미관말직임을 깨닫고 평생 치욕으로 여겨, 누가 이 벼슬 이름으로 부르기만 하면 그 즉시 화를 내어 싸우곤 했다.

"여어, 도둑 발 웨이가야! 너 오늘 저녁에는 제법 때깔 벗기고 산뜻해졌네그려!" 쑨다청이 내 옷소매를 만지작거리며 웃음 섞어 말했다. "들어오기 전에 흙먼지를 좀 묻혔는가?"

"흙먼지를 묻히다니! 이 개잡놈의 영빈관은 죄다 시멘트 반죽으로 처발라서 흙 한 톨 찾기도 쉽지 않더라니까!" 그런데 '뒷간' 녀석이 한마디 보탰다. "우리가 올 때 보니까, 저 친구 발가숭이가 되어가지고 멀쩡한 양복자락을 콘크리트 바닥에 쓱쓱 문질러대고 있었지 뭔가!"

모두들 폭소를 터뜨려 웃음바다가 되었다.

"됐네, 됐어! 착실하게 사는 사람을 너무 업신여기지 말라고!" 쑨다청이 손짓으로 일행을 부르더니 곁에 놓인 의자를 툭툭 쳐보였다. "셰란잉, 넌 내 옆에 바짝 붙어 앉아."

그러자 셰란잉은 부자연스럽게 고개를 뒤틀었다. "난 여기 앉으면 돼요."

"안 돼." 쑨다청이 말했다. "지금은 서양식 접대 방식을 쓰는 시대니까, 레이디퍼스트가 돼야지."

"쑨 부장이 앉으라는 데로 가서 앉지그래!" '뒷간'이 말했다.

"아무렴, 저리 옮겨 앉아야지. 옮겨 앉으라니까!" 둥량칭이 셰란잉을 잡아 일으키더니 억지로 쑨다청 곁에 놓인 의자에 끌어다 앉혔다.

원형 테이블의 면적이 워낙 큰 탓으로, 여섯이 앉았는데도 자리가 듬성듬성했다.

"좀 더 붙여 앉지그래!" 쑨다청이 말했다.

하지만 모두들 움직이려는 기색이 없다.

아리따운 종업원 아가씨가 쑨다청의 등 뒤로 돌아가 넌지시 여쭙는다. "쑨 부장님, 무슨 술을 드시겠습니까?"

쑨다청이 우리 일행을 한 차례 훑어보더니 대답했다. "동창생 모임이니까 당연히 배갈을 마셔야지!"

"난 배갈은 못 마셔요." 셰란잉이 말했다.

"당신, 또 기분 잡치게 만드는군!" '뒷간'이 셰란잉에게 눈을 흘겼다.

"배갈에도 마오타이(茅台), 우량예(五糧液), 주구이(酒鬼), 펀주(汾酒), 이렇게 여러 종류가 있답니다. 어떤 종류를 드시겠어요?" 아가씨가 묻는다.

"주구이!" 누가 뭐랄 것도 없이 쑨다청이 먼저 골랐다.

종업원 아가씨가 술병을 따서 한 사람 앞에 한 잔씩 따르기 시작했다. 셰란잉은 손바닥으로 술잔을 덮어 가렸다. "난 정말 못 마신다니까!"

"마실 줄은 몰라도 따라놓고 보자고!" 쑨다청이 한마디로 잘랐다.

"이것 봐요, 쑨 부장 말씀인데 들어야지." 장파잔이 셰란잉의 손바닥에 덮인 술잔을 빼앗아 내놓고 말했다.

종업원 아가씨가 술잔을 채우는 동안, 또 다른 아가씨 몇몇이 큰새우, 방게, 해삼, 전복 요리가 담긴 큼지막한 접시들을 차례차례 떠받들어 내왔다.

이윽고 쑨다청이 술잔을 높지거니 쳐들었다. "동기동창 여러분,

여러 해 동안 못 만났는데, 내가 축배를 들 테니 모두 건배합시다!"

우리도 하나같이 잔을 들고 일어섰다. 그리고 몸을 앞으로 내밀어 쑨다청의 잔에 맞부딪쳤다.

쑨다청은 젓가락으로 식탁을 두드리면서 말했다. "이거, 전기가 통해서 안 되겠군. 자, 일어설 것 없이 모두들 앉게. 앉으라니까!"

그는 높이 쳐든 술잔을 단숨에 마시고 나서, 술잔을 기울여 완전히 비웠다는 뜻으로 모두에게 속을 드러내 보였다.

요따위 작은 술잔쯤이야 뭐 대단하다고, 나는 목젖이 드러나도록 머리를 뒤로 젖혀 한 모금에 마셔 비웠다. 장파잔과 '뒷간', 그들 역시 잔을 비웠으나, 셰란잉 한 사람만 비우지 않았다. 쑨다청이 머리 숙여 그녀의 술잔을 굽어보더니 다시 한마디 했다. "이거, 입술도 축이지 않았잖아? 이러면 안 되는데!"

"난 정말 못 마셔요……" 셰란잉이 말했다.

쑨다청은 대뜸 그녀의 잔을 떠받들어 그녀의 눈앞에 쳐들어 보였다. "내 체면도 안 봐줄 거야?"

"마실 줄 모른다니까, 정말……"

"물은 마실 줄 알겠지?" 쑨다청이 물었다.

"물이야 당연히 마실 줄 알죠." 셰란잉이 대답했다.

"물 마실 줄 알면 술도 마실 수 있어!" 쑨다청이 억지를 부렸다.

"이렇게 하지그래." 쌍쯔란이 중재자로 나섰다. "샤오마오팡더러 당신 대신에 조금 마시게 하세."

"안 돼!" 쑨다청이 한마디로 잘라 말했다. "술자리에는 원래 부부가 없는 법이니까!"

"그렇다면 쥐약 탄 술잔이라도 자네 혼자 마셔야겠네그려!" '뒷간' 이 분노한 기색으로 쏘아붙였다.

"너, 그게 무슨 뜻으로 하는 말이야?" 쑨다청이 '뒷간'을 노려보며 물었다.

그러자 '뒷간'이 찔끔하더니 이내 뻔뻔스레 말 바꾸기를 시도했다. "이크, 내가 실언을 했네그려! 벌주 삼배다!" 말을 끝내기 무섭게 손을 내뻗어 술병부터 움켜잡는다.

"너 이 자식, 투쟁의 큰 방향을 바꾸지 마라." 쑨다청이 으르렁댔다. "셰란잉, 너 진짜 마실 테야, 안 마실 테야? 너, 이 술 마시지 않으면 우리도 안 마시겠어!"

"정말이지, 당신 같은 사람 못 말리겠네." 셰란잉이 말을 잇는다. "술 취해서 꼴불견이 되더라도 난 몰라요. 그럼 당신들, 날 보고 비웃으면 안 돼."

"어떤 놈이 감히 비웃어?" 쑨다청이 말했다. "내가 여기 버티고 있는 이상, 어떤 놈이 당신더러 취했다고 비웃는단 말이야? 더구나 당신이 취하도록 마시게 할 리도 없을 텐데."

"그럼, 좋아요. 내가 목숨 걸고 희생하죠." 셰란잉이 술잔을 집어 들더니 우선 한 모금 맛보고 나서 앞니가 드러나도록 입술을 일그러뜨렸다. "정말 쓰네." 그런 다음 목을 뒤로 젖히고 한 방울도 남김없이 마셔 비웠다. 그녀는 빈 잔을 거꾸로 엎어 식탁 위에 툭 던져놓고 한마디 했다. "자, 모두들 보셨죠? 내 임무는 완수했어요!"

"무슨 놈의 임무를 완수했다는 거야? 혁명 사업도 아직껏 성공하지 못해, 동지들이 여전히 애를 쓰는 판국인데!" 쑨다칭이 공용으로 쓰는 젓가락으로 불덩어리처럼 시뻘건 바닷게 한 마리를 덥석 집어 셰란잉의 앞 접시에 얹었다. "자 먹자고, 먹어! 전투는 계속되니까, 우리도 다 같이 뱃속을 채워야지!"

석 잔 술이 돌고 난 다음, 셰란잉이 휘청거리며 일어섰다. "난 더 못 마시겠어. 한 방울도 안 마실 거야!"

쑨다칭이 그녀의 팔뚝을 잡아끌었다. "지금 어딜 가는 거야?"

"못 마시겠어. 정말 안 마실 테야……" 셰란잉이 말했다.

"마시지 않더라도 여기 앉아 있어야지!" 쑨다칭이 말했다.

"좋아요, 앉을게."

둥량칭이 술을 한 잔 들고 쑨다칭 곁으로 돌아가 섰다. "쑨 부장, 내가 자넬 위해 축배 한 잔 들겠네."

"술좌석에는 동기동창만 있을 뿐이지, 부장 따위도 없고 국장 따위도 없는 법이야. 누가 이 규칙을 깨뜨리랬어? 너, 벌주 삼배다!"

"그런 법이 어디 있어? 전례를 미리 정해놓지도 않았잖아?" 둥량칭이 항변했다.

"우선 벌주다!" 쑨다칭이 잘라 말했다.

"쑨 부장……"

"또 그 소리!"

"좋으이." 둥량칭이 말했다. "내가 벌주를 받음세."

둥량칭은 석 잔 술을 연달아 마시고 나서 또 한 잔을 가득 따랐다. "옛날의 동기동창, 내가 자네를 존경하는 의미에서 축배 한 잔 더 들겠네!"

모두들 번갈아가며 쑨다청에게 존경의 뜻으로 술을 한 잔씩 권하기 시작했다. '뒷간' 차례가 왔을 때, 그는 우선 자기부터 석 잔 술을 마시고 이렇게 말했다. "내가 벌주를 먼저 마셨으니까 얘기해도 되겠지. 쑨 부장, 이 늙은 동창생이 자네한테 존경하는 의미로 술 한 잔 올리겠네!"

"그거 안 되지." 쑨다청이 말했다. "고의적으로 규칙을 위반했으니까, 다시 벌주 삼배다!"

"또 벌주가 삼배라? 좋아 삼배면 삼배지!" '뒷간' 이 웅장한 말투로 호기 있게 말했다. "남아대장부로 태어나, 석 잔 술쯤이야 뭐 그리 대수로우랴?"

"정신 나갔군!" 셰란잉이 나지막하게 중얼거렸다.

"왜, 가슴 아픈가?" 쑨다청이 묻는다.

"저 사람, 아무도 못 말린다니까!" 셰란잉이 얼굴이 불콰해져 대꾸했다.

석 잔 벌주를 연달아 비운 '뒷간' 이 숫자를 헤아린다. "이삼은 육, 삼삼은 구라…… 쑨 부장, 이젠 자네한테 존경의 뜻으로 한 잔 권해도 되겠지?"

그제야 쑨다청이 '뒷간' 과 술잔을 부딪고는 말했다. "자네, 산수 한번 아주 잘 배웠네그려!"

"내가 십 년 동안 책방에서 회계 노릇을 해봤고, 팔 년이나 부지배인 노릇을 하며 회계를 겸했다니까!" '뒷간' 이 사뭇 가슴 아픈 듯이 대답한다.

"그래도 재미있는 소릴 하는군." 셰란잉이 끼어들었다. "당신, 그게 무슨 꼬락서니야?"

"우리 동창 샤오 형께선 사랑싸움에 뜻을 이루다보니, 관리 사회에는 뜻을 이루지 못했지. 안 그런가?" 장파잔도 한마디 끼어들었다. "하지만 따져보면 뜻을 이루지 못한 것도 아니지. 날 좀 보라고, 불쌍한 이 아우는 숱한 나날을 남의 뒤치다꺼리를 하느라 허송세월해오지 않았는가? 가령 말일세. 셰란잉이 내 마누라였다면, 날더러 뒷간에 가서 똥을 퍼 담으라고 해도 기꺼운 마음으로 해냈을 거야!"

"당신들, 날 데리고 놀지 말아요!" 셰란잉이 얼굴을 붉히며 소리쳤다.

"어이쿠, 셰란잉이 화가 나셨군!" 둥량칭마저 놀려댔다. "당신, 화난 모습이 아주 보기 좋은데!"

"자네들, 우리 셰란잉 여사를 깔보지 마!" 쑨다칭이 술잔을 들고 말했다. "셰란잉, 자, 이 늙은 동창생이 그대에게 존경의 뜻으로 한 잔 권함세."

"난 벌써 다 마셨어. 석 잔 술을 다 비웠단 말이야. 더 마셨다간 취할 거야."

"자기가 석 잔 마신 걸 안다면 취하지 않았다는 뜻이지. 게다가 술 마시고 취했기로서니 그게 어때서? 사람이 한평생 취하도록 마시기도 쉽지 않다니까."

"옳거니, 사람이 한평생 살아가는 동안 취하도록 마셔보기가 어려운 법이지." '뒷간'이 맞장구를 쳤다. "쑨 부장이 임자더러 마시라고 했으니, 어디 마시고 싶은 대로 실컷 마셔보지그래."

"그래, 좋아! 나 정말 죽을 때까지 실컷 마실 테야!" 셰란잉이
술잔을 집어 들더니 단숨에 비웠다.

"잘했어, 좋아! 이제야 진짜 본색을 드러내시는군!" 쑨다칭이
말했다. "어쩐지 술자리에서 가볍게 보면 안 될 사람이 셋 있다더
니, 과연 남의 말이 아닐세그려. 술 마시고 얼굴 빨개지는 녀석,
안 취하려고 알약을 먹는 친구, 그리고 또 댕기머리 딴 처녀……"

"아직도 댕기머리 딴 줄 아남?" 셰란잉이 제 머리통을 툭 치며
항의했다. "이것 봐요, 늙다 못해 머리가 하얗게 세었다니까!"

"그래도 우아한 자태는 여전하신데." 쌍쯔란이 말했다. "하지만
우린 정말 너무 늙어버렸어!"

"셰란잉, 그대야말로 연두부고, 우리는 비지떡이야." 장파잔이
말했다.

"모두가 비지떡이라니까!" '뒷간'이 혀 꼬부라진 소리로 외쳤다.

"너, 요 녀석아, 연두부 먹고 버틸 만한 모양이로구나!" 둥량칭
이 말했다.

"당신들, 하나같이 날 데리고 놀 작정이야!" 셰란잉이 말했다.

"안 될 게 뭐 있어?" 쑨다칭이 술잔을 들고 셰란잉의 잔과 맞부
딪쳤다. "자, 우리 건배!"

"또 건배야?"

"건배!" '뒷간'이 소리쳤다. "사람 사는 게 모두 그렇고 그런 거
지. 건배!"

"누구든지 불평을 해도 되지만, 바로 너! 뒷간은 불평하면 안

돼!" 쑨다칭이 말했다.

"그건 어째서?" '뒷간'이 묻는다. "어째서 나만 불평하면 안 되느냐고?"

"요놈의 자식, 넌 우리 학교에서 제일 아름다운 꽃을 뽑아갔잖아!" 쑨다칭이 말했다. "다들 생각 좀 해보라고. 셰란잉이 학교 선전대에 있을 때…… 노래도 잘 부르고…… 춤도 잘 추고…… 게다가 물구나무서서 걷기도 잘하고…… 그 당시 우리 현 전체 인민들 가운데 모르는 작자가 어디 있어? 제일중학교 여학생 하나가 무대 위에 거꾸로 물구나무서서 열여덟 바퀴나 맴돌 수 있다는 걸, 아는 사람은 다 알고 있었단 말이야!"

문득 내 머릿속에 이십여 년 전 셰란잉이 무대 위에 물구나무를 선 자세로 아슬아슬하게 걷던 모습이 떠올랐다. 짤막하게 댕기 딴 머리, 댕기 끝머리는 붉은 헝겊으로 비끄러매고, 양손으로 무대바닥을 짚어 버티고, 두 발바닥은 하늘을 향해 뻗어 앙증맞은 배꼽 아랫배를 통째로 드러낸 채, 무대 위에서 한 바퀴 또 한 바퀴 맴돌아가며 위태롭게 걸을 때마다, 무대 아래에서 박수갈채가 터져 나오곤 했었지……

"늙었어……" 셰란잉의 눈동자에 무엇인가 반짝 빛났다.

"자넨 늙지 않았어……" 쑨다칭의 눈에도 무엇인가 반짝였다. "어때, 이 늙은 동창생들을 위해 연기를 하나 보여주지그래?"

"날더러 추태를 보이라는 거예요?" 셰란잉이 말했다.

"한번 해보라니까! 해봐!" 다 같이 부화뇌동으로 목청을 드높였다.

"안 돼, 늦었어. 당신들 좀 봐, 내가 뚱뚱해지다 못해 무슨 꼴이 되었는지. 생맥주 통이 따로 없다니까."

"그래도 한번 해봐." 쑨다칭이 똑바로 셰란잉을 노려보면서 집요하게 말했다.

"안 돼. 더구나 이렇게 많이 마셨는걸……"

"자아, 우리 모두 박수!" 쑨다칭이 말했다.

"정말 못한다니까……"

우리 모두가 손뼉을 쳤다.

"우리 체면도 좀 세워줘야지!" 쑨다칭이 말했다.

"내 참, 이런 사람들 봤나……"

"임자더러 하라고 할 때 해보라고." '뒷간'이 말했다.

"당신은 왜 못해?" 셰란잉이 되물었다.

"내가 할 줄 알면 벌써 했지." '뒷간'이 말했다. "쑨 부장이 우리 하고 어렵사리 만났는데, 못할 게 뭐 있어? 이십여 년 만에 겨우 한번 기회가 생겼잖아."

"난 정말 못한다니까……"

"이거야말로 개 대가리에 황금 쟁반 올려놓기보다 더 힘드네그려!" '뒷간'이 또 한 차례 핀잔을 주었다.

"말 한번 쉽게 하네요. 당신이나 해보지그래!"

"할 줄 알면 내 진작 했지."

그러자 셰란잉이 발딱 일어섰다. "당신들, 꼭 나한테 원숭이놀음을 시켜야 직성이 풀릴 모양이로군!"

"어떤 놈이 감히!" 쑨다칭이 말했다.

셰란잉은 가라오케 세트가 마련된 작은 무대로 걸어 나가더니, 팔뚝을 걷어붙이고 바지 위에 덧입은 치맛자락을 여몄다. "벌써 여러 해나 연습을 하지 않았는데……"

"내가 사실대로 밝혀야겠군." '뒷간'이 말했다. "저 여자, 날이면 날마다 침대 위에서 물구나무를 선다니까."

"개 방귀 같은 소리!" 셰란잉이 남편에게 욕설을 퍼붓더니, 자세를 벌리고 양 팔뚝을 높이 치켜들었다. 그리고 상체를 앞으로 숙여 다리 한 짝을 휘두르다가 곧 이어 무대바닥에 내려놓았다. "정말 못하겠어." 그러나 동작을 멈추지 않고 아랫입술을 악물어 바짝 용을 쓰기 시작했다. 그것도 잠시뿐, 힘이 들어간 양팔이 무대바닥을 짚더니, 묵직한 두 다리가 마침내 슬금슬금 위로 쳐들리기 시작했다. 그녀의 두 다리를 가리고 있던 헐렁헐렁한 비단 통바지가 마치 벗겨낸 바나나 껍질처럼 후르르 뒤집히면서 상반신을 가리고, 그 대신에 풍만한 두 넓적다리와 진홍빛 속곳이 통째로 드러났다. 후끈 달아오른 관중들의 뜨거운 박수 소리가 요란하게 울렸다. 그제야 셰란잉도 관중들이 무엇을 보려 했고 보았는지 이내 깨달았다. 황급히 도로 일어선 그녀는 양손으로 얼굴을 가리고 비틀거리는 걸음걸이로 방 안에서 뛰쳐나갔다.

잠시 후 모두들 안정을 되찾고 나자, 쑨다칭이 다시 술잔을 집어 들고 '뒷간'에게 말했다. "우리 옛 동창생, 내 자네한테 존경의 뜻으로 축배 한 잔 권함세. 아무쪼록 자네가 셰란잉을 더욱 아끼고 사랑해주기 바라겠네……"

"쑨 부장," '뒷간'의 두 눈에 눈물꽃이 번뜩였다. "셰란잉이 나하고 같이 사는 동안, 정말 그녀는 내게 억울한 일을 많이 당했네. 나 같은 사람이야 능력이 떨어지니까 승진도 느릴 수밖에 더 있겠나. 비록 한마음 한뜻으로 당을 위해 많은 일을 해왔네만, 도무지 힘을 쓸 도리가 없네……"

"그래도 마오 주석께서 몇 마디 말씀하셨지 않나." 쑨다칭이 말했다. "우리는 마땅히 인민 군중을 믿어야 한다, 우리는 마땅히 당을 믿어야 한다. 이 두 가지는 우리 당의 근본적인 원리일세. 만약 이 두 가지 원리에 의심을 품었다가는 아무 일도 해낼 수 없게 되네."

깊은 정원

......

深園

느닷없이 벼락 치는 소리가 빵집 바깥 홰나무 초리에서 터지고, 나무 아래 전차선 위에 눈부신 불꽃이 번쩍였다. 그것은 초여름에 접어든 이래 처음 울린 뇌성으로, 길 가던 행인들이 그 소리에 놀라 한순간 멈칫하다가는 총총걸음으로 길거리 양편에 늘어선 상가 건물 밑으로 달려가 몸을 숨겼다. 자전거를 타고 가던 사람들은 허리를 잔뜩 구부린 채 길가에 바짝 붙어 요리조리 피해 달렸다. 서늘한 바람이 한바탕 지나간 뒤에 장대비가 바람결에 쓸려 비스듬히 기울어져 쏟아져 내렸다. 길거리는 더욱 혼란에 빠지고, 사람들은 비바람 속에 사면팔방으로 뿔뿔이 흩어져 달아났다.

그와 그녀는 으슥하게 후미진 빵집 한구석에 얼굴을 맞대고 앉았다. 한 사람 앞에 한 잔씩 놓인 음료수에는 투명한 얼음 덩어리가 떠 있었다. 그들 사이를 갈라놓듯 테이블 위 접시에는 전날 팔다 남은 빵 두 조각이, 염소 뿔처럼 꼬인 형태로 구워낸 크루아상

조각이 놓여 있고, 허공에는 파리 한 마리가 춤추듯이 맴돌며 날아다녔다. 그는 머리를 외로 꼬아 급작스런 비바람에 난장판이 되어버린 길거리 풍경을 내다보았다. 홰나무 가장귀 잎사귀들이 바람 속에 마구 흔들리고 지면의 미세한 흙먼지가 연기처럼 가닥가닥 피어오를 때마다, 빵집 특유의 버터 냄새를 거의 압도할 정도로 짙은 흙내가 문틈을 비집고 강렬하게 스며들었다. 멀리서 전차 몇 대가 꼬리에 꼬리를 물고 슬금슬금 다가오는데, 차체를 걷잡을 수 없이 두드려대는 거센 장대비 탓에 회백색 물안개가 한 겹 덮어씌운 듯 뿌옇게 흐려 보였다. 전차 안에 만원으로 꽉 들어찬 승객들이 아수라장을 이루다 못해 활짝 열린 차창 밖으로 번들거리는 머리통들을 내밀고 채찍질하듯 가차 없이 후려 때리는 빗줄기를 고스란히 얻어맞고 있었다. 닫힌 차문 틈서리로 빠져나온 어느 여인의 붉은 치맛자락이 축축하게 젖은 철제 발판 위에 달라붙은 채 마치 패전 장군의 깃발처럼 한 자락 끝만 의기소침하게 팔락거렸다.

"쏟아져라, 더 크게 쏟아져라. 흠씬 쏟아져 내릴수록 좋다. 진작 이렇게 큰비가 내렸어야지, 가뭄에 온 시내가 물기 한 점 없이 바짝 말라붙었잖아. 줄잡아 반년 남짓이나 비가 내리지 않았는데, 여기서 큰비가 내리지 않았더라면 나무조차 말라 죽었을 거야." 돌연 그가 입술을 악물고 뿌드득 소리가 나도록 이를 갈면서 말했다. 태도가 마치 혁명 드라마 영화 속의 반역적이고 부정적인 역할을 맡은 주인공을 닮았다. "당신이 사는 그쪽 형편은 어때? 거기 역시 오랫동안 비가 내리지 않았소? 나는 매일 아침 라디오 뉴스를 듣고 나서 신문에 난 일기예보를 보는 것이 하루 일과요. 특별히 당신이 사는 그곳 일기에 관심을 쏟아왔지. 당신네 그 도시는 내게 아주 특별한 인상을 남겨준 곳이었어. 내가 이 세상에서 가장 미워하는 고장이 대도시란 말이오. 아이가 없었다면 나는 벌써 작은 도시로 옮겨갔을 거야. 소도시는 누가 뭐래도 분위기가 안정되고 한적해서 좋소. 당신네가 사는 그곳 사람들은 짐작건대 적어도 대도시 사람들보다 십 년은 더 오래 살 수 있겠지……"

"난 지금 깊은 정원에 가보고 싶은 생각뿐이에요." 그녀가 입을 열었다.

"깊은 정원?" 그가 머리를 똑바로 세워 마주 보고 물었다. "깊은 정원이라면, '심원(深園)'을 얘기하는 것 아니오? 저장 성(浙江省) 어느 곳이더라, 항저우(杭州)였나, 아니면 진화(金華)였던가? 사람은 중늙은이가 되면서부터 머리가 잘 안 돌아가 한 삼사 년쯤 퇴화하는 모양이오. 내 기억력도 한때는 꽤 쓸 만했는데, 지난 몇 년 세월에 쓸모가 없어졌구려……"

"난 베이징에 올 때마다 깊은 정원에 가보고 싶었지만 결국 못 가봤어요." 그녀의 눈빛이 어둠 속에서 반짝 빛나더니, 깡마른 얼굴에 생기발랄한 광채가 환히 비쳐 나왔다.

그는 속으로 은근히 놀라, 화상을 입힐 듯 뜨겁게 번들거리는 그녀의 눈빛을 섣부르게 정면으로 쳐다볼 엄두가 나지 않았다. 그는 자신이 바싹 말라붙은 목소리로 얘기하는 말을 들을 수 있었다.

"베이징에는 위안밍위안(圓明園), 이허위안(頤和園)이 있을 뿐, 나는 '깊은 정원'이란 정원이 있단 말은 못 들어봤소……"

그녀는 부리나케 좌석 아래 놓아둔 물건들을 챙기더니, 작은 종이봉지 두 개를 큰 봉지에 담았다. 그러고 나서 다시 큰 봉지를 비닐 핸드백에 넣었다.

"벌써 가려고? 당신이 탈 기차는 저녁 여덟시에 떠나지 않소?" 그는 테이블 위에 놓인 빵을 가리키면서 심드렁하게 말했다. "아무래도 배를 좀 채우고 가는 게 좋을 거요. 기차를 타면 먹을 게 없을지도 모르는데."

그녀는 비닐 핸드백을 가슴에 끌어안고서 눈길 한 번 돌리지 않은 채 똑바로 그를 노려보았다. 그리고 나지막하면서도 확고부동한 어투로 이렇게 말했다. "난 깊은 정원에 꼭 가볼 거예요. 오늘 반드시 깊은 정원에 가봐야 해요."

문밖에서 빗방울이 섞여 써늘해진 바람이 한바탕 불어와, 그는 자기 팔뚝을 어루만지며 저도 모르게 몸서리를 쳤다.

"내가 아는 바로는, 베이징에 무슨 심원이라든가 깊은 정원이란 것은 없는데…… 옳거니, 맞아! 이제 생각났소!" 갑자기 그는 흥분해서 말을 이었다. "이제야 생각났어. 깊은 정원은 저장 성 사오싱 현(紹興縣)에 있지. 십여 년 전에 한 번 가본 적이 있는데, 루쉰(魯迅)의 고향에서 그리 멀지 않아요. 바로 남송 때의 대시인 육유(陸游)와 당완(唐婉)이 같은 시제(詩題)를 걸어놓고 화답하던 곳이지. 뭐라든가, '붉고 보드라운 손길, 황등주(黃滕酒) 한 잔 따라 권하노니, 온 성내에 봄빛 가득하고, 궁성 담장에 버드나무 드리웠네' 하는 따위의 시를 읊었다던데, 사실 황폐한 정원으로 다 무너져가고 있을 뿐이야. 도처에 들풀만 가득 자라서 볼만한 것도 없지. 오죽하면 날 데리고 같이 갔던 친구가 이런 말을 했겠어.

'보지 않아도 유감이요, 보면 더욱 유감스럽다'고……"

그 말을 할 때 그녀는 벌써 일어나 옷매무새를 가다듬고 머리묶음을 끝낸 뒤였다. 그러고 나서 다시 한 번 그에게 혼잣말하듯 다짐을 두었다. "이번만큼은 무슨 일이 있어도 내 반드시 깊은 정원에 가봐야겠어요."

그는 손길을 내밀어 그녀 앞을 가로막고 조심스레 말했다.

"깊은 정원이 베이징에 있다 해도, 비나 좀 긋거든 가기로 합시다. 진짜 사오싱에 있는 심원을 보고 싶다면, 내일까지 기다려야 할 거요. 기차가 하루에 한 번밖에 없으니까, 오늘은 벌써 떠났을 테고, 이런 날씨에 비행기는 절대로 뜨지 못할 거요. 그리고 또 사오싱에 가는 항공편이 없다던데……"

그녀는 야멸치게 그 손을 뿌리치더니, 비닐 핸드백을 집어 들고 빵집을 나서서 잿빛으로 뿌옇게 흐린 빗물의 장막 속으로 걸어갔다. 그는 부랴부랴 두 눈을 반짝이며 지켜보던 종업원과 셈을 마치고 황급히 뒤따라 나섰다. 그리고 빵집 문턱에 서서 바깥쪽을 두리번거렸다. 그는 처마 끝의 물받이 홈통을 쉴 새 없이 후려 때리는 빗줄기 소리를 들었다. 그것은 사람의 가슴을 답답하게, 또 심란하게 만드는 떠들썩한 소음을 내고 있었다. 그의 눈빛이 문기둥을 타고 폭포수처럼 흘러내리는 물의 장막을 뚫고 그 너머로 사라져가는 그녀의 뒷모습을 발견했다. 그녀는 비닐 핸드백으로 머리를 가린 채 무엇이 그리 급한지 총총걸음으로 자동차 길을 가로질러 달음박질치고 있었다. 승용차 몇 대가 그녀 등 뒤에서 질풍같이 스쳐 지나치면서 흩뿌린 물보라가 삽시간에 스커트를 흠뻑

적시는 바람에 피골이 상접할 정도로 깡마른 그녀의 몸매가 여실히 드러났다. 그는 머리 위 기다랗게 드리워진 처마 아래 서서, 곁눈질로 그리 멀지 않은 곳에 있는 자신의 거처, 잿빛 일색의 2층 건물을 바라보았다. 그리고 발코니 위에서부터 새로 갈아 끼운 바닷물처럼 짙푸른 유리창 아래로 끊임없이 빛깔을 바꾸면서 억수같이 쏟아지는 빗물을 바라보았다. 갑자기 농도 짙은 차 향내가 안개처럼 콧속에 자욱하게 스며들고, 심지어 애교가 뚝뚝 듣는 딸아이의 외쳐 부르는 소리마저 들려오는 느낌이 들었다. 아빠, 이제 오세요!

그녀는 자동차 길 건너편에서 억수같이 퍼붓는 빗속에 서서 매정하게 지나쳐가는 승용차를 한 대 한 대 손짓해 부르고 있었다. 택시든 자가용이든 상관하지 않고 세우려는 것이다. 어렴풋한 그녀의 얼굴 모습이 그로 하여금 느닷없이 거의 이십 년 전 뼈가 시리도록 차가운 진눈깨비를 무릅쓰고 그녀의 기숙사 창문 밖에 서서 단정한 자세로 의자에 앉은 그녀의 모습을 들여다보던 때를 상기시켰다. 깔끔한 백색 하이칼라 스웨터를 걸치고 얼굴에 꿈꾸듯 환상적인 미소를 띤 채 경쾌한 손놀림으로 아코디언을 당겼다 늘렸다 연주하던 정경이 떠오른 것이다. 나중에 그녀한테 거의 얼어죽을 뻔했던 그날 밤 일을 얘기해주려고 한 적은 있었으나, 마지막에 가서 품었던 자신의 심사를 토로하려던 욕망만큼은 끝내 말하지 않았다. 당시 아코디언을 타던 한창나이의 젊은 처녀가 소나기 퍼붓는 길거리에 부활한 듯한 착각이, 그의 마음 한구석 잿더미에 불씨로 남아 있던 격정을 또다시 맹렬하게 불사르기 시작했다. 억수같이 퍼붓는 빗속을 뚫고, 그는 자동차 길 맞은편으로 달려가 마침내 그녀 앞에 섰다. 잠깐의 공백이 흘렀을 때, 그 역시 그녀처럼 온몸이 흠뻑 젖고 얼음같이 차가운 빗물, 우박까지 곁들인 빗물에 그의 몸뚱어리는 삽시간에 얼어붙고 말았다. 그는 온몸이 젖어 와들거리는 그녀를 우박 섞인 빗물에서 막아줄 수 있는 상가 건물 안으로 끌어가려고 그녀의 팔뚝을 움켜잡았다. 하지만 그녀는 끌고 당기는 실랑이 과정에서 안간힘을 다 써가며 몸부림쳤다. 갑자기 그는 등줄기를 가시에 찔린 것 같은 느낌이 들었다. 곁눈질로 흘낏 쳐다보니, 상가 건물 아래 음모라도 꾸미려는 듯 감춰진 시선들이 자신에게 집중되고, 아울러 언제 낯을 익혔는지 알아볼 만한 얼굴들도 적지 않게 발견할 수 있었다. 하지만 그는 잘 안다. 이제 자신에게는 이미 물러날 길이 없을 터, 만일 여기서 손을 털고 혼자 훌훌 떠나버린다면 그의 양심은 영원토록 평온을 얻지 못할 것이다.

마침내 그는 그녀를 길가 공중전화 부스 안으로 끌어들였다. 둘이서 반달 모양의 칸막이 한편에 한 사람씩 들어서자, 그들의 상반신이 가려졌다. 그는 말했다.

"저 앞 골목 안에 타이완 식 찻집이 한 군데 있소. 분위기도 좋은데, 우리 그리로 가서 좀 앉읍시다. 뜨거운 차 한 잔 마시면서 비가 그칠 때까지 기다렸다가, 내 당신을 기차역까지 배웅해줄 테니까."

그녀의 상반신이 널따란 반원형 칸막이에 가려져 그 얼굴 표정은 보지 못하고 그저 검정 스커트 자락이 찰싹 달라붙은 종아리에 누추하게 툭 불거져 나온 두 무릎 뼈만 볼 수 있었다. 찻집으로 가자는 그의 제안을 못 들은 것처럼, 그녀는 아무 소리도 하지 않았다. 대꾸는커녕 인기척도 없었다. 자동차 길에 오가는 차량들도 이제 드물었으나, 그녀는 승용차가 지나갈 때마다 택시든 자가용이든 트럭이든, 차종을 막론하고 끈덕지게 손을 흔들었다.

장대비가 부슬비로 바뀔 무렵, 그들은 마침내 붉은 빛깔의 택시한 대를 가로막아 세울 수 있었다. 그는 무작정 차문을 열어젖히고 그녀부터 들여보냈다. 그리고 이어서 그 자신도 뒷좌석에 파고들어가 앉았다. 택시기사가 냉랭하게 물었다.

"어딜 가시죠?"

"깊은 정원으로 가요!" 그녀가 얼른 말끝을 채뜨렸다.

"깊은 정원이요?" 기사가 물었다. "깊은 정원이 어디 있는 뎁니까?"

"심원으로 가지 말고," 그가 입에서 나오는 대로 말했다. "위안밍위안으로 갑시다."

"깊은 정원으로 가세요!" 그녀의 목소리가 얼어붙은 채 고집스레 나왔다.

"심원은 어디고 깊은 정원은 또 어딥니까?" 기사가 다시 물었다.

"깊은 정원이 아니라 위안밍위안으로 가자니까요." 그가 말했다.

"도대체 어딜 가시려는 겁니까?" 기사가 귀찮다는 듯이 짜증스레 묻는다.

"내가 위안밍위안으로 가자고 했으니까, 위안밍위안으로 가는 거요!" 돌연 그의 언성이 높아졌다.

기사는 고개를 돌려 흘낏 그를 쳐다보았다. 그는 기사의 음침한 얼굴을 마주하고 두어 번 고개를 끄덕여 보였다. 이어서 그녀가 두 번 세 번 깊은 정원으로 가자고 거듭 주문했으나, 기사는 군말 없이 택시를 휘몰아 텅 빈 대로를 질풍같이 달리기 시작했다. 차체 양편으로 화르르 흩뿌려지는 빗물이 그에게 뭐라고 형언하기 어려운 묘한 비장감을 자아내게 했다. 그는 들키지 않게 그녀의 얼굴을 훔쳐보았다. 비죽 내민 입술이 울컥하는 심사를 억누르느라 애쓰는 듯싶었다. 그리고 또 차문의 손잡이에 얹힌 그녀의 손이 마치 어떤 음모라도 빚을 것처럼 보일 듯 말 듯 파르르 떨리는 것을 발견했다. 그녀가 충동적으로 차문을 열고 뛰어내릴 것을 막기 위해, 그는 그녀의 오른손을 단단히 부여잡았다. 얼음같이 차가우면서도 진땀이 배어 끈적거리는 손바닥 감촉이, 마치 죽은 채로 건져 올린 물고기의 시신을 만지는 느낌이었다. 그녀의 손바닥은 앙탈하려는 의사가 추호도 없이 그에게 잡힌 채 꼼짝달싹하지 않았다. 하지만 그는 여전히 그것을 단단히 거머잡은 채 놓아줄 엄두가 나지 않았다.

택시가 어느 좁은 골목길에 접어들자 길거리 양편은 백색 쓰레기 더미로 가득 차고, 백색 쓰레기 더미 속에는 검은빛과 초록빛의 수박 껍질이 숱하게 널려 있었다. 길거리에 인접한 자그만 식당 문턱마다 내걸린 채색 파리끈끈이 종이가 비바람 속에서 펄럭펄럭 나부끼고, 까마귀둥지처럼 헝클어진 머리에 땟국이 줄줄 흐르는 아낙네들이 옷섶을 젖히고 가슴을 드러낸 채 문턱에 기대서서 담배를 피우는데, 하나같이 무료한 표정들이다. 이런 정경이 그를 황홀지간에 그녀가 살던 작은 도시로 되돌아가게 만들었다.
그가 놀라 물었다.

"지금 어디로 가는 거요?"

기사는 대답하지 않았다. 차창 밖으로 안개가 자욱하게 꼈는데,
빗물을 쓸어내느라 바삐 움직이는 와이퍼의 단조로운 기계 소리
만이 가뜩이나 심란해진 사람의 마음을 더욱 긴장하게 만들었다.

"당신 지금 어디로 차를 모는 거요?" 그의 입에서 자기도 모르
게 경악에 찬 호통이 터져 나왔다.

분노한 택시기사가 반말 섞어 으르렁댄다. "뭘 자꾸 떠드는 거
야? 지금 위안밍위안으로 가고 있잖아?"

"위안밍위안으로 간다면서 왜 이런 델 오는 거요?"

"이리로 가지 않으면 어디로 가야 해?" 기사가 차 속력을 줄이
면서 차갑게 되받았다. "그렇게 잘 안다면 당신이 길을 알려주시
구려, 도대체 어딜 어떻게 가면 되겠소?"

"나도 어느 길로 가야 할지 그건 모르오. 하지만 이렇게 가선 안
된다는 느낌이 들었소." 그는 태도를 누그러뜨리고 말을 이었다.
"당신네가 택시를 몰고 다니니까, 당연히 나보다 도로 사정에 익
숙할 게 아니오?"

"알긴 아시는군." 택시기사가 경멸조로 말했다. "난 지금 지름
길로 가고 있소. 적어도 삼 킬로는 줄였을 거요."

"고맙소." 지름길로 간다는 소리에 그는 얼른 말을 바꿨다.

"난 애당초 오늘 영업을 접으려 했소. 차를 입고시키고 집에 돌
아가 잠이나 잘 생각이었단 말이오." 기사가 말했다. "비가 이렇

게 억수같이 퍼붓는 날에 누가 바깥엘 뛰어다니겠소? 당신네 꼴
이 하도 불쌍해 보여서 차를 세워줬더니만……"

"고맙소, 고마워!" 그는 거듭 사례했다.

"내 당신들한테 바가지를 씌우려는 게 아니라," 택시기사가 말
했다. "한 십 위안쯤 더 주시구려. 당신네 운수가 좋아 나처럼 좋은
기사를 만났으니 망정이지, 만약 안 그랬다면…… 택시 값 비싼
게 싫거든 여기서 내려도 좋소. 내 한 푼도 안 받을 테니까……"

그는 차창 바깥 어두운 하늘땅을 내다보고서 말했다.

"기사양반, 십 위안 더 주면 되는 거 아니오?"

작은 길거리에서 뛰쳐나온 차는 또다시 황량하고 외진 흙탕길
로 접어들었다. 길바닥에는 이미 흙탕물이 흥건히 고여, 차체가
수렁 속에서 미친 듯이 헤쳐 나갈 때마다 흩뿌린 빗물이 길가의
가로수 나무줄기를 질펀하게 적셔놓곤 했다. 택시기사가 입속으
로 투덜투덜 악담과 저주를 퍼붓는다. 길이 나빠 욕을 하는지 아
니면 까다로운 손님보고 욕을 하는지 알 도리가 없다. 그는 자꾸
터져 나오려는 울화통을 억눌렀다. 마음 한 구석에 불길한 예감이
차오르기 시작했다.

택시는 흙탕길에서 몸부림쳐 벗어나 깨끗한 시멘트 도로 위에
올라섰다. 기사가 또 한바탕 욕설을 퍼붓고 나서 사나운 기세로
꺾어 돌더니, 어느 활짝 열린 대문 앞에 차를 세웠다.

"다 왔소?" 그가 물었다.

"여기가 곁문이오. 들어가보면 그리 멀지 않은 곳에 요지경이
있소." 기사가 대답했다. "난 당신네들이 요지경을 보고 싶어하는

줄 알고 있었단 말이오."

그는 택시미터 계기판을 들여다보고 숫자대로 적힌 요금계산서에 다시 십 위안을 더 얹어 철사로 얽은 기사 보호망 틈새로 건네주었다.

"난 영수증을 떼지 않소." 기사가 말했다.

그는 거들떠보지도 않고 택시 문을 열자마자 바깥으로 나왔다. 그녀가 같은 쪽 문으로 나올 때까지 기다렸으나, 그녀는 오히려 반대편 차문을 열고 빠져나왔다.

기사는 택시를 돌려 사라졌다. 나지막한 소리로 욕을 한마디 내뱉고 나서도, 그는 이 택시기사에게 악감이 들기는커녕 반대로 호감 같은 것이 느껴졌다.

비는 아직도 내리는데, 길 곁 가로수 나뭇잎의 윤곽이 한결 또렷하고 깔끔해진 것이 무척 사랑스러웠다. 그녀는 빗속에 서 있었다. 창백한 얼굴, 미망 속을 헤매느라 흐리멍덩해진 눈빛이 보기만 해도 애처롭다. 그는 그녀의 팔뚝을 잡아끌었다.

"그만 갑시다. 저 앞쪽이 바로 당신의 깊은 정원이야."

그녀가 순종하는 태도로 그를 따라서 정원 문에 들어섰다. 도로 양편에 줄줄이 들어찬 간이 판매대 안에서 소매상들이 열심히 손님을 불렀다.

"우산이요, 우산! 제일 멋지고 단단한 우산 사세요……!"

그는 판매대 앞으로 다가가 우산을 두 개 샀다. 하나는 빨강색, 하나는 검정색이다. 그러고 나서 매표구로 건너가 입장권을 두 장 샀다. 매표원은 경단처럼 둥글납작한 얼굴에 화장용 색연필로 그린 두 눈썹이 마치 배추벌레처럼 초록빛이다. 그가 물었다.

"여기 몇 시에 문을 닫소?"

"여긴 영원히 문을 닫지 않는답니다!" 둥글납작한 얼굴이 대답했다.

두 사람은 우산을 받쳐 들고 위안밍위안으로 걸어 들어갔다. 검정 우산을 든 그가 앞에서 걷고 빨강 우산을 든 그녀가 뒤따랐다. 빗방울이 우산을 두드릴 때마다 팽팽하게 긴장된 소리를 낸다. 서넛씩 패를 짓거나 쌍쌍이 짝 지은 유람객들이 두 사람 맞은편에서 걸어왔다. 어떤 이는 알록달록 요란한 무늬가 그려진 우산을 받쳐 들고 여유 있게 천천히 걷는가 하면, 어떤 이는 아예 우산도 쓰지 않고 빗속을 경황없이 달음박질친다.

"난 우리에게만 빗속을 걷는 고질병이 있는 줄 알았더니……" 말을 입 밖에 내고 나서 그는 무척 후회스러움을 느꼈다. 그래서 재빨리 어조를 누그러뜨렸다. "하지만 확실히 재미는 있소. 만일 지금처럼 큰비가 내리는 날이 아니었다면, 여기는 날마다 유람객들로 꽉 들어차 골칫거리였을 거요."

사실 그는 이 말을 무척 하고 싶었다. "오늘 이 위안밍위안은 순전히 우리 것이 됐구려." 그러나 이 말은 입술 언저리에서 맴돌다가 도로 쏙 들어가버렸다. 그들은 길게 구부러진 만곡부, 거울처럼 맑고 깨끗한 오솔길을 따라 앞으로 나아갔다. 길 곁 연못에는 거의 절반 크기로 자란 연잎과 부들 잎이 숱하게 돋아나고 개구리 몇 마리가 물가에서 이리저리 뛰고 있었다.

"너무나 좋구려!" 그는 흥분에 겨워 소리쳤다. "여기에 풀 뜯는 물소 한 마리가 더 있었더라면, 연못가를 헤엄치는 백조 한 떼가 더 있었더라면, 더욱 절묘한 경치가 되었을 거요." 그는 다정하게 그녀의 창백한 얼굴을 바라보면서 감동적으로 말했다. "당신의 민감한 성격은 예전부터 최고였소. 당신이 아니었던들, 내 한평생 이렇게 좋은 위안밍위안을 보지는 못했을 거요."

그녀의 입에서 한숨이 길게, 아주 길게 흘러나왔다. "여기는 내 깊은 정원이 아니에요."

"아냐, 여기가 바로 당신의 깊은 정원이오." 그는 자신이 마치 연극무대에서 연기하는 배우가 된 듯한 느낌이 들면서, 의미심장한 어조로 말을 이어갔다. "물론 여기는 내 깊은 정원도 되고, 우리 둘만의 깊은 정원도 되는 거요."

"당신에게 아직도 깊은 정원이 있나요?" 그녀의 눈빛이 돌연 날카롭게 바뀌더니, 그를 찌르고 찔러 쥐구멍에라도 파고들어가고 싶을 만큼 옹색하게 만들었다. 부끄러워 어쩔 줄을 모르는 그를 보면서, 그녀는 절레절레 도리질을 했다. "깊은 정원은 내 것, 오로지 내 소유일 따름이에요. 당신은 내 깊은 정원을 빼앗으려고 하면 안 돼요."

그는 방금 전까지 흥분에 들뜨던 심정이 급전직하로 기가 꺾여 낙심천만한 상태로 돌변하는 것을 느껴야 했다. 눈앞에 펼쳐진 아름다운 경치도 삽시간에 아무런 흥취도 없는 따분한 것으로 바뀌고 말았다.

"당신, 저것들을 밟아 죽였어!" 돌연 그녀가 소스라치게 놀라 고함을 질렀다.

그는 무의식중에 펄쩍 뛰어 길 한옆으로 물러났다. 그러나 그녀는 더욱 더욱 처절하고도 새된 목소리로 계속 외쳐댔다.

"당신이 저것들을 밟아 죽였어!"

고개 숙여 내려다보니 길바닥에 떼를 지은 새끼 개구리들이 예서제서 팔짝팔짝 뛰고 있다. 그것들은 고작 콩알만 한 크기였으나 네 다리가 온전하게 나온 초소형 개구리였다. 흠칫 놀란 그가 뒤돌아보니, 자신이 걸어온 길바닥에 무수하게 짓밟힌 새끼 개구리의 주검들이 자신의 발자국 윤곽을 드러내 보이고 있었다. 그녀는 땅바닥에 쭈그려 앉아 손톱 끝으로 개구리들의 주검을 조심스레 건드렸다. 손가락은 백랍 빛깔로 하얗게 질렸으나 손톱은 암울한 잿빛, 손톱 틈서리는 온통 시꺼먼 때로 가득했다. 그것을 보는 순간, 그의 가슴속 밑바닥에 이날 이때껏 찌꺼기처럼 가라앉아 있던 혐오감이 한꺼번에 솟구쳤다. 그래서 그는 조롱기 섞인 어조로 이렇게 말했다.

"아가씨, 그대가 밟아 죽인 개구리는 결코 나보다 적은 게 아니라오. 아무렴, 그대가 밟아 죽인 개구리가 나보다 적은 게 아니지. 설령 내 발바닥이 당신보다 크다 해도, 당신은 걸음 폭이 나보다 작으니까 자주 디뎠을 테고, 그래서 내가 밟아 죽인 것보다 적은 숫자가 아니라는 거요."

그녀가 일어섰다. 그리고 혼잣말로 중얼거렸다. "그래, 당신보다 내가 더 많이 밟아 죽였어……" 그녀는 손등으로 눈을 비볐다. "개구리야, 너희들은 왜 그렇게나 작니……?" 그렇게 말하고 나서 눈물이 핑그르르 감돌았다.

"됐어, 아가씨." 그는 속으로 혐오감을 느꼈으나 우스갯소리 말투로 얼버무렸다. "개구리는 둘째 치고, 이 세상 노동인구 중에 삼분의 이가 아직도 도탄에 빠져 몸부림치고 있다니까."

그녀는 눈물이 글썽글썽 맺힌 눈으로 그를 노려보았다. "이렇게 작은 미물도 팔다리가 전부 자랐잖아요!"

"팔다리가 나오지 않았으면 개구리라고 할 수도 없지 않소?" 그는 그녀의 팔뚝을 부여잡고 앞으로 끌고 가려 했으나, 그녀는 땅바닥에 우산을 던져버리고 다른 한 손으로 그의 손아귀를 벗겨내려 애를 썼다.

"개구리 새끼 몇 마리 때문에 우리가 이런 데서 실랑이를 벌이며 밤샐 수야 없지 않소?" 그는 잡고 있던 손을 풀면서 투덜거렸다. 하지만 그녀의 눈빛에서, 그녀더러 개구리 떼를 짓밟으면서 앞으로 나가라고 강요할 도리가 없다는 사실을 알아차렸다. 그는 우산을 접은 다음 셔츠를 벗어 들고 땅바닥을 휩쓸듯이 휘둘러 그 혐오스럽기 짝이 없는 동물을 쫓아내기 시작했다. 이윽고 작은 개구리 새끼들이 사면팔방으로 뿔뿔이 흩어져 도망치고 끝내 말끔한 도로가 한 줄기 트였다. 그는 다시 그녀를 잡아끌었다. "자, 어서 갑시다!"

마침내 그들은 폐허 앞에 섰다. 비는 거의 그친 셈이고 하늘빛도 다소 청명한 기미를 드러냈다. 그들은 우산을 접고 장인들의 손에 정교하게 조각된 자국이 남은 커다란 바위 더미로 기어 올라갔다. 그는 빗물에 젖은 셔츠를 힘껏 쥐어짜서 두어 번 홀홀 털고 다시 걸쳐 입었다. 일부러 과장한 것은 아니었으나, 그녀의 관심을 이끌어보고 싶은 기대감에 그는 재채기를 했다. 하지만 그녀는 털끝만치도 반응하지 않았다. 그는 자조적으로 도리질을 하고 나서 마치 하늘 아래 가장 높은 산꼭대기에 올라 아득히 머나먼 곳을 바라보는 사람처럼, 호기 있게 가슴을 쩍 펴고 한껏 심호흡을 했다. 신선한 공기를 들이마시고 났더니 비온 뒤의 하늘처럼 울적하던 심정이 맑고 시원해졌다. 이곳의 공기가 실로 너무나 좋다고 그는 말하고 싶었으나 역시 말하지 않았다. 엄청나게 널따란 정원에 오직 그들 두 사람만 있는 것 같았다. 그것도 기적이라면 기적이라고 할 수 있으리라. 그는 모처럼 좋아진 심정으로 눈앞에 펼쳐진 폐허를 바라보았다. 그렇듯 유명한 옛 유적, 그렇듯 사람의 마음속으로 깊이 파고드는 정경들, 그것들은 이날 이때껏 무수한 사람들의 거울 속에 나타났고 또 수많은 사람들이 읊었던 시구 속에 모습을 드러냈지만, 지금의 그것들은 이렇듯 평범하다. 그것들은 침묵을 지키고 말이 없으나, 천만 마디 온갖 언어로 하소연하고 있는 것 같았다. 침묵 속에 그것들은 인간의 거대한 석상군(石像群)이었다. 폐허 앞에서, 이백 년 전 물을 뿜어 올리던 연못 속에서, 이제 그가 뭐라고 이름 붙일 수 없는 숱한 들풀이 바위틈을 비집고 완강한 의지로 빠져나오고 있는 것이다.

그들은 서로 손을 잡아주면서 더 높고 더 커다란 바윗돌 위로 기어 올라갔다. 맑고 시원한 바람이 불어와 여태껏 몸에 축축이 달라붙은 옷가지를 상큼하게 말리기 시작했다. 그녀의 검정 스커트 자락도 미풍에 나부꼈다. 그는 손바닥으로 빗물에 씻겨 깔끔해진 바윗돌을 어루만졌다. 코끝에 해맑고도 차가운 공기 냄새가 느껴졌다. 그는 비밀이라도 발견한 것처럼 귀엣말로 속삭였다.

"맡아봐요, 돌 냄새야."

그녀의 눈빛은 거대한 건축물을 떠받쳤을 둥근 돌기둥에 가서 꽂힌 채 움직이지 않았다. 기색을 보아하니 그가 얘기한 비밀 따위는 아예 귓등으로도 듣지 않은 게 분명했다. 그녀의 눈빛이 마치 바윗돌 표면을 뚫고 그 속 깊숙이 들어가 내용물을 탐구하려는 것 같았다. 이때가 되어서야 그는 그녀의 귀밑머리가 희끗희끗 세어가는 것을 발견했다. 저도 모르게 가슴 밑바닥 깊숙한 곳으로부터 탄식이 새어 나왔다. 그것도 길게, 아주 길게…… 그는 손길을 내밀어 그녀의 어깨머리에 달라붙은 머리카락을 하나 집어 들고 감회 깊게 입을 열었다.

"세월이 살 같다더니, 눈 깜빡할 사이에 우리 모두 늙었구려."

그녀의 입에서 밑도 끝도 없는 말 한마디가 불쑥 튀어나왔다.

"바윗돌에 새겨진 말은 변치 않을까요?"

"돌 자체가 변치 않는 것이니까." 그가 대답했다. "속담에 '바다가 마르고 바윗돌이 닳아 없어질지언정 내 마음 변치 않으리' 라고 했지만, 그것은 한낱 아름다운 환상에 지나지 않소."

"하지만 깊은 정원에서 모든 것은 변치 않아요. 아니, 변할 리 없죠." 그녀의 눈빛이 바윗돌에 단단히 꽂힌 채 움직일 줄 모른다. 마치 바윗돌과 대화라도 나누듯이. 그는 이제 아무 상관도 없는 청중에 지나지 않았다. 하지만 그는 여전히 바윗돌과 그녀의 대화 사이에 적극적으로 호응하려고 악을 쓰기 시작했다.

"이 세상에 영원이란 것, 영겁이란 것은 근본적으로 존재하지 않소. 예를 들어, 이 유명한 정원 역시 삼백 년 전 청나라 황제가 세웠을 때만 해도 얼마 오래 써보지 못하고 이렇듯 폐허가 되어버릴 줄은 생각 못했을 거요. 당시 황제와 비빈들은 거대한 홀, 대리석이 깔린 바닥에서 향락을 즐길 줄만 알았지, 아마도 그 대리석과 바윗돌이 오늘날 백성들의 돼지 우릿간 바닥에 받쳐놓은 디딤돌로 바뀌어 쓰이게 될 줄은 몰랐을 거요……"

그 자신도 이런 말들이 무미건조한 헛소리라는 사실을 느낌으로 알고 있었다. 쓸데없는 헛소리와 폐허, 여기에 무슨 구별이 있단 말인가? 그리고 또 그녀가 자신의 말을 전혀 귀담아 듣지 않는다는 사실도 알고 있었다. 이래서 그는 연설을 중단하고 그 대신 호주머니를 뒤적거려 빗물에 젖어 축축해진 담뱃갑을 꺼내 그중에서 비교적 마른 한 개비를 골라 입에 물고 불을 붙였다.

까치 두 마리가 그들의 머리 위에서 쫓고 쫓기며 날아가더니, 멀찌감치 떨어진 나뭇가지 초리에 내려앉아 깍깍 시끄럽게 지저귀기 시작했다. 그는 말하고 싶었다. 새들이 얼마나 자유스러우냐…… 하지만 역시 자기 습관에 의존해서 입술 언저리까지 나오던 그 말을 도로 삼키고 말았다. 이때 그녀의 입에서 흥분에 들뜬 외마디 소리가 나오더니, 암울한 빛으로 가득하던 두 눈동자마저 동시에 이채(異彩)를 띠었다. 그는 놀랍고도 의아스런 기색으로 그녀를 쳐다보았다. 그리고 곧 이어서 그녀가 손끝으로 가리키는 방향에 따라 쪽빛 하늘과 잿빛 구름이 어우러진 허공을 바라보았다. 놀랍게도 거기에는 곱디고운 칠색 무지개가 걸려 있었다. 그녀가 어린애처럼 고래고래 악을 쓰면서 깡충깡충 뛰기 시작했다.

"저거 봐, 저거 봐!"

그녀의 유쾌한 기분은 이내 그에게로 옮아갔다. 끝없이 널따란 하늘 위에 가로질러 걸쳐진 무지개다리가 잠시나마 암담한 현실 생활을 잊게 해주고, 어린 시절의 유쾌한 기분 속에 젖게 했다. 부지불식간에 그들의 두 육신이 달라붙을 정도로 가까워졌다. 그들의 눈빛이 친밀하게 엇갈렸다. 이제는 서로 숨기거나 피하려 하지도 않았으며, 망설이거나 동요하는 기색도 보이지 않았다. 그들의 손은 아주 자연스레 맞잡혔으며, 그들의 육신도 마찬가지로 아주 자연스레 포옹하고 있었다.

그가 그녀의 입에서 짙디짙은 진흙 냄새를 맡는 순간, 하늘가에 가로 걸친 아름다운 채색 무지개는 이미 어디론가 사라졌다. 버려진 폐허는 온통 아득한 미망으로 가득 차고, 이리저리 누운 돌덩어리에 보랏빛 광채가 피어오르면서 숱한 장엄미와 더불어 흉물스러운 기미를 드러냈다. 수초(水草) 우거진 연못가에 벌레들이 우짖는 소리로 가득 차고, 멀리 어느 집 거위들이 짖어대는 소리가 시끄럽게 들려왔다. 무심결에 그는 흘낏 그녀의 팔뚝에 찬 손목시계를 훔쳐보았다. 시침은 벌써 일곱시를 가리키고 있다. 깜짝 놀란 그가 허둥대며 말했다.

"이런 맙소사, 큰일 났군! 당신 타고 갈 기차가 여덟시에 떠나잖아?"

아 들 의 적

······

兒
子
的
敵
人

1

　동틀 무렵, 귀머거리가 되도록 잇달아 고막을 뒤흔드는 엄청난 굉음이 바야흐로 무서운 악몽의 가위에 눌려 몸부림치던 쑨(孫)씨 댁 과부마저 놀라 깨워놓고 말았다. 그녀는 허리를 꺾고 일어나 앉았다. 가슴이 두근두근 마구 뛰고 이마에 식은땀이 줄줄 흘러내렸다. 창밖으로 내다보이는 폭발의 강렬한 섬광이 하늘에 번개 치듯 일렁거리고, 조수처럼 밀려드는 기류의 압력에 창호지가 뒤흔들리는가 하면, 창틀은 금세 부서질 것처럼 삐거덕삐거덕 신음 소리를 내고 있었다. 그녀는 옷을 걸치고 침대에서 내려와 부들로 엮은 짚신을 꿰고 앞뜰로 나갔다. 바람은 없지만, 살을 에는 매서운 추위가 곧바로 뼛속까지 파고들었다. 고개 들어 하늘을 바라보았을 때, 그녀의 얼굴에 아주 작고도 차가운 물체가 부슬부슬

떨어져 내렸다. 눈이 오시는구나, 그녀는 생각했다. 대자대비하신 관세음보살님, 내 아들을 평안토록 보우해주십사.

현성(縣城) 공략전은 마을 서남쪽 이십 리 바깥에서 진행되고 있었다. 대포진지는 마을 동북쪽 오십 리 지점, 하천 여울목 버드나무 숲에 설치되었다. 포신에서 포탄이 빠져나가는 순간 토해내는 시뻘건 불덩어리, 그리고 포탄이 터지는 쪽빛 섬광이 동북쪽과 서남쪽 두 방향에서 피아 쌍방이 서로 보이지 않을 만큼 먼 곳에서 번갈아 주고받을 때마다 날카로운 휘파람 소리 같은 것이 그것들과 하나로 연결되어 들려오곤 했다.

사흘 전에 민병대장이 부하들을 데리고 들이닥쳐 집 대문과 방문짝을 차용한다는 구실을 대고 모조리 뜯어갔다. 들것을 엮는 데써야 한다는 얘기였다. 그들이 왁자지껄 시원시원하게 문짝을 하나하나 뜯어냈을 때, 그녀의 심정은 평온했고 얼굴 표정에 싫어하는 기색도 띠지 않았다. 그러나 민병대장은 이렇게 말했다. "아주머니, 당신은 열사의 권속이요 군인 가족이신데도 문짝을 징발당하셔서 언짢아하시는 줄은 저도 잘 압니다만, 사실 어쩔 도리가 없습니다. 우리 동네에 의무적으로 배정된 들것 오십 채를 갖다 바쳐야 하니 말입니다." 그녀는 결코 언짢지 않은 자기 심정을 분명히 밝히고 싶었으나, 그 말은 입술 언저리까지 나왔다가 또 무슨 심보에 억눌렸는지 도로 들어가고 말았다. 지금 이 시각, 강렬한 포화의 섬광이 잠시도 그치지 않고 번쩍거리면서 어둠과 광명을 단속적으로 펼쳐놓는 가운데, 사흘 전 문짝이 뜯겨나간 이후 뻥 뚫린 대문간이 그녀의 눈앞에 마치 앞니 빠진 괴물처럼 시커먼

아가리만 휑하니 벌려놓고 있을 따름이었다.

그녀는 전신에 오한이 드는 걸 느꼈다. 몸뚱이가 오들오들 떨리는 동안, 한평생 살아오면서 깨지고 부서져 온전히 남은 것이라곤 단 한 대도 없는 이빨끼리 입 안에서 제각기 남은 기능대로 잇몸하며 볼따구니 안쪽 살을 여기저기 마구 들이받았다. 그녀는 왼손을 옷깃에 찔러 넣고 오른손 헐렁헐렁한 소맷자락으로 입을 가려 덮은 채 급하게 볼일 있는 사람처럼 안마당을 분주하게 맴돌기 시작했다. 두 발에 꿴 짚신이 번갈아 땅바닥을 내딛는 마찰음이 자박자박 소리를 냈다. 폭발하는 굉음이 한 차례 울리고 지나갈 때마다, 그녀는 가슴에 극심한 통증을 느끼고, 자기도 모르게 기나긴 신음 소리를 토해내곤 했다. 동굴처럼 아가리를 쩍 벌린 대문 너머로, 그녀는 포화의 섬광이 번쩍번쩍 비칠 때마다 그 순간적인 불빛 아래 환해진 길거리가 사람 하나 없이 텅 비어버린 것을 보았다. 어디서 나타났는지 야생 족제비 십여 마리가 횃불처럼 두툼한 꼬리를 길게 끌면서 길바닥에 팔짝팔짝 뛰는 품이 꿈결 같아 보일 따름이었다. 큰길에 행인 하나 보이지 않고, 이웃집의 태어난 지 갓 한 달 된 어린애의 목쉰 울음소리만 들리다가 그것마저 뚝 그치고 말았다. 그녀는 보지 않아도 잘 안다. 아이 어미가 젖을 물려 입막음한 것을.

그녀에게는 두 아들이 있었다. 큰아들 쑨다린(孫大林)은 재작년 겨울 마완(麻灣) 전투에서 전사했다. 그 전투 역시 동트기 직전에 벌어진 것으로, 우선 동남쪽에서 경천동지할 포화의 굉음이 울려 집 안을 온통 뒤흔들고 창틀에 바른 종잇장을 모조리 찢어발기고 나서 총성이 콩 볶듯 이어졌었다. 그때도 그녀는 지금처럼 왼손을 옷깃에 쑤셔 넣고 오른손 헐렁헐렁한 옷소매로 입을 덮어 가린 채, 안마당에서 신음 소리를 내어가며 채찍질에 쫓기는 연자방앗간 늙은 당나귀처럼 분주다사하게 맴돌았다. 그녀의 작은아들 샤오린(小林)은 솜옷을 걸치고 방 안에서 맨발로 뛰어나와 동남쪽 포화의 불빛으로 붉게 물든 하늘을 바라보며 흥분에 못 이겨 마구 악을 썼다. "싸움이 시작된 거야? 싸우기 시작했어! 아주 잘됐어! 드디어 싸움이 붙었구나!" 그녀는 통곡처럼 억양을 길게 뽑아 작은아들을 야단쳤다. "이 철딱서니 없는 녀석아, 싸움이 벌어지는 게 뭐가 그리 좋으냐? 이놈아, 네 형이 거기 있어……!"

샤오린은 올해 열아홉 살 나이에, 통신병 나팔수로 지금 이 시각 현성을 공격 중인 부대에 소속되어 있다. 큰아들이 입대하던 그해부터 총성이나 포성만 들리면 그녀는 습관적으로 울렁증이 도져 신음 소리가 절로 나오고 딸꾹질이 그치질 않았다. 증세를 가라앉힐 방법은 오직 하나, 도기로 빚은 관세음보살상 앞에 무릎 꿇고 엎드린 자세로 목청을 드높여 염불해야만 잠시나마 억제할 수 있었다.

그녀는 집 안으로 들어가 콩알만큼이나 작은 등잔불을 켜고 소중히 간직해둔 향을 한 묶음 찾아내 딱 세 대만 불붙여 향로에 꽂았다. 먼 데서 울려오는 포성의 진동에 콩알 같은 등불이 금세라도 꺼질 듯 그칠 새 없이 떨리고, 천장 들보에 쌓였던 흙먼지가 나부껴 한들한들 떨어져 내리는데, 세 가닥 푸른 향 연기가 여러 가지 환영으로 모습을 바꿔가면서, 방 안에 짙고도 강렬한 향내를 퍼뜨렸다. 그녀는 도자기상 앞 부들방석 위에 무릎 꿇은 채 이 세상에서 다시없을 만치 자비로우신 보살님을 우러러보았다. 쪽빛으로 번쩍거리는 포화의 섬광 속에서 두 눈썹을 낮게 드리우고 순종하는 눈빛을 지닌 보살님의 얼굴 생김새가 오늘 따라 어쩌면 그렇게나 초록빛 매끄러운 조개껍데기를 빼어 닮아 보이는지 모르겠다. 그녀는 두 눈을 감고 큰 소리로 외우기 시작했다. "나무관세음보살, 나무관세음보살……" 목소리가 점차 떨려 나오고 끝마디가 길게 꼬리를 끌었다. 듣기에 따라서는 염불이 아니라 울음 섞인 하소연을 닮아가기 시작했다.

염불을 시작하면서부터 그녀는 차츰 자기 육신의 존재를 망각했고, 포성 역시 더이상 귀에 들려오지 않았다. 잠시도 멈추지 않고 그녀를 괴롭히던 딸꾹질도 씻은 듯이 뚝 그쳤다. 하지만 다음 순간부터 그녀의 머릿속에는 피와 살이 뒤범벅된 맏아들의 얼굴이 떠올랐다. 그녀는 사실상 두 눈으로 본 적은 없는 그 끔찍한 얼굴을 떨쳐버리려고 안간힘을 썼다. 그러나 머릿속에서 지우려고 애를 쓰면 쓸수록 그것은 마치 부력이 강한 표백된 나무토막처럼 고집스레 자꾸 떠올랐다.

마완 전투가 종료된 직후, 촌장의 인솔 아래 그녀는 샤오린과 함께 동남쪽 어느 마을로 달려갔다. 붕대로 팔걸이를 한 군인 하나가 그녀를 새로 쌓은 무덤 앞에 데려갔다. 부상을 당한 군인은 성한 손길로 무덤 앞 검정 글자로 이름이 적힌 하얀 비목을 가리켰다. "바로 여깁니다." 그녀는 머릿속이 갑작스레 텅 비어버리는 것을 느꼈다. 말뚝처럼 뻣뻣이 굳어버린 머리로 그녀는 생각했다.

'다린이 어떻게 여기 묻혔을까?' 마음속으로 생각하면서 입은 입
대로 말하기 시작했다. "다린이 어떻게 이런 데 파묻힐 수 있단 말
인가요?" 부상당한 군인이 성한 한 손으로 그녀의 손을 꼬옥 쥐
면서 대답했다. "아주머니, 당신 아드님은 누구보다 용감했습니
다. 그 친구는 폭약으로 적의 방어진지를 폭파하여 아군에게 승리
의 길을 열어주었습니다." 군인의 설명을 다 듣고 나서도, 그녀는
말뜻을 제대로 알아듣지 못해 막연하게 다시 물었다. "다린이 죽
었단 말인가요?" 군인은 침통한 표정으로 고개만 주억거렸다. 그
녀는 마치 누군가 뒤에서 등을 사납게 떠다민 것처럼 얼떨결에 눈
앞의 새 무덤 봉분 위로 엎어지고 말았다. 그녀는 별로 괴롭다는
느낌이 들지 않았다. 그저 목구멍에서 마치 꿀물 한 모금 마시고
나서 곧이어 소금물 한 모금을 삼킨 것처럼 들척지근하고 찝찔한
맛만 느껴질 따름이었다. 심지어 그녀는 새로 쌓아 올린 황토의
취할 듯 싱그러운 냄새마저 온몸으로 절실하게 맡을 수 있었다.
그녀가 반응을 보인 것이 있다면, 촌장과 군인이 그녀를 무덤에서
일으켜 세웠을 때 비로소 어린 계집아이처럼 칭얼대며 울기 시작
했다는 점이다……

　다린의 피투성이 얼굴 모습이 마치 물속 깊숙이 헤엄쳐 들어간
물고기처럼 잦아들고, 그 대신에 작은아들 샤오린의 얼굴이 뒤따
라 떠올랐다. 이 녀석은 살아 움직이는 인형같이 곱상한 얼굴을
지녔다. 밴들밴들 얄미울 정도로 깔끔한 낯가죽에 입술마저 새빨
간 선홍색, 부리부리한 두 눈에 좌우 양편으로 굽은 두 눈썹이 목
탄으로 그려낸 것처럼 또렷하다. 다린이 죽고 없는 마당에 이제

샤오린은 외아들이 되었다. 애당초 그녀는 외아들이니 군대에 뽑혀가지 않으리라 생각했으나, 촌장 두씨(杜氏) 나리는 그를 입대시켰다. 그녀는 촌장 앞에 무릎을 꿇고 통사정했다. "나리, 제발 저희 모자 두 식구를 가엾이 여겨 은덕을 좀 베풀어주세요. 우리 쑨씨 집안에 대를 이을 씨는 남겨주셔야 할 게 아닙니까." 촌장이 말했다. "쑨마씨(孫馬氏)* 아주머니가 어떻게 그런 말을 할 수 있나요? 지금 형편에 뉘 집이든지 둘째 셋째로 예비 아들을 남겨두는 줄 아나요? 아주머니도 알다시피 우리 집에 딱 하나 있던 아들 녀석마저 입대시켰어요." 그래도 그녀는 뭐라고 얘기를 더하고 싶었지만, 샤오린이 부여잡아 일으키면서 이렇게 말했다. "어머니, 됐으니까 그만 하세요. 입대하라면 입대하죠. 남들 다 가는데, 우리라고 왜 못 보내고 못 가겠어요?" 촌장이 말했다. "역시 젊은 친구라 생각이 탁 트였네그려……!"

사흘 전 샤오린이 딱 한 차례 집에 돌아온 적이 있다. 그가 현지 토박이라는 사실을 알아본 중대장이 하루 휴가를 내주었다는 것이다. 그녀는 입대한 지 일 년도 채 안 되는 어린 아들이 그새 키가 머리통 반쪽만큼 더 자라고 배내털처럼 부숭부숭하던 수염이 시커멓고 거칠게 바뀐 것을 보았다. 하지만 어릴 때처럼 싱글벙글 속없이 터뜨리는 웃음기가 여전히 얼굴 가득 서리고 활기차면서도 제멋대로 설쳐대는 다 큰 어린애의 기질만큼은 변치 않았음을

---

* 중국 여성은 결혼 후 남편의 성을 먼저 붙이고 자신의 성을 뒤에 덧붙여 부른다. 따라서 그녀는 본성이 마(馬)씨로 쑨(孫)씨 댁에 시집간 미망인이다.

보고 마음이 무척 놓이고 흐뭇했다. 데일 듯이 뜨거운 눈빛으로 아들의 얼굴을 마냥 바라보고 있으려니, 아들은 멋쩍어져 이렇게 말했다. "어머니, 그런 눈으로 쳐다보지 않을 수 없어요?" 그녀의 두 눈에서 왈칵 눈물이 쏟아졌다. 아들이 말했다. "왜 우시는 거예요? 내 꼬락서니가 별로 안 좋아 보이는 모양이죠?" 그녀는 손등으로 눈물을 훔치면서 웃음 지었다. "왜 안 좋겠니? 기뻐서 이런단다. 이제 돌아왔으니까 금세 떠나지는 않겠지?" 아들이 말했다. "오후에 떠나야 해요. 중대장님이 하루만 휴가를 주셨거든요." 이 말을 듣고 그녀는 또 눈물을 짜냈다. 아들이 언짢은 기색으로 말했다. "엄마, 왜 또 우시는 거예요?" 그녀는 아들에게 물었다. "부대 안에서 배불리 먹기는 하니?" 아들이 대답했다. "엄마, 엄마는 너무 어수룩해서 탈이야. '가뭄이 들어도 말라 죽지 않는 게 파뿌리고, 전쟁터에 나가서 굶어 죽지 않는 게 군인'이란 얘기도 못 들어봤어요?" 그래도 그녀는 아들더러 또 물었다. "먹는 건 제때 괜찮게 먹니?" 그가 대답했다. "잘 먹을 때도 있고 제대로 먹지 못할 때도 있어요. 하지만 집에 있을 때보다 잘 먹죠. 보세요, 이렇게 살찌고 키가 자란 게 안 보이세요?" 그녀는 손을 내밀어 아들의 정수리를 어루만지려 했으나, 아들 녀석이 수망아지 낯가리듯 뒤로 한 걸음 물러서는 바람에 허탕 치고 말았다. 이어서 그녀가 아들에게 물었다. "상급자 군관이 부하를 때리지는 않니?" 아들이 대답했다. "어느 땐 욕하기도 하지만 때리지는 않아요." 그녀에게는 아직도 물어볼 것들이 숱하게 많았으나, 아들이 먼저 샤오타오(小桃)가 어떠냐고 물어왔다. 그녀는 샤오타오가 아주 곱게 자랐다고 대답했다. 그는 어머니에게 샤오타오를 보러 가겠노라고 한마디 던져놓더니 그대로 돌아서기 무섭게 냅다 뺑소니를 치고 말았다.

샤오타오는 대장장이 쑹씨(宋氏) 댁 막내딸로, 거무죽죽한 살갖에 얼핏 보아서는 별로 예쁘지 않았으나, 참을성 있게 요모조모 뜯어보면 볼수록 귀엽고 아리따운 용모를 지닌 규수였다. 샤오타오와 샤오린은 어릴 적부터 사이가 좋았다. 그녀가 제법 성숙해져 자그만 쪽을 틀어 올렸을 때, 어른들이 그녀에게 물었다. "샤오타오야, 너 자라서 어른이 되면 누구한테 시집갈래?" 그녀는 한마디로 대답했다. "샤오린이요!" 오랜만에 집 문턱을 넘어와 제 어미에게는 세 마디 말도 건네지 않고 대뜸 샤오타오를 만나러 가겠다는 아들의 말이 그녀를 다소 서글프게 만들었으나, 그녀의 마음은 아주 빠르게 행복감에 가득 찼다. 젊은 사람이니 그럴 수밖에 없지, 누구는 한창 젊었을 시절에 안 그래 본 적이 있나? 아버지 어머니와 친밀한 관계로 맺어진 것은 그 나름대로 타당한 이유가 있지만, 젊은 처녀 총각이 친해지는 것은 또 성격이 전혀 다른 경우다. 그녀는 대문 바깥으로 뛰어나가는 아들의 등에 비스듬히 둘러멘 나팔을 보았다. 놋쇠 빛깔의 군용나팔 손잡이에 비끄러맨 붉은 견직물 한 가닥이 유별나게 산뜻하고도 아름다워 보였다. 아들은 잿빛 솜옷 차림에 종려나무 빛깔의 쇠가죽 띠를 허리에 두른 채, 큰 걸음걸이로 길거리를 휘적휘적, 그러나 잠시도 멈추려는 기색 없이 별똥별처럼 휑하니 달려가고 있었다. 그저 뒷모습만 보았다면 제법 위대한 인물이라고 찬사를 보낼 만했다.

그녀는 살구나무 아래 묻어두었던 자그만 밀가루 항아리를 파낸 다음, 이웃집에 건너가 달걀 세 알, 기름 한 종지를 꿔왔다. 그리고 뒤뜰 텃밭에서 딱딱하게 얼어붙은 대파를 뽑아 다듬어놓고 부랴부랴 밀가루와 달걀을 반죽해서, 아들이 잘 먹는 '충화지단유빙(蔥花鷄蛋油餠)'*이란 지짐이를 부쳤다.

아들은 오후 반나절이 다 지나서야 돌아왔다. 얼굴에 흙먼지를 뒤집어썼으나, 눈빛만큼은 숯불처럼 번들번들 광채를 내고 있었다. 그녀는 이러쿵저러쿵 더 묻지 않고 벌써 여러 차례 데워둔 지짐이를 부지런히 솥에서 꺼내다 재촉해가며 아들에게 먹였다. 아들이 그녀를 향해 겸연쩍게 웃더니 마치 사흘 굶주린 호랑이처럼 게걸스럽게 먹어치우기 시작했다. 그녀는 눈동자 한 번 돌리지 않고 아들이 먹는 모습을 느긋이 지켜보면서 때 없이 물그릇을 가져다 그의 면전에 밀어놓았다. 급히 먹느라 목이 메지 않도록 일깨워주는 것이다. 눈 깜짝할 사이에 아들은 연잎만큼이나 커다란 지짐이 두 장을 먹어치우고 나서, 물그릇을 집어 들더니 목젖이 드러나도록 고개를 뒤로 젖히고 물을 마셔댔다. 그녀는 아들의 목구멍으로 넘어가는 물소리를 들었다. 꿀꺽꿀꺽 시원스레 넘어가는 소리를 들으면서, 마치 냇가에서 물을 마시는 송아지 같다고 생각했다.

물을 다 마신 아들이 손등으로 입술을 쓰윽 문지르면서 말했다.

---

* 달걀과 밀가루를 반죽해서 솥뚜껑 같은 널따란 번철에 지짐이로 얇게 부쳐 그 위에 대파를 날것으로 뚝뚝 접어놓고 둘둘 말아 먹는 향토 음식.

"미안해요, 엄마. 중대장님이 절더러 집에 돌아가거든 엄마 일을 도와드리라고 하셨는데, 제가 그만 잊었지 뭐예요." 그녀가 말했다. "괜찮다, 네가 도와줄 일이 뭐 있겠니? 아무것도 없으니까 염려 말아라, 얘야." 그가 말했다. "엄마, 난 이제 가봐야 해요. 현성(縣城)을 공격하는 일이 끝나거든 다시 엄마를 보러 돌아올게요." 갑자기 그는 자기가 입을 잘못 놀린 걸 깨닫고 얼른 말했다. "엄마, 이건 군사비밀이니까, 절대로 남한테 얘기하면 안 돼요. 샤오타오에게도 말해주지 않았는데……" 또 싸우러 간다는 아들의 말에, 그녀는 걱정이 태산 같았다. "어쩌자고 또 전쟁을 해야 한단 말이니?" 말을 다 끝내지도 않았는데, 눈물이 먼저 흘러내렸다. 그가 말했다. "엄마, 걱정 마시고 마음 푹 놓으세요. 내 한 몸 돌볼 줄은 나도 잘 알고 있으니까요. 우리 중대장님 말씀이, 죽기를 두려워하는 비겁한 놈일수록 더 잘 죽고, 죽기를 무서워하지 않는 용감한 놈일수록 더 죽지 않는다, 전쟁터에 나서면 총알이 죽기를 무서워하는 비겁한 놈들만 노린다…… 그러셨거든요." 신바람 나게 이야기하는 아들을 보고, 그녀는 아무 말도 나오지 않았다. 그저 옷소매로 눈알이 아프도록 힘껏 눈물만 훔쳐냈을 따름이다. 씩씩하게 떠들어대던 아들이 갑자기 쭈뼛쭈뼛 말더듬이가 되어 우물쭈물 얘기했다. "사실 엄마한테 모자를 한 개 사드리려고 했죠. 그런데 월급날 제 수당을 라오훙(老洪)이란 전우 녀석이 빌려가서 담배를 사는 데 써버리고 말았지 뭐예요. 싸움이 끝나면……" 그가 말을 이었다. "제가 무슨 일이 있어도 돈을 모아서 엄마한테 꼭 모자를 사드릴 거예요. 제가 보니까, 집주인 댁 노마님이 모직물로 짠 털모자를 쓰고 있던데 아주 따뜻해 보였어요." 그녀는 눈물만 훔쳐낼 뿐, 말이 나오지 않았다. 아들이 말했다. "나 이제 가봐야 해요. 샤오타오한테 얘기 잘해놓았어요, 가끔씩 엄마를 보러 와달라고 말이에요. 엄마는 그 아이를 어떻게 생각해? 그 아이가 엄마 며느릿감이 되면 안 돼요?" 그녀는 고개를 주억거리며 대답했다. "그래, 아주 착하고 좋은 아이지." 아들이 말했다. "저, 갈 거예요. 삼십 리 길을 뛰어가야 한다니까요!" 그녀는 부리나케 솥에 남겨두었던 달걀지짐이 두 장을 보따리에 꾸려 넣기 시작했다. 아들에게 주어 보낼 생각에서였다. 그러나 보따리를 다 챙겼을 때, 아들은 벌써 대문을 나서서 큰길에 나가고 있었다. 그녀는 앙증맞은 작은 발로 쫓아나가면서 고함쳐 아들을 불러 세웠다. "샤오린, 애야! 지짐이를 가져가야지!" 아들이 뒤돌아보더니 여전히 뒷걸음질로 내뛰면서 큰 소리로 외쳤다. "엄마, 그건 남겨두었다가 엄마 잡수세요! 엄마, 내 반드시 돌아올게! 엄마, 걱정 말고 마음 놓고 계시라니까!" 그녀는 아들이 손을 높지거니 쳐들고 자기를 향해 휘젓는 앞모습을 보았다. 그녀도 손을 치켜들고 아들을 향해 휘저었다. 그녀는 아들이 고개를 되돌리고 마치 도피하려는 것처럼 쏜살같이 달음박질치는 뒷모습을 보았다. 그녀는 몇 걸음 뒤쫓다가 그 자리에 멈춰 섰다. 그녀의 가슴은 마치 성난 황소 뿔에 거세게 들이받힌 것처럼 아파서, 몇 걸음이나마 뒤쫓느라 헐떡 헐떡 거칠어진 숨을 내쉬기조차 벅찬 느낌이 들었다.

동트기 직전 예의 어둠이 물러갔을 때에도, 그녀는 여전히 안뜰을 계속 맴돌면서 딸꾹질하고 신음 소리를 냈다. 여느 때 같으면 관세음보살 앞에 무릎 꿇고 엎드려 빌기만 해도 마음이 평온해지고 안정을 되찾을 수 있었는데, 오늘 따라 어찌 된 노릇인지 그녀는 아무리 애를 써도 보살님 앞에 무릎이 꿇리지 않았다. 그래서 불안한 마음을 가라앉히기 위해서는 또다시 안뜰로 뛰쳐나와 맴돌기나 할 수밖에 없었다. 대포의 굉음이 언제 그쳤는지 더이상 들려오지 않고, 그 대신 서남쪽에서 콩 볶듯 총성이 바람결 따라 자지러지게 들려오면서, 총소리 가운데 인간들의 함성도 뒤섞여 간간이 배어 나왔다. 군용 나팔 소리 역시 총성과 함성 위에 떠올라 이따금씩 들리는 것 같았다. 그녀는 잘 안다. 나팔 소리가 들리는 한, 자기 아들도 살아 있음이 설명된다는 것을.

적은 양의 눈발이 팔랑팔랑 지면에 떨어지면서 땅 위에 아주 얇게 한 겹 쌓이고, 그녀의 짚신짝이 큼지막한 둥그러미 형태로 발자국을 눈밭에 남기면서 어수선히 끌려가고 있었다. 그녀는 동북방으로부터 매섭게 휘몰아치는 높새바람결에 짙디짙은 초연(硝煙) 냄새를 맡았다. 그 냄새는 아들을 떠나보내고 난 뒤 자신이 버드나무 숲 속에서 그를 찾아 헤매던 정경을 떠올려주었다. 그녀는 문짝을 징발하러 왔던 민병대원들이 하는 말을 들었다. 마을 동북방 버드나무 숲에 부대가 주둔하고 있다는 얘기였다. 그녀는 아들이 먹다 남긴 달걀지짐이를 꾸려 품속에 넣고 아침 반나절이나 터벅터벅 걸어서 그곳을 찾아갔다. 그리고 잿빛 연기가 자욱하게 뒤덮인 버드나무 숲 속에 몇십 문이나 되는 대포가 목을 길게 뽑은 채 도사려 앉은 것을 발견했다.

포진지 둘레에는 졸병들 한 패거리가 개미 떼처럼 오락가락 바쁘게 뛰어다니고 있었다. 버드나무 숲 변두리에 다다르기도 전에 보초병 하나가 대뜸 그녀 앞을 가로막았다. 그녀는 아들을 보러 왔다고 말했다. 보초는 그녀에게 아들이 누구냐고 물었다. 그녀는 아들 이름이 쑨샤오린이라고 대답했다. 보초가 그 부대에는 쑨샤 오린이란 병사가 없다고 말했다. 그녀는 내가 직접 들어가서 찾아 보겠다, 내 아들이 어디에 있는지 한눈에 알아볼 수 있노라고 말 했다. 보초는 그녀를 들여보내지 않았다. 그녀는 보초를 앞에 세 워놓고 따졌다. 무슨 아이가 이러냐? 네 어미가 널 만나 보러 왔 을 때에도 이렇게 들여보내지 않을 거냐? 보초는 말문이 막혀 아 무 소리도 하지 못했다.

이렇듯 실랑이를 벌이고 있을 때, 모자에 버드나무 잎사귀를 잔 뜩 꽂은 시꺼먼 사내 하나가 걸어오더니 그녀에게 물었다. "아주 머니, 무슨 일입니까?" 그녀는 아들을 찾으러 왔다, 쑨샤오린을 찾는다, 내 아들은 나팔수로, 키가 크고 얼굴이 해말간 녀석이라 고 설명했다. 검둥이 사내가 말했다. "아주머니, 우리 연대에는 그 런 이름을 가진 병사가 없습니다. 내가 연대장인데, 아주머니를 속일 리 있겠습니까? 당신 아드님은 현성을 포위한 보병부대에 소속되어 싸우고 있을 가능성이 많습니다. 아드님을 찾으시려거 든 그리로 가보세요. 하지만……" 검둥이 연대장이 말을 덧붙였 다. "거긴 가지 않으시는 게 좋을 겁니다. 큰 싸움을 앞두고 부대 전체가 몹시 바쁘기 때문에 가신다 해도 아드님을 만나보지 못할 겁니다." 눈물이 그녀의 두 눈에서 흐르기 시작했다. 연대장이 좋 은 말로 달랬다. "아주머니, 안심하세요. 지금 우리에겐 대포가 있기 때문에 마완 전투 때와는 상황이 다르답니다. 그 당시 현성 공격전에서 보병이 무척 많이 죽었지만, 대포를 보유한 지금은 보병이 돌격전을 개시하기에 앞서 우리 대포가 먼저 적을 궤멸 상태로 몰아넣고, 보병은 돌격해 들어가서 포로들만 잡으면 되니까요." 연대장의 말이 그녀에게 기쁨과 위안을 주고 감동을 느끼게 만들었다. 그녀는 손에 들고 있던 보따리를 연대장에게 넘겨주며 말했다. "연대장님, 당신 말씀대로 한창 바쁜 샤오린을 찾아가 성가시게 굴지 않겠어요. 이건 그 아이가 다 먹지 못하고 남겨둔 지짐인데, 언짢게 여기지만 않으시다면 가져다 잡수세요." 연대장이 말했다. "아주머니 성의는 마음으로만 받을 테니, 이 지짐일랑 도로 가져가셔서 잡수세요." 그녀가 말했다. "지저분한 것이라고 싫어하시는군요." 연대장은 당황해서 얼른 말했다. "아주머니 절대로 오해 마십시오. 우리에게도 군량이 있는데, 어떻게 아주머니의 식량을 뻔뻔스레 얻어먹는단 말입니까?" 그녀는 더이상 말을 않고 멍하니 그 얼굴을 바라보기만 했다. 연대장이 보따리를 받아들고 말했다. "좋습니다, 아주머니. 제가 가져다 먹지요. 고맙습니다, 아주머니."

서남쪽에서 또 한바탕 자지러질듯 총성이 울려왔으나, 아주 빠르게 정적에 잠겨들었다. 그녀는 또 관세음보살 면전에 무릎을 꿇고 이마를 조아리고 염불하고 축원을 드렸다. 그녀는 연대장의 말을 믿어 의심치 않았다. 그녀의 마음속에 연대장의 말이 송곳처럼 굳게 박혀 확신으로 자리 잡았다. 그렇다, 아들의 부대는 이미 공격에 성공하여 입성했을 테고 전투는 마무리되었을 것이 분명하다. 하지만 포성이 다시 한 차례 울려오면서, 그녀는 또 안마당으로 뛰쳐나와 겅정겅정 맴돌기 시작했다. 그칠 새 없이 딸꾹질하고 신음 소리를 내고 정신없이 맴돌면서 그녀는 허공에 마치 시꺼먼 까마귀 떼가 오락가락 비상하듯 쌍방에서 그칠 새 없이 숱하게 날아가는 포탄을 보았다.

그중 한 발이 동네 한복판에 떨어져 모두 놀랄 만큼 엄청난 굉음을 냈다. 포탄이 터지는 기류의 압력에 그녀의 두 귀는 마치 물속에 뛰어들었을 때처럼 먹먹해져, 한참이 지나서야 겨우 바깥 소리를 알아들을 수 있었다. 그녀는 잿빛 연기가 마을 한복판에서 기둥처럼 솟구치는 것을 보았다. 짙은 잿빛 연기는 나무 끄트머리보다 더 높다랗게 곧바로 꾸역꾸역 솟구쳐 오르다가, 마지못해 천천히 흩어졌다. 그녀는 마을 안에서 동네 여인들이 울부짖는 통곡 소리, 남정네들이 외쳐대는 고함 소리를 들었다. 여인네들의 통곡성과 남정네들의 고함에 뒤섞여 어수선하게 이리 뛰고 저리 뛰는 발소리가, 길거리에 온 동네 사람들이 모두 뛰쳐나와 달음박질하는 것처럼 어수선하게 들려왔다. 그녀는 이른 새벽 공기 속에서 짙디짙은 화약내를 맡을 수 있었다. 그 화약 냄새는 정월 초하룻날 밤 온 마을 집집마다 한꺼번에 폭죽을 터뜨렸을 때보다 더 짙고 매웠다.

대포가 굉음을 울리는 사이사이에 총소리와 함성, 나팔 소리가 또다시 조수처럼 서남방으로부터 꾸역꾸역 밀려들었다. 군용 나팔 소리가 들렸을 때, 그녀는 자기 아들이 아직껏 살아 있음을 깨달았다. 그녀는 집 안으로 들어가 보살님 앞에 무릎 꿇고 엎드려

향을 사르고 나서 이마를 조아려 염불하고 축원을 드렸다. 이렇듯 집 안과 안뜰을 번갈아 드나들면서 목마른 줄도 배고픈 줄도 몰랐다. 그저 머릿속만 터무니없는 망상에 욱신욱신 쑤셔대고 떠들썩한 바깥 소음에 귓속만 더욱 혼란스러울 따름이었다. 마치 벌 떼를 송두리째 귓속에 쏟아 넣은 것처럼……

한낮이 될 무렵, 또 한바탕 격렬한 총성이 울리고 지나갔으나, 이번에 그녀는 군용 나팔 소리를 듣지 못했다. 그녀는 갑작스레 바짓가랑이가 뜨끈뜨끈해진 것을 느끼고, 한참이 지나서야 자신이 오줌을 지렸다는 사실을 깨달았다. 검은 까마귀 한 떼가 그녀의 정수리 위에서 이상야릇한 울음소리를 내더니 어디론가 휑하니 날아가버렸다. 뭔가 불길한 예감이 그녀의 심령을 통째로 차지하고 들어앉았다. 그녀는 손으로 문틀을 부여잡고 온몸을 부들부들 떨기 시작했다. 그녀는 자기 아들이 죽었음을 깨달았다. 군용 나팔 소리가 울리지 않았다면, 그것은 아들이 이미 죽었다는 사실을 설명해주는 것이다.

넋 빠진 그녀가 휘청휘청 집 대문을 나서더니 골목 안으로 들어갔다. 그녀는 자신에게 두 다리가 붙어 있는지 감각을 느끼지 못했으나, 자신이 지금 앞으로 걸어가고 있는 것만큼은 분명히 알 수 있었다. 큰길에 왔을 때, 그녀는 서쪽에서 치달려오는 검은 말 한 필을 발견했다. 말 위의 인물은 윗몸을 앞으로 잔뜩 기울인 채 전속력으로 달려오고 있었다. 시꺼멓게 굳은 얼굴 표정이 어디선가 본 듯싶은데 마치 딱딱한 생철 조각처럼 낯설고, 살기에 찬 눈초리만 섬뜩하게 쪽빛으로 번뜩이면서 그녀의 눈을 찔렀다. 검은 말이 돌개바람처럼 그녀의 눈앞을 스치고 지나갔다. 그녀의 마음 속 어딘가 모르게 판단력을 상실한 느낌이 들면서 미망에 가득 찬 눈빛으로 앞으로 치달려가는 말발굽에서 뽀얗게 피어오르는 흙먼지를 지그시 노려보다가 그녀 역시 뒤쫓듯 전진을 계속했다.

길거리에 잿빛 군복을 걸친 병사들이 한둘씩 떼를 지어 나타나기 시작했다. 그녀는 이들이 아들과 한 부대 전우였음을 알아차렸다. 그들은 모두 얼굴 표정을 딱딱하게 굳힌 채 하나같이 바람처럼 빠른 걸음걸이로 휑하니 지나쳤을 뿐, 어느 누구도 그녀가 얘기할 틈을 주지 않았다. 그녀는 또 길거리에 인접한 방앗간에서 수십 가닥이나 되는 전깃줄을 끌어내는 사람들을 보았다. 방앗간 건물 안에서도 말다툼이 벌어졌는지 여럿이서 큰 소리로 목청 높여 고함치는 소리가 들려왔다.

검은 솜저고리를 걸치고 허리에 흰 무명 띠를 두른 사내가 허리를 구부려 아는 체하면서 마주 걸어왔다. 그녀도 무척 낯이 익다 싶었지만, 그가 누구인지 좀처럼 기억해낼 수가 없었다. 이윽고 그 사내가 그녀 앞을 가로막아 서더니 큰 소리로 외쳐 물었다. "아주머니, 어딜 가십니까?" 듣고 보니 목소리가 귀에 익기는 했으나, 그것이 누구의 목소리인지 기억나지 않았다. 그 사내가 또 물었다. "아주머니, 어딜 가시려는 겁니까?" 그녀는 울음보를 터뜨리며 대답했다. "난 지금 내 아들을 보러 가는 길이에요. 나팔 소리가 들리지 않는 걸 보면, 내 아들은 죽었나봐······" 그 사내가 손을 내밀어 그녀의 소맷자락을 잡아끌고 길 곁 가까운 집 안으로 데려갔다. 그녀는 몸부림치며 끌려가지 않으려고 애를 썼다. "놓아줘, 날 놓아달란 말이야! 난 샤오린을 보러 가야 해! 큰아들 다린이 죽었을 때도 보지 못했는데, 이번만큼은 누가 뭐래도 작은아들 샤오린을 꼭 봐야 한단 말이야……!" 마침내 그녀는 목을 놓아 대성통곡하기 시작했다. "내 아들아, 내 아들 샤오린, 불쌍한 내 샤오린아……" 그녀가 통곡하는 가운데, 낯익으면서도 낯선 그 사내가 그녀의 옷소매를 놓아주며 동정 어린 눈빛으로 그녀를 쳐다보았다. 그의 눈동자 속에 번쩍번쩍 그치지 않는 광망이 눈물 같아 보였다. 그녀는 사내의 손길을 뿌리치고 서남쪽을 향해 줄달음질쳤다. 그녀는 자신이 가장 빠른 속도로 도망치고 있다는 생각이 들었다. 그녀가 동네 어귀를 미처 빠져나가지도 않았는데, 꼬리에 꼬리를 물고 끊임없이 밀어닥치는 들것 호송대가 조수처럼 그녀가 가야 할 길을 가로막았다.

그녀는 첫번째 들것에 누운 부상병을 보았다. 머리에 하얀 붕대를 휘감은 그는 고요히 하늘을 바라고 누운 채 들것이 들썩들썩 요동치는 데 따라 몸뚱이도 미약하게 흔들리고 있었다. 그녀의 가슴이 털컥 내려앉으면서 머릿속에 온통 새하얀 광채가 번쩍거리기 시작했다. "샤오린, 너로구나! 내 아들아……" 그녀가 큰 소리로 울부짖으며 들것 앞으로 달려들더니 부상병의 손을 꼭 움켜잡았다. 그녀가 달려드는 충격에 떠밀려 들것 앞채를 떠메고 있던 젊은 녀석의 한쪽 다리가 툭 꺾이더니 맥없이 땅바닥에 털썩 무릎을 꿇었다. 균형을 잃은 들것이 앞쪽으로 기울면서 그 위에 누워 있던 부상병 역시 덩달아 밀려나는 바람에 흰 붕대로 무지막지하게 감싼 커다란 머리통이 한쪽 무릎을 꿇은 젊은 녀석의 등에 박치기를 했다. 이때 허리를 쇠가죽 띠로 질끈 동여매고 등에 군용 잡낭을 비스듬히 둘러멘 여군 위생병 하나가 군모 틈으로 빠져나온 새까만 머리카락을 나부끼면서 들것 대오 뒤편으로부터 총총히 달음박질쳐 오더니, 대뜸 목청을 드높여 젊은 녀석을 꾸짖었다. "이게 무슨 짓이야?" 그러나 들것을 운반하던 젊은 녀석이 무릎을 꿇고 쓰러진 까닭이 밝혀지자, 여군 위생병은 그 즉시 돌아서서 그녀의 팔뚝을 잡아당겼다. "아주머니, 빨리 비키세요! 시간이 생명이란 걸 알아요, 몰라요?"

그녀는 못 들은 채 계속 애절하게 울부짖었다. "내 아들아, 네가 죽으면 이 어미는 어찌 살란 말이냐……" 한데 그녀의 통곡 소리는 아주 빠르게 뚝 그쳤다. 그녀는 부상병의 손등에 기다랗게 난 칼자국을 보았다. 그것은 아들의 손등에 없는 흠집이었다. 여군 위생병이 야멸치게 그녀의 팔뚝을 잡아끌어 들것에서 떼어놓았다. 그러고 나서 들것 호송대를 향해 손짓 신호를 보냈다. "자, 어서 빨리 가자고!"

그녀는 길 한옆에 서서 들것 대열이 한 채 한 채씩 종종걸음으로 눈앞에 미끄러져가는 것을 우두커니 지켜보았다. 부상병들은 들것 위에 누운 채 신음 소리를 내는가 하면, 어떤 병사는 이미 생명을 잃었는지 아무 소리도 내지 않았다. 그녀는 들것 위에서 젊은 부상병 하나가 끊임없이 몸을 일으키려고 애쓰면서 고래고래 악쓰는 것을 보았다. "엄마야, 내 다리! 내 다리는 어디 갔어?" 그녀는 부상병에게 한쪽 다리가 없어지고, 끊겨나간 상처에서 아직도 시커먼 핏물이 샘솟듯 뭉클뭉클 배어나는 것을 보았다. 과도한

출혈로 부상병의 낯빛은 종잇장처럼 하얬다. 그가 몸부림치는 동
안, 들것을 운반하던 인부들의 몸뚱이도 덩달아 기우뚱기우뚱 위
태롭게 흔들렸다. 들것 채가 흔들리면서 부상자를 실은 들것 역시
빈둥빈둥, 마치 그네 디딜판처럼 여유만만하게 흔들리면서 앞으
로 뒤로 인부들의 오금과 무릎 뼈를 툭툭 들이받았다.

들것 대열은 한줄기 강물이 흐르듯 영원히 끝나지 않을 것처럼
보였으나, 드디어 마지막 한 채가 지나가고 끝막음을 했다. 그녀
는 자기 눈앞을 지나간 들것 중 어느 한 채에 샤오린이 누웠으리
라고 철석같이 믿어 의심치 않았다. 그녀는 꺼이꺼이 울며 들것
대열을 뒤따라 정신없이 내뛰기 시작했다. 가는 길 내내 이리 비
틀 저리 비틀, 끊임없이 돌부리에 걸려 자빠지고 넘어졌으나, 무
엇인가 모를 거대한 힘이 그녀를 곧바로 일으켜 세웠다.

들것 대열이 멈춘 곳은 자본가 가오씨(高氏) 댁에서 탈곡장으
로 쓰던 너른 터, 광장 한복판에 높고 커다란 삿자리 차양을 얼기
설기 엮어놓은 임시 천막이었다. 들것을 땅바닥에 미처 내려놓지
도 않았는데, 임시 천막 안에서 백색 앞치마를 입은 사람 일고여
덟 명이 한꺼번에 우르르 쏟아져 나왔다. 들것을 떠메고 왔던 인
부들은 재빨리 한옆으로 피해 나가더니, 그 자리에 주저앉든가 선
채로 모두들 입을 딱 벌리고 가쁜 숨을 거칠게 몰아쉬었다. 백색
앞치마를 입은 군의관들이 들것 앞에 다가서서 허리를 구부리고
부상병을 살펴보기 시작했다. 그녀 역시 덩달아 달려들어 큰 소리
로 울부짖으며 아들의 이름을 불러댔다.

안경잡이 군의관 하나가 눈을 부릅뜨고 그녀를 흘겨보더니 잔

뜩 쉰 목소리로 여군 위생병에게 지시를 내렸다. "샤오탕(小唐), 저 여자를 한옆으로 끌어내!" 샤오탕이라 불린 여군 위생병이 그녀의 팔뚝을 잡아끌면서 거칠고 투박한 목소리로 말했다. "아주머니, 그만 됐어요! 당신 아드님을 살리고 싶거든 여기서 자꾸 성가시게 거치적거리지 마세요!"

여군 위생병은 그녀를 한쪽으로 끌어다 어깨를 지그시 눌러, 땅속에 절반 남짓 파묻혀 들어간 석제 롤러 위에 앉히고, 어린애 달래듯 말했다. "울지 말고 뚝 그쳐요!"

그녀는 순순히 울음소리를 억눌렀다. 그러나 울음을 억누르고 났더니 그동안 쌓이고 쌓였던 비애가 보이지 않는 기체로 바뀌어, 도저히 아파 견딜 수 없게 가슴속을 풍선처럼 부풀려놓기 시작했다. 울음소리가 뚝 그치자, 이내 부상병들의 신음 소리, 울부짖는 소리가 뒤섞여 들려왔다. 이윽고 부상병들이 한 사람씩 차례차례 천막 안으로 떠메어 들어갔다. 그녀는 천막 안에서 부상병 하나가 외쳐대는 고함 소리를 들었다. "내 다리, 톱질하지 마! 내 다리 끊어내지 말란 말이야! 내 다리를 남겨두라니까!…… 제발 부탁이야, 당신네들, 내 다리 남겨줘……!"

수술을 끝낸 부상병이 천막 안에서 들것 채 속속 떠메어져 나와 광장 한복판에 놓였다. 그녀는 들것을 하나씩 살펴가며 가슴 그득 희망을 품고 끊임없이 아들의 이름을 되풀이해 불렀다. "샤오린아, 내 아들 샤오린아……" 그녀는 아들이 무척이나 보고 싶었다. 보고 싶기도 하려니와 또 한편으로는 아들을 이런 데서 볼까봐 겁이 나기도 했다. 이날 오후가 그녀의 감각으로는 일 년보다 더 길

게 느껴지기도 했고 또 한편으로 한순간처럼 짧게 느껴지기도 했
다. 그동안에 부상병들은 한 패씩 무더기로 호송되어 탈곡장 그
너른 마당이 거의 꽉 들어차기에 이르렀다. 그녀는 부상병들 사이
로 오락가락 넘나들었다. 샤오탕이라 불리던 여군 위생병이 벌써
몇 차례나 그녀를 끌어내려 했지만 모두 성공하지 못하고 말았다.

황혼이 깃들 무렵, 수술을 마친 부상병들은 대부분 어디론가 들
것째로 떠메어 옮겨갔다. 피로에 지칠 대로 지치고 백색 앞치마가
온통 핏자국으로 얼룩진 군의관들과 목이 쉬어버린 여군 위생병
샤오탕 역시 들것 대오를 따라서 떠나버렸다. 탈곡장 너른 터에
남은 것이라곤 야전병원 터를 지키는 인부 몇 사람과 죽어간 병사
들의 시체뿐이었다. 하늘빛은 여전히 음침하지만, 서쪽 하늘가 지
평선에 누른빛으로 포근한 기색이 옅게 피어오르고 있어 다행이
었다. 듬성듬성 울려오는 총소리가 늦가을 쓰르라미의 울음소리
만큼 애처롭고 가슴에 사무치도록 비통한 느낌을 자아내며 아득
히 머나먼 하늘가로 여운을 길게 끌며 사라지더니 마침내 실낱처
럼 가늘게 황혼의 정적 속으로 잦아들었다. 그래도 바람이 없는
덕분에, 얇고도 가벼운 눈송이들이 허공에서 꽃떨기를 이루더니
완연히 버들 꽃 보송보송한 솜뭉치로 바뀌어 죽은 이들의 얼굴에
나풀나풀 내려앉기 시작했다.

이제 그녀는 사자(死者)들의 얼굴을 하나하나 찬찬히 살펴보고
있다. 시체 한 구 앞에서 다른 시체 한 구로 차례차례 옮겨가며 더
욱 절실히 살펴보기 위해, 그녀는 자꾸만 떨리는 손길로 조심스럽
게, 자칫 잘못해서 다치기라도 할까봐 아주 조심스레 그들의 얼굴

에 덮인 눈꽃을 쓸어내리고 있는 것이다. 그녀는 자신의 거칠고 투박한 손바닥 살결이 그들 한창 젊은 얼굴의 피부를 쓰다듬어 내릴 때마다, 흡사 곱고 부드러운 비단 폭을 매만지는 느낌이 들었다. 어쩌다 아들의 모습과 닮은 얼굴을 발견할 때마다 심장이 급작스레 오그라들면서 걷잡을 수 없이 마구 날뛰었다. 그녀는 아들을 찾아내지 못했으면서도, 아들이 죽은 자들의 무더기 속에 파묻혀 있으리라는 의심 역시 떨쳐버리지 못했다. 뻔히 사자들 틈에 섞여 있을 텐데, 자기가 꼼꼼하게 살펴보지 못해서 빠뜨렸다고 확신했다. 나중에 가서 촌장과 민병대원 서넛이 그녀의 양팔을 어깨걸이로 떠메고 바람막이 유리가 달린 석유등으로 앞길을 밝혀가면서 집에 돌려보낼 때까지, 그녀는 끝끝내 아들 찾기를 단념하지 않았다.

집으로 가는 길 내내, 양 팔뚝을 붙잡힌 그녀는 억지떼를 쓰는 계집아이처럼 발버둥 치며 몸뚱이를 축 늘어뜨린 채 쉴 새 없이 고래고래 악을 썼다. "날 놓아줘, 날 놓아달란 말이야! 너 이 잡놈들, 어서 날 놓아주지 못해? 난 내 아들을 찾으러 가야 한단 말이다⋯⋯!" 촌장이 입술을 그녀의 귀에 갖다 대고 말했다. "아주머니, 당신네 샤오린은 다치지 않았어. 더구나 희생당하지도 않았고 말이야. 그러니 마음 푹 놓고 기다리기나 해요." 촌장은 민병들에게 분부해서 그녀를 구들 침대 위에 떠메다 뉘게 했다. 그러고 나서 큰 소리로 다시 말했다. "잠이나 푹 자둬요, 아주머니! 샤오린은 절대로 죽지 않아. 죽기는커녕 이 전투에서 잘 싸운 덕분에 아주 못해도 중대장으로 승진할 테니까, 아들 잘 둔 복을 누릴 때까지 느긋이 기다리기나 해요!"

그녀는 섣불리 촌장에게 반박하지 못하고 우물쭈물 다 기어들어가는 목소리로 말했다. "아냐, 당신네들이 날 속이는 거야. 날 속였어. 우리 집 샤오린은 죽었다니까. 샤오린, 내 아들아! 네가 죽다니, 네 형도 죽었고, 이 어미도 죽어야겠어……"

그녀는 또다시 구들 침대에서 내려와 아들을 찾으러 탈곡장으로 달려가고만 싶었다. 그러나 두 다리가 말라비틀어진 나무토막처럼 딱딱하게 굳어져 도무지 주인의 지시를 듣지 않았다. 이리하여 그녀는 혼미 상태에 빠져 그대로 두 눈이 감기고 말았다.

2

그녀가 막 눈을 감았을 때, 동네 골목 안에서 한바탕 떠들썩한 소리가 들려왔다. 뒤미처 어느 맑고도 깨끗한 목소리가 물어왔다. "이 댁이 쑨샤오린의 집입니까?"

그녀는 큰 소리로 응답하고 나서 벌떡 일어나 앉았다. 대답을 했더니 무슨 기운이 났는지 두 다리가 거뜬해지면서 마치 구름을 탄 것처럼 날렵하게 침상에서 뛰어내린 다음, 아주 빠른 걸음걸이로 문짝이 뜯긴 대문 앞까지 한달음에 뛰어나가 섰다. 이제 그녀는 자기 몸뚱어리에 손톱만한 중량감도 느끼지 않았다. 뿐만 아니라 딱딱하게 얼어붙은 땅바닥마저 어느새 물로 바뀌었는지, 자꾸만 그녀의 몸뚱이를 두둥실 떠올리려 했기 때문에, 그녀는 힘껏 문설주를 붙잡고서야 가까스로 이 엄청난 부력(浮力)을 극복할 수가 있었다. 골목 안의 그리 멀지 않는 곳에서 큰 화재가 일어나 불길이 충천하는 것처럼 온통 붉디붉은 광채로 가득 찼다. 그녀의 가슴속에는 이제 놀라움과 의아스러움이 가득 차, 한동안 미혹에 잠겼다. 그리고 나서야 원래 그것이 화재가 아니라 동쪽에서 태양이 떠올랐기 때문이라는 사실을 겨우 알아차릴 수 있었다. 햇빛이 휘황찬란하게 이웃집 토담 위를 비추는 가운데, 그녀는 불덩어리처럼 새빨간 수탉 한 마리가 단정한 자세로 담장머리에 올라 선 것을 보았다. 목을 길게 늘여 뽑는 낌새를 보아하니 한바탕 새벽을 알리려고 꼬끼오 홰를 쳐볼 모양인데, 어찌 된 셈인지 목청은 터져 나오지 않고, 홰를 치려던 수탉의 웅자(雄姿)가 마치 목에 넘기지도 못하고 토해내지도 못할 독벌레를 삼킨 것처럼 안쓰러워 보이니 이상한 노릇이다.

토담 아래 어림잡아 손가락 두 마디쯤 되는 백설이 쌓여 눈부시도록 하얀 빛을 뿜내고, 눈밭에는 매화 가지가 하나 꽂혔다. 나뭇가지에 올망졸망 매달린 열 몇 송이 매화꽃의 붉은색이 선혈처럼 영롱하다. 검둥개 한 마리가 멀찌감치 떨어진 곳으로부터 어슬렁어슬렁 매화 꽃가지 앞으로 다가오더니 그 자리에 쭈그려 앉아 꽃떨기를 노려보며 쇳덩이로 조각한 짐승처럼 침묵을 지키고 꼼짝달싹 않는다. 그녀는 어제 탈곡장 임시 야전병원에서 본 적이 있는 여군 위생병이 누른빛을 사방으로 쏟아내는 방풍유리가 달린 석유등을 들고 골목 입구에 서 있는 것을 발견했다. 여군 위생병의 등에는 어제와 마찬가지로 종려나무 빛깔의 쇠가죽 군용 잡낭을 어깨걸이로 비스듬히 메었는데, 잡낭 멜빵에는 여기저기 칠이 벗겨져 상처투성이가 된 법랑 컵 하나와 깔끔한 타월 한 장이 걸쳐 있었다. 이제 그녀는 들것을 떠멘 인부들을 데리고 골목 안으로 걸어 들어오는 중이다. 맑고도 깨끗한 목소리는 그녀의 입에서 나온 것이다. "이 댁이 쑨샤오린의 집입니까?"

그녀는 그렇다, 여기가 쑨샤오린의 집이라고 말했다. 대답하면서 그녀는 속으로 의심이 부쩍 들었다. 이 여군은 어제 저녁때만 해도 금간 꽹과리를 두드리듯 목청이 갈라져 있었는데, 어떻게 하룻밤 사이에 이렇듯 맑고 깨끗한 목소리로 감쪽같이 바뀌었을까? 이어서 담장머리에서 수탉이 간장을 찢어내듯 우렁차게 홰치는 소리가 들렸다. 어정쩡하게 서 있던 수탉이 무엇 때문에 갑작스레 우쭐해져 의기양양하게 홰를 쳤는지 모르겠으나, 아무튼 영웅다운 기백이 가득 차 있는 것만은 틀림없었다. 곧 이어서 그녀는 담장 밑 검둥개가 짖어대는 소리, 이웃집 갓난아이의 목쉰 울음소리를 한꺼번에 들을 수 있었다. 수탉이 꼬끼오 하고 우짖던 바로 그 순간, 그녀는 자기 몸뚱이를 두둥실 떠오르게 하던 무형의 힘줄기가 돌연 감쪽같이 사라지고 그 대신에 자기 몸뚱어리가 비할 데 없이 무거워지는 느낌을 받았다. 마치 언제든 땅속으로 잦아들 것처럼 무겁게, 아주 무겁게…… 방금 직전까지는 문설주를 붙잡고 있어야만 떠오르지 않을 수 있었으나, 이제 와서는 문설주를 부여잡지 않으면 가라앉을 것만 같았다. 들것이 한 걸음 한 걸음 죄어오듯 가까워짐에 따라 그녀의 몸뚱어리는 갈수록 무거워지고, 발밑에 밑바닥 없는 동굴이 아가리를 시커멓게 벌리고 있는 것처럼 허전한 느낌이 온몸을 휩싸기 시작했다.

몸뚱어리는 이제 허공에 대롱대롱 매달린 채 손을 놓기만 하면 일락천장(一落千丈), 육중한 석상(石像)처럼 까마득히 깊고 깊은 낭떠러지 아래로 굴러 떨어질 것만 같았다. 그녀는 두 손으로 문설주를 움켜잡은 채 목을 놓아 꺼이꺼이 울면서 누군가 구원의 손길을 내밀어주기만 바랐다. 그러나 매정하게도 여군 위생병과 들것을 운반하는 두 인부는 소맷부리에 손을 찔러 넣고 한옆에 늘어선 채, 귀머거리와 소경이 된 것처럼 그녀의 울부짖음과 애절한 구원의 요청을 못 들은 척 도외시했다. 그녀는 손가락 마디마디가 자꾸만 쑤셔대고 마비되면서, 차츰 뻣뻣하게 굳어지다가 마지막에 가서는 기력이 한 방울도 남아나지 않은 느낌을 받았다. 그런 다음에 그녀는 자기 몸뚱어리가 재빨리 추락하여 마침내 일락천장의 아득한 동굴 밑바닥에 닿으면서 아울러 둔탁한 굉음의 메아리가 쩌렁쩌렁 울리는 것을 느꼈다. 몸뚱어리 둘레에 또 뒤따라 쏟아져 내린 흙더미가 대량으로 흩뿌려지던 끝에 점차 덮어씌우기 시작했다. 동굴 밑바닥에 하늘을 바라고 벌렁 누운 채, 그녀는 바람막이 유리를 끼운 석유등의 누르스름한 불빛이 희부옇게 다가오는 것을 보았다. 석유등이 비춰주는 불빛 아래, 여군 위생병의 황금가루를 칠한 듯한 휘황찬란한 얼굴이 나타났다. 자상하기 이를 데 없는 그 표정이, 어쩌면 관세음보살의 얼굴을 그렇게나 빼어 닮았는지 모르겠다. 그녀는 코끝이 시큰해지도록 벅찬 감동에 겨워, 길을 잃고 헤매다 엄마를 본 어린애처럼 목 놓아 대성통곡했다. 곧이어 황금빛 동아줄 한 가닥이 늘어지다 움츠러들다 줄

렁거리면서 동굴 밑바닥으로 내려왔다. 밧줄 끄트머리에 동여맨 삼각형 매듭이 독사의 대가리를 닮았다. 그녀는 동굴 위에서 누군가 고함쳐 일깨우는 목소리를 아련히 들을 수 있었다. "쑨씨 댁 아주머니, 밧줄을 붙잡으세요!"

그녀는 순순히 동아줄을 움켜잡았다. 동아줄이 풀솜만큼이나 여리고 부드러워, 움켜잡은 손에 거의 감각이 없었다. 마치 아무것도 없이 텅 빈 허공을 움켜잡은 것처럼…… 때를 같이해서 그녀는 자기 몸뚱어리도 마치 등롱에 바른 창호지처럼 거뜬해지는 느낌을 받으면서, 끌어올리는 동아줄을 따라 흔들흔들 지상으로 올라갔다.

여군 위생병이 꼿꼿한 자세로 그녀의 눈앞에 우뚝 섰다. 표정이 무척 엄숙한 것이, 방금 보았던 관세음보살의 얼굴 모습과 전혀 딴사람으로 바뀌었다. 청색 옷을 입은 인부 두 사람이 들것을 떠멘 채 그녀 뒤에 엉거주춤한 자세로 섰다. 무표정한 두 낯가죽이 영락없는 청색 기왓장을 닮았다. 그녀는 들것을 엮은 널판이 바로 자기 집 문짝이었음을 깨달았다. 문짝 변두리에 글자가 새겨졌는데, 그것은 샤오린이 입대하기 전날 주머니칼로 정성들여 새겨놓은 글씨다. 그녀는 글자를 읽을 줄 모르긴 해도 그것이 '샤오타오(小桃)'라는 것만큼은 알아볼 수 있었다. 문짝에는 미황색 거적자리로 둘둘 말은 원통 모양의 시체가 한 구 놓였다. 멍석말이 시체가 굴러 떨어지지 않게 하려고 다시 몸통 중간을 새끼줄로 문짝과 함께 질끈 동여맸다. 불길한 예감이 그녀의 심령을 덮어씌웠으나, 지금 그녀의 심경은 그나마 평정 상태를 이룬 셈이었다. 그녀가 충격과 좌절에서 벗어날 때까지 한참 기다렸던 여군 위생병이 품 속에서 황금빛 놋쇠 나팔을 꺼내드는 순간, 그녀는 자기한테 무서운 일이 벌어졌음을 비로소 깨달았다. 여군 위생병이 놋쇠 나팔을 그녀의 손에 쥐어주면서 엄숙하게 통보했다.

"쑨씨 댁 아주머님, 저는 유감스럽게도 당신께 불행한 소식을 알려드리지 않을 수 없습니다. 당신의 아드님 쑨샤오린은 현성 공격작전 과정에서 영광스럽게 희생되셨습니다."

그녀는 놋쇠 군용 나팔을 넘겨받다가, 마치 이글이글 타오르는 불길에 벌겋게 달궈진 쇳덩어리에 손바닥을 데인 것처럼 견딜 수 없는 고통을 느꼈으며, 아울러 손바닥이 뿌지직뿌지직 눌어붙는 소리마저 들은 것 같았다. 그녀는 자신의 두 다리가 마치 불구덩이에 빠뜨린 양초 도막처럼 녹아내리는 것을 느꼈다. 그러고 나서 자기도 모르게 맥없이 땅바닥에 스르르 주저앉고 말았다. 그녀는 데일 듯이 뜨겁게 달궈진 놋쇠 나팔을, 마치 젖먹이를 꼭 껴안듯이 자기 가슴에 단단히 부여안았다. 나팔 통에서 풍겨 나오는 아들의 독특한 입 냄새를 그녀는 코로 한껏 들이마셨다. 여군 위생병이 허리를 굽히며 손을 내밀었다. 땅바닥에 주저앉은 그녀를 일으켜 세우려는 시늉이었다. 그녀는 놋쇠 나팔을 더욱 단단히 껴안은 채 엉덩이를 뒤쪽으로 움찔움찔 옮겨 피해가면서, 입으로 이상야릇한 괴성을 토해내기 시작했다. 여군 위생병도 어쩔 도리가 없는지 절레절레 머리를 흔들며 나지막이 속삭였다.

"쑨씨 댁 아주머니, 그만 고정하세요. 우리 마음도 당신과 똑같이 괴롭고 슬프답니다. 하지만 전쟁을 하려면 희생이 뒤따르는 법, 전쟁터에서 사람이 죽어가는 일은 늘 생기게 마련이지요."

여군 위생병이 인부 두 사람에게 손을 내저었다. 그들도 낌새를 알아차렸는지 들것을 떠메더니 조심스럽게 안뜰로 걸어 들어갔다. 그들이 들것을 떠멘 채 그녀 앞을 지나갔을 때, 그녀는 멍석말이 안쪽으로부터 세차게 용솟음치는 바다의 물결처럼 걷잡을 수 없이 풍겨 나오는 아들의 체취를 맡을 수 있었다. 아들의 정겨운 몸내에 포위당한 채, 그녀의 마음속에 뭐라고 형언하지 못할 감각이 되살아났다. 어떻게 보면 그것은 봄볕처럼 훈훈하고도 따사로운 느낌일 수도 있었다.

들것을 떠멘 두 인부들은 하나같이 키가 그리 크지 않은 데다 들것을 비끄러맨 새끼줄이 너무 헐거운 탓으로, 문턱을 넘어설 때 그들이 힘써 발꿈치를 높였지만 지면에 거의 닿도록 축 늘어진 문짝은 역시 문턱에 닿아 껄끄럽고도 날카로운 마찰음을 내고 말았다. 인부들은 들것을 안마당 한복판까지 떠메고 들어갔으나 너무 급하게 서두른 나머지 땅바닥에 던지듯 왁살스레 내려놓고 말았다. 들것이 땅바닥에 닿는 순간, 털썩 하고 둔탁한 소리를 내면서 그녀를 가슴 아프다 못해 거의 까무러칠 지경에 빠뜨렸다. 그 광경을 지켜보던 여군 위생병이 분노에 찬 목소리로 인부들을 거세게 몰아세웠다. "너희들, 어떻게 이런 식으로 열사를 마구 대우할 수가 있어?" 인부 두 사람은 대꾸 한마디 없이 담장 밑에 쪼그려 앉더니 곰방대를 뽑아 입에 물고 담배를 피우기 시작했다. 포근한 햇볕이 그들의 검정 솜옷과 시꺼멓게 그을려 표정을 읽어낼 수 없는 얼굴 윤곽에 내리쪼이면서, 생기발랄한 기운이라곤 털끝만치도 없는 자줏빛 광선으로 암울하게 감싸주었다. 하지만 암울한 빛 줄기는 황소의 몸뚱이를 뒤덮은 짤막한 터럭처럼 아주 촉박하게 비쳤다가 스러졌다. 그 대신에 푸른 담배 연기가 그들의 입과 콧구멍에서 안개처럼 뿜어 나오면서 안마당에 답답하고도 매운 담배 냄새를 가득 채우더니, 그중 일부는 아들의 몸에서 풍겨 나오는 체취와 눈 내린 땅바닥의 비릿한 흙내를 덮어 가렸다.

여군 위생병이 다시 그녀 앞에 다가섰다. 그리고 듣기에 따라서는 다소 짜증 섞인 어투로 이렇게 말했다. "쑨씨 댁 아주머니, 당신 아드님은 돌격대 선봉에서 희생되셨습니다. 그분의 죽음은 영광스런 것입니다. 그토록 훌륭한 아드님을 낳아 기르셨으니, 아주머니도 자랑스럽게 여기셔야 마땅한 일이지요. 우리는 아직도 할 일이 바쁘답니다. 최고지도자의 지시에 따라 현지 출신으로 희생당한 전사들의 유해를 각자 집으로 돌려보내야 합니다. 아주머니 아드님은 우리가 첫번째로 보내드린 사람이고, 아직도 호송할 유해 수십 구가 저희를 기다리고 있습니다. 그렇기 때문에 저는 아주머니께서 속히 아드님의 유해를 확인해 거두시고 들것을 비워서, 우리가 다른 분의 아드님들도 집에 돌려보낼 수 있게 해주시기를 부탁드립니다."

그녀는 칼로 에이듯 가슴이 아팠지만 그렇다고 이성을 상실한 정도는 아니었다. 그녀는 여군 위생병의 말이 사리에 부합된다는 느낌이 들었다. 들어주지 못할 이유가 없는 것이다. 이리하여 그녀는 곧바로 일어나 들것이 놓인 곁으로 걸어갔다. 바로 이때, 그녀는 큰길에서 어느 여인이 소리 높여 노래 부르듯 자지러지게 울부짖는 소리를 듣고 소스라쳐 발길을 멈춰 섰다. 울음소리는 골목으로 접어들면서 갈수록 가까이 들리더니 눈 깜짝할 사이에 대문 밖까지 들이닥쳤다. 그녀는 두 눈을 비비고 대문 밖을 내다보았다. 유별나게 하얀 빛깔의 손수건으로 울음이 터져 나오는 입을 가린 채 갈지 자 걸음으로 이리 비틀 저리 비틀 목 놓아 통곡하며 들어서는 여인은 바로 대장장이의 딸 쏭샤오타오였다. 샤오타오는 부모 친상을 당한 것처럼 완벽한 상복 차림새였다. 허리에는 삼끈을 동여매고, 머리에는 세모꼴로 접은 흰 헝겊 조각을 이었을 뿐만 아니라, 손에는 새로 깎아 싱그러운 풋내가 나는 버드나무 지팡이를 짚었다. 이치대로 따진다면 출가 전의 며느릿감은 이런 식으로 상복을 걸치지 않는 것이 관습이었으나 그녀가 이렇듯 상복 차림새를 하고 나타난 것으로 보건대, 샤오린에 대한 애정이 얼마나 깊은 것인지 알 만했다. 샤오타오의 애절한 모습을 바라보면서 그녀는 아주 깊이 감동한 나머지, 샤오타오의 울음에 덩달아 목을 놓고 비통하게 울기 시작했다.

이윽고 샤오타오가 들것 앞에 다다르더니, 엉덩방아를 찧듯이 주저앉아 두 손으로 들것 채를 마구 두드리기 시작했다. "어떻게 이럴 수가 있어? 내 눈으로 그 사람 멍석말이하는 걸 똑똑히 보았는데, 어떻게 이럴 수가 있단 말이야? 그 사람은 애당초 이따위 옷을 입지 않았어! 그 사람 중대장이 손수 그 사람의 부릅뜨고 죽은 두 눈을 감겨주었다니까. 당신네들, 내 말을 믿지 못하겠거든 저 두 사람한테 직접 물어봐!" 샤오타오의 손가락이 들것을 떼메고 왔던 인부 두 사람을 가리켰다. 인부들은 절레절레 도리질만 할 뿐 아무 말이 없다. 긍정도 아니고 부정도 아닌 것이다. 여군 위생병이 다급하게 따져 물었다. "너희들 입으로 말해봐! 안 할 거야?"

인부들은 여전히 머리통만 내저으면서 한쪽으로 비켜갔다. 여군 위생병이 그녀에게 돌아서서 다그쳤다. "그럼 아주머니, 당신이 말씀해 보세요. 당신 아들입니까, 아닙니까?"

그녀는 고개를 수그리고 들것에 누운 시체를 다시 한 번 자세히 살펴보기 시작했다. 아울러 기억 속에 남겨진 아들의 얼굴 모습을 애써 떠올리려고 했다. 한데 어찌 된 일인지 아들의 얼굴 모습을 끝내 기억해낼 수 없으니, 이야말로 해괴망측한 노릇이었다.

곁에서 냉정하게 지켜보던 민병대장이 싸느란 말투로 한두 마디 던졌다. "잘한다, 잘했어! 너희들이 결국 한다는 짓이 적병의 시체나 떠메고 어슬렁어슬렁 돌아오다니! 네놈들이 적군 시체를 떠메고 돌아왔다는 것은, 너희들 때문에 목숨 바쳐 죽은 열사의 유해를 싸움터에 버려두었다는 얘기 아닌가! 아니, 어쩌면 네놈들이 열사의 유해를 적에게 팔아먹고 나서, 엉뚱하게 적병의 시체를 대신 끌어다 땜질했을 가능성이 다분해. 그렇다면 이거 작은 문제가 아니지!"

여군 위생병이 쉬어터진 목청으로 악을 바락 썼다. "터무니없는 소리!"

그러나 민병대장은 소총을 둘러멘 어깨를 으쓱하면서 촌장 쪽으로 돌아섰다. "촌장, 내가 보기에 이 일을 한시바삐 상부에 보고해야 할 것 같소. 사건이 터지는 날이면, 우리 모두 감당치 못할 거요!" "성급하게 서두를 것 없소." 촌장이 노련하게 사태를 수습하려 들었다. "어쩌면 임시로 옷을 바꿔 입혔을지도 모르는 일 아니오? 이런 일은 전투 지역을 청소할 때마다 늘 일어나는 법이니까. 작년에도 아군 대대장 하나가 이런 옷차림새로 큰길에 말을 휘몰아 달려가는 걸 내 눈으로 본 적이 있었소. 아마 차양이 널따란 모자도 쓰고 있었지. 아주머니, 다시 한번 꼼꼼히 살펴봐요. 이거, 샤오린 아닙니까?"

그녀는 아들의 얼굴 모습을 기억해내려고 무진 애를 썼다. 그러나 머릿속은 여전히 텅 빈 채 아무것도 떠오르지 않았다.

"싸움이 벌어지기 하루 전에 그 녀석이 돌아오지 않았소?" 촌장이 말했다. "샤오타오, 너는 나이 어리고 눈썰미도 좋으니까, 어디 네가 말해봐라. 이게 샤오린이냐, 아니냐?"

샤오타오 역시 곤혹스런 기색으로 도리질이나 할 뿐, 가타부타 말 한마디 하지 않는다.

민병들도 절레절레 도리질했다. "여느 때 같으면 무척 낯이 익을 텐데, 지금은 웬일인지 그 친구 얼굴 모습이 정말 기억나지 않는걸……"

촌장이 또 한 번 다그쳐 물었다. "아주머니, 당신이 직접 말해봐요. 당신이 그렇다면 그런 것이고, 아니라면 아닌 거니까."

그녀는 자기 두 눈을 이 젊은 병사의 얼굴에 거의 닿도록 가까이 댔다. 코에 익숙한 젖비린내 같은 것이 콧구멍 속으로 스며들었다. 그리고 자꾸만 움츠러드는 손길로 죽은 자의 이마에 엉겨붙은 머리카락을 위로 걷어올렸다. 그녀는 이 젊은이의 두 눈썹

사이에 자그맣게 뚫린 쪽빛 구멍을 보았다. 총알이 관통한 상처 자국 변두리가 매끈하고도 가지런한 것이, 그야말로 솜씨 뛰어난 목수가 예리한 송곳으로 단번에 뚫어놓은 구멍 같다. 이어서 그녀는 시체의 목덜미에 꿈틀꿈틀 움직이는 희부연 이와 서캐들을 보았다. 그녀는 담보 한 번 크게 먹고 그 손목을 치켜들었다. 그리고 손가락 마디가 유별나게 거칠고 굵다란 것을 발견했다. 손바닥에는 누르스름하게 담뱃진에 찌든 굳은살이 돋아났다. 그녀는 말없이 속으로 생각했다. 이 역시 고생을 많이 겪어본 아이였구나! 참담한 상념에 잠겨 있으려니, 그녀의 두 눈에서 진주 같은 눈물방울이 자신과 죽은 이의 손등에 뚝뚝 떨어져 내리기 시작했다. 바로 이때, 그녀는 아주 미약한 속삭임, 모기가 앵앵거리듯 가느다랗기 이를 데 없는 목소리가 귓결에 울리는 것을 들었다. "아주머니, 저는 당신 아들이 아니에요. 하지만 당신이 저를 당신 아드님이라고 말씀해주시기를 바랍니다. 그렇지 않으면 제 몸뚱어리는 들개한테 뜯어 먹히고 말 거예요. 아주머니, 제발 부탁합니다. 당신께서 저한테 잘 대해주시면, 제 어머니도 당신 아드님께 잘 대해주실 겁니다……"

갑작스레 그녀는 코끝이 시큰해지는 느낌을 받으면서, 더 많은 눈물을 쏟아냈다. 그녀가 얼굴을 병사의 뺨에 갖다 붙이고 울며 속삭였다. "그래, 얘야, 넌 바로 내 아들이야……"

촌장이 말했다. "됐군! 샤오탕 동지, 이제 안심하고 떠나도 좋소!"

탕씨 성을 가진 여군 위생병이 감동적으로 그녀에게 사례했다. "아주머니, 정말 고마워요……"

"여기에 뭔가 야로가 있어!" 민병대장이 노기등등하게 소리쳤다. "쑨샤오린은 원래 이런 생김새가 아냐. 이건 분명히 적병이야! 너희들이 적병을 떠메다 열사로 안장하다니, 이게 어떤 성질의 문제가 되는지 알아?"

그녀는 민병대장을 쳐다보면서 성이 나다 못해 시퍼렇게 질린 얼굴로 따져 묻기 시작했다. "이 개 같은 놈, 샤오린이 이렇게 생기지 않았다니! 그럼 어디 네놈 입으로 말해봐라, 그 아이가 어떻게 생겼다더냐?"

"맞아요." 여군 위생병이 맞장구를 치고 나섰다. "어디 말 좀 해보라니까요. 그 사람이 어떤 생김새였죠? 설마 모친이 당신 아들조차 알아보지 못하고, 도리어 당신 같은 외부 사람이 알아볼 수있다, 그런 말은 아니겠지요?"

민병대장이 홱 돌아서더니 바깥으로 걸어 나가면서 고개를 돌려 한마디 던졌다. "이 일은 다 끝난 게 아니니까, 당신네들 두고 보자고!"

촌장이 사태를 수습했다. "좋아, 이것으로 된 셈 치자고."

촌장 역시 큰 걸음걸이로 휘적휘적 바깥으로 나가자, 민병대원들이 그 뒤를 따라 종종걸음으로 뛰기 시작했다.

여군 위생병이 인부 두 사람에게 손짓을 보낸 다음, 서둘러 불안한 그 자리를 떠났다. 인부 두 사람도 그녀의 뒤편에서 역시 총총걸음으로 달려 나갔다. 마치 등 뒤에 엄청난 위험이 도사려 있는 것처럼…… 그들은 도로 가져가야 한다고 재촉하던 들것마저 필요치 않은 듯 그 자리에 버려두고 떠났다. 하지만 잠깐 뒤에 여군 위생병이 되돌아오더니, 품속에서 모직물로 짠 털모자를 하나 꺼집어내 그녀의 머리에 씌워주었다. "내 이걸 깜빡 잊었군요. 당신 아드님의 중대장 말씀이, 이 모자는 당신 아드님이 선물로 사 두었다는 겁니다. 당신 아드님더러 효자라고 칭찬이 대단하시더군요."

그녀는 머리가 비할 데 없이 포근해지는 느낌이 들었다. 갑자기 눈물이 왈칵 쏟아져 나왔다. 한번 쏟아져 나온 눈물이 그칠 줄 모르고 줄줄이 흘러내리다가, 두 뺨에 방울져 그대로 얼어붙었다.

여군 위생병이 무엇인가 얘기하려는 듯 입술이 파르르 떨렸으나, 말은 하지 않았다. 그저 말없이 한 손을 내밀어 그녀의 머리 위에 얹힌 모자를 매만져보다가, 그대로 돌아서서 뛰어나가고 말았다.

샤오타오가 상복을 벗어 겨드랑이에 꼈다. 그리고 버드나무 지팡이도 집어 드는 걸 잊지 않았다. 그녀는 시어머니가 될 뻔했던 그녀에게 고개를 한두 번 끄덕여 보이고 나서 역시 발길을 돌려 떠나버렸다.

이제 안뜰에는 그녀와 들것에 누운 젊은이만 남았다. 그녀는 들것 옆에 쭈그려 앉아서 비록 얼어붙기는 했어도 여전히 생기발랄한 그의 얼굴을 찬찬히 들여다보았다. 그러다 큰 소리로 외쳐 물었다. "애야, 너 진짜 내 샤오린이 아니지? 넌 내 샤오린이 아니야. 그럼 내 샤오린은 어디로 갔을까?"

죽은 자는 미소만 지을 뿐 말이 없다.

그녀는 한숨 끝에 두 손을 내뻗어 그의 몸뚱이 아래에 집어넣고 거뜬히 안아들었다. 꺽다리 우람한 청년의 몸뚱이를 번쩍 들어 옮기는데, 그 육중한 체구가 마치 등잔 심지만큼이나 가볍다.

그녀는 그를 방으로 옮겨다 관음상 앞에 조심스레 내려놓았다. 그러고 나서 바깥으로 나가더니 장작 한 묶음을 끌어가지고 돌아와 구들 침대 밑 아궁이 솥에 물을 끓이기 시작했다. 물을 끓이는 동안에도 그녀는 때 없이 고개 돌려 그의 얼굴을 쳐다보았다. 새빨갛게 피어오른 아궁이 불빛 아래, 죽은 이는 영락없이 깊은 잠에 빠진 갓난아기를 빼어 닮았다.

물이 다 끓자, 그녀는 옷 궤짝 밑바닥에서 하얀 새 수건을 한 장 찾아내 뜨거운 물에 적셔 그의 얼굴을 닦아주었다. 닦아내고 또 닦아내자, 그녀의 기억 깊은 곳으로부터 드디어 샤오린의 얼굴 모습이 천천히 떠오르기 시작했다. 그녀는 머릿속에 떠오른 샤오린을 눈앞의 병사와 겹쳐놓고 비교해보았다. 맞대놓고 비교해보았더니 그럴수록 두 젊은이가 서로 닮아 보였다. 비슷하게 닮았다기보다 아예 일란성으로 같이 태어난 쌍둥이 형제 같았다. 방금 끓인 물보다 더 뜨거운 눈물이 죽은 자의 얼굴 위로 후드득 떨어졌다.

그녀는 그의 몸에서 초록빛 군복을 벗겨냈다. 구겨진 옷 주름 속에 이와 서캐가 무더기로 꾸물꾸물 기어 다녔다. 그녀는 혐오스럽게 그것들을 움켜 아궁이 불 속에 던져 넣었다. 이와 서캐들이 불길 속에서 따닥따닥 터지며 타 죽어가는 소리를 냈다. 죽은 자의 낯빛이 벌거벗은 제 몸뚱어리에 부끄러움을 타는 것처럼 발그레하니 달무리가 졌다. 그녀는 한숨 섞어 말했다. "애야, 수줍어하지 말렴. 어미의 눈에는 제아무리 다 큰 자식이라도 역시 한낱 어린애란다!" 그녀는 아예 작은 빗자루를 하나 찾아 들고 죽은 자의 몸뚱이에서 이와 서캐를 모조리 쓸어내 아궁이 불 속에 던져 넣었다. 죽은 자의 피골이 상접하도록 비쩍 마른 몸뚱어리가 또 한 차례 그녀의 눈물을 쏟게 했다.

그녀는 샤오린이 생전에 입었던 헌 옷을 찾아내 그에게 갈아입혔다. 집 안에서 늘 입던 낡은 옷을 걸친 죽은 자의 얼굴에 철부지 애티가 한결 더 짙게 서렸다. 거칠고 투박스런 어른의 손만 아니라면, 그는 완전무결하게 한낱 철딱서니 없는 개구쟁이 녀석이었다. 그녀는 또 생각에 잠겼다. 어떻게 해서라도 이 아이 녀석에게 널짝 하나 마련해주어야 한다, 옷가지 한 벌만 달랑 입힌 채 이대로 땅속에 들어가게 할 수는 없다. 그녀는 벽 밑에서 옷 궤짝을 끌어냈다. 뚜껑을 열고 궤짝 안에 차곡차곡 개켜둔 낡아빠진 옷가지들을 끄집어내다 미련 없이 한쪽에 던져버렸다. 그녀는 아무도 듣지 않게 입속으로 소곤거렸다. "얘야, 너한테 미안하구나……"

그녀는 그를 안아다 궤짝에 집어넣었다. 궤짝 길이가 너무 짧은 탓으로, 두 다리는 들어가지 못하고 굵다란 말뚝 두 개처럼 궤짝 가장자리에 툭 얹힌 채 바깥으로 비죽 나왔다. 그녀가 죽은 자의 다리를 껴안고 꾸부려 넣으려 했으나, 쇳덩어리처럼 뻣뻣하게 굳어져 도무지 구부릴 수가 없었다. 이때, 앞서 가버렸던 샤오타오가 되돌아왔다. 그녀는 울다 울다 퉁퉁 부어버린 샤오타오의 두 눈을 바라보면서 나지막이 애걸했다. "샤오타오, 착한 아가야. 이 아주머니 좀 도와서 이 젊은이의 다리를 구부려 넣게 해주렴." 샤오타오가 입술을 비죽 내밀더니, 잔뜩 성난 기색으로 씨근벌떡 담장 밑으로 가서 큼지막한 도끼를 집어 들고 왔다. 샤오타오는 손가락으로 도끼날을 쓰윽 훑어 시험해보면서, 심술 맞게 얼굴에 실낱같은 비웃음을 띠었다. 그러고 나서 허리띠를 잔뜩 조인 다음, 손바닥에 두어 번 침을 뱉어가지고 도끼자루를 움켜잡더니, 옷 궤짝 바깥으로 빠져나온 두 다리를 겨누고 머리 위로 도끼날을 번쩍 치켜들었다. 그녀가 큰일 나겠다 싶어 이것저것 가릴 겨를도 없이 달려들자마자 샤오타오의 팔뚝부터 치받아 제지했다. 바야흐로 둘이서 양보 없는 대치 상태로 승강이를 벌이고 있을 때, 누군가 골목 안에서 큰 소리로 고함쳐 불렀다. "쑨씨 댁 아주머니, 이리 나오세요!"

3

그녀는 골목 안에서 누군가 큰 소리로 외치는 소리를 들었다. "여기가 쑨샤오린의 집입니까?"

그녀는 황급히 침상에서 기어 내려오려다가 얼떨결에 곤두박질쳐 땅바닥에 쓰러지고 말았다. 머리가 터져 유혈이 낭자했는데도, 그녀는 안개구름을 탄 것처럼 흐리멍덩한 의식 속에 대문 밖까지 휑하니 달려 나갔다. 그리고 어제 보았던 그 여군 위생병이 손에 방풍유리를 끼운 석유등을 치켜들고 서 있는 것을 발견했다. 어제나 다름없이 등에는 종려나무 빛깔의 쇠가죽 군용 잡낭을 비스듬

히 메고—잡낭 멜빵에는 칠이 다 벗겨져 상처투성이가 된 법랑
컵 한 개와 깔끔하게 빨아 새하얘진 타월 한 장 걸쳐놓고—무엇
이 그리 급한지 총총걸음으로 달려왔다. 여군 위생병 뒤편으로 푸
른 옷을 입은 인부 두 사람이 들것 한 채를 떠메고, 들것 위에는
거적자리로 덩그러니 멍석말이를 한 시체 한 구가 뉘여 있다. 여
군 위생병이 그녀의 집 문턱에 서서 얼굴 가득 비통하고 애처로운
기색을 띤 채 나지막한 목소리로 조심스레 묻는다. "이 댁이 쑨샤
오린의 집입니까?"

엄지수갑

· · · · · ·

拇指銬

1

동녘 하늘이 거의 훤히 밝아올 무렵, 아이(阿義)는 어머니가 구역질하는 소리에 놀라 깨어났다. 창틈으로 쏟아져 들어오는 달빛을 빌려, 그는 어머니가 베갯머리에 배를 갖다 붙인 자세로 구들 침대 가장자리에 무릎을 꿇고 양손으로 요 밑 거적자리를 버틴 채, 냇가에서 물고기 잡는 거위 목처럼 머리통을 침대 바깥쪽으로 내민 것을 보았다. 그녀의 입에서 기름처럼 끈적거리면서도 역겨운 비린내를 풍기는 짙푸른 빛깔의 액체가 잇달아 쏟아져 나왔다. 침상에서 뛰어내리기 무섭게 그는 물 항아리에서 표주박으로 절반 남짓 물을 떠 어머니에게 건네주었다. "물 좀 드세요." 어머니는 표주박을 받으려고 한쪽 손을 들었으나, 허공을 휘젓는 시늉만 하다가 도로 툭 떨어뜨렸다. 그녀는 몸뚱이를 잔뜩 움츠러뜨려 긴장시킨 채, 다시 오장육부를 쥐어짜내듯이 한바탕 구토를 하고 나서야 신음 소리를 내며 아들에게 말했다. "아이야, 내 아들…… 엄마가 이번에 도진 병으로 더는 배겨나지 못할 것 같구나……" 아이의 눈에서 살그머니 눈물이 스며 나왔다. 그러나 용기를 내어 짐짓 굵다란 목소리로 장담했다. "엄마, 재수 없는 소리 그만 하세요. 엄마가 그런 약한 소리 하는 거 듣기 싫어요. 제가 냉큼 후씨(胡氏) 나리 댁에 가서 돈 좀 꿔올게요. 돈을 빌려서 그 길로 읍내에 달려가 의원더러 왕진을 와달라고 청하겠어요." 어머니가 머리를 쳐들었다. 달빛보다 더 창백한 낯빛, 움푹 파여 들어간 두 눈망울로 어린 아들의 얼굴을 고즈넉이 바라보았다. "애야, 우리는 이제 돈을 꿀 데가 없어. 앞으로 한평생 돈을 빌려 써선 안 돼……" 그녀는 뒷머리에서 은비녀 두 개를 뽑아 아이에게 주었다. "이건 네 할머니가 내게 물려주신 거란다. 가져다 팔아서 약 두 첩만 지어오렴…… 사실 엄마는 이제 살 만큼 살았어. 하지만 내 아들…… 넌 이제 겨우 여덟 살인데……" 그녀는 다시 침상 거적자리 밑에서 구겨진 종잇장을 한 조각 더듬어내더니, 그것마저 아들의 손에 건네주었다. "이건 지난번에 썼던 약방문이야……" 아이는 약방문을 받아들면서 어머니에게 눈길을 던졌다. 그리고 더부룩한 쑥대머리에 절반쯤 가려졌으면서도 밝고 해말간 엄마의 얼굴을 바라보면서 말했다. "내 달음박질해서 금방 다녀올게." 그는 표주박에 남은 냉수를 단번에 마셔 비우고, 은비녀와 약방문을 조심스레 품속에 간직했다. 그러고 나서 물 항아리에 표주박을 툭 던져 넣고 주먹으로 입을 쓱쓱 문지르더니 일부러 목청을 드높여 큰 소리로 말했다. "엄마, 내 갔다 올게!"

달빛이 번쩍번쩍 내리비치는 큰길에서, 그는 비쩍 마르고 자그만 제 몸뚱어리가 이리 흔들 저리 흔들거릴 때마다 길어졌다가는 이내 짧아지면서 끊임없이 형태를 바꿔가는 자신의 빈약한 그림자가 길바닥에 비치는 것을 보았다. 마을은 온통 깊은 정적에 잠기고, 달빛이 흩뿌리는 길옆 나무 위 앙상한 가장귀들만이 바람결에 휩쓸리며 쏴쏴 힘찬 소리로 울 따름이다. 가는 길에 후씨 나리댁 큼지막한 대문 앞을 지나칠 때, 그는 발뒤꿈치를 들고 들숨날숨조차 뚝 멎은 채 살금살금 도둑고양이의 걸음걸이로 빠져나가야 했다. 늑대보다 더 흉악하고 심통 사나운 맹견 두 마리가 놀라 깰까봐 한 짓이었으나 역시 소용없는 일, 귀가 유별나게 예민한 이놈들이 담장 바깥에서 바스락대는 소리에 놀라 깨었는지 철제 대문 아래 뚫린 개구멍에서 빠져나오기 무섭게 머리통을 쳐들고 으르렁댔다. 맑고도 썰렁한 달빛 아래 그놈들의 눈알에서 초록빛 광채가 뿜어져 나오고, 으르렁거릴 때마다 벌어진 주둥이 사이로 날카로운 송곳니가 은빛을 쏟아냈다. 아이는 길바닥에 뒹구는 벽돌 한 장을 주워 들고 겁이 나 벌벌 떨면서 뒷걸음쳤다. 무시무시한 맹견 두 마리는 적극적으로 추격할 의사가 없었는지, 사납게 짖어대며 한동안 뒤쫓다가 이내 발길을 돌려 제 집으로 돌아갔다. 아이는 한숨을 내리쉬며 손에 들고 있던 벽돌을 내버렸다. 그리고 동네 어구를 막 벗어나자마자 두 다리에 힘주어 후다닥 내뛰기 시작했다. 이른 새벽 찬바람이 그의 얄팍한 단벌 홑옷을 부풀려 춤추듯 너울거리게 만든 품이, 꽃밭에서 은빛 꽃가루를 뒤집어쓰고 활개 치며 날아가는 호랑나비를 닮았다.

유서 깊기로 이름난 한림학사 무덤까지 내처 달음박질하고 나서야 그의 걸음걸이가 차츰 느려졌다. 그는 정신없이 내뛰느라 급박하게 요동치던 심장이 갈빗대를 들이받는 아픔을 느꼈다. 그 아픔은 철장에 갇힌 야생 토끼가 갑갑함을 견디지 못하고 철망을 이리저리 들이받을 때의 아픔과 같은 것이었다. 머리를 쳐들고 바라보니, 바룽전(八隆鎭) 기름 짜는 공장 안에 높다랗게 솟구친 수은등이 마치 끊일 새 없이 껌벅거리는 초록빛 샛별처럼 까마득하게 내다보였다. 얼마나 기를 쓰고 달렸는지 등줄기에 땀이 줄줄 흘러내리고 뱃속은 불이라도 붙은 것처럼 화끈화끈 달아올랐다. 잡초가 무성한 도로 비탈진 등성이를 따라서, 그는 마쌍허(馬桑河) 강변으로 내려갔다. 해를 거듭한 가뭄 탓에 강물은 파도치기를 잃은지 이미 오래였다. 강여울에 가득 깔린 매끄러운 조약돌은 달빛 아래 푸른 광택을 내며 반들거리고, 흐름이 끊긴 강물이 고여 만들어진 웅덩이들 역시 여기저기 온통 수은 빛 일색으로 달빛을 반사하고 있을 따름이다. 그는 물이 제법 깊고 널따란 웅덩이 앞에 무릎 꿇고 엎드려 양손으로 윗몸을 버티고 물속에 머리통을 처박았다. 물속에 머리통을 처박은 자세가 영락없이 물 마시는 망아지를 닮았다. 실컷 물을 들이켜고 일어섰을 때 그는 아랫배가 묵직하게 축 늘어지고 등골이 써늘해진 느낌을 받았다.

그가 다시 길을 걷기 시작했을 때, 뱃속의 창자가 꼬르륵꼬르륵 울리면서 차가운 물비린내가 목구멍까지 곧바로 치솟더니 자꾸만 딸꾹질을 하게 만들었다. 그는 양손으로 아랫배를 눌러 일껏 마신

물을 조금 토해냈다. 구토를 하는 순간, 그는 아직도 침대 가에 무릎 꿇은 채 피를 토하고 계실 어머니가 생각나, 저도 모르게 가슴속이 찌르르하니 아파왔다. 그는 정신없이 달음박질 하느라 혹시 잃어버리지 않았는가 싶어 얼른 품속을 더듬어보았다. 딱딱한 비녀 두 개, 꼬깃꼬깃 구겨진 약방문 종잇장 모두가 얌전히 들어 있어 마음이 놓였다. 큰길로 올라서서 또다시 달음박질치려 할 때였다. 갑자기 등 뒤 어둠 속에서 처절하도록 스산한 외마디 소리가 비명처럼 들려왔다. 그는 등골이 오싹해지고 머리카락이 가닥가닥 곤두섰다. 부엉이가 울 때마다 한 사람씩 죽는다던데…… 동네 노인들이 그렇게 말했고, 어머니도 그런 말씀을 하신 적이 있다. 어머니를 생각했더니 또 그 처참하도록 하얗게 질린 얼굴이 눈앞에 선히 떠올랐다. 이제 그분은 또다시 입을 딱 벌리고 녹아버린 역청만큼이나 시커멓고도 끈적끈적한 피를 쏟아내고 계실 것이다. 부엉이란 놈이 그더러 이리 가까이 오라고 부르는 듯 다시 한 번 스산하게 울었다. 그는 저도 모르게 후딱 고개를 돌려 뒤돌아보았다. 높다랗게 쌓아 올린 돌무덤 봉분 앞에 살찐 준마의 석상이 두 필, 뚱뚱한 석양(石羊)이 두 마리, 좌우 양편으로 늘어선 네모난 머리의 인간 석상이 둘, 그리고 매끄럽게 광택이 나는 돌 제단이 하나 놓였다. 작년에도 어머니의 약을 지어가지고 돌아왔을 때, 그는 이 돌 제단에 걸터앉아 쉰 적이 있었다. 전해오는 얘기에 따르면 옛날 이 무덤 앞에 하늘을 찌를 듯한 키 큰 잣나무 고목이 수십 그루나 있었는데, 언제 누가 베어갔는지 지금은 대접 둘레만큼 굵다란 소나무 한 그루가 남았을 따름이다. 시꺼멓도록 짙푸른 침엽수 사이사이로 불똥 두 개가 번뜩였다. 부엉이의 눈이었다. 그놈은 엄숙하게 다시 한 차례 울고 나서 푸드득 날갯짓을 하며 얼음 지치듯 허공 위에 소리 없이 날아 올라가더니 황금빛 일렁이는 밀밭 속으로 떨어져 내려갔다. "아우우—!" 아이가 목청을 드높여 부엉이란 놈보다 더 큰 울음소리를 냈다. 그렇게 해서 공포감을 몰아내려는 것이다. 갑자기 머릿속에 무엇인가 쿵쾅쿵쾅 울리고 귓속에서도 윙윙하는 이명이 울리기 시작했다. 그는 위장이 쥐어짜듯 아파오는 것도 잊은 채 오로지 수은등만 바라보고, 이제는 어렴풋이나마 윤곽이 내다보이는 바룽전 읍내를 향해 쏜살같이 달빛 아래 길을 치달렸다.

아이가 바룽전 읍내에 뛰어들었을 때, 붉은 아침 해는 아직 떠오르지 않았으나 장미색처럼 고운 아침노을은 이미 청석(靑石) 보도블록이 깔린 길바닥을 환히 비추고 있었다. 길거리는 아주 고요한 것이, 오가는 행인 하나 없다. 길가의 가게들은 모두 문을 걸어 닫았다. 밤이슬에 축축이 젖은 술집 광고 깃발만이 생기라곤 전혀 없이 가게 문 앞에 침울한 기색으로 늘어져 있었다. 매끄러운 싸구려 마네킹들이 옷가게 진열창 안에서 우울한 표정으로 이맛살을 찌푸리고 우두커니 서 있을 따름이다. 아이는 맨발로 축축이 젖은 길바닥 블록을 딛고 걸어가는 자신의 발소리가 타박타박 울리는 것을 들었다. 육상선수가 출발선상에서 몸을 풀듯 두 다리를 번갈아 높이 쳐들었다가 살며시 내려 딛으면서 혹시라도 꿈속에 잠긴 사람들이 놀라 깰까봐 무척 조심했다.

약국 가게 문은 아직 굳게 잠긴 채 그 안에서 인기척은커녕 쥐

새끼 소리도 들리지 않았다. 아이는 문전 돌계단 위에 쪼그려 앉아 참을성 있게 문이 열릴 때까지 기다렸다. 무척 힘들고 지쳐 피로와 시장기를 동시에 느꼈으나, 이제 곧 어머니의 약을 짓게 되리라는 기대감이 위안을 주었다. 한참동안 쪼그려 앉았더니 다리가 저려 아예 돌계단에 궁둥이를 붙이고 주저앉았다. 눈앞이 차츰 몽롱하니 흐려지고 자꾸만 내리 감겼다. 폭이 좁은 바퀴 달린 자그만 수레 한 대가 동편 길머리 쪽에서 부지런히 달려오는 것이 보였다. 수레를 끄는 놈은 불덩어리처럼 새빨간 망아지 한 마리, 수레를 모는 것은 뚱뚱보 여인이다. 푸른 보도블록 위를 바퀴가 구를 때마다 달가닥달가닥 소리가 울렸다. 망아지의 눈망울이 어쩌면 그렇게 청순하고도 해맑간 어린 소년의 눈빛을 닮았는지 모르겠다. 여인은 새벽잠에서 갓 깨어난 듯 게슴츠레하니 졸린 눈으로 그 커다란 입을 딱 벌리고 거리낄 것 없이 하품을 했다. 마차는 약국 대문 앞에 우뚝 멈춰 섰다. 여인이 수레에서 우유 두 병을 꺼내 들고 가게 문 앞으로 다가오다 계단 위에 주저앉은 아이를 발견했다. "저리 비켜, 요 도깨비 같은 녀석! 똥개 녀석이 사람 드나드는 대문 앞에 자빠져 있구나!" 아이가 펄쩍 뛰어 일어나 문턱 한옆으로 피해 섰다. 그리고 여인이 문전 돌계단 위에 우유병을 내려놓은 것을 지켜보았다. 절반쯤 가려진 헐렁헐렁한 외투자락 안에서 뜨거운 열기와도 같은 체온이 후끈후끈 쏟아져 나왔다. "훔쳐 마시면 안 돼, 요 녀석!" 그녀는 엄포를 놓으면서 마차 곁으로 돌아가더니 뒤돌아보지 않고 다시 망아지를 몰아 앞으로 달려나갔다. 아이의 눈길이 우유병을 지그시 노려보았다. 새벽이슬에 젖었는지 두 병 모두 겉면에 물기가 주르르 흘러내리는 것을 보고 있으려니 뱃속에서 꼬르륵꼬르륵 소리가 요란하게 울렸다. 고소한 우유 냄새가 실낱처럼 이른 아침 맑고도 차가운 공기 속에 가닥가닥 퍼져나가더니, 그의 코앞에 감돌면서 군침이 절로 흘러나오게 유혹한다. 그는 검은 개미 한 마리가 우유병 뚜껑 위로 기어올라가는 것을 보았다. 개미란 놈은 수염같이 기다란 촉수를 꿈틀거리면서 병마개에 묻은 우유를 빨아먹기 시작했다. 주위가 너무 고요한 탓인지 아니면 정신이 팔려서 그랬는지, 우유 방울을 빨아먹는 개미의 기척이 마치 살찐 들오리가 얕은 물에서 먹이를 찾느라 질퍼덕거리는 소리보다 더 크게 들린다.

약국 대문이 삐거덕 괴성을 지르면서 문짝 절반쯤 열리더니, 머리가 절반쯤 벗겨진 대머리 사내의 윗몸이 절반쯤 문짝 틈새로 비집고 나왔다. 곧이어 집게 같은 손이 쑥 뻗어 나와서 우유 두 병을 한꺼번에 집어 들고 쑥 들어갔다. 아이를 끝없이 졸리게 만들던 개미의 우유 빨아먹는 소리도 뚝 그쳤다. 그는 입 안에 잔뜩 고였던 침을 꿀꺽 삼키고 쭈뼛쭈뼛 머리통을 반쯤 열린 문틈으로 들이밀고 조심스럽게 두리번거렸다. 그는 대머리 사내가 안마당에서 세수를 하고, 암고양이 한 마리가 벽 모퉁이에 쌓아놓은 약보따리 위에 서서 늘어지게 기지개를 켜는 모습을 차례차례 보았다. 그리고 솜털이 부숭부숭 난 고양이 새끼 몇 마리가 아직도 잠들어 있는 광경을 보았다. 이윽고 세수를 마친 사내가 대야를 들고 나왔다. 아이는 황급히 문가로 비켜났다. 쏴르르……! 세숫대야 물이 공중에서 천막 한 채를 펼치더니, 어수선한 소리를 내며 길바닥

블록 위에 소나기처럼 쏟아졌다. 아이는 그 기회를 놓칠세라 얼른 사내에게 다가들어 애걸했다. "아저씨, 우리 어머니 병이 도졌어요. 약 두 첩만 지어주세요." 대머리 사내가 차갑게 말했다. "문밖에서 기다려. 여덟시에 출근하니까." 대머리 사내가 몸을 돌려 문안으로 비집고 들어가는 순간, 아이는 손을 덥석 내밀어 그의 옷깃을 부여잡았다. "뭐 하는 짓이야, 요 깜둥이 녀석!" 사내가 호통을 쳤다. 아이는 칠흑같이 까만 눈동자로 사내의 갈색 눈동자를 마주 바라보면서 내친 김에 아예 땅바닥에 무릎을 꿇었다. "아저씨, 사정 좀 봐주세요. 어머니가 병드셨어요. 엄마가 돌아가시면 저는 세상에 의지할 데 없는 고아가 되고 말아요!" 그 사내가 투덜거렸다. "허어, 내가 효자를 못 알아봤구먼. 그래, 약방문은?" 아이는 부랴부랴 품속을 뒤져 약방문이 적힌 종잇장과 은비녀 두 개를 건네주었다. 사내가 절레절레 도리질하며 말했다. "이건 약값이 안 돼. 약국에서는 현금만 받거든. 우선 이걸 가져가 돈으로 바꿔오너라." 그 말을 듣자 아이의 머리통이 돌계단 위에 소리 나도록 힘껏 짓찧었다. 이마를 조아려 고두례(叩頭禮)를 올린 그는 다시 고개를 쳐들고 애원했다. "아저씨 제발…… 어머니가 피를 토하셨어요…… 엄마가 돌아가시면 난 고아가 되고 말아요."

2

어머니의 목숨이라도 잡은 것처럼 한약 두 첩을 하나로 묶어 들고, 아이는 달음박질쳐 바룽전 읍내를 빠져나왔다. 시뻘건 아침 태양이 자상하기 이를 데 없는 아주머니의 펑퍼짐한 얼굴처럼 그의 눈앞에 서서히 마주 떠올랐다. 도로는 여전히 마쌍허 굴곡진 강변 만곡부를 따라 기다랗게, 마치 영원히 끝 갈 데가 없는 것처럼 하염없이 뻗어나갔다. 빠르게 달리기, 느리게 달리기, 총총걸음 속보(速步)로 번갈아가며 뛰고 또 내뛰었다. 뱃속은 비록 굶주림에 텅 비어 쓰렸어도 마음속은 행복감으로 가득 찼다. 강물 흐름 양편으로 끝없이 펼쳐진 밀밭과 보리밭이 바람결에 물결치며 일렁이고, 길가 들밭 풀잎초리에는 이슬방울이 초롱초롱 돋아났다. 풀잎의 싱그러운 풋내가 옅은 대신, 밀보리가 익는 냄새는 무척 짙게 풍겼다. 그는 때 없이 한약봉지를 코끝에 갖다 대고 냄새를 맡아보았다. 향기로운 약내가 작은 애벌레처럼 구물구물 심장에 스며들었다. 그는 고개를 반짝 치켜들고 하늘을 바라보았다. 따사로운 남녘 마파람이 비단처럼 부드럽게 산들산들 불어오고 있었다. 고개를 갸우뚱 수그리고 귀를 기울이니, 눈부시도록 휘황찬란한 하늘 한복판에서 멧새들이 맴돌며 수다스럽게 지저귀는 소리가 들려왔다.

한림학사 무덤까지 단숨에 달려갔을 때, 강변 맞은편에서 맑고도 깨끗한 외침이 쟁쟁하게 들려왔다. 그는 자줏빛으로 물들기 시작한 큰길에서 미친 듯이 질주하는 금빛 찬란한 소 떼를 보았다. 그리고 비쩍 마른 키다리 사내가 소 떼 뒤에서 채찍을 휘두르며 똑같은 속도로 내달리는 것을 보았다. 뛰어라 뛰어, 소들아. 나도 뛰고 또 뛰자, 어서 빨리 뛰어서 집으로 돌아가야지. 마을에 가면 무엇보다 먼저 왕씨 댁 큰아주머니한테 약탕관을 빌리자꾸나. 그는 약탕관에 한약을 달일 때 짙디짙게 풍겨 나오는 향내를 상상으로 맡아보았다. 그는 소나무 가장귀에 앉아 음침하게 울던 부엉이를 떠올리고 자기도 모르게 고개를 외로 꼬아 소나무 쪽을 쳐다보았다. 그리고 붓끝처럼 나무초리가 뾰족하게 원뿔기둥 모양새로 곧추세우고 가장귀를 드리운 수관(樹冠)이 용틀임하듯 이리저리 휘청거리면서, 펄떡펄떡 날뛰는 황금빛 불꽃으로 바뀌는 것을 보았다. 얼핏 지나친 눈길에 소나무 그늘 아래 돌 제단에 걸터앉은 두 사람의 모습이 잡혔다. 고개 돌리고 다시 한 번 쳐다보았더니, 과연 돌 제단 위에 두 사람이 앉아 있다.

"어이, 꼬마야, 거기 서!"

아이는 거기에 우뚝 섰다. "너 이리 와!" 그는 돌 제단에 앉은 사람이 고함치는 소리를 분명히 들었다. 아울러 그 사람이 한 손을 번쩍 들고 있는 것을 보았다. 아이는 겁먹은 기색으로 쭈뼛쭈뼛 걸어갔다. 그리고 이때서야 돌 제단에 걸터앉은 사람이 남자 하나와 여자 하나였음을 또렷이 알아볼 수 있었다. 사내는 머리가 온통 새하얀 은발인 데다, 진홍빛 붉은 얼굴에 얼룩덜룩한 갈색 반점이 잔뜩 끼어 있었다. 자줏빛 입술을 잔뜩 오므린 품이 예리한 칼날 같다. 사내의 눈초리가 송곳처럼 날카로웠다. 여인은 나이가 젊어 보였다. 하얗고 동글동글한 얼굴에 아주 가늘고 기다란 두 눈매가 한일자였고, 눈망울에는 웃음기가 찰랑찰랑 넘쳐났다.

사내가 엄숙하게 물어왔다. "요놈의 자식, 도둑고양이처럼 핼금핼금 뭘 훔쳐보며 가는 거냐?" 느닷없이 따져 묻는 소리에 아이는 대꾸도 못하고 곤혹스런 기색으로 절레절레 도리질만 했다. "네 아비 이름이 뭐야?" 사내가 목청을 드높여 위엄 있게 물었다. 아이는 기가 질려 말을 더듬었다. "나한테는…… 아버지가 없어요……" 뜻밖의 대꾸에 사내는 일순 멍청해지더니 이내 고개를 뒤로 젖히고 웃음보를 터뜨렸다. "하하! 당신 들었지? 요놈의 자식이 아비가 없다네. 요놈이 자기더러 아비 없는 후레자식이라는 거야, 하하하……!" 그러나 여자는 사내의 말에 들은 척도 않고 혼자서 앞니가 드러나도록 위아래 입술을 기다랗게 늘인 채 장방형의 손거울을 마주 대하고 연지로 제 입술 화장을 고치는 데만 열중할 따름이다. 아이는 돌연 아랫배에 경련이 나면서 오줌을 누고 싶은 욕망이 강렬하게 일었다. 바짓가랑이에 오줌을 지리지 않으려고 두 넓적다리를 하나로 잔뜩 오므렸더니 등줄기가 저도 모르게 붓끝처럼 꼿꼿이 세워졌다.

사내는 호주머니에서 자그만 회백색 병을 꺼내 자기 입에 겨누고 몇 차례 뿜어 넣는 동작을 해보였다. 그러고는 머리를 외로 꼬더니 여자에게 동의를 구했다. "요 녀석, 순 잡놈일세! 안 그래?" 여자는 대꾸하기가 마음에 내키지 않는 듯 슬그머니 일어서더니 아침 햇살을 마주 대하고 재채기를 했다. 그녀가 재채기하는 순간, 두 눈과 두 콧구멍, 입술, 다섯 기관을 한꺼번에 찌푸리는 모양새가 이상야릇해 보였다. 재채기를 마치고 나서 오관을 찌푸리느라 눈물샘을 자극했던지 그녀의 두 눈에 눈물이 글썽글썽 맺혔다. 그녀는 자홍색 주름치마를 입었다. 스커트 자락 밑으로 길고도 수척한 두 종아리와 툭 불거져 나온 무릎뼈가 통째로 드러났다. 그녀는 초록색 표지가 붙은 자그만 책 한 권을 돌 제단 위에 툭 던져버리더니 엉덩이를 툭툭 털고 나서 소리 없이 보리밭으로 걸어 들어갔다. 사내가 뒤따라 일어섰다. 온 몸뚱이의 뼈마디가 '우두둑우두둑' 소리를 냈다.

아이는 도망치고 싶었다. 한데 두 다리에 뿌리가 내렸는지 도무지 옮겨 뗄 수가 없었다. 사내가 솥뚜껑처럼 커다란 손을 내뻗더니 아이의 가녀린 손목을 꽉 비틀어 잡았다. 얼음같이 차갑고도 굳센 어른의 손아귀 감촉을 느끼면서, 아이는 밤이슬에 젖은 강철 집게를 연상했다. 그는 사내의 커다란 손아귀에서 제 손목을 빼내려고 몸부림쳤으나, 사내가 손아귀에 힘을 한껏 주자 그의 손목이 당장 부러질 것처럼 쑤시고 아팠다. 몸부림을 치다보니, 손에 들고 있던 약봉지 두 개가 땅바닥에 툭 떨어졌다. 아이는 큰 소리로 고함을 질렀다. "내 약이…… 내 엄마 약……!" 하지만 사내는 갑자기 귀머거리가 된 듯 그가 지르는 고함 소리를 귓등으로도 듣지 않은 채, 그저 억지로 잡아끌면서 앞으로 휘적휘적 걸어가기만 했다. 그는 소나무 아래까지 끌려갔다. 사내가 그의 남은 손목 하나마저 붙잡더니 자기 앞으로 힘껏 당겼다. 아이의 코쭝배기가 꺼칠하고 우툴두툴한 소나무 껍질에 부딪쳤다. 눈물이 왈칵 쏟아져 나왔다. 눈물로 뿌옇게 흐려진 가운데, 그는 소나무가 제 품안에 들어온 것을 보았다. 사내가 한 손만으로 그의 가느다란 양 손목을 한꺼번에 움켜잡고서, 다른 손으로 바지주머니에서 작은 물건을 하나 끄집어냈다. 반짝반짝 빛나는 것을 햇볕 가운데 떨쳤더니, 맑고도 여린 쇳소리가 짤랑짤랑 듣기 좋게 울렸다. "요놈의 자식,

길 가면서 여기저기 두리번거리면 무슨 벌을 받아야 하는지 내 똑똑히 알게 해주마!" 아이는 소나무 뒤로 돌아간 사내의 냉랭한 목소리를 똑똑히 들었다. 곧이어 섬뜩하도록 차가운 강철 테가 자기 오른손 엄지에 씌워지는 것을 느끼고 다시 왼손 엄지마저 철꺼덕 채워지는 느낌을 받았다. 두 엄지손가락이 소나무 뒤편 좌우로 돌려져 강철 테에 꼼짝 못하게 채워지자, 아이는 죽어라고 울부짖기 시작했다. "아저씨! 난 아무것도 보지 않았어요! 아저씨, 제발 날 좀 놓아줘요……!" 사내가 휙 돌아서더니 쇳덩어리 같은 손바닥으로 아이의 머리뼈를 탁탁 때려가며 빙그레 웃었다. "얌전히 있어라. 이게 너한테 좋은 점도 없지 않을 게다." 말을 마치자 그는 밀밭으로 걸어 들어가, 껑다리 여자를 뒤쫓아 사라졌다. 눈부신 햇살과 잠시도 쉬지 않고 물결치는 밀 이삭이 헌걸찬 그의 뒷모습 그림자를 갈라놓고, 마치 방금 조각배 한 척이 수면 위로 미끄러져 간 뒤끝처럼 한 줄기 선명한 자국만 너르디너른 밀밭에 남겨놓았다.

아이는 두 눈길로 하염없이 그들 남녀를 배웅하면서, 황금빛으로 물결치는 밀밭 속에서 한 덩어리로 녹아드는 그들의 뒷모습을 마냥 지켜보았다. 산들바람이 멀리서 불어와 밀밭에 뒹굴며 겹겹이 잔물결을 일으켰다. 멧새들이 다갈색 구름처럼 떼를 지어 끝없이 펼쳐진 밀밭 위 상공으로 스쳐 날아가며 수다스런 지저귐과 바람결에 나부끼는 깃털만 남겨두었을 뿐, 곧바로 모든 것이 끝없는 정적에 빠져들었다.

아이의 머릿속은 온통 뒤죽박죽, 뭐라고 말하지 못할 큰 혼란에 빠지고 말았다. 방금 자신에게 벌어진 일들이 꿈결만 같았다. 그는 정신없이 겪은 그 무서운 감각을 떨쳐버리려고 머리를 마구 흔들어댔다. 그는 병마에 시달리고 계신 어머니가 생각나고, 땅바닥에 떨어진 약봉지가 생각났다. 그는 떠나고 싶은 생각이 간절했으나, 이미 자유를 잃어버린 자신을 발견했다. 그는 몸부림치고 안간힘을 다해 발버둥 쳤다. 처음에는 팔뚝을 한껏 뒤로 잡아끌고 이어서 위로 아래로 경정경정 날뛰며 마치 깊은 숲 속에서 갓 잡혀온 원숭이가 슬피 울부짖듯 끼약끼약 괴성도 질러댔다. 그러다가 끝내 지치고 말았다. 아이는 머리통을 소나무 껍질에 갖다 대고 훌쩍훌쩍 울기 시작했다. 이어서 눈물이 왈칵 쏟아지더니, 가슴속을 마구 휘젓던 난폭한 심사가 차츰 평온하게 잦아들었다. 그는 소나무 줄기 한쪽으로 머리통을 기울여 앞을 내다보았다. 눈길에 잡힌 것은 서로 긴밀하게 연결된 강철 고리 두 개가 반짝반짝 쏟아내는 광채뿐이다. 그것들은 지금 자신의 두 엄지 뿌리, 첫번째 뼈마디 아래 움푹 들어간 부위를 단단히 씌워 두 가닥 엄지가 조여들다 못해 새빨갛게 핏발이 서고, 조금이라도 까딱거렸다가는 당장 아픔이 가슴속 심장부까지 치밀어 견딜 수 없게 만들었다.

아이는 조심스럽게 양팔을 벌리고 소나무 줄기를 중심으로 몸뚱이를 한 바퀴 감돌아 마쌍허 강줄기와 강변도로 쪽을 향해 얼굴을 내밀었다. 반지르르하게 잘생긴 제비 십여 마리가 수면에 거의 닿도록 날렵한 몸뚱이를 찰싹 붙인 채 쏜살같이 날면서 어쩌다 한 차례씩 붉은 뱃가죽으로 수면을 깨뜨릴 때마다 자그만 백색 물보라가 솜씨 좋게 물수제비뜨듯 팔랑팔랑 일곤 했다. 마쌍허 대안에도 끊기지 않고 이어진 밀밭 천지, 밀밭 끄트머리에는 아이가 한 번도 가보지 못한 마을이 옹기종기 들어앉았고, 마을 상공에는 비바람막이처럼 두터운 뭉게구름이 아침 안개와 더불어 자욱하게 덮어씌웠다. 아이는 고개를 숙이고 잡초 더미 속에 나뒹구는 한약 두 봉지를 내려다보았다. 다음 순간 어머니의 신음 소리가 벼락을 때리듯 삽시간에 고막을 뚫고 들어왔다. 코끝이 시큰해지면서, 그는 또 한 차례 눈물을 쏟아냈다. 이번에 쏟아져 나온 눈물은 소나무에서 흘러내린 송진처럼 유별나게 끈적거리고 걸쭉했다.

3

뒤따른 시간 속, 이따금씩 낫을 둘러멘 농사꾼이 강변 황톳길을 지나쳐 갈 때도 있었다. 그러나 그들은 하나같이 몹시 바쁜 몸이라 고개를 숙인 채 묵묵히 지나가기나 할 뿐 곁눈질로도 쳐다보지 않았다. 사람이 나타날 때마다 아이는 고함을 지르고 울부짖으며 구원을 요청했으나 역시 칼로 물 베기, 털끝만치도 효과가 없었다. 온 세상 사람들이 갑자기 귀머거리가 되어버린 것 같았다. 어쩌다 무덤덤한 눈빛을 던지는 이도 없지 않았으나 그들 역시 바삐 지나쳐갔을 뿐 총총걸음을 멈추는 법이 없었다.

아이는 고통 속에서 아침 반나절을 보냈다. 동남방 하늘에 높지거니 내걸린 태양의 붉은빛이 모조리 퇴색하여 이제 눈부시도록 작열하는 백색 광선으로 바뀌었다. 아침나절 내내 밀밭에서 나부끼던 열은 안개 장막도 진작에 말끔히 스러졌다. 메마른 서남풍이 일파에 이어 또 일파, 앞 물결을 재촉하는 조수처럼 차례차례 밀려들면서, 잘 익어 묵직해진 밀밭 이삭들이 흔들흔들 도리질을 하고 있다. 밀 이삭에 껄끄럽게 돋아난 수염이 가로세로 엇갈리고, 줄기와 잎사귀들이 잠시도 쉬지 않고 거듭거듭 부대낄 때마다, 잘 익은 밀알이 봄누에 똥처럼 후드득후드득 땅에 떨어졌다. 논밭 들판 어디에나 사람들의 마음을 견딜 수 없을 정도로 간질이는 매미소리가 물안개처럼 피어올랐다. 공기 속에는 밀 익는 구수한 냄새, 숨 막힐 정도로 뽀얗게 피어오른 먼지구름 따라 매캐한 흙내가 자욱하게 덮였다.

수지처럼 끈적끈적한 땀이 아이의 머리가죽에 돋아나 방울방울 흘러내리기 시작했다. 그는 목이 말라 견딜 수가 없다. 뱃속에서 불덩어리가 활활 타오르고, 콧구멍으로 뿜어내는 숨결도 작열하는 불길에 피어오르는 연기처럼 뜨거워졌다. 그는 엄지손가락 뼈마디가 끊기고 살갗이 갈라지는 고통을 애써 참으며 다시 한 번 몸부림을 쳤다. 아이는 두 다리와 아랫배 힘에 의존해서 들썩들썩 몸을 움직여 높다란 소나무 꼭대기로 기어오르기 시작했다. 수관이 제 품에서 벗겨지기만 하면 자유를 얻을 수 있으리라는 환상을 품었다. 그러나 무성한 소나무 첫번째 가장귀들이 치받아 오르던 그의 정수리에 닿는 순간, 그 환상은 무참히 깨지고 말았다. 소나무 줄기를 잔뜩 껴안고 있던 양팔 근육이 풀리면서 높다랗게 기어오르던 몸뚱이 전체가 맥없이 지상으로 미끄러져 내렸다. 우툴두툴 꺼칠한 소나무 껍질이 홑옷자락을 훑어 내리는 바람에 알몸을 드러낸 아이의 뱃가죽과 아랫배가 여지없이 피투성이가 되었고, 더구나 강철 엄지수갑이 채워진 두 손가락이 당장 부러질 것만 같은 엄청난 고통이 뒤따랐다. 그는 외마디 비명을 처절하게 지르면서 그만 까무러치고 말았다.

시간이 얼마나 지났을까, 고막을 뒤흔드는 기계 소리가 아이를 흔들어 깨웠다. 눈곱으로 풀떡처럼 달라붙은 두 눈꺼풀을 다시 떼려고 그는 무진 애를 써야 했다. 두 눈을 번쩍 뜨는 순간, 그는 속눈썹이 두 눈꺼풀에서 후드득 뽑혀 나가는 소리를 들었다. 눈물로 흐릿해진 시야를 헤집으면서 그는 두 눈을 소나무 껍질에 비벼댔다. 그리고 보았다. 이른 새벽 자기가 힘차게 달려오던 그 길 위에 붉은 빛깔도 선명한 트랙터 한 대가 슬금슬금 다가오는 것이 보였다. 길바닥이 울퉁불퉁 고르지 않은 탓으로 트랙터는 마치 길들이지 않은 야생마처럼 전후좌우로 차체가 들썩들썩 뛰어오르면서 느릿느릿 굴러오고 있었다. 트랙터 운전사는 머리칼이 온통 흐트러지고 선글라스를 꼈는데, 허리를 꼿꼿이 세우고 운전석에 버텨 앉은 품이 돌로 깎아 세운 조각상을 빼어 닮았다. 뒤꽁무니에 연결된 잿빛 트레일러 화물칸에는 세 사람이 앉아 있었다. 얼굴이 또렷하게 보이지 않았으나, 거침없이 큰 소리로 불러대는 노랫소리만큼은 알아들을 수 있었다. 아이는 소나무 줄기를 붙잡고 힘겹게 일어섰다. 그리고 혼신에 남은 기력을 다 쏟아 고함치기 시작했다. "구해주세요! 날 좀 구해주세요!"

트랙터가 무덤 앞에서 우뚝 멈춰 섰다. 트레일러 안의 사람들도 노래를 뚝 그쳤다. 트랙터 엔진 혼자서 우르릉우르릉 공회전하는 굉음만 들렸다. 트랙터 앞머리에 곧추세운 생철 연통이 둥그런 연기 테를 뻐끔뻐끔 풍풍, 힘차고도 끈덕지게 토해내고 있다. 아이는 잠시도 그치지 않고 계속 고함을 질렀다. 아울러 머리통을 소나무 줄기 한쪽으로 저들이 볼 수 있게끔 내미느라 무진 애를 썼다. 트랙터에 타고 있던 사람들이 한순간 찔끔하더니 모두들 고개를 외로 꼬아 소나무 줄기 뒤편에서 불쑥 삐져나온 머리통을 바라보았다. 트레일러 화물칸에 타고 있던 세 사람이 먼저 하나하나씩 꼬리에 꼬리를 물고 잇달아 뛰어내렸다. 제일 먼저 뛰어내린 이는, 몸집은 작달막한데 동작 하나만큼은 날렵한 사내였다. 뒤따른 이는 체구가 훤칠한 껑다리 장정이었다. 마지막으로 다가온 사람은 살갗이 새까맣게 탄 단발머리 여자였다. 그들은 소나무 앞에 몰려서서 엄지수갑을 꼼꼼히 살펴보더니, 의심 어린 눈빛을 주고받았다.

키 작은 사내가 먼저 회백색 차가운 눈동자를 껌벅대면서 엄한 소리로 물었다. "누가 네 손가락을 여기다 채워놓았어?" 아이는 겁먹은 기색으로 대답했다. "어떤 노인이었요." 키 작은 사내가 앞니 빠진 입을 비죽거리면서 경멸하듯 콧방귀를 뀌었다. 이어서 그는 호주머니를 뒤적거려 확대경을 꺼내더니, 우글쭈글 주름진 상판을 낮추고 마치 개미를 연구하는 곤충학자가 된 것처럼 온 신경을 집중해서 확대경으로 요모조모 비춰가며 엄지수갑을 연구하기 시작했다. 껑다리 사내가 동료의 불거져 나온 등줄기를 손바닥으로 철썩 때리면서 굵다랗고 투박스런 말씨로 핀잔을 주었다. "라오Q, 자네 지금 뭐하는 거야? 도깨비놀음이라도 하나?" 라오

Q라고 불린 사내가 고개를 쳐들더니, 벽돌색 면포를 꺼내 확대경 유리알을 꼼꼼히 닦으면서 찬탄해마지 않았다. "히야, 좋은 물건 일세! 정말 기막힌 물건이야! 이건 보나마나 정품 미국제가 분명해!" "이봐, 라오Q, 자네 터무니없는 소리 작작 늘어놓게. 수입품 컬러 텔레비전이 있고 냉장고 수입품이 있단 말은 들어봤어도, 범죄자 체포할 때 쓰는 수갑을 수입했단 소리는 내 들어본 적이 없네." 껑다리 사내가 주절대면서도 그 역시 엄지수갑에 얼굴을 바짝 갖다 대고 찬찬히 들여다보았다. "한데, 요 장난감 한번 정교하게 만들어졌구먼! 작기는 해도 확실히 정교하게 만들어졌어!" 살갗이 새까만 여자가 동정에 가득 찬 억양으로 따져 묻는다. "애야, 무슨 짓을 저질렀기에 누가 널 이렇게 해놓았니?"

아이가 말했다. "어떤 노인이 그랬어요."

라오Q가 묻는다. "그 늙은이가 무엇 때문에 널 차꼬로 채워놓았다는 거야?"

아이는 곤혹스럽게 도리질을 해보였다.

라오Q는 과장된 웃음소리를 몇 번 내더니, 동료들 쪽으로 얼굴을 돌렸다. "괴상한 일 아닌가? 노인장이 아무 까닭도 없이 한낱 어린 꼬마 녀석에게 수갑을 채워놓고 훌쩍 가버리다니!" 그는 일부러 험상궂은 얼굴을 꾸며내어 아이에게 바짝 갖다 대고 꼬치꼬치 따져 물었다. "요 녀석, 바른대로 불지 못하겠어? 네가 틀림없이 나쁜 짓을 한 거야. 그래, 너 그 노인장 댁에서 암탉을 훔쳤지? 그게 아니면 그 댁 유리창을 깨뜨렸거나. 그래, 안 그래?"

아이는 억울하다는 듯이 대답했다. "난 닭서리도 안 했고, 유리창을 깨뜨리지도 않았어요. 어머니가 중병에 들어 피를 토하고 계시기 때문에, 약을 지어가지고 돌아오는 길이었는데……"

라오Q가 대뜸 호통 쳤다. "주둥이 닥쳐라, 요 녀석! 너, 우리가 누군지 알아? 고따위 거짓말로 우릴 속여서 수갑을 풀어주게 하려고? 흥, 어림없지! 네놈이 불량소년이란 걸 내 한눈에 척 보고 알아냈단 말이다! 뭔가 아주 특별히 못된 짓을 저질렀기 때문에 경찰이 여기다 수갑을 채웠지! 안 그래?"

가당치도 않은 누명에 아이는 울부짖으며 항변했다. "난 불량소년이 아니야! 난 절대로 나쁜 짓을 저지르지 않았단 말이에요! 그러지 말고 제발 나 좀 구해줘요. 어머니가 금방 돌아가시게 되었단 말이에요……!"

그러나 라오Q는 들은 척도 않고 매섭게 몰아세웠다. "고작 눈물 몇 방울 짜내서 우릴 속일 수 있을 줄 알고? 어림 반 푼어치도 없는 수작이지! 우리 같은 세대에 살아온 사람들은 눈물을 너무나 많이 봐왔어! 눈물 짜낸 얼굴 뒤편에 거짓과 위선이 있고 진정과 성실도 있긴 하지만, 역시 더 많은 것이 위선과 거짓이야! 모스크바는 애당초 눈물 따위 믿지 않으니까,* 솔직히 네가 저지른 죄를 인정하고 용서를 빌어라!"

"됐어, 그만 해둬! 라오Q, 철부지 어린애 앞에서 위풍을 떨게 뭐 있어?" 살갗이 새까맣게 탄 여자가 노기등등하게 키 작은 사

---

* 과거 소련에서 유행하던 말로서 모스크바의 인정 없고 냉정한 사회를 풍자한 표현이다. 여기에서는 아이가 울면서 호소하자 라오Q가 이를 빗대어 쓰고 있다.

내를 질책했다. 그러고 나서 껑다리 사내 쪽으로 눈길을 돌렸다.

"다P, 저 아이를 풀어줄 만한 방법 좀 생각해봐."

다P라고 불린 사내가 사뭇 난처한 듯이 투덜거린다. "이걸 어떻게 풀지?"

살갗이 새까만 여자가 말했다. "궁리 좀 해보라니까, 사람이 죽어가는 걸 뻔히 보고도 구해주지 못한단 말이야?"

라오Q가 싸느랗게 비웃는다. "여기에 늑대가 묶여 있다면 어째야 하나? 그래도 구해줘야 한단 말은 아니겠지?"

살갗 새까만 여자가 소리쳤다. "내가 보기엔 당신이 늑대야! 잿빛 눈알을 가진 늑대, 여자라면 사족을 못 쓰는 색골 늑대지!"

다P가 껄껄대면서 소나무 앞으로 걸어가더니, 아이의 양 팔뚝을 움켜쥐고 말했다. "아파도 좀 참아라, 끊어낼 수 있는지 봐야겠다."

다P는 아이의 손목을 잡은 채 좌우 양쪽으로 힘껏 당겼다. 아이의 입에서 당장 돼지 멱따는 소리가 터져 나왔다.

라오Q가 냉랭하게 비꼬았다. "그래, 잘한다! 잡아당기면 끊어지기도 하겠군! 아예 그놈의 양 팔뚝을 뎅겅뎅겅 잘라버리면 수갑마저 덩달아 빠져나올 게 아닌가!"

살갗이 새까만 여자가 다P의 궁둥이를 툭 걸어차면서 야단쳤다. "이런 밥통 같으니! 멀쩡한 아이를 육시 처참해서 죽일 작정이야?"

궁둥이를 걸어 채인 다P가 투덜거렸다. "이런 젠장, 나도 안타까워 이러는 거 아냐?"

살갗 새까만 여자가 트랙터 곁에서 나사못을 조이고 있던 운전

기사를 손짓해 불렀다. "어이, 샤오D, 자네 이리 와봐!"

샤오D라고 불린 젊은이가 휘파람을 불면서 트랙터 곁을 떠나 어슬렁어슬렁 다가왔다. 그는 아이의 머리통을 손가락으로 퉁기더니 이렇게 말했다. "너, 이게 무슨 장난질이야? 못된 녀석!"

살갗 새까만 여자가 말했다. "그 앨 좀 도와서 풀어줘봐. 어쩌면 자네만이 그 수갑을 풀어낼 수 있을 것 같은데."

샤오D는 대꾸도 없이 트랙터로 돌아가 공구 박스를 들고 왔다. 그리고 박스에서 펜치, 줄칼, 송곳 따위 연장을 하나씩 꺼내 엄지수갑에 올려놓고 가늠했다.

"괜히 헛수고 말아. 쓸데없이 애만 쓰는 짓이라니까." 라오Q가 말했다.

살갗 새까만 여자가 면박을 주었다. "찬물 끼얹지 말고 저리 썩 비켜서기나 해! 당신이나 무능하지, 누구더러 무능하다는 거야?"

샤오D의 이마에 잠시 주름살이 잡히더니 돌연 희색이 떠올랐다. 그는 공구 박스를 뒤집어놓고 강철 톱날을 한 개 찾아냈다. "어쩌면 이걸로 끊을 수 있겠는걸. 이 봐 어린 친구, 아파도 좀 참아야 해."

샤오D가 아이의 엄지 둘을 벌려놓고 그 사이에 강철 톱날을 들이밀더니 쓱싹쓱싹 톱질하기 시작했다. 아이는 이를 악물고 찍소리도 내지 않았다. 톱날이 강철 수갑 테두리를 비벼대는 동안 이가 시릴 정도로 날카로운 마찰음이 지겹게 고막으로 파고들었다. 그로부터 몇 분 동안이나 강철 수갑을 붙잡고 엎치락뒤치락 씨름하고 나서 고개 수그려 살펴보니, 수갑에 긁힌 자국이라곤 반 톨도 나지 않고 오히려 강철 톱날이 닳아빠져 못 쓰게 되었다.

샤오D는 낙심천만으로 살갗 새까만 여자에게 통보했다. "헤이 쯔(黑姊) 누님, 도리가 없소. 요 장난감이 너무 딱딱해서 톱날 이빨만 몽땅 빠졌지 뭐요."

라오Q란 친구는 남이 못 되는 걸 고소하게 생각하는 못된 성격이라, 낄낄대면서 두 남녀를 비웃었다. "그것 보라니까. 날더러 잔소리꾼이라고 면박을 주었지? 그 수갑은 강철 합금으로 만들어진 것이라, 자네 톱날보다 열 배는 더 강하다니까."

샤오D 역시 어쩔 수가 없는지 살갗 새까만 여자를 쳐다보면서 얼굴에 겸연쩍은 표정을 지어 보였다. 하지만 이내 자기 이마를 탁 치더니 큰 소리로 외쳤다. "헤이, 방법이 있다 있어! 난 참 바보 멍텅구리야. 우리 이 소나무를 찍어서 부러뜨리면 어때? 안 될까?"

"내가 또 참견한다고 나무라지 말라고. 누가 이 나무를 찍어 쓰러뜨릴 수 있을 것 같아?" 이렇게 서두를 꺼낸 다음, 라오Q는 무덤 앞에 글자가 새겨진 비석을 손가락질하면서 말을 이었다. "여기 이 한림학사 묘지는 시 정부가 중점으로 보호하는 문화재란 말이야. 그런데 감히 이 소나무를 찍어 쓰러뜨리겠다니, 표범 간이라도 씹어 자셨나? 어디 마음대로 찍어보시지그래. 저 꼬마 녀석 엄지수갑을 풀기는커녕 자네 엄지에도 차꼬가 채워질 테니까!"

살갗 새까만 여자가 말했다. "그렇다면 방법이 전혀 없단 말인가? 어쩌나, 이대로 내버려두었다가는 바람에 쓸리고 햇볕에 쬐여서 천천히 말라 죽고 말 텐데…… 죽어버리면 나뭇가지에 매달아놓은 청개구리 꼬락서니가 될 게 아닌가?"

라오Q가 넉살 좋게 낙관론을 편다. "어쩌면 꼬마 녀석이 운수 대통해서, 솜씨 좋은 고수라도 나타나 엄지수갑을 풀어줄지도 모르는 일이지."

샤오D가 말했다. "사람들 얘기로는, 초상비(草上飛)란 좀도둑은 가느다란 철사 한 가닥만 있으면 수갑을 척척 열 수 있다고 합디다."

"뭐, 초상비라고?" 라오Q가 코웃음 쳤다. "그 녀석은 삼 년 전에 총살당하고 지금 안 계시네!"

다P가 제 넓적다리를 탁 쳤다. "이런, 우리가 왜 열쇠장이를 찾아 데려올 생각을 못했지?"

샤오D 역시 고개를 갸우뚱했다. "내 생각에는 용접기만 써도 녹여서 끊을 수 있을 듯한데……"

그 말에 다P가 펄쩍 뛴다. "용접기? 아니, 그럼 저 꼬마 녀석 손가락마저 몽땅 녹아버릴 게 아닌가?"

"여보게들, 한가롭게 기분 내지 말게나. 고양이 목의 방울을 떼려거든 방울 매단 장본인의 손에 맡겨두어야 하는 법일세." 라오Q가 동료들의 분위기를 환기시켰다. 그러고 나서 머리 들어 태양을 바라보더니 다시 이렇게 말했다. "계속 떠들어대기만 하다가 술자리 시간을 놓치겠네."

라오Q는 솔선해서 트랙터 쪽으로 걷기 시작했다. 나머지 동료 셋들도 의기소침한 기색으로 그 자리를 떠났다.

트랙터가 슬금슬금 이동하기 시작했다. 트레일러 박스 안에서

라오Q가 고함을 지른다. "어이, 꼬마야! 얌전히 기다리고 있어라. 그런 수갑은 안에 스프링 장치가 돼 있어서, 몸부림칠수록 더 조여들어 나중에는 네 엄지손가락 뼈다귀마저 죄여 끊어버리게 될 거다."

다P가 얼른 말렸다. "자네, 어린애한테 너무 겁주지 말라니까!"

살갗 새까만 여인이 분김에 버럭 악을 쓴다. "모두들 그놈의 아가리 닥쳐!"

4

트랙터는 덜커덩덜커덩 들썩거리며 떠나버리고, 길바닥에 남은 것이라곤 매캐한 연기와 뽀얗게 인 흙먼지뿐이다. 아이는 소나무 줄기에 이마를 부딪치며 꺼이꺼이 슬피 울었다. 그의 눈에서는 이제 눈물도 흘러나오지 않았다. 그저 이마에서 배어난 피가 입술 언저리까지 뜨겁게 흘러내렸을 따름이다. 그의 눈앞에 어렴풋이나마 무서운 광경이 떠올랐다. 뒷다리를 비끄러맨 청개구리 한 마리가 나뭇가지에 대롱대롱 매달린 모습, 또 하나는 사팔뜨기 소년이 그것을 횃불로 굽는 광경이었다. 불길에 닿은 청개구리의 몸뚱이가 뿌지직 소리를 내면서 하얀 연기를 모락모락 피어 올리더니, 차츰 하얀 연기는 스러지고 횃불마저 꺼졌다. 청개구리, 그것은 이제 새까맣게 타버린 주검으로 바뀌고 말았다. 그는 눈을 감았다. 몸뚱어리가 나른하게 풀리면서 아래로 축 늘어졌다.

이제 곧 잠들 것처럼 혼곤한 상태에서, 그는 길바닥에 울리는 또 다른 발소리를 들었다. 용기를 모아 두 눈을 번쩍 떴다. 그리고 암홍색 불덩어리 하나가 길바닥 위에 서서히 나부끼듯 굴러오는 것을 발견했다. 도깨비불이다! 그러나 그는 거세게 도리질을 했다. 밝은 대낮에 도깨비불이라니…… 이를 악물고 정신을 집중시켜 또 한 번 부릅뜬 눈으로 노려보았을 때 환영은 사라졌다. 그 대신에 과연 사람 하나가 걸어오고 있었다. 짙은 자줏빛 저고리를 걸치고 머리에 챙이 널따란 밀짚모자를 쓴 여인이 햇빛을 마주한 채 걸어오고 있는 것이다. 그는 목이 터져라 고함을 질렀다. "사람 살려!"

여인이 흠칫 놀라더니 그 즉시 멈춰 섰다. 어디서 나는 소린가…… 그녀는 밀짚모자를 벗어 머리 위에 높지거니 쳐든 채 이쪽을 바라보았다. 아이는 계속 고함을 질렀다. 그러나 목구멍에서 나온 것은 구명의 외침이 아니라 잔뜩 쉬어 갈라진 이상야릇한 소리뿐이었다. 목소리가 제대로 나오지 않게 되자, 그는 초조하고 불안한 심사에 미칠 것만 같았다. 마치 보릿겨와 돼지터럭을 쑤셔 박은 것처럼 꽉 막혀버린 목구멍을 제 손으로 발기발기 찢어 벌리지 못하는 게 원망스러웠다.

드디어 여인이 그를 발견하고 천천히 무덤 쪽으로 걸어왔다. 그녀의 얼굴은 눈부신 햇빛 아래 활짝 핀 해바라기처럼 온통 황금빛으로 물들었다. 그녀는 한 걸음 한 걸음씩 조심스레 다가왔다. 아이는 무엇보다 먼저 눌어붙은 것처럼 짙은 누린내가 그녀의 몸에서 꾸역꾸역 풍겨 나오는 것을 맡을 수 있었다. 그리고 그 냄새 덩어리가 조각조각 땅바닥에 떨어져 내리는 것을 볼 수 있었다. 짙디짙은 냄새에 도취한 그는 머릿속에 어찔어찔 현기증을 일으킨 나머지, 당장에라도 훨훨 날아가고 싶을 만큼 황홀감에 빠져들었다. 여인은 누르스름한 향기 속을 뚫고 보일 듯 말 듯 가까워졌다. 얼굴 모습도 시시때때로 바뀌어 타원형으로 보이는가 하면 뾰족하고 기다랗게 보이고, 때로는 창백한 빛깔, 때로는 황금빛, 때로는 어머니처럼 자상하게 보이는가 하면 마치 전설 속의 요괴 정령처럼 흉악스럽게 보이기도 했다. 아이는 그녀를 보기가 두렵기도 했고 보고 싶기도 했다. 형상이 바뀔 때마다 그는 두 눈을 부릅뜨기도 했고 아예 질끈 감아버리기도 했다.

마침내 그는 두 눈을 번쩍 뜨고 자신 곁에 그녀가 우두커니 서 있는 모습을 확실히 보았다. 왼손에는 서슬 퍼런 큼지막한 낫을 들고, 오른손에는 낡아빠지다 못해 청동 빛깔을 띤 커다란 찻주전자를 들고 있었다. 검은색 넓은 띠 두 가닥이 십자 모양으로 그녀의 풍만한 앞가슴에 엇갈린 채 연결되었다. 머리통이 유별나게 커다란 젖먹이 하나가 그녀의 등에 업혀 잠들어 있었다. 젖먹이는 잠결에도 제 엄지손가락을 빨면서 옹알이하는 소리를 냈다. 이윽고 여인이 느릿느릿 소나무 앞으로 다가섰다. 그리고 끈적거리는 목소리로 물었다. "너같이 어린것이 이런 데서 뭘 하느라 소리를 지르는 게냐?" 말을 끝내자 그녀는 대답도 기다리지 않고 찻주전자와 낫을 내려놓기 무섭게 총총걸음으로 무덤 뒤편 밀밭에 들어가 쭈그려 앉더니, 곧이어 쏴르르 하는 물소리가 맑고 밝게 들려왔다. 소피를 보는 동안 머리에 얹힌 황금빛 밀짚모자가 수면에 둥실둥실 뜬 것처럼 밀밭 위로 일렁거렸다. 한참이 지나서 그녀는 무덤 뒤편에서 돌아 나왔다. 쭈그려 앉은 엄마의 자세가 불편해서 깨었는지 등에 업힌 젖먹이가 응아응아 울어대기 시작했다. 울음 소리는 마치 엉덩이를 송곳에 찔린 것처럼 갈수록 사나워졌다. 여인이 고개를 뒤로 돌리고 어린것을 자상하게 달랬다. "샤오바오(小寶)야, 울지 말렴. 샤오바오야, 울지 말렴." 그러나 젖먹이는 더욱 사납게 울었다. 그악스럽게 울어대는 목소리가 높아졌을 때는 영락없이 멧비둘기 우짖는 소리를 닮았다. 당황한 여인이 어린애를 가슴 앞으로 돌려 안더니 볼기를 토닥토닥 두드리면서 돌 제단 위에 걸터앉았다. 그녀는 앞가슴에 엇갈려 묶은 띠를 끄르고 누른빛 젖통을 끄집어내더니 검정 대추 모양으로 생긴 젖꼭지를 어린것의 입에 쑤셔 넣었다. 갓난아기는 이내 벙어리가 되어 입을 꾹 다물고 찍소리도 내지 않았다. 무덤 주변은 극도로 안정되고 옅은 황색 다람쥐 두 마리만이 눈에 사람이 보이지 않는 것처럼 쫓고 쫓기며 뛰놀고 있을 따름이다. 그놈들은 돌로 깎아 세운 말 잔등에서 네모난 석상의 머리 위로 뛰어오르더니, 또다시 석상에서 돌로 깎아 만든 양 뿔 위로 옮겨 뛰고 나서, 이번에는 아이의 머리통을 징검다리 삼아 소나무 가지 위로 뛰어올라갔다. 그놈들은 쫓고 쫓기면서 날카로운 소리를 내며 서로 다퉜다. 여인은 아이의 존재도 망각한 채, 그저 고개 숙여 자애로운 눈빛으로 품속에 든 젖먹이를 주시했다. 그녀의 입술이 달싹거리면서 콧구멍으로 흥얼흥얼 노랫가락이 새어나오기 시작했다. 부드럽고도 여린 콧노래, 삶은 국숫발처럼 기다랗게 늘어지는가 하면 꽃떨기에서 꾸물거리는 꿀벌처럼, 훌훌 날아오르는 버들개지 솜뭉치와도 같이 기나긴 곡조가 끝없이 흘러나왔다. 노랫가락은 아이를 감동시키고도 남았다. 황홀감에 젖어든 아이는 자신이 바로 젖을 먹고 있는 갓난아기가 된 것 같은 느낌을 받았다. 그리고 돌 제단에 걸터앉은 뚱뚱보 아낙이 바로 자기 어머니인 것처럼 느껴졌다. 아이는 제 입에 철철 흘러넘칠 정도로 꽉 들어찬 모유의 즙을 맛볼 수 있었다. 꿀처럼 달콤하고도 찝찔한 비린내 맛, 그것은 핏물의 맛과 똑같았다. 그는 두 눈을 감은 채 이 정겨운 꿈이 그대로 굳어지기를 바라고 또 바랐다. 마치 투명한 유리구슬 안에 담긴 채 응결된 노란빛 작은 꽃처럼……

갓난아기는 젖꼭지를 입에 문 채로 잠들었다. 여인이 조심스럽게 젖꼭지를 갓난아기의 입에서 빼냈다. 그러나 갓난아기가 단단히 물고 있어 젖꼭지는 잔뜩 늘린 새총 고무줄처럼 길게 늘어나기만 할 뿐 여간해서 빠져나오지 않았다. 뽑고 또 뽑고, 늘어나고 또 늘어나고…… 드디어 '뽁!' 하는 소리와 함께 잔뜩 불어터진 젖꼭지가 갓난아기의 앙증맞은 입에서 빠져나왔다. 칠흑같이 검은 까마귀 한 떼가 느닷없이 고인 물처럼 정적에 잠긴 밀밭 한복판에서 화드득 허공으로 날아오르더니 여기저기 떼를 지어 검정빛 회오리바람처럼 빙글빙글 선회하기 시작했다. 그것들은 상공에 맴돌면서 시끄럽게 지저귀었다. 까악까악 우짖는 소리가 사방 들판을 뒤흔들면서 썩은 고기 냄새를 햇빛 속에 널리 퍼뜨렸다. 아이는 고개를 쳐들고 까마귀 떼를 바라보는 여인을 따라 자기도 고개 쳐들고 까마귀 떼를 바라보았다. 그것들이 백색 치열한 빛의 바다

속으로 녹아들어 사라질 때까지.

여인이 젖먹이를 등 뒤로 돌려 업었다. 그리고 앞가슴에 열십자로 묶은 띠를 단단히 여민 다음, 낫과 찻주전자를 집어 들었다. "아줌마……!" 아이가 울음에 지쳐 쉬어버린 목소리로 그녀를 불렀다. 여인은 곁눈질로 흘낏 쳐다보더니 뾰루퉁한 입술로 뭐라고 투덜거렸다. 얼굴에 불안에 떠는 기색이 역력하게 드러났다. 그녀는 결단을 내리지 못하고 망설이는 듯, 자꾸만 아이의 눈빛에서 벗어나 피하려 외면했다. 아이는 밀짚모자 그늘 아래 숨은 그녀의 눈동자를 포착하자마자, 한없이 애원하고 한없이 통사정하며 한없이 구걸하는 자기 심정을 띄워 보냈다.

마침내 여인이 비틀거리는 걸음걸이로 다가왔다. 그리고 투실투실한 집게손가락을 뻗어 쪽빛으로 변색한 물건, 이제 보랏빛으로 시퍼렇게 물든 아이의 엄지손가락을 꾹꾹 찔러보더니 다시 잡아당겨보았다. 아이는 고통에 겨워 파르르 떨었다. 그러나 구원받을지도 모른다는 생각에 비명을 지르지 않고 꾹 참았다. 여인은 마치 뜨겁게 달궈진 철판에 덴 것처럼 재빨리 검지를 움츠리고 입술만 또 한바탕 부들부들 떨었다. 눈동자에 안개 장막이 한 겹 들씌운 것처럼 뿌옇게 흐려진 채, 아이에게 묻는 말인지 혼잣말로 중얼거리는지 모르게 물어왔다. "애야, 이거 어떻게 채운 거냐? 어쩌면 요렇게 채울 수 있었을까?" 뒷걸음질로 물러서다 발뒤꿈치가 헝클어진 잡초 더미에 걸려 넘어질 듯 기우뚱거리는 비대한 몸집이, 마치 화물을 초과 적재한 마차를 닮았다. 그녀에게 못 박힌 듯 단 한 순간도 깜빡이지 않는 아이의 충혈된 두 눈에서 안타까운 나머지 피가 배어났다. 그녀는 어정쩡하게 입을 벌려 웃어 보였다. 벌린 입술 사이로 드러낸 앞니 두 개가 더욱 가련하고 추접스러울 정도로 틈이 벌어졌다. "나도 어떻게 해볼 방법이 없구나, 얘야." 뒷걸음치면서 그녀가 말했다. "네 엄지에 채운 수갑은 보통 물건이 아니란다. 얘야, 불쌍한 것……" 돌연 그녀가 홱 돌아서더니 굼뜬 몸놀림으로 무작정 내뛰기 시작했다. 느닷없는 달음박질에, 펑퍼짐한 엉덩이와 등에 업은 젖먹이가 들썩들썩 마구 흔들렸다. 낙심한 아이의 머리통이 호된 채찍질에 꺾이고 부러진 밀 이삭처럼 맥없이 툭 떨어졌다.

그런데 열 걸음쯤 내뛰던 여인이 갑자기 멈추더니 돌아서서 아이를 바라보았다. 멋없이 크기만 한 얼굴에 급작스레 환한 빛이 피어올랐다. 그것은 아침노을 같기도 하고 저녁노을 같기도 한 휘황찬란한 광채였다. "너 혹시 요정 아니니?" 긴장해서 묻는 소리가 목구멍에서 나지막하게 울려 나왔다. "아니면 신불(神佛)인지도 모르겠네. 당신, 온 세상 사람들을 고난에서 구해주는 대자대비하신 남해관음보살님이 그런 모양새로 변화해서 날 시험해보려는 거 아닌가요? 당신은 지금 날 감화시키려는 거죠? 그렇지 않고서야 어떻게 그런 해괴한 꼴로 내 앞에 나타나실 수 있어요?" 스스로 묻는 말에 스스로 감동을 받았는지, 갑작스레 그녀의 두 눈에 오렌지 빛깔을 띤 눈물이 글썽글썽 맺히더니, 재빠른 걸음걸이로 소나무 앞까지 달려와 큼지막한 찻주전자를 내려놓은 다음, 두 손으로 낫자루를 움켜쥐고 소나무 줄기를 후려 찍기 시작했다. 낫이 소나무 줄기에 너무 깊숙이 박혀들어 꽉 물렸다. 그녀는 낫자루를 이리저리 움직였다. 그리고 숨이 헐떡헐떡 차도록 지친 끝에야 겨우 낫날을 뽑아낼 수 있었다.

그녀는 낫날을 내려다보고 낯빛이 싹 바뀌었다. 낫을 아이의 눈앞에 내보이면서, 그녀는 서글프게 말했다. "이걸 좀 봐라, 낫 이빨이 이렇게 빠졌으니, 이걸로 어떻게 보리를 벨 수 있겠어? 아이 참, 너 같은 애한테 무슨 얘길 하는 건지 원……!" 그녀는 울상을 지은 채 허리 굽혀 찻주전자를 주워 들었다. 그리고 다시 한마디 했다. "네 눈으로 똑똑히 봤지? 내 낫이 요렇게 이빨 빠진 거." 그녀는 몇 걸음 가다가 또 발길을 돌려 되돌아와 청승맞게 한숨을 내리쉬었다. "네가 진짜 보살님인지 귀신인지 내 모르겠다만, 아무튼 불쌍한 꼬마 녀석인 것만큼은 분명하구나." 그녀는 낫자루를 던져놓고 나서 한 손으로 찻주전자 손잡이를 들고 다른 손으로 밑바닥을 떠받쳐, 제멋대로 찌그러진 주전자 꼭지를 아이의 입에 꽂아 넣었다. "너, 목이 말랐을 거야." 그녀가 말했다. "물 좀 마시렴." 아이는 순순히 주전자 꼭지를 입에 물고 한껏 한 모금을 빨아 마셨다. 메말랐던 감각이 그 즉시 기름을 끼얹은 화염처럼 확 불타오르기 시작했다.

미친 듯이 주전자 꼭지를 빨아대면서, 그의 온 몸뚱이와 정신이 한꺼번에 촉촉한 쾌감 속으로 잠겨들었다. 그러나 여인은 주전자 꼭지를 와살스럽게 뽑아냈다. 그리고 주전자를 귀에 대고 흔들어보더니 양심에 가책을 느꼈는지 송구스런 기색으로 아이에게 말했다. "반 주전자밖에 안 남았구나. 애야, 내가 물이 아까워서 그러는 게 아니라, 내 남편이 밭에서 밀을 베고 있단다. 마실 물 가져올 때를 기다릴 텐데, 물을 남겨가지 않으면 날벼락이 떨어지거든. 그 사람 성미가 여간 사나운 게 아니어서 날 때리기 시작했다가는 머리통이고 얼굴이고 가리는 게 없지 뭐냐. 미안하다, 애야. 너 혹시 보살님이나 부처님은 진짜 아니지?"

여인이 떠났다. 십여 걸음 갔을 때 그녀는 뒤돌아보았다. 또 십여 걸음 멀어졌을 때 다시 한 번 뒤돌아보았다. 비록 그녀가 엄지수갑을 풀어주지는 못했어도, 아이의 마음속은 그녀에 대한 고마운 감정이 가득 찼다. 물을 마신 덕분에, 두 눈에 눈물이 금세라도 흘러내릴 것처럼 글썽글썽 맺혀 나왔다.

5

오후 한시가 지날 무렵, 햇볕이 그악스럽게 내리쪼이면서 대지를 뜨거운 쇳덩어리처럼 달구기 시작했다. 여인의 낫에 찍힌 소나무 줄기 상처 자국에서 어느새 끈적거리는 송진이 질펀하게 배어 났다. 아이가 마셨던 반 주전자 물은 진작 땀으로 증발해 한 방울도 남지 않았다. 그는 머리통이 터져나갈 것만 같은 고통에 시달렸다. 머리뼈 속 뇌수가 엉겨 붙어 바람에 말린 밀가루 반죽 덩어리가 되어버린 듯싶었다. 아이는 소나무 줄기를 껴안은 자세로 그 앞에 무릎 꿇고 점차 혼수상태에 빠져들었다. 귓가에 '똑똑' 노크하는 소리가 울리기 시작했다. 그 소리는 두뇌 속 아주 깊숙한 곳으로부터 울려 나오는 것 같았다. 차꼬에 채워진 두 엄지가 당근처럼 새빨갛게 부어올라, 굵기나 크기가 보통 손가락보다 엄청나게 달라져 마치 버릇없이 제멋대로 자라난 쌍둥이 형제를 빼어 닮았다. 두 첩을 하나로 묶은 한약 두 봉지가 억울하다는 듯이 하얀 꽃떨기가 활짝 핀 감국(甘菊) 화초밭에 웅크려 앉았다. 언제 누구 발길에 짓밟혔는지 거칠고 조악한 지질로 만든 약봉지가 터져, 속에 들어 있던 풀뿌리 나무껍질 따위 약재가 옹색한 모습을 드러냈다. 한약 냄새를 맡으면서, 아이는 또다시 구들 침대에 무릎을 꿇고 구토하고 계실 어머니가 생각났다. 어머니의 신음 소리가 고통스럽게 허공에 울려 퍼졌다. 그는 입술을 비죽비죽 일그러뜨리고 울기 시작했으나, 울음소리가 나오지 않았다. 또 울어도 눈물이 나오지 않았다. 심장박동이 제멋대로 뛰었다. 한참 동안 뛰지 않는 것처럼 조용하다가 또 한참 동안 급박하게 날뛰곤 했다. 그는 혼수상태에 빠지지 않으려고 무진 애를 써가며 굳세게 버티고 또 버텼다. 하지만 돌덩어리처럼 무겁고도 끈적끈적한 두 눈꺼풀이 자꾸만 저절로 달라붙는 걸 어떻게 막을 수가 없었다.

아이는 자신의 몸뚱어리가 가파른 절벽에 매달려 있다는 착각이 들었다. 발밑 아래쪽에는 깊이를 헤아리지 못할 까마득한 계곡이 아가리를 벌리고, 골짜기에 지옥의 음산한 바람이 씽씽 불어칠 때마다 요괴와 정령들이 떼를 지어 춤추고, 오래전에 죽어간 이들의 해골이 무더기로 떼굴떼굴 이리저리 구르고 있었다. 그런가 하면, 굶주린 이리 떼가 한 마리 한 마리씩 머리통을 쳐들고 허연 송곳니를 통째로 드러낸 채 으르렁으르렁 사납게 포효하면서 떡 벌어진 아가리에서 나온 새빨간 혓바닥으로 침을 뚝뚝 흘리며 아이

의 발바닥을 물어뜯기 위해 뱅글뱅글 맴돌고 있는 것이다. 그는
두 눈을 꼭 감은 채 절벽 아래로 떨어지지 않으려고 풀밭에 돋아
난 잡초 줄기를 양손으로 단단히 움켜잡았다. 여린 풀뿌리가 하나
둘씩 후드득후드득 맥없이 끊어졌다. 차꼬를 채운 엄지손톱 두 개
가 마치 낚싯바늘에 걸려 죽은 청어의 눈알처럼 손톱 윤곽을 따라
실낱같은 핏자국이 배어났다. 목청이 터지도록 어머니를 불렀다.
어머니가 구들 침대에서 내려오더니 한 떨기 흰 구름처럼 하얀 소
복을 입고 까마득히 높은 하늘 위로 날아와 허공 위를 나지막하게
맴돌다가 서서히 내려앉는 모습이 보였다. 그러나 때맞춰 움켜잡
은 풀뿌리가 모조리 뽑혀나가 그의 몸뚱이는 절벽 아래로 추락하
기 시작했다. 음산한 바람결에 한들한들 나부끼며 떨어지는 몸뚱
이가 무게라곤 털끝만치도 느껴지지 않았다. 어머니가 내민 손길
이 그 몸뚱이를 부여잡더니 또다시 까마득히 높은 하늘 위로 날아
올라갔다. 도를 닦아 산 채로 하늘에 올라 신선이 되는 것을 비승
(飛昇)이라 했던가. 어머니는 어린 아들을 데리고 지극히 높은 곳
으로 올라갔다. 발치 밑에 흰 구름이 울퉁불퉁 기복 심한 극한지
대 눈밭처럼 끝없이 펼쳐지고, 전후좌우 어디를 봐도 총총하게 떠
있는 별들의 세계다. 어떤 것은 맷돌만하고 어떤 것은 작기가 밥
공기만 했으나, 모두들 빛을 발하여 오색찬란한 광채를 쏟아내는
것이 얼마나 보기 좋은지 모르겠다. 어머니는 아들을 껴안은 채
어느 푸른빛 나는 별 위에 올라섰다. 성체(星體)를 가득 뒤덮은 초
록빛 반들거리는 이끼들의 감촉이 유별나게 매끄럽고도 차가웠
다. 그는 어머니를 우러러보면서 기쁨과 위안을 느꼈다. "엄마, 병

이 다 나았어요? 끝내 좋아지셨네요." 어머니는 자애로운 미소를 머금은 채 손을 내밀어 아들의 머리를 쓰다듬었다. 어머니의 손길이 닿는 순간, 그는 머리통에 극심한 통증을 느꼈다. 그 아픔은 마치 전갈에 쏘인 것처럼 지독스러웠다. 그는 새삼 어머니를 쳐다보았다. 어찌 된 노릇일까, 어머니의 얼굴이 점차 사납게 일그러지기 시작하더니, 뒤틀린 얼굴에 콧날이 새매의 부리처럼 구부러지고 입속에서 독사의 그것처럼 두 갈래진 암홍색 기다란 혀가 널름널름 빠져나오는 것이 아닌가? 깜짝 놀란 그가 외마디 소리를 지르는 찰나, 갑자기 발밑의 별이 물 위에 뜬 공처럼 빙글빙글 돌아가기 시작했다. 중심을 잃은 그는 머리와 발이 거꾸로 뒤집힌 채 까마득한 지상으로 곤두박질쳐 떨어지고 말았다. '쿵!' 하는 소리와 함께, 머리통이 진흙 속에 처박히면서 텅 빈 하늘 위로 흙먼지가 뽀얗게 솟구쳤다……

아이는 악몽에서 놀라 깨어났다. 이마에 온통 진땀이 끈적끈적하게 뒤덮였다. 눈앞에 있는 것은 여전히 한 그루 소나무, 무덤, 아무리 내다보아도 끝없이 펼쳐진 밀밭 천지다. 서남쪽에서 불어오는 갈마바람이 점점 거세게 몰아치기 시작했다. 세찬 바람은 거대한 용광로에서 분출하는 열기처럼, 이리저리 층층겹겹으로 물결치는 밀밭 보리밭 가없는 황금빛 대지 위에, 마치 순은을 녹인 액체가 황금 액체 위에 겉돌 듯이 뜨겁고도 맑디맑은 햇볕의 은빛 광채를 드리웠다. 눈알마저 델 것처럼 새빨간 기계 한 대가 금빛과 은빛 바다 속에 소리 소문 없이 고요히 헤엄쳐 다가오면서, 기계 뒤편으로 싯누런 뭉게구름을 토해내고 있다. 남자든 여자든 길바닥에 오락가락하는 사람들이 적지 않았으나, 어느 누구도 그를 본 척도 아는 척도 하지 않았다. 무시당한 그의 가슴속에 분노의 불길이 활활 타오르면서, 그는 미친 듯이 소나무껍질을 물어뜯기 시작했다. 나무껍질이 입술을 훑어 터지게 만들었고 이빨을 시리게 했다. 그는 미웠다. 엄지에 채워진 차꼬 수갑이 미웠고, 사람을 통구이로 만드는 뜨거운 태양이 미웠으며, 희로애락의 감정 없이 무뚝뚝하게 서 있는 석상이 미웠고, 돌로 깎아 세운 석양, 석말도 밉고 돌 제단이 미웠으며, 기계도 밉고, 밀보리 바다에 말뚝같이 늘어서서 열심히 일만 할 줄 아는 사람들이 미웠으며, 소나무가 미웠고 나무옹이도 미웠으며, 하다못해 온 세상 모든 것이 다 밉기만 했다. 하지만 그가 할 수 있는 일이라곤 나무껍질을 이빨로 물어뜯는 것뿐이었다. 이빨 틈새로 나무 부스러기가 끼어들고 입 안이 온통 선지피로 가득 찼다. 그래도 소나무는 꼼짝달싹하지 않았으며, 아프다거나 가려워하지도 않았고, 원망도 노여움도 내비치지 않았다. 그는 죽고만 싶었다. 죽을 생각에 이마로 나무줄기를 있는 힘껏 들이받았다. 그러나 박치기 끝에 남은 것은, 귓속이 윙윙 울리도록 거센 이명과 눈앞에 지옥으로 통하는 회색빛 도로만이 훤히 드러났을 따름이다……

아이가 다시 깨어났을 때, 짙고 두터운 먹구름이 온 하늘을 뒤덮고 작열하던 태양은 어디로 숨었는지 온데 간 데 없이 종적을 감췄다. 세찬 바람이 한번씩 낮게 깔린 상태로 지면을 휩쓸 때마다, 창백하게 질린 보리밭과 밀밭이 탁류에 휩쓸린 것처럼 이리저리 나뒹굴면서 물거품 같은 흙먼지를 토해냈다. 무수한 보리 이삭, 밀 이삭이 꺾이고 부러지면서 무수한 낱알들이 땅바닥에 떨어졌다. 핏빛처럼 붉은 번갯불이 하늘가를 훤히 비추고, 뇌성벽력이 어두운 허공 위 여기저기서 울리며 대지를 뒤흔들었다. 길도 못 찾고 논밭 들판을 갈팡질팡 발길 닿는 대로 정신없이 내뛰는 사람들의 꼬락서니가, 이제 막 땅굴 속에 흙탕물이 들어차 허겁지겁 쫓겨 나오는 두더지 떼를 닮았다.

온 땅을 짓누를 듯 먹장구름이 낮게 드리워질수록, 하늘도 갈수록 깜깜해졌다. 거세게 휘몰아치던 바람이 뚝 그치면서 공기는 고체 덩어리처럼 응고되었다. 하늘을 날던 제비들은 쏜살같이 구름 위로 올라가고, 작은 동물들은 그저 죽을 둥 살 둥 제 한 몸 도망쳐 숨느라 바쁘다. 하늘도 완전히 캄캄절벽이 되어, 별빛 없는 그믐밤보다 더 어두운 듯싶었다. 어린 여자애 하나가 어둠 속에서 목 놓아 울기 시작했다. 그러나 울음소리는 몇 번 만에 뚝 그쳤다. 어른의 큼지막한 손바닥이 어린애 입을 꽉 틀어막은 모양이었다. 돌연 불꽃이 뚝뚝 떨어지는 초록빛 광선 한 줄기가 캄캄한 어둠의 장막을 찢어발기더니, 둥글둥글한 불덩어리 십여 개가 한림학사 무덤에서 마치 혈육으로 뭉쳐진 작은 동물처럼 찍찍 소리를 내며 펄떡펄떡 뛰고 이리저리 뒹굴었다. 그런 직후 엄청난 굉음이 잇달아 고막을 때리더니, 고무가 불에 타서 눌어붙는 매캐한 냄새가 공기 속에 자욱이 깔렸다. 하지만 아이의 귀는 밀폐된 진공관에 처박혀 들어앉기라도 한 것처럼 아무 소리도 듣지 못했다. 무덤 뒤편 아득하게 펼쳐진 보리밭인가 밀밭인가, 온 들판에 불이 붙어 엄청나게 너른 황금 밭을 모조리 태우고 순식간에 잿더미로 만들었다. 하얀 연기가 꾸역꾸역 위로 치솟더니 마침내 먹구름과 손을 맞잡았다. 곧이어 한없이 너르디너른 하늘이 연달아 후려치는 번갯불에 산산조각 나고 벼락이 떨어질 때마다 온통 시뻘겋게 비추는가 하면, 밀 이삭, 보리 이삭들은 소용돌이 형태의 기류 파동에 휩쓸려 돌개바람을 지어냈다. 대지는 뒤흔들리고, 소나무는 여전히 불타고 있었다. 아이는 갑자기 머리에 무지근한 아픔을 느꼈다. 탁구공만 한 크기의 회백색 물체가 동서남북 이리저리 튀면서 땅바닥에 떨어졌다. 우박이다! 하얗고 매끄러운 우박이 밀집 형태로 지면에 떨어져 내리고 있었다. 큰 것은 오리 알만 하게, 작은 것은 살구 씨만 하게, 따다닥따다닥 요란한 소리와 함께 어수선히 퍼붓더니 금세 잘 깎아 다듬은 옥구슬처럼 무더기로 쌓였다. 최초 몇 알이 몸뚱이를 후려쳤을 때만 해도 그는 고통을 느꼈으나, 감각은 아주 빠르게 무뎌지고 마비되었다. 눈앞은 온통 희뿌옇게 흐린 백색 천지, 회백색 차가운 냉기가 온몸 구석구석에 스며들면서 팔다리, 오장육부 모든 지체와 기관마저 회백색 차가운 얼음덩이로 바뀌고 말았다. 단지 가슴속 깊숙이 들어앉은 곳에 뭔가 모를 따사롭고도 훈훈한 기운이 둥지 잃은 참새 새끼의 심장처럼, 개똥벌레의 희미한 불빛처럼 방울져 미약하게 남아 있을 뿐이다……

6

저녁 무렵, 아이는 또다시 맑은 정신으로 깨어났다. 지상에 떨어진 우박은 벌써 다 녹아버리고, 논밭 들판이 온통 난잡하게 어질러져 있을 따름이다. 소나무 아래 부엉이의 주검 하나가 누워 있다. 나뭇가지에는 벼락 맞아 죽은 부엉이의 것인 듯, 생선 내장처럼 생긴 더러운 물건이 기다랗게 매달렸다. 위아래 이빨이 그칠 새 없이 딱딱 마주치고, 몸뚱어리는 전기가 통한 전구의 텅스텐 필라멘트처럼 하얀 빛이 나며 반짝거렸다. 내가 아직도 살아 있는 걸까? 아니, 어쩌면 죽었을지도 모른다. 죽어서 어머니가 말씀하셨던 저승세계 지옥에 떨어졌는지도 모른다. 주변에 점점 모여드는 초록빛 불덩어리가 바로 지옥의 도깨비불이 아니고 뭐냐? 온갖 해괴망측하게 생긴 도깨비와 귀신들 천지다. 나무 위에서 뛰어내리는 놈이 있는가 하면, 땅속에서 불끈 솟구쳐 나오는 놈들도 있다. 소대가리 귀신, 말대가리 귀신, 털북숭이도 있고 새빨간 명주 속곳을 입은 새끼 동물 같은 요사스런 놈도 있다. 그놈들은 하나같이 커다란 앞니를 통째로 드러내고, 유리알 같은 눈동자를 딱 부릅떴으며, 부채보다 더 크고 투명하게 내비치는 두 귀를 바짝 곤두세운 채, 그의 신변을 빙 둘러싸고 찌르륵찌르륵 벌레 우는 소리로, 꿀꿀대는 돼지 소리로 노래 부르며 쉴 새 없이 팔딱팔딱 뛰며 춤을 추더니, 어떤 놈은 기어코 그의 몸뚱이로 뛰어올라 귓전에다 대고 모기만큼이나 가늘고도 여린 목소리로 몇 마디 묻는가 하면, 어떤 놈은 귓불을 잘근잘근 갉아 먹기도 하고, 어떤 놈은 콧날을 깨무는가 하면, 두 놈은 아예 그의 손목 위에 똬리를 틀고 앉아서 차꼬수갑에 채워진 엄지를 갉작갉작 뜯어 먹기 시작했다. 갉작갉작 뜯어 먹는 소리가, 어쩌면 토끼란 놈이 딱딱하게 얼어붙은 당근을 씹는 소리와 영락없이 닮았는지 모르겠다. 깨물어라, 깨물어! 너희들 마음대로 실컷 뜯어 먹으렴! 그는 이 작은 요정들을 격려해주었다. 내 엄지 두 개를 모조리 깨물어서 끊어버릴 수만 있다면, 나는 곧바로 해방이다. 작은 요정들아, 너희들은 어머니가 있니? 아, 너희들도 어머니가 있다고! 나도 어머니가 계시지. 내 어머니는 병드셨단다. 피를 토하고 계시지. 너희들이 내 엄지손가락을 깨물어 끊기만 해주려무나. 그래서 내가 어머니를 만나러 갈 수 있게 해주려무나…… 돌연 아이의 머릿속에 한 가지 생각이 퍼뜩 들었다. 정신이 유별나게 맑아지면서 그는 한약 두 첩을 기억해냈다. 내 약은 어디 갔지? 어머니를 위해 지어온 약이 어디 있지? 내 어머니가 뒷머리에서 뽑아주신 은비녀로 맞바꿔온 그 한약 두 봉지가 어디 있을까……? 그것들은 억수같이 퍼붓던 우박에 맞아 엉망진창으로 터지고 빗물에 흠씬 젖었으며, 이제는 진흙 덩어리 잡초 더미와 뒤죽박죽 섞여 제멋대로 흐트러진 채 약봉지 형태마저 잃어버린 지 오래다. 그는 철두철미하게 절망감을 느꼈다. 어머니, 어머니, 당신이 자셔야 할 약은 이제 완전히 결딴 났어요. 절망감에 못 이겨 그는 또다시 나무껍질이라도 물어뜯고 싶어졌다. 하지만 앞니가 우툴두툴하고도 꺼칠꺼칠한 나무껍질에 닿는 순간, 이내 의기소침해져 단념하고 말았다. 이빨이 소나무 껍질에 닿기 무섭게 뼛속까지 쑤셔대는 아픔이 먼저 들이닥쳤던 것이다.

서편 하늘이 온통 핏빛으로 붉고, 텅 빈 창공에는 깨어진 구름 조각이 시든 버들개지 솜뭉치처럼 하염없이 떠돌아다니는데, 천둥 번개와 모진 우박에 이지러지고 그나마 겨우 온전히 남은 허공만이 때때로 벽록 빛깔의 나뭇잎처럼 짙푸른가 하면, 이따금씩 곱디고운 장미색 꽃잎 조각으로 바뀌기도 했다. 저녁 무렵 논밭 들판에서 어느 여인의 울음소리가 들려왔다. 동편에서 한 차례, 서편에서 두 차례, 남녘과 북녘에서 각각 서너 차례, 그리고 아주 빠르게 한 울림으로 연결되었다. 보리야, 밀아! 하느님 맙소사, 밀가루가 없어 만두를 빚지도 못하고, 고기만두도 빚지 못하게 되었구나! 이젠 아무것도 없네, 아무것도 없어! 보리 이삭 밀 이삭은 죄다 꺾이고 으스러져 흙탕물 수렁에 들어갔네! 망조가 들었구나, 망조가 들었어! 온 들판에 메아리치는 애절한 울음소리 가운데, 또 다른 사람이 노래를 부르기 시작했다. 그것은 서글픈 애조를 띠긴 했으나 도도하게 높은 남성의 독창이었다. 보리야, 밀아……! 우리 밀 보리야……! 향기로운 밀 이삭, 달콤한 보리 이삭아……! 친근하고도 사랑스런 보리야, 밀아……! 우리 밀 보리야……!

높디높은 노랫가락이 울려 퍼지면서, 울음소리는 차츰 낮아지고 떨어지더니, 마침내 벙어리가 되어 뚝 그쳤다. 은빛 만월이 둥실둥실 떠오르면서부터 저녁노을에 비끼던 붉은 구름이 차츰 옅어지고 흩어지다가 끝내 사라지고 말았다. 아이는 영탄조(詠嘆調)로 거듭하는 노랫소리에 고무되어 슬금슬금 일어났다. 몸뚱이가 탄력 강한 스프링처럼 부들부들 떨려왔다. 노랫소리는 강물처럼 유유히 흐르고, 밀보리처럼 풍요롭게 물결쳤으며 두툼한 솜옷처럼 따사로웠다. 노랫소리는 달빛과 같았다. 노랫소리는 아예 달빛이 되어 그의 속마음까지 환히 비쳐주었다. 그는 소나무 줄기 앞쪽으로 머리를 한껏 내밀어 엄지손가락 하나를 꽉 물었다. 마치 자기와는 아무 상관도 없는 것처럼, 얼음같이 차갑기만 하고 혐오 스러움만 안겨주는 역겨운 물건처럼 용서 없이 깨물고 늘어졌다. 그는 힘껏 물어뜯었다. 털끝만치도 사정을 봐주지 않고, 결코 망 설이는 기색도 보이지 않았다. 그는 엄지뿌리 뼈마디가 입속에 뚝 떨어지는 느낌을 받고, 머리 숙여 입을 딱 벌리고 그것을 땅바닥 에 뱉어냈다. 그는 그것이 땅바닥에 툭 떨어지는 소리를 들었다. 그는 다시 입을 딱 벌려 다른 엄지 하나마저 꽉 깨물었다. 이빨에 불구대천지원수라도 대하듯 온 힘을 다 쏟아 부었다. 그는 그것마 저 뱉어버렸다. 그리고 또 그것이 땅바닥에 툭 떨어지는 소리를 들을 수 있었다. 그는 굳이 그것들을 내려다보지 않았으나, 그것 들이 어떻게 기뻐 뛰고 춤을 추면서 도망쳤는지 상상할 수 있었 다. 그는 가슴 그득 희망을 품고 속박에서 벗어난 몸뚱이를 뒤로 슬금슬금 이동시켰다. 하지만 소나무 줄기를 감싼 형태로 양 팔뚝 이 두 자루 쇠몽둥이처럼 뻣뻣하게 굳어져 도무지 구부릴 수가 없 었다. 그는 양 손목이 나무줄기에 가로막힌 느낌을 받았다. 다음 순간 엄청나게 큰 공포가 엄습했다. 본능적으로 몸뚱어리를 뒤로 벌렁 뉘였을 때, 그는 엄지뿌리에 남았던 차꼬 수갑이 벗겨져 땅 바닥에 짤그랑 떨어지는 소리를 또다시 들었다. 그는 얼굴을 하늘 쪽으로 우러르고 땅바닥에 누운 채, 자기가 여태껏 품었던 소나무 줄기가 이제 거리를 두고 떨어져나간 것을 보았다. 그리고 갑작스 런 놀라움과 기쁨이 한꺼번에 강림하는 것을 깨달았다. 티 한 점

없이 맑은 밤하늘에 수레바퀴처럼 둥글둥글한 보름달이 맑은 빛
줄기를 천만 가닥으로 흩뿌리는 동안, 무수한 흰빛 꽃송이들이 한
떨기 한 떨기씩 무리지어 달빛 속에 묵직하게 떨어지기 시작했다.
그윽한 향기가 피어오르면서, 달빛은 술처럼 사람을 취하게 만들
었다. 백화는 그치지 않고 계속 그의 눈앞에 떨어지면서, 코를 찌
를 듯 짙고 싱싱한 꽃향기로 한 줄기 달빛 어린 탄탄대로를 펼쳐
놓았다. 그는 부들부들 떨리는 몸을 억지로 일으켜 그 유혹적인
달빛의 탄탄대로를 향해 와락 덮쳐갔다. 하지만 그는 갑자기 머리
통이 천근같이 무거워지고 두 다리가 휘청거려 그만 땅바닥에 넘
어지고 말았다. 그는 제 입술이 얼음보다 더 차가운 지면에 닿은
것을 느꼈다.

　나중에 와서, 그는 아주 작디작은 적갈색 벌거숭이 어린애 하나
가 자기 몸뚱이에서 빠져나오는 것을 보았다. 마치 달걀 껍질 속
에서 병아리가 빠져나오듯이…… 그 어린애의 몸뚱어리는 매끄
러웠으며, 동작이 달빛 속에 헤엄치는 가물치 새끼처럼 재빠르고
탄력 있었다. 그 아이는 소나무 아래 서서 춤추듯이 양손을 휘저
어 진흙바닥에 제멋대로 흐트러진 풀뿌리 나무껍질을 ― 한 뿌리
한 조각, 한 알 한 알씩 ― 어머니에게 갖다 드리려던 한약재를 날
랜 솜씨로 부지런히 한데 그러모았다. 그러고 나서 달빛 한 조각
을 ― 명주처럼 비단처럼 찢겨나가는 소리가 나도록 ― 큼지막하
게 한 폭 찢어 한약재를 꾸리기 시작했다. 그는 마치 하늘에 날아
오르는 새가 활개 치듯 양팔을 휘둘러 춤추면서 싱그러운 꽃떨기
가 가득 깔린 월광대로(月光大路)를 향해 쏜살같이 달음박질치기

시작했다. 엄지손가락이 끊겨나간 자리에서 영롱한 핏빛 진주알이 실 끊어진 목걸이에서 흩어지듯 알알이 쏟아지더니, 마노와 백옥으로 아로새긴 꽃잎처럼 아리따운 대지 위에 땡그랑땡그랑 소리를 내며 떨어졌다. 그는 어머니를 소리쳐 부르고, 밀밭 보리밭을 노래 부르며 장미색으로 곱디고운 월광대로, 해맑고도 깔끔한 달빛의 탄탄대로를 쏜살같이 치달렸다. 그는 달리면 달릴수록 빨라졌다. 뽀얗게 피어오른 달빛이 마치 보드랍기 비할 데 없는 활석 가루처럼 그의 신변을 스치듯 미끄러져 날아가고, 그윽한 꽃향기 어린 밤바람이 그의 허파에 가득 차게 쏟아져 들어왔다. 이윽고 눈에 익은 초가집 한 채가 월광대로 위에 가로 걸쳐 나타났다. 부스스 방문을 열고 나오신 어머니가 양팔을 활짝 벌려 맞이했다. 어머니의 품속에 와락 뛰어들면서, 그는 예전에 미처 겪어보지 못했던 포근함과 안도감을 한껏 느낄 수 있었다.

소설 아홉 토막

......

小說九段

1. 손

　그녀가 한쪽 손을 내밀어 우리와 번갈아가며 악수하고 나서 신비스러울 만치 조용히 말했다.

　"내 손은 원래 정말 보기 좋게 아름다웠는데, 이제는 아니에요. 내 손이 아름다웠을 시절에는 아무리 들여다봐도 성에 차지 않을 정도였다니까. 그때에는 장갑이 없었죠. 동네 사람들 가운데 아무도 장갑 같은 걸 끼지 않았으니까요. 나는 양모 실로 내가 낄 장갑 한 켤레를 짰어요. 내 남자가 성이 나서 야단쳤죠. 반고씨가 천지개벽한 이래 삼황오제 때부터 오늘날에 이르기까지 우리 사는 동네에서 장갑을 껴본 사람이 없었다, 네 손이 얼마나 고귀하고 무르기에 장갑 따위를 끼어야 한단 말이냐……? 그 사람은 내 장갑을 빼앗아 불구덩이에 던져버렸어요. 하지만 나는 바로 또 한 켤레를 짰어요. 그리고 그 사람한테 선언했죠. 당신, 이 장갑마저 불태워버리면, 나는 그날로 당신 곁을 떠날 거예요.”

우리는 카메라를 쳐들어 그녀가 내민 손을 찍었다. 그 손은 창틈으로 비쳐든 햇빛 속에 따사로운 누른빛 광망을 띠어 우리에게 쪼글쪼글 말라붙은 식물의 구근(球根)을 연상시켰다. 갑자기 뭐랄까, 오래된 살라미 소시지 같은 냄새가 실내에 자욱이 번졌다. 방금 그 냄새가 콧속에는 스몄을 때만 해도 무척 자극적이어서 재채기를 하는 이도 있었으나, 잠시 후에 모두들 그 냄새에 익숙해졌다. 그녀가 고개를 들고 또 말했다.

“당신들이 내 손을 촬영하려면 내게 돈을 좀 주든지 아니면 맛있는 것이라도 사주셔야 해요. 내 손은 값어치 있는 것이니까 아무나 함부로 찍을 수 없죠. 하지만 오늘만큼은 난 당신네 돈도 필요 없고 당신네들한테 맛있는 걸 요구하지도 않겠어요. 난 이날 이때껏 복통에 시달려왔는데, 오늘은 아프지 않아 기분이 무척 좋거든요. 그래서 당신네더러 돈도, 맛있는 것도 사달라고 하지 않는 거예요. 당신네 마음대로 찍어요. 그러고 보니 당신네 운이 아주 좋군요. 내 손은 이 세상에서 가장 아름다운 손이죠. 이건 내가 허풍을 떠는 게 아니라, 마(馬) 사령관이 직접 한 말이에요. 마 사령관에겐 여자들이 많았죠. 그러기에 여자 손을 아주 많이 보았던 만치 그가 한 말에 무게와 권위가 있으니까 당신네들도 믿어줘야 해요. 내가 내 남편에게 그 말을 하고 나서부터 그 사람도 두 번다시 내 장갑을 불태우지 않았어요. 내 장갑을 태워버리지 않았을 뿐 아니라, 돼지 잡는 푸줏간에 가서 돼지 췌장을 얻어다 소주에 푹 담가 내 손을 보양(保養)하게 해주기까지 했죠. 그 물건은 괴상한 냄새가 나서 처음에는 코에 익지 않았으나, 자꾸 냄새를 맡다보니 다시는 곁에서 떼어놓을 수가 없게 되었어요. 그 물건으로 손을 문지르면 정말 좋아요. 내 나이 오십을 넘기고 나서부터 온몸의 살갗에 주름이 잡히고 거칠어지고 장작개비처럼 뻣뻣이 굳어지기 시작했지만, 내 손만큼은 여전히 살결이 보드랍고 고와, 동네의 시집 안 간 처녀들 손을 다 만져봐도 내 손보다 못했다니까요. 내 남편은 훗날 도시를 떠나 시골에 벼슬아치 노릇을 하러 나갔는데, 일이 안 풀려 고생만 죽도록 하다가 돌아와서 날 찾았죠. 내가 손으로 그를 어루만져주었더니 금방 운수가 탁 트였어요. 그는 워낙 입이 싼 사람이라 바깥에 나가 터무니없는 소리를 곧잘 지껄여 소문이 파다하게 났어요. 그 사람은 자기보다 벼슬이 훨씬 높은 상급자를 데리고 날 찾아와서 내 손으로 만져달라고 요구했지만, 나는 어루만져주지 않았어요. 남편은 날 때렸어요. 내가 말했죠. 날 죽여봐요. 그래도 난 어루만져주지 않을 테니까. 그 사람이 절레절레 도리질을 하면서 말했어요. 당신이 옳아. 우리는 어루만져주지 않아도 돼. 만약 당신이 어루만져주면 난 짐승이 되고 말 거야. 이래서 그 사람은 벼슬을 사직하고 집에 돌아와 목숨이 다하도록 내 곁을 떠나지 않았죠……"

그녀의 목소리가 점점 낮아지더니 말씨도 흐리멍덩해지면서 이때껏 들고 있던 손마저 차츰 아래로 처졌다. 우리는 드르렁드르렁 요란하게 코를 고는 소리를 들었고, 그녀는 잠들었다. 그녀의 머리가 마치 암탉이 꾸벅꾸벅 졸듯 가슴 앞에 힘없이 드리워졌다.

2. 유리 뱀

땅꾼 천서(陳蛇)의 얘기가, 댓잎에만 붙어사는 뱀 종류가 하나 있는데, 몸뚱이가 온통 진초록빛이고 두 눈알만 진홍빛이어서, 영락없이 비취 옥돌에 홍보석 두 알을 박아놓은 것처럼 아름답다고 했다. 그 뱀은 댓잎 속에 숨어 살기 때문에 여간해서 발견하기 어렵다고 했다. 그래서 경험 있는 땅꾼은 대나무 아래 쭈그려 앉아 뱀의 눈알부터 찾는다고 했다. 보통 뱀은 난생(卵生)으로 알을 까서 태어나지만, 이런 종류의 뱀은 직접 새끼를 낳는 태생(胎生)이라, 새끼를 배고 있을 때는 성질이 무척 사납고 조급해질 뿐 아니라, 공중을 날아다닐 수도 있는데 속도가 활시위를 벗어난 화살처럼 아주 빠르다고 했다. 누구든지 함부로 새끼 밴 놈을 잡으려 들면 십중팔구 목숨을 잃는다고 했다. 하지만 그놈이 새끼를 배지 않았을 때는 담보가 아주 작은 겁쟁이라고 했다. 사람이 그놈 앞에 나타나기만 하면 그놈은 땅바닥에 뚝 떨어진다고 했다. 그런 종류의 뱀은 몸뚱이가 너무나 여려서 땅바닥에 떨어지기 무섭게 유리 깨지듯 토막토막 끊어졌다가 사람이 떠나고 나면 자동적으로 토막 난 몸뚱이가 도로 달라붙어 원상을 회복한다는 것이다. 경험 있는 땅꾼이라면 왼손에 가느다란 회초리를 들고 대줄기를 가볍게 톡톡 건드리면서 오른손에 그물눈이 후추 낱알만 한 모기장 천으로 엮은 망태기를 떠받들고 기다린다고 했다. 뱀이란 놈이 망태기 속에 뚝 떨어져 들어가면 비취옥으로 깎아 만든 몽둥이처럼 꼿꼿해지는데, 이때를 놓치지 말고 서둘러 술에 담가야 한다는 것이다.

뱀잡이 천서는 자격도 갖추고 경험도 풍부한 전문적인 땅꾼으로, 그의 선조가 당나라 때 유명한 시인 유종원(柳宗元)과 절친한 벗이었다고 했다. 유종원의 명문 「땅꾼 이야기(捕蛇者說)」는 바로 그 선조의 행적을 묘사한 것이라고 했다. 첸서는 언젠가 내게 그 유리 뱀의 진귀한 약용 가치와 아울러 그놈의 몸뚱이가 유리 깨지듯 산산조각으로 토막 났다가 원상대로 회복되는 전체 과정을 자신이 두 눈으로 목격한 대로 아주 상세하게 설명해준 적이 있었다.

땅꾼 천서도 마지막에 가서는 역시 독사에게 물려 죽었다. 그의 장례식 자리에서 느닷없이 내 머릿속에 한 가지 의문점이 떠올랐다. 그 유리 뱀은 새끼를 배었을 때는 성질이 사납고 조급하지만, 새끼를 배지 않았을 때는 무척 온순하다고 했다. 그렇다면 이놈이 암컷이란 얘긴데, 수컷은 어떨까? 유리 뱀 수컷은 어떤 성깔을 지녔을까? 첸서에게는 땅꾼 일을 이어나갈 자식이 없기 때문에, 아무래도 내 의문에 대답해줄 사람은 영영 없지 않을까 싶다.

3. 여인

내 형님이 당나귀에 젊은 여인을 태우고 돌아왔다. 두 눈썹이 거의 일직선상으로 달라붙고 눈동자가 무척 새까만 것이, 얼핏 보아서는 마음의 상처를 입었는지 청승맞다 싶을 정도로 우수가 깃든 인상이었다. 형님이 내게 말했다. "애야, 이 여자는 우리 공동 마누라다. 앞으로 이 여자가 아이를 낳으면 역시 우리 형제의 공동 자식이 되는 거야."

그때만 해도 나는 겨우 열여섯 살이라, 여자만 보아도 얼굴이 온통 새빨개질 정도로 부끄러움을 탔다. 형님이 땔감으로 장작을 베러 산에 올라가면, 집에는 우리 둘만 남았다. 그녀는 내게 자기와 잠자는 방법을 가르쳐, 내가 사내로서 여인과 잠자리를 같이하는 것이 하늘 아래 가장 좋은 일이라는 것을 알게 해주었다. 그녀와 잠자리를 같이하면서부터, 내 마음속에 그녀는 가장 친근한 사람이 되었으며, 무슨 말이든 그녀에게만 했다. 그녀가 무슨 말을 하든지 간에 나 역시 진지하게 귀담아 들었으며, 그녀의 눈을 마주 바라보고 그녀의 손을 다정하게 매만지면서 단 한 차례나마 그녀가 늘어놓는 수다를 듣기 싫어해본 적이 없었다. 나중에 형님이 늑대에게 목숨을 잃고 나서부터, 그녀는 진정으로 나 한 사람만의 여인이 되었다. 형님이 죽은 지 사흘째 되던 날, 나는 그녀와 잠자리를 같이하고 싶었으나, 그녀는 안 된다고 말했다. 하지만 나흘째 되던 날 밤, 달빛이 밝게 떠올랐을 때, 그녀는 어둠 속에서 내 손을 만지작거리며 말했다. "이리 와." 내가 그녀에게 물었다. "당신, 안 된다고 했잖아요?" 그녀는 대답했다. "어제는 안 되지만, 오늘은 된다니까."

4. 늑대

그 늑대란 놈이 우리 집 살찐 돼지를 도둑 촬영했다. 나는 그놈이 다리 어귀에 자리 잡은 사진관으로 필름을 인화하러 갈 줄 뻔히 알았기에, 한발 앞서 그리로 달려가 문짝 뒤에 몸을 숨겼다. 우리 집 개도 날 따라와 내 곁에 쭈그려 앉았다. 우리 집 개는 덜미에 털을 곤두세우고 목구멍으로 으르렁 소리를 냈다. 사진관 여종업원이 닭털로 엮은 먼지떨이개로 카운터 진열장을 쓸어내면서 바락 성을 냈다. "그놈의 개 쫓아내세요!" 나는 개한테 말했다. "검둥개야, 넌 나가 있어라." 그러나 개 역시 무척 고집스러워 꼼짝달싹하지 않았다. 나는 그놈의 귀를 비틀어 잡고 밖으로 끌어내기 시작했다. 그놈은 성이 나서 내 바지통을 덥석 물었다. 나는 바지통에 뚫린 구멍을 여종업원에게 가리켜 보였다. "당신, 봤지? 이놈이 안 나가겠다는 거요." 여종업원이 그놈을 빤히 노려보았으나 더는 별말이 없었다. 오전 열시가 가까워지자, 늑대가 왔다. 그놈은 얼굴이 허연 중년 사내로 둔갑했는데, 하얗게 바래도록 세탁한 카키색 인민복을 입고 역시 옷소매에 분필가루를 약간 묻혀가지고, 물정 모르는 사람이 얼핏 보아서는 어느 중학교 수학 선생처럼 꾸몄다. 하지만 나는 그놈이 늑대라는 사실을 첫눈에 알아보았다. 제까짓 놈이 아무리 둔갑을 잘해 모습을 바꾼다 해도 내 눈만큼은 속여 넘기지 못하는 것이다. 그놈은 카운터 앞에 몸을 숙이고 품속에서 필름 한 통을 꺼내 여종업원에게 건네주려 했다. 우리 집 개가 먼저 와락 달려들더니 그놈의 볼기짝을 겨냥해서 한

입 덥석 물어뜯었다. 그놈이 벼락 같은 외마디 소리를 쳤다. 날카
롭게 비명을 지르는 목소리가 어딘지 모르게 서글프고 애처로워
보였다. 그놈의 꼬리가 바지 꽁무니 속에서 부풀어 올랐으나, 이
내 원상태로 가라앉았다. 나는 그놈의 도행이 무척 깊기 때문에
순간적으로 폭발하려던 야성까지 차분히 가라앉힐 수 있다는 사
실을 익히 알고 있었다. 우리 집 개가 물었던 입을 느슨히 풀어주
자, 그놈은 냅다 뛰어 도망쳤다..나는 단걸음에 달려들어 재빨리
필름을 빼앗았다. 카운터 뒤의 여종업원이 놀랍고도 의아스런 기
색으로 투덜투덜 불평을 늘어놓았다. "이런 사람을 봤나! 어쩌자
고 그렇게 횡포를 부리는 거예요?" 나도 큰 목소리로 말해주었다.
"저놈은 늑대야!" 그놈이 아주 가련하기 짝이 없는 기색을 지어 보
이고 소리 없이 쓴웃음을 띠면서, 또 자기로선 어쩔 도리가 없다
는 듯이 양손마저 활짝 벌려 보였다. 여종업원이 고함을 질렀다.
"어서 필름을 저분께 돌려줘요!" 하지만 그놈은 벌써 몸을 돌려 문
턱으로 걸어 나가고 있었다. 나는 그놈이 문턱을 벗어나기만 하면
그대로 흔적도 없이 사라지리라는 것을 알고 있었다. 아니나 다를
까, 내가 문턱까지 뒤쫓아 나갔을 때 길거리는 텅 빈 채, 그저 참새
한 마리가 아직도 김이 무럭무럭 나는 말똥 위에 내려앉아 쪼아
먹기나 할까, 사람이라고는 그림자 하나 없었다. 제 꼴을 이루지
못한 말똥에서, 나는 그 말의 위장에 문제가 생겼음을 알 수 있었
다. 밀기울 한 됫박쯤 볶아 먹이면 그 즉시 낫겠는데 말이다……

　내가 집으로 돌아왔을 때 그 살찐 돼지는 벌써 늑대란 놈의 발
톱에 배를 찢겨서 죽어 자빠진 뒤였다. 우리 집 개는 중상을 입은

몸으로 담장 모서리에 쭈그려 앉은 채, 연신 끙끙 신음 소리를 내가며 상처를 핥고 있었다.

5. 우물가에서

그가 털북숭이 암나귀를 대추나무에 비끄러매기 무섭게, 나귀 새끼가 득달같이 덤벼들어 젖부터 빨기 시작했다. 어미 나귀는 다소 귀찮다는 듯이 몇 번 요리조리 피하다 결국 새끼가 마음대로 먹게 내버려두었다. 그는 대추나무 곁 우물에서 두레박으로 맑은 물 한 통을 길어놓은 다음, 옷가지를 척척 벗어 붙이더니 표주박으로 물을 떠가지고 머리통에서부터 내리 끼얹었다. 물이 차가워 그는 재채기를 하고 몸뚱이를 부르르 떨었다. 암나귀가 무슨 할 말이 있는 것처럼 똑바로 그를 쳐다보았다. 이때 얼굴이 시꺼멓고 허우대가 투실투실 살찐 아낙 한 사람이 목제 물통을 들고 우물가에 다가오더니, 그의 면전에 우뚝 서서 냉랭한 말투로 비아냥거렸다. "정말 시원도 하시겠네!" 흠칫 놀란 그가 엉겁결에 표주박을 툭 떨어뜨렸다. 얼굴에 부끄러움을 감당하기 어려운 표정이 떠올랐다. 아낙이 물었다. "아직도 당신이 작년에 한 짓을 기억 못해요?" 그는 도리질을 했다. "난 그때 너무 많이 마셔서, 아직도 꿈속 같기만 하구려." 아낙이 또 다그쳐 물었다. "남녀지간의 일이란 게 본래 꿈속에 벌어지는 일인데, 그래놓고서도 당신이 잘했다고 변명할 게 있나요?" 그는 땅바닥에서 나귀 똥을 한 움큼 집어

들고 말했다. "당신 말 한번 옳게 잘했소. 내가 변명해서는 안 되는 노릇이지." 이어서 그는 나귀 똥을 자기 입에 틀어넣고 웅얼웅얼 말했다. "난 절대 변명하지 않고 뭐든 당신 말대로 따를 테니 어서 말해보구려." 그러자 아낙이 절레절레 고개를 내저었다. "나귀 똥조차 마다 않고 주워 먹는 당신한테 얘기할 것이 뭐 있겠어요? 난 아무 말도 하지 않겠어요."

6. 귀빈

여러 해 전, 어느 겨울철 장날 아침에 신비로운 손님 하나가 우리 집을 찾아왔다. 그는 기름때가 번질번질한 더러운 중절모를 쓰고 하얀 토끼 털가죽으로 만든 방한용 귀 가리개를 모자 양쪽에 덜렁덜렁 매달고 있었다. 눈꺼풀이 벌겋게 부어오른 데다 눈자위에 눈곱마저 누렇게 끼어 보기만 해도 구역질이 났다. 우리 할아버지처럼 고집불통에 사납기 짝이 없는 무서운 어르신도 어찌 된 노릇인지 이 늙다리 영감 앞에서만큼은 말도 못하게 굽실굽실 공손한 태도를 보여, 우리 모두 의아스러움을 느끼고 또 불만을 품어 아침부터 해 저물녘까지 심기가 편치 않았다. 그 사람은 이렇게 우리 집에 자리 잡고 들어앉아 머물기 시작했다. 그는 우리 집에서 안하무인격으로 거침없이 담배를 피워대고 제멋대로 가래침을 뱉었으며, 흘러나온 콧물을 방자하게 우리 집 문설주에 치덕치덕 이겨 발랐을 뿐 아니라, 여럿이 둘러앉아 밥 먹는 식탁에서도 소리 나게 방귀를 뀌어대기 일쑤였다. 우리는 할아버지 몰래 어머니한테 그 사람에 대한 반감을 속속들이, 심지어 분노와 원한까지 드러내 보이면서 우리 희망사항을 말씀드렸다. 즉 어머니가 우선 할머니에게 여쭙고, 할머니가 다시 할아버지에게 말씀드려 그 주책바가지 늙은이를 될 수 있는 대로 조속히 우리 집에서 쫓아내주기를 바란 것이다. 그러나 어머니는 엄숙하게 우리를 야단치셨다. "주둥이 닥쳐! 내가 또 너희들한테 그따위 소릴 들으면 바늘로 너희들 아가리를 꿰매버리고 말 테다." 어머니는 진짜 벽지에 꽂아 두었던 바늘을 뽑아 우리 눈앞에 휘두르셨다. 마대 자루를 꿰맬 때 쓰던 시뻘겋게 녹슨 대침이었다. 우리에게 문제의 심각성을 깨우쳐주기 위한 엄포였던 것이다. 그 사람이 도대체 어떤 내력을 지니고 있으며, 또 어떻게 해서 이렇듯 방자하게 우리 집에 머물 수 있을까? 어머니는 대답하지 않으셨다. 그저 우리 눈앞에 굵다란 바늘을 또 한 번 휘두르면서 입 닥치라고 재차 경고하셨을 따름이다. 며칠 지나서 우리 숙모님이 끝내 참다못해 식사 시간에 나지막한 목소리로 불평을 털어놓으셨다. 어머니는 숙모에게 손사래를 쳐 제지하셨다. 며칠이 또 지났다. 그 사람은 여전히 떠날 생각이 없었고, 떠나지 않았을 뿐 아니라 식사 때 반찬투정까지 했다. 그는 또 곁방 구들 침대가 너무 춥다면서 뜨뜻하게 불 좀 때달라고 요구하기에 이르렀다. 숙모님은 곁방 구들 침대 아궁이에 지푸라기를 잔뜩 쑤셔 넣고 군불을 지폈다. 또 거기에다 BHC 살충제 약 가루를 한 줌 더 보태는 바람에 꾸역꾸역 쏟아져 나온 매운 연기가 방 안을 가득 채워, 마치 소금을 되게 많이 먹은 늙은

산양(山羊)이 재채기하듯 그 늙다리 영감이 목이 꽉 메어 그칠 새 없이 콜록콜록 기침을 하게 만들었다. 할아버지와 할머니 두 분이 부리나케 뛰쳐나와 손님을 위안하고 아울러 숙모님의 잘못을 성토하셨다. 한바탕 야단을 맞은 숙모님이 마음속 불평을 참지 못하고 어른들께 이러쿵저러쿵 말대꾸를 했다. 결국 작은 아버님이 할아버지를 물러나게 하고 대신 나서서 숙모님을 몇 대 후려갈겼다. 이래서 집안에 평지풍파가 일어 온통 난장판이 되었으나, 그 늙다리 영감은 귀머거리가 된 것처럼 찍소리도 하지 않았다. 손님의 식사를 개선하기 위해 할아버지는 우리 집안에 유일한 고무바퀴 달린 손수레를 장터에 내다 팔아, 그 돈으로 하얀 밀가루와 고기, 그리고 또 소주를 세 근씩이나 받아오게 하셨다. 고기안주에 술까지 대령하자, 그는 얼굴 가득 웃음꽃이 피어 싱글벙글하며 연신 맛좋은 술이라고 칭찬을 늘어지게 하더니, 소주는 데워 마셔야 제맛이 난다면서 날더러 주석으로 만든 작은 주전자에 술을 데우라고 시켰다. 그래서 주전자를 화롯불에 올려놓다가 독한 술에 불이 옮겨 붙는 바람에 내 눈썹까지 그슬리고 말았다. 그는 술 한 잔 따라 내게 주면서 "꼬마야, 놀랐지? 이것 한 잔 쭉 들이켜보렴. 그럼 놀란 가슴이 싹 가라앉거든!" 나는 점차 이 사람에 대한 호감이 싹트면서, 생각보다 무척 소탈한 위인이라는 느낌을 받았다. 그는 큼지막한 대접으로 술을 쭉쭉 시원스레 들이켰으며, 그 비싼 고기를 입에 꽉 차도록 아귀아귀 씹어 삼켰다. 나는 곁에서 우리 할머니의 뺨따귀가 그칠 새 없이 씰룩거리는 것이, 마음속으로 무척 가슴 아파하고 계시다는 것을 알 수 있었다. 그러나 할머니와 할

아버지는 역시 만면에 억지웃음을 띠어, 당신들의 대범한 마음씨와 의기 있는 태도를 연출해가며 그더러 고기와 술을 더 들라고 연신 권하셨다. 그 사람은 먹고 마시기를 시작했을 때만 해도 우리 할머니 할아버지더러 함께 들기를 권했다. 그러나 할머니와 할아버지가 어찌 감히 젓가락을 거기에 대어보실 턱이 있겠는가? 나는 구들 침대 앞을 오락가락 서성대면서 어떻게 해서든지 한 점 얻어먹고 싶었다. 하지만 그 사람은 자기 혼자서 먹기에 열중할 뿐, 나같이 어린 꼬마 녀석 따위는 아예 안중에 두지도 않았다. 입 빠른 숙모님은 뱃속 가득 심통이 차서 혼잣말로 어디서 저런 늙다리 영감을 골라 데려다 조상 뫼시듯 봉양해야 하느냐며 투덜거렸다. 그는 우리 집 외바퀴 수레 한 대를 통째로 말끔히 먹어치우고 나서, 또다시 우리 집 몇 마리 안 남은 암탉에 눈독을 들였다. 할아버지는 추호도 망설이지 않고 말씀하셨다. "닭을 잡아라! 우리 닭을 잡아먹자꾸나!" 이래서 그는 우리 집의 암탉 세 마리를 먹어 치웠다.

어느 날 아침나절, 그의 입에서 드디어 기다리던 말이 나왔다. "난 이제 떠나야겠소." 한데 우리 할머니와 할아버지가 그더러 며칠 더 묵으시라고 극구 만류했다. 그 역시 그런 말이 나온 김에 마지못한 듯이 수락했다. "좋소, 내 그럼 며칠만 더 묵으리다." 어머니가 귀엣말로 할머니에게 여쭈었다. "어머님, 뭘 가지고 저분을 대접해드리죠?" 할머니도 난처했는지 며느리의 눈치를 보아가며 조심스레 말을 꺼냈다. "너 혹시 몰래 꿍쳐둔 돈 좀 없니? 그걸 내놓으렴." 어머니는 당신이 약혼 시절에 모아두었던 옛날 돈 일 원짜리 은화 네 닢과 우리 형제가 소싯적에 걸었던 '백세장명(百歲長命)' 은제 목걸이를 꺼내다 큰형님한테 넘겨 공급판매합작사에 가져다 팔아오게 하셨다. 이렇게 해서 생긴 돈 십여 위안으로 숙부님이 장터에 가서서 뼈다귀 붙은 고기를 몇 근 사다 잘게 다져 만두를 빚었다. 그리고 손님에게 드시라고 내놓았다. 그랬더니 손님은 두 눈을 딱 부릅뜨고 주인에게 따져 물었다. "어, 고기는? 고기는 누가 먹었어?" 숙모가 들창 바깥에서 그 소리를 듣고 냅다 고함쳐 대꾸했다. "고기는 개가 죄다 먹어치웠답니다!" 그가 말했다. "개란 놈은 온 세상 길바닥에 널린 똥이나 먹고, 늑대라야 온 세상 하늘 아래 널린 고기를 먹게 마련이지." 숙모가 또 말대꾸를 했다. "개란 놈도 뼈다귀는 핥을 줄 안다니까요!" 담배 피우시던 할아버지가 곰방대로 창틀을 딱딱 두드리면서 작은며느님을 꾸짖으셨다. "너 그놈의 주둥이 닥치지 못해!" 그러나 숙모님은 엄한 시아버님의 말씀에 불복하고 계속 시끄럽게 떠들어대셨다. 마침내 작은아버님이 뛰쳐나오더니 냅다 숙모님을 걷어차셨다. 숙모님은 그날 친정으로 가면서 다시는 돌아오지 않겠노라 맹세까지 하셨다. 숙모님의 친정아버지가 우리 집에 찾아오셔서 날더러 '너희 댁 귀한 손님을 만나봐야겠다. 도대체 어디서 굴러먹던 잡귀신인지 얼굴 한번 보자'고 요구하셨다. 숙모님의 친정아버지는 우리가 외갓집 어르신이라고 부르기도 하는데, 학식이 풍부한 시골 선비로 그 어렵다는 사서오경을 완전히 독파하고, 해방 이전만 해도 개인 서당을 열어 학생들을 가르친 덕분에, 향리에서는 자못 위엄과 덕망을 지닌 분이셨다. 식사 때가 되자, 이 선비께서는 경전의 문구를 인용해가며 그 손님을 조롱하기 시작하셨다. 그러나 이 손님께서도 만만치 않아 그저 내용이 너무 심오하여 뜻을 헤아리기 어려운 말씀으로 에둘러 풍자하기만 할 뿐, 우리 외갓집 어르신과 정면 대결만큼은 교묘하게 피해갔다. 마음이 다급해진 외갓집 어르신은 직설법으로 다그치기에 이르렀다. "당신, 낯짝 두텁고 염치없다는 게 뭔지 아시오?" 그 사람이 빙그레 웃어가며 능글맞게 대꾸했다. "호오, 당신 지금 후안무치를 얘기하는 거요?"

외갓집 어르신은 앞마당에서 큰 소리로 우리 할아버지 할머니를 한바탕 훈계하셨다. 도대체 이게 무슨 나약한 꼴들이냐, 저 늙은이한테 무슨 빚이라도 졌느냐, 혹시 무슨 꼬투리를 잡혀 꼼짝 못하는 것이 아니냐? 빚을 지거나 약점을 잡히지 않았거든 당장 내쫓아버려라……!

그는 초봄 때 우리 집에 찾아들어 복사꽃이 만발하던 초여름까지 눌러앉아 있었다. 그는 우리 집에 자기한테 여름날 입을 홑옷 한 벌을 지어내라고 요구했다. 그것도 옷감이 썩 좋은 것으로 말이다. 새 옷으로 갈아입고 나서 벗어놓은 겨울용 솜옷을 두 손으로 받들어 우리 어머니한테 넘겨주고 말했다. "조카며느님, 자네 손으로 이 헌 옷을 뜯어 안감과 솜까지 말끔히 세탁하고 다시 꿰매주시게. 그래야 내가 또 한겨울 따뜻이 잘 입고 지낼 수 있겠네." 어머니는 그 꾀죄죄한 누더기 솜옷을 모조리 뜯어 세탁했다. 그리고 요구하던 대로 다시 잘 꿰매놓았다. 그 사람은 입에 침이 마르도록 찬탄을 거듭했다. "허어, 조카며느님 바느질 솜씨가 참으로 일품일세그려!"

어느 비오는 날 이른 아침에, 그는 솜옷을 한 보따리 되게 꾸리더니 우리 집 우산을 내달라고 요구했다. 그것은 들기름 먹인 종이우산으로 신선들 여럿이 호수에 유람하는 장면을 그린 소중한 우리 집 재산목록의 하나이기도 했다. 그는 종이우산을 펼쳐 들고 강둑을 따라서 걸어갔다. 우리 형제들은 강둑에 올라서서 말없이 눈길로 그 손님을 배웅했다. 그 사람의 뒷모습이 나무숲에 가려 보이지 않을 때까지.

7. 뒤집어 까기

"여보게, 아우님." 내 초등학교 시절 동창생, 지금은 우리 고향 그 진(鎭)의 당 서기 고위직에 올라 있는 왕자쥐(王家駒)가 전화선을 통해 근심과 걱정이 태산 같은 목소리로 내게 하소연했다. "여보게, 이 노릇을 어쩌면 좋겠나? 어리석은 이 형이 골치 아픈 일에 부닥쳤네……"

나는 기본적으로 공직에 오른 내 동창생들의 대다수가 어떤 골칫거리에 부닥칠 수 있는지 짐작하고도 남았다. 그러기에 공들여 생각지 않고 대충대충 건성으로, 또 이것도 저것도 아니게 얼버무려 대답해주었다. "노형, 그게 뭐 대수로운 일이라고 그래? 여자들이란 게 다 그렇고 그렇지 뭐……"

한데 그는 더욱 초조한 어조로 이렇게 말했다. "여보게, 아우님. 자네 지금 무슨 생각을 하고 있는 건가? 그런 문제 같으면 내가

446

왜 굳이 자넬 찾았겠나?"

"대체 무슨 일을 가지고 그러는데?" 나는 그 친구의 말투에서 뭔가 부닥쳤다는 문제의 심각성을 느낄 수 있었다. 그래서 내처 물었다. "내가 도울 수 있는 일이라면 얼마든지…… 그러니 서슴지 말고 다 얘기해봐……"

이래서 내 초등학교 동창생은 전화선을 통해 자신이 부닥쳤다는 골칫거리를 내게 통사정하다시피 털어놓기 시작했다.

그 동창생의 아내는 바로 우리 초등학교 동기동창인 쑹리잉(朱麗英)이었다. 이들 두 청춘남녀의 결합으로 말하자면 집안도 엇비슷하여, 경제적으로나 사회적으로 정말 썩 어울리는 한 쌍이었다. 왕자쥐의 부친은 공사 당위원회 부서기요, 쑹리잉의 부친은 공급판매합작사의 당 총지부 서기다. 중학교를 졸업한 후 두 남녀 모두 공직에 참여했다. 그들 같은 계층의 사람들은 정상대로 따지자면 둘째 아이를 낳지 못하도록 규정되었으나, 우리 동창 두 분께선 둘째 아이를 낳았다. 당시 정책은 부부 쌍방이 모두 상품으로 나온 식량을 배급받아 먹어야 했고, 둘째 아이를 낳아 기르려면 첫아이가 지체불구자이거나 지적으로 장애가 있는 자식이어야 가능했다. 우리는 그들 사이에 태어난 딸이 총명하고 아주 예쁜 계집아이라는 사실을 뻔히 알고 있었다. 그럼에도 이들 두 젊은 내외분은 대외적으로 그 딸아이가 지적 장애를 앓고 있노라고 선전해왔다. 몇 년 전 내가 양친을 뵈러 귀향했을 때 아버님은 틈만 나면 내 두 동창생에 대해 아주 과장된 말투로 칭찬을 아끼지 않으셨다. 그 당시 왕자쥐는 우리 진의 진장(鎭長)이었으며, 그 아내

쑹리잉은 우리 진의 공급판매합작사 부주임이었다. 내 아버님이
말씀하시기를, 너도 왕 진장을 좀 닮아봐라. 얼마나 똑똑한 사람
이냐? 오죽 잘났으면 떡두꺼비 같은 아들 하나 거저줍다시피 얻
었겠느냔 말이다. 아버님은 내가 전국적으로 한 부부에게 아들이
든 딸이든 하나만 낳게 하는 국가정책을 단호히 집행하는 데 대해
견해를 달리하고 계셨다. 나는 말씀드렸다. "누군가가 자기네를
고발할지도 모르는 일인데, 그들이 두려워하지 않던가요?" 그러
자 아버님은 오히려 내게 되물으셨다. "고발하다니, 어떤 놈이 천
리에 어긋나게 그따위 짓을 한단 말이냐?"

　"여보게, 아우님." 전화통을 거쳐 왕자줘가 걱정스레 말했다.
비록 전화기가 천 리나 까마득히 떨어진 이곳에 소리만 보내오지
만, 나는 수심에 가득 찬 그의 얼굴을 두 눈으로 보듯 선하게 떠올
릴 수 있었다. "자네도 알다시피, 내 그 아들 녀석은 이름이 샤오
룽(小龍)인데 올해로 다섯 살 됐네. 얼굴도 펑퍼짐하게 토실토실
살쪄 잘 자란 덕택에 보는 사람마다 귀엽게 생겼다며 칭찬하지.
네 살 때부터 시가(詩歌)를 오십여 수나 줄줄 외우고 또 노래를 십
여 곡이나 부를 줄 안다네. 그게 뭐더라? 옳거니, 〈우리 집은 황토
고원 비탈진 산등성이에 있다네(我家住在黄土高坡)〉란 노래 음계
가 얼마나 높이 올라가는지 알잖나? 보통 사람은 아예 불러볼 엄
두도 못 내는 것을 우리 샤오룽 녀석은 거침없이 불러 제친단 말
일세. 게다가 노래 부르는 자세도 그럴싸해, 꼬마 유명 가수로 등
장시켜도 괜찮을 정도라네. 한데 이 아이가 최근에 증세가 아주
이상야릇한 병을 얻었지 뭔가. 물건을 뒤집어 까는 괴질이라네.

잘 이해가 안 되나? 뭐든지 눈에 뜨이기만 하면 모조리 홀떡 뒤집어 까놓아야 직성이 풀린단 말일세. 애초에는 풍선을 뒤집어 까기 시작했는데, 그거야 뭐 대수로운 일은 아니었지. 풍선이라면 어린 것들 누구나 뒤집어 깔 수도 있으니까. 이어서 양말 한 켤레를 까 뒤집어놓았네. 물론 그것도 정상적이라 할 수 있겠고, 심지어 좋은 습관이라 말할 수도 있네. 그런데 이어서 베갯잇을 뒤집어 까놓아, 침대를 온통 메밀껍질로 어질러놓고 말았네. 메밀껍질 속에는 벌레가 득실거렸네. 아주 새까만 벌레였지. 나는 어쩌면 이 벌레들이 베개 속에서 메밀껍질을 갉아먹느라 내는 소리가 그 녀석의 귀에 들렸을지도 모른다고 생각했네. 어린 녀석일수록 호기심이 많은 법이니까. 이래서 그놈 역시 호기심으로 베갯잇을 뒤집어 까놓은 줄 알았네. 그것도 나쁜 짓이라고 볼 수는 없지. 생각해보게, 만약 그 녀석의 소행이 아니었다면 우리는 날마다 벌레들을 머리에 베고 잠잤을 테고, 자칫 그놈들 중 몇 마리가 귓속으로 파고들었다면 보통 큰일이 아니지 않는가? 며칠 전 비가 내렸을 때 지렁이들이 숱하게 쏟아져 나왔는데, 그 녀석이 지렁이들을 붙잡아 거위 창자 뒤집듯 모조리 까뒤집고 말았네. 양손에 비린내가 말도 못하게 심했지. 여름방학 때 그 녀석이 외갓집에 가 있었는데, 거기서 또 일을 저지르고 말았네그려. 외갓집에서 기르는 씨암탉 서너 마리를 죄다 산 채로 뒤집어 깠을 뿐 아니라, 오장육부를 모조리 까뒤집어놓고도 성에 차지 않았는지, 곧이어 그 속에 뭐가 들었는지 찾아낼 것처럼 장기(臟器)와 큰창자, 작은창자마저 낱낱이 뒤집어 까놓았지 뭔가. 그 녀석 외조부모님들이 기절초

풍하다시피 놀란 끝에, 우리한테 전화를 걸어 제발 그 녀석 좀 데려가달라고 통사정을 했네. 바로 그 틈을 타서 그 녀석은 또 외갓집 이웃에서 기르는 강아지를 한 마리 붙잡아 그것마저 통째로 홀러덩 뒤집어 까고 말았다네. 늙으신 장모님이 날 보자마자 대뜸 하시는 말씀이, '어서 빨리 데려가게! 자네 아이가 미쳤어!' 나는 처참하게 죽은 씨암탉과 간장(肝臟)으로 땅바닥에 도배를 한 채 널브러진 이웃 댁 강아지의 주검을 두 눈으로 똑똑히 보았지. 그래서 얼른 돈을 내어 사태를 조용히 마무리 짓고 분쟁거리를 아무 일 없이 잠재웠네. 아울러 그 자리에서 보라는 듯이 녀석의 따귀를 한 대 후려갈겼지. 한데 그 녀석은 울지도 않았어. 마치 내 손찌검에 아무런 감각도 느끼지 못하는 것처럼 말일세. 그래서 흘낏 눈치를 보았더니, 그 녀석의 시선이 말뚝에 비끄러맨 나귀한테 멀뚱멀뚱 못 박혀 있는 게 아닌가! 그놈의 눈치가 아무래도 어디서부터 손을 써야 이 큼지막한 놈을 보기 좋게 뒤집어 깔 수 있는지 머릿속으로 계산하고 있는 듯싶더군. 정말 기가 막힌 노릇이 아니고 뭐겠나? 그날 중으로 나는 아들 녀석을 데리고 집에 돌아왔네. 그리고 엄격하게 교육시키면서 아울러 으름장을 놓았네. 두 번 다시 그따위로 물건을 함부로 뒤집어 까는 날이면 그놈의 손가락을 몽땅 끊어버리겠다고 말일세. 그놈은 입술을 비죽거리더니, 손에 들린 장난감 새끼 곰을 뒤집어 까면서 울기 시작했지. 그날 밤 나는 갑자기 아랫배에 간지러움을 느끼고 두 눈이 번쩍 뜨였네. 후딱 돌아보니, 아들 녀석이 손톱으로 내 아랫배를 긋고 있었어. 마치 요모조모 자로 재어보기라도 하는 것처럼 말일세. 나는 그놈이

제 아비인 내 몸뚱어리마저 뒤집어 까고 싶어한다는 사실을 깨달았네. 나는 따귀 한 대로 그놈을 침대 아래에 굴러 떨어뜨렸네. 그놈이 으아 하고 울음보를 터뜨리더니, 손길 나가는 대로 신발 한 짝 집어 들고 뒤집어 까기 시작했네…… 여보게, 아우님. 어디 얘기 좀 해보게. 도대체 내가 뭘 어떻게 하면 좋겠나……?"

8. 뱃놀이

달빛, 나무 그늘 아래, 남자와 여자가 나란히 함께 있다. 그들 남녀의 또렷하지 못한 그림자 희부연 윤곽이 나무 그림자와 이중으로 겹쳐져 얼핏 보기에 무척 신비로움을 자아냈다. 밤새 한 마리가 나무 가장귀에서 푸드득 날갯짓을 쳤다. 호수에 은빛 물결이 반짝거리는데, 누군가 이 밤중에 헤엄을 치는지 번들번들한 머리 가죽이 보기에 따라서는 수면에 둥실둥실 뜬 수박 한 덩어리를 닮았다. 배 한 척이 멀리서 삐걱삐걱 노를 저어 다가오고 있다. 선상에는 등롱이 밝혀지고 여인 하나가 퉁소를 불고 있는데, 퉁소 가락에 맞춰 노래 부르는 사람도 여인이다. 배와 등롱 불빛과 여인들이 부르는 퉁소 가락과 노랫가락이 점점 가까워졌다. 뱃머리에서 노를 젓는 사공의 반질반질한 콧날과 유약을 바른 듯 번쩍거리는 두 팔뚝이 보였다. 점점 갈수록 가까워졌다. 그것들은 마치 수백 년 오랜 옛날, 명나라 시대로부터 아득히 멀리 떨어진 오늘의 현대에 도달하는 것처럼 극적으로 보였다. 퉁소 부는 여인과 노래 부르는 여인이 걸친 것은 이미 보기에 싫증날 정도로 고색창연한 복장들이다. 정교하게 꽃을 수놓은 의상에 옷감 천이 무척이나 매끄러워, 달빛이 오히려 그 옷감 바탕에 겉돌아 흐른다. 여인들의 얼굴은 조금 어렴풋하지만 윤곽만큼은 제법 아리따웠다. 선상에 유람객이 없는데 그녀들이 누굴 위해 퉁소를 불고 누굴 위해 노래를 부르는지 모르겠다. 배는 더 가까워져 호수 한복판에 뗏목으로 연결된 부교와 맞닿으면서 퉁소 가락과 노랫소리도 뚝 그쳤다. 그저 퉁소와 노랫가락의 여운만이 잔영처럼 수면에 감돌고 있을 따름이다. 배꾼이 노의 손잡이를 부축한 채 앉은 자세 그대로 왼쪽 다리를 떠받치듯이 올려다 오른쪽 무릎 위에 옮겨놓았다. 손님을 기다리는지 배가 서두르는 기척 없이 그저 유유자적, 한가롭기만 하다. 나무 그늘 아래 남녀 두 사람은 처음부터 포옹하고 있다가 이때서야 갈라지더니 손에 손을 맞잡고 정답게 뗏목 부교 위로 걸어가 선상으로 훌쩍 뛰어올라 탔다. 그러고 보니 이들은 뱃사공과 미리 예약해놓았던 모양이다. 배가 천천히 떠나면서 뱃고물 뒤편으로 휘저은 삿대질에 수면이 뱅글뱅글 맴돌면서 마치 수은 알이 뛰놀듯 자그만 소용돌이와 물보라를 연거푸 일으켰다. 선상에서 또다시 풍악이 울려 퍼졌다. 퉁소 부는 소리, 노랫소리에 어딘가 모르게 망국의 설움을 노래하듯 처량한 느낌을 자아내지만, 그보다는 의기소침한 불안감이랄까, 지난 세월 옛 사람을 그리워하는 분위기가 더 많이 깃들었다. 이때껏 호수 기슭에 앉은 채 달빛을 빌려 밤낚시 즐기던 사람이 자신은 이미 늙었음을 새삼스레 깨닫고 외마디 장탄식을 토해낸다.

9. 나귀 인간

라오모(老莫)는 흥청망청 떠들썩한 관광객 패거리를 뒤따라 이
름난 오페라극장을 한 바퀴 돌아 나왔다. 하늘은 코발트 빛깔로
짙푸르고 바닷물도 진초록 빛깔이다. 오페라극장 역시 규모가 굉
장했으나, 라오모는 그저 눈길 가는 대로 훑어보며 지나쳐가기나
했을까, 그리 큰 감흥을 받지는 않았다. 오페라극장 부근 어느 좁
다란 골목 모퉁이에서 라오모는 진짜와 거의 똑같이 생긴 당나귀
가죽을 뒤집어써서 자신을 나귀로 분장한 사람을 발견했다. 처음
에는 라오모도 진짜 나귀인 줄로만 알았으나, 요모조모 자세히 뜯
어보고 나서야 비로소 그것이 인간임을 깨달았다. 나귀 탈을 쓴
그 사람은 땅바닥에 뒷다리를 꿇고 앞다리로—인간의 팔뚝이긴
하지만 우선 앞다리라고 부르기로 하자—지면을 버틴 자세로 그
앞을 오락가락하는 관광객들에게 끄덕끄덕 머리를 조아리고 있었
다. 라오모는 사람이 이마를 조아려 고두례를 하는 경우는 흔히
봤지만, 나귀가 머리를 조아리는 경우는 오늘 처음 본다고 생각했
다. 관광객들의 과반수는 이 나귀 인간이 대로변에 추호도 새로울
것이 없는 구경거리인 것처럼 머리를 꼿꼿이 세우고 지나쳐갔다.
그들과 달리 흘끗 눈길 한번 던지고 지나가는 관광객들도 있었지
만 말이다. 물론 호주머니에서 잔돈푼을 꺼내—대부분이 동전이
지만—허리 굽혀—근본적으로 아예 허리를 굽히지 않는 이도 있
지만—나귀 인간 코앞에 놓인 법랑 그릇에 던져주고 가는 사람도
있었다. 그것이 딱딱한 동전일 경우에는 아주 맑고 상큼한 금속성

이 울려 나왔다. 돈을 희사하는 이가 있을 때마다 나귀 탈을 쓴 사람의 이마 조아리기 동작은 더욱 커지고 빈번해졌다.

라오모는 이 놀라 자빠질 정도로 이색적인 효과를 갖춘 나귀 인간에게 마음이 흔들린 나머지, 호주머니에서 은화든 동전이든 금속화폐로 된 것을 모조리 꺼내 그의 코앞 쟁반에 쏟아 넣었다. 금속화폐들이 법랑 그릇에 떨어지는 소리가 땡그랑땡그랑 요란하게 울렸다. 과연 나귀 탈을 쓴 사람은 머리통만 조아리는 게 아니라, 땅바닥에 꿇었던 뒷다리를 곧추세우고 엉덩이를 번쩍 치켜든 채 라오모를 향해 거듭거듭 허리 굽혀 절을 하기 시작했다. 라오모는 농촌에 있을 때 나귀를 길러본 적이 있었다. 그래서 나귀가 이렇듯 앞다리 뒷다리 사지를 곧바로 세운 직립 자세가 제일 편하다는 사실을 알고 있었다. 하지만 나귀 가죽 속에 몸을 감춘 사람이 감동을 받은 것처럼 즉석에서 이런 동작을 취하는 것이 뒷다리를 지면에 꿇는 자세보다 얼마나 더 힘든 일인지 알고도 남음이 있었다. 그것은 나귀 가죽 속에 몸을 숨긴 사람이 라오모의 희사에 고마움을 표하기 위해 길거리 장터에서 잡기나 무예 솜씨를 팔아 하루하루 살아가는 장돌뱅이 연예인이 필생의 절기를 모조리 꺼내 보이듯, 자기로서는 최상의 자세를 펼쳐냈다고 할 수 있었다. 생각이 여기에 미치자, 라오모의 가슴속에 감동이 치밀어 올라, 나귀 탈을 쓴 이 사람에게 향하는 호감이 밀물처럼 일렁거렸다. 라오모는 재차 호주머니를 뒤적거렸으나 화폐가 더이상 없어, 액면 오십 달러짜리 마카오 지폐를 한 장 꺼내 들고 나귀 인간의 눈앞에 팔랑팔랑 휘저어 보였다. 그러고 나서 법랑 그릇에 가볍게 내려놓았다. 비록 회사하는 금속화폐처럼 맑고 상큼한 쇳소리가 울리지 않았으나, 나귀 인간은 느닷없이 벌떡 일어서서 앞발굽을 가슴 앞에 껴안은 자세로 라오모에게 정중히 읍례를 올렸다. 아울러 때를 같이해서 맑고도 시원스런, 그리고 우렁찬 나귀의 울음소리가 쟁쟁하게 울렸다. 라오모는 나귀를 길러본 적이 있었던 만치 나귀의 울음소리가 귀에 생소한 것은 물론 아니었으나, 저도 모르게 찬탄을 금할 길이 없었다. 이 사람은 진짜 나귀보다 더 잘 우는구나! 정말 이렇게 좋은 목청이 아깝기 이를 데 없다…… 오페라 극장 곁두리 좁은 골목 모퉁이에 나귀 가죽을 뒤집어쓴 사람 하나가 털북숭이 나귀보다 더 좋은 목청을 지니고 있는 것이다. 라오모는 생각해본다. 어차피 나는 내일 귀국할 몸이니 아예 호주머니를 탁탁 털어 마카오 지폐를 이 친구한테 몽땅 주어버리자꾸나. 이리하여 돈을 몽땅 털어주고 말았다. 라오모는 어쩌면 이 사람이 도구로 뒤집어쓴 나귀 탈을 벗어 진면목을 드러내고 자신에게 고마움을 표할지도 모른다고 생각했다. 어쩌면 이 사람이 낯익은 친구일지도 모르고, 또 어쩌면 여인일 수도 있겠고, 또 어쩌면…… 하지만 나귀 인간은 라오모가 호기 있게 회사를 베풀었다고 해서 결코 정체를 드러내지 않았다. 기대가 무너진 라오모는 앙앙불락 사뭇 언짢은 기분으로 호텔에 돌아왔다. 하지만 그는 나귀 탈을 쓴 사람이 옳게 처신했음을 이해할 수 있었다. 누구든지 회사할 수도 있고 회사하지 않을 수도 있듯이, 그 역시 정체를 드러낼 수도 있고 정체를 드러내지 않을 수도 있는 것이다. 이게 바로 자연스러운 거래 규칙이다.

한밤중에 라오모는 자신이 한 마리의 당나귀가 된 꿈을 꾸었다. 나귀가 된 자신이 오페라극장 부근 광장에서 구걸하고 있었다. 사람들이 자기 면전에서 고개를 꼿꼿이 쳐들고 지나가는데, 아무도 자기를 거들떠보지 않았다. 오직 한 사람, 샤오슝(小熊)이라고 불리는 여자만이 금속화폐 한 닢을 던져주었을 따름이다. 법랑 그릇에 돈 떨어지는 소리가 맑고도 상큼하게 귓전을 울렸다. 라오모는 가면처럼 두 눈구멍이 뚫린 나귀 탈을 거쳐 이 세상에서 가장 아름다운 그녀의 얼굴을 내다볼 수 있었다. 샤오슝아……! 라오모는 목청을 한껏 드높여 외마디 고함을 지르고 말았다. 그리고 왈칵 쏟아낸 눈물이 베갯잇을 적셨다.

책을 덮기 전에

:: 수집벽

내게 모옌의 작품 수집벽이 생긴 것은 1988년 급병으로 수술
후 입원해 있던 시절, 홍콩에서 구입한 자료 중 그해 처음 나온 대
륙의 신예작가 작품집 『중국소설 1986』을 뒤적이다 중편 「붉은 수
수(紅高粱)」를 읽고 나서부터였다. 당시만 해도 이 중편은 훗날
전 5부작 가운데 고작 제1부에 해당하는 것이었으나, 내가 받은
충격은 보통 큰 것이 아니었다. 나는 열흘 만에 그것을 우리말로
옮겨두었다.

그때부터 스무 해 동안, 이 년 터울로 중국이든 홍콩이든 갈 때
마다 모옌의 작품(단행본)을 다른 자료에 곁들여 눈독 들이는 버
릇이 생겼고, 또 그러는 동안 모옌은 물론 나를 알 수 없겠지만,
나는 차츰 그에게 적어도 인간 삶에 대한 동질감을 느끼고 가까워
질 수 있었다. 이러한 수집벽의 중독 현상의 욕구는 작년 11월, 최

근작 3종으로 채워져 일단 쉬는 중이다.

나는 문학을 전업으로 하는 작가도 아니고, 소설 작품을 이론에 따라 체계적으로 분석하고 평가하는 비평가도 아니다. 창작을 해본 적도 없다. 오랜 세월 중국의 군사역사와 전쟁사 자료에만 몰두하면서, 틈틈이 출판사의 요청에 따라 몇몇 작품을 우리말로 옮겨냈을 따름이다.

어느 작품을 번역하든지 늘 그래왔듯이, 내 원칙은 번역에 앞서 저자가 그 작품을 통해 무엇을 추구하고 독자들에게 제시하려는지 그 의도를 파악하는 데 주력하는 것이다. 그다음으로, 주인공이든 조역이든 선악을 막론하고 모든 등장인물의 성격과 행동 양식에 몰입하여 '그'가 되려고 애를 쓴다. 이런 작업 태도가 내게는 참 좋은 결과를 가져다주었다. 『달빛을 베다』 역시 그런 경우에 속한다. 지난 스무 해 동안 모옌의 작품을 탐독하는 과정에서 나름대로 자연스럽게 우러난 동질감, 또 작가와 일치하려는 마음가짐이 우선 기본을 충족시켜주었으며, 그 스토리에 등장하는 인물들과 융화되어 똑같이 연기하는 배우의 역할을 충실히 이행하려고 애써왔다. 어떤 면에서 번역자란 작가의 의도를 대변하는 '액터 (Actor)', 곧 연기자의 성격을 띠었다고도 할 수 있을 것이다.

:: 모옌, 그 작품세계의 한 단면

어떤 이는 그를 W. 포크너에 견주어 '중국의 향토작가'로 인식한다. 작품 속에 언제나 농촌의 짙은 흙내가 배어 있는 만큼, 모옌 자신도 이 점을 부인하지 않았다. 사실 그는 재작년 어느 계간지기고문을 통해 자신의 문학 활동이 '대지(大地)'로부터 계시를 받은 것이며, 어떤 형태로든지 대지와 연관성을 지녔다고 토로했다.

그가 태어나 성장하던 때의 중국은 '대약진 운동'을 거쳐 파멸적인 '문화대혁명'의 소용돌이에 휩쓸린 대혼란의 시대였으며, 십 몇억 인민이 궁핍과 절망에 떨던 시기였다. 그는 소년 시절 기아와 공포의 극한상황을 겪었던 고향 땅 '가오미 현(高密縣), 둥베이 향(東北鄕)'의 너르고 척박하고 황량한 흑토 대지를 "깊이 미워하면서도 깊이 사랑한" 나머지 자신의 문학 원천으로 삼아 초기 소설의 무대로 활용하고, 수많은 민담과 신화 그리고 축적된 경험을 바탕으로 상상력을 확장시키는 터전으로 삼았으며, 더 나아가 전통적인 중국민중의 밑바닥 삶을 배경으로 온갖 실존, 허구, 상상이 합쳐져 중국 전체를 압축시키는 문학적 공간을 형성하기에 이르렀다. 그는 중국에는 인민을 어머니에 비유하는 습속이 있다고 지적하면서, 인민-대지-어머니의 관계구조를 설정하고 이로부터 문학 활동을 전개해왔다. 따라서 사람들은 이제 그 공간을 모옌 한 사람의 소설 세계가 아니라 독자들이 중국 전체의 향토사를 상상할 수 있는 열린 공간으로서 '문학 공화국'이라 일컫고 있는 것이다.

향토작가 모옌을 80년대 중국 '뿌리 찾기(尋根)' 운동의 선봉으로 지목하는 사람들이 많다. 1980년대 이래 중국 문학계에 '뿌리 찾기' 운동이 열병처럼 번졌으나, 모옌 자신은 틀에 박힌 이 유행에 대해 이렇게 말했다.

"작가란 곧 한 그루의 나무라고 생각한다. 그것은 어엿이 생명을 지닌 나무요, 틀에 찍어낸 생명 없는 플라스틱 제품의 나무가 아니다. 그러기에 자신이 태어나고 자라기에 적합한 토양을 찾아 낸다는 것만큼 중요한 것이 없다. 문학계에서 유행하는 '뿌리 찾기' 운동을 나는 반대한다. 누구든지 찾기를 원하면 곧 찾아낼 수 있으니까. 나는 오로지 내 자신의 토양만을 찾고 싶다. 내 토양을 찾으면 뿌리를 내리고 아주 빠르게, 그리고 깊숙한 흙 속에 뿌리 내려서, 뿌리마다 휘감기고 줄기마다 얽힌 채, 사면팔방에서 바람이 불어올 때를 기다리고 싶은 것이다.

나는 내 고향 저 검디검은 흑토에 뿌리를 내리고 싶다. 그 흑토는 농작물의 씨앗이 싹트고 자라기에는 척박하다고 할 수 있겠지만, 감정의 씨앗이 뿌리를 내리고 싹을 틔우기에는 기름진 옥토라고 할 수 있을 것이다…… 흑토 위에 흐르는 물줄기, 그것은 한 가닥 샘물로부터 흐르기 시작하여 검정빛 대지 위를 길이길이 흘러가는 강물이 되어, 파도칠 때마다 그 속에서 산출되는 풍부한 자양분을, 나는 필사적으로 빨아들여서 필사적으로 생명을 연장하며 자라고 싶은 것이다. 죽어서 흑토의 대지에 파묻히는 것도 일종의 행복이리라."

*

『달빛을 베다』에는 유별나게 아이들이 많이 등장한다. 열두 편 가운데 절반이나 되니 말이다. 물론 초기작 『붉은 수수가족』에 '나' 도우관(豆官)이 역사 현장의 목격자로서 진술한 적이 있었으나, 이 단편집만큼 어른들이 빚어내는 모순과 갈등의 '우화(寓

話)'에 입회자로서 직접 참여하는 경우가 두드러지지 않았다.

「문둥병 걸린 여인의 애인」에서 어린 아들 서후이와 진주얼, 「설날 족자 걸기」의 피첸, 「메기 아가리」의 소년 예샤오창, 「목수와 개」에 등장하는 '굴렁쇠' 소년, 「엄지수갑」의 어린 효자 아이, 「소설 아홉 토막」 일곱번째 '뒤집어 까기'의 왕샤오룽이 곧 그들이다. 모옌은 이들의 순수한 두 눈망울과 동심을 거쳐 사회의 부조리와 인간의 잔혹한 본성을 더욱 예리하게 풍자, 비판하며 고발하고 있다.

또 다른 장편『사십일포(四十一炮)』에서, 모옌은 주인공 뤄샤오퉁(羅小通)을 아예 육체는 어른으로 자랐으나 정신 수준만큼은 여전히 성장하지 못한 소년으로 설정했다. 누구나 한번쯤 해보았을 법한 일이지만, 뤄샤오퉁은 정신적으로 소년 상태를 유지한 채 허풍과 거짓말로 혼탁한 현실세계에 대한 공포감을 떨쳐버리고 시간의 수레바퀴를 억류시켜 자꾸만 사라져가는 소년 시절의 순수성을 붙잡아놓으려고 애를 쓴다. 귄터 그라스의 대표작『양철북』에서 이와 정반대 형태로 주인공 오스카가 인간 세상의 너무나 많은 추악함을 목격하고 두려워한 나머지, 세 살 되던 해부터 육신의 성장을 거부한 채 정신력만큼은 거의 사악(邪惡)에 가까울 정도로 복잡다단한 어른의 성격으로 성장했지만 말이다.

『달빛을 베다』를 번역하는 동안, 작업 데스크 눈길 닿는 자리에 화집 한 권을 펼쳐놓고 틈나는 대로 뒤적이며 사색에 잠긴 적이 여러 번 있다. 윈난(雲南) 출신의 중국 제1세대 중진화가 탕즈강(唐志岡)이 지난 봄 서울에 전시했던 '중국 우화(中國寓話)'

(Chinese Fairy tale) 작품집이다. 탕즈강 역시 이 전시회에 '성장을 거부한 소년(Never Grow Up)'이란 테마를 부여했다. 모옌보다 네 살 아래인 그 역시 문화대혁명 때 군 장교였던 아버지가 반동으로 몰려 일가족 모두 노동개조농장에서 강제노역에 종사한 끝에 복권되면서 화가로 성공했다고 한다. 최근 십 년 동안 그는 어린이들만을 주제로 그림을 그려왔다. 그것도 인민복, 군복 차림의 아이들이 지도자로 권력자로 표현되어, 공산당회의를 연출하고 같은 또래를 집단 비판하거나 폭행을 가하여 따돌리는 장면을 우스꽝스레 그려 '아이들보다 못한 어른 세상'을 풍자했다. 문화대혁명이란 폭압의 십 년 세월을 겪는 동안, 모옌과 탕즈강 이들 현대중국 문단과 화단의 제일인자는 모두 정세의 변화에 따라 부침(浮沈)하는 인간의 운명에 갈등하고 자라면서 똑같이 냉소와 해학을 키워온 셈이다. 그는 자신의 화풍에 대해 이런 말을 했다.

"내 그림의 주제는 비극이다. 겉보기에는 회화적이지만, 그 속에는 암울한 중국현대사가 묻어나 있다. 고난이도의 비극은 표면적으로 드러나지 않는 슬픔이다. 웃음도 울음도 없는 담담함이라고나 할는지……"

끝으로 이 작품을 옮기는 과정에서, 역자가 잘 모르는 중국 현대사회제도와 습속에 관해 여러 모로 조언을 해주신 진쑹주(金松竹) 교수에게 깊은 감사를 드린다.

강화 함영서재에서, 임홍빈

옮긴이 **임홍빈**

1940년 인천에서 태어났다. 한국외국어대학교 중국어과를 졸업하고 민족문화추진회 국역연구부 전문위원을 거쳐 국방부 전사편찬위원회 민족군사실 책임편찬위원과 국방군사연구소 지역연구부 선임연구원을 역임했다. 1992년부터 중국의 군사역사, 전쟁사 연구와 중국 고전 및 현대문학 작품 번역에 전념하고 있다. 주요 역서로 『열세 걸음』, 『사부님은 갈수록 유머러스해진다』, 『손자병법 교양강의』, 『중국역대명화가선』, 『수호별전』, 『소설 공자』, 『서유기』, 『현실+꿈+유머: 린위탕 일대기』, 『의천도룡기』, 『백록원』(공역) 등이 있으며, 한국 고전군사문헌을 현대어로 국역한 『문종진법·병장설』, 『무경칠서』, 『백전기법』, 『조선시대군사관계법: 경국대전·대명률직해』, 『역대병요』 등이 있다. 저서로는 『현대중국어교본』, 『독학중국어회화』 등이 있다.

문학동네 세계문학
달빛을 베다

1판 1쇄 2008년 9월 16일 | 1판 2쇄 2012년 10월 17일

지은이 모옌 | 옮긴이 임홍빈 | 펴낸이 강병선
책임편집 오영나 | 디자인 엄혜리 이원경 | 저작권 한문숙 박혜연 김지영
마케팅 정민호 김도윤 박보람 | 온라인 마케팅 김희숙 김상만 이원주
제작 안정숙 서동관 임현식 | 제작처 영신사

펴낸곳 (주)문학동네
출판등록 1993년 10월 22일 제406-2003-000045호
주소 413-756 경기도 파주시 문발동 파주출판도시 513-8
전자우편 editor@munhak.com | 대표전화 031) 955-8888 | 팩스 031) 955-8855
문의전화 031) 955-3576(마케팅) 031) 955-2652(편집)
문학동네카페 http://cafe.naver.com/mhdn

ISBN 978-89-546-0645-5 03820

www.munhak.com